हत्या और आत्महत्या के बीच मारिया

बायसन-हॉर्न मारिया ढोल वादक

गुमसुर, खोंडिस्तान में मारिया द्वारा दी जाने वाली प्राचीन बलि का दृश्य
(ए पर्सनल नेरेटिव आफ थर्टीन ईयर्स सर्विस, 1864, लेखक जे. कैम्पबैल की कृति से साभार)

हत्या और आत्महत्या के बीच मारिया

वेरियर एलविन

प्राक्कथन

डब्ल्यू. वी. ग्रिगसन

अनुवाद

स्वर्णकान्ता

प्रकाश परिहार

राजकमल प्रकाशन

आदि सन्दर्भ पुस्तकमाला
सम्पादन : श्रीराम तिवारी

Maria Murder and Suicide का हिन्दी अनुवाद

ISBN : 978-81-267-1294-6

मूल्य : ₹995

पहला संस्करण : 2007
तीसरा संस्करण : 2020
पहली आवृत्ति : 2022

प्रकाशक : राजकमल प्रकाशन प्रा. लि.
1-बी, नेताजी सुभाष मार्ग, दरियागंज
नई दिल्ली-110 002

शाखाएँ : अशोक राजपथ, साइंस कॉलेज के सामने, पटना-800 006
पहली मंजिल, दरबारी बिल्डिंग, महात्मा गांधी मार्ग, प्रयागराज-211 001

वेबसाइट : www.rajkamalprakashan.com
ई-मेल : info@rajkamalprakashan.com

मुद्रक : बी.के. ऑफसेट
नवीन शाहदरा, दिल्ली-110 032

HATYA AUR ATAMHATYA KE BEECH MARIYA
by Verrier Elwin
Translated by Shwaran Kanta & Prakash Parihar

श्रीमती फिरोज़ा अर्देशिर वाडिया
के लिए

भूमिका

यह निर्विवाद है कि जनजातीय समाज अपने स्वभाव से ही संस्कृति, परम्परा और प्रकृति की धरोहर को सहेजते-सँवारते रहा है। और यह भी कि चाहे प्रदेश हो या फिर देश, सभी अपनी जनजातीय विशिष्टता से एक पहचान और पूर्णता पाते हैं। हर एक सभ्य समाज की यह सर्वोपरि आवश्यकता है कि वह अपनी जनजातीय संस्कृति, परम्परा, आख्यान, मिथक, विश्वास और जीवन से एक आत्मीय परिचय एवं रिश्ता कायम करे। समय-समय पर देश और दुनिया के सम्वेदनशील तथा गुणी लेखकों-मानव समाज के अध्येताओं ने जनजातीय समाज के सरल और गूढ़ रहस्यों को समझने के प्रयास किए हैं। वेरियर एलविन, ग्रिगसन, रसेल हीरालाल आदि के अध्ययन हमारी मूल्यवान सम्पदा हैं। परन्तु इन अध्ययनकर्ताओं की पुस्तकें अब प्रायः दुर्लभ हो चली हैं। और दूसरे ये अध्ययन अधिकतर अंग्रेजी भाषा में हैं। यह जतलाने की आवश्यकता नहीं है कि हमारे समाज का एक व्यापक हिस्सा और स्वयं जनजातीय समाज भी अपनी भाषायी सीमा के कारण इन मूल्यवान अध्ययनों और उनमें संचित अपरिहार्य ज्ञान वैभव से वंचित ही है। *वन्या प्रकाशन* ने काफी समय पहले वेरियर एलविन सहित अनेक अध्येताओं के शोधकायो ं को अंग्रेजी में प्रकाशित किया था। अब इन बहुमूल्यवान अध्ययनों को हिन्दी में अनूदित कर *आदि सन्दर्भ* पुस्तकमाला अन्तर्गत व्यापक लोक समाज तक पहुँचाने की दृष्टि से पहल की है। महत्त्व के शोध कार्यों के अनुवाद तो इस पुस्तकमाला में प्रकाशित किए ही जाएँगे साथ ही साथ हिन्दी में ही मूल रूप से किए गए कार्यों को भी लोक उपलब्ध कराने का प्रयास भी किया जाएगा।

हमारा विश्वास है कि *आदि सन्दर्भ* पुस्तकमाला से जनजातीय समाज की एक बेहतर समझ बन सकेगी।

आर.एन. बैरवा

अध्यक्ष, वन्या प्रकाशन

अनुक्रम

भूमिका *7*

प्राक्कथन *11*

प्रस्तावना *21*

आदिम भारत में अपराध 31

बाइसन-हॉर्न मारिया 41

हिंसक अपराध सम्बन्धी आँकड़े 62

हिंसक अपराध के कारण 75

अपराध के कारक : तन्त्र-मन्त्र और जादू-टोना 85

अपराध का कारण : पति पत्नी का विश्वासघात 104

हत्या का कारण : छुटकारा पाने की इच्छा 114

हत्या का कारण : सम्पत्ति सम्बन्धी विवाद 119

पारिवारिक जीवन के सम्बन्धों में अपराध 124

अपराध का कारण : शराब 146

अपराध का कारण : थकान 156

प्रतिशोधमूलक अपराध 160

औरतों के अपराध 172

आपराधिक पागलपन 177

अपराध के बाद हत्यारे का आचरण 182

समाज का आचरण 188

आदिवासी कैदी 211

निष्कर्ष 218

परिशिष्ट-1 224

परिशिष्ट-2 261

परिशिष्ट-3 266

सहायक सन्दर्भ-ग्रन्थ 269

शब्दावली 271

प्राक्कथन

श्री वेरियर एलविन की किताब 'मारिया मर्डर एंड सुसाइड' के लिए मुझे प्राक्कथन लिखने का विशेषाधिकार प्राप्त हुआ है और इस तरह मुझे एक ऐसे व्यक्ति से जुड़ने का अवसर प्राप्त हो गया है जिसका नाम भारतवर्ष के मध्यक्षेत्र के आदिवासियों के लिए महान कार्यों के लिए विख्यात हो गया है। जहाँ कही भी दो या तीन व्यक्ति जुड़ते हैं, भारतवर्ष के मलेरियाग्रस्त क्षेत्र, पहाड़ों तथा जंगलों में रहने वाले भारत के प्राचीनतम रहवासियों के प्रति देश के कर्तव्य की बात के सम्बन्ध में विचार-विमर्श करते हैं।

अपने सामाजिक व बहुजन हितैषी कार्यों के साथ अब उन्होंने प्रथम दर्जे के सहानुभूतिपूर्ण तथा नृतत्व विज्ञान से सम्बन्धित कार्यों को भी जोड़ लिया है। यद्यपि अब भी समय है कि अब भी भारत के ढाई करोड़ आदिवासी जनसंख्या के विशिष्ट अलग प्रकार के जीवन तथा उनके तौर-तरीकों के बारे में लिखने की गुंजाइश है। उनका इस क्षेत्र में शोध व अन्वेषण का कार्य आदिवासियों के लिए किए जाने वाले सामाजिक कार्यों के लिए ही नहीं बल्कि इसके साथ ही साथ आदिवासियों के अनुरूप, आदिवासी क्षेत्रों के प्रशासन के भव्य तथा जटिल कार्यों के लिए भी वैज्ञानिक आधार प्रदान कर रहा है।

किसी भी कुशल तथा बुद्धिमान प्रशासन के लिए इन क्षेत्रों के लिए कोई भी विभागीय कार्यक्रम ऐसा होना चाहिए कि आदिवासी अपने जीवन के तौर-तरीकों, अपने मूल्यों, अपनी नृत्य-शैली, अपने लोकगीतों तथा अपने हास्य को छोड़े बिना अपनी ही दुनिया में रह सकें बल्कि इसके साथ ही साथ वे भय, आवश्यकताओं तथा अर्थों के हस्तक्षेप के भय से भी विमुक्त हो सकें तथा भविष्य में होने ही वाले स्वतंत्र भारत के लिए अपना विशिष्ट योगदान भी कर सकें। यह योगदान पुरातन तथा आनन्द को समाप्त कर देने वाले के स्थान पर मैदानी इलाकों के गाँवों की स्वतंत्रता में समाहित होने की पुनर्स्थापना हो सके। तथा उसका पुनरावृत्ति हो सके जिसे श्री एलविन वैरियर ने अपने एबोर्जिनल्स[1] के लेख में लिखा है–"आमोद-प्रमोद भी लगी एक ऐसी कला है जिसका सामान्य भारतीय ग्रामों में निर्दयी रूप से अभाव है।" उन सबको लेख पढ़ने की अनुशंसा की जाती है कि जो आदिवासी समस्याओं का स्पष्ट एक उपयुक्त चित्र देखना चाहते हैं। इस आलेख में इस समस्या पर कार्य कर रहे सर्वश्रेष्ठ तथा सर्वसुविधा साधनों से

1. ऑक्सफोर्ड पैम्फलेट्स ऑन इंडियन अफेयर्स–क्रमांक 14 (बम्बई, 1943)

मुक्त काम करने वाले के सिद्धान्त तथा पर वैज्ञानिक दृष्टिकोण की आवश्यकता भी बतलाई गई है।

जिस किसी ने भी बस्तर रियासत[1] में काम किया है उसके लिए उसके बारे में लिखने या पढ़ने में हमेशा आनन्ददायक रहेगा, जो उनकी स्मृतियों को उस सुन्दर प्रदेश तथा यहाँ के लोगों में वापस ले जाएगा अथवा उन्हें समझाने में गहरा योगदान करेगा।

किसी ऐसी किताब के साथ आनन्द प्राप्त होना, जुड़ना अनुपयुक्त होगा जिसके शीर्षक में ही हत्या व आत्महत्या जैसे शब्द जुड़े हों। परन्तु यह दिमाग में अच्छी तरह से समझ लेना चाहिए कि इस किताब के आधारभूत उद्देश्य हिंसक अपराधों के पीछे छिपे मनोविज्ञान को समझना है जो सबसे कम बिगड़े तथा भारतीय आदिवासियों में श्रेष्ठ प्रजाति के लोगों द्वारा किए जाते हैं, तथा वे परिस्थितियाँ जो यहाँ के आदमी, औरतों को आत्महत्या करने के लिए उकसाती हैं। ऐसी कृति तथा शोधकार्य उन आदिवासियों को, जिन जजों तथा मजिस्ट्रेटों द्वारा अपराधी करार दिए जाते हैं, उन्हें सावधानी तथा बुद्धिमत्तापूर्ण ढंग से समझने तथा उनके साथ सलूक करने के लिए मार्गदर्शन दे सकते हैं। ये निश्चित रूप से दंडित करने तथा आदिवासी कैदियों के साथ जेल में किए जाने वाले व्यवहार पर प्रश्न उठाते हैं।

इस किताब के शुरुआती पृष्ठों में मारिया जीवन की विविधता को सारांश में बतलाया गया है। इस संक्षिप्तता में ही उन अनेक विविध पक्षों को उजागर किया गया है जो मेरे द्वारा 'दि मारिया गोंड्स ऑफ बस्तर'[2] की किताब लिखने के पूर्व एकत्र की जानेवाली जानकारियों तथा उक्त क्षेत्र में काम करने से चूक गया था। उस किताब की भूमिका में दी गई जानकारियों की पूरक जानकारी होगी तथा मेरे वक्तव्यों के संशोधन करेगी तथा मेरी किताब प्रशिक्षित कार्यकर्ताओं को प्रेरित करेगी। वे बस्तर तथा जयपुर के इथनोलोजी के अनछुए क्षेत्रों का भ्रमण करेंगे। श्रीमान एलविन मुझसे सहमत होंगे कि मेरे साथ की गई बातचीत के बाद ही वे बस्तर जाने का मन बना सके और जहाँ पहुँच अनेक अन्य व्यक्तियों, उस रियासत की सुन्दरता रुचि का शिकार हो गए।

यह छोटी सी किताब उनके बस्तर में किए गए शोधकार्यों का प्रतिफल है यद्यपि इसका विषय जो भी है कि तुलना उनके भविष्य में आने वाली भव्य कृति 'मुड़िया और उनकी घोटुल व्यवस्था' से नहीं की जा सकती है। यह किताब मेरे लिए विशेष रुचि की है क्योंकि मैं खुद सेशन जज रह चुका हूँ तथा इस किताब के परिशिष्ट में उल्लेखित 100 प्रकरणों में से 12 प्रकरणों[3] में मैंने फैसला दिया था, और इसलिए भी कि यह किताब स्वतंत्र रूप से एक ऐसे विषय पर लिखी गई है। मेरा विचार 1915 से 1930

---

1. बस्तर अब अलग स्वतंत्र रियासत नहीं रह गयी है। ईस्वी सन् 1948 से यह पूर्व सेन्ट्रल प्रॉविंस तथा उसके पश्चात मध्यप्रदेश का एक जिला बन गया है।

2. ऑक्सफोर्ड यूनिवर्सिटी प्रेस, 1938 (पुनर्संस्करण 1949)।

3. संख्या 6,7,12,26,37,38,39,45,57,62,78 और 83; प्रकरण 69 में हत्या मेरे कार्यकाल में हुई थी। लेकिन मेरे बस्तर छोड़ने के बाद ट्रायल में आई।

की अवधि में हुए सेशन्स कोर्ट के फैसलों तथा सम्बन्धित रिकॉर्ड्स के आधार पर ऐसी ही किताब लिखने का था। कुछ प्रकरणों पर जिनका फैसला मेरे द्वारा किया गया के सम्बन्ध में तैयार की गई टीप मेरे पास उपलब्ध है। इसके अतिरिक्त 1920-30 की अवधि के प्रकरण जो इस किताब में सम्मिलित सभी प्रकरण तथा 14 अलग प्रकरण के नोट्स भी मेरे पास सुरक्षित हैं। बस्तर में हुई विभिन्न हत्याओं के सम्बन्ध में मेरे अनुभव व विचार मैंने अपनी किताब 'दि मारिया गोंड्स ऑफ बस्तर' में व्यक्त किए हैं।

अपने पुराने रिकॉर्ड्स का अध्ययन करने तथा एक वर्ष तक बस्तर में मौलिक तथा अपीलीय कार्य करने के बाद मैं इस निष्कर्ष पर पहुँचा कि आदिवासी अपराधियों के विरुद्ध फैसला देने में बहुत कठिनाइयाँ आती हैं। सामान्य तरीका यह है कि साक्ष्यों का परीक्षण करना, न्यायालीय प्रक्रिया, अपराध का मूल्यांकन तथा साक्ष्य अधिनियम की धाराओं की व्याख्या, भारतीय दंड संहिता तथा फौजदारी संहिता में की गई व्याख्या के आधार पर सजा निरूपित करना। यह सभी नियम-अधिनियम तथा धाराएँ बस्तर के आदिवासी तथा अन्य क्षेत्रों के साथ-साथ पूरे सेन्ट्रल प्रोविन्स में प्रभावशील व लागू हैं। बस्तर रियासत भी इसी सेन्ट्रल प्रोविन्स में सम्मिलित है।

इस बात पर विचार किए बिना कि ये दंड संहिता की विभिन्न धाराएँ यूरोपियन आदर्शों के आधार पर सुसंस्कृत भारतीयों के लिए बनाई गई हैं, हो सकता है कि यह घटनाएँ, नियम-अधिनियम, भारत के प्रत्येक क्षेत्र के लिए समान रूप से उपयुक्त ना हों। मेरे द्वारा दिए गए निर्णयों की न्यायिकता के प्रति व्यग्रता/बेचैनी के अनेक क्षण तथा पूरी बस्तर रियासत में अपराध के चलन को बचा सकता था यदि मेरे पास श्री एलविन के द्वारा हत्या तथा आत्महत्या जैसे विषय पर किया गया पूरा अध्ययन उपलब्ध रहता। उस किताब का न सिर्फ कई प्रकरणों का विश्लेषण ही किया गया है बल्कि अपराध शास्त्र, दंडविज्ञान, मनोविज्ञान तथा समाजशास्त्र विषयों पर लिखे गए स्तरीय ग्रन्थों के आधार पर परिणामों को जोड़ा भी गया है।

मैं इस किताब के अध्याय-9 में हत्या में थकान व चिड़चिड़ाहट की अवधारणा के माध्यम से एक कारण मानने के विश्लेषण की पूरी तरह अनुशंसा करूँगा। यह उन कारणों में से एक ऐसा कारण है जो आश्चर्यजनक रूप से नई जानकारी देने वाला है। इसे सच्चा मानते हुए इसको उद्धृत भी किया जाना चाहिए। इसके अतिरिक्त मैं अपने आप को दोषी मानूँगा कि मैंने उनके द्वारा दिए गए व्यक्तव्य कि "किंवदंती यह है कि लांडा (चावल से बनी शराब) अनेक मानव हत्याओं के लिए उत्तरदायी रही है।" के स्थान पर यह लिखा है कि बायसन हॉर्न मारिया लोगों में अधिक हत्याएं लांडा के नशे में की गईं।[1]

उनके आँकड़े यह दर्शाते हैं कि हत्या के 100 प्रकरणों में 13 प्रकरण लांडा के नशे के कारण हुए हैं जबकि 6 अन्य हत्याएँ अन्य नशों के कारण हुई हैं। 14 अन्य प्रकरणों में जिनके सम्बन्ध में अभी मेरे पास नीरस है, लांडा के नशे में 2 हत्याएँ की गईं तथा

1. दि मारिया गोंड्स ऑफ बस्तर, पृष्ठ 94।

बस्तर रियासत की राजनैतिक गठबन्धन था। शराबखोरी सम्भवतः अपराध विशेष कारण था। चूँकि लांडा या अन्य कोई नशीला द्रव्य प्रायः दुखी लोगों द्वारा सेवन किया जाता था तथा उसके बाद कोई हिंसक कार्यवाही करने की सोचा जाता था।

इन 14 हत्याओं को श्री एलविन के वर्गीकरण के अनुसार वर्गीकृत करना रुचिकर हो सकता है। शराब के नशे में की गई 5 हत्याओं के अतिरिक्त, 2 अन्य हत्याएँ इस धारणा से की गईं कि हत्यारों की फसलों पर टोना-टोटका किया गया है, एक अति थकान के कारण की गई थी तथा एक सम्पत्ति पर हुए विवाद के कारण हुई थी। एक हत्या, एक आने का ऋण नहीं पटाये जाने के कारण की गई थी। ढोल मित्र द्वारा माँग कर ले जाया गया था। जबकि तीन हत्याएँ वैवाहिक सम्बन्धों में विश्वासघात के कारण की गई थीं।

तीन प्रकरण ऐसे थे जिनमें गाँववाले पुलिस की झंझटों तथा कोर्ट की जाँच-पड़ताल से बचने के लिए प्रकरण को रफा-दफा करने के लिए सहमत हो गए थे। हत्या के लिए उपयोग में लाए गए साधनों में कुल्हाड़ी, तलवार, चहारदीवारी के खम्भे, छड़ी, लकड़ी का स्टूल, तथा मुट्ठियों से, लात मारकार, गला दबाने, धनुष से बाण चलाकर, गला मरोड़ने, तथा चाकू से आघात करके आदि शामिल थे। एक प्रकरण में एक अपराधी ने उस कलंक व बदनामी से बचने के लिए आत्महत्या कर ली जो उसके पुत्र द्वारा एक लोहार लड़की के साथ किए गए व्यवहार का प्रकरण जाँच के लिए पुनः खुल जाने से होने वाली थी। उक्त प्रकरण को अपराधी तथा गाँव वालों ने मिलकर तीन वर्ष तक दबाए रखा था।

अपराधों के एक कारण टोना-टोटका तथा जादू पर श्री एलविन ने एक पूरा अध्याय क्रमांक-5 लिखा है तथा एक विशेष गोत्र देवता अंगा पेन या पतदेव को भी दर्शाया गया है। कभी इस पतदेव का उपयोग टोनिनों/चुड़ैलों का पता लगाने के लिए किया जाता था। पता लगाने का तरीका भी वर्णित है। जबकि किताब के अनुसार किसी प्रकार एक चुड़ैल, टोनिनो या टोना-टोटका करने वाले को मार डालना चाहिए। यह विचार, निस्संदेह आदिवासियों के अतिरिक्त बाहरी लोगों में भी प्रचलित था तथा काला-जादू का पता लगाने के लिए पतदेव की शक्तियों पर रियासत के हिन्दू तथा मुसलमान लोगों का भी बराबरी से विश्वास था। हिन्दुओं के रीति-रिवाजों तथा संस्कारों पर आदिवासियों के व्यवहार तथा आस्था की प्रतिक्रिया बहुत प्रभावशाली थी तथा इसका एक ठोस उदाहरण है कि बस्तर के तत्कालीन महाराज के पितामह राजा भैरवदेव ने जगदलपुर में पतदेव की स्थापना की थी जो कि सम्भवतः रियासत के उत्तर पश्चिमी क्षेत्र में स्थित नारायणपुर के प्रसिद्ध पतदेव की अनुकृति थी अथवा वर्तमान हलवा पुजारी के अनुसार पूर्व के एक राजा के द्वारा नारायणपुर की पूर्ण राजधानी डोगारे से लाई गई थी तथा बाद में उसे राजा भैरवदेव द्वारा जगदलपुर में स्थानांतरित व स्थापित किया गया था।

अब यह देवता बस्तर के पतदेव के नाम से जाने जाते हैं जो अत्याधिक श्रेष्ठ व

सम्मानीय माने जाते हैं। तथा महाराजा द्वारा आयोजित राजसी दशहरे के अवसर पर पतदेव के सम्मान में चारपूजा विधान समारोह किए जाते हैं। उनके द्वारा टोना-टोटका का पता लगाने का संस्कार आज भी विद्यमान व प्रचलित है। मुझे आज भी रोचक आश्चर्य आज भी स्मृति है कि वर्ष 1927 में जगदलपुर के मन्दिर जिसका संचालन व व्यवस्थापन स्टेट कोर्ट के वाड्र्स द्वारा किया जाता था, उसके लेखा रिकाई्स के निरीक्षण के समय मैंने पाया कि जगदलपुर के आस-पास के अनेक ग्रामीणों ने पतदेव की सेवाएँ लेने के लिए अनुरोध किया था तथा उसके लिए राज्य के कोषालय में पाँच-पाँच रुपए भी जमा करवाये थे। जब मैंने आश्चर्य व्यक्त किया कि पतदेव की सेवाएँ उपलब्ध कराकर कोर्ट के वाड्र्स क्या चुड़ैलों, टोनिनों तथा टोना-टोटके करने वाले व्यक्तियों की पिटाई तथा हत्या के लिए उत्तरदायी नहीं हैं, तब पुजारी ने आधुनिक कानून के प्रति ईश्वरेच्छा को स्पष्ट किया–"लोगों को भूत-प्रेत से बचाने के लिए तथा भूत, प्रेत, चुड़ैलों का पता लगाने के लिए पतदेव की पूजा की जाती है।" पतदेव की सेवाएँ लेने के लिए गाँव वालों को राज्य कोषालय में पाँच-पाँच रुपए जमा करने पड़ते हैं तब मंदिर का मैनेजर पतदेव की प्रतिमा को बाहर ले जाने की अनुमति देता है। मैं पतदेव के जुलूस में पीछे-पीछे चला हूँ जो चार आदमियों द्वारा कन्धों पर बिठाकर ले जाया जाता है। यह चार व्यक्ति उस गाँव के नहीं होने चाहिए–जिन गाँव वालों ने पतदेव की सेवाएँ माँगी हैं। पूर्व दिशा से प्रारम्भ कर, पश्चिम दिशा की ओर पूरे गाँव का चक्कर लगाकर उसके बाद जिस गाँव से भाग आती है उस गाँव में प्रवेश किया जाता है। पतदेव स्वयं उनकी सवारी को निर्देशित करते हैं। तथा अपने आप उनकी सवारी उस घर के सामने जहाँ टोना-टोटका हुआ है या टोना-टोटका करने वाला रहता है, वहाँ रुक जाती है। पतदेव की सवारी तब तक वहाँ से नहीं हटती है जब तक टोना-टोटका करने वाला बाहर नहीं आ जाता है। उन दिनों अपराध करने वाला पतदेव के सामने घुटने टेककर पतदेव अपराधियों को माफ कर देते हैं। आजकल ऐसे अपराधी को जात से बाहर भी नहीं किया जाता है। हमारे दादा के जमाने में ऐसे व्यक्ति को गधे पर बिठकार, उल्टे मुँह बिठाकर पूरे गाँव में जुलूस निकाला जाता है। ऐसे व्यक्ति के सामने के दो दाँत उखाड़ दिए जाते थे, सिर घुटा दिया जाता था तथा उसके दाँत तथा बालों को दीमक की बाँबी पर ले जाकर डाल दिया जाता था। ऐसे दुष्टों के दाँत इसलिए उखाड़े जाते थे ताकि वो किसी का खून न चूस सकें तथा सही-सही मंत्रोच्चार न कर सकें। अब इस पलायनवाद के लिए माफ किया जा सकता है क्योंकि आधुनिक समय में पतदेव की सहायता से यह संस्कार नहीं किया जाता है क्योंकि पतदेव ने कृपा करके ऐसे टोना-टोटका करने वालों को माफ कर दिया है।

बीमारियों तथा दुर्भाग्य के स्रोत के रूप में टोना-टोटका या काला जादू आज भी भारत के कई हिस्सों में बलवान है। यहाँ हैदराबाद में भानमति या कालाजादू की शक्ति पर गहरा विश्वास है। यह विश्वास काफी लोगों में फँसा है। ऐसा कि कई ज्यादा पढ़े-लिखे तथा सामाजिक रूप से प्रतिष्ठित व्यक्तियों में भी। 1916 में हैदराबाद रियासत

में सी.आई.डी. विभाग के प्रभारी एक वरिष्ठ अनुभवी पुलिस अधिकारी थी एल.वी. गौड़ ने इस विषय पर अनुसंधान किया था। उनका निष्कर्ष था कि भानमति का डर हैदराबाद के कई हिस्सों में इतना प्रभावी तथा खौफनाक था कि इसको जानने वाले कई व्यक्ति इसका उपयोग काला जादू के रूप में किया करते थे। इसको समाप्त करने के लिए विशेष प्रयासों की आवश्यकता है। बहुत से प्रकरणों में जिनकी जाँच की गई यह पाया कि अनेक व्यक्तियों पर काला-जादू किया गया था। जिसके परिणामस्वरूप–बेहोश होना, सियार की तरह चिल्लाना और भौंकना, उल्टी करना, शरीर के अनेक अंगों में काले-काले धब्बे उभर आना, भयानक दर्द के साथ चक्कर आना, जबड़े बन्द हो जाना तथा पीड़ित व्यक्ति द्वारा हवा या जमीन को मुट्ठियों से पीटना, वेश्याओं की तरह अश्लील तथा निरन्तर नृत्य करना, पत्थर, कंकड़ तथा सुइयों की उल्टी करना, उल्टी में पेट से नीबू तथा काँटे निकलना, भोजन का मल में परिवर्तित होना, बोलती बन्द होना, माहवारी का बन्द हो जाना या फिर कई हफ्तों तक नियमित रहना तथा ऐसे कई अन्य कष्ट होना आदि। उनकी रिपोर्ट के अन्त में लिखा गया था–मुझे विश्वास है कि मेरी इस रिपोर्ट से उस बात को सिद्ध करने का वांछित असर होगा कि जिन हिस्सों में भानमति का जादू चल रहा है। उसे रोकने तथा समाप्त करने के लिए विशेष कदम उठाने होंगे अन्यथा लोग कानून अपने हाथ में ले लेंगे, जैसा कि अभी हाल ही एक से अधिक बार हुआ है जब बीदर जिले के जिलाध्यक्ष ने पिछली ठंड में बड़ी सख्ती से इसको दबाने के लिए कार्यवाही की थी।

भानमति के काले जादू से पीड़ित महिलाओं व लड़कियों की स्थितियों को व्यक्तिगत रूप से देखने के बाद मुझे संकोच नहीं होगा, यदि यह अधिकार मेरे हाथ में हो तो मैं प्रत्येक कायर, पाजी जो भानमति की घृणित उपासना विधि का व्यवहार करता है उन पर आदिवासी फौजदारी नियम लागू कर दूँ। आज भी हैदराबाद जिला पुलिस ने अपनी सेवा में एक ऐसे अधिकारी को रखा है जो भानमति के जादू से व्यथित, पीड़ित व्यक्तियों का इलाज कर सके। यह जादू करने वाले अधिकांश व्यक्ति छोटी जाति के हैं परन्तु 1916 में भानमति के जादू के शिकार हुए सभी व्यवसाय व स्थिति के लोग सम्मिलित थे। यहाँ तक की वकील भी। संदेह के आधार पर जादू करने वालों की हत्या हैदराबाद में नियमित रूप से होती रही।[1] क्या इस पर आश्चर्य किया जाना चाहिए कि इस काले जादू का डर मारिया लोगों में हत्या करने का एक सामान्य कारण है ? ग्रेट ब्रिटेन की संसद में 1736 में एक कानून पारित होने के बाद इस प्रकार कालाजादू करने वालों की हत्या का सिलसिला बन्द हो गया था।[2]

श्री एलविन ने किताब में बताया है कि अपराधों के लिए मारिया लोगों के अन्धविश्वास, यूरोप के अन्धविश्वासों से काफी पीछे हैं। तो इस सम्बन्ध में विशेष रूप

1. दो प्रकरणों का समाचार, 5 मई 1933 के टाइम्स आफ इंडिया के अंक में छपा था।

2. क्रिश्चियन होले की किताब इंग्लिश फोकलोट के अध्याय X में ब्रिटिश टोना-टोटका के इतिहास तथा उससे सम्बन्धित लोककथाओं का सार दिया गया है।

टाँटिया भील—एक प्रसिद्ध डाकू, रसल एंड हीरालाल की कृति
ट्राईब्स एंड कास्ट आफ दि सेन्ट्रल प्रोविन्सेस, 1916 मैकमिलन एंड कम्पनी लिमिटेड के सौजन्य से

बस्तानार में पानी खींचती हुई आदिवासी लड़कियाँ

से 'हैंड ऑफ ग्लोरी' के बिचार का उल्लेख किया है। 'हैंड ऑफ ग्लोरी' तैयार करने की इंग्लिश विधि का यहाँ जस का तस उल्लेख करना रोचक हो सकता है तथा इस हैंड ऑफ ग्लोरी का उपयोग करने तथा उसके नियमों के बारे में फ्रांसिस ग्रोसे ने अपनी किताब 'ग्लोअरी विथ कलेक्शन आफ लोकल प्रोर्बस एंड पापुलर सुपर स्टीशिन्स' में उल्लेख किया है जो ईस्वी सन् 1787 में [1] प्रकाशित हुई थी।

> "जिस आदमी को फाँसी के फन्दे पर लटकाया गया उसका बाँया तथा दाहिना हाथ लें तथा उसे किसी बड़े राजमार्ग पर खुले में छोड़ दें। उसे एक कपड़े के टुकड़े या पतले रबर के खोल में लपेट दें ताकि उसे अच्छी तरह निचोड़ा जा सके ताकि यदि उसमें खून की एक भी बूँद बची हो तो वह निकल जाए। उसके बाद उसे एक मिट्टी के बर्तन में रख दें। उसमें नमक, सोडियम नाइट्रेट (शोरा), काली मिर्च, तथा जिपर सबको मिलाकर महीन पाउडर बनाकर मिला लें। उसे मटके में वैसे ही 15 दिन तक पड़े रहने दे। उसके बाद उस हाथ को निकाल लें, उसके बाद उसे गर्मी की कड़कती धूप में सूखने दें जब तक वह बिलकुल सूखा न हो जाए और यदि सूरज की धूप की गर्मी पर्याप्त न हो तो उसे ओवन में रखकर एक विशेष प्रकार का पर्ण तथा वेरविन के पीछे के साथ खूब गर्म कर लें। उसके बाद जिस आदमी को फाँसी की सजा दी गई है उसकी चर्बी में कच्चा मोम तथा जैतून का तेल मिलाकर मोमबत्ती बनाएँ। इस हैंड ऑफ ग्लोरी को, इस प्रकार बनाई गई मोमबत्ती को जलाकर हैंड ऑफ ग्लोरी पर लगा दें। इसकी विशेषता यह है कि जो भी इस भयानक उपकरण को लेकर चलता है या जिसे यह जलती हुई मोमबत्ती दी जाती है वह जड़ हो जाएगा, कुछ काम नहीं कर पाएगा। यदि चोरों ने इसका उपयोग किय तो हैंड ऑफ ग्लोरी का कोई असर नहीं होगा तथा जिस घर की देहरी में वे घुसेंगे और यदि अब उस देहरी को काली बिल्ली के पित्त, सफेदमुर्गी की चर्बी तथा उल्लू के खून से बने मिश्रण से पालिश किया गया है तो हैंड आफ ग्लोरी का कोई असर नहीं होगा।"

आदिवासी कैदियों के बारे में वेरियर एलविन ने अपनी किताब के अध्याय क्रमांक-XVII में जो कुछ लिखा या बताया है उस पर विशेष रूप से ध्यान दिया जाना चाहिए। फिर यह आदिवासी बन्दी चाहे बस्तर, सेन्ट्रल प्रोविन्स या हैदराबाद की जेलों में कैद हों। आदिवासी कैदियों को साधारण जेल जीवन की दिनचर्या बिताने के लिए बाध्य किए जाने के प्रति मैं कभी प्रसन्न नहीं रहा हूँ। किताब के परिशिष्ट में बताए गए हत्या के 100 प्रकरणों में अपराधियों की जेल में ही मृत्यु हो गई थी यद्यपि भारत में जिस प्रकार की जेलें होती हैं उसकी तुलना में जगदलपुर की जेल प्रायः अच्छी ही रही है।

---

1. इस वाक्यांश के लिए मैं अपने भाई जोफ्रे ग्रिगसन का अभारी हूँ जो उनकी किताब 'रोमान्टिस' (लंदन, 1942, पृष्ठ-95) से उद्धृत किया गया है।

मारिया लोग जेल के जीवन से क्यों घृणा करते हैं, श्री एलविन ने उन कारणों का सारांश दिया है तथा वे सभी लोग जिनका आदिवासी कैदियों से वास्ता पड़ता है, उन्हें अवश्य ही उनके शब्दों को पढ़ना, याद रखना समझना और अन्दरूनी तौर पर पचाना चाहिए।

मैंने हमेशा अनुभव किया कि भारतीय दंड संहिता की धारा 302, जिसमें हत्या के लिए निर्धारित दंड की व्यवस्था की गई है, आपत्तिजनक है। आदिवासियों के मामले में, उनके द्वारा की गई हत्या को मानने की डिग्री, आजन्म कारावास की सजा, भले ही वह आधुनिक व्यवस्था में कम कर दी जाती है या उसकी अवधि में छूट दे दी जाती है, एक औसत मारिया हत्यारे के लिए असहनीय दंड या सजा है क्योंकि उनके द्वारा प्रायः यह हत्यारे अचानक भड़के गुस्से के कारण अपूर्व नियोजित हुआ करती है। सौभाग्यवश पहले के जमाने में (आजादी के पूर्व) सत्र न्यायाधीश द्वारा दिए गए दंडों का अनुमोदन, पॉलिटिकल एजेंट से होना आवश्यक था जो कि जज की अनुशंसा राजसी उदारता के नाम पर सजा अवधि कम भी कर सकता था। सजा की अवधि में की गई कमी का विवरण जो परिशिष्ट में दर्शाया गया है, के आदेश अपील की सुनवायी पर दिए गए हैं।

हम कम से कम यह आशा करें कि भारतवर्ष के पूर्वी राज्यों के लिए गठित किया जाने वाला संयुक्त उच्च न्यायालय इस तथ्य के यथार्थपरक तथा मानवीय पक्ष को अवश्य ध्यान में रखेगा, जैसा कि पूर्व में पॉलिटिकल एजेंट्स किया करते थे। उन्होंने तथा गलत धारणाओं से मुक्त रहे।

कम घृणित प्रकार के प्रकरणों में यही दृष्टिकोण इसी प्रकार आदिवासियों को जेल भेजने के सम्बन्ध में रखा जाना चाहिए, विशेषकर जब तक आदिवासियों के लिए अलग से विशेष जेल बना नहीं दी जाती है। प्रायः सेन्ट्रल प्रोविन्स की अधिकांश जेलें अवैध ढंग से शराब उतारने वाले या स्मगल करने वाले कैदियों से भरी पड़ी रहती हैं।

सेन्ट्रल प्रोविन्स के न्यायालयों ने अब आदिवासियों को जेल में ठूसे जाने की अवांछितता को तथा उनके सीमित आर्थिक संसाधनों के अनुरूप उपयुक्त आर्थिक जुर्माना लगाने के सम्बन्ध में अनुभव करना प्रारम्भ कर दिया है। परन्तु कतिपय पुलिस वाले तथा मजिस्ट्रेट ही छोड़े गए सजायाफ्ता तथा हथकड़ी दंड पाए मुजरिम को छोड़ने का सामाजिक मूल्य तथा जेल की सजा से मुक्त हुए आदिवासी कैदी के शुद्धिकरण संस्कार पर होने वाले व्यय को समझाते हैं जिसका वर्णन इस किताब में दिया गया है।

मुझे हमेशा इस बात का अफसोस रहा है कि वह विचार जो मेरी नौकरी के अन्त समय में आया, उसका प्रयोग में बस्तर में कभी नहीं कर पाया तथा यह अवधारणा ग्रामीण या कैम्पजेल की थी, जैसा कि इस किताब के अन्तिम अध्याय में सुझाया गया है।

मुझे इसमें कुछ भी असम्भव नहीं दिखलाई पड़ता है कि आदिवासी कैदियों को गाने व नाचने के लिए अपने आदिवासियों त्यौहारों को मनाने तथा अपने देवी-देवताओं की

पूजा-आराधना करने की स्वतंत्रता दी जाए।

सजा अवधि काटने के कुछ समय बाद उसे अपनी एक अलग स्वतंत्र झोपड़ी में अपनी पत्नी के साथ रहने की अनुमति दी जा सकती है। ऐसी ग्रामीण जेलों में ऐसे कैदियों के लिए कृषि अथवा फल-फूलों की खेती में समय व्यतीत करना सबसे उपयुक्त हो सकता है क्योंकि प्रत्येक औरत आदिवासी हमेशा एक नौसिखिया कृषक ही रहता है।

मृत्यु दंड के विषय पर किताब के अध्याय क्रमांक 18 में श्री एलविन की टिप्पणी में कुछ और अतिरिक्त जोड़ने की गुंजाइश नहीं है। अभी हाल के कुछ वर्षों में बस्तर में ईस्वी सन् 1910 के बाद के वर्षों में हुए अपराध की तुलना में हत्याएँ तथा हिंसक घटनाओं की संख्या कुछ ज्यादा ही बढ़ी है।

एक समय ऐसे हत्यारों को परगना मुख्यालय में सार्वजनिक रूप से खुले में फाँसी दी जाया करती थी ताकि लोग ऐसे दंड के भय से यह सब करने से डरें। सम्भवतः बदले की भावना या शारीरिक रूप से किसी को सताने की गतिविधियों पर भी कुछ अंकुश लगे।

में स्वयं भी प्रायः उन्हीं प्रकरणों में मृत्यु दंड दिया करता था जहाँ हत्याएँ पूर्व सुनियोजित ढंग से सोच-विचार कर की गई हो अथवा डाका डालने के साथ हत्या की गई हो।

मृत्यु दंड की सजा समाप्त किए जाने के बाद हैदराबाद रियासत में हत्याओं तथा हत्या के प्रयासों की संख्या में भारी नियमित वृद्धि एक प्रकार से मृत्यु का भय समाप्त होने के विरुद्ध चेतावनी है। यद्यपि लम्बी अवधि की जेल की सजा के बदले फाँसी की सजा को अधिक पसन्द करने वाले इक्का-दुक्का मारिया हो सकते हैं यद्यपि फाँसी की सजा भयावता तथा अन्तिम परिणति को समझाते हैं और कई बार अनुभव करते हैं कि यही सबसे उपयुक्त दंड है।

ऐसा एक बार हुआ था जब मैंने पाकनार गाँव के मखी एटा (हाई कोर्ट प्रकरण संख्या 45) को मृत्यु दंड की सजा सुनायी थी। सारी सुनवाई बड़ी प्रभावकारी थी। यह सुनवाई मैंने पोकनार गाँव में ही रखी थी। वहाँ में नई-नई बनी वन सड़क पर पहली मोटर चला कर पहुँचा था। मेरे पीछे आ रही बस में हत्यारा, वकील, गवाह तथा पुलिस वाले आ रहे थे। जिन गाँवों से हम लोग गुजर रहे थे वहाँ कई जगह हम लोगों को रुकना पड़ा था ताकि उस गाँव के पेरमा तथा बड़े बुजुर्ग लोग मुर्गों की बलि चढ़ा सकें तथा मेरी कार व बसों के पहियों पर खून का टीका लगा सकें। अपराधी गाँव का शातिर गुंडा था तथा सुनवाई के बाद जिसके बाद इस प्रकरण में नाटकीयता और बढ़ गई थी, क्योंकि सुनवाई का स्थान वही चुना गया था जहाँ एटा ने जानबूझकर कमल मासा जब अपने साथी पड़ोसियों के साथ कोदो की फसल काट कर लौट रहा था तब उसे तीर चलाकर मार डाला था। जब मैंने सजा सुना दी थी तो सारे गाँव के लोग मेरे सामने एक कतार में आकर खड़े हो गए थे तथा पूरे गाँव को मखी ऐता के आतंक से मुक्त

करने के लिए मेरे पैर छूकर आभार व्यक्त कर रहे थे। तभी मैंने सुना कि एक पुरानी हत्या के आरोप से एक भूतपूर्व दीवान ने उसे छोड़ दिया था। मखी ऐता के ऊपर एक और हत्या का आरोप था जिसके बारे में गाँव वाले उसके डर से रिपोर्ट नहीं लिखा पा रहे थे।

इस प्राक्कथन के अन्त में उन सबके लिए इस किताब की सशक्त अनुशंसा करना चाहूँगा जो जिनके अपने कर्तव्यों के तहत उन्हें आदिवासियों के सम्पर्क में ले अपराधों तथा उससे जुड़े कानूनों का अध्ययन है। यह किताब इथनॉलाजिस्ट के लिए भी कि भारतीय न्यायालयों के प्रकरण के रिकाड्र्स में उपलब्ध मूल्यवान सामग्रियों से क्या-क्या निकाला जा सकता है। इस किताब में दिए गए चित्र/प्रदर्शन का अपना अलग आनन्द है। मैं लेखक तथा प्रकाशक के प्रति अपना हार्दिक धन्यवाद प्रेषित करना चाहूँगा।

—डब्ल्यू. व्ही. ग्रिगसन

हैदराबाद दक्कन
20 अक्टूबर 1943

प्रस्तावना

यह किताब अपराधों के अध्ययन की अपेक्षा सामाजिक नृतत्व विज्ञान के लिए योगदान है। क्योंकि यहाँ अनेक दुखद घटनाएँ किसी भी बौद्धिक दृष्टिकोण से अपराध नहीं है– यद्यपि वर्तमान स्थिति में ऐसे विषयों के बारे में चर्चा करते समय हम उन्हें अपराध ही मानते हैं। इसके अतिरिक्त स्वाभाविक रूप से मैंने इस विषय को उसी दृष्टिकोण से देखा और विवेचना की है जो कि मुझे अत्यधिक परिचित व अपना सा लगा। मैं ना तो कोई प्रशासक हूँ ना वकील और ना ही पुलिस वाला। अपराधों के साथ व्यवहार करने में यह एक बहुत बड़ा नुकसान है। विशेषकर ऐसा भारत में है जहाँ यह सीधे-सादे सरल ग्रामीण अपराध जिसका पता लगाने में थोड़ी-सी ही समस्याएँ सामने आती हैं तथा जहाँ उनके प्रति समाज के सामान्य व्यवहार/प्रतिक्रिया की जानकारी दैनिक समाचार पत्रों के कॉलम में पढ़ने नहीं मिलती है और ना ही दंड निलम्बन के लिए प्रस्तुत प्रार्थना-पत्रों में करुणा व दया की प्रवृत्ति उजागर करती है।

बहुत कम ही जासूसी समस्याओं की तरह पुलिस के लिए सूत्र-दर-सूत्र निर्धारित करते हैं। यह भी लगभग बिरला ही है कि सुनवाई के समय या दौरान कानून के कुछ रोचक बिन्दु उठें। अधिकांश प्रकरणों में अपराधी ने अपना जुर्म स्वीकार लिया है परन्तु इसका यह अर्थ नहीं है कि इन आदिवासी अपराधों का कोई महत्त्व ही नहीं है। यह अध्ययन करना बहुत सीमा तक सामाजिक व मनोवैज्ञानिक रुचि का है कि वे क्या कारण हैं जो असंस्कृत आदिम व्यक्तियों को प्रेरित करते हैं–कि वे अपने सजातीय संगी-साथियों को या तो पूरी तरह खत्म कर देंगे या फिर आहत करें तथा उस घटना/कांड के बाद उनका व्यवहार, इसके साथ ही साथ इससे जुड़े सभी लोगों का व्यवहार, लगभग सभी समान महत्व के हैं।

जब मैं अपनी किताब 'दि मुड़िया तथा उनका घोटुल' के लिए सामग्री एकत्र कर रहा था तब मैं मुड़िया तथा दक्षिण बस्तर के महान मारियाओं के बीच अपराधों की घटनाओं में अन्तर देखकर आश्चर्यचकित हो गया था। मुड़ियाओं में प्रतिवर्ष, दस लाख जनसंख्या के बीच होने वाली मानव हत्याओं की संख्या 21 है जबकि यही आँकड़ा बायसन हॉर्न मारिया में 69 है। आत्महत्या की संख्या क्रमशः 22 व 33 है। विगत 10 वर्षों में मुड़िया लोगों में मात्र दस हत्याएँ हुईं। मुड़िया लोग अपने आप में असामान्य ईर्ष्या के अभाव, सम्पत्ति तथा व्यक्तिगत आधिपत्य के प्रति मोह के कारण मारिया लोगों

से काफी अलग होते हैं। अपनी प्रबल सामाजिक एवं नागरिक प्रवृत्ति में अपनी भलमनसाहत तथा नर्मदिली में भी ये लोग मारियाओं से अलग होते हैं। मेरा ऐसा मानना है कि मुड़ियाओं में यह मुख्य अन्तर मुख्यतः घोटुल व्यवस्था या ग्रामीण डॉरमिट्री[1] की उपलब्धता के कारण है जहाँ आदिवासी लड़के-लड़कियाँ बचपन से ही एक बड़े अनुशासन के अन्तर्गत बड़े होते हैं तथा उन्हें आदिवासियों मूल्य में पूर्णतः प्रशिक्षित किया जाता है। उन्हें इन घोटुलों में एक ऐसी व्यावहारिक शिक्षा जिसमें विवाह के पूर्व यौनिक साम्यवाद तथा ईर्ष्या की अनुपयुक्तता का पाठ बहुत प्रारम्भिक वय से पढ़ाया, सिखाया जाता है। घोटुल व्यवस्था में बचपन से तथा युवा अवस्था में भी हर चीज को बाँटने की आदत के कारण व्यक्तिगत सम्पत्ति के प्रति अधिक मोह नहीं होता है। इसका परिणाम यह होता है कि हत्या के अनेक मुख्य कारणों पर उनका कोई असर नहीं होता है। सम्भवतः मारिया लोगों में भी इसी प्रकार किसी समय डॉरमिट्री क्लब की व्यवस्था थी जिसके प्रमाण आज भी ढूँढ़ने पर मिल सकते हैं। परन्तु आज वह एक सामाजिक शक्ति के रूप में उपलब्ध नहीं है। और उसका परिणाम यह है कि अपने उत्तरी पड़ोसियों की तुलना में उग्र और ईर्ष्यालु हो गए हैं, अपनी व्यक्तिगत सामग्री सम्पत्ति से अधिक तीव्रता से जुड़े हैं, अनुशासनहीन तथा बदला लेने वाले हो गए हैं। मुड़िया लोग भी मारिया लोगों की तरह शराब का कोई कम सेवन नहीं करते हैं। वास्तव में मुड़िया क्षेत्र में प्रति व्यक्ति महुआ की शराब की खपत, दक्षिण क्षेत्र की अपेक्षा ऊँची व ज्यादा है। हालाँकि मारिया लोग चावल की बनी शराब लांडा अधिक पीते हैं तथा अवैध शराब बनाने के अनेक प्रकरण उन लोगों में पकड़े गए हैं। जब मेरे मित्र श्री ए.एन. मिचेल बस्तर के प्रशासक थे तब उन्हें इस समस्या से कष्ट हुआ था और एक दिन इस विषय पर विचार-विमर्श पर—मैं भूल गया हूँ कि किसने सुझाव दिया था कि मैं एक प्रकार से, अपने दृष्टिकोण से मारिया लोगों में होने वाली मानव हत्याओं के बारे में शायद सर्वेक्षण कर सकता हूँ। आदिवासियों के जीवन व कल्याण को प्रभावित करने वाले सभी कामों के लिए भी मिचेल के अद्भुत उत्साह ने मेरी इस जानकारी के संकलन के लिए हर सम्भव सुविधा प्रदान की। इस प्रकार मैं ना सिर्फ सरकारी दस्तावेजों का अध्ययन कर सकता था बल्कि मैं जेलों की यात्रा करके अनेक अपराधियों से इस विषय पर विचार-विमर्श कर सकता था।

इस जानकारी को एकत्रित करने के लिए मेरा पहला काम था सम्बन्धित रिकार्ड इकट्ठा करना। मैंने निर्णय लिया कि अपने आप को सिर्फ बायसन हॉर्न मारिया लोगों को ही अध्ययन करने के लिए सीमित रखूँगा। और यहाँ हमे तत्काल अपनी पहली कठिनाई सामने आई इस 'मारिया' नाम के अन्तर्गत किस को सम्मिलित किया जाए। यह नाम सिर्फ बस्तर तथा नृतत्व विज्ञान में ही प्रयुक्त किया जाता था तथा डब्लू.व्ही. गिग्रसन की महान स्मरणीय कृति 'मारिया गोंड्स ऑफ बस्तर' परन्तु यह शब्द बेशक स्वयं उन लोगों द्वारा प्रयुक्त नहीं किया जाता है। उनमें से अधिकांश व्यक्ति आज अपने

1. विस्तृत जानकारी के लिए मेरी पुस्तक 'मुरिया और उनका घोटुल' (बम्बई 1947) देखें।

आपको मारिया कहते या कहलाते नहीं हैं। 1941 की जनगणना में हजारों मारिया लोगों ने स्वयं को मुड़िया बतलाया।

दक्षिण बस्तर में अनेक मारिया लोगों ने पिछले कुछ समय से अपने आपका दोरला उपनाम रख लिया है। पुनः कुछ मारिया लोग कोया नाम से जाने जाते हैं। जब मैं कोन्टा में था वहाँ उत्तेजित मारिया कहा करते थे—"हम लोग मारिया हैं। यह तो दाँतेवाड़ा के असभ्य लोगों का नाम है।" जब मैं दाँतेवाड़ा में था तो वहाँ भी उत्तेजित मारियाओं ने पुराने नाम को घृणा से तिरस्कृत कर दिया उन्होंने कहा कि यह नाम कोन्टा के जंगली लोगों को उपयुक्त रूप से दिया जा सकता हैं इस प्रकार बायसन हॉर्न मारिया की अभिव्यक्ति स्पष्ट रूप से भाषायी व्यवस्था है। इन आदिवासियों के लिए एक अन्य नाम डंड़ामी मारिया है। मगर मैंने स्वयं मारिया लोगों द्वारा इस नाम का उपयोग करते नहीं देखा है। बायसन हार्न मारिया का नाम, इन आदिवासियों द्वारा विवाह के समय किए जानेवाले नृत्यों के अवसर पर जंगली भैंसों (बायसन) के सीगों से बने खूबसूरत मुकुट पहनने के कारण पड़ा है और सम्भवतः 'तालागुडा' या सींग मारिया (एक अन्य नामकरण जो सामान्य प्रचलन में है) सम्भवतः इस नामकरण की अभिव्यक्ति तथा भाषायी स्वामित्व दोनों को सुरक्षित रखेगा। परन्तु अभी तक मैं 'बायसन हॉर्न मारिया' की सुविधाजनक नामकरण का ही लगातार प्रयोग कर रहा हूँ और पूरी किताब में इसी आधार पर माना जाएगा कि 'मारिया' शब्द का उपयोग बिना किसी विशेष अर्थ के सिर्फ बायसन हॉर्न मारिया के लिए प्रयुक्त किया गया है। पहाड़ी मारिया लोगों के लिए नहीं-जो इन्हीं मारिया आदिवासियों की एक और शाखा है।

हालाँकि यह स्पष्ट हो जाएगा कि सरकारी रिकार्ड जिन्हें वैज्ञानिकीय विश्लेषण से कोई मतलब नहीं है, मैं एक आदिवासी समूह से दूसरे आदिवासी समूह के बीच यह सुन्दर व बारीक अन्तर नहीं रखेगा और प्रारम्भ में बहुत सारी नस्तियों ही गई थी उनमें से अधिकांश नस्तियों का बायसन हॉर्न मारिया से कोई लेना-देना ही नहीं था। ऐसा सोचता हूँ, ऐसा सम्भव हो सकता है कि अनेक व्यक्ति जो मारिया समूह के नहीं हैं उन्हें भी इस आँकड़े को संकलित करते समय जोड़ लिया गया है। हालाँकि काफी खोजबीन तथा काट-छाँट के बाद मैंने पाया कि मेरे पास 1921 से 1941 की अवधि के बीच, बायसन हॉर्न मारिया लोगों की हत्याओं के 103 रिकार्ड हैं। हालाँकि इस अवधि में ऐसे कम से कम कुल मिलाकर ऐसे 250 प्रकरण हुए होंगे। परन्तु कुछ फाइलों में गायब कर दी गई तथा कुछ फाइलें किसी न किसी कारण से उपलब्ध ही नहीं हैं। हालाँकि 103 प्रकरण स्पष्ट और साफ-सुथरे सीधे थे। सुविधा के लिए मैंने 3 प्रकरण छोड़ दिए। इस प्रकार 100 प्रकरणों के सेट शेष हैं। इस अवधि में हुए इन प्रकरणों को बीच-बीच में से चुना गया है। इन प्रकरणों को बस्तर के सभी क्षेत्रों से लिया गया है।

आत्महत्याओं सम्बन्धी रिकार्ड मिलना अधिक कठिन है क्योंकि इन्हें रियासत के मुख्यालय में नहीं रखा गया है। बल्कि विभिन्न सम्बन्धित पुलिस स्टेशनों में भेज दिया

गया है और वहाँ से गायब कर दिए गए हैं। परन्तु उसके बाद भी पुलिस अधीक्षक जितने ज्यादा से ज्यादा रिकार्ड मिल सकते थे मँगवाए। इनकी संख्या 100 से ज्यादा नहीं थी—मैंने इनमें से 50 प्रकरणों को लिया है जिन्हें निकाला जा सकता है। यह प्रकरण 10 वर्ष की समयावधि में घटित हुए थे। 1935 से 1942 के बीच मैंने इस रोचक क्षेत्र में इन अद्भुत लोगों के बीच खूब यात्राएँ की हैं। इसके पहले की यात्राओं में मेरे साथ मेरे मित्र श्रीमान् शामराव हिवाले थे जिनकी अद्भुत सहानुभूति तथा अन्तर्दृष्टि ने मुझे मारिया सांस्कृति को पहली बार देखने व समझने में बहुत सहायता की। बाद में मुझे अपनी पत्नी का भी सहयोग मिला जो स्वयं एक गोंड थी जो बड़ी ही आसानी से इन लोगों से सम्पर्क साध सकती थी और तत्काल एक मैत्रीय परिवेश खड़ा कर लेती थी। विशेषकर बाद की यात्राओं में मैंने जितना सम्भव हो सकता था उग्र हिंसा के अधिक से अधिक दृश्य देखे, रिहा हुए बन्दियों से चर्चा की तथा गाँव की सीमा के अन्तर्गत हुए अपराधों के प्रति समाज के व्यवहार व प्रतिक्रिया जानने की कोशिश की। अरनापुर में, धार्मिक रीति-रिवाज से बरसे चेवा जिसे अभी कुछ दिनों पहले जेल में फाँसी दी गई थी, देह संस्कार के बाद उसकी ताजा चिता भस्मी के पास खड़ा हुआ था। खूटेपाल में मैंने ओयामी मासा के बच्चों को उसी फर्श पर खेलते देखा था जहाँ कुछ दिनों पहले उसकी पत्नी की हत्या के बाद के खून के धब्बे लगे थे।

जबेली के पास एक जंगल में मैंने झाड़-झंखाड़ों की सफाई करवायी थी ताकि मैं इस प्रसिद्ध हत्यारे की स्मृति में बनाए गए स्तम्भ की फोटो खींच सकूँ। देवाली में मैं एक ऐसे खतरनाक दिखनेवाले युवा से मिला था जो दो बार अपनी जान की सुरक्षा के लिए सुनवाई के मौके पर खड़ा हुआ था और उसको सुरक्षित बचा भी लिया था। यहीं मैंने हेमला बक्का से भी बात की थी जिसने विश्वासघात के कारण अपनी पत्नी की हत्या की थी और वह दूसरी पत्नी पाने में समर्थ नहीं हो पा रहा था। डोरीरास में मैंने हत्या किए गए बोटी की कब्र देखी थी जिसकी हत्या घसिया ने उस बहुएँ के लिए कर दी थी जो एक मृतक व्यक्ति को दफनाते समय दूसरे लोक यात्रा की सुविधा के लिए गड़ाया गया था। उसी गाँव में मैं कवासी बोरगा के घर भी गया था जो आजन्म कारावास की सजा काट रहा था मैंने उसकी उदास दुखी पत्नी तथा उसके शानदार पुत्रों से भी चर्चा की गई थी।

बाद में मैंने अनेक नरहत्या के लिए आजन्म कैद काट रहे बन्दियों से चर्चा करते हुए जगदलपुर जेल में घंटों बिताए हैं। उसमें कुछ इतने अधिक जानकारी देने वाले थे जितनी कि उनकी मनोवैज्ञानिक सीमाएँ थी क्योंकि यह हमेशा याद रखा जाना चाहिए कि आदिवासी लोग नृतत्व विज्ञानियों के रुचि के विषयों पर चर्चा करने के अभ्यस्त नहीं हैं। कुछ बन्दियों को शक था कि कोई चाल है और उन्होंने मुझे बहुत कम बतलाया। कुल मिलाकर मैं उनके जीवन की विकट उदासी से बहुत प्रभावित हुआ था, इसके बाद भी कि उनके साथ जेलों को अच्छी तरह तथा सहानुभूति पूर्ण व्यवहार किया जाता है। मैं सोचता हूँ कि उनमें से अधिकांश लोग यह अनुभव करते हैं कि उन पर

बहुत बड़ा दुर्भाग्य टूट पड़ा है। वे अपने आप को अपराधियों की तरह अनुभव नहीं करते हैं। उनका जीवन स्थिर तथा चंचल प्रारब्ध के कारण बरबाद हो गया है।

स्वाभाविक रूप से आत्महत्याओं के बारे में जानकारी प्राप्त करना अधिक कठिन है क्योंकि प्रकरण की प्रकृति के कारण सबसे अधिक महत्व का व्यक्ति, स्वयं की कहानी कहने या बताने के लिए उपस्थित नहीं हो सकता है। रिश्तेदार तथा गाँववाले भी अधिक बचनेवाले होते हैं। मैं सोचता हूँ इस विषय पर बात काटने में सम्भवतः उन्हें लगता है कि इस विषय में कुछ बताने पर पुलिस जाँच पड़ताल और होगी। परन्तु इसके बाद भी आत्महत्या के प्रति मारिया की प्रवृत्ति के बारे में मैं बहुत कुछ मालूम कर सका।

परन्तु मारिया लोगों से पूछताछ करना कभी सरल नहीं रहा है। लोग कहते हैं कि जब श्री गिग्रसन आदिवासियों पर अपनी किताब लिख रहे थे। उनके द्वारा किए गए अन्वेषण के कारण गाँव वालों को नरभक्षी बाघ के आक्रमण का सामना करना पड़ा था। एक गाँव जहाँ मैंने स्वयं कुछ फोटो उतारी थी वहाँ बउद में यह उड़ गया था कि मैंने वहाँ की सभी औरतों को बाँझ बना दिया है। मारिया लोग बहुत मित्रवत हैं तथा मैं उन लोगों में अनेक दोस्त बना सका। विशेष रूप से उन विषयों पर जहाँ पुलिस का सन्दर्भ आता था स्वाभाविक रूप से वे मौन रहना पसन्द करते थे तथा पूछताछ करने वाले के सामने खुलकर स्वयं के लिए कठिनाइयाँ झेलने के बजाय अज्ञान रहना पसन्द करते थे। इसके अतिरिक्त भारतवर्ष के सभी आदिवासियों में यह मान्यता है कि आदिवासी मामलों पर बात करने से गोत्र के पुरखे नाराज हो सकते हैं अथवा किसी देवी-देवता की मानसिक शान्ति भंग हो सकती है। ऐसा कहा जाता है कि मैसूर की एक अपराधिक प्रवृत्ति के आदिवासी समूह के सदस्यों के बच्चों को बचपन से यह पाठ पढ़ाया जाता है कि उनसे पूछे गए प्रश्नों के उत्तर में एक ही जवाब दे कि हमें कुछ मालूम नहीं है।[1] सभी मारिया यही प्रवृत्ति अपनाते हैं। मैं नहीं कहूँगा कि मैंने इस किताब में किसी नई बात की खोज की है पर इस सामाजिक व्यवस्था, जहाँ सबकुछ आदिवासियों द्वारा निपटाया जाता है, से सरकारी कार्य व्यवस्था में परिवर्तन, जहाँ कि बाहर व्यक्तियों द्वारा सब कुछ निर्णीत किया जा सकता है, आदिवासियों द्वारा कुछ भी नहीं, निश्चित रूप से रुचि का विषय है।

यहाँ वर्णित कुछ दुखद घटनाएँ आदिवासी जीवन के विभिन्न प्रश्नों पर प्रकाश डालती है तथा विशेष रूप से मूल्यवान है जो यह बात दर्शाती है कि वो कौन-सी बातें या चीजें हैं जो उन्हें भावानात्मक रूप से मारिया मस्तिष्क को परेशान करती हैं। जब हम किसी आदिवासी समूह के बारे में मोनोग्राफ पढ़ते हैं तो उनका सारा जीवन हमारे सामने बिछ जाता है। कुछ बातें पाठकों के लिए रोचक व रोमांचकारी है परन्तु यह मालूम करना हमेशा सहज नहीं होता कि स्वयं इन लोगों के लिए क्या रोचक है ? इस प्रकार के सहायक अध्ययन सच्ची वास्तविकता को पसन्द करने में हमारी सहायता करते हैं उदाहरण के लिए बहु पत्नीक गृहस्थी या फिर विवाह के लिए मजदूरी करने की कठिनाइयाँ, लोगों

1. एल.के. अनन्तकृष्णा अय्यर–द मैसूर ट्राइब्स एंड कास्ट्स (मैसूर 1930), खंड 3, पृष्ठ 612।

के मस्तिष्क पर टोने-टोटके का प्रभाव सम्पत्ति के प्रति उनका लगाव, उनकी ईर्ष्या तथा बदले लेने की इच्छा, इन सबको यह विविधता से वर्णित किया गया है।

इस प्रकार के अध्ययन का मूल्य जो यह नहीं है सिर्फ विद्यार्थियों के लिए है। अब चूँकि आदिवासी क्षेत्र खुल गए हैं और आदिवासी लोग अधिक से अधिक बाहरी दुनिया के सम्पर्क में हैं अब यह प्रशासकों तथा अभिसुरों के लिए अब अधिक अनिवार्य हो गया कि वे आदिवासियों की मानसिकता को समझें, कभी आदिवासियों के अपराधों से भ्रमित करनेवाला या झकझोरने वाला कुछ नहीं है। न्यायालय हमेशा अपनी ऊर्जा तथा समय बचाने के लिए पूरी तरह तैयार रहते हैं। तथा शराब के नशे में रहने की प्रार्थना को बयान मान लेते हैं जो ऐसा प्रतीत होता है कि पूर्णतः अस्वीकार्य होता है।

निस्संदेह आदिवासी अपराधों का एक हिस्सा सभ्य लोगों के अपराधों की तरह का प्रमाण की आवश्यकता है। मानव हत्या के प्रकरणों में न्यायालयों को निर्णय लेना सबसे कठिन होता है। कि जो कृत्य विचारार्थ सामने आया है वह भारतीय दंड संहिता की धारा 300 के अपवादों में आता है अथवा नहीं। क्या यह एक असहाय तथा गम्भीर प्रकार के अपमान के कारण उत्तेजना में हुआ है। कठिनाई इस बात की है जिसे प्रत्येक सत्र न्यायाधीश भी मानते हैं। कि जो हत्यारे को सबसे अधिक उकसानेवाली बात प्रतीत होती है उसे आदिवासी शायद ही देख पाते हैं तथा वह घटना या कारण जिसे सभ्य संस्कृत पढ़े-लिखे लोग बहुत मामूली समझते हैं वही बात किसी भी मारिया या नागा आदिवासी से गुस्से की रौ में मानव हत्या करवा देते हैं। इस तथ्य के आधार पर यह मामला और पेचीदा हो जाता है कि यह आदिवासी एक-दूसरे से काफी अलग प्रकार के हैं।

उदाहरण के लिए बायसन हॉर्न मारिया अपनी महिलाओं की पवित्रता के प्रति उग्र रूप से संवेदनशील होते हैं तथा पत्नियों के विश्वासघात लगातार हत्याओं का एक सशक्त कारण होते हैं। परन्तु इस मामले में उत्तर बस्तर के गोंड तथा बैगा का स्तर काफी निचला होता है। अपेक्षाकृत प्यार, प्रेम उन्मुक्त है। तलाक लेना या देना सरल है तथा पत्नी के चारित्रिक विश्वासघात की मामूली आर्थिक जुर्माना लगाकर भरपाई कर ली जाती है। अतः यह स्पष्ट और निश्चित है कि गोंड तथा बैगा लोग जो अपनी पत्नी की विश्वासघातिता पर संदेह करते हैं वे उन्हें उतना अधिक नहीं भड़काते हैं जो ऐसे ही परिवेश या परिस्थिति में किसी बायसन हार्न मारिया को विचलित करते हैं।

आदिवासी रीतिरिवाजों से पहले सोच-विचार कर संकेत मिल सकता है। कभी शान्त या ना थमनेवाले गुस्से का कुछ नाटकीय प्रतीकों से प्रदर्शन करते हैं। वे अपने गुप्तांग के बाल उखाड़ते हैं, वे अपने शत्रु की छत से मुट्ठी भर घास खींच लेते हैं तथा एक खास अंदाज में तेजी से सीटी बजाते हैं। किसी भी प्रकरण में जहाँ कोई भी दोषी या अपराधी कि वह एक या ऐसे ही किसी अन्य अपराध में लिप्त है तो यह माना जाता है कि यह अपराध पूर्व सुनियोजित था।

बस्तर की एक दुखद घटना, स्वर्गीय पति के छोटे भाई डोगा द्वारा स्थानीय भाभी

ताती हिरमें की हत्या एक रोचक उदाहरण प्रस्तुत करता है कि किस प्रकार स्थानीय परम्परा का ज्ञान एक निरर्थक अपराध को स्पष्ट कर सकता है। आदिवासी परम्परा के अनुसार देवर का अपने बड़े भाई की विधवा पर पहला अधिकार होता है जो उस पर व्यक्तिगत अधिकार के साथ उसकी सम्पत्ति पर भी होता है। ताती हिरमें ने यह अधिकार डोगा को नहीं दिया और इस बात के प्रमाण उपलब्ध हैं कि कई दिनों तक उसके इस व्यवहार पर नाराजगी प्रगट करता रहा। जिस दिन यह हत्याकांड हुआ था डोगा ताती हिरमें के घर गया था और उससे तम्बाकू माँगी थी उसने मना कर दिया तो डोगा ने उसकी हत्या कर दी।

प्रथम दृष्टया स्पष्ट रूप से यह निरुद्देश्य किया गया अपराध है जो अक्सर बाहरी लोगों को चकरा देता है परन्तु तम्बाकू जैसी मामूली चीज को देने से मना करना ही शायद पर्याप्त था जिसका परिणाम इतना घातक हुआ। परन्तु मारिया लोगों के व्यवहार या रीति रिवाज में किसी भी औरत से तम्बाकू माँगने का अर्थ है प्रतीकात्मक रूप से यौनिक सम्बन्ध के लिए उसे आमंत्रित करना। और जब लड़के ने अपने बड़े भाई की विधवा से उसके साथ सहवास करने को कहा तो वह अपने अधिकार की ही माँग कर रहा था, और जब उसने मना कर दिया तो यह उसकी इच्छा तथा दर्द दोनों को भड़काने वाला सिद्ध हो गया और यह इतना उग्र हो गया कि उसने उसको मार डाला।

चिकित्सा विज्ञान तथा नृतत्व विज्ञान में शोध हो सकता है कि आनेवाले समय में यह उजागर करे कि किस प्रकार ऊपरी तौर पर निरुद्देश्य दिखलाई पड़ने वाला अपराध थकान व रिक्तता अपराध के रूप में समझा जा सकता है। बार-बार एक आदमी अचानक उपजे गुस्से के रौ में अपनी पत्नी की हत्या कर देता है जबकि कोई स्पष्ट ठोस कारण नहीं होता है। यह सम्भव है कि बहुत से प्रकरणों में असली कारण शराब का नशा नहीं बल्कि अत्याधिक कलान्तता ही होती है।

एक बिन्दु जो न्यायालयों को प्रायः तकलीफ पहुँचाता है वह है समय। ऐसे प्रकरण में उकसाने को एक बहाना बताया जाता है। प्रायः पाया यह जाता है वह वास्तविक घटना जो उत्तेजित करती है तथा उसके बाद किये हिंसक कृत्य के बीच घंटों निकल जाते हैं। प्रायः ऐसा माना गया है कि इस प्रकार के समय गुजर जाने के बाद अपराधी भारतीय दंडसंहिता की धारा 300 के अपवाद 1 का लाभ पाने से चूक जाता है। परन्तु इसमें थोड़ी भी शंका नहीं है। इसके अतिरिक्त दैनंदिनी के जीवन में कोई भी विचार या धारणा जमने में तथा मस्तिष्क पर उसका प्रभाव पड़ने में भी समय लगता है। लावस्चर ने दक्षिण आफ्रीका के टैम्बू नीग्रो के मनोविज्ञान का विश्लेषण किया है जो यहाँ अधिक महत्त्वपूर्ण है। वह कहते हैं कि–

> 'टैम्बू लोग प्राकृतिक रूप से खून के प्यासे स्वभाव के नहीं होते हैं परन्तु उनकी उग्र प्रवृत्ति या कलही वृत्ति त्वरित रूप से भड़कनेवाली होती है उसे बड़ी सरलता से विस्फोटक तथा उग्र बनाया जा सकता है तथा अचानक किया गया आक्रमण प्रायः घातक असामान्य नहीं होता है। छड़ी की लड़ाई में भाग लेनेवाले

व्यक्तियों की भावानात्मक प्रतिक्रियाओं का सावधानी पूर्वक किया गया अध्ययन बेशक प्रारम्भ में देखभाल के लिए खेल की भावना से लड़ी जा रही थी, उसने मुझे दर्शाया कि कितनी जल्दी और विस्फोटक ढंग से स्थानीय भागीदार अपना स्वभाव खो देते हैं और अपने प्रति उन्हीं पर प्राणघातक वार करते हैं। इस प्रकार के घातक वारों को सामने वाला बचाव की कला से टाल सकता है। उग्र प्रवृत्तियाँ तेजी से भड़क उठती हैं यद्यपि इस छड़ी युद्ध के बाद एक-दूसरे के प्रति कोई मलिन भावना नहीं रहती है। मैं इस निष्कर्ष पर पहुँचा हूँ कि एक बार जहाँ भावनात्मक प्रवृत्ति पनपी और यदि उसकी पनपने की स्थिति बनी रहती है व्यक्ति इसी भावना में रहने लगता है तथा उन्माद को रोकने का या तो बहुत कम प्रयास करता है या फिर करता ही नहीं है। जब तक यह अवरोध एक अन्य भावनात्मक प्रवृत्ति जो पूर्व प्रवृत्ति के उद्देश्य के विपरीत ही उपज ना जाएँ/जैसे कि परिणाम का डर परन्तु यह डर उस क्षण किसी की उपस्थिति के कारण उपजा होना चाहिए। परिणाम यह होता है कि त्वरित जनित मनोवृत्ति के नीचे दूरदर्शिता, निर्णय तथा स्वनियंत्रण की बौद्धिक यांत्रिकी डूब जाती है।[1]

मैंने अपनी किताब के पृष्ठों को अनेक सन्दर्भों से बोझिल नहीं बनाया है। सूची वर्णमाला के आधार पर दिए गए हैं। प्रत्येक प्रकरणों में गोत्र नाम पहले दिखलाए गए हैं। नर हत्या करने वालों के संक्षिप्त परिचय से पाठकों को इस किताब से उल्लेखित मुख्य नायकों का संक्षिप्त इतिहास तथा उन्हें मिली सजा की जानकारी भी मिल जाएगी। इसके साथ ही साथ सम्पूर्ण मारिया अपराध पर दृष्टिपात कर सकते हैं।

बस्तर में मेरे पहले मित्र श्री ई.एस. हापड़ आई.सी.एस. थे जो जीवन भर आदिवासियों के मसीहा रहे। उनके तथा उनके सहायक ए.एन. मिचेल द्वारा दी गई सहायता उनके बाद आए उत्तराधिकारी श्री के. राधाकृष्णन आई.सी.एस. द्वारा भी निरन्तर रहा। जाँच पड़ताल के प्रत्येक स्तर पर मुझे डॉ. डब्ल्यू.पी.एस. मिचेल एम.बी.ई. का सहानूभूति प्राप्त थी। डॉ. मिचेल कई वर्षों तक जगदलपुर जेल के अधीक्षक रहे तथा कैदियों के बीच वे अति लोकप्रिय थे। प्रत्येक रिहा कैदी जिससे भी मैंने बात की या मिला उन सभी ने उनकी बहुत प्रशंसा की। और बेशक इस बात ने मुझे याद दिला दी कि लेखक दास्तोवास्की ने अच्छे स्वभाववाले जेल गर्वनर के बारे में लिखी या कही है। वे लोग उनसे प्यार नहीं करते हैं वो उन्हें बेहद चाहते हैं। मुझे याद नहीं कि उन कैदियों ने स्वयं को गवर्नर के प्रति न तो बहुत आपराधिक पाया और न ही असम्मान जनक। इसके विपरीत जब वह जेल गर्वनर से मिला तो अपराधी का चेहरा खिल गया, वह जोर से मुस्कुराया, हाथ में टोपी लिए उसे देखने पास तक गया।

बस्तर में एक अन्य लोकप्रिय व्यक्ति डॉ. सत्यनारायण थे जिनके बारे में मारिया लोगों की धारणा थी कि वो किसी जादुई चिकित्सा से उन लोगों को वासनात्मक इच्छाओं

1. बी.जे.एफ. लैब्सचर–सेक्स कस्टम एंड साइकोपैथोलोजी (लंदन 1937) पृष्ठ 302।

से मुक्त कर सकते हैं। स्वर्गीय राय साहब निरंजन सिंह सहायक प्रशासक जिन्होंने कई मुकदमों की सुनवाई की तथा अनेक मारिया अपराधियों को सजा सुनाई उन्होंने सामाजिक स्थितियों पर भी प्रकाश डाला जिससे बस्तर में अपराधों की संख्या में वृद्धि हुई है।

मैं पुलिस विभाग को विशेष धन्यवाद के शब्द कहना चाहूँगा। एक नौसिखिए के अनुरोधों पर रुष्ट होने के बजाय श्री ए.सी. में बेरी एम.बी. रियासत के पुलिस अधीक्षक तथा उनके अधीनस्थ कर्मचारियों ने मुझे हर सम्भव सहायता/सहयोग प्रदान किया। ठाकुर मनसहाल सिंह ने विशेष रूप से मानव हत्यारों के मनोविज्ञान के सम्बन्ध में जानकारी प्रदान की जो यह प्रकट करता है कि वहाँ के लोगों के बारे में उन्हें कितना गहरा ज्ञान है। अनेक अन्य पुलिस अधिकारी यथा सर्किल इन्सपेक्टर, सब इन्सपेक्टर तथा सिपाहियों ने मेरी यात्राओं तथा जानकारी एकत्रित करने में मुझे सहायता प्रदान की मैं इन सबके प्रति आभार व्यक्त करना चाहता हूँ। मैं कुदरत उल्ला खान साहब के प्रति आभारी हूँ जिन्होंने मुझे आबकारी सम्बन्धी विषय पर मूल्यवान जानकारी दी। श्री जनार्दन जोशी तथा श्री रामकृष्णन ने मेरे लिए रिकार्ड ढूँढ़ने में काफी मेहनत की तथा हर तरह से मेरी मदद की। श्री एस.एम. ईशाक का मारिया लोगों का अनुभव व जानकारी अद्‌भुत है। वो एक महत्त्वपूर्ण भ्रमण में मेरे साथ थे और जब वे बहुत दर्द के कारण अस्पताल में भर्ती थे तब भी उन्होंने मुझे मार्गदर्शन तथा सलाह दी। श्री क्यू. हक तथा श्री एम.एम. खिदे जो उस समय क्रमशः जगदलपुर तथा दाँतेबाड़ा के तहसीलदार थे उन्होंने मेरे भ्रमण कार्यक्रमों में हर सम्भव तरीके से मुझे सहयोग प्रदान किया तथा मेरे प्रोजेक्ट में मुझे लगातार प्रोत्साहित करते रहे।

बाद की अधिकांश यात्राओं में, श्री सम्पत सिंह मेरे लिए गोंडी भाषा के शिक्षक तथा दुभाषिये की तरह कार्य करते रहे। उनकी सहायता अमूल्य थी। अनेक हत्याओं के प्रकरण की सुनवाई में वे स्वयं क्लर्क की हैसियत से उपस्थित थे तथा प्रकरण के असली मुद्‌दों को प्रकट करने में सक्षम थे। मैं उनके साथ के लिए तथा अनेक कठिन तथा रोमांचक कार्यों में उनकी ऊर्जा तथा बौद्धिकता के प्रति आभार व्यक्त करना चाहता हूँ।

मेरा सहायक गुलाबदास जो कई वर्षों तक प्रशिक्षक रहा आज जाँच-पड़ताल के विशेष क्षेत्र में उन्हें विशेषज्ञ माना जा सकता है। उन्होंने जानकारी प्राप्त करने के लिए खूब सराहनीय कार्य किया तथा उनके प्रेमिल व निश्चल व्यवहार ने अनेक मारिया लोगों का विश्वास जीता तथा मारिया लोगों को अपनी गुप्त बातों को बताने के लिए राजी किया।

शोध का व्यय आंशिक रूप से मोट्टन कालेज द्वारा प्रदत्त शोध अनुदान से उठाया गया है। मैं कालेज के वार्डन तथा अन्य स्टॉफ के प्रति उनके सहयोग के लिए अत्याधिक कृतज्ञ हूँ। किताब का वास्तविक प्रकाशन मेरे मित्र श्री जहाँगीर पी. पटेल के व्यावहारिक सहयोग तथा उत्साह के कारण सम्भव हो सका है। मित्रता तथा सन्धि की गहरी

वास्तविकता के लिए जो सार्वजनिक रूप से व्यक्त करना आवश्यक नहीं है। यह किताब स्वयं इस बात का प्रतीक व प्रमाण है। श्री पटेल की भागीदारी इसमें पूर्ण है।

न्यायविद सी.एस. हेमीयोन, आई.सी.एस. और उनकी पत्नी ने पांडुलिपि को पढ़ा तथा उसमें महत्त्वपूर्ण सुझाव तथा टिप्पणियाँ दी हैं। श्री हीमियोन को वैधानिक तथा न्यायिक क्षेत्र का वृहत्त अनुभव एवं अपराध शास्त्र के विषय में गहरी रुचि है। विषयों को समझने तथा अन्तर्दृष्टि की अद्‌भुत प्रकृति प्रदत्त विशेषताओं ने उन्हें एक ऐसा गहन व सूक्ष्म आलोचक बना दिया है जिसको पाने का प्रत्येक लेखक प्रार्थना करता है।

श्री मेव स्काट ने (अंगा पेन तथा बायसन हॉर्न मारिया लोगों द्वारा पहननेवाले सिंह मुकुट की) दो सुन्दर रेखाकृति बनाई हैं तथा नक्शे तथा रेखाचित्रों को बनाने में बहुत सहायता प्रदान की है। अन्य रेखाकृतियों को बनाने में श्री मोराफ्राम का तैयार व सधा हाथ उत्तरदायी है। मारिया बलि की तस्वीर मेरे लिए श्रीमान् ईवलिन वूड ने खोजी थी।

मैं विशेष रूप से श्री सी.आर. गैराड का आभारी हूँ कि उन्होंने किताब का कवर बनाया जिसने इस किताब को सबके सामने अति सुन्दर, आकर्षक तथा महत्त्वपूर्ण बना दिया है।

स्वर्गीय श्री डब्लू.व्ही. गिग्रसन ने मुझे बस्तर यात्रा के लिए प्रेरित किया तथा उन्होंने वहाँ मेरे रहने को सम्भव बनाने के लिए हर प्रकार से मेरी मदद की।

अध्याय : एक

आदिम भारत में अपराध

I

आदिम भारत में आदिवासी जातियों और कबीलों में होनेवाले हिंसक अपराधों के बारे में हमारी जानकारी मामूली ही है। यहाँ प्रचलित बलि प्रथा व हिंसक वारदातों में निहित कारणों और विचारों को फ्रेजर की पुस्तक 'द गोल्डन बग' बेहतर ढंग से दर्शाती है। इस पुस्तक की कथाओं के आधार कैम्पबेल व मैक्फर के रिकार्ड हैं। इस पुस्तक के अनुसार, 'पृथ्वी को देवी मानकर बलि दी जाती थी। इस बलि के पीछे यह विश्वास निहित था कि बलि देने से अच्छी फसल होगी और हर रोग और दुर्घटना से बचाव हो सकेगा। विशेषकर हल्दी की खेती के पीछे बलि देने का कोण्ड का तर्क यह रहा है कि बिना खून बहाए हल्दी का रंग लाल नहीं हो सकता।'

एक समय में नीलगिरी पहाड़ियों में बसे इरूला तथा कोण्ड, कल्लन आदि आदिवासी जातियों के बीच शिशु हत्या काफी प्रचलित थी।[1] थर्स्टन ने इस अन्तिम आदिवासी जाति द्वारा अपनाई गई इस परम्परा को रेखांकित किया है–

> जेसुट फादर मार्टिन से मिली जानकारी के आधार पर ओरम बताते हैं कि कल्लन जाति के आदिवासियों पर बदला लेने का पागलपन इस तरह सवार रहता है कि थोड़े से अपमान के लिए वह अपनी पत्नी तथा बच्चों की हत्या तक करने से गुरेज नहीं करता। इस हत्या के पीछे उसका उद्देश्य यह रहता है कि परम्परा के अनुसार दुश्मन भी अपने परिवार के किसी प्रिय सदस्य की हत्या करने को बाध्य हो। मदुरा जिले की नियम पुस्तिका में शिशु हत्या के प्रारम्भिक प्रचलन का जिक्र है।' कल्लन जाति की महिलाओं के बीच भयंकर प्रथा प्रचलित है–जब भी दो औरतों के बीच झगड़ा होता था तब इस झगड़े

---

1. कृपया सर जे.जी. फ्रेजर की कृति दि गोल्डन बो (द्वितीय संस्करण) खंड 2 पृष्ठ क्रमांक 241 देखें जे. कैम्पबैल की किताब–ए पर्सनल नेरीटिव ऑफ थर्टीन ईयर्स सर्विस अमोग्न्स्ट दि वाईल्ड ट्राईब्स ऑफ खोंडिस्तान (लंदन 1864) एस.सी. मैकफरसन्स मेमोरियल्स ऑफ सर्विस इन इंडिया (लंदन 1865) एस.सी. राय एथ्नोग्रॉफी इन ओल्ड आफिशियल रिकॉर्डस मैंन इन इंडिया खंड 2 (1922) पृष्ठ क्रमांक 78 तथा अन्य कृतियाँ।

में जो औरत अपमानित होती थी, वह दूसरी औरत से अपने अपमान का बदला लेने के लिए उसी के दरवाजे पर अपने बच्चे को मार डालती थी। इस घटना की खबर पड़ोसियों द्वारा गाँव के मुखिया और बुजुर्गों तक पहुँचाई जाती है। वे सब मिलकर कोशिश करते हैं कि यह लड़ाई खत्म हो जाए। गाँव में सभा बुलाई जाती है और मामले की छानबीन की जाती है। जब आरोपित स्त्री के पति को अपनी पत्नी के खिलाफ पर्याप्त सबूत मिल जाते हैं, तो वह सभा से चुपचाप निकलकर घर जाता है। घर से अपने एक बच्चे को उठाकर उस औरत के दरवाजे पर ले जाता है जिसने अपने बच्चे की उसके दरवाजे पर हत्या की थी। फिर कुछ गवाहों के सामने बच्चे की वहाँ बलि दे देता है। ऐसी नृशंस प्रतिक्रिया के पीछे उसका तर्क है कि ऐसा करके उसने अपने आपको तथा अपने परिवार को और भी कठिनाइयों से बचा लिया है। इन घटनाओं को न्याय के लिए बैठी सभा की जानकारी में लाया जाता है। यहाँ यह घोषणा कर दी जाती है कि अपराधी को उसके अपराध का दंड मिल चुका है। दूसरी परिस्थिति में, यदि अपराधी अपराध घोषित होने के बावजूद स्वैच्छिक दंड प्रक्रिया नहीं अपनाता तब पूरी सभा सामान्यतः 15 दिनों तक जारी रहती है। समय सीमा समाप्त होने के पहले कोशिश की जाती है कि दंडस्वरूप अपराधी के एक बच्चे की बलि चढ़ाई जाए। साथ ही साथ, 3 दिनों तक इस सभा के भोजन का खर्च भी अपराधी को ही उठाना पड़ता है।[1]

नैद पनियन डकैती और हत्या के लिए कुख्यात रहे हैं। काफी भीतरी इलाकों में बसे होने के कारण किसी उत्पादक कार्य में इन्हें लगाना मुश्किल था। उनके नृशंस तौर-तरीकों की झलक कई वारदातों में दिखती है। जिस व्यक्ति के घर को निशाना बनाना होता है उस व्यक्ति के घर को आधी रात में पुआल के बड़े-बड़े गड्डरों से ढक दिया जाता है। फिर संकेत मिलने पर इनमें आग लगा दी जाती है। यदि कोई भागने की चेष्टा भी करता है तो उसके सिर पर लकड़ी के कुन्दे से वार कर उसे जलती भट्ठी में जबरदस्ती ढकेल दिया जाता है।[2]

भंटू जाति के आदिवासी भी अपने नृशंस तौर-तरीकों में पनियन के ही समान थे। पोर्ट ब्लेयर भेजा गया एक गैंग लगातार पचास हत्याओं का दोषी था। वे अपने शिकार से उसके खजाने का पता जानने के लिए उस पर क्रूर और हिंसक तरीके इस्तेमाल करते थे। जैसे, वे औरतों को जलते हुए कोयलों पर बैठने को विवश करते थे। बलात्कार तो आम बात थी। उनका आक्रमण करने का पारम्परिक हथियार छोटा, पर बेहद कठोर बेंत हुआ करता था। आक्रमण करने के लिए इसे बेहद आवेग से शिकारी पर फेंका जाता था, जबकि अपनी रक्षा के लिए वे लाठी का इस्तेमाल करते थे। हाल के वर्षों में वे बन्दूक और खाकी

1. ई. थर्सटन–एथनोग्राफिक नोट्स इन साउर्थन इंडिया (मद्रास 1907) पृष्ठ क्रमांक 503
2. ई. थर्सटन–कास्ट एंड ट्राईब्स ऑफ साउर्थन इंडिया (मद्रास 1909) खंड 6 पृष्ठ 60

कन्दमूल के साथ एक आदिवासी लड़की

गारमिरी गाँव में खेत में अनाज साफ करती हुई लड़की।
कभी-कभी खाना पकाने में कोताही—दुख का कारण बन जाता है

वर्दी का इस्तेमाल करने लगे हैं। लूट के माल को वे अपने इलाके में तुरन्त मिट्टी में गाड़ देते हैं और तितर-बितर हो जाते हैं। जब भी हत्या की कोई घटना घटती है तो इसके खिलाफ कोई कार्रवाई नहीं की जाती, जबकि हत्या करना पाप माना जाता है। यदि किसी अनजान व्यक्ति की हत्या कर दी जाती है तो हत्यारे को परम्परा के अनुसार अपने मित्रों के बीच गुड़ बाँटना पड़ता है। इसकी कीमत 140 रु. होती है। जबकि, अपनी ही जाति के व्यक्ति की हत्या करने पर हत्यारे को 101 रु. का भोज देना पड़ता है।[1]

इन अपराधी जातियों का अपराध के प्रति दृष्टिकोण साधारण आदिवासी जातियों से पूर्णतया भिन्न है। अनन्तकृष्णा अय्यर मैसूर की एक अपराधी जाति, कोरावा के व्यवहार का चित्रण करते हैं, 'कोरावा और इसकी सहयोगी जातियों के सामाजिक व्यवहार और नियमों की सूक्ष्म विवेचना यदि करें तो हम पाएँगे कि वे चोरी को बुरा नहीं मानते बल्कि उसे आजीविका का सहर्ष स्वीकार्य साधन मानते हैं। उन्हें चोरी करने में मजा भी आता है। पकड़े जाने पर यदि किसी कोरावा को जेल हो जाती है तो वह बिना दुखी हुए इसे अपने जीवन का अंग मानकर स्वीकार कर लेता है। पर साथ ही, वह वहाँ से भागने की भी कोशिश करता है। कभी-कभी कोरावा चोरी तो खुद करता है पर जब पुलिस चोर को ढूँढ़ती है तो उसे गुमराह करने के लिए उसकी मदद भी करता है और गलत जानकारियाँ देता है।[2] पर इस तरह की परम्परा बाइसन-हार्न-मारिया में नहीं पाई जाती है।'

इस तरह की आपराधिक जातियाँ पूरे भारत में फैली हुई हैं। इनमें से कई जातियों का पुलिस विभाग द्वारा अध्ययन किया गया है।[3] गला घोंटनेवाली ठग जाति के बारे में मेडोज टेलर ने बड़ी संवेदनशील किताब लिखी है। इनमें से अधिकतर आपराधिक जातियाँ आदिम जातियाँ नहीं हैं, बल्कि, वे हिन्दू जातियों की प्रशाखाएँ हैं, कुछ विशेष आपराधिक आदिम जातियाँ भी हैं, जिनमें से एक प्रधान नामक जाति है। इनका मुख्य पेशा चोरी और ठगी रहा है, पर आज इनमें से अधिकांशतः सम्मानजनक व शान्तिपूर्ण जीवन जी रहे हैं। असम की सिर काटनेवाली नागा जाति, आज बिना शिक्षा और संसदीय तन्त्र का सहारा लिए आधुनिक यूरोप का महत्त्वपूर्ण हिस्सा बन गई है।

कभी भील जाति अपनी क्रूरता के लिए कुख्यात थी। उस समय कुछ प्रसिद्ध भील डकैत हुआ करते थे। कहा जाता है कि 'जब वे जानवरों के किसी झुण्ड की चोरी करते थे तो चोरी की देवी को मनुष्य की बलि चढ़ाते थे। इसी तरह यदि भेड़ के झुण्ड की चोरी करते थे तो चरवाहे की बलि चढ़ाते थे। उनके बलि देने का तरीका अजीब था। वे चरवाहे को पहले गहरी खाईवाली छोटी पहाड़ी पर ले जाते थे। फिर उसके हाथ-पैर

1. सी.जे. बोनिन्गटन इन सेन्सस आफ इंडिया, 1931 खंड 1 पार्ट 3 बी पृष्ठ 37।
2. एल.के. अनन्तकृष्ण अय्यर–दि मायसोर ट्राईब्स एंड कास्ट्स (मैसूर 1930) खंड 3 पृष्ठ 612।
3. एक सामान्य संक्षिप्त वर्णन–बी.एस. हैकरवाल की किताब–इकोनोमिक एंड सोशल अस्पेक्ट्स ऑफ क्राईम इन इंडिया (लंदन 1934) में दिया गया है।

को बाँध देते थे। इसके बाद उसे पहाड़ी पर से नीचे धकेल देते थे। अब यह तरीका कृपादृष्टि पाने या लूटपाट के सफल होने पर धन्यवाद देने के लिए देवी माता के सम्मान में सात पहाड़ों या सात घरों को जलाने की शपथ ली जाती है।'[1]

यदि हम इनकी क्रियाओं का मनोवैज्ञानिक विश्लेषण करें तो पाएँगे कि इस व्यवहार के पीछे उनकी जाति की जन्मजात क्रूरता नहीं है बल्कि यह उन पर मराठों द्वारा किए जानेवाले क्रूर और जंगली व्यवहार के विरोध में की गई प्रतिक्रिया है। इसी तरह संथाल, मुंडा, मारिया और दूसरी आदिम जनजातियों में विद्यमान बागी व्यवहार या आपराधिक प्रकृति उनकी अपनी निरंकुश स्वतन्त्रता की वजह से नहीं है बल्कि उन लोगों की वजह से है जिन्होंने उन्हें अपने निरंकुश शासन में रखा, उन्हें दबाया, उन पर जुल्म ढाए।

II

भारत में आदिवासियों को उनके सच्चे, निष्कपट, शान्तिपूर्ण और दयालु स्वभाव के कारण ऊँचा स्थान दिया गया है। हट्टन इनकी 'स्वाभाविक ईमानदारी और सच्चाई' की बात करते हैं, फोरसिथ का मानना है कि 'आदिवासी सबसे सच्चे इंसान हैं और वे अपने ऊपर लगे अपराध के आरोप या आर्थिक जुर्माने से पीछे नहीं हटते।'[2] मजूमदार, मेजर रसीद के बारे में बताते हैं कि वे हो जाति के आदिवासियों से इतने प्रभावित हुए कि उन्होंने छोटानागपुर के उनके जाति भाइयों से उन्हें सर्वोत्तम बताया। कर्नल टिकेल भी 'उनकी सच्चाई, ईमानदारी, परोपकारिता, निष्कपटता से बेहद प्रभावित थे। वे किसी भी कानून के नियंत्रण से दूर उनकी स्वच्छन्दता के हिमायती थे, बजाय इसके कि, उन पर ब्रिटिश शासन व्यवस्था का नियंत्रण हो और उनके स्वाभाविक गुणों को नष्ट कर दिया जाए।'[3] कचारी के मिशनरी 'एनडल' इनके प्रति बेहद ऊँची सोच रखते हैं। चावल की शराब (पोचु या हंडिया) के प्रति उनके प्रेम की बात को छोड़ दें तो–

> इनमें सम्मान के सारे कारक ईमानदारी, निष्कपटता, सच्चाई मौजूद हैं। काफी जटिल परिस्थितियों में फँसने के बावजूद वे कितने सच्चे होते हैं इसका एक उदाहरण देते हुए एनडल बताते हैं कि कुछ साल पहले मंगलदई अनुमंडल के प्रभारी आइसीएस अफसर ए.जे. प्राइमरोज ने उन्हें एक कहानी सुनाई थी– 'कचारी के शेखर मौजा को हत्या के आरोप में मजिस्ट्रेट के सामने लाया गया। उसे गम्भीर सजा और हर्जाना सुनाया गया। उसके खिलाफ जो भी सबूत थे वे बेहद कमजोर थे और उसका अपराध साबित करने के लिए भी अपर्याप्त थे। वह चाहता तो दंड से बच सकता था पर उसने बिना हिचक अपना अपराध स्वीकार कर लिया। आदिवासी पुरुष और स्त्री के बीच के सम्बन्ध बेहद

---

1. सी.एस. वेंकटचार–सेन्सस ऑफ इंडिया 1931 खंड 1 पार्ट 3-बी पृष्ठ 56।
2. जे. फारसेयश–दि हाईलैंड ऑफ सेन्ट्रल इंडिया (लंदन 1871)।
3. डी.एन. मजूमदार–ए ट्राईब इन ट्रांजिशन (लंदन 1911), पृष्ठ 2।

आधुनिक और सभ्य समाज के स्त्री-पुरुष के बीच के सम्बन्धों की अपेक्षा गहरे और स्वस्थ होते हैं।[1]

1870 ई. में कर्नल वार्ड बैगा जाति के आदिवासियों का इस प्रकार चित्रण करते हैं–'वे व्यवस्थित जीवन के अधिकारी, किसी के प्रति आभारी, जंगल की तरह निरंकुश, स्वतन्त्र, ऊँचे मनोबल वाले और सभ्य होते हैं।'[2]

आर. एच. कैम्पबेल कहते हैं–'डोग्न जाति को छोड़कर जितने भी पहाड़ी लोग सम्पर्क में आए सभी कानून का पालन करनेवाले, ईमानदार और विश्वसनीय थे। गुडमी पहाड़ी क्षेत्र में कोई पुलिस स्टेशन नहीं रहने के बाजवूद चोरी और डकैती का नामोनिशान नहीं था। हाँ, कभी पारस्परिक ईर्ष्या के कारण परिस्थितिजन्य हत्या के उदाहरण मिलते हैं।'[3]

सी. एस. वेंकटाचारी का मानना है कि यह दुर्भाग्य है कि आदिवासियों के ये सारे गुण सभ्यता और विकास के क्रम में लुप्त होते चले गए। 'भील' जाति तब तक बेहद सच्ची और निष्कपट रही जब तक कि 'सभ्यता' विकसित करने के बहाने उन्हें बर्बाद नहीं कर दिया गया।[4]

पी. ओ. बोल्डिंग बताते हैं कि संथाल तब तक ईमानदार और सीधे थे जब तक वे अपनी भाषा बोलते थे, पर जब से उन्हें स्कूल में हिन्दी या बांग्ला भाषा सिखाई जाने लगी तब से वे झूठ बोलने और बेइमानी करने लगे।[5]

गोविंद मेनन कोचीन की कदार जाति की हताश तस्वीर पेश करते हैं–

> निचले प्रदेश के लोगों के साथ सम्पर्क ने कदार जाति को मानसिक और शारीरिक दोनों रूप से क्षति पहुँचाई है। जब लालची ठेकेदार अपने आदमियों के साथ आदिवासी जंगलों के अँधेरे रास्तों पर निकलते हैं और ट्रामवे के स्टीम इंजन की चीखें पहाड़ियों और घाटियों में गूँजती हैं तो वे समझ जाते हैं कि कदार क्षेत्र की सीमा में अति सभ्य यानी उनकी सभ्यता को नष्ट करनेवालों के कदम पड़ चुके हैं। मैदानी इलाके के सभ्य लोगों की लालच भरी निगाहों से कदार औरतें बच नहीं पाईं। इन नवागन्तुकों और कदार औरतों के बीच चले साल भर के स्वच्छन्द सम्भोग ने मिश्रित सभ्यता के पहले फल को जन्म दिया। कदार औरतों की आदिम शुद्धता हमेशा के लिए नष्ट हो गई। मैदानी इलाके के लोगों के सम्पर्क में आने से सतीत्व के आदर्श के साथ समझौते करने पड़े। नैतिक और सामाजिक पतन गति पकड़ने लगा। नई पीढ़ी के खून को मिश्रित और दूषित कहा जाने लगा। यह संकट तब और बढ़ा जब कदार

1. सिडने इंडेल–दि कचारिज–(लंदन 1911), पृ. 2
2. एच.सी.ई. वार्ड रिर्पोट ऑन दि लैंड रेवेन्यू सैटलमेंट ऑफ दि मुंडलाह डिस्ट्रिक्ट (बम्बई 1870) पृ. 36
3. आर.एच. कॅम्पवैल–दि बाईल्ड ट्राईब्स ऑफ दि विजाग पटनम हिल्स क्वाटरली जर्नल ऑफ दि मायथिक सोसायटी (सेगलौट 1917) खंड 8, पृ. 3
4. सेन्स ऑफ इंडिया 1931 खंड 1 पार्ट 3 बी, पृ. 56
5. वही, पृ. 105

> श्रमिक नेलियमपति पहाड़ी के कॉफी के बागानों में काम करने लगे। इन जागीरों में काम करते हुए कदार श्रमिक निचले वर्ग के तमिल श्रमिकों के सम्पर्क में आए। कदार जिस भोजन, तौर-तरीकों के अभ्यस्त थे, उससे यहाँ की आबोहवा, भोजन बिलकुल अलग थे। यहाँ पर ताड़ी और अफीम जैसे नशे की लत लगने की पूरी सम्भावना थी। धीरे-धीरे कदार कामुक तमिल श्रमिकों के अश्लील तौर-तरीकों की नकल करने की कोशिश करने लगे। इस क्षेत्र में कदार की जितनी भी सन्तानें हुईं वे मिश्रित पाई गईं। स्वभाव में भी वे तमिल श्रमिकों की तरह कमजोर तथा अस्वस्थ पाई गईं।[1]

सी. वान फायरर हेमनडॉर्फ ने चेन्यु जाति के आदिवासियों की आपराधिक गतिविधियों का रोचक विश्लेषण प्रस्तुत किया है–

> पिछले कुछ सालों में कुरनुल के चेन्यु आदिवासियों द्वारा की जानेवाली जितनी भी हत्याएँ व अन्य गम्भीर आपराधिक मामले न्यायालय में लाए गए उनमें से अधिकांश मामलों में अपराधी और अपराध का शिकार दोनों ही चेन्यु जाति के थे। बलात्कार की घटना आम थी। इन सारे मामलों को वन प्रभारी अफसर देखते थे। इनमें आपसी दुश्मनी में बदला लेने के लिए आगजनी की घटनाएँ सबसे ज्यादा होती थीं पर एक-दूसरे की चीजों को चुराने की घटना कभी नहीं हुई। इस तरह के मामलों पर गौर करने पर पता चलता है कि हत्या या आगजनी जैसे अपराधों के पीछे आर्थिक कारणों की भूमिका बहुत थोड़ी रही है। सवाल उठता है कि कुरनुल क्षेत्र में हत्या की इतनी घटनाएँ क्यों होती थीं जबकि हैदराबाद के जंगल में रहने वाले चेन्यु अपने झगड़ों को शान्तिपूर्वक निपटा लेते थे। इसका एक ही जवाब है कि कुरनुल क्षेत्र में समझौतों के लिए बड़ी संख्या में इकट्ठा होने की प्रक्रिया ने उनके अपने सामाजिक संगठनों के महत्त्व को धूमिल कर दिया है। उनकी पुरानी परम्पराओं और गैर जरूरी नियमों की जगह कोई नई व्यावहारिक व्यवस्था खड़ी नहीं की जा सकी। अपने आदिम प्रदेश में वे व्यक्तिवादी थे। हैदराबाद के चेन्यु समुदाय में लोगों के कई छोटे-छोटे समूह बने हुए थे। जब कभी एक समूह के व्यक्ति का उसी समूह के दूसरे व्यक्ति से झगड़ा होता था तब वह उस समूह को छोड़कर दूसरे समूह में चला जाता था। इस तरह आपसी मतभेद उभर नहीं पाते थे। एक समूह से दूसरे समूह में पलायन ने लोगों को आपसी कटुता, घृणा और व्यक्तिगत ईर्ष्या से बचाए रखा था जबकि कुरनुल में चेन्यु को अपना गाँव छोड़कर कहीं और जाने पर पाबन्दी थी। जब उनके समूह छोटे थे तो उस समूह के परिवारों में बहुत नजदीकी सम्बन्ध थे। ये सम्बन्ध छोटे समूहों में हिंसा रोकने के लिए पर्याप्त थे पर जब से उनके छोटे समूह विस्तार पाने लगे पुरानी परम्पराएँ और सम्बन्ध हिंसा को रोकने में असफल होने लगे। जैसे, पहले पुरुषों का दूसरी

1. के.जी. मेनन–दि सेन्सस ऑफ इंडिया 1931 खंड 1 पार्ट 3 बी, पृष्ठ 215।

स्त्रियों या शादीशुदा स्त्रियों से प्रेम सम्बन्ध बनाना मुश्किल होता था, क्योंकि छोटे समूह में पुरुष के आस-पास जितनी स्त्रियाँ होती थीं वे या तो उनके गोज-वंश की होती थीं, या भाई की पत्नी या चचेरी, ममेरी बहनें होती थीं। अब समझौते के अन्तर्गत जितने भी क्षेत्र आते हैं उसमें रहनेवाले लोग कई गोत्र के होते हैं जिसमें अनुचित सम्बन्ध बनाने के अवसर ज्यादा होते हैं। इस तरह के बड़े समुदायों में स्वस्थ समाज के लिए ईमानदारी जरूरी तत्त्व हो गया।[1]

III

1936 में न्यूयार्क में आत्महत्या के कारणों पर विचार करने के लिए एक समिति का गठन किया गया। इसका उद्देश्य आदिवासी जातियों में होनेवाली आत्महत्याओं का गहन परीक्षण करना था क्योंकि आज भी आदिवासी जातियों में इस तरह की घटनाएँ अक्सर होती हैं। इस अध्ययन के जरिए आत्महत्या में छिपे मनोवैज्ञानिक, सामाजिक और जैविक कारणों पर रोशनी डालने की कोशिश की गई।[2] इसी समय दक्षिण अफ्रीका में लाबशायर भी इसी तरह के अध्ययन में जुटे थे। उनके अनुसार–

'सामान्यतः माना गया है कि सभ्यता के विकास के साथ-साथ आत्महत्या की प्रवृत्ति भी बढ़ती जा रही है। इसलिए मैं मानता हूँ कि आदिवासी संस्कृति में आत्महत्या के जितने भी उदाहरण हैं वे मनोचिकित्सीय विश्लेषण के रूप में बेहद महत्त्वपूर्ण हैं।'[3]

जहाँ तक आदिम भारत की बात है, इस तरह के अध्ययन को बहुत महत्त्व नहीं दिया गया है। यहाँ शोधकर्ताओं का ध्यान धार्मिक और औपचारिक आत्महत्या की घटनाओं पर ज्यादा रहा है। इसीलिए सती प्रथा, जो कि एक तरह की धार्मिक आत्महत्या का ही रूप है, पर पर्याप्त साहित्य मिल जाएगा। इसमें पति की मृत्यु हो जाने पर पत्नी पति की चिता के साथ ही जलकर मर जाती थी।[4] इस सती-प्रथा को उचित ठहराते हुए बेहद महिमामंडित भी किया गया। ऋण देनेवाला व्यक्ति अपनी बाकी रकम वापस पाने तथा सिद्धान्त रक्षा के लिए ट्रागा के अवसर पर आत्महत्या कर लेता था।[5] जौहर जैसी भयानक प्रथा, जो सामूहिक आत्महत्या का रूप थी, जिसमें हजारों राजपूत कन्याएँ दुश्मन की गुलामी स्वीकार करने की बजाय आग में कूदकर मर जाना पसन्द करती थीं। पुरी की जगन्नाथ रथ यात्रा में पहिये के नीचे आकर स्वेच्छा से प्राण त्यागने को धार्मिक

1. सी. वौन फ्यूरर-हैमनड्रोर्फ–दि फॉर्चूनूस ऑफ ए प्रिमिटिव ट्राइब, दि इंडियन जनरल ऑफ सोशल वर्क, खंड III (1943), पृष्ठ 402।
2. मेडिकल रिव्यू ऑफ रिव्यूज (न्यूयार्क, अप्रैल 1936), पृष्ठ 169।
3. लौब्सचर, पृष्ठ 290।
4. इस साहित्य का सम्पूर्ण विवरण एन.एम. पेंजर की किताब दि ओसन ऑफ स्टोरी (लंदन, 1925), खंड IV, पृष्ठ 255 में देखने को मिलेगा।
5. आर.वी. रसैल तथा हीरालाल–दि ट्राईब्स एंड कास्ट्स ऑफ दि सेन्ट्रल प्रोविन्सेस ऑफ इंडिया (लंदन, 1916) खंड II, पृष्ठ 259।

आत्महत्या की संज्ञा दी जा सकती है।[1] राजस्थान में आत्महत्या के लिए प्रसिद्ध एक जगह है जिसे 'दैत्य का हर' कहते हैं। यहाँ बच्चा चाहने वाले लोग खुद को पहाड़ से नीचे फेंक देते थे।[2] ऐसी ही एक और जगह है 'केदार की चोटी'–यहाँ पांडवों ने निर्वाण लिया था।[3]

परन्तु हताशा, दुख या घरेलू सदमों की वजह से भारत में होनेवाली आत्महत्या की घटनाओं का बहुत जिक्र किया गया है। जातीय अध्ययन के जितने भी बड़े-बड़े साक्ष्य और रिकार्ड हैं वे इस विषय पर चुप्पी साधे हुए हैं। शरतचन्द्र की किताबों में इसके बारे में एक शब्द भर भी चर्चा नहीं है। प्रायद्वीपीय भारत में बसी जातियों के अध्ययन में भी आत्महत्या जैसी स्थिति का कोई जिक्र नहीं है। भारत के सीमावर्ती इलाकों में बसी जातियों और जनजातियों के बारे में हमारी जानकारी बहुत थोड़ी है। मैन नामक समाजशास्त्री बताते हैं कि अंडमान द्वीप में पहले आत्महत्या जैसी कोई चीज नहीं थी मगर हिन्दू और यूरोपीय संस्कृति[4] के प्रभाव में आने के बाद इस तरह की घटनाएँ होने लगीं। सेलिगमैन बताते हैं कि वेदा नामक जाति में आत्महत्या की घटना अपवाद थी। इस जाति में आत्महत्या के एक मामले में एक पत्नी ने अपने पति के दूसरी औरत के साथ नाजायज सम्बन्ध की सार्वजनिक रूप से घोषणा कर दी और उसे अपमानित और लज्जित किया, जिसके फलस्वरूप ग्लानि का अनुभव करते हुए पति ने बन्दूक से गोली मार आत्महत्या कर ली।[5] लेपचा जनजाति के आदिवासियों के बीच आत्महत्या की घटनाएँ आम थीं। गोरर द्वारा संग्रहित छः मामलों में सभी आत्महत्याओं के पीछे उनका सार्वजनिक रूप से किया गया अपमान ही कारण बना। छः में से पाँच मामलों में आत्महत्या करनेवाला युवक और एक मामले में युवती थी। युवती ने अपनी स्वच्छन्दता और आलसी स्वभाव के लिए सार्वजनिक रूप से निन्दा किए जाने पर लज्जित हो नदी में डूबकर आत्महत्या कर ली थी। गोरर को दुखी होकर आत्महत्या करने का सिर्फ एक उदाहरण मिला। ज्यादातर औरतें नदी में डूबकर तथा मर्द तीर को जहर में डूबोकर आत्महत्या करते थे।[6]

असम में आत्महत्या की घटनाएँ सिर्फ लोहटा नागा जाति में प्रचलित थीं। मिल के अनुसार लोहटा नागा जाति में आत्महत्या के कारण बेहद मामूली रहे हैं, 'मैं एक

1. सर डब्लू.डब्लू. हंटर–ओडिसा (लंदन 1872), खंड I, पृष्ठ 305।

2. सर जे. टौड–एनाल्स एंड एन्टीक्यूटीज ऑफ राजस्थान, (लंदन 1829-32) खंड II, पृष्ठ 681, जिसमें जौहर घटनाओं के अनेक विवरण दिए गए हैं।

3. डब्लू क्रूक–दि पॉपुलर रिलीजन एंड फोकलोर ऑफ नार्दन इंडिया (वेस्ट मिनिस्टर, 1896), खंड I, पृष्ठ 256, जी. डब्लू. ट्रैल तथा जे.एच. बैटन–स्टेटिस्टिकल स्केच ऑफ कुमाऊं (आगरा, 1851) पृष्ठ 58, ई.टी. एटकिंसन–दि हिमालयन डिस्ट्रिक्ट्स (इलाहाबाद, 1882) खंड II, पृष्ठ 773।

4. ई.एच. मैन–ऑन दि एबार्जिनल, इनहैबिटेन्ट्स ऑफ दि अंडमान आयलैंड्स जे.ए.आई. खंड XII, पृष्ठ 111

5. सी.जी. तथा बी.जेड. सेलिगमैन–दि वेदाज (कैम्ब्रिज, 1911) पृष्ठ 88।

6. जी. गोरेर–हिमालयन विलेज (लंदन, 1938), पृष्ठ 269।

ऐसे आदमी को जानता हूँ जिसने सिर्फ इसलिए आत्महत्या कर ली क्योंकि गाँववालों ने उस पर 15 रुपए का जुर्माना लगाया था जबकि यह रकम वह आराम से दे सकता था। आत्महत्या के अधिकतर मामलों के पीछे प्रेम-प्रसंग कारण हुआ करता था। जब प्रेमी-प्रेमिका किसी कारण से शादी नहीं कर पाते थे तो एक साथ जहर खाकर आत्महत्या कर लेते थे। इसके पीछे उनका विश्वास था कि एक साथ मरने पर कब्र में जरूर मिल सकेंगे।[1] इस तरह की आत्महत्या में अपनाया जानेवाला तरीका बिलकुल अलग था। वे रीसा[2] नामक फूल के पौधे की जड़ से जहर तैयार करते थे और इसे शराब के साथ पी जाते थे।'[3]

अन्य नागा जातियों में आत्महत्या के मामले दुर्लभ थे। इस तरह से होनेवाली मृत्यु को वे श्राप मानते थे। उनके शव को या तो घर के पिछवाड़े या बिलकुल बेकार जमीन में दफनाया जाता था जहाँ लोगों के पाँव न पड़ते हों।[4]

हट्टन को अनगामी नागा में होनेवाली सिर्फ तीन आत्महत्याओं की जानकारी है। उनमें से एक व्यक्ति ने कर्ज में बुरी तरह डूबे होने के कारण आत्महत्या कर ली थी।[5] रेनग्मा नागा के जीवन की जो प्राकृतिक अवस्था थी उसमें लोग आत्महत्या जैसी प्रवृत्ति से बिलकुल अनजान थे। मिल्स केवल एक मामले को जानते थे, जिसमें एक रेनग्मा बपतिस्मा करके ईसाई बन गया था।[6] लाखर आदिवासी भी बिरले ही आत्महत्या करते थे। इस क्षेत्र में अपने कई साल के अध्ययन में पैरी को सिर्फ एक मामला मिला।[7]

नीलगिरी पहाड़ियों में बसी बदगा जाति की आदिवासी युवतियाँ प्रेम सम्बन्धी कारणों से आत्महत्या करती थीं। जब कभी किसी बदगा युवती की उसकी इच्छा के विरुद्ध सगाई की जाती थी तो वह जहर खा लेती थी। बदगा औरतें छोटे-मोटे कारणों से भी आत्महत्या कर लेती थीं।[8] पुराने तमिल गीतों में इस तरह के संकेत मिलते हैं कि निराश प्रेमी अपने प्रेम की सार्वजनिक तौर पर घोषणा कर आत्महत्या कर लेता था।[9] और हो जाति के बारे में डालटन लिखते हैं–

> हर साल होनेवाली अनगिनत आत्महत्याओं का विश्लेषण करने पर यह निष्कर्ष निकल कर आता है कि पुरुष और स्त्रियों की अति संवेदनशीलता ही उनकी आत्महत्या का कारण बनती थी। यदि कोई किसी के प्रति कठोर शब्दों का इस्तेमाल करता था तो वह व्यक्ति बदले में पलटकर कुछ बोलता तो नहीं था

---

1. जे.पी. मिल्स–दि ल्होटा नागाज (लंदन, 1922) पृष्ठ 20।
2. वही, पृष्ठ 82।
3. जे.एच. हट्टन–दि अंगामी नागाज (लंदन, 1921) पृष्ठ 229।
4. वही–दि सेमा नागाडा (लंदन, 1922) पृष्ठ 262।
5. दि अंगामी नागाज, पृष्ठ 229।
6. जे.पी. मिल्स–रि रेनग्मा नागाज (लंदन, 1937), पृष्ठ 221।
7. एन.ई. पैरी–दि लाखर्स (लंदन, 1932), पृष्ठ 265।
8. जे.एफ. मेट्ज–दि ट्राईब्स इनहैरीटिंग दि नीलगिरी हिल्स (मंगलौर, 1864) पृष्ठ 75।
9. कनकासाभाई पिल्लई–दि तमिल्स, 18 हंड्रेड ईयर अगो (मद्रास, 1904) पृष्ठ 123।

किन्तु यह अपमान उसके मन को तीव्र पीड़ा पहुँचाता था जो उसे आत्महत्या को उकसाता था। यदि किसी युवती को किसी ने अपमानित किया हो तो उसे तब तक अकेला छोड़ना उचित नहीं होता था जब तक कि उसका आवेग शान्त नहीं हो जाता था। किसी व्यक्ति की ईमानदारी और सच्चाई पर कलंक लगाना उसके लिए आत्मघातक सिद्ध होता था। हाल की एक घटना में एक युवती ने सिर्फ इसलिए जहर खाकर आत्महत्या की कोशिश की कि उसके चाचा ने उसका बनाया खाना खाने से इंकार कर दिया था। सिंहभूम से लौटकर पुलिस द्वारा जो रिपोर्ट बनाई गई उसमें दिखाया गया था कि वहाँ 1860 से 1869 तक के नौ साल में 186 औरतों तथा पुरुषों ने खुदकुशी की थी।[1]

1. ई.टी. डालटन डिस्क्रिप्टिव एथनोलोजी ऑफ बंगाल, (कलकत्ता, 1871), पृष्ठ 206।

मोखपाल की एक मारिया युवती—सामान्यतः पारिवारिक जीवन सुखी रहता है। कभी-कभी विश्वासघात से ईर्ष्या व बदले की भावना भड़क उठती है।

बायसन-हॉर्न मारिया लोगों का प्रसिद्ध विवाह नृत्य

अध्याय : दो

बाइसन-हॉर्न मारिया

1

बस्तर की मारिया जाति दो भागों में बँटी है। अबूझमर पर्वत में बसी हिल मारिया और इन्द्रावती नदी के दक्षिणी तट पर बसी बाइसन-हॉर्न मारिया—ये दोनों अपनी परम्पराओं और संस्कृति के लिए प्रसिद्ध हैं। डब्ल्यू. वी. ग्रिगसन ने इन दोनों जातियों के बारे में विस्तृत जानकारी प्रस्तुत की है। यदि वर्तमान पुस्तक में दी गई जानकारी से ज्यादा जानना हो तो मारिया के जीवन पर लिखी उनकी विशेष पुस्तक पढ़नी चाहिए। इस अध्याय में मैं बाइसन-हॉर्न मारिया के जीवन और रीति-रिवाजों का विस्तृत विवरण पेश कर रहा हूँ।

बाइसन-हॉर्न मारिया की जनसंख्या 1931 में 1,56,000 थी जो अब बढ़कर 1,75,000 हो गई है। ये अपने सिर पर पहने जाने वाले मुकुट की तरह की भव्य आकृति के कारण बस्तर की अन्य आदिवासी जातियों से भिन्न हैं। ये बस्तर के आदिवासी क्षेत्रों जैसे : बीजापुर के सूखे जंगलों, कोन्टा के गर्म लेकिन खूबसूरत तराई प्रदेशों—सकमा और कुटरू जमींदारी के अन्दरूनी इलाकों और दाँतेवाड़ा की पहाड़ियों पर ये बसे हुए हैं। मारिया प्रदेश के सीमावर्ती इलाकों में इनसे सम्बन्ध रखने वाले कई समुदाय बसे हैं। इनमें एकदम दक्षिण में कोया, खुद को सर्वश्रेष्ठ समझने वाले डोरल, इन्द्रावती नदी के तट पर बसी मिश्रित आबादी, जो बरसुर से होती हुई मुरिया प्रदेश तक फैली है, आदि हैं। डोरला और कोया बाइसन-हॉर्न मारिया की तरह ही नृत्य करते हैं। उत्तर की मिश्रित आबादी और हिल मारिया के रीति-रिवाज एक हैं। जगदलपुर के पड़ोस में बसे मारिया जैसे-जैसे शहरों की तरफ बढ़ रहे हैं और दक्षिण मुरिया में विलय होते जा रहे हैं वैसे-वैसे इनकी अपनी संस्कृति और पहचान विलुप्त होती जा रही है।

बैलों की सींगवाली आकृति पहनने वाले मारिया जैसे सुन्दर और सुसंस्कृत लोग भारत में कम ही होंगे। मजबूत शरीर, आदर्श कद, सुदर्शन व्यक्तित्व, सुनहरे-भूरे बाल, ये सब मिलकर उन्हें आकर्षक बना देते हैं। पुरुष तथा स्त्री दोनों ही बेहद परिश्रमी होते हैं। पुरुष दूर-दूर तक भारी बोझ ढोते हैं, लम्बे और दुश्कर शिकार पर जाते हैं, सारी रात ढोलक उठाकर नाचते हैं। इनका स्वास्थ्य भी अच्छा होता है, मगर वे विचलन से

पीड़ित होते हैं। हालाँकि राज्य चिकित्सा विभाग ने इस रोग से बचने के कई उपाय किए हैं। भारत के अन्य वन प्रदेशों की तरह यहाँ भी मलेरिया पाया जाता है, पर प्लीहा से पीड़ित मरीजों की संख्या बहुत कम होती है। इनमें कोढ़ तथा यौन-रोग भी विरले ही पाया जाता है। त्वचा की बीमारियाँ भी ढंग से स्वच्छ वस्त्र पहननेवालों की अपेक्षा कम पाई गई हैं।

मारिया औरतों द्वारा पहने जाने वाले पीतल के कड़े

अगर उनके वस्त्रों को देखा जाय तो पुरुष प्रायः लुंगी पहनते हैं और कभी-कभी सिर पर छोटी सी पगड़ी बाँधते हैं। औरतें कमर से नीचे घुटनों तक का छोटा घाघरा पहनती हैं। उनके स्तन सिर्फ गहने भर से ढँके होते हैं। बाजार जाते समय वे कपड़े का छोटा टुकड़ा कंधे से बाँध लेती हैं। वे अपने बालों में पीतल की खूबसूरत पट्टी बाँधती हैं जबकि वृद्ध औरतें अपने केश को बाँधने के लिए बड़े फीते का इस्तेमाल करती हैं। उनके गले में मोतियों की माला तथा पीतल या लोहे का नेकलेस लटकता रहता है। गहरे भूरे रंग की त्वचा पर जब मोतियों का गहरा रंग और पीतल से निकलती आभा पड़ती है तब उनका सौन्दर्य अपूर्व लगने लगता है।

बाइसन-हॉर्न मारिया का गाँव केन्द्रीय प्रान्त के गोण्ड गाँव के आस-पास फैला हुआ है। हर घर में मैदान के आकार का बड़ा सा बागीचा होता है। इस कारण इनका गाँव बहुत बड़े क्षेत्र में फैला हुआ है। एक गाँव में लगभग छः से बारह छोटे-छोटे गाँव होते हैं जिसमें हर परिवार पितृप्रधान होता है। परिवार की पूरी व्यवस्था मुखिया के इर्द-गिर्द सिमटी होती है। पहाड़ों की तराई में, दूर-दूर तक फैले पेड़ों की छाया में छोटे-छोटे झोंपड़े बने होते हैं। कभी-कभी ये झोंपड़े पास के खेतों में लगे पीले फूलों और एक प्रकार की लाल सब्जी की लहलहाती फसलों में डूबे हुए लगते हैं। हर गाँव में यात्रियों के ठहरने के लिए पर्याप्त जगह और व्यवस्था होती है। किराए की इन झोंपड़ियों का इस्तेमाल ज्यादातर कुँवारे लड़के रात्रि विश्राम के लिए करते हैं। कुँवारी लड़कियाँ भी किराए की इन झोंपड़ियों या बूढ़ी विधवाओं के घरों को किराए पर लेकर रात्रि विश्राम करती हैं। मुख्य क्षेत्र से अलग हटकर बनी इन झोंपड़ियों का इस्तेमाल औरतों को उनके रजोधर्म के समय अलग रखने के लिए किया जाता है। दूसरी कई जगहों पर इस उद्देश्य के लिए अलग से विशेष कमरे की व्यवस्था होती है। मुखिया का घर दूसरों की ही तरह साधारण होता है। पर सिराहा, जो गाँव का चिकित्सक होता है, उसका घर कुछ खास होता है।

उसके घर के आस-पास कई छोटी झोंपड़ियाँ बनी होती हैं जिनमें मरीजों को रखने की व्यवस्था होती है। गाँव की सीमा पर देवी माता के मन्दिर के साथ-साथ कुलदेवता का भी मन्दिर बना होता है। इससे थोड़ा आगे श्मशान भूमि होती है जहाँ गाँव में किसी व्यक्ति के मर जाने पर उसकी याद में बड़े-बड़े स्मृति स्तम्भ गड़े होते हैं।

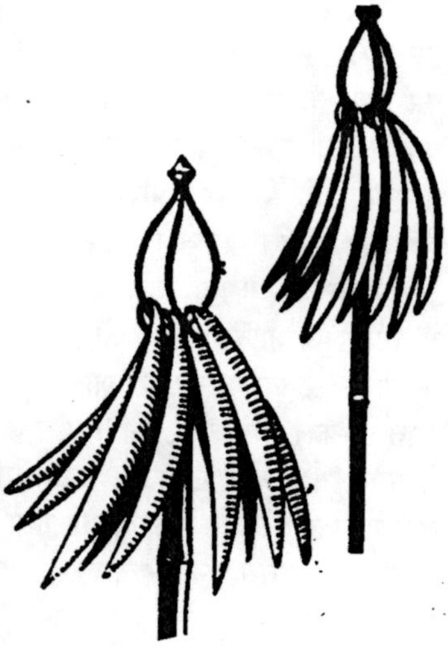

मारिया महिलाओं द्वारा नाचते समय हाथ में पकड़ी लकड़ियों का ऊपरी हिस्सा

मारिया का घर गाँव की तरह योजनाबद्ध तरीके से नहीं बनाया गया है। ज्यादातर घरों में तीन कमरे होते हैं। बरामदे में किचन, उससे सटा सोने का कमरा और उसके बाद एक गोपनीय कमरा बना होता है। गोपनीय कमरे का इस्तेमाल बहुमूल्य वस्तुओं और अनाज के भंडारण के लिए होता है। इसी कमरे के एक कोने में दिवंगत आत्माओं यानी पूर्वजों की पूजा का स्थल बना होता है। एक ही आँगन में ऐसे दो या तीन घर बने होते हैं। इसके एक हिस्से में एक खुला और बड़ा कमरा होता है जहाँ परिवार के सदस्य बैठकर काम करते हैं या बातें करते हैं।

इनके घर बेहद साफ-सुथरे और सुन्दर तथा कलात्मक ढंग से सजे होते हैं। कभी-कभी घरेलू या कृषि सम्बन्धी सामान इधर-उधर फैले होते हैं। घर के बाहर बड़े-बड़े सुअरबाड़े और पशुशाला होती है जिनका रखरखाव सावधानीपूर्वक किया जाता है। मुर्गी और चिड़ियों के लिए अलग से बाँस के तम्बू बने होते हैं।

II

मारिया की आजीविका का प्रमुख साधन कृषि है। इनकी खेती करने का तरीका पुराना और बेहद पारम्परिक है। वे जंगल से कुल्हाड़ी से पेड़ काटकर उसकी छाल उतारकर लाते हैं। फिर उसे सुखाकर जला देते हैं। जलने से जो राख बनती है उसे बारिश होने से पहले खेतों में फैला देते हैं। फिर इस राख भरी मिट्टी में बीज रोपे जाते हैं। यह राख खाद का काम करती है। कभी-कभी छाल की जगह झाड़-झंखाड़ को जलाकर उसकी राख को खेतों में डाला जाता है। सिंचाई करने के लिए मारिया मुख्यतः तालाब का सहारा लेते हैं। इन्हें अपने तालाब पर बेहद गर्व होता है जो कभी-कभार विवाद और हत्या का कारण बन जाता है। मारिया का अधिकांश जीवन इन्हीं खेतों पर बीत जाता है। वे अपने खेतों के पास छोटी झोंपड़ी या मचान बना लेते हैं, ताकि वे अपने परिवार के साथ सप्ताह

भर रह सकें। यहाँ रात को जागकर वे अपनी फसल की रक्षा करते हैं और दिन में इसका इस्तेमाल खाना बनाने व अन्य कामों के लिए करते हैं। परिवार का हर सदस्य मिल-जुल कर काम करता है। इनके साथ कभी-कभी लम्हाड़ा और काबरी भी होते हैं। काबरी[1] वे होते हैं जो इनका ऋण चुकाने के लिए बँधुआ मजदूर की तरह काम करते हैं। लम्हाड़ा वे युवक होते हैं जो इस परिवार की लड़की से शादी करने के लिए निर्धारित रकम, जिसे 'वधू की कीमत' कहते हैं, चुकाने के लिए इनके यहाँ काम करते हैं।

कृषि के अलावा जिस जंगल में वे रहते हैं वहाँ उत्पन्न होनेवाली चीजों को भी वे अपनी आजीविका और जीवनयापन के लिए इस्तेमाल करते हैं। प्राकृतिक उत्पादों के बारे में उनके पास गहरी जानकारी होती है। ऐसी कोई भी चीज नहीं है जो वे नहीं खाते हैं–फल, जड़ें, पत्ते, तना। मांस के मामले में भी वे सर्वभक्षी हैं। मांस खाने के लिए वे मुर्गा-मुर्गी, चिड़िया, सूअर, बकरी पालते हैं। कबूतर के मांस के शौकीन होते हैं। वे महत्त्वपूर्ण मौकों और उत्सवों पर गाय का मांस खाना पसन्द करते हैं (हालाँकि बाहरी लोगों से वे इससे इनकार करते हैं)। छोटे बच्चे गिलहरी, चूहे तथा छोटी चिड़ियों को पकड़कर आग में भूनते हैं और मजे से खाते हैं। वृद्ध लोग शिकार खेलने या उन्हें फँसाने में बड़े जोशीले होते हैं। मामूली काँटों का फन्दा बनाकर महुआ पेड़ के चारों तरफ बाँध दिया जाता है ताकि चमगादड़ों को फँसाया जा सके। बड़े जानवरों–खरगोश तथा चिड़ियों के लिए मजबूत तथा बड़ा जाल बिछाया जाता है। गर्म मौसम के बाद आनेवाले सीड उत्सव के लिए विशेष रूप से शिकार का आयोजन किया जाता है। तीर-धनुष की पूजा की जाती है और सभी समर्थ पुरुष शिकार पर निकल जाते हैं। जिसे सबसे ज्यादा सफलता मिलती है वह आने वाले फसलों की कटाई के मौसम में सर्वशक्तिशाली करार दिया जाता है।

मारिया मछली का शिकार करने के लिए तालाब से पानी उलीच देते हैं या पानी में जहर मिला देते हैं। वे छोटी मछली, झींगा, केकड़ा और मेंढक को मसाले के साथ भूनकर बड़े ही चाव से खाते हैं और साथ में खजूर या साबूताड़ा की ताड़ी भी पीते हैं।

मारिया के पास जो भी हथियार हैं वे ज्यादातर हिंसक कार्रवाई में इस्तेमाल किए जाते हैं। हत्या में सबसे अधिक इस्तेमाल होनेवाला हथियार–गोदेल वह कुल्हाड़ी है जो उस तांगिया की तरह है जो पूरे मध्य भारत में व्यापक तौर से इस्तेमाल किया जाता है। बांदा या गागरा भी मारिया का एक विशेष अस्त्र है। बांदा एक प्रकार का बहुत बड़ा चाकू होता है जिसका हत्था बहुत छोटा होता है। इस चाकू का इस्तेमाल बाँस और छोटे पेड़ों को काटने के लिए किया जाता है। गागरा का हत्था ज्यादा लम्बा होता है। यह ज्यादा नुकीला और धारदार होता है। यह न सिर्फ जंगल में पेड़ काटने के लिए उपयोगी है बल्कि एक आक्रामक हथियार भी है। इस पुस्तक में जितनी भी हत्याओं का जिक्र

1. कबारी प्रथा की तरह ही हैदराबाद में भगैलू, बिहार में कमैती तथा उडीसा और मद्रास में गोठी की प्रथा प्रचलित है।

किया गया है उसमें कहीं बरछी या भाले का इस्तेमाल नहीं हुआ है। मगर मारिया भाले का इस्तेमाल हत्या करने के लिए करते हैं। चिड़िया का शिकार करने के लिए वे चित्र में दिखाए गए गुलेल की तरह बने तीरों का इस्तेमाल करते हैं। जैसा कि चित्र में दिखाया गया है, लकड़ी के कई तीर हैं जिन्हें एनग्राम कहा जाता है। इनकी लम्बाई तीन फुट होती है। लोहे के ऐसे ही नुकीले तीरों का इस्तेमाल हत्या या शिकार के लिए किया जाता है। एनग्राम का इस्तेमाल अपेक्षाकृत कम होता है।

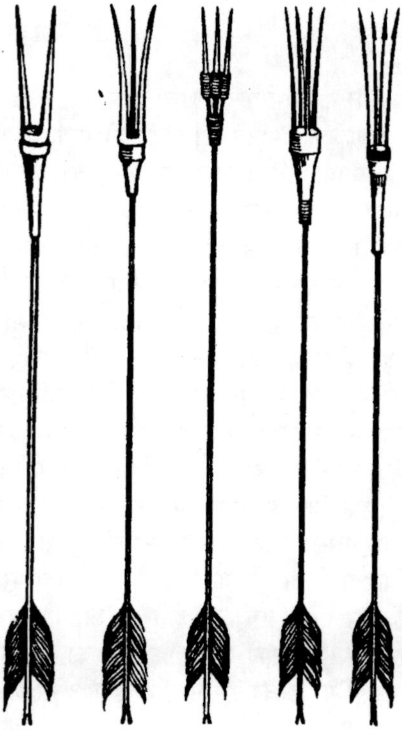

नुकीले तीर

घरेलू अस्त्रों में धान कूटनेवाली भारी मशीन का इस्तेमाल ज्यादा होता है। जबेली में ओयामी मासा ने गुस्से में आकर इसी से अपने भाई को मारा था जिससे उसकी मृत्यु हो गई।[1] बाइसन-हॉर्न मारिया जिस फावड़े का इस्तेमाल करते हैं वह मैदानी इलाकों में इस्तेमाल होनेवाले फावड़े की तरह होता है। एक बार इसी फावड़े से एक मारिया ने नशे में अपनी माँ को जान से मार डाला था।[2]

मारिया के गाँव में किसी भी तरह के सहायक उद्योग-धन्धों का नामोनिशान नहीं है। कातना और बुनना मारिया स्त्रियों और पुरुषों के लिए वर्जित है। हालाँकि वे घास तथा सन से रस्सी जरूर कातती हैं, बाँस के पत्तों से टोकरी बनाती हैं, पर इन सबका केवल घरेलू इस्तेमाल ही होता है। वे चटाई बुनने में माहिर होते हैं। मारिया लोहे से सम्बन्धित सारे काम खुद ही बेहतर ढंग से कर लेते हैं क्योंकि उनके आस-पास धातु का भंडार है। जो लोहार का काम करते हैं उन्हें दूसरों से नीचा समझा जाता है। उनके यहाँ कोई अपनी बेटी की शादी नहीं करना चाहता। लोग उनके यहाँ खाना नहीं खाते। हाँ, उनके साथ मारिया नृत्य करते हैं, उत्सव में भाग लेते हैं। इसलिए यह नियम बहुत कठोर नहीं कहा जा सकता।

---

1. प्रकरण संख्या 62।
2. प्रकरण संख्या 72।

III

मारिया का धर्म पृथ्वी, राज्य और कुल के इर्द-गिर्द घूमता है। वे पृथ्वी को जीवन का अक्षुण्ण स्रोत मानते हैं। पृथ्वी को माता के रूप में वे पूजते भी हैं। शाही परिवार की अधिष्ठात्री देवी, दन्तेश्वरी को राज्य का प्रतीक माना जाता है। दन्तेश्वरी को अब धरती माता या ग्राम माता के रूप में जाना जाने लगा है। इनकी मूर्ति या मन्दिरों की स्थापना कई जगह की गई है। इनके उपासकों की संख्या भी तेजी से बढ़ रही है।

धरती माता के बाद का स्थान कुल देवता का है। पारम्परिक सिद्धान्त के अनुसार हर कुल एक क्षेत्र या भूमि से आपस में जुड़ा होता है। हर ऐसी भूमि का केन्द्र वह स्थल होता है जहाँ कुलदेवता का मन्दिर होता है और साथ में मन्दिर के पुजारी का घर भी होता है। यहाँ एक कुल के हर परिवार के सदस्य अपने पूर्वजों की कोई पहचान की वस्तु लाते हैं और फिर एक साथ मिलकर भव्य कुल-उत्सव मनाते हैं।

कुलदेवता की आकृति विचित्र होती है। उन्हें अंगा या पेन नाम से जाना जाता है। इस विचित्र आकृति में तीन समानान्तर लाठियाँ एक आड़ी-तिरछी लाठी से जुड़ी तथा मोर के पंख या चाँदी की पट्टी से सजी होती हैं। बीच की तिरछी लकड़ी साँप या चिड़िया के आकार की होती है। ये देवता पूरी तरह काल्पनिक होते हैं। वे शादी करते हैं और उनके बच्चे भी होते हैं। डायन और अपराधियों को पकड़ने की उनमें शक्ति होती है। मुझे नहीं लगता कि अंगा का इस्तेमाल कभी किसी हत्यारे को पकड़ने के लिए हुआ है पर इनका इस्तेमाल चोरी या काले जादू के रहस्य का पता लगाने के लिए जरूर हुआ है।

गोंड और दूसरी प्रजातियों की तरह बाइसन-हॉर्न मारिया भी कई कुलों में विभाजित होते हैं। ग्रिगसन ने ऐसे पाँच कुलों को चिह्नित किया है—माड़वी, खुरमी, सोरी, मरकामी और कवासी। इनमें से हर एक कुल का गणचिह्न होता है। छोटे गाँव में माड़वी का गणचिह्न बकरी तथा अन्य जगहों पर नाग, खुरमी का चिह्न कोयल, सोरी का बाघ तथा मरकामी और कवासी का कछुआ है। इन सारे कुल या गोत्रों में अन्तर्जातीय विवाह का निषेध है। जैसा कि मैंने पहले भी बताया कि हर गोत्र का अपना विशेष क्षेत्र होता था जो इनकी अपनी सम्पत्ति होती थी। परन्तु पूर्व की यह सुनियोजित और सुव्यवस्थित व्यवस्था अब पूरी तरह चरमरा गई है। अब एक ही गाँव में कई कुल के वंशज मिल जाते हैं। इतना ही नहीं, एक गोत्र के वंशज काफी दूर-दूर तक बिखर गए हैं। उन सबके लिए अब अपने कुलदेवता का दर्शन करना भी दुर्लभ हो गया है। वे कुलदेवता के उत्सव में भी सम्मिलित नहीं हो पाते।

मारिया साल-भर किसी न किसी उत्सव में मग्न रहते हैं, या तो यह उत्सव खेती से जुड़ा हुआ होता है या अन्य मौकों से जुड़ा हुआ होता है। नया साल शुरू होने के समय ही पारम्परिक वर्षा के सम्मान और स्वागत में भीमूल पांडम नामक उत्सव मनाया जाता है। इसके बाद महुआ के फूल जब पूरी तरह खिल उठते हैं तो इसको शराब बनाने

या खाए जाने के पहले महुआ की प्रशंसा में एक उत्सव मनाया जाता है। इसके बाद आम का मौसम आने पर एक उत्सव मनाया जाता है। यह लगभग मार्च महीने में मनाया जाता है। अप्रैल में फसल से जुड़ा सबसे बड़ा उत्सव वीजा पांडियम मनाया जाता है जिसमें रोपे जानेवाले बीज को सबसे पहले देवता को समर्पित किया जाता है।

वर्ष की शुरुआत होते ही हरेली या अमावा में हलवा उत्सव मनाया जाता है। इस मौसम में फसलें पक जाती हैं। फिर शुरू होता है फसलों के उत्सव का सिलसिला। सबसे पहला उत्सव होता है बाजरे की फसल के लिए, क्योंकि बाजरा सबसे पहले पककर तैयार होता है। इसके बाद बारी आती है कद्दू, करेला, तुरई, खीरा तथा ककड़ी जैसी फसलों की। यह सिलसिला नवम्बर तक चलता है। इसके बाद, लगभग दीवाली के समय तक उत्सव मनाया जाता है जो पके हुए धान से जुड़ा होता है। धान की नई फसल के काटे जाने या धुले जाने के पहले इस उत्सव को मनाया जाता है।

साल के अन्त में नई दालों और बीजों का उत्सव 'जाता पांडम' मनाया जाता है। इसके बाद 'करे पांडम' आता है जिसके मनाए जाने के पहले तक किसी को भी खेती के उद्देश्य से जंगल साफ करने के लिए घास और बाँस काटने की मनाही होती है।

इसी समय कुलदेवता का उत्सव 'पेन करिस्ता' मनाया जाता है। इससे जुड़ी होती है व्यापारिक मंडी, जो मुख्यतः बड़ा बाजार होता है। दशहरा इनका मुख्य पर्व होता है। यह 15 दिनों तक मनाया जाता है। हर दिन उत्सवों से भरा होता है, जिसमें हर जाति की विशेष भूमिका होती है। सारे गाँव के मुखिया इस उत्सव में भाग लेने आते हैं। यही वह समय भी होता है जब गाँववाले प्रशासन के सामने अपने दुख-तकलीफ रखते हैं।

IV

वह मशहूर नृत्य जिसने बाइसन-हॉर्न मारिया को उनका नाम और पहचान दी, एक विवाह नृत्य है। यह नृत्य बेहद सुन्दर और शानदार तरीके से किया जाता है। पुरुष अपने सिर पर बाइसन यानी बैल के सींग का मुकुट पहने होते हैं। हाथ में बड़ा सा ढोल थामे रहते हैं और बड़ा गोलाकार बनाकर विभिन्न भंगिमाओं में मस्त होकर नृत्य करते हैं। इसी बीच वे एक-दूसरे से लड़ाई करते हैं, छोटे-छोटे छल्लों को उठाकर अपने सींग की नोक पर डाल लेते हैं, और नर्तकियों का पीछा करते हैं। लड़कियाँ अपने हाथ में नृत्य से सम्बन्धित विशेष छड़ी लिए होती हैं और लम्बी लाइन में पुरुष नर्तकों के आस-पास विभिन्न मुद्रा और भंगिमाओं में नाचती हैं। इस दौरान वे गीत नहीं गातीं, यदि गाती भी हैं तो वह ढोल-नगाड़ों की तेज आवाज में गुम हो जाता है। जैसे-जैसे नृत्य लय और गति पकड़ता है वे छड़ी को विशेष अंदाज में धरती पर पटकती हैं। नगाड़ा डम-डम-डम, डूम-डूम-डूम, डम-डम-डम की आवाज निकालता है। इससे अच्छा नृत्य पूरे भारत में नहीं पाया जाता है।

बाइसन यानी बैलों के सींगोंवाला सिर का मुकुट मारिया की अमूल्य निधि होती

जंगली भैंसे के सींगों से बना सर पर पहने जाने वाली वेशभूषा

है। वह इसकी सजावट उतारकर, इसे बहुत हिफाजत से बाँस की टोकरी में रखता है। आजकल बस्तर में सींग नहीं मिलते। इन्हें जयपुर से आयात करना पड़ता है। मारिया एक सींग के बदले एक बैल दे सकता है, शर्त यह है कि सींग का रंग नीचे उजला और ऊपर काला हो।

सिर के मुकुट में बाँस प्रमुख होता है। बाँस के आगे सींग बँधा होता है और इसके पीछे पंखों का गुच्छा लटक रहा होता है। इसमें बेहद पुराना और कीमती रेशम का टुकड़ा लपेटा हुआ होता है, जिसका सिरा पीछे लटकता रहता है। सामने एक कपड़ा लगा होता है जिसका किनारा कौड़ियों से सजा होता है। यह नर्तक की आँखों को ढक लेता है। इसमें लगे पंख मोर या मुर्गे के होते हैं। यदि नृत्य करते वक्त इनमें से एक भी पंख गिर जाए तो अपशकुन माना जाता है। नृत्य शुरू करने से पहले नर्तक धरती माता और पूर्वजों को प्रणाम करता है और प्रार्थना करता है कि 'हमें जादू से बचाना ताकि एक भी पंख न गिरे।'

पुरुष के सिर पर आभूषण, बाइसन-हॉर्न मारिया की मृत्यु के बाद उसके पुत्र या भाई के बेटे को विरासत में मिल जाता है। उसके धनुष तथा तीर, ढोलक आदि सभी वस्तुएँ कुलागत हैं जो बेहद मूल्यवान समझी जाती हैं। इन वस्तुओं की कीमत का पता इसी से चलता है कि एक बार सिर का आभूषण खो जाने पर एक मारिया युवक ने आत्महत्या कर ली थी। इसी तरह की एक घटना में कमर पर पहने जाने वाले खास आभूषण को लेकर उठे विवाद के कारण हत्या हो गई थी।

उत्तरी क्षेत्र में बसे मारिया हिल मारिया और बाइसन-हॉर्न मारिया दोनों के ही स्टाइल में नृत्य करते हैं। हिल मारिया के नृत्य का पहनावा घाघरा, सजी हुई टोपी और पताका होता है। उनकी कमर पर बाँधी जानेवाली घंटिया अबूझमर हिल मारिया के पहनावे की तरह होती हैं।

मारिया के पास संगीत के बहुत वाद्य यंत्र नहीं होते, न ही वे इसे बजाने में माहिर

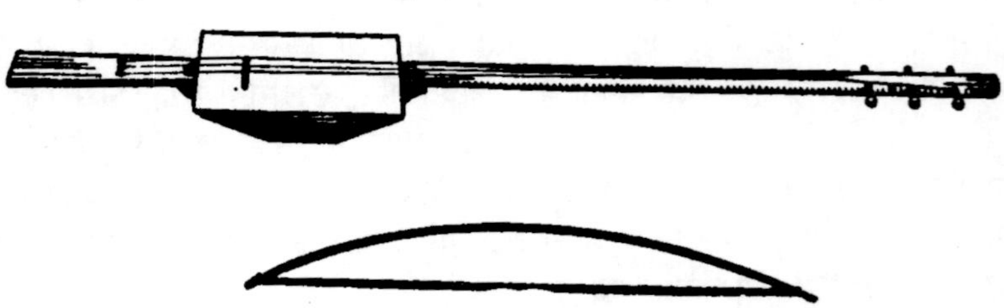

किकिर सारंगी

'मुँह में चावल तथा हाथ में सब्जी'
कई हत्या के प्रकरणों में मां और बच्चों का उल्लेख आया है।

(अ) तीर-कमान के साथ गदापाल का एक दूल्हा

(ब) खुटेपाल में चमगादड़ पकड़ते आदिवासी लड़के

होते हैं। उनके पास एक छोटा बेला होता है जिसे किकर कहते हैं। इसके अलावा बीन होती है जो लोहे या बाँस की बनी होती है। उन्हें घड़ियाल बेहद प्रिय है। मुखिया की तरह, वे त्योहारों पर और मनोरंजन के लिए भी शिकार किए गए सींग या पीतल से बने सींग का इस्तेमाल करते हैं।

वे तनावमुक्त होने के लिए नृत्य के अलावा मुर्गों की लड़ाई देखने के शौकीन होते हैं। जब बड़े-बड़े बाजार-हाट लगते हैं, उनके समाप्त होने के समय सारे पुरुष बाग में इकट्ठे हो जाते हैं और अपने-अपने मुर्गों को लड़वाकर तमाशा देखते हैं। मुर्गे की टाँग में खतरनाक छोटी सी तेज छुरी बँधी होती है। इस तरह लड़ने का मतलब निश्चित रूप से उनकी मौत होती है। जो गुट जीतता है वह हारे हुए मुर्गे को ले जाता है। इस खेल में बाजी लगाना इस खेल का सबसे रोमांचक पहलू होता है।

V

बच्चे के जन्म से लेकर शादी तक कई उत्सव मनाए जाते हैं। ये सारे उत्सव बेहद साधारण ढंग से मनाए जाते हैं। किसी भी गर्भवती स्त्री को सार्वजनिक तौर पर घूमने पर पाबन्दी नहीं होती है। बच्चे के जन्म के बाद नाल को घर के पिछवाड़े गड्ढा खोदकर गाड़ दिया जाता है। इसके ऊपर लकड़ी का गट्ठर रख दिया जाता है। वहीं पास में वह तीर भी रख दिया जाता है जिससे नाल काटी जाती है। यहीं पर एक तम्बू गाड़ दिया जाता है जिसमें नवजात बच्चे को माँ के साथ कुछ हफ्तों तक रखा जाता है। इसी गड्ढे के ऊपर उन्हें नहलाया जाता है। अलगाव की इस अवधि के पूरे होने पर माँ को घर लाया जाता है। फिर बच्चे का नामकरण होता है। इस मौके पर बच्चे का पिता अपने पड़ोसियों के लिए भोज का आयोजन करता है।[1]

जब किसी युवती का मासिक धर्म शुरू होता है तो उसके शुद्धिकरण के लिए उत्सव मनाया जाता है। युवाओं को जागरूकता की शिक्षा देने के लिए कोई व्यवस्था नहीं होती। वे अपने आस-पास के उद्धरणों से ही सीखते हैं। सामान्यतः वयस्क होने पर ही शादी होती है और यह शादी अभिभावकों द्वारा ही तय की गई होती है। शादियाँ अपने ही रिश्तेदारों में करने का प्रचलन है। सगाई समारोह बेहद साधारण होता है। युवक का पिता उपहार लेकर लड़कीवालों के यहाँ जाता है और बड़े पारम्परिक ढंग से कहता है : 'हमने सुना है कि आपकी बगिया में एक सुन्दर फूल खिला है, हम उसे तोड़कर अपने जूड़े में लगाने आए हैं।' लड़की वाले शादी के लिए लड़के वालों से कुछ रकम लेते हैं। यदि लड़के वाले यह रकम दे पाने में सक्षम नहीं होते तो लड़के को उसकी भावी पत्नी के घर लम्हाड़ा के रूप में रहकर सब की सेवा करनी पड़ती है। सेवा की यह अवधि तीन से पाँच साल की होती है। ज्यादातर इस अवधि के खत्म होने के ठीक पहले शादी कर दी जाती है। यहाँ अगवा करके भी शादी करने की प्रथा प्रचलित है

1. हत्या प्रकरण क्रमांक 31।

जो अभी तक खत्म नहीं हुई है। कभी-कभी तो इसके विपरीत लड़की खुद लड़के के पास चली जाती है और उसे शादी करने के लिए बाध्य करती है। विधवाओं के पुनर्विवाह पर रोक नहीं है। कभी-कभी तो इसके लिए सामाजिक रूप से आदेश भी दिया जाता है। विधवा स्त्री और उसकी सम्पत्ति पर मृत पति के छोटे भाई का पहला दावा माना जाता है। तलाक के मामले बहुत कम होते हैं। तलाक लेने का अधिकार पुरुष तथा स्त्री दोनों को समान रूप से है। तलाक लेने का एक अजीबोगरीब तरीका यह भी है कि पत्नी अपने प्रेमी के साथ भाग जाती है और पति इसे स्वीकार कर लेता है।

शादी का समारोह बेहद मामूली होता है। दूल्हे-दुल्हन को न तो हल्दी और तेल का लेप लगाया जाता है, न किसी पवित्र खम्भे का फेरा लगाया जाता है। अलग-अलग जगहों पर शादी के रीति-रिवाज अलग-अलग होते हैं, पर सामान्यतः शादी की तीन मुख्य विशेषताएँ होती हैं–भोज, नृत्य और शराब। दूल्हा तथा दुल्हन पर छत पर से पानी गिराया जाता है तथा विवाह का पारम्परिक समापन होता है जिसमें वर तथा वधू को एक साथ जबरदस्ती एक कमरे में बन्द कर दिया जाता है।

VI

शव की अन्त्येष्टि की प्रक्रिया बेहद लम्बी-चौड़ी होती है। चूँकि इस किताब में मारिया की मृत्यु के बारे में ही बताया गया है इसलिए हम इस पहलू का विस्तृत रूप से विश्लेषण करेंगे।

सभ्य लोगों की ही भाँति मारिया की भी भाग्य और आत्मा के बारे में सोच भ्रामक है। इसके बारे में एक ही समय में तीन परस्पर विरोधी विचार स्थापित हैं। मुझे लगता है कि सबसे पुरानी सोच यह है कि मनुष्य के मरने पर उसकी आत्मा मृत पूर्वजों से मिलने जाती है। ऐसा विश्वास है कि पृथ्वी पर रह रहे अपने कुटुम्ब के लोगों से इस आत्मा का करीबी रिश्ता होता है और यह उनके काम-काज को भी प्रभावित करती है।

इसी के साथ-साथ परलोक गमन और पुनर्जन्म की भी एक अल्पविकसित धारणा प्रचलित है। इसके अन्तर्गत विशेष धार्मिक अनुष्ठान किए जाते हैं ताकि मृत व्यक्ति की आत्मा कहीं और जन्म न लेकर उन्हीं के परिवार में आए। यह सिद्धान्त पूर्व के सिद्धान्त के विपरीत नहीं लगता। हालाँकि यह मानना आसान नही है कि आत्मा पुनर्जन्म लेकर अपने पूर्वजों के काम-काज को जारी रखेगी। इससे सम्बन्धित जो तीसरी धारणा है वह अन्य धारणाओं से परस्पर विरोधी लगती है। यह धारणा हिन्दुओं की कब्रगाहों की प्रचलित प्रथा से मिलती-जुलती है। मृत्यु के बाद आत्मा दुष्ट प्रेत में बदल जाती है जिसको घर से किसी भी कीमत पर दूर रखना होता है और समय-समय पर उसे कुछ चढ़ावा देकर खुश रखना पड़ता है। ऐसे में जब शवों की अन्त्येष्टि की जाती है उस समय विचित्र स्थिति उत्पन्न हो जाती है। मृतक आत्मा को वापस घर में बुलाने के लिए कुछ विशेष अनुष्ठान किए जाते हैं। मृतक की पत्नी द्वारा आत्मा को कैद करने के लिए वहाँ एक बर्तन रखा हुआ होता है जबकि दूसरे लोगों को वहाँ से दूर रहने की

हिदायत दी जाती है, अगर सम्भव हो तो गाँव की सरहद के बाहर। माना गया है कि मृत्यु के बाद व्यक्ति आत्मा और प्रेत दोनों का रूप ले लेता है।

हमने देखा है कि हर मारिया के घर के भीतरी हिस्से में मृतक के नाम से एक मिट्टी का बर्तन होता है। उसी कमरे में मृतक की छोटा-सी कब्र होती है। इस छोटी-सी कब्र के चारों ओर मृत पूर्वजों के लिए पूजा की जाती है। इससे जुड़ी जितनी धार्मिक क्रियाएँ हैं, उन्हीं के द्वारा मृतक व्यक्ति की आत्मा अन्य मृतकों से मिलती है। उस घर की महिला जब अनाज पीसती है तब उसमें से कुछ आटा (मृतक की आत्मा के सम्मान में) मिट्टी के बर्तन में रख देती है, और अनाजों के लिए मनाए जाने वाले उत्सव के समय यहीं पर वह नया अनाज पकाती है। मृतकों को बेहद नाजुक मिजाज माना जाता है। शेर, साँप के काटने से, हैजा, चेचक से, डूबने या पेड़ से गिरने से मरे व्यक्ति, आत्महत्या से और हत्या कर दिए गए व्यक्ति की आत्मा को यदि पूर्वजों के पास साथ देने के लिए भेजा जाता है तो वहाँ उनसे झगड़ा होने की आशंका होती है और खतरा रहता है कि वे गुस्से में कोई बड़ी समस्या खड़ी कर देते हैं। ऐसा खासकर तब भी होता है जब उनकी पत्नी उनकी समाधि की देखभाल करने में लापरवाही करती है। वे सिराहा और वदाई के जरिए या उनके सपनों में आकर अपनी इच्छा जाहिर करते हैं। उनके आदेशों का पालन नहीं करना बेहद खतरनाक माना जाता है।

उन्हें सन्तुष्ट रखने की परम्परा ने मारिया के जीवन के हर पहलू को प्रभावित किया है। हर घरेलू तथा अन्य सामाजिक उत्सवों में इनको चढ़ावा चढ़ाया जाता है। देवी माता, दन्तेश्वरी और अन्य देवी-देवताओं की पूजा के साथ-साथ होनेवाले हर काले जादू की पूजा में उन्हें याद किया जाता है। गेता के घर के अन्दर मृतक के लिए बने चूल्हे में से आग लेकर, जंगल साफ करनेवाली पहली आग जलाई जाती है। इस पूरी किताब में ये पूर्वज आदिवासियों के संकीर्ण समाज के रीति-रिवाजों के प्रहरी के रूप में पेश किए गए हैं। बाद में इन पर विस्तृत रूप से लिखा गया है, इसलिए इसके बारे में अभी ज्यादा चर्चा करना उचित नहीं है।

VII

जो औरतें गर्भावस्था में या बच्चा जनने के दौरान मर जाती हैं, उन्हें दफना दिया जाता है। उसी तरह की क्रिया चेचक या इस तरह के अन्य रोगों से मरने वाले के साथ की जाती है। इन सबके अलावा जितनी भी मौतें होती हैं उनका दाह-संस्कार कर दिया जाता है। जला देने की प्रक्रिया कई बार पुलिस जाँच को कठिन और असम्भव बना देती है।

एक समय में (मुझे ठीक-ठीक नहीं पता कि यह रिवाज कब से चला आ रहा है) वदाई जाति के लोगों के शव की नंगी देह ऊर्ध्वाधर स्थिति में गाड़ी जाती थी। अगर घर का पहला बच्चा, पाँच साल के अन्दर मर जाता था तो उसे भी उसी स्थिति में गाड़ा जाता है, ताकि चेहरा पूरब की तरफ हो, क्योंकि पूरब में रोशनी है। महुआ पेड़ के नीचे

भी इसलिए गाड़ा जाता था क्योंकि महुआ का पेड़ फूल और फलों से लदा होता है जो परिवार के लिए शुभ संकेत होता है।

दाह-संस्कार में मुख्य रूप से हनगुन्दा या हनलगैता शरीक होते हैं और साथ में मृतक की बहन का बेटा या पति होता है। हनगुन्दा मेनहिर (स्तम्भ) पर गाय की पूँछ और शव के चारों ओर धागा बाँधता है। यह उसकी पत्नी का कर्तव्य है कि वह मृतक के शरीर को धोए और हल्दी और पका चावल चिता पर ले जाए। मृतक की बहन का बेटा छत पर चढ़कर अपने रिश्तेदारों को बुलाने के लिए ढोल बजाता है और पत्थर के सामने बलि के लिए लाई गई गाय का वध करता है।

मृत्यु के बाद मृतक व्यक्ति को, उसका सिर पूरब की ओर रखकर, घर में उसके कमरे में लाया जाता है। मृतक की बहन का पुत्र एक पतले डंडे को मृतक की छाती के ठीक ऊपर, बिलकुल नापकर, झोंपड़ी की छत में घुसा देता है। फिर वह छत पर चढ़कर उस जगह एक बड़ा छेद करता है। यह जगह प्रतीकात्मक रूप से मृतक द्वारा अपना सन्देश पूरे संसार में फैलाने के लिए माध्यम होती है। फिर वह अपने ढोल को उस छेद पर रखकर डंडे को अपने सिर के चारों ओर तीन बार घुमाता है। फिर ढोल बजाता है। सामान्यतः ढोल दो हाथों से बजाया जाता है पर इस मौके पर पारम्परिक रूप से एक ही हाथ से ढोल बजाया जाता है। थोड़ी देर ऊपर ढोल बजा लेने के बाद वह छत से नीचे आकर ढोल बजाना जारी रखता है।

हनगुन्दा की पत्नी अब कुछ चावल कूटकर इसे पत्ते के साथ बाँधकर चार जगह चार थैली बनाती है। दो थैली शव की बाँह के पास और दो थैली शव की कमर के पास बाँधती है। फिर वह खाना पकाए जानेवाले बर्तन के नीचे लगी काली राख को मृतक के सीने पर लगाती है, ताकि जब उसका पुनर्जन्म हो तो वह पहचाना जा सके। मृतक की पोती या उसी रिश्ते में कोई और लड़की मृतक के हाथों के बीच की तीन उँगलियों और पैरों की बीच की उँगली में सात बार धागा लपेटती है। यह भी मृतक के लौटकर आने को सुनिश्चित करने के लिए होता है।

यह 10 फरवरी, 1942 को पेन्टा में मनाए जा रहे एक अनुष्ठान की घटना है। यह दाह-संस्कार बिलकुल अलग था क्योंकि ऐसा विश्वास किया जा रहा था कि मृतक की मौत का कारण काला जादू है।

पेन्टा के सोरी कोसा और मरकामी बन्दो की बहू के बीच प्रेम सम्बन्ध था, जो उन दोनों परिवारों के बीच विवाद का कारण बना। कोसा के पिता ने जुर्माना भरा और शान्ति और मित्रता के लिए विशेष उत्सव मनाया गया। मगर बन्दो अभी भी आहत (सन्तुष्ट नहीं) था और इसी समय से कोसा के परिवार के साथ परेशानियाँ शुरू हो गईं। उसकी पहली पत्नी का बच्चा मर गया, इसके तुरंत बाद उसका एक और बेटा मर गया। एक दिन बाजार में बन्दो ने कोसा के पिता के मुँह पर थूक दिया। इसके एक सप्ताह के भीतर ही कोसा का पिता बीमार पड़ा और मर गया। कोसा की पत्नी और बेटी भी बीमार पड़ी परन्तु ठीक हो गईं। गाँववाले कानाफूसी करने लगे कि ऐसा बन्दो के काले

जादू से हो गया है। वह इन लोगों को तंग करने के लिए काले जादू का इस्तेमाल कर रहा है। जादू करने के लिए वह मिट्टी की एक छोटी गुड़िया बनाकर उसे पत्ते में लपेटकर जंगल में छोड़ आया है। इस मृत्यु में पुलिस की छानबीन की कोई वजह ही नहीं दीख पड़ती थी। अन्ततः गाँववाले कोसा के पिता की अंत्येष्टि में लग गए।

जिन प्राथमिक अनुष्ठानों का मैंने अभी जिक्र किया वे सब कर लेने के बाद कोसा के पिता के सारे रिश्तेदार एक जगह इकट्ठे होते हैं। औरतें पीतल की अँगूठी और माला लाकर शव के ऊपर रखती हैं और पुरुष कपड़े का छोटा टुकड़ा रखते हैं। घर के लोग शव के जलने तक उपवास रखते हैं। इस मौके पर चारों ओर गहरे दुख की छाया फैली रहती है। जब बाँस की बनी अर्थी घर लाई जाती है तो वादी, गेता और हनगुन्दा की पत्नियाँ उस पर गिर पड़ती हैं। उनके अनुसार इसका मतलब है कि वे भी शव के साथ ही सती प्रथा की तरह जल जाना चाहती हैं। अर्थी पर पुआल बिछाकर शव रख दिया जाता है। इसके बाद जितने भी पुरुष रिश्तेदार हैं वे शव पर कपड़े का टुकड़ा रखते हैं। औरतें फिर से शव को घेर लेती हैं और इसे चूमकर जोर-जोर से रोती हैं। पहले शव को इस तरह रखा जाता है कि शव की टाँगें घर के दरवाजे की तरफ हों, फिर इसकी स्थिति बदलकर इसके सिर को दरवाजे की तरफ रख दिया जाता है। वे घर के दरवाजे को तीन बार छूकर प्रार्थना करते हैं : 'तुमने यह घर बनाया है, तुम अगला जन्म यहीं लो।'

फिर शव को शमशान घाट ले जाया जाता है। साथ में ढोलक बजाने वाले भी पीछे से जाते हैं। बाल खोले हुए उसकी पोती चावल बिखेरती हुई पीछे से जाती है। जहाँ वे सड़क पार कर दूसरी सड़क पर पहुँचते हैं वहाँ थोड़ा चावल गिरा दिया जाता है ताकि दूसरा प्रेत यदि आए तो चावल खाकर वहीं से लौट जाए। अन्त्येष्टि में हर कोई आता है। पर जिन औरतों को माहवारी हुई होती है वे साधारणतः नहीं आतीं। कभी आती भी हैं तो कुछ दूरी पर खड़ी रहती हैं।

जब लोग शव लेकर चिता के पास पहुँचते हैं तो वे चिता के चारों तरफ घड़ी की सुई घूमने की उल्टी दिशा में चक्कर काटते हैं। फिर शव को जमीन पर रखते हैं। औरतें फिर से एक बार शव पर गिरकर विलाप करती हैं और चूमती हैं। वे चिता के पास लेट जाती हैं। उन्हें बड़ी मुश्किल से हटाकर शवदाह की क्रिया शुरू की जाती है।

एक औरत शव के मुख में थोड़ा तंबाकू रख देती है। मृत शरीर को सजाई गई चिता पर रख दिया जाता है। जो टुकड़े शव पर रखे होते थे उनमें से कुछ को छोड़कर बाकी को रिश्तेदारों और ढोल बजानेवाले के बीच बाँट दिया जाता है। शव की कमर पर जो चावल की थैली बाँधी गई थी इसे हनगुन्दा द्वारा हटाकर बायीं ओर दायीं दिशा में बिखेर दिया जाता है। पूरा शरीर एक कपड़े में लिपटा होता है। हनगुन्दा शव के मुँह के ठीक ऊपर की चादर को फाड़ देता है। घर की छत पर से तोड़कर लाए गए घास के टुकड़े को शव के मुँह में डाला जाता है। ध्यान रखा जाता है कि घास का यह टुकड़ा शव के साथ न जले। इसका उद्देश्य यह होता है कि अगली दुनिया में जाने की यात्रा में वह ठीक से साँस ले सके। जबकि दूसरी सूचनाओं के अनुसार यह आत्मा को

परलोक जाने में मदद करता है। मृतक की बहन का पति घर से लाई आग में थोड़ी घास जलाकर चिता का एक चक्कर काटता है। चक्कर काटने के बाद घास की उसी आग से सिर की तरफ से चिता में आग लगाता है। दूसरा व्यक्ति विपरीत दिशा में चक्कर लगाते हुए पैर के पास से चिता में आग लगाता है।

चिता पूरी तरह जल जाने के बाद पूरा कुनबा नदी में जाकर नहाता है। मृतक की पत्नी अपनी साड़ी का एक हिस्सा पानी में भिगोकर उसे अपने हाथ में लिए हुए घर आती है और घर के भीतर जहाँ शव रखा हुआ था वहाँ निचोड़ देती है ताकि मृतक अपनी प्यास बुझा सके।

दूसरे दिन एकदम सुबह मृतक की बहू श्मशान घाट जाकर राख का निरीक्षण करती है और पाती है कि वहाँ पत्ते में लिपटी वही मिट्टी की गुड़िया रखी हुई है। इससे वदाई यही समझते हैं कि बन्दो द्वारा काला जादू कर दिए जाने से ही मृत्यु हुई थी।

उसी सुबह एक गाय लाई जाती है जिसके पाँवों को मृतक की पत्नी धोती है। उसके सिर को चावल से छूकर वह कहती है : 'हमने तुम्हें तुम्हारा हिस्सा दे दिया है, अब हमें तंग मत करना।' ढोल बजानेवाला अपनी छड़ी से गाय को छूता है और दूसरा रिश्तेदार कुल्हाड़ी की तेज धार से गाय के सर पर वार कर उसे मार डालता है। फिर वह उसकी पूँछ काटता है और उसका कलेजा काटकर हटा देता है। अब इसे 24 बराबर टुकड़ों में काटा जाता है। हर हिस्से को पत्ते में लपेट आग में भूना जाता है। इसे शमशान भूमि पर ले जाया जाता है। वहाँ पहुँचने पर औरतें जली हुई चिता से हड्डियाँ उठाकर चूमती हैं। मृतक का बेटा चिता की लकड़ी का कोई अधजला टुकड़ा उठाकर उसे चिता के बीचोबीच डाल देता है फिर उस जगह की राख को हटाया जाता है जहाँ शव का सिर था। इसे गोबर से लीपकर यहाँ पत्तों के दोने रख दिए जाते हैं।

जिन दोनों में कलेजा था, उन्हें खोला जाता है और हर दोने से कुल तीन टुकड़े निकालकर जमीन पर रखे जाते हैं और तीन टुकड़े हर पत्ते के दोने में। जमीन पर रखे 12 टुकड़ों को पृथ्वी को तथा पत्तों के दोने में रखे गए 12 टुकड़ों को मृतक को अर्पित किया जाता है। वदाई चावल के सात ढेर तैयार करता है। वह लकड़ी का एक टुकड़ा लेकर हर ढेर के ऊपर दाएँ से बाएँ कई बार घुमाकर मन्त्र बोलता है और आत्मा को सन्तुष्ट हो जाने के लिए कहता है। मृत व्यक्ति का बेटा एक मुर्गा लाता है और उसे वह चावल खिलाता है। वदाई इसी बीच अपनी छड़ी से जल्दी से उस मुर्गे को स्पर्श करता है। अगर मुर्गा उसी क्रम में चावल नहीं खाता जिस क्रम में चावल रखा गया है तब इसका मतलब यह निकाला जाता है कि काले जादू में दो व्यक्ति लगे हुए हैं। ऐसा तीन बार किए जाने के बाद मृतक का पुत्र अपने पैरों के बीच से मुर्गे को उस पार निकालकर उसकी गर्दन मरोड़कर उसे मार डालता है। फिर उसके सिर की तरफ से पकड़कर उसे आग में डाल देता है। अगर ऐसा नहीं किया गया तो माना जाता है कि सिर बुरी आत्मावाले पक्षी में बदल जाएगा।

फिर पत्ते के दोने के पास जमीन में छुरी से एक गड्ढा खोद दिया जाता है। इसमें

काँटेदार छड़ी को गाड़ दिया जाता है। मृतक का पुत्र इस कांटे की ओर पीठ कर अपने हाथ में गाय की पूँछ लेकर खड़ा हो जाता है। वह इसे सबसे पहले सूरज की ओर ले जाता है, फिर पृथ्वी के चारों कोनों की तरफ और अन्त में जिधर मृत शरीर दफनाया गया है। ऐसा तीन बार करके पूँछ को टहनी यानी धड़ में बाँध देता है। मृतक की पत्नी पत्ते के दोने में महुआ की शराब डालती है, क्योंकि जब उसका पति जिन्दा था उन दोनों ने साथ जीने-मरने की कसमें खाई थीं और एक साथ शराब पी थी। उसकी पत्नी जब शराब भेंट कर रही होती है तब वदाई कहता है कि : 'उसे जीने दो, उसे अपने साथ मरने की कसम से आजाद कर दो और परिवार के अन्य सदस्यों की रक्षा करो।' फिर मृतक का बेटा और बहनोई, जो चावल और दाल लाते हैं, उसे छड़ी के पास डाल देते हैं। पुत्र अपने घर के छप्पर से जो फूस लाता है उसे छड़ी पर फेंककर कहता है : 'तुमने ही घर बनाया, अब इसे स्वीकार करो।' इसी समय उन सारी चीजों को भी वहाँ रख दिया जाता है जिसे वह व्यक्ति पसन्द करता था। उसका दामाद उसमें से तीर और धनुष उठा लेता है जबकि चाकू, ढोल बजानेवाला ले लेता है। फिर ढोल बजानेवाला ढोल बजानेवाली छड़ी को चिता की राख में फेंक देता है।

एक बार फिर से सारे लोग नदी पर जाते हैं, पर गेता और वदाई नहीं जाते। वे छड़ी को सम्बोधित कर कहते हैं : 'एक महीने और तुम्हें कुछ नहीं मिलेगा, लेकिन घर मत जाना, यहीं रहना।' नहाने के बाद वे सभी मृतक के घर जाते हैं (सिवाय ढोलकी के)। सारे क्रिया-कर्मों के दौरान ढोलकी को अपवित्र समझा जाता है इसलिए वे नहाते हैं और ढोलक को भी धोते हैं। ढोलक पर वे कुछ चावल रखते हैं। मुर्गे को मारकर वे इसका खून और थोड़ी शराब ढोलक पर चढ़ाते हैं। उसके बाद ढोलक बजानेवाले को अलग से पकाया गया गाय का कंधा और चावल दिया जाता है। खाना खाने के बाद वे अपने घर चले जाते हैं।'

इस कहानी का अन्त ध्यान देने लायक है। एक महीने के बाद वदाई मुर्गा, सूअर, अंड़ा, अंडे का छिलका, बाँस का तीर-कमान, जली हुई चिता के नीचे की जली हुई मिट्टी, चावल, दाल और हल्दी लेकर गाँववालों के साथ गाँव की सीमा पर जाते हैं। सारी चीजें पत्ते के अलग-अलग दोनों में रख दी जाती हैं। वदाई इन पत्तों के दोनों को सात कतारों में सजाकर रखते हैं। फिर वे मरकामी बन्दो के काला जादू को जाने के लिए कहते हुए मुर्गे को चावल खिलाते हैं। मुर्गा जल्दी से चावल खा जाता है, पर यह ये साबित करने के लिए काफी नहीं कि काला जादू सचमुच खत्म हो गया है। इसलिए वदाई मुर्गे को प्रताड़ित करते हैं ताकि वह खाना बन्द कर दे। सबसे पहले उसकी एक टाँग तोड़ी जाती है। अगर वह फिर भी खाना नहीं छोड़ता तो उसकी दूसरी टाँग भी तोड़ दी जाती है। यदि वह फिर भी खाना बन्द नहीं करता तो उसके पंख तोड़ दिए जाते हैं। इतनी असहनीय पीड़ा के बावजूद भी यदि वह खाना बन्द नहीं करता तो यह साबित हो जाता है कि काला जादू सफलतापूर्वक अपना काम कर रहा है। अन्त में मुर्गे को बिना मारे वैसे ही छोड़ दिया जाता है। अब सूअर की बलि दी जाती है और गाँव की सीमा पर

जहाँ सातों कतारें लगी होती हैं एक रेखा खींच दी जाती है। और कहा जाता है कि : 'इस रेखा से बाहर रहो।' फिर सारे लोग बिना पीछे देखे वहाँ से चले जाते हैं। इस क्रिया में घर के लोग शामिल नहीं होते।

अगले दिन वदाई कोसा के पिता के प्रेत के सम्मान में महुआ के पेड़ के नीचे घर के पास उजले रंग के मुर्गे की बलि चढ़ाते हैं और अंडा फोड़ते हैं, फिर घर के अन्दर जाकर इसे दूध, छाल और घास के साथ छिड़का जाता है। यहाँ पर परिवार के पुरखों की शान्ति के लिए काले मुर्गे की बलि दी जाती है।

जब किसी व्यक्ति की बड़ी दर्दनाक मौत होती है तो विशेष सावधानियाँ बरती जाती हैं। माना जाता है कि यदि कोई व्यक्ति शेर के द्वारा मारा जाता है तो उसका भूत उस जानवर के शरीर में घुसकर गाँव के लोगों से अपना बदला लेता है। इसी तरह माना जाता है कि साँप के काटने से मरनेवाले की आत्मा साँप की पूँछ में घुस जाती है और लोगों को मौत के घाट उतारती है।[1]

जो औरत गर्भावस्था में मर जाती है या बच्चे को जन्म देने के समय मर जाती है उसकी आत्मा को भी बहुत खतरनाक माना जाता है। इसके लिए मृत शरीर के घुटनों और कोहनियों में तथा कब्र के चारों कोनों पर कीलें गाड़ दी जाती हैं।

VIII

हर मारिया गाँव की सीमा पर उनके मृतकों की याद में खम्भों की कतारें दिखाई देती हैं। खम्भों में लगे पत्थर कहीं बहुत बड़े होते हैं, कहीं बहुत छोटे। माना जाता है कि ये छोटे पत्थर समय के साथ बड़े होते जाते हैं। ज्यादातर ऊपर की ओर गड़े खम्भे होते हैं जिन्हें यूरासकल कहा जाता है। पर कुछ जगहों पर चार छोटे पत्थरों पर रखा एक बहुत बड़ा पत्थर होता है जिसे उनयाकल कहते हैं।

इन स्तम्भों को गाड़ने या स्थापित करने के समय भी मृतक की बहन के बेटे की भूमिका अहम होती है। घंटी बजाता हुआ एक आदमी, तीन ढोलक बजाने वाले तथा 20 या 30 आदमी उसके साथ उस जगह पर जाते हैं जहाँ पत्थर कटकर तैयार हो गया होता है या किसी पहाड़ पर जाते हैं जहाँ उचित पत्थर खोजा जाता है। बहन का पुत्र पत्थर छूकर मृत व्यक्ति को सम्बोधित करता हुआ कहता है : 'तुम्हारे लिए हम यह पत्थर ले जा रहे हैं; इसे हल्का रखना, भारी मत बनाना।' फिर उस पत्थर के ऊपर तथा नीचे एक-एक खम्भे को लगाकर रस्सी से बाँध दिया जाता है। फिर बहन का पुत्र हाथ में नगाड़ा (ढोल) लिए हुए पत्थर पर चढ़कर नए सुर में आवाज निकालता है, गुल-गुचा, गुल-गुचा, गुल-गुचा...। लगभग 20 लोग जोर से सीटी बजाते हुए सुर्र, सुर्र, वी, वी, की आवाज निकालते हुए पत्थर उठाते हैं और हवा में इधर-उधर घुमाते हैं। फिर वे सभी झुण्ड में उस जगह पर जाते हैं जहाँ उसे गाड़ना होता है। आगे-आगे ड्रम बजानेवाला ड्रम बजाते और नाचते हुए जाता है जबकि बहन का बेटा पत्थर पर ही खड़ा अपना ड्रम बजा रहा होता है। बीच-बीच में थक जाने पर वे पत्थर को नीचे रख देते हैं और चावल से बनी शराब पीकर तरोताजा हो लेते हैं।

जब सारे लोग उस जगह पहुँचते हैं जहाँ गड्ढा खोदा गया होता है, ड्रम बजानेवाले

1. इसी प्रकार दुर्घटना युक्त मौत असामान्य है। 1938 में पूरे रियासत में 55 व्यक्ति शेर द्वारा मारे गए 10 को तेंदुओ ने मौत के घाट उतारा 4 भालुओं द्वारा मारे गए, 53 लोगों की पानी में डूबने से मृत्यु हुई, 102 व्यक्ति सांपडंक से मरे तथा, 103 लोगों की ताडी तथा सामो के लम्बे ऊँचे पेड़ों से गिरने के कारण मृत्यु हुई। इन सभी दुर्घटनाओं में सभी आदिवासी तथा मृतकों के रिश्तेदार अपने स्वयं की सुरक्षा के लिए जटिल प्रक्रियाओं में सम्मिलित हुए।

उस छड़ी को उस गड्ढे में डाल देते हैं जिसको वे अब तक इस्तेमाल कर रहे थे। उसकी जगह पर लकड़ी की बनी दूसरी छड़ी इस्तेमाल की जाती है। पत्थर को लगाने से पहले गेता उसे स्पर्श कर मृतक को सम्बोधित कर कहता है : 'तुम मर चुके हो, इसलिए तुम अपने माता-पिता, भाई, अपने परिवार को भूल जाओ। अब यही तुम्हारा घर है। यहीं रहो और हमें या हमारे जानवरों को तंग मत करो। हम तुम्हें चावल, दाल और जरूरत की वे सारी चीजें दे रहे हैं जो तुम्हें घर पर मिला करती थीं, ताकि तुम सन्तुष्ट रह सको।'

वह गड्ढा जिसे मृतक की बहन का पुत्र खोदता है उसमें रिश्तेदारों द्वारा वे सारी चीजें डाली जाती हैं जो मृतक की इस्तेमाल की होती हैं, जैसे—चावल, सिक्का, अँगूठी, गहने आदि। फिर खम्भे से चट्टान को ढकेलकर जगह पर लाया जाता है। फिर जमीन में उसे अच्छी तरह गाड़कर उसके आगे एक छोटी तख्ती (क्रामलेक) रख दिए जाती है। इसी पत्थर पर बहन के पुत्र द्वारा सारा चढ़ावा चढ़ा दिया जाता है। घर की औरतें क्रामलेक पर पत्तों के दोनों में पका चावल और हल्दी लाकर रखती हैं। इसके ऊपर अनाज, जड़ें और वे सारी चीजें, जो मृत व्यक्ति को पसन्द थीं, लाकर रखी जाती हैं।

फिर सारे लोग घर लौटते हैं। एक-दो गायों की बलि चढ़ाई जाती है। इन गायों को मृत व्यक्ति मरने के पहले चुन चुका होता है। इनका कलेजा निकालकर छोटे-छोटे टुकड़ों में काट दिया जाता है। चावल पकाया जाता है और उसे चार हिस्सों में बाँटकर पत्तों के दोनों में रखा जाता है। दो दोनों में गाय की पूँछ और चावल की शराब रखकर इसे स्तम्भ के पास ले जाया जाता है। इसका कुछ भाग पृथ्वी को चढ़ाया जाता है, बाकी क्राम्लेक पर। पूँछ को स्तम्भ पर टाँग दिया जाता है जबकि शराब को उस पर उँड़ेल दिया जाता है। इसी वक्त पुराने स्तम्भों को भी शराब भेंट की जाती है। माना जाता है कि अगर ऐसा नहीं किया गया तो पुराने मृतक नई आत्माओं के साथ झगड़ा करेंगे, जो उनके साथ रहने गई हैं।

चावल की शराब स्तम्भ के साथ-साथ शोकग्रस्त परिवारवालों को भी पिलाई जाती है। इस शराब को उस कमरे में पकाया जाता है जहाँ पर मृतक की मौत होती है। इसे एक खोखले पाइप के साथ परोसा जाता है।

ऐसा विश्वास किया जाता है कि क्रियाकर्म की अगर एक विधि भी किसी कारण से छूटती है तो मृत व्यक्ति की आत्मा शोकग्रस्त व्यक्ति में से किसी पर भी नाराज होकर आक्रमण कर सकती है। जैसे, गढ़पाल में बुरका पेदा ने मुझे बताया कि एक बार वे स्तम्भ पर शराब चढ़ाना भूल गए, तो मृतक की आत्मा उन पर इतनी क्रोधित हुई कि वह और उसके पिता की बहन बेहोश हो गए। जब उन्होंने सारे स्तम्भों पर महुआ की शराब चढ़ाई तब जाकर उनकी बेहोशी टूटी। फिर महारा-करका में कुहरामी तूरिया को क्रोधित प्रेत ने आग में फेंक दिया था जिससे उसकी टाँगें जल गई थीं। अगर ऐसा हो तो उस व्यक्ति को दौड़कर उस बाँस के खम्भे को पकड़ लेना चाहिए जिससे बाँध कर चट्टानों को लाया गया था। फिर गेता उस पर जब पानी डालता है तब जाकर क्रोधित प्रेत उसे छोड़ता है।

IX

जब किसी धनी व्यक्ति की मृत्यु होती है तो उसके परिवार वाले उसके लिए लकड़ी का नक्काशीदार स्तम्भ बनवाते हैं। ऐसे स्तम्भ बहुत कम संख्या में हैं क्योंकि इन्हें बनाने में खर्च बहुत लगता है। रिवाज होने के बावजूद सिर्फ महत्त्वपूर्ण और अमीर लोग ही इसे बनवाते हैं।

इन स्तम्भों को ग्रिगसन के अनुसार उरासगट्टा कहा जाता है। उरासन का मतलब 'जलाना' और 'गट्टा' का मतलब 'खम्भा' है। मुझे ऐसा एक भी मारिया नहीं मिला जो इस शब्द को पहचानता हो। शायद इसलिए कि इसका अब इस्तेमाल नहीं किया जाता। जिस भी मारिया से मैंने पूछा, वे इसे या तो मुंडी (गोन्दी) या कंभा (हलबी या हिन्दी) नाम से जानते थे।

ये खम्भे ज्यादातर उच्च सड़क मार्ग के पास लगाए गए होते थे। ये खम्भे सराई या साजा की लकड़ी से बने होते हैं। इन्हें भी उसी तरह अनुष्ठान के साथ लगाया जाता है जिस तरह पत्थरों को लगाया गया।

इनकी संख्या ज्यादा नहीं होती पर ये देखने लायक होते हैं। जगदलपुर और दाँतेवाड़ा के बीच मुख्य सड़क पर दिलभिल्ली के पास ऐसा ही बहुत खूबसूरत खम्भा है। मसेनर के पास स्तम्भ की कतारों के अन्त में एक खम्भा गड़ा है जिस पर प्रसिद्ध कोपा ध्रुवा की याद में एक वृद्ध व्यक्ति की आकृति खुदी हुई है। इस तरह के और खम्भे चित्रकूट के रास्ते पर और कई अन्य जगहों पर बने होते हैं।

हर स्तम्भ लकड़ी पर लिखी मृतक की आत्मकथा की तरह लगता है। इन पर धन, शक्ति और घोड़े या हाथी पर सवार की तस्वीर खुदी होती है। इस पर चाकू और कुल्हाड़ी बने होते हैं। वह जंगल में जिन जानवरों का शिकार करता था उसकी तस्वीर बनी होती है।

X

हर मारिया गाँव में धार्मिक तथा धर्मनिरपेक्ष लोगों का समूह होता है। एक मुखिया (जिसे पेदा कहते हैं), उसका सहायक (कण्डकी) और एक कोटवार होता है जो अपने कार्यक्षेत्र में होनेवाले हर जन्म और मृत्यु की सूचना पुलिस को देता है। राज्य की पुरानी प्रशासनिक प्रणाली के अवशेष के रूप में परगना मौजूद है जिसमें गाँव का हर समूह सदस्य होता है। इस परगना का प्रमुख परगना माँझी कहलाता है। हर गाँव की अपनी पंचायत होती है जिसका एक प्रमुख होता है, जो मुखिया कहलाता है तथा हर परगना के लिए परगना पंचायत होती है जहाँ न्याय के लिए फरियाद की जाती है। 1932 में बस्तर के सारे आदिवासी गाँवों की पंचायतों को कुछ आपराधिक और दीवानी (अर्थसम्बन्धी) मामलों में निर्णय लेने का अधिकार दिया गया। भारतीय दंड संहिता की

17 धाराओं के अलावा मामूली मार-काट, पाँच रुपए तक की चोरी, गुंडागर्दी, अनाधिकार प्रवेश, व्यभिचार आदि के मामले पंचायत ही देखता है। पंचायत को किसी भी अपराध या सार्वजनिक क्षति के लिए अधिकतम पच्चीस रुपए का जुर्माना लेने का अधिकार है। शादी-ब्याह के मामलों में वह पचास रुपए तक का जुर्माना लगा सकता है। कोतवार की जिम्मेदारी होती है कि वह पंचायत के निर्णयों की सूचना पुलिस को दे। सारे मामलों में परगना माँझी और उसकी पंचायत में सुनवाई होती है। पंचायत में गाँव के मामलों की सुनवाई के लिए चार चुने हुए लोगों का समूह होता है। माँझी और ये चार लोग मिलकर न्याय व्यवस्था देखते हैं।

पंचायतों ने अपने गठन के दस साल के अन्दर बहुत काम किया है। कुछ मुखिया लोगों ने भले अपने पद का फायदा उठाया है। कुछ ग्रामीणों से जरूरत से ज्यादा जुर्माना लिया गया तो कुछ कमजोर व बेहद गरीब तबके के लोगों को न्याय मिलने में बेइंसाफी हुई। पर ऐसा होने की सम्भावना तो साधारण कचहरी में भी होती है। कुल मिला-जुलाकर पंचायतों की व्यवस्था ने मारिया और मुरिया जाति के आदिवासियों में आत्म-सम्मान का संचार किया है और उनमें नेतृत्व का गुण विकसित किया है।

हमारे लिए पंचायतों का संगठन कितना महत्त्वपूर्ण है यह स्पष्ट है। सबसे पहले तो इसमें हर गाँव में अर्द्धप्रशासनिक बुजुर्गों का एक समूह होता है जिसका दायित्व है पुलिस की सहायता करना। गाँव में जब भी किसी की सन्देहास्पद मृत्यु होती है तो जाँच पदाधिकारी मृत्यु के कारणों की जाँच-पड़ताल के लिए पंचायत बुलाता है। प्रभावशाली ग्रामीणों का यह समूह न्याय के लिए बेहद सहायक होता है पर कभी-कभी यह अन्याय व बेईमानी भी करता है। जब पंचायत के मुखिया पर ही अपराध का आरोप होता है तो वह अपनी शक्ति और प्रभाव का इस्तेमाल कर पंचायत को चुप रहने पर मजबूर कर देता है। पर इससे पंचायत के अस्तित्व पर सवाल खड़ा नहीं किया जा सकता। ऐसे में जो जिम्मेदार अधिकारी हैं उन्हें पंचायत के लोगों में उनके अधिकार और कर्त्तव्यों के प्रति ज्यादा जागरूकता लानी पड़ेगी तथा मुखिया को भी अपने विश्वास में लेना होगा।

इन धर्मनिरपेक्ष व्यक्तित्वों के साथ ही साथ गाँव में कुछ प्रमुख धार्मिक व्यक्ति भी होते हैं। इनमें पुजारी और हकीमों का गाँव पर मुखिया और पंचों से ज्यादा प्रभाव होता है, और जब खुद पुजारी ही मुखिया हो तो वह गाँव का सबसे शक्तिशाली और प्रभावशाली व्यक्ति हो जाता है।

धार्मिक लोगों का प्रमुख भूम-गेता या परमा कहलाता है। इनका कर्त्तव्य होता है, गाँव की देवी की पूजा करना। गाँव के सारे उत्सवों और विशेष पूजा-पाठ में सारी क्रियाएँ सम्पन्न कराना, बलि की हर प्रक्रिया को निष्पादित करवाना। पेनवदाई या वदाई किसी कुल का पुजारी होता है जो अपने कुल के लोगों की सुख-समृद्धि के लिए सारे पूजा-अनुष्ठान करता है। हो सकता है कि एक गाँव में कई वदाई हों या कभी-कभी ऐसा भी होता है कि एक वदाई के प्रभाव क्षेत्र में कई गाँव हों। यह सब आस-पास में कुल की क्षेत्रीय संरचना पर निर्भर करता है। ऐसा माना जाता है कि वदाई का मृत

पूर्वजों के साथ सीधा सम्पर्क है। कुल के नियमों को नहीं माननेवालों की वही शुद्धि करता है। वह उनका भी शुद्धिकरण करता है जो मृतकों का काल्पनिक तौर पर भी अपमान करते हैं। हनगुन्दा वदाई भी हो सकता है या उससे कुछ कम प्रभावशाली व्यक्ति भी। वह भूत-प्रेतों (आत्मा) को प्रसन्न करने के लिए किए जा रहे अनुष्ठानों और मृतकों के संस्कार के सारे क्रिया-कलापों की अगुआई करता है। उसका महत्त्व तब बहुत बढ़ जाता है जब किसी व्यक्ति की शेर के कारण या फाँसी की वजह से मृत्यु हो जाती है।

इन पुजारियों के अलावा कई और लोगों का समूह होता है जिन्हें ईश्वर का दूत या सेवक माना जाता है। इन लोगों को समाधि में जाने की ईश्वरीय ताकत प्राप्त होती है। समाधि में वे ईश्वर की इच्छाओं की घोषणा करते हैं। इन्हें सिराहा या गुनिया कहा जाता है। इन्हें भयंकर रोगों को ठीक करनेवाला माना जाता है। चूँकि माना जाता है कि ये रोग आत्मा या प्रेत द्वारा किए गए अलौकिक क्रियाओं की वजह से होते हैं, इसलिए इन रोगों को ठीक करने के लिए भी अलौकिक शक्तियों का सहारा लिया जाता है।

इन्हीं धार्मिक और प्रभावशाली लोगों को बस्तर गाँव का वास्तविक शासक माना जाता है। इनका प्रभाव महत्त्वपूर्ण अधिकारियों से भी ज्यादा होता है। इनके लिए सिर्फ वह महाराजा ही महत्त्वपूर्ण होता है जिनसे इन्हें शक्तियाँ प्राप्त होती हैं। आज भले ही उनकी शक्तियों को सीमित कर दिया गया हो जैसा कि हम आगे निष्कर्ष के तौर पर कह सकते हैं कि आदिवासी समाज की अपनी नैतिक, वैधानिक और दंड प्रक्रिया थी जिससे वे गहरे जुड़े हुए हैं। आज भी उनका जीवन उनके अपने इन्हीं नियमों से संचालित होता है। उत्तराधिकार, विभाजन और नियंत्रण के उनके अपने कानून हैं। हम उनकी परम्पराओं और नियमों को बदलने में नाकाम रहे हैं, न ही हम उन्हें बदलते समय के अनुसार अपने नियम-कानून लागू करने में समर्थ हुए। ऐसा इसलिए कि जो भी नियम-कानून हैं उन्हें बिना उनकी परम्परा और सामाजिक अवस्था को देखते हुए बनाया गया है।

इस परिणाम की ओर जे. एच. हट्टन ध्यान खींचते हैं—

> कबीलाई रिवाजों के तहत जमीन का स्वामित्व, उत्तराधिकार या हस्तान्तरण के जो नियम रहे हैं उन्हें प्रचलित नियमों द्वारा बदल दिया गया है। विदेशी कानून के नाम पर आदिवासी कबीलों का जमीन पर से उनका हक छीन लिया गया। मुंडा और छितागंज की पहाड़िया जनजाति इससे प्रभावित हुई है पर जहाँ तक राजपूताना का सवाल है, सारे रिवाज पहले की तरह ही हैं। विदेशी कानूनों ने जनजाति के लोगों के कर्ज के नियमों को भी प्रभावित किया है। सभ्य समाज के अपराध सम्बन्धित जितने कानून प्रचलित हैं वे सारे जनजातीय परम्परा के अनुसार जो उचित है उससे मेल नहीं खाते। आज के न्यायिक प्रशासन की जटिल व्यवस्था ने कबीलों का सामाजिक सौहार्द, प्राकृतिक सच्चाई (भोलापन) और ईमानदारी को बेहद क्षति पहुँचाई है। इसने उनके समाज के प्रमुख के अधिकार और सम्मान को भी ठेस पहुँचाई है।

अध्याय : तीन

हिंसक अपराध सम्बन्धी आँकड़े

I

बाइसन-हॉर्न मारिया के बारे में प्रचलित है कि वे हिंसक और शराब के आदी होते हैं। उनकी इस स्थिति का वैज्ञानिक तरीके से परीक्षण करने से पहले हम इससे सम्बन्धित तथ्यों के आँकड़ों की विस्तृत रूप से जाँच-पड़ताल करेंगे। सबसे पहले मैं बस्तर में होनेवाले सारे हत्या सम्बन्धी अपराधों को एक तालिका से दिखाऊँगा। इसमें 1931 से 1940 के बीच के 10 सालों के भीतर भारतीय दंड संहिता की धारा 302 तथा 304 के तहत होनेवाले अपराधों का वर्णन है।

तालिका-I

बस्तर में होनेवाली हत्याओं की संख्या
(आई.पी.सी. की धारा 302 तथा 304 के तहत)
1931-40 (10 सालों के लिए)

वर्ष	बाइसन-हॉर्न मारिया	उत्तर के घोटुल मुरिया	अन्य (पूरे राज्य में)	कुल
1931	8	1	7	16
1932	14	3	10	27
1933	8	1	10	19
1934	19	2	16	37
1935	14	2	7	23
1936	8	—	14	22
1937	8	2	12	22
1938	13	2	13	28
1939	15	1	9	25
1940	14	7	18	39
कुल	**121**	**21**	**116**	**258**

अगली तालिका (तालिका नं. 2) में राज्य और कबीलों की अनुमानित जनसंख्या के मुकाबले इन्हीं आँकड़ों को दिखाया गया है।

इन आँकड़ों को देखने से साफ पता चलता है कि बाइसन-हॉर्न मारिया में होनेवाली हत्याओं के आँकड़े उसके पड़ोसी घोटुल मुरिया में होनेवाली हत्याओं के आँकड़ों से बहुत ज्यादा हैं। घोटुल मुरिया में हर जाति के युवकों को अपनी दुश्मनी तथा ईर्ष्या को भुलाकर एक परिवार की तरह रहने का प्रशिक्षण दिया जाता है। इसलिए वे एक दूसरे की जान के दुश्मन नहीं बनते।

तालिका-II

अनुमानित जनसंख्या के मुकाबले हत्या के आँकड़े

–	1941 की जनसंख्या	हत्याओं का वार्षिक औसत	एक करोड़ के आँकड़े पर हत्याओं का वार्षिक औसत[1]
बाइसन-हॉर्न मारिया	175,000	12.1	69.14
घोटुल मुरिया	100,000	2.1	21.00
अन्य	360,000	11.6	32.22
कुल	**635,000**	**25.8**	**40.63**

भारत की अन्य जातियों या समुदायों के बीच के तुलनात्मक आँकड़ों को इकट्ठा कर पाना बेहद मुश्किल है। चन्दा जिले के मारिया (बाइसन-हॉर्न नहीं) की 34,776 की जनसंख्या में दस साल के भीतर हत्या के 26 मामले उजागर हुए जबकि बाइसन-हॉर्न मारिया की एक करोड़ की जनसंख्या पर ऐसे 69 मामले हुए। मयूरभंज राज्य में 1935-36 में 890,000 की जनसंख्या पर ऐसे 25 मामले या एक करोड़ पर 28 मामले घटित हुए। केन्द्रीय प्रान्त तथा बेरार में 1939 में आई.पी.एस. की धारा 302 तथा 304 के तहत ऐसे 184 लोग दोषी पाए गए जबकि एक करोड़ पर लगभग 11 मामले पाए गए। इसी प्रान्त में 8 करोड़ की जनसंख्या पर 1941 में 53 लोगों को फाँसी की सजा हुई जबकि 131 को कालापानी की सजा हुई। यही आँकड़ा 1942 में क्रमशः 59 और 127 था।

इन आँकड़ों का तुलनात्मक अध्ययन करें तो बाइसन-हॉर्न मारिया की एक करोड़ की जनसंख्या पर हत्या के जो 69 मामले हुए हैं वे अन्य से बहुत ज्यादा हैं। जबकि हमें यह याद रखना होगा कि भारत के इस क्षेत्र के निवासियों को इस पृथ्वी का सबसे शान्तिप्रिय मनुष्य माना जाता है।[2] लॉब्सचर सारे विश्व से कुछ तुलनात्मक आँकड़े प्रस्तुत करते हैं। 1935 में दक्षिण अफ्रीका में एक करोड़ की जनसंख्या पर हत्या के 171 मामले, 1924 में कनाडा में 15 मामले, 1926 में इंगलैंड और वेल्स में 7 मामले घटे। इसी साल

1. वर्ष 1941 की अनुमानित जनसंख्या के आधार पर।
2. उड़ीसा के बोंडो आदिवासियों की छोटी-सी प्रजाति के अपवाद को छोड़कर मानव हत्या की दरें बहुत ज्यादा हैं। कृपया मेरी कृति बोंडो हायलैंडर का अध्याय 8 देखें।

अमेरिका में गोरे लोगों के बीच एक करोड़ पर 52 तथा नीग्रो की एक करोड़ जनसंख्या पर 454 हत्या की वारदातें हुईं।[1]

हर जाति और क्षेत्र के आधार पर जनसंख्या का आकलन कर पाना बेहद मुश्किल है। क्योंकि कहीं पर पुलिस हत्या के मामले में सारी हिंसक मौतों को शामिल करती है और कहीं सिर्फ हत्या के मामले को। कई बार पुलिस से कई तरह के अपराध छिपा भी लिए जाते हैं। इसलिए भारत में आँकड़ों के आधार पर एकदम सही स्थिति का पता लगा पाना मुश्किल है, पर हम इन आँकड़ों को अपने अध्ययन का आधार जरूर बना सकते हैं।

क्या इन आँकड़ों को देखने से ऐसा नहीं लगता कि एक जाति का अपराध के प्रति झुकाव अन्य जातियों की अपेक्षा अधिक है। सारे तथ्यों पर पूरी तरह विचार करने के बाद बांगर[2] अपने विचार बताते हैं–

> 'किसी जाति विशेष को अपराधी घोषित करना फिजूल की बात है। इस दुनिया में कोई भी व्यक्ति जन्म लेते ही अपराधी नहीं बन जाता। विभिन्न जातियों में आपस में कई तरह के अन्तर पाए गए हैं और विशेषकर मनोवैज्ञानिक अन्तर। अपराध के अध्ययन में ये अन्तर कहाँ तक प्रासंगिक हैं, देखना होगा।
>
> सबसे पहला तथ्य यह है कि कहीं-कहीं मनोवैज्ञानिक स्तर और आपराधिक मामलों में बिलकुल सीधा सम्बन्ध देखने को नहीं मिलता। नॉर्दिक जाति में ऐसा देखने को मिलता है कि उनका जन्मजात स्वभाव हिंसक है परन्तु अपराध का ग्राफ वहाँ नीचा है। यहूदी जाति में मनोवैज्ञानिक कारणों से मानसिक दुर्बलता या घबड़ाहट के मामले अधिक हैं मगर फिर भी यहाँ हिंसक अपराधों की संख्या बेहद कम है।
>
> दूसरी ओर ऐसे कई उदाहरण हैं जहाँ अपराध और मनोवैज्ञानिक स्थिति में काफी गहरा सम्बन्ध है। हमने अपने अध्ययन के लिए इनके स्वभाव को चुना क्योंकि इसी के बारे में हम आश्वस्त हैं। भूमध्यसागरीय क्षेत्र में बसे लोगों के स्वभाव की बात करें तो उनकी आपराधिक प्रवृत्ति बेहद आक्रामक होती है। वे बहुत जल्दी हिंसक हो उठते हैं। कई बार यह पाया गया है कि जो जाति सामान्यतः अहिंसक होती है उसकी कोई प्रजाति किसी हिंसक जाति से भी ज्यादा हिंसक होती है। कई बार एक ही जाति में हर व्यक्ति के स्वभाव में अन्तर पाया जाता है।
>
> अब, क्या हमें हक है कि हम अपराध को किसी जाति विशेष की प्रवृत्ति

---

1. लॉब्सचर–पृष्ठ 307, परन्तु वार्न हेंटिंग ने अपराध के संख्यात्मक पक्ष का सावधानी पूर्वक विश्लेषण के बाद इस निष्कर्ष पर पहुँचे हैं कि इन आँकड़ों का बहुत सावधानी से अध्ययन किया जाना चाहिए। उदाहरण के लिए हत्याओं के तुलानात्मक आँकड़े को सम्पूर्ण सावधानी के साथ माना जाना चाहिए। एच. वार्न हेंटिंग–क्राइम-कॉजेज एंड कंडीनूस (न्यूयार्क 1947) पृष्ठ 77।
2. डब्ल्यू. ए. बोंगर रेस एंड क्राईम (न्यूयार्क, 1943) पृष्ठ 105।

(अ) हिल मारिया द्वारा विवाह में पहने जाने वाली नृत्य वेशभूषा में एक युवक

(ब) मरकामी मार्का मुकुट पहने हुए

(स) नृत्य के लिए पहना जानेवाला मुखौटा तैयार करते हुए लड़के

(अ) दिलमिल्ली में स्थित मुचाकी हूँगा के स्तम्भ का विवरण

(ब) चित्रकोट के समीप स्थापित किया गया एक नया स्तम्भ

कह सकें। अब तक का विश्लेषण यही कहता है कि अपराध का किसी जाति विशेष से कोई सम्बन्ध नहीं है बल्कि वे जिस माहौल या वातावरण में जन्मे हैं, या अभी रह रहे हैं, इसका उन पर ज्यादा प्रभाव पड़ता है। गुस्सैल स्वभाव किसी खास स्थिति में ही खतरनाक होता है। इस सम्बन्ध में एक महत्त्वपूर्ण बात यह है कि इसी जाति में जहाँ आक्रामक अपराध हमेशा होते हैं, महिला अपराधियों की संख्या बेहद कम है। तो प्रश्न उठता है कि यदि पूरी जाति ही आपराधिक प्रवृत्ति की है तो औरतें इससे अछूती कैसे हैं।'

यहाँ हम निष्कर्षतः कह सकते हैं कि मारिया जाति में हत्या की अनगनित घटनाओं का कारण जातिगत नहीं बल्कि उनसे जुड़े आर्थिक और सामाजिक कारण जिम्मेवार हैं।

II

हत्या के मामलों की 100 फाइलें, जिनका मैं परीक्षण कर चुका हूँ, के बारे में यहाँ चर्चा करूँगा। इनका संक्षिप्त विवरण परिशिष्ट में दिया गया है। ये सारे मामले उन 20 वर्षों के दौरान पाए गए हैं जिनमें हत्या के कुल मामले 250 से ज्यादा नहीं हो सकते। पिछले 10 सालों के भीतर मारिया में हत्या के 121 मामले आए। इसके मुकाबले अगले दशक में संख्या ज्यादा ही थी। मैं यहाँ सिर्फ उन मामलों को ले रहा हूँ जिनमें अपराधी को सजा मिली है।

100 मामलों में दोषी पाए गए 177 लोगों का संक्षिप्त विवरण इस प्रकार है :

तालिका-III

100 मामलों में हत्या के दोषी पाए गए 177 लोगों को दी गई सजा		
आई. पी. सी की धारा 302 के तहत फाँसी की सजा	–	21
निष्पादित मामले	–	18
कालापानी की सजा (आई.पी.सी. की धारा 304 के तहत 14 साल अज्ञातवास)	–	57
आई.पी.सी. की धारा 304 के तहत कारावास की सजा	–	39
सी.आर.पी.सी.[1] की धारा 471 के तहत दोषमुक्त मगर पागलपन की अवस्था में हवालात	–	3

सजा पाए गए अधिकांश अपराधी महिलाओं के मुकाबले में पुरुष हैं। इसे अगली तालिका में दिखाया गया है।

1. इस धारा के प्रावधान में व्यक्ति के सुरक्षित सुरक्षा में बन्द रखने का प्रावधान है जिसका कृत एक अपराध निरूपित किया जाए। इसमें व्यक्ति को पागलखाने में बन्द नहीं रखा जाता है बल्कि ऐसे व्यक्तियों को पागलखाने में भेजा जा सकता है। ऐ गूँगे एवं बहरे लोग जो हत्या के अपराधी/दोषी पाए जाते हैं उन पर मुकदमा इसी धारा के अर्न्तगत चलाया जाता है।

तालिका-IV

100 मामलों में दोषी पाए गए 117 अपराधियों का लिंगानुपात	
पुरुष	112
स्त्री	5

बाइसन-हॉर्न मारिया के बारे में मिथक है कि वे आधुनिक समाज से बिलकुल कटे हुए हैं जबकि सच्चाई यह नहीं है। सभ्य समाज से उनका भी सम्बन्ध है, भले यह संवेदनात्मक स्तर पर न होकर व्यापारिक या वाणिज्यिक रहा है। मारिया और हिन्दू या मुसलमान जाति के बीच सामान्यतः ऐसे कोई गहरे या भावनात्मक रिश्ते नहीं पनप पाते जो एक-दूसरे की हत्या का कारण बनें। ऐसी हत्याओं के बहुत कम उदाहरण हैं जो दूसरे समुदाय से ताल्लुक रखते हैं। दो ऐसे अजीब मामले हैं जिनमें डकैती के कारण हत्या हो जाती है। इनमें से एक कलार था जो जानवरों की चोरी की सूचना देने जा रहा था। दूसरा एक बच्चा जो किसी पागल से डरकर अपनी जान गँवा बैठा। इसी तरह यदि रावत समुदाय को लें तो ये मारिया के यहाँ चरवाहे का काम करते हैं। अपने काम की वजह से मारिया समाज में इन्हें बहुत नजदीकी माना जाता है और परिवार के सदस्य का दर्जा दिया जाता है। एक बार जुआ खेलते समय हुए एक झगड़े में महारा ने मारिया के साथ मार-पीट की जो आगे मारिया के बहिष्कार का कारण बना। मारिया स्त्री से दूसरे समुदाय के व्यक्ति के सम्बन्ध का सिर्फ एक मामला आया है। इसमें धोबी ने मारिया लड़की को बहकाना चाहा। इस केस में खुद लड़की की ही हत्या हो गई।

तालिका-V

107 मामलों में लिप्त अन्य जातियों के आँकड़े

मारिया	99
दूसरी जातियाँ	8

इन 100 मामलों के अलावा मैंने एक और मामले के बारे में सुना है जिसमें कोडनर के पोयामी मासा नामक मारिया की पत्नी का शराब के विक्रेता कलार के साथ गुप्त प्रेम-सम्बन्ध था। एक बार देर रात गए पहले की योजना के अनुसार मासा की पत्नी अपने पति को सोता समझ अपनी झोंपड़ी के पीछे अपने प्रेमी से मिलने गई। पर उसका पति चुपचाप देख रहा था। उसने झोंपड़ी के पीछे जाकर दोनों को रँगे हाथों पकड़ लिया। गुस्से में उसने अपना धनुष और तेज धार वाला तीर निकाला और अपनी पत्नी की उससे हत्या कर दी। कलार वहाँ से भागने में सफल रहा।

III

मौसमी उतार-चढ़ाव

यूरोपीय अपराध-वैज्ञानिकों ने मौसम के बदलने से अपराध की संख्या में आने वाले उतार-चढ़ाव को रेखांकित किया है। सुलीवन ने इंगलैंड में 1909 में होनेवाले सारे अपराधों की पुलिस रिपोर्ट की एक तालिका पेश की है जिसमें साफ दिखता है कि महीने-दर-महीने अपराधों की संख्या में बहुत कम उतार-चढ़ाव है, पर ऋतु के बदलने के साथ ही अपराधों की संख्या में भी परिवर्तन आए हैं। जैसे, इस तालिका (VI) से स्पष्ट है कि सबसे ज्यादा अपराध गर्मी के मौसम में हुए हैं। यानी इस समय जैविक तथ्यों की भूमिका ज्यादा सक्रिय हो जाती है।[1] बाइसन-हॉर्न मारिया में भी अपराधों में मौसम के परिवर्तन के साथ उतार-चढ़ाव नजर आते हैं।

तालिका-VI

साल-भर की अवधि में 100 हत्याओं के आँकड़े		
जनवरी	–	9
फरवरी	–	9
मार्च	–	5
अप्रैल	–	10
मई	–	10
जून	–	3
जुलाई	–	9
अगस्त	–	8
सितम्बर	–	10
अक्टूबर	–	12
नवम्बर	–	9
दिसम्बर	–	6

साफ पता चल रहा है कि साल के जितने भी सबसे गर्म दिन हैं उनमें अपराधों की संख्या ज्यादा है। अप्रैल-मई और उसके बाद के महीनों सितम्बर-अक्टूबर में हत्या की घटनाएँ ज्यादा हुई। पर सिर्फ मौसम की वजह से ही ऐसा हुआ हो, नहीं कह सकते। उदाहरण के लिए जून-जुलाई भी गर्म महीने हैं पर इनका आँकड़ा सितम्बर-अक्टूबर के आँकड़ों का आधा ही है। जून-जुलाई ऐसे महीने हैं जिनमें लोग अपने खेतों में कड़ी मेहनत कर रहे होते हैं। जून में सिर्फ 3 हत्या की घटनाएँ हुई हैं। यह साल का सबसे व्यस्त महीना है और इसी समय मानसून का प्रवेश भी होता है। अप्रैल और अक्टूबर

1. डब्ल्यू.सी. सुल्लीवान–क्राईम एंड इनसेनिटी (लंदन, 1942) पृष्ठ 21।

में हत्या की घटनाएँ सबसे ज्यादा हुई हैं। अगर इसके कारणों का विश्लेषण करें तो पाएँगे कि ये महीने पर्व-त्यौहारों के महीने हैं जब न सिर्फ लोग शराब खूब पीते हैं बल्कि इस समय दूर-दूर के लोग एक-दूसरे से मिलते हैं जिससे पुरानी दुश्मनी या नए विवादों के चलते घटनाएँ घटती हैं। पर्व-त्यौहारों से पड़नेवाले प्रभाव और इनसे जुड़ी हिंसक घटनाओं से इनकार नहीं किया जा सकता है। इसे तालिका VII में हम देख सकते हैं।

तालिका-VII

त्यौहारों के मौके पर घटनेवाली हत्या की वारदातें

जनवरी	(भीमूल या गादी पंडम)	–	2
फरवरी	(इर्पू पंडम)	–	1
अप्रैल	(विज्जा और मार्का पंडम)	–	3
अक्टूबर	(कोरटा पंडम)	–	4
नवम्बर	(नुका नोरदाना पंडम)	–	2

कहा जाता है कि हत्या का मुख्य कारण चावल की शराब का अत्यधिक सेवन होता है। यह भी सिर्फ भ्रम है क्योंकि उत्सव के समय 12 हत्याएँ तो हुई हैं पर शादी-ब्याह के मौके पर ऐसी एक भी घटना नहीं हुई। जबकि शादी-ब्याह और त्योहारों के मौके पर ही इस शराब को तैयार किया और सबसे ज्यादा पिया जाता है।

IV

हत्या के तरीके

मारिया द्वारा जितनी भी हत्याएँ हुई हैं उन सबके तरीके बेहद सीधे-सादे रहे हैं। सिर्फ चार मामलों में हत्या सोते हुए हुई है और जहर देकर मारने का सिर्फ एक मामला पाया गया। निम्न तालिका में हत्या के 100 मामलों में हत्या के विभिन्न तरीकों को दिखाया गया है।

तालिका-VIII

100 हत्याओं में इस्तेमाल किए गए साधन

गोदल कुल्हाड़ी से मारने से	–	32
फारसी कुल्हाड़ी से मारने से	–	1
गगरा की आरी से मारने से	–	1
जलती हुई लकड़ी से मारने से	–	10
भारी डंडे से मारने से	–	14

चावल कूटनेवाली मशीन से मारने से	—	2
फावड़ा या कुदाली से मारने से	—	1
घूँसे से मारने से	—	1
तीर चलाकर मारने से	—	17
चाकू भोंकने से	—	2
तीर भोंकने से	—	5
त्रिशूल भोंकने से	—	1
गला घोंटने से	—	4
गला ऐंठने से	—	4
डूबने से	—	2
गला काटने से	—	1
जहर से	—	1
जमीन पर बच्चे को पटकने से	—	1

तालिका-IX

पाँच मामलों में औरतों द्वारा इस्तेमाल किए गए साधन

पीटकर और गला दबाकर	—	1
कुल्हाड़ी से पति को मारकर	—	2
दूसरी पत्नी की कुल्हाड़ी से हत्या	—	1
जहर देकर	—	1

तालिका VIII और IX में जितने भी मामले प्रदर्शित हैं उनमें दो मामले गौर करने लायक हैं। मरकामी हिंगा अपने गाँव का सिराहा था। उसने हाल में ही अपना काम शुरू किया था और उसे अपने इस काम पर बेहद गर्व था। एक दिन उसका अपने छोटे भाई से झगड़ा हो गया। छोटा भाई अपने बड़े भाई से बेहद असन्तुष्ट था क्योंकि पूजा के कामों में बड़े भाई के लगने की वजह से खेती की सारी जिम्मेदारी उसी के कंधों पर आ पड़ी थी। भाई की गालियों से हिंगा इतना क्रोधित हुआ कि वह तुरन्त मन्दिर जाकर अपना त्रिशूल ले आया और गुस्से में ही छोटे भाई को जंजीर से बाँधकर उसकी छाती में दो बार वार किया, परिणामतः उसकी मृत्यु हो गई।

गला घोंटकर हत्या करने के सिर्फ 4 मामले हैं और यह गौर करने लायक है कि इनमें से तीन मामले 1933 में सिर्फ 9 महीने के अन्दर हुए हैं। पहला नकुलनर के पास 6 जनवरी को, दूसरा गरमीरी में 21 फरवरी को और तीसरा कौरगाँव में 3 अगस्त को हुआ। इसके अतिरिक्त इन सभी मामलों में अपराध छुपाने के लिए इसे आत्महत्या का रूप देने के लिए शव के गले में रस्सी बाँधकर पेड़ से लटका दिया गया। पहले जिन दो गाँवों में इस तरह की घटनाएँ हुईं वे एक-दूसरे से सटे गाँव थे और तीसरा कुछ दूरी

पर। ऐसा लग रहा था कि गले से रस्सी बाँधकर पेड़ पर लटका देनेवाली कोई महामारी इन गाँवों में फैल गई है।[1]

V

आत्महत्या के आँकड़े

जब भी आदिवासियों के हिंसक अपराधों की चर्चा होगी तो आत्महत्या को हम नहीं भूल सकते। मारिया अपने दुश्मन से बदला लेने के लिए हत्या के साथ-साथ आत्महत्या के हथियार का भी प्रयोग करता है। जैसा कि तालिका X में दिखाया गया है, मारिया में जितनी प्रवृत्ति हत्या करने की है इसी तरह उनमें आत्महत्या की भी प्रवृत्ति पाई गई है। आत्महत्या की प्रवृत्ति से उनके उतावले और गुस्सैल स्वभाव की पुष्टि होती है। कभी-कभी ऐसा होता है कि आत्महत्या का भी वही कारण होता है जो हत्या का। यह उस व्यक्ति विशेष के स्वभाव पर निर्भर करता है कि वह विशेष परिस्थितियों में किसी और की हत्या करता है या खुद अपनी। जैसे, वांगो और उसकी मंगेतर पैकी के बीच नृत्य के वस्त्र तथा आभूषण को लेकर उठा विवाद वांगो द्वारा पैकी की हत्या का कारण बना। पर दूसरे उदाहरण में जब अलमी माता का अपना बाइसन-हॉर्न मुकुट, जिसे वह बहुत पसन्द करता था, चोरी हो गया तो उसने चोर को खोजकर उसे मारने की बजाय हताशा और दुख में आत्महत्या कर ली। कई बार लड़की का अपने माँ-बाप के घर जाने की जिद से सम्बन्धित विवाद हत्या या आत्महत्या का कारण बनता है। कभी-कभी तो लड़की खुद को फाँसी लगा लेती है जब उसे मायके नहीं जाने दिया जाता। कभी कभी पति पत्नी के मायके चले जाने के बाद अकेलेपन से घबड़ाकर आत्महत्या कर लेता है। सार्वजनिक रूप से हुए अपमान के कारण मारवी हिंगा ने अपनी सास को मार डाला। अगर वह मरकामी पांडु के तेवर का होता, जिसने ठीक से काम नहीं करने के कारण पत्नी द्वारा किए गए अपमान से दुखी हो आत्महत्या कर ली थी, तो जरूर वह भी आत्महत्या कर लेता। कई बार थकान की वजह से मारिया आवेग में हत्या कर डालते हैं या खुद को ही मार डालते हैं।

उनमें से कुछ जो मानसिक रूप से बीमार होते हैं वे कभी-कभी उस जादूगर को भी मार डालते हैं जिनको वे अपनी विपत्ति का कारण मानते हैं। कुछ उस जादूगर के जादू या प्रभाव से बचने या भागने के लिए आत्महत्या कर लेते हैं। मारिया इन दोनों तरह की मौतों (हत्या या आत्महत्या) को पूरे गाँव के लिए अशुभ मानते हैं, क्योंकि दोनों में डर है कि मृतक की आत्मा (या प्रेत) अपनी मौत का बदला लेगी।

आर.एस. कवन ने नरबलि और विधवा आत्महत्या के बीच के सम्बन्ध की चर्चा की है। भारत, चीन, नीग्रो अफ्रीका के पूरे मध्य भाग तथा कुछ कुलीन अमरीकी भारतीय जातियों में पति की चिता के साथ अपने आपको जला डालनेवाली विधवाओं के कई उदाहरण मौजूद हैं। इन्हीं क्षेत्रों में नरबलि की भी प्रधानता रही है। कवन लिखते हैं–

> बलि आज इतिहास का विषय है। विश्व के कुछ हिस्सों में सिर्फ उन्हीं समूहों

1. जे.सी. एड्म–क्रिमिनल इन्वेस्टीगेशन लंदन, 1924, पृष्ठ 420।

में नरबलि की प्रथा पाई गई जहाँ सती प्रथा भी प्रचलित थी। नरबलि और सती प्रथा दोनों एक साथ पाई गई हैं।[1]

मारिया में विधवा आत्महत्या का रिवाज नहीं रहा है और मानव की बलि के मामले भी इक्का-दुक्का ही रहे हैं।

मैं पिछले 10 सालों में बस्तर में होनेवाली आत्महत्या की घटनाओं के आँकड़े दे रहा हूँ।

तालिका-X

1931-40 के बीच के 10 सालों में बस्तर में हुई आत्महत्याओं की संख्या

जाति या जनजाति	मामलों की संख्या	करोड़ में वार्षिक औसत[2]
बाइसन-हॉर्न मारिया	93	53.14
घोटुल मुरिया	22	22.00
अन्य	130	36.11
कुल	245	38.58

इस तालिका से भी स्पष्ट है कि आत्महत्या के मामले घोटुल मुरिया की अपेक्षा बाइसन-हॉर्न मारिया में बहुत ज्यादा हैं। मुरिया में हत्या से ज्यादा आत्महत्या की प्रवृत्ति पाई गई है।

तालिका-XI

सभी जातियों और कबीलों द्वारा आत्महत्या के लिए इस्तेमाल किए गए तरीके (245 मामले)

गला काटकर	–	1
फाँसी लगाकर	–	214
डूबकर	–	15
जहर खाकर	–	9
कुछ स्पष्ट नहीं	–	6

बस्तर में आदिवासियों द्वारा पानी में डूबकर आत्महत्या करने का सिर्फ एक मामला प्रकाश में आया। बाकी सारे मामलों में गले में फँदा लगाकर आत्महत्या की गई। लोग जहर के मामले में अनुभवी नहीं हैं इसलिए जहर खाने का मामला नगण्य है। डूबकर आत्महत्या नहीं करने के पीछे यह वजह हो सकती है कि आदिम गाँवों में एक तो कुएँ बहुत कम संख्या में हैं, इसके अलावा जिन तालाब या नदियों से वे पानी भरते हैं उनकी गहराई भी बेहद कम है।

1. आर.एस. कवन–सूसाईड शिकागो, 1978, पृष्ठ 72।
2. बेसड ऑन पाप्यूलेशन ऐस्टीमेट्स ऑफ 1941।

सामान्यतः कहा जाता है कि भारत में आत्महत्या ज्यादातर पानी में डूबकर होती है, फिर इसके बाद फाँसी लगाकर। इंगलैंड में सबसे ज्यादा आत्महत्या फाँसी लगाकर फिर उससे कम जहर खाकर, उससे भी कम गला काटकर और सबसे कम डूबकर की जाती है। भारत में पुरुषों द्वारा डूबकर और फाँसी लगाकर आत्महत्या करने के लगभग बराबर मामले पाए गए जबकि सात में से छः औरतों ने डूबकर आत्महत्या करना ज्यादा पसन्द किया।[1] परंतु मारिया समाज में ऐसा नहीं पाया जाता है। यहाँ औरत गहरे पानीवाली इन्द्रावती नदी के तट पर भी फाँसी लगाकर मरना ही पसन्द करती है।

मेरे पास 50 केसों की विस्तृत जानकारी उपलब्ध है। इनमें से 19 में घर के अन्दर और 16 में रिश्तेदारों के घरों में आत्महत्या की गई। 7 मामलों में घर के पास मृत्यु हुई। अन्य 24 मामलों में जंगल में रस्सी या कपड़े से, पेड़ से लटककर आत्महत्या की गई। पेड़ों की बात लें तो महुआ के पेड़ का इस्तेमाल 6 मामलों में तथा आम के पेड़ का इस्तेमाल 3 मामलों में हुआ है। इसके अलावा इस दुर्भाग्यपूर्ण उद्देश्य की पूर्ति के लिए अन्य कई तरह के पेड़ों का इस्तेमाल किया गया। एक बात मैंने गौर की है कि आत्महत्या करने के लिए, पवित्र माने जानेवाले, साजा पेड़ का इस्तेमाल नहीं किया गया है पर ऐसा इसलिए भी हो सकता है कि इसकी शाखाएँ अविकसित और कमजोर होती हैं।

पेड़ से लटककर आत्महत्या करने के लिए मारिया सबसे पहले पेड़ पर चढ़ते हैं। रस्सी को मजबूत डाल से बाँधकर फिर अपने गले में बाँधकर नीचे कूद जाते हैं। जब आत्महत्या घर में होती है तो मछली की टोकरी का इस्तेमाल होता है, फिर इसे ठोकर से हटा दिया जाता है। कई बार धोती, साड़ी या पगड़ी का इस्तेमाल रस्सी की जगह किया जाता है। इसके अलावा आत्महत्या के लिए सियारी से बनी रस्सी या जानवर बाँधनेवाली जूट की रस्सी और पेड़ के छालों से बनी कई तरह की रस्सियों का इस्तेमाल किया जाता रहा है।

तालिका-XII

लिंग के अनुसार मारिया आत्महत्या के 50 मामले

पुरुष	–	26
स्त्री	–	24

लिंगानुपात के आधार पर हत्या और आत्महत्या के बीच का अन्तर बेहद चौंकानेवाला है; 48 प्रतिशत के मुकाबले सिर्फ 5 प्रतिशत। इसके पीछे शायद यह कारण है कि औरतें ज्यादातर किसी दूसरे को मारना पसन्द नहीं करतीं और यदि कभी उन्हें ऐसी जरूरत भी महसूस होती है तो हत्या के हथियार उनके पास नहीं होते, न ही वे

1. आर. रणछोरदास और डी.के. ठाकौर–दि लॉ ऑफ क्राइमूस (बम्बई 1911), पृष्ठ 601।

तीर-धनुष चलाने में माहिर होती हैं और न ही कुल्हाड़ी के प्रयोग में। ऐसा लगता है कि महिलाओं से सम्बन्धित कुछ आत्महत्या के मामले हत्या में बदल गए होते यदि उस समय अवसर और हथियार होते।

अन्य जगहों पर आत्महत्या से सम्बन्धित लिंगानुपात गौर करने लायक है। यूरोप और अमेरिका में बहुत लम्बे समय से पुरुषों के मुकाबले औरतों की संख्या कम है, तीन या पाँच पुरुष पर एक औरत। ये आँकड़े बताते हैं कि पुरुषों में आत्महत्या की प्रवृति नहीं पाई जाती। जैसे, जापान में आत्महत्या करनेवाली महिलाओं का अनुपात यूरोप और अमेरिका से ज्यादा है।[1]

तालिका-XIII

उम्र के अनुसार मारिया आत्महत्या के 50 मामले

15 वर्ष से कम	–	1
15 से 20 वर्ष के बीच	–	12
20 से 25 वर्ष के बीच	–	9
25 से 30 वर्ष के बीच	–	1
30 और ऊपर	–	5
40 और ऊपर	–	8
50 और ऊपर	–	8
उम्र का पता नहीं	–	6

इस तालिका में ध्यान देने लायक बात सिर्फ यह है कि लगभग आधी संख्या में आत्महत्या के मामले युवा पीढ़ी से जुड़े हैं। अधिक उम्र की औरत और मर्द अपने कबीलों में कुछ सम्मानजनक स्थान पर होते हैं; उनमें आत्मसंयम भी होता है जो उन्हें मरने से बचाता है। वृद्धों द्वारा की गई आत्महत्या के कई मामले पागलपन और कठिन रोगों के कारण हुए हैं जिन्हें डायन के जादू का परिणाम माना जाता है।

तालिका-XIV

एक साल में 50 मारिया आत्महत्याओं का विश्लेषण

जनवरी	–	3
फरवरी	–	5
मार्च	–	3
अप्रैल	–	2
मई	–	3
जून	–	4

1. कवन–पृष्ठ 308।

जुलाई	–	6
अगस्त	–	7
सितम्बर	–	2
अक्टूबर	–	3
नवम्बर	–	7
दिसम्बर	–	5

इस तालिका से कोई महत्त्वपूर्ण बात पता नहीं चलती, शायद इसलिए कि किसी निष्कर्ष तक पहुँचने के लिए ये आँकड़े बेहद कम हैं। पर हम यह देख सकते हैं कि जुलाई-अगस्त, वर्षा के समय के बड़े ही निराशाजनक और विषाद भरे महीने हैं और इन्हीं में लोगों को बड़े भारी और असाध्य काम करने पड़ते हैं। इसीलिए शायद इन महीनों में आत्महत्याओं की संख्या सबसे ज्यादा है। अगर हम आत्महत्या और हत्या के सारे मामलों को एक साथ देखें तो जुलाई-अगस्त और अक्टूबर-नवम्बर महीनों में इन दोनों की संख्या सर्वाधिक है।

अध्याय : चार

हिंसक अपराध के कारण

I

मानव हत्या

मैंने तालिका 15 में अपराधों को बिना किसी नियम के कई वर्गों में बाँटा है। बेशक इन वर्गों को हम या आप और आगे बाँट सकते हैं। जैसे जिन हत्याओं के आँकड़े को मैंने शराब के शीर्षक में रखा उसको और वर्गीकृत कर उसे सम्पत्ति के लिए हुए झगड़े का भी शीर्षक दे सकते हैं, क्योंकि जब मारिया पर नशा हावी हो जाता है तो वह अपनी चीजों और सम्पत्ति के लिए सबसे पहले चिन्तित होता है। 'पारिवारिक झगड़ा' भी बड़ा विषय है। निम्नलिखित तालिका हत्या के 100 मामलों का मामूली विश्लेषण पेश करती है।

तालिका-XV

हत्या के 100 मामलों के कारण		
लूटपाट या लूटपाट का अभियोग	–	8
सम्पत्ति के लिए झगड़े	–	15
काला जादू या डायन का सन्देह	–	5
पागलपन	–	5
गाली का प्रतिकार या काला मन्त्र	–	9
बदला	–	6
पारिवारिक कलह	–	16
यौन उद्देश्य	–	17
शराब	–	19

मैंने यहाँ 'उद्देश्य' की बजाय 'कारण' शब्द का प्रयोग किया है, क्योंकि उद्देश्य में कार्य सोच-समझकर किया जाता है। जबकि एफ. टेनीसन जेसी ने हर तरह की हत्या के कारणों को छः वर्गों में विभाजित किया है। जिन्होंने घोषणा की है कि प्रत्येक हत्या

इन छह में से एक वर्ग में आती है परन्तु इन वर्गो में से एक में यह हत्याएँ तार्किक दृष्टि से सभी वर्गों में आती हैं।[1] टेनीसन द्वारा किए गए 6 विभाजन इस प्रकार है।

(I) लाभ के लिए हत्या

(II) बदला लेने के लिए हत्या

(III) छुटकारा पाने के लिए हत्या

(IV) ईर्ष्या के कारण हत्या

(V) महज आनन्द के लिए हत्या

(VI) प्रचलित मान्यताओं के कारण हत्या

मारिया द्वारा लाभ पाने के लिए की गई हत्या के उदाहरण काफी कम हैं, क्योंकि उनके पास कोई धन या सम्पत्ति नहीं होती। इसलिए यह बताना बेहद हास्यास्पद होगा कि मारिया गाँव में किसी उत्तराधिकारी ने अपने परिवार के मुखिया की सम्पत्ति पर कब्जा करने के लालच में हत्या कर दी। आपसी ईर्ष्या और द्वेष से होनेवाली हत्याओं की संख्या आधे दर्जन से ज्यादा नहीं होती। छुटकारा पाने के लिए की गई हत्या की चर्चा मैं बाद में करूँगा। ईर्ष्या के लिए की जानेवाली हत्या की श्रेणी में पति-पत्नी के बीच के कटु सम्बन्धों से उत्पन्न संकटमय हालात भी आते हैं। इसके अलावा मुझे शक है कि महज आनन्द के लिए शायद ही किसी ने किसी की हत्या की होगी।

टेनीसन जेसी के छठे वर्ग के कारक के तहत अपनी मान्यताओं या विश्वास के कारण जो हत्या होती है वह आदिवासी जातियों में सबसे ज्यादा पाई जाती है। हत्या का यह कारण बेहद जटिल और विवादास्पद है। आदिवासियों की दुनिया में सही-गलत के पीछे जो तर्क या धारणाएँ हैं वे आधुनिक युग की सही-गलत की धारणाओं या तर्कों से अलग हैं। बिना किसी अपवाद के हर मारिया का विश्वास है कि किसी डायन या ओझा को मारना बिलकुल सही है। इस सन्दर्भ में मारिया को पुरानी विचारधारा का कहा जा सकता है किन्तु उसे अपराधी नहीं कहा जा सकता है। दो सौ साल पहले यूरोप के बुद्धिजीवियों का भी यही मत था। इसी तरह लगभग हर मारिया यह मानता है कि यदि उसकी पत्नी किसी दूसरे पुरुष के साथ नाजायज सम्बन्ध में पकड़ ली जाती है तो उसे तुरन्त मौत के घाट उतार देना चाहिए। इस सन्दर्भ में भी हम मारिया को अपराधी नहीं मान सकते बल्कि उसे पुरानी मान्यताओं को माननेवाला कह सकते हैं। किंगबर्ग इस सन्दर्भ में एक रोचक उद्धरण प्रस्तुत करते हैं–

> एक ही अपराध के लिए इतिहास के विभिन्न युगों में अलग-अलग लोगों द्वारा अलग-अलग सजाएँ दी गई हैं और उनका नैतिक विश्लेषण भी भिन्न रहा है। यदि कोई व्यक्ति अपनी पत्नी को दूसरे पुरुष के साथ नाजायज सम्बन्ध बनाते हुए पकड़ लेता है और दोनों की हत्या कर देता है तो स्वीडन में उसे इस अपराध के लिए बेहद निन्दा उठानी पड़ेगी और उसे आजीवन कारावास का दंड भुगतना होगा। यही अपराध जब लैटिन अमेरिका में किया जाएगा तो इस तरह के ज्यादातर

1. एफ. टेनीसन जैसी–मर्डर एंड इट्स मोटिब्स (लंदन, 1924), पृष्ठ 13।

मामलों में कोर्ट उसे दोषी नहीं मानेगा और न ही इसे कोई निन्दनीय काम माना जाएगा। इस तरह एक ही समय में दो सभ्य यूरोपियन देशों में एक ही अपराध का नैतिक विश्लेषण अलग-अलग पाया गया है। इतना ही नहीं, कभी ऐसा भी होता था कि जो व्यक्ति अपनी पत्नी और उसके प्रेमी को दंडस्वरूप मारता नहीं था उसे खुद अपनी ही जान से हाथ धोना पड़ता था। गालो संचेज ऐसी ही एक घटना बता रहे हैं जो 14वीं शताब्दी के 'कास्टिलियन लॉ' से ली गई है—न्याय के एक मामले में एक सामन्त को फाँसी की सजा सुनाई गई क्योंकि जब उसने अपनी पत्नी को दूसरे मर्द के साथ सम्बन्ध बनाते हुए पकड़ा तो उसने सिर्फ अपनी पत्नी के प्रेमी को सजा दी और उसे नपुंसक बनाकर छोड़ दिया। अपनी पत्नी को उसने कोई सजा नहीं दी, जबकि उसे अपनी पत्नी को मार डालना चाहिए था। यही उस सामन्त का अपराध था जिसके लिए उसे मृत्युदंड मिला।[1]

अपराध वैज्ञानिक हैवेलॉक एलिस के अनुसार, 'आज जिसे अपराधी माना जाता है, पहले लोग अपना हीरो मानते होंगे। हम उस व्यक्ति को आज कैद करेंगे जो शताब्दियों पहले किसी कुल या कबीले का सम्मानजनक मुखिया होगा। इसके अलावा 'जाने कितने होमर हीरो होंगे जो आज कैद की सजा पाते।' लाम्बरोसो का अपराध- विज्ञान कुलागत आदत के सिद्धान्त पर टिका है। हैवेलॉक एलिस हमें याद दिलाते हैं : 'माओरी जाति की प्रथाएँ देखकर नहीं लगता कि हमारे सामाजिक नियम इनसे अलग हैं। माओरी मानते हैं कि जिस अनजान व्यक्ति को हमने अपना आतिथ्य दिया है उसे मारना कत्ल करना होगा। पर अपना वंश चलाने के लिए यदि राह चलते किसी अनजान व्यक्ति को मार दिया तो वह हत्या नहीं कहलाएगी। आज हम अपने बच्चों या पिता को मारना जघन्य अपराध समझते हैं पर यदि युद्ध में हम किसी दूसरे के पिता या बच्चों को मारते हैं तो वह गौरवपूर्ण होता है। हम आज भी मानव के बीच के रिश्तों को समझने में अक्षम रहे हैं। इसी तरह नीची जाति द्वारा अपरिपक्व तरीके से की गई चोरी की हम निन्दा करते हैं और वही चोरी यदि हम निपुणता से करें तो हमारी सभ्यता को ठेस नहीं पहुँचती।' हमारी सामाजिक संहिता भी माओरी लोगों से बहुत दूर या अलग नहीं है—क्योंकि वे लोग उसे भी हत्या मानते हैं कि यदि हमने जिसको स्वागत सत्कार आतिथ्य दिया है उसकी ही हत्या कर दें, जब सुबह के वक्त आपके साथ सैर पर जाने वालों के सीने में भाला पार कर दें।

आज हम अपने ही पिता या भाइयों की हत्या करना बहुत बड़ा अपराध मानते हैं परन्तु यूरोप के अत्याधिक सुसंस्कृत देश चाहे फिर वे कोई भी हो युद्ध के मैदान में दूसरों के बच्चों और पिताओं को मारने में अपने आपको धन्य और प्रतिष्ठित मानते हैं। हम अभी तक आदमियों के बीच सम्बन्धों को पकड़ने में समर्थ नहीं हैं। उसी प्रकार एक ओर जहाँ हम कुछ निचली प्रजातियों द्वारा चोरी की वारदातों पर गुस्सा दर्शाते हैं परन्तु हमारे बीच की जाने वाली छोटी-मोटी चोरियों पर आक्रोश दिखाने के लिए प्रर्याप्त समय नहीं है। इससे छोटी जातियों के बीच किसी प्रकार की वैधानिक टकराव की

1. ओ किनवर्ग—बेसिक प्राब्लम्स ऑफ क्रिमिनोलोजी (लंदन, 1935) पृष्ठ 50।

स्थिति उत्पन्न नहीं होती है।[1]

10 वर्ष पहले स्टेनली हॉल ने असरदार शब्दों में इस बात की घोषणा की थी :

अपराधों की आसामान्यता के सम्बन्ध में अतिशय विचार हमें कुछ देर रुकने के लिए मजबूर कर सकते हैं। जब उसकी रिलेटिविटी पर विचार करते हैं। अपने समय के वैधानिक मापदंडों के आधार पर सुकरात तथा जीसस क्राईस्ट अपराधी थे। हम ऐसे लोगों को सही बताते तथा फाँसी के फन्दे पर लटका देते हैं, जो सम्भवतः अब्राहम या यूलायसिस के समय में तथा सत्ता और प्रभाव की स्थिति में नायक करार दिए जाते। पुराने जमाने के दिबू लोगों के प्रमुख दस अपराधों में आज सिर्फ एक ही अपराध की श्रेणी में आता है। मध्यकाल के अनेक वीर तथा जमींदार लूटपाट करने वाले थे परन्तु उनका जनसामान्य की मानसिकता के आधार पर सामाजिक बहिष्कार नहीं किया जाता था। प्रत्येक समुदाय में एक गहरी और विस्तृत पैठ वाली मान्यता है कि महाभूख में सब चीजें सबकी होती हैं। स्वयं अपने पिताओं या बच्चों की हत्या करना राक्षसी विचार है परन्तु हम युद्ध में बेहिचक आम रूप से दूसरों के पिता तथा बच्चों को मार डालते हैं। हमारे अनेक महान अपराधी सम्भवतः अन्य स्थानों व समय काल में अत्याधिक सामान्य और शायद अत्याधिक उपयोगी सिद्ध रहे होंगे।[2]

इसी तरह इस किताब में मारिया द्वारा किए गए कत्लों का विस्तृत विश्लेषण किया गया है। लेकिन इन्होंने इसे असामाजिक अपराध नहीं माना है बल्कि कातिल की सामाजिक प्रवृत्ति को परखने की कोशिश की गई है। एक पिता अपने बेटे की पत्नी को बहकाता है, और आजादीपूर्वक इस स्थिति का फायदा उठाने के लिए अपने पुत्र तथा पत्नी को अपने घर से निकाल देता है। उन्हें कोई भी सहायता देने से इनकार कर देता है। ऐसे व्यक्ति की हत्या असामाजिकता से ज्यादा सामाजिक प्रवृत्ति की ओर इशारा करती है। मारिया के लिए चुड़ैल उसके जीवन तथा व्यवस्था पर सबसे बड़ा खतरा है। यदि वह उस चुड़ैल को मारता है तो वह हत्यारा नहीं बल्कि बौद्धिक गड़बड़ी का शिकार माना जाता है। आदम इस सम्बन्ध में यूरोप का एक रोचक उदारहण पेश करते हैं : 'एम. फ्राइडमैन, विसबडेन, द्वारा रिपोर्ट हुई एक घटना है–दो सैनिक आपस में सलाह करते हैं कि एक व्यक्ति दूसरे का सर गोली से उड़ाएगा। इसके पीछे यह विश्वास था कि जिसका सिर उड़ाया जाएगा उसके सिर को कुछ मन्त्र फूँककर सिर उड़ानेवाला व्यक्ति सिर को वापस अपनी जगह लाएगा और इस प्रक्रिया के बाद दूसरे व्यक्ति को छिपा हुआ खजाना मिलेगा। इस प्रयोग का पहला हिस्सा अच्छी तरह सम्पन्न हो गया मगर किसी जादू-टोने का इस्तेमाल करने पर भी उसके कामरेड का सिर वापस अपनी जगह नहीं आया। स्पष्ट है कि वह व्यक्ति अपने दोस्त की हत्या नहीं करना चाहता था, मगर उसकी सहायता से दोनों कोई गड़ा हुआ खजाना पाना चाहते थे। उसे

1. हैवलोक एलिस–क्रिमिनल्स (लंदन, 1914) पृष्ठ 251।

2. जी. स्टैनली हॉल–एडौलसैंस (लंदन एंड न्यूयॉर्क, 1904) खंड I, पृष्ठ 340।

न तो लापरवाह और न ही बेवकूफ ही कहा जा सकता है। क्योंकि उसने जो भी किया बड़ी सावधानी से और अपने उद्देश्य की पूर्ति के लिए किया और उसे यह पता था कि ऐसा करने से कोई हानि नहीं होगी। अगर उसे सजा मिलती भी है तो उसका अपराध सिर्फ उसकी अज्ञानता और मूर्खता ही होगी। यह घटना 1900 में घटी है।'[1]

सर सेसिल वाल्स का मानना है कि भारत के कई गाँवों में अपराध 'न्यायिक प्रकृति' के रहे हैं। लोग कई बार अपराध इसलिए करते रहे हैं कि उन्हें न्याय मिलने में देरी हुई है।

> उत्तरी भारत के क्षेत्रों में अपराध का मुख्य कारण रहा है वहाँ के लोगों का अनियंत्रित क्रोध, गर्म खून और प्राकृतिक झुकाव। इसके अलावा उस क्षेत्र से पुलिस इतनी दूर है कि वे कानून अपने हाथ में ले लेते हैं और उसी जगह अपने तरीके से अपने झगड़े निपटा लेते हैं। मगर ऐसा इंग्लैंड के कृषि प्रधान जिलों में नहीं होता। ऐसा कहा जाता है कि यहाँ का कृषक वर्ग अंग्रेज किसानों से बुद्धिमता में किसी मायने में कम नहीं है। अगर कुशाग्र बुद्धि, तेज विचार, जीवन्तता की बात की जाए तो इसमें कोई शक नहीं है मगर शिक्षा की कमी, धर्म की उनकी संकीर्णता और अलग मौसम की वजह से ये अलग हैं। इसका मतलब यह नहीं कि अंग्रेज इनसे श्रेष्ठ रहे हैं बल्कि उन्होंने अपनी बुद्धि का उपयोग बिलकुल नहीं किया और थोड़ा ही उत्तेजित होने पर आत्मसंयम और सोचने-समझने की शक्ति खो बैठते हैं। अगर समान बुद्धि भी है तो उसका क्या अर्थ है यदि उसका जरूरत पड़ने पर इस्तेमाल न किया जाय। चाहे पशुओं का क्षेत्र अतिक्रमण हो, सिंचाई की समस्या, पारिवारिक वैमनस्यता, पुरानी निजी दुश्मनी, यौन समस्या या बिलकुल सतही समस्या हो, औसत किसान तुरन्त अपना संयम खोकर गाली बकने लगता है, खराब हरकतें करने लगता है जो बहुत जल्दी ही झगड़े में तब्दील हो जाता है। इस झगड़े में दोनों में से किसी खेमे में उनके नजदीकी लोग शामिल हो जाते हैं। जब एक विवादी खुद को संख्या की दृष्टि से कमजोर स्थिति में पाता है तो तुरन्त अपनी जगह छोड़ देता है। झगड़ा बाद में अधिकतर ठंडे तरीके से होता है। सामान्यतः इन्हें कानून तोड़नेवाला नहीं कहा जा सकता। वे भी उतने ही ईमानदार और मेहनती होते हैं जितने सभ्य समाज के सभ्य नागरिक। वे तुरन्त न्याय चाहते हैं या अपनी विचारधारा के अनुसार जो न्यायसंगत लगता है वह करते हैं। उन्हें अंग्रेजों की संस्कृति पसन्द है पर वे इन्तजार नहीं कर सकते। उन्हें जो पहली जानकारी मिलती है उसी में गहरा विश्वास कर लेते हैं। उनका मानना है कि यदि उन्होंने हिम्मत नहीं हारी तो उद्देश्य जरूर पूरा होगा।'[2]

---

1. एडम–पृ. 262। एक आश्चर्यजनक समान्तर घटना का उदाहरण मिलता है जो 1923 में नागपुर में घटी थी। जब एक सिपाही और उसके धर्मालु मित्र ने आपस में तय किया कि वे अमर होने के लिए काली की मूर्ति के सामने अपनी बलि चढ़ाएँगे। गलती से उन्होंने वर्जिन मैरी की मूर्ति को काली की प्रतिमा समझ लिया तथा अपने पेट में छुरा घोंपकर प्राण समर्पित कर दिए।
2. सर सी. वाल–इंडियन विलेज क्राईम्स, (लंदन, 1929) पृष्ठ 10।

ये सारी बातें बस्तर पर कहाँ तक लागू होती हैं, इसका पता पाठक स्वयं इस किताब में परीक्षण किए गए केस को पढ़कर लगा लेंगे।

II

आत्महत्या

आदिवासियों द्वारा की जानेवाली आत्महत्याओं के लिए ब्रीफाल्ट बेहद हल्के शब्दों का इस्तेमाल करते हैं। वे कहते हैं, 'आदिम लोगों की आत्महत्या के कारण बेहद मामूली रहे हैं। सबसे प्रमुख कारण यह है कि जहाँ तक सभ्य कहे जाने वाले नए युग के व्यक्ति का सवाल है, उसका दिमाग भविष्य के बारे में सोचने या योजनाएँ बनाने में व्यस्त रहता है। जैसे, बच्चे के पास दूरदृष्टि नहीं होती और वह पूरी तरह अपने वर्तमान में जीता है, इसलिए परिस्थितियों के आवेगपूर्ण दबाव का कोई दूरगामी प्रभाव नहीं पड़ता।'[1] ब्रीफाल्ट कहते हैं कि आदिम व्यक्ति को साधारणतः एक दूसरे से कोई खास लगाव नहीं होता। वे एक-दूसरे के प्रेम की वजह से कभी अपने को खत्म नहीं कर सकते। डेटज्नर को उद्धृत करते हुए कहते हैं कि 'मेलनेसिया और पपुआ की आत्महत्याओं में शायद ही कोई गौरवपूर्ण उद्देश्य मिले। पति या पत्नी की प्राकृतिक या अप्राकृतिक मृत्यु हो जाने से वे जीवन का अकेले सामना करने से डरते हैं, अकेलापन इन कमजोर लोगों को आत्महत्या करने के लिए प्रेरित करता है।'[2]

उदासीन कर्मचारियों ने बिना समझे या हड़बड़ी में आत्महत्या से सम्बन्धित जाँच-पड़ताल की रिपोर्ट पेश की जो बिना छानबीन के सतही दिख पड़ती है। रिपोर्टर ने इन उद्देश्यों को जितना निरर्थक बताया है, आदिम लोग उतने हल्के से आत्महत्या को नहीं लेते, क्योंकि वे भूत-प्रेत से बचकर रहना चाहते हैं। ब्राइफाल्ट ने जैसा बताया है—आदिवासी अपने दुश्मन के खिलाफ आत्महत्या को खतरनाक औजार के रूप में इस्तेमाल करते हैं, इसी बात से यह पता चलता है कि आत्महत्या को कितनी गम्भीरता से लिया जाता है।

बस्तर के मारिया आदिवासियों के लिए आत्महत्या नीच काम है। इसका कोई पवित्र महत्त्व नहीं है, फिर भी दूरदृष्टि की कमी के कारण इसे तुच्छ नहीं माना जा सकता। विधवा अपने सारे जीवन इस दुर्भाग्य को झेलती है। उसके लिए यह अपूरणीय क्षति है जिसकी पूर्ति नहीं की जा सकती। पति-पत्नी अपने घर की खुशियों को खो देते हैं। उन्हें समझ नहीं आता कि इस कर्म को वो महान कहें या इसकी निन्दा करें। अधिकांश मामलों में मनोरोग के लक्षण पाए गए। उनका मानना है कि उस दुखी व्यक्ति ने अपने खराब दिमाग के कारण आत्महत्या कर ली।

तालिका संख्या 16 पिछले 10 सालों में चुने गए आत्महत्या के 245 मामलों में सभी जाति और जनजाति के बीच आत्महत्या के कारणों के बारे में आँकड़े पेश करती है।

1. आर. ब्रिफाल—दि मदर्स (लंदन, 1927) खंड 11, पृष्ठ 143।
2. एच. डेट्जनर—वियर जेहरे उन्टेर कैनीबालेन (बर्लिन, 1920) पृष्ठ 198।

एक मारिया ताड़ी का रस निकालने के लिए ताड़ी वृक्ष पर चढ़ते हुए

(अ) महुआ शराब को निथारने का उपकरण

(ब) मासेनार में कोपा धुरवा स्मृति स्तम्भ का विवरण जिसमें श्रद्धालुओं को स्तम्भ पर चावल की बनी बियर चढ़ाते हुए दिखलाया गया है।

(स) चावल से बियर बनाती हुई एक महिला

तालिका-XVI

बस्तर राज्य में 245 मामलों में आत्महत्या के कारण		
पागलपन	–	20
रोग	–	52
कोढ़	–	6
वियोग	–	17
प्रेम-सम्बन्ध	–	11
सम्पत्ति के लिए झगड़े	–	3
पति-पत्नी के बीच झगड़े	–	55
अन्य घरेलू झगड़े	–	43
लोकनिन्दा	–	11
नशा	–	1
भूख और आर्थिक बदहाली	–	3
कोर्ट और अधिकारी से डर	–	3
कर्मचारियों द्वारा बुरा व्यवहार	–	2
विद्यालय-परीक्षा में असफलता	–	1
कारण अस्पष्ट	–	17

यहाँ नमूने के तौर पर 50 मामलों (जिनकी विस्तृत जानकारी परिशिष्ट में दी गई है) की जानकारी दी जा रही है :

तालिका-XVII

50 मारिया मामलों में आत्महत्या के कारण		
पागलपन	–	7
रोग या जादू-टोने का डर	–	9
दुख और अकेलापन	–	4
पदाधिकारियों से भय	–	2
किसी प्रिय से अपने कठोर व्यवहार पर पछतावा	–	3
किसी की डाँट पर कुढ़न	–	7
अशान्त घर	–	4
पति-पत्नी के बीच मनमुटाव	–	9
नशे की लत	–	1
आर्थिक कारण	–	1
खास मामले	–	3

ऐसी किसी आत्महत्या का प्रमाण नहीं है जो 'मृत के साथ एकात्मीकरण' की इच्छा

का परिणाम हो, हालाँकि एक मामले में एक युवक अपनी मृत्यु के पहले की रात उस अन्नागार में रात भर सोता रहा जहाँ मृतक का बर्तन रखा जाता है। बदला लेने की इच्छा से की गई आत्महत्या के मामले भी नहीं मिलते हैं। परंतु ऐसे कई मामले जरूर रहे होंगे जिन्हें अधिकारियों द्वारा छिपा लिया गया होगा। यौन असन्तुष्टि के कई मामले पाए गए हैं पर यौन वैमनस्य (जलन) का एक भी मामला नहीं मिला है। आत्महत्या के लिए उकसाने वाला सबसे शक्तिशाली कारण 'अपमान' रहा है। यह ऐसी असहनीय अवस्था को जन्म देता है जिससे भागना लाजमी हो जाता है। मगर अपनी जान लेकर हानि पहुँचाने वाले पर दबाव बनाने की सोचना मूर्खतापूर्ण कार्य है।

उत्तरी अमेरिका के इंडियन आदिवासियों में हुई आत्महत्याओं के बारे में बहुत सावधानी से अध्ययन किया गया है। पुरानी धारणा थी कि आदिम व्यक्तियों में आत्महत्याएँ बिरली ही होती थी। इसीलिए हर्डलिका कहता है कि यह सान कारलोस की प्राथमिकता में बिरली ही हुआ करती थी तथा जिकरिलास में ही कभी-कभी। शराबनोशी, निराश्रिता, नाउम्मीदी के कारण नवाहों में भी आत्महत्याएँ बहुत कम ही होती हैं। उसी प्रकार पापागो, पीमा, जूनी तथा अन्य आदिवासियों में भी आत्महत्याएँ बिरली ही है। ताराहमारे लोगों में भी एक अकेला निराश व्यक्ति कभी-कभी अपने को फाँसी पर लटका कर अपनी यह लीला समाप्त करता है। हर जगह ऐसा कहा जाता है कि औरतों में आत्महत्याएँ बहुत कम ही होती है जब भी होती है तो ऐसी हताशा एवं निराशा के कारण होती है।[1] हवासुपाई [2] लोगों में यह असमान्य बताई गई है।

अभी हाल के शोध यह बतलाते हैं–स्वयं को समाप्त करने की प्रवृत्ति बड़ी सामान्य है जैसा कि पहले माना जाता था तथा वायेगेल्नि कहता है कि इस विषय में आधुनिक जाँच पड़ताल यह बताती है कि उत्तर पश्चिम कैलिफोर्निया के आदिवासी कबीलों की संख्या बढ़ती जा रही है जिनमें आत्महत्या अपनायी जाती थी। क्लामाथ तथा मोड़े लोगों में आत्महत्या एक रोमांटिक व्यवहार है जो प्रेम में हताशा से प्रोत्साहित होता है तथा अप्रत्यक्ष रूप से ईर्ष्या के कारण। औरतें अपने आप को फाँसी के फंदे पर चढ़ा लेती है तथा कुछ मामलो में आदमी अपने आप को पानी में डुबोकर मार डालते है। अस्तूगेवी, अछोभावी तथा आश्चर्यजनक पैयूर घाटी में आत्महत्याए प्रायः ईर्ष्या या कलह के कारण प्रेरित होती है।–एक जहरीली जड़ को खाना एक सर्वमान्य तरीका था। आत्महत्या करने वालों के शवों का अन्तिम संस्कार उसी प्रकार किया जाता है जैसा प्राकृतिक रूप से मरने वालों के मृत शरीर के साथ किया जाता है परन्तु सिर्फ करीबी रिश्तेदार ही चेहरे को परदे से छिपाए रहते हैं।[3]

---

1. ए. हर्डलिका–फिजियोलोजिकल एंड मेडिकल औब्जरवेशन–ब्यूरो ऑफ अमेरिकन एथनोलोजी बुलेटिन 34, 1908 पृष्ठ 171।
2. एल. स्पियर–हवा सुयाशी एथनोग्राफी एन्थ्रोपोलोजिकल पेपर्स ऑफ अमेरिकन ब्यूरो ऑफ नेचुरल हिस्ट्री–खंड 29, 1928 पृष्ठ 343।
3. ई. डब्ल्यू. वोगेलिन–सुसाईड इन नॉर्थ ईस्टर्न कैलिफोर्निया अमेरिकन एन्थ्रोपोलोजिस्ट, खंड 39 (न्यू सीरिज) पृष्ठ 456।

ऐसा कहा जाता है कि तनानिया लोगों में आत्महत्या बहुत सामान्य हो गई है। "जब बूढ़े आदमी–अपने बेटों में से सबसे आखिरी बेटे को अपने सामने मरता देखता है।"[1]

मोहावे लोगों में–मृतक को पुनः पा जाने की इच्छा तथ उसके साथ पुनः मिल पाने की असमभवता के बीच होने वाले दंड तथा विछड़ गए लोगों से मिलने के लिए अभी और बहुत लम्बा जीना पड़ेगा–यही विचार कई लोगों को आत्महत्या के लिए अभिप्रेरित करता है।[2]

फेन्टन आत्महत्या की संख्या में इस वृद्धि को सभ्यता से सम्पर्क को मानता है।

सेनेका तथा मोहावक इंडियन्स के अध्ययन में वह लिखता है–शारीरिक तकलीफों यथा प्रताड़ना जैसा बड़ाह से पुरुष से द्वारा आत्महत्या करने वाले जनमत में डरपोक साइसी माने जाते हे पर वे ऐसी स्त्रियों को माफ कर देते है जिनके साथ उनके प्रेमी दुर्व्यव्हार करते हैं (औरतें तस्त्र होकर आत्महत्या कर लेती हैं)

आत्महत्याओं की सबसे अधिक आवृत्ति इन आदिवासियो की गोरे लोगों से सम्पर्क आने के तत्काल बाद आई जब सामाजिक विघटन के लिए स्थतियों में सबसे अधिक उपयुक्त थी।

औरतों के साथ इन आत्महत्याओं का सबसे बड़ा उद्देश्य उनके पतियों द्वारा की जा रही बदसलूकी का बदला लेना था। जिन्होंने उन्हें प्रौढ़वस्था में छोड़कर दिया था। वहाँ अपने अपमान को दबाये या नियंत्रण में रखते है तथा आदमी शारीरिक यंत्रणा से बचने के लिए या तो आत्महत्या कर लेते है या फिर खूनी बदला लेते हैं। कुछ प्रकरणों में सामाजिक स्थिति का नुकसान जुड़ा रहता है। इरोक्योइस आत्महत्याओं में पलायन की भावना सबसे प्रबल उद्देश्य रहता है।[3]

मिलोनोवस्की कहता है कि–टोब्रियांड द्वीपवासियों में निश्चित रूप से आत्महत्याये न्याय दिलाने का साधन नहीं है परन्तु यह आत्महत्या करने वाले तथा उसे दुःखित होने वालों को यह एहसास करा देती है कि वे वास्तव में दोषी है या निर्दोष है। पलायन तथा पुर्नवास का एक तरीका।

स्थानीय लोगों की मनोवृत्ति में यह बात मडराती रहती है कि भाषा या व्यवहार सम्बन्धी कोई भी हिंसा अथवा परम्परा या रीति रिवाज हो जो कि लीक से हटना जिससे दूसरों को तकलीफ या दुःख पहुँच सकता है स्थायी रूप से विचलित कर सकता है। इसलिए आत्महत्याएँ भी जादू टोना की तरह रीतिरिवाजों, परम्परागत कानूनों का कड़ाई से पालन करने का साघन है जो लोगों को असामान्य प्रकार के व्यवहार करने से लोगों को रोके। इन दोनों (आत्महत्या तथा टोना टोटका) संकीर्णात्मक प्रभाव डालते है अतः कानून व व्यवस्था के ठोस सहायक हैं।[4]

---

1. सी. औसगुड–तनानिया कल्चर–अमेरिकन एन्थ्रोपोलोजिस्ट, खंड 35 (न्यू सीरिज), पृष्ठ 714।
2. जी. डेवेरौक्स, मोहावे सोल कन्सैप्ट्स–अमेरिकन एन्थ्रोपोलोजिस्ट, खंड 39 (न्यू सीरिज), पृष्ठ 422।
3. डब्ल्यू.एन. फेन्टेन–इरोक्योइस सुसाईड, ब्यूरो ऑफ अमेरिकन एथनोलोजी एन्थ्रोपोलोजिकल पेपर्स, वाशिंगटन, 1941 पृष्ठ 134।
4. बी. मेलीनोवोस्की–क्राईम एंड कस्टम इन सेवेज सोसायटी (लंदन, 1932) पृष्ठ 98।

बस्तर की स्थिति के लिए यह थोड़ी ही अधिक बलशाली है परन्तु आंशिक संशोधन के बाद यहाँ भी लागू हो सकती है पर चाहे जैसी भी आदिवासियों द्वारा की गईंती आत्महत्या हो। यह कोई मामूली या छोटी बात नहीं है ना ही यह पूर्ण परोक्ष अपमानजनक भी है। अपमानित व्यक्ति पलायन कर जाता है परन्तु वह अपने सम्मान को पुनः प्राप्त कर लेता है। आवांछित जबरिया शादी करवाने पर लड़की घर से भाग जाती है परन्तु अपनी इज्जत तथा आत्मसम्मान को सुरक्षित रखती है।

अध्याय : पाँच

अपराध के कारण : तन्त्र-मन्त्र और जादू-टोना

I

जादू-टोने की उत्पत्ति

काले जादू की उत्पत्ति कहाँ से हुई है, इस बारे में मारिया के बीच गाँवों में जो प्रचलित है उसके बारे में कहा जाता है–'नन्दराज गुरु वह पहला व्यक्ति था जिसने पहली बार जादू का प्रयोग किया। सभी देव और मृतक उससे जादू की कला सीखने जाते थे। एक दिन में वह सात देवताओं को जादू-टोना सिखाता था। एक बार की बात है कि माज क्लान का मारिया जंगल में जड़ें खोद रहा था। उसने कुछ आवाजें सुनीं। वह छिपकर देखने लगा कि क्या हो रहा है। एक पेड़ के पीछे छिपकर उसने नन्दराज गुरु को सात देवों को जादू सिखाते देख लिया। अब वह हर रोज वहाँ जाता और छिपकर वह सब कुछ सुन लेता था जो वहाँ सिखाया जाता था। अन्तिम दिन अपने गुरु के लिए सारे शिष्य गुरुदक्षिणा के रूप में कबूतर और मुर्गे लाए। नन्दराज ने सबकी बलि देकर उनके मांस को सात बराबर हिस्सों में बाँटा। मगर वह यह देखकर आश्चर्यचकित हो गया कि सात भागों में बँटा मांस आठ भाग में बदल गया। उसे कुछ शक हुआ। उसने अपने एक शिष्य को बुलाकर कहा, 'आसपास के जंगल को छान मारो, जरूर यहाँ कोई प्रेत या जानवर छिपा हुआ है।' मारिया पेड़ पर चढ़ा हुआ पकड़ा गया। उसे गुरु के सामने लाया गया।

'नन्दराज ने कहा, "देखो, यहाँ मेरे सारे शिष्य देव कुल के हैं। एक तुम ही मनुष्य हो जिसने मेरी जादू विद्या छिपकर ली है। इसलिए यदि तुम इन देवों की तरह ही मेरे लिए दक्षिणा नहीं लाओगे तो तुम्हारा बेटा मर जाएगा।" मारिया ने पूछा, "मुझे कौन सी भेंट देनी होगी ?" गुरु ने कहा, "तुम्हारे घर में एक कबूतर है, उसे मुझे दे दो।" कबूतर से गुरु का मतलब उसके इकलौते पुत्र से था। ऐसा इसलिए कहा क्योंकि यह जादू विद्या सिर्फ अमर लोगों के लिए थी जो इसका उचित इस्तेमाल कर सकते हैं। मगर गुरु को डर था कि जब इस इंसान ने जादू सीख लिया है तो जरूर वह इसका हमेशा और अपने ही फायदे के लिए इस्तेमाल करेगा। फलस्वरूप कोई मौत नहीं होगी। किसी को दर्द या दुख नहीं होगा और ईश्वर के राज्य में कोई आत्मा नहीं होगी। मगर यदि

वह व्यक्ति अपने ही पुत्र के कलेजे का टुकड़ा खा ले तो संसार में फिर मृत्यु होने लगेगी और मारिया को खुद भी बुराई और मृत्यु का ज्ञान हो जाएगा और वह जादूगर बन जाएगा।

'मारिया ने इस बात से पूरी तरह अनभिज्ञ होकर कि गुरु द्वारा 'कबूतर' कहे जाने का मतलब उसके पुत्र से है, एक देव को कहा कि वह उसके घर जाकर उस कबूतर को पकड़ लाए।' उस देव ने उसके बच्चे की हत्या की, उसका कलेजा निकाला और मारिया और सात देवों ने मिलकर उसे खाया। जब मारिया ने अनजाने में अपने ही पुत्र का कलेजा खाया तो उसे खुद-ब-खुद बुराई और मृत्यु का ज्ञान हो गया और इस तरह वह पहला ओझा (जादूगर) कहलाया। मरने के पहले उसने अपनी विद्या अपने शिष्यों को दी और इस तरह आज कई लोग अपने दुश्मन को मारने या हानि पहुँचाने का तरीका जान गए हैं। लेकिन हर बार कलेजा निकालना बहुत जरूरी होता है, क्योंकि कलेजे को मनुष्य की आत्मा माना जाता है।'

एक विशिष्ट अंगापेन—गोत्रदेव जो चार व्यक्तियों द्वारा उठाकर ले जाया जाता है। कई बार इसका उपयोग जादू टोटका का पता लगाने के लिए भी किया जाता है।

खुटपाल के मारिया बताते हैं कि उन्होंने जून के महीने से जादू सीखना शुरू किया। जो युवक शिष्य होते हैं उन्हें जंगल जाकर छोटा पत्थर लगाना चाहिए जो (उरस्कल) मेनहिर होता है। इस पत्थर के बाएँ डन्यकल बनाने के लिए एक चपटा पत्थर रखते हैं। फिर डन्यकल और उरस्कल के बीच दाहिने से बाएँ कई छोटे पत्थर रखे जाते हैं। इस तरह के पत्थर किसी जादू को व्यक्त करते हैं जिससे बीमार व्यक्ति को ठीक किया जा सकता है। पत्थरों की इस कतार के समानान्तर वे छोटे पत्थरों की दूसरी कतार सजाते हैं। इससे दूसरे तरह का जादू किया जाता है। कहा जाता है कि पत्थरों को इस तरह रखने से दुश्मन को हानि पहुँचाई जा सकती है। इसी तरह तीसरी कतार किसी औरत को बाँझ बनाने के लिए और चौथी कतार फसल और जानवरों को हानि पहुँचाने के लिए बनाई जाती है। इसी तरह और आगे भी बनाया जा सकता है।

फिर गुरु उन 6 देवताओ—नन्दराज, बोधराज, किरकोड, मारकोड, इन्दोर, बन्दोर

के नाम से अपने युवा शिष्यों को जादू सिखाना शुरू करता है। वह अपने हाथ में बाँस का बेंत लेता है और मन्त्र उच्चारण करते हुए उरस्कल से शुरू करते हुए हर पत्थर को छूते हुए डन्यकल तक बाएँ से दाहिने जाता है। पर उसे डन्यकल को छड़ी से नहीं छूना होता है। शिष्य मन्त्र को साथ-साथ बोलते हैं और एक-एक करके खड़े होकर गुरु की ही तरह पत्थरों को छड़ी से छूते हैं। दिसम्बर तक काले जादू की सारी विद्या सीख दी जाती है।

अध्ययन शुरू होने पर शुरुआत में शिष्य अपने गुरु के लिए सूअर और मुर्गा लाते हैं। आखिर में वे गुरु के लिए चावल की शराब भी लाते हैं। प्रशिक्षण के अन्तिम दिन डन्यकल पत्थर पर थोड़ा-सा चावल रखा जाता है और शिष्यों द्वारा लाए गए मुर्गे को मार उसके मांस को गुरु-शिष्य मिलकर खाते हैं।

हत्या की एक वारदात जो धरली में हुई उसका हमने जिक्र नहीं किया था, वह काले जादू के इसी विद्यालय से जुड़ी हुई थी। तेलामी धुरवा नाम का एक युवक इसी नाम के एक वृद्ध व्यक्ति के पास डोगी पाड़ा रोज जाता था। यहाँ पर नियम था कि समय-समय पर शिष्य अपने गुरु के लिए सूअर और चावल की शराब लाएँगे। जब उनकी शिक्षा समाप्त हो गई, उन्होंने गुरु के साथ मांस और मदिरा का भोज खाया। घर लौटते समय रास्ते में लड़कों का आपस में किसी बात पर झगड़ा हो गया और धुरवा और एक दूसरे लड़के ने मिलकर हुंगा नाम के एक लड़के की हत्या कर दी। उसकी स्मृति में कोई पत्थर नहीं रखा गया क्योंकि लोग मानते थे कि चूँकि वह काला जादू सीख रहा था इसलिए उसकी आत्मा उसके पूर्वजों से नहीं मिल पाई। कहा जाता है कि हुंगा 'राउ भूत' बन गया। हत्या का उद्देश्य साबित नहीं होने के कारण दोनों युवकों को थोड़े दिन की ही सजा हुई। सजा काटकर लौटने पर धुरवा को सामान्य क्रिया-कर्म के अलावा अपने कुलदेवता के लिए कीमती बलि देनी पड़ी।

II
तन्त्र-मन्त्र के तरीके

मारिया तांत्रिक भी भारत या विश्व के अन्य तांत्रिकों की ही तरह काम करते हैं। वह अपने दुश्मन को हानि पहुँचाने के लिए या तो अपनी बुरी आँख का, या किसी विशेष अनुष्ठान का इस्तेमाल करते हैं। वह उस पर कोई चीज फेंककर या पैर से मारकर भी आक्रमण करते हैं। वह जानवर का रूप धारण कर अपने शत्रु पर आक्रमण कर सकते हैं। वह किसी भूत या देवता के जरिए भी अपना काम कर सकते हैं।

इस तरह के तरीकों से जुड़ी कई कहानियाँ मारिया गाँवों में प्रचलित हैं। खुटपाल में मुझे एक कहानी बताई गई। एक आदमी खुद को बाघ में बदल लेता था। वह जंगल में छुपा रहता और जब भी उधर से कोई गाय या आदमी जाता, वह उसे मारकर खा जाता था। फिर वह मनुष्य का रूप ले लेता था और घर आकर अपनी पत्नी के पास

सो जाता था। जब उसने इस तरह पाँच या छः लोगों को मार डाला तो गाँववालों ने अन्ततः एकजुट होकर 'बाघ' को पकड़ने और मार डालने की योजना बनाई। गाँववालों ने उस जगह पर नजर रखी और एक दिन वह डरावना और अचम्भित कर देनेवाला दृश्य देख लिया। उन्होंने उस व्यक्ति को बाघ का शरीर धारण करते और फिर वापस असली रूप में आते देख लिया। उन्होंने उसे वहीं मार डाला। इसी तरह की कहानी मैंने धुरली में भी सुनी। यहाँ लोगों का कहना था कि जयपुर की जमींदारी व्यवस्था में ऐसे किस्से प्रायः होते रहते हैं। लोगों की आम धारणा है कि आदमी से रूप बदलकर बाघ बनने पर उस बाघ के शरीर पर जहाँ कहीं भी चोट की जाएगी ठीक वैसे ही चिह्न उस व्यक्ति के शरीर पर भी आ जाएँगे जो रूप बदलता है।

कभी-कभी जानवर का रूप धारण करने की बजाय तांत्रिक किसी जानवर को ही अपना काम करने के लिए भेजता था। इस सन्दर्भ में कई कहानियाँ हैं जिनमें बाघ तथा भालू लोगों पर हमले करते हैं। मारिया का विश्वास है कि कोई भी जानवर या साँप तब तक मनुष्य पर हमला नहीं करता जब तक उस पर जादू-टोना न किया गया हो। एक बार पोरडम से रेवाली जाते हुए मैंने एक साँप की जलती चिता देखी। पता चला कि कुछ देर पहले ही इस साँप को रेवाली में किसी जादूगर ने अपने दुश्मन नुपो बीरा को मारने के लिए भेजा था। इसके लम्बे शरीर पर पीली तथा काली धारियाँ बनाई हुई थीं। सौभाग्यवश बीरा ने समय रहते उसे मार डाला। फिर साँप के शरीर को गाँव की सीमा-रेखा से बाहर ले जाकर जला डाला गया। तेंदु की लकड़ियों के चार खम्भों को श्मशान भूमि में चिता के चारों कोनों पर रखा गया। लोगों को विश्वास है कि इन खम्भों के साथ शव जलाने के सारे अनुष्ठान करने से बीरा पर आगे और खतरा नहीं होगा।[1]

डायन के बारे में इनकी मान्यता है कि वे किसी जानवर के माध्यम से नहीं बल्कि सीधा वार करती हैं। मोखपाल में मैंने जाना कि डायन किस तरह अपना काम करती है। वह रात में अपने घर से बाहर जाकर चींटी की बाँबी खोजती है। फिर अपने बदन से सारे कपड़े उतार देती है, और सात बार बाँबी का चक्कर लगाती है। अब वह मनुष्य की बजाय प्रेत की तरह दिखाई देने लगती है। अगर इस समय उसे कोई देख ले तो वह अन्धा हो जाता है। वह अपने शिकार के घर इसी तरह जाती है। शिकार की छाती पर थोड़ा घास रखकर इसी से उसका सारा खून चूस लेती है। खून लेकर वह वापस बाँबी पर आती है और इसे दूध के साथ मिला देती है। इस दूध के रंग को देखकर

1. 1929 में मंडारा में एक अति असामान्य घटना घटी। एक कुनबी (हिन्दू) औरत को एक साँप ने काट लिया था तथा भविष्य में साँप के खतरे से बचने के लिए नागोबा (कोबरा देवता) की मूर्ति स्थापित की गई थी। यह देवता उस औरत पर आ जाते थे। बाद में उस औरत की बहुत ख्याति फैल गई। एक दिन एक औरत उसके पास इलाज कराने आई जिसे भूत-प्रेत लग गए थे। कुनबी ने अपने और इलाज कराने आई औरत के सारे कपड़े उतारे उसके बाद कुनबी के सर पर देवता आ गए। और उसी अवस्था में कुनबी ने एक जलता हुआ लुकरा उस औरत के पेट पर दे मारा–जिससे औरत की मृत्यु हो गई। कुनबी ने उस औरत के शरीर से सभी अन्तरंग अंग निकाल कर नागोबा देवता की मूर्ति पर चढ़ा दिए और यह दावा किया कि इस प्रकार उस औरत पर चढ़ी बुरी आत्मा के प्रभाव को उसने समाप्त कर दिया है।

वह बता देती है कि वह आदमी भाग्यशाली है। यदि दूध का रंग खून के साथ मिलाने पर लाल हो जाता है तो इसका मतलब उसकी मृत्यु हो जाएगी, लेकिन अगर दूध का रंग सफेद ही रहता है तो इसका मतलब उसके घर लक्ष्मी आएगी। अगर वह आदमी मर जाता है तो डायन कब्र पर जाकर उसे पुनर्जीवित करती है और उसका सिर काट डालती है।

टिकनपाल में एक दूसरी तरह की मान्यता पता चली। 'जब किसी डायन को कोई युवक पसन्द आ जाता है तो वह उसे प्रेमी के रूप में नहीं पाना चाहती है बल्कि वह उस युवक को समूचा खा जाना चाहती है। इसके लिए वह उस युवक के पास रात में जाती है और उसको मार डालती है। जब उसके शव को गाड़ दिया जाता है तो वह कब्र पर जाकर उसके शरीर को बाहर निकाल लेती है। फिर वह इसका खून चूस लेती है, सारा मांस खा जाती है और उसकी हड्डियों को वापस कब्र में गाड़ देती है। कभी-कभी जब वह आदमी का खून निकालती है तो उसे लकड़ी के एक ही टुकड़े से बने बर्तन में उबालती है।'

तीसरे और सबसे खतरनाक तरीके, में तांत्रिक बुरी आत्मा या प्रेत की सेवा लेता है। इसमें निशाने पर जो व्यक्ति होता है उस पर दुगुना खतरा होता है। पहला खतरा खुद तांत्रिक का होता है और दूसरा खतरा अलौकिक शक्तियों का होता है। यहाँ ध्यान देने योग्य बात यह है कि जादू-टोना के कामों में उन लोगों की आत्मा का इस्तेमाल करना पड़ता है जो कातिल थे और जिनकी मृत्यु फाँसी पर लटकने से हुई थी।

डायन के पास इस बात की भी शक्ति होती है कि वह अपने शिकार के घरेलू जीवन को भी प्रभावित करे। सामगिरी में मारिया ने बताया कि किस तरह डायन मानव के बीज को नष्ट कर देती है। भले वह नपुंसक न हो पर वह बच्चा देने लायक नहीं रह जाता। कुचपाल में एक व्यक्ति एक विधवा से प्रेम करता था जो डायन थी। कुछ दिन बाद उस व्यक्ति ने उस विधवा को छोड़ दिया। गुस्से में विधवा ने उस व्यक्ति के बीज को ही खत्म कर दिया। जब उस व्यक्ति को काफी दिनों बाद एहसास हुआ कि उसकी पत्नी गर्भ धारण नहीं कर पा रही तो वह वदाई के पास गया जिसने असली कारण ढूँढ़ निकाला, फिर उचित अनुष्ठान किए गए। परिणामतः उसे बहुत बड़े परिवार की प्राप्ति हुई।

औरतों को परेशान करने का डायन का तरीका बिलकुल अलग है। वह औरतों की माहवारी की अवधि को बढ़ाकर उन्हें कष्ट पहुँचाती है। सिराहा इस तरह की डायन से लड़ने के लिए मीरचुक और पूर्वजों को चढ़ावा चढ़ाता है। कामेली में एक औरत को इसी तरह ठीक किया गया। उसे अति रक्तस्राव हो रहा था। कई बार सिराहा कुछ नहीं कर पाते हैं। ऐसे में दुखी औरतें खुद को फाँसी लगाकर कष्ट से छुटकारा पा लेती हैं।

बोरगम में मुझे पता चला कि इस तरह का काला जादू सिर्फ विधवा औरतें ही जानती हैं। वे अपने बुरे कामों में मदद के लिए भूत-प्रेत को बुलाती हैं। यहाँ भी मुझे बताया गया कि वह अपना भेद छुपाने के लिए क्या-क्या करती है। वह किसी भूत को,

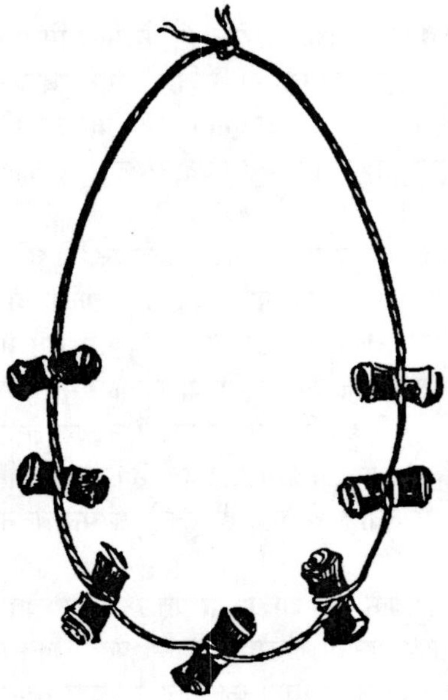

बुरी नजर से बचने के लिए, मुर्गे की हड्डियों से बनी माला

जिसकी मौत आत्महत्या से हुई हो या जो हत्यारा हो, अपने साथ बाँबी के पास ले जाती है। वहाँ मन्त्र उच्चारण करते हुए वह बांबी में से कुछ मिट्टी हटा देती है और उस भूतनी का मुँह बाँध देती है। फिर उससे कहती है, 'जब सिराहा तुमसे मेरा नाम पूछेगा, तुम मत बताना'। फिर वह हटाई हुई मिट्टी को वापस रख देती है। ऐसा विश्वास किया जाता है कि यदि हटायी गई मिट्टी, दूसरे दिन अपने आप भर जाती है तो इसका मतलब होता है यदि वह भूतनी उसे धोखा देगी तो दुर्भाग्य उसी के घर को बर्बाद करेगा।

ऐसे तन्त्र-मन्त्र या सम्मोहन की आशंका या डर भी लोगों को हत्या करने पर विवश कर देता है। गुमा हुंगा को आशंका थी कि बुर्गी नाम के व्यक्ति ने उसके परिवार पर जादू-टोना कर दिया है, इसलिए वह डरकर अपना घर और गाँव छोड़ देता है। जिस गाँव में वह शरण लेता है वहाँ एक साल बाद वह उस आदमी को देखता है। वह इतना डर जाता है कि घबड़ाहट में आकर तुरन्त उसकी हत्या कर देता है। इसी तरह सोरी भीमा को विश्वास था कि कोसा नाम का उसका पड़ोसी मायावी ओझा है। वही उसके बच्चे की मौत का कारण है, इसलिए वह कोसा को मार डालता है।

वेता सुक्रा सरगुदा के मुखिया और अपने चाचा कोला की हत्या कर देता है क्योंकि उसे लगता था कि उसका चाचा तांत्रिक है। हुआ यह था कि तीन साल पहले सुक्रा की तीन साल की बेटी मर गई थी। इसके पीछे लोग कोला के जादू को कारण मानते थे। इस दुर्भाग्यपूर्ण घटना के ठीक बाद सुक्रा का बेटा एक महीने की बीमारी के बाद मर गया था। तब सुक्रा और उसका परिवार सरजीगुदा के सिरारहा के पास कारण पता करने गया। सिराहा ने अपने आदमी पर देवता को बुलाया। देवता ने घोषणा की कि यह सब कोला के जादू की वजह से ही हो रहा है। अगले दिन सुक्रा गाँव के कई लोगों को लेकर उस जगह पर जाता है जहाँ उसने अपने बच्चों को दफनाया था। यहाँ वह मृत बच्चों, मीरचुक (जो बच्चों को मार डालता है), गाँव की देवी, भगवान और कोला जिस पर सन्देह है, के नाम से राख के सामने चावल का पाँचा ढेर रखता है। एक मुर्गे को वहाँ छोड़ दिया जाता है ताकि वह चावल के किसी भी ढेर से दाना चुग सके। वह मुर्गा कोला और मीरचुक के आगे के चावल के ढेर को चुनता है। इससे वहाँ उपस्थित

सारे लोग यही अनुमान लगाते हैं कि कोला ने मीरचुक देव की सहायता से बच्चों को मारा है।

अगले दिन कोला अपनी झोंपड़ी में जमीन पर खून में डूबा मृत पाया जाता है। सुक्रा अपना अपराध मान लेता है पर वह लोगों को समझाता है कि उसने प्रशंसनीय और न्यायपूर्ण काम किया है।

एक बार गुडसे गाँव में रहनेवाले हुंगा के सागो पेड़ में हमेशा की तरह रस नहीं आया। हुंगा सिराहा के गाँव जाकर कोसा नामक युवक को कारण पता लगाने के लिए भेजता है। कोसा को पता चलता है कि यह सब पंडरू नाम के पड़ोसी के जादू के कारण हो रहा है। कुछ समय बाद पंडरू और कोसा संयोग से वहीं के दारू की दुकान पर मिलते हैं और साथ पीते हैं। फिर कोसा पंडरू पर इलजाम लगाता है कि उसने हुंगा के पेड़ पर जादू कर दिया है। पंडरू यह सुनकर गुस्से में आ जाता है और कोसा और उसके देवता को गाली देता है। चिर परिचित मारिया अंदाज में वह अपने कुछ बालों को तोड़कर कोसा के सिर पर फेंक देता है। कोसा पंडरू के गाल पर दो तमाचे मारता है और वहाँ से चला जाता है।

पाँच महीने तक तो कुछ नहीं होता पर 14 अप्रैल 1922 की शाम को जब कोसा अपनी भटकी हुई गायों को खोज रहा था, खोजते-खोजते वह पंडरू के घर के पास आ जाता है। पंडरू जब उसे देखता है तो अपना तीर-धनुष उठाकर उसके पेट में मार देता है।[1]

III
खून की शक्ति

खून की मायावी शक्ति के बारे में पूरी दुनिया जानती है, इसलिए मैंने इस सन्दर्भ में बेहद संक्षिप्त ब्योरा दिया है। धारणा है कि खून को पीने या इसमें नहाने या इससे शुद्ध होने से ही इसकी शक्ति मिलती है। चीन में बीमारी दूर करने के लिए खून से मन्त्र लिखा गया है। मध्य युग तक यह विश्वास किया जाता रहा कि खून में नहाने से कोढ़

1. काला जादू तथा टोना-टोटका का डर आदिवासियों तक ही सीमित नहीं है। 1931 में सी.पी. के एक ग्वारा शिक्षक के अचानक बहुत सारे मवेशी मर गए तथा उसके बच्चे बीमार पड़ गए। उसने पता लगाया कि इन सबका कारण एक शक्तिशाली गुनिया है। स्कूल मास्टर ने हरे रंग का स्कर्ट पहना, हरे रंग की कमीज, हरी टोपी तथ अपने पैरों में घुँघरू बाँध लिया तथा देवी का स्वाँग किया और गाँव के मन्दिर के त्रिशूल से उस गुनिया को खत्म कर दिया। 1935 में कुछ हिन्दुओं ने अमरावती जिले में एक गौंड वैद्य को सिर्फ इसलिए मार डाला क्योंकि उसने उनके घरों की सीमा में एक बीमारी फैलानेवाले टोटकेयुक्त नीबू को फेंका था।

1935 में मंडला जिले में एक मुसलमान पुलिस दरोगा को शक था कि एक पनका औरत ने उसके बच्चों पर 'नजर' डाला है उसने इसी शक पर अपने सिपाहियों को भेज कर उस औरत को थाने में बुलवा लिया और दबाव डाला कि वह बच्चों पर किए जादू को उतार ले, उसे कांटेदार पौधों से पीटा गया। चमार के जूते से जबर्दस्ती पानी पिलाया गया तथा दूसरे अत्याचार भी किए गए।

का रोग ठीक हो जाता है। इसी तरह ग्रीम की परियों की कहानी में कोढ़ दूर करने के लिए मासूम किशोरियों के खून में लोग नहाते थे। महान Constantine को उसकी बीमारी ठीक करने के लिए कुँवारी कन्याओं के रक्त में स्नान करने की सलाह दी गई। लेकिन जब कन्याओं के माता-पिता के दुख ने उसे ऐसा करने से रोक दिया तो चमत्कारिक रूप से उसकी बीमारी ठीक हो गई।

हैकरवाल कहते हैं, 'भूतकाल में भारत में द्रविड़ क्षेत्रों में मानव बलि की प्रथा रही है। इसका एक रूप पुरुषमेधा है जिसमें पूरी मानव जाति पर सर्वोच्च अधिकार पाने के लिए ग्यारह मानव और ग्यारह बाँझ गायों की बलि दी जाती है। पुराण और कई तन्त्रों में भी चंडिका को मानव बलि देने का जिक्र है। काली या चंडिका को खुश करने के लिए तांत्रिक मनुष्यों की बलि दिया करते थे। मराठों के शासनकाल में यह प्रथा आम थी। इसके अलावा पश्चिमी भारत में ऐसे कई मन्दिर आज भी मौजूद हैं जो सिर्फ सौ साल पहले ही मानव बलि के गवाह रहे हैं। उत्तर-पूर्वी भारत में भी काली को मनुष्य की बलि देने की आम प्रथा प्रचलित रही है।'[1]

आधुनिक युग के कई उदाहरणों को बताते हुए क्रूक कहते हैं, '1870 की एक घटना है। एक मुस्लिम कसाई का बच्चा जन्म लेते ही मर जाता था। उसे एक हिन्दू तांत्रिक ने बताया कि अगर उसकी पत्नी किसी बच्चे के खून में नहाए तो उसका अगला बच्चा मरेगा नहीं। इस फल को पाने के लिए एक बच्चे की हत्या कर दी गई। मुज्जफरनगर में ऐसी ही एक और घटना घटी। एक बाँझ औरत एक बच्चे को मारकर उसके खून को पी गई। बाद में उसी इलाके में एक जाट औरत को किसी ने बताया कि यदि वह किसी ब्राह्मण के बच्चे के रक्त को पानी में मिलाकर उसमें नहाए तो उसकी इच्छा पूरी हो जाएगी। मारीशस में एक हिन्दू कुली ने मायावी शक्ति पाने के लिए एक लड़की के खून में स्नान किया तथा उसे पी भी गया।[2] इसी तरह 1921 में पंजाब में सन्तान की प्राप्ति के लिए बच्चों को मारने के तीन मामले उजागर हुए।'

1935 में चन्दा जिले के छोटे से गाँव में, मारिया और मरार ने बढ़िया फसल पाने के लिए होली के मौके पर एक लड़की तथा एक लड़के की बलि चढ़ाने की योजना बनाई। दूसरे गाँव के लोगों ने इस पर आपत्ति जताई। मगर त्योहार की रात को जब होलिका दहन की आग बुझनेवाली थी, उन्होंने एक वयस्क मरार को वहाँ नंगे देह रस्सी से बाँधकर आग में ढकेल दिया। इसके अगले साल होशंगाबाद जिले में नर्बदा नदी के तट पर बने महादेव मन्दिर के पुजारी की तरफ से दो औरतों ने एक कुर्मी लड़की की बलि दे दी। यह बलि उन्होंने एक व्यापारी के लिए दी थी। जब वह बच्ची जीवित ही थी तभी उसके कलेजे का बाँया हिस्सा काट लिया गया और उससे व्यापारी का इलाज किया गया।

सोमदेव के 'कथा सरित सागर' में नरबलि से जुड़ी एक कथा है। गर्भवती रानी ने अपने पति को कहा कि वह उसकी इच्छा पूरी करने के लिए रक्त का तालाब बनाए

1. हैंकेरवाल–पृष्ठ 68।

2. क्रुक–खंड 2, पृष्ठ 172, कृपया हल्ली डे की किताब फोकलोर, खंड 35 (1934) पृष्ठ 404 देखें।

जिसमें वह नहा सके। राजा ने रक्त के लिए किसी मनुष्य की जान लेना उचित नहीं समझा, इसलिए उसने लाख के जूस से तालाब भर दिया, जो रक्त की ही तरह दीखता था। रानी ने भी सोचा कि यह रक्त ही है, इस तरह उसकी भी इच्छा पूरी हो गई। इसी पुस्तक में देवस्मिता की कहानी में एक राजा को एक ब्राह्मण सलाह देता है कि यदि वह ढेर सारे बच्चे चाहता है तो उसे अपने लड़के को मारकर उसका मांस आग में चढ़ाना होगा। जब उसकी पत्नियों को इस बलि की गन्ध लगी तो सबने राजा को एक लड़का उपहार स्वरूप दिया।[1]

इन सारे उदाहरणों में रक्त को मनुष्य के शरीर के लिए उपजाऊ माना गया है जबकि आदिवासियों में (कोंड में होनेवाला मेरिया बलिदान) इसे मुख्य रूप से जमीन को उपजाऊ बनाने के लिए इस्तेमाल किया जाता रहा है। इस तरह का विश्वास या ऐसी धारणा बस्तर में बड़े पैमाने पर पाई गई है। इसी सिलसिले में ग्रिगसन एक रोचक घटना बताते हैं। यह घटना भोपालपट्टनम जमींदारी के मद्दर क्षेत्र से पुलिस द्वारा सूचित की गई थी। 1937 की 13 जून की रात को अपने आँगन में सोई हुई एक मुस्लिम औरत को अचानक किसी ने तेज हथियार से घायल करने की कोशिश की। जब उसकी आँख खुली तो उसने दो मारिया को भागते हुए देखा। पुलिस ने इस तरह की घटनाओं की जब जाँच-पड़ताल की तो पाया कि कुरतु जमींदारी में जब बीज बोने का समय आता है तो कई मारिया बीज बोने के पहले मिट्टी में किसी मानव, खासकर औरत का रक्त बीज के साथ मिलाकर डालते हैं। इसके लिए वे औरत को मारकर उसका खून हासिल करने की कोशिश करते हैं। फिर वे खून लगे हथियार को घर लाकर धोते हैं, फिर खून में चावल के बीज भिगोकर उन्हें बोते हैं और खूब अच्छी फसल होने की आशा करते हैं। अपने शिकार को मारने के पहले वे उसकी चारपाई के पास कुछ चावल और हल्दी के टुकड़े रखते हैं। इस तरह की भेंट उस मद्दार औरत की चारपाई के पास भी पाई गई थी।[2]

लेकिन इस तरह की मानव-बलि की प्रथा बहुत प्रचलित नहीं थी। बस्तर में पिछले 10 सालों में ऐसे 3 मामले ही आए। इनमें से भी सिर्फ दो मामलों में ही अपराध का उद्देश्य बलि था।[3]

मानव-बलि की सबसे भयानक घटना 1940 में हुई थी। भोपालपट्टनम के राजगोंद नामक जमींदार को उसके काम से हटा दिया गया क्योंकि वह पागल हो गया था। उसकी जगह पर उसका भतीजा काम करना चाहता था। उसने दरबार में कई बार गुहार लगाई पर उसकी नहीं सुनी गई। हारकर अन्तिम प्रयास के रूप में उसने अपने कुलदेवता भूमसरिया देव को प्रसन्न करने के लिए बलि देने का निश्चय किया। मन्दिर जमींदारी

1. पेन्जर–खंड 1, पृष्ठ 98।

2. ग्रिगसन–पृष्ठ 221।

3. मेरियाह बलि की स्मृति उत्तर बस्तर में मारिया तथा मुड़िया बच्चों में खेले जानेवाले एक खेल में जीवित रखी जाती है। करसाना मेरियाह में बच्चों का एक समूह सामनेवाले समूह के एक बच्चे को उठा लेता है तथा देवी की काल्पनिक मूर्ति के सामने उसकी बलि चढ़ाता है।

क्षेत्र के बेहद अन्दरूनी हिस्से में था। बिना पिता वाले एक पाँच साल के पुत्र को बलि के लिए अपहरण किया गया और उसे वेदी पर लाया गया। पूजा की गई और लाल पाउडर देव की मूर्ति पर लगाया गया। फिर एक मुर्गे को मारा गया। बच्चे के हाथ और पैरों को धोया गया। जमींदार के भतीजे ने खुद बच्चे के माथे पर लाल टीका लगाया और देव को चढ़ाया गए चावल के कुछ दाने बच्चे के मुँह में डाले। फिर हाथ जोड़कर उनसे प्रार्थना की कि उसे जमींदारी मिल जाए। फिर उसने अपने दोस्त की मदद से उस बच्चे को मूर्ति के सामने लिटाया और तेज कटार से उसकी गर्दन धड़ से अलग कर दी। इसी तरह सूअर और मुर्गे की भी बलि दी जाती रही है। अपराध का जब पता चला तो होनेवाले जमींदार और उसके दो साथियों को फाँसी की सजा मिली।

दूसरी घटना बाइसन-हॉर्न मारिया से जुड़ी है, जिसे मैं बाद में बताऊँगा। पहले तीसरी घटना बताता हूँ। 1934 में जब उत्तरी क्षेत्र के मुरिया की फसल अच्छी नहीं हो रही थी तो उसने देवी को वादा किया कि यदि उसकी जाड़े की फसल अच्छी हुई तो वह बच्चे की बलि देगा। उस साल आश्चर्यजनक ढंग से अच्छी फसल हो गई। उसने अपने वादे के अनुसार 14 साल के अपने अनाथ भतीजे की बलि चढ़ा दी, जिसका वह जन्म के बाद से ही पालन-पोषण कर रहा था। उसे सत्र न्यायाधीश ने फाँसी की सजा दी पर अपील करने पर न्यायालय द्वारा प्रमाण के अभाव में छोड़ दिया गया।

एक बेहद रहस्यमय अपराध 1923 में झोरियाबधन में घटित हुआ। एक ढाई साल का बच्चा सुक्रा अचानक गायब हो गया। उस गाँव के एक मारिया पर उसकी हत्या करने का आरोप लगाया गया, पर सबूतों के अभाव में उस पर कोई कार्रवाई नहीं की गई। मुझे भी नहीं लगता कि इस घटना के पीछे मानव-बलि जैसा कोई कारण था। कचहरी में यह साबित हो गया कि बच्चे के गायब होने के एक महीने पहले आरोपी अपने किसी दोस्त से कह रहा था कि अगर बाँध नहीं टूटा तो वह एक बच्चे की बलि चढ़ाएगा। उसने अपने दोस्तों को चेतावनी दी कि वे अपने बच्चों को उधर से नहीं आने दें वरना वे तालाब में गिर जाएँगे। शायद उसे यह लगता था कि तालाब की देवी खुद ही बच्चे को पानी में खींच लेगी। मगर बाद में जब कई दिनों तक ऐसा नहीं हुआ तो उसने खुद ही बच्चे को डुबा दिया।

IV

मरदम में मानव-बलि

कताकलियन के पास मरदम के खुरामी गुदी ने अपने खेत के पास सिंचाई के उद्देश्य से एक तालाब बनाया। दुर्भाग्य से इसके बावजूद फसलों में अपेक्षित बढोतरी नहीं हुई। तब उसने योजना बनाई कि वह तालाब के मीरचुक देव और येर कनयांग या जलदेवी को किसी गर्भवती[1] औरत की बलि चढ़ाएगा।

1. गर्भवती महिलाओं के विरुद्ध अपराध करने का विचार सम्भवतः अन्धविश्वासों के कारण प्रेरित होता

1938 के 20 अप्रैल को गुदी के घर में, उसकी भतीजी हिरमा को बेटी होने की खुशी में, उत्सव मनाया जा रहा था। लगभग दोपहर के समय एक महारा महिला बोटी उस उत्सव में भाग लेने आती है। वह चार माह की गर्भवती थी। लोगों को ऐसा लगता है कि गुदी उस औरत से उसी सुबह उस समय मिला था जब वह गाँव के अतिथिगृह में कुछ मरम्मत कर रहा था। वह औरत भी वहाँ काम कर रही थी। जब वह अपनी कुल्हाड़ी और रम्भा (Crowbar) लेकर जाने लगी तब गुदी ने उससे अपने घर उत्सव में आने के लिए विनती की। चाहे इस तरह सारी बातें हुई हों या नहीं, पर इतना तो तय है कि गुदी ने बोटी को देखते ही पहले ही निश्चय कर लिया था कि वही उसकी शिकार होगी। उसने उसे चावल की शराब पेश की और जब सारे मेहमान जाने लगे तो उसे ठहरकर और खाकर जाने के लिए फुसलाया। चूँकि बोटी महारा थी इसलिए उसने भोजन तो नहीं खाया होगा पर ज्यादा शराब पीने के कारण शायद वह होश में नहीं रही। इस तरह गुदी उसे शाम तक घर पर रोकने में किसी तरह सफल रहा।

शाम होते ही गुदी घर से निकल गया। उसने अपने भाई नरी को खोजा। तालाब के स्वामित्व में उसका भी हिस्सा था। नरी और उसका भतीजा खुले में बैठे थे। उसने उन्हें बताया कि उसने बोटी के गर्भस्थ शिशु की बलि देने की योजना बनाई है। यहाँ एक बात गौर करने लायक है कि बलि का बकरा माँ नहीं बल्कि अजन्मा बच्चा था। बाद में नरी ने दावा किया कि उसने गुदी को ऐसा करने से मना किया, पर परिवार का मुखिया होने के कारण गुदी ने कहा कि वह इसकी सारी जिम्मेदारी लेगा। यह भी

है। कुछ अद्‌भुत उदाहरण ऐ हैग्मैनस की डायरी जिसका सम्पादन–ऐलब्रेथ कलम (लंदन, 1938) में देखने मिलता है। 1577 में बंमबर्ग (जर्मनी) में आयडढफेल्ड के निकलोस स्टलट को एक गाड़ी में खींचा गया तथा फाँसी देने के पहले उसके शरीर को लाल तपती सन्सी से तीन जगह से मोड़ा गया। उसने तथा दो सहायकों ने यह कबूल किया कि उन लोगों ने मिलकर आठ लोगों की हत्या की है। सबसे पहले उसने एक घोड़े पर बैठे सिपाही को गोली मारी। दूसरे उसने एक गर्भवती महिला को चीरा जिसके पेट में एक मरा हुआ बच्चा था। तीसरी बार उसने पुनः एक गर्भवती स्त्री की हत्या की जिसके पेट में एक लड़की का भ्रूण था। चौथा शिकार भी एक गर्भवती महिला जिसके पेट में जो जुड़वाँ लड़के थे। दो सहायकों में से एक ने कहा कि उसने बहुत बड़ा पाप किया है तथा वह गर्भवती महिलाओं के पेट से निकले बच्चों को पादरी के पास ले जाएगा तथा पादरी से उन्हे ईसाई धर्म में दीक्षित करवाएगा। दूसरे सहायक ने कहा कि इस काम के लिए में पादरी का काम करूँगा। उसने बच्चों को टाँग से पकड़कर उल्टा कर ले गया और जमीन पर पटक दिया।

1580 में न्यूरेमबर्ग (जर्मनी) के 60 वर्षीय हैन्स मैक्समूलर को अपनी गर्भवती बहन की हत्या के आरोप में फाँसी दी गयी। मैक्समूलर ने अपनी बहन की हत्या करने के साथ उसका बलात्कार किया था तथा हत्या के बाद बहन का शव एक खेत में गाड़ दिया था। सन् 1601 में न्यूरमर्का के बास्टियन ग्रिबी नाम के एक चोर को फाँसी की सजा दी गई। उसने 20 हत्याएँ करने की बात कबूल की थी। उन 20 शिकारों में से 5 शिकार गर्भवती महिलाएँ थी। ऐसा उसने इसलिए किया था कि ताकि वो अपने दोस्तों के साथ विलासिता पूर्ण जीवन बिता सके। गर्भवती महिलाओं की हत्या करने के बाद वो महिलाओं का पेट चीर कर गर्भ में रखे अजनों बच्चों के हाथ काट लेता था–बच्चों के कटे हाथों से वह मोमबत्तीभी बनाया करता था तथा उन मोमबत्तियों का उपयोग चोरी करते समय किया करता था।

बताया कि उसने उस औरत को शराब पिलाकर तैयार कर लिया है।

अँधेरा होने पर बोटी ने अपनी कुल्हाड़ी और रम्भा उठाया और घर जाने की जिद करने लगी। गुदी ने बहाना बनाया कि अँधेरा हो गया है इसलिए वह उसके साथ जाकर घर तक छोड़ देगा। लगभग ढाई सौ गज जाने पर गुदी ने उस औरत को पकड़ लिया। जब वह चिल्लाने लगी तो उसने उसकी आवाज बन्द करने के लिए गला दबा दिया। फिर दो आदमी उसे खींचते हुए तालाब तक लाए। उसे तालाब के पानी में उठाकर डाल दिया गया। गुदी ने उसका सिर तब तक पानी में जबरदस्ती डुबाए रखा जब तक कि उसकी साँस रुक नहीं गई। फिर उसके पेट को काटकर चार महीने के शिशु को निकाला गया। उसकी गर्दन चीर दी गई। यह सब देखकर नरी की नसें फूलने लगीं। वह घबड़ाकर घर भाग गया।

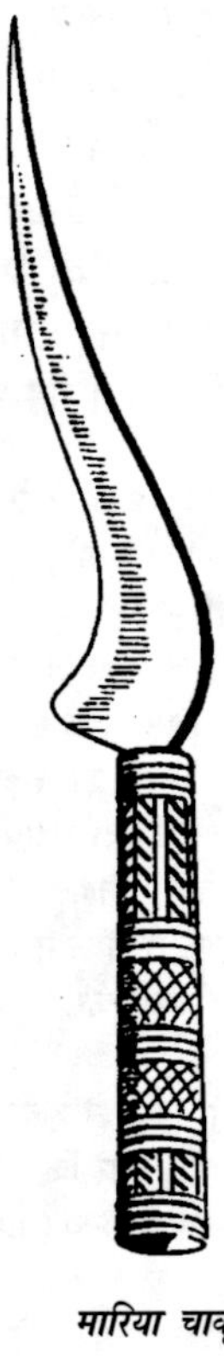

मारिया चाकू

नरी के लौटने के तुरन्त बाद बोटी का पति अपने पड़ोसियों के साथ पत्नी को वहाँ ढूँढ़ता हुआ आया। उसने नरी से पूछा कि क्या उसकी पत्नी वहाँ है ? नरी ने इनकार कर दिया। बहुत रात बीतने पर गुदी घर लौटा। उसकी पत्नी ने जब उससे पूछा कि अब तक वह कहाँ था, उसने गुस्से में अपनी पत्नी को पीट दिया। रात में बहुत जल्दी उठ गया और अपने भतीजों हिरमा और रैनू को देर तक सोने के लिए गाली दी। उसने उन्हें जल्दी से खेत पर जाकर तालाब से पानी पटाने को कहा। वह अपने बैलों और नरी के साथ पहले खेत पर गया। खेत जोतने के थोड़ी देर बाद उसने बैलों को छोड़ दिया और सबको तालाब पर ले गया। फिर उसने सबको वहाँ तालाब में तैरती बोटी की लाश दिखाई। उसने उन्हें बताया कि बोटी की बलि उसी ने चढ़ाई है। फिर उसने बताया कि किस तरह पेट चीरकर उसने अविकसित बच्चे को मार डाला। इसके बाद उसने उन लोगों को फुसलाया कि वे लाश को पास ही आइटल लता नामक जगह पर ले जाने में उसकी मदद करें। उस रात वे चारों लोग मिलकर लाश को घसीटते हुए कोदार जंगल में कुछ मील दूर स्थित पहाड़ी स्थान पर ले गए। वे घसीटते हुए ले गए ताकि देखने से ऐसा लगे कि उस औरत को शेर घसीटते हुए जंगल में ले गया है।

बोटी की खोज जारी थी। उसका पति गाँव के हर घर में गया, लोगों से मदद माँगी। उसी समय उस क्षेत्र में एक सब-इंस्पेक्टर यात्रा पर आया था। उससे भी मदद माँगी गई और तीन दिन तक खोजबीन चलती रही। हत्या के एक सप्ताह बाद 27 अप्रैल को, हिरमा और रैनू बाँस लाने के बहाने कोदार जंगल गए ताकि देख सके कि लाश का

(अ) एक सुंदर अलंकृत दरवाजे के सामने, टिकनपाल में अनाज साफ करती एक लड़की

(ब) हिंगे–रेवाली की एक मारिया युवती

(अ) स्मृति पत्थरों की खुदाई—दुगेली

(ब) उरसकाल पत्थरों की कतार

क्या हाल हुआ है। उन्होंने लौटकर बताया कि लाश अभी सड़ी नहीं है। तब गुदी ने उन लोगों को सुझाव दिया कि वे लोगों को झूठ-मूठ बताएँ कि जंगल में उन्हें बड़ी खराब गन्ध लग रही थी। यह सुनकर गाँववाले अगले दिन जंगल गए और उन्हें बोटी की लाश मिली। लाश तब तक बहुत सड़ चुकी थी। सिर्फ गहनों और कंघी से पहचाना जा सका कि यह बोटी की लाश है।

1 मई तक पुलिस पूरी तरह हरकत में आ गई थी। क्या हुआ, यह तो ठीक से पता नहीं पर स्वाभाविक तौर पर नरी ने अपने भाई का साथ छोड़ दिया। पहली बार की पूछताछ में ही गुदी टूट गया। उसने सब-इंस्पेक्टर को वह जगह दिखाई जहाँ उसने बोटी की टोकरी, कुल्हाड़ी और रम्भा छिपाकर रखा था। उसने वह कटार भी दिखाई जिससे बोटी को मारा गया था। सब-इंस्पेक्टर ने गुदी की धोती और नरी के कपड़े पर खून के धब्बे पाए और उन्हें जब्त कर लिया। बाद में जाँच में पाया गया कि गुदी के कपड़े पर जो खून का धब्बा था वह मानव का था, पर नरी के कपड़े पर लगे खून के धब्बे का पता नहीं चला।

पहली बार की पूछताछ के बाद गुदी ने फिर से अपने अपराध से इनकार कर दिया, पर नरी जो बड़े ही बेमन से इस अपराध में शामिल था, वह पुलिस के लिए गवाह बन गया। जाँच के दौरान गुदी ने कहा कि जन्म के उत्सव पर वह इतना पी चुका था कि अगले दिन तक नशे में सोता रहा। उसने इस बात से इनकार कर दिया कि वह सुबह में घर से बाहर गया था, या उसने खेत जोता था या बलि चढ़ाई थी। उसने कहा कि धोती पर का निशान उसके खेत पर की लाल मिट्टी लगने से हुआ है। उसने बोटी के सामान (कटार, टोकरी) दिखाए जाने के बारे में कहा कि उसे पीटा गया था और बाध्य किया गया था कि वह गलत बात स्वीकार कर ले।

गुदी का अपराध तो शक से बाहर था। पर नरी ने जो प्रमाण दिए थे वे गुदी का अपराध साबित करने के लिए पर्याप्त नहीं थे। लेकिन गुदी के दो भतीजों ने उसके अपराध की पुष्टि कर दी। और हरिमा वहीं था जब गुदी ने घोषणा की थी कि वह बोटी की बलि देगा।

सारे सबूत गुदी के खिलाफ थे। धोती पर खून का धब्बा था, लाश की दशा से स्पष्ट था कि इसे पानी में डुबाकर मारा गया है, शव की कोई भी हड्डी नहीं टूटी हुई थी और न ही उसके शरीर पर दूसरे ऐसे कोई निशान थे जिनसे लगे कि उसकी मृत्यु किसी जंगली जानवर के कारण हुई है। जब तक गुदी घटना के बारे में जानता नहीं वह बोटी के सामान को कैसे दिखा सकता था। यदि यह भी मान लिया जाए कि पुलिस ने उसे ऐसा करने के लिए बाध्य किया, पर यह भी सच है कि उसने जो दिखाया वह झूठ नहीं था।

यह अपराध दो तरह से ध्यान देने योग्य है। पहला यह कि उसका उद्देश्य बहुत पारम्परिक और खतरनाक है। जब केस की सुनवाई चल रही थी तो नरी ने बताया कि जब गुदी उस औरत को पानी में डूबो रहा था, उसने मीरचुक और यर कन्यांग को नाम

से बुलाते हुए उन्हें बताया कि वह अपनी प्रतिज्ञा पूरी करने के लिए इस गर्भवती औरत की बलि देने जा रहा है ताकि उसके खेत में अनाज अच्छा हो। रक्त को खेत की मिट्टी पर भी छींटा गया और इसी खून लगी मिट्टी को दूसरे दिन सुबह जोता गया ताकि यह उपजाऊ हो जाए।

दूसरी बात यह है कि यह केस अपराधी की बेवकूफी दिखाता है जिसने अन्ततः उसकी जान ले ली। गुदी एक सप्ताह बाद भी अपनी धोती पर लगे खून के धब्बे को छुड़ा नहीं पाया जो उसके खिलाफ सबसे खतरनाक सबूत था। फिर उसने लाश को अकेला नहीं छोड़ा बल्कि अपने भतीजों को जान-बूझकर भेजा और लाश की सूचना गाँववालों को देने को कहा। अगर उसने ऐसा नहीं किया होता तो कुछ और दिन में लाश बिलकुल सड़ जाती और हड्डियों को छिपाना मुश्किल नहीं होता। इसके अलावा पुलिस के सामने पहली ही बार में वह टूट गया और अपना अपराध स्वीकार कर लिया। इसीलिए बाद में अपराध से इनकार करने पर भी पुलिस ने उसको निर्दोष नहीं माना। उसे फाँसी की सजा हुई। 5 सितम्बर, 1938 को उसे फाँसी पर लटका दिया गया।

बेस्टरमार्क का दावा है कि इन सारी नरबलियों के पीछे उद्देश्य अपने जीवन को हर खतरे व आपदाओं से सुरक्षित कर लेना था।

> 'नरबलि की प्रथा का तुलनात्मक अध्ययन बताता है कि इस तरह की बलि के कई कारण रहे हैं : युद्ध रोकने के लिए युद्ध विराम के दौरान, किसी महामारी को रोकने के लिए, बाढ़ से बचने के लिए, अकाल से बचने के लिए, समय पर उचित वर्षा के लिए, नदियों और समुद्र के खतरे से बचने हेतु और किसी प्रिय व्यक्ति की जान बचाने, खासकर किसी राजा या मुखिया की जान बचाने के लिए नरबलि दिए जाने की परम्परा रही है।'[1]

लेकिन बस्तर के सन्दर्भ में जीवन पर इस तरह के कारणों से कोई खतरा नहीं था। नरबलि का बेहद सीमित उद्देश्य था, सिंचाई के लिए जल पर्याप्त मात्रा में हो और कुछ खास लाभ पाना। वे खून की शक्ति पर बेहद विश्वास करते हैं और मिट्टी की उर्वरकता बढ़ाने के लिए इसका इस्तेमाल करते हैं।

V

सिराहा और हत्या

यह एक बेहद रोचक तथ्य है कि अच्छी ताकतों के मालिक बुरी ताकतों की अपेक्षा ज्यादा हत्याओं के कारण बने हैं। सिराहा और गुनिया की वजह से डायन या तांत्रिक की अपेक्षा ज्यादा लोगों की हत्या हुई है।

1. ई. वेस्टरमार्क–मैथड्स इन सोशल एन्थ्रोपोलोजी–जे.आर.ए.आई. खंड 66 (1936), पृष्ठ 232। एंड दि ओरिजिन एंड डेवलपमेंट ऑफ दि मोरल आईडियाज (लंदन 1912) खंड 1, पृष्ठ 440। कृपया आर. कर्सटन लिखित–दि सिविलाईजेशन ऑफ दि साउथ अमेरिकन इंडियंस (लंदन, 1926), पृष्ठ 408 भी देखें।

सिराहा अपनी लालटेन, झाड़ू आदि जादू के हथियारों के कारण हर अगली हत्या के मामले में, (हमेशा नहीं) अपराधी या शिकार दिखाई पड़ते हैं, जबकि इसकी पृष्ठभूमि में उनकी प्रभावशाली ताकतें होती हैं।

जैसे, सिराहा ही किसी मौत या बीमारी का कारण बताता है और इसके दोषी व्यक्ति का नाम बताकर पीड़ित व्यक्ति को अपराध के लिए उकसाता है। साथ ही साथ जब सिराहा किसी बीमार व्यक्ति का इलाज नहीं कर पाता, जिसे विश्वास है कि वह काले जादू या डायन के कारण ही बीमार है, वह निराश होकर आत्महत्या कर लेता है क्योंकि उसकी अन्तिम उम्मीद सिराहा ही होता है।

सिराहा को इस बात का घमंड होता है कि उसका ईश्वर से सीधा सम्पर्क है। वे बेहद तुनक मिजाज होते हैं। यदि उनकी थोड़ी भी आलोचना कर दी जाए तो वे उत्तेजित हो जाते हैं। मरकामी गंगा के भाई ने हाल ही में पुजारी का काम सँभाला था। एक दिन जब मरकामी ने अपने भाई की उसके आर्थिक दायित्वों के प्रति लापरवाही बरतने के लिए निन्दा की तो उसका भाई इतना क्रोधित हुआ कि उसने मरकामी की मन्दिर में रखे त्रिशूल से हत्या कर दी।

इसी तरह की एक घटना कोसालनर में हुई। हेमला मुक्का नाम के बूढ़े व्यक्ति की पत्नी कोढ़ी थी। वह पत्नी के इलाज के लिए झोरिया हुंगा नामक सिराहा को बुलाता था। एक दिन उसकी पत्नी की तबियत बहुत खराब हो गई। पत्नी ने सिराहा को जल्दी से बुलाने को कहा। हेमला मुक्का जब बुलाने गया तो उसने पाया कि वह गहरी नींद में सो रहा है। उसने उसे जगाया और सारी बात बताकर चलने को कहा। पर झोरिया दिन भर अपने खेत पर काम करने के कारण बेहद थका हुआ था। बार-बार चलने के लिए कहने पर वह क्रोधित हो उठा और उसने उस बूढ़े को मारा। मुक्का चला आया, पर सिराहा के घर के बाहर आकर उसने जोर से चिल्लाते हुए कहा कि वह बिना किसी सिराहा के मदद के भी अपनी पत्नी का इलाज कर सकता है। उसने सिराहा को 'चोर मैलोटिया' (वह चोर जो अपनी माँ के साथ सोता

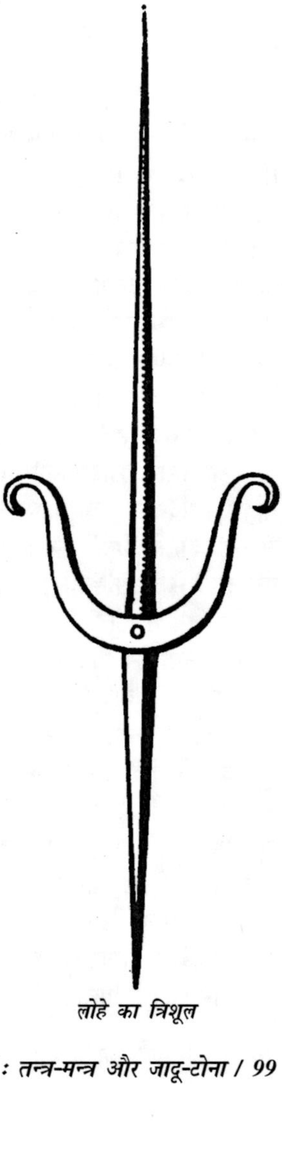

लोहे का त्रिशूल

है) कहकर गाली दी। जब हुंगा ने अपने काम का अपमान सुना तो उसने गुस्से में आकर बड़ा बाँस निकाला और घर से बाहर आकर उस बूढ़े को इतना पीटा कि वह मर गया।

सिराहा के घरों की एक विशेषता होती है कि उनके घर से थोड़ी ही दूर बागीचे में या किसी पेड़ के नीचे मरीजों को देखने के लिए एक छोटी सी झोंपड़ी बनी होती है। जो सिराहा बीमारी का इलाज भी करते हैं वे इसी झोंपड़ी में कई गाँवों से आए मरीजों को देखते हैं। इनमें से ज्यादातर मरीज किसी अनजान और खतरनाक बीमारी से संक्रमित होते हैं। इन्हें झोंपड़ी के अन्दर नहीं जाने दिया जाता। ये मरीज पत्तों और शाखाओं से बनी कुटिया में रहते हैं, जहाँ उन्हें बेहद कष्टकारी और अस्वाभाविक अवस्था में रहना पड़ता है। यह अस्वाभाविक और तनावपूर्ण माहौल कई बार हत्याओं का कारण बना है।

बर्सी छपे ने कई शादियाँ की थीं। उसे सिर चकराने और सीने तथा आँख की कोई बीमारी हुई। वह पोचा नाम के सिराहा के पास इलाज के लिए गया। मरीज के रूप में उसे वहाँ रख लिया गया और एक छोटी झोंपड़ी रहने को दी गई। तीन दिन वहाँ रहने के बाद उसे जब अच्छा महसूस हुआ तो वह जगदलपुर किसी पुलिस केस में गवाही देने गया। पर वहाँ वह फिर से बीमार हो गया और एक दिन बेहोश होकर गिर गया। पब्लिक प्रोसेक्यूटर ने मजबूरीवश उसे घर जाने को कहा। वह अपने घर पहुँचा, पर उसे घर से बाहर बरामदे में सोना पड़ा क्योंकि उसकी पत्नी चाहती थी कि घर घुसने के पहले वह अपने ठीक होने की खुशी में परम्परा के अनुसार बलि दे। अगले दिन वह फिर सिराहा के पास इलाज के लिए पहुँच गया। इस बार उसे रहने के लिए आम के पेड़ के पास जगह मिली। उसके साथ उसकी सबसे बड़ी पत्नी सुखी और छोटी बेटी बोदी थी, उसकी छोटी पत्नी चूली कभी-कभार उसको देखने आ जाती थी। एक सप्ताह बाद एक दिन जब चूली उसके लिए खाना लेकर आई तो उसने अपनी दोनों पत्नियों से कहा कि वे दोनों पत्नियों से एक साथ इसी झोंपड़ी में सहवास करना चाहता है। उन दोनों ने इससे इनकार कर दिया। उनका कहना था कि झोंपड़ी एकदम खुली हुई है और दिन में कोई भी उन्हें देख सकता है। छपे क्रोधित हो गया और उसने अपनी दोनों पत्नियों को पीटा।

कुछ दिनों बाद शाम को करीब 5 बजे के समय छपे ने अपनी बड़ी पत्नी को फिर से झोंपड़ी के अन्दर सम्बन्ध बनाने के लिए कहा। मगर उस झोंपड़ी से कुछ ही दूर पर उसकी बेटी बोदी और दो महिलाएँ सिराहा की झोंपड़ी के बरामदे में बैठी हुई थीं जहाँ से छपे की झोंपड़ी की एक-एक चीज दिखाई पड़ रही थी। वहाँ से वे छपे की बातें भी सुन रही थीं। सुखी ने इस बात के लिए छप्पे को बहुत शर्मिन्दा किया कि उसकी भद्दी बातें तीन औरतें, खासकर उसकी अपनी बेटी सुन रही है।

इसे अपनी बेइज्जती समझकर छपे को बहुत गुस्सा आया। उसने एक भारी बाँस उठाकर अपनी पत्नी को इतना पीटा कि वह वहीं मर गई।

उसने अपने बचाव में कहा कि ऐसा उसने बेहोशी में ही किया। उसने इस बात

से साफ इनकार कर दिया कि उसने सुखी को सिर्फ इसलिए मार दिया क्योंकि उसने उसके साथ शारीरिक सम्बन्ध बनाने से मना कर दिया था। उसने बताया कि सुखी उसे पिछले सप्ताह से ही दूषित भोजन दे रही थी। उसने पत्नी को कहा था कि सिराहा के घर में वह खुलेआम खाना न बनाए क्योंकि कोई भी खाने पर जादू कर सकता है। उसकी पत्नी ने ऐसा करने से साफ इनकार कर दिया। वह उसे कुछ नैतिक कारणों से बहिष्कृत भी करना चाहती थी। मगर सबूतों से ऐसी कोई बात साबित नहीं हुई।

कोर्ट ने फैसला दिया कि हत्या करते समय छपे बीमार और बेहद असन्तुलित था। हालाँकि घटना के दिन सारे लोग पारम्परिक शिकार पर गए थे। छपे शिकार पर नहीं गया क्योंकि उसकी तबीयत ठीक नहीं लग रही थी। स्पष्ट है कि वह खुद को गम्भीर रूप से बीमार पा रहा था। इस दुखद घटना के पीछे एक साथ कई कारण हो सकते हैं। सबसे पहले तो वह बेहद अवसादग्रस्त होने की वजह से शिकार पर नहीं गया। उसकी पत्नी पिछले कई दिनों से उसकी यौन इच्छाओं की अवहेलना कर रही थी इसलिए वह तनावग्रस्त था। फिर वह बीमार भी था और उसे लग रहा था कि उसके भोजन पर कोई जादू कर दे रहा है। अन्ततः उसके अन्दर की भड़ास और तनाव एक साथ फूट पड़ा और हत्या हो गई।

VI
जादू और आत्महत्या

कई बार जब रोग यातनापूर्ण होता है तो इसके पीछे अशुभ और शत्रुतापूर्ण जादू को कारण माना जाता है और जादूगर जब इसका इलाज करने में असफल रहता है तब ओझा या डॉक्टर की हत्या के बदले खुद मरीज ही आत्महत्या कर लेता है। आत्महत्या करने के पीछे कारण है कि आत्महत्या करनेवाला व्यक्ति मानसिक रूप से इतना कमजोर हो जाता है कि उसके लिए अलौकिक दुश्मन शक्तियों से लड़ पाना या किसी मानव से अपने लिए लड़ पाना असम्भव हो जाता है।

उदाहरण के लिए मरकामी हुंगा किसी असाध्य बीमारी से पीड़ित थी। उसके सारे शरीर पर फोड़े थे। वह बूढ़ी थी। दर्द और तकलीफ से वह खा नहीं पाती थी। एक रात जब सभी सो रहे थे, उसने घर में फाँसी लगा ली।

आत्मी कोसा जो पोयाली का मारिया है, उसकी बाईं पिंडलियों पर विषैले फोड़े थे। दर्द नहीं सह पाने के कारण उसने आत्महत्या कर ली। कोरा का सोरी हीरमा, फसल के एक उत्सव में पीकर नाच रहा था। अचानक उसका नितम्ब अपनी जगह से हट गया। वह 18 महीनों तक घर में बिस्तर पर पड़ा रहा। उसके शरीर को छत से रस्सी लटकाकर सहारा दिया गया था। जब दर्द बर्दाश्त नहीं हुआ तो उसने उसी रस्सी से, जो अब तक उसकी दोस्त थी, आत्महत्या कर ली।

माहवारी से सम्बन्धित समस्याओं को किसी निराश विधवा या ईर्ष्या करनेवाली

औरत का काला जादू माना जाता रहा है। माहवारी की जो अवधि होती है वह संक्रामक और वर्जित मानी जाती है। इसमें यदि कोई समस्या होती है तो यह विक्षिप्त मानसिक दशा का कारण बनता है। कार्ति सुक्री एक 15 साल की लड़की थी। वह अति रक्त-स्राव से पीड़ित थी। छः महीने तक तो उसने बर्दाश्त किया, पर हारकर महुआ के पेड़ से फाँसी लगाकर मर गई। मरकामी कोसी की शादी हुए 20 साल हो गए पर उसे माहवारी के समय भीषण पीड़ा होती थी। वह दर्द में ऐसे छटपटाती थी मानो पागल हो। उसने भी आत्महत्या कर ली। ज्यादातर जिसकी पत्नी को ऐसा दर्द होता है वह पति दूसरी शादी कर लेता है। और मुझे शक है कि हो सकता है जलन या चिढ़ के कारण, जो अक्सर बहुपत्नी प्रथा में होता है, मरकामी कोसी ने निर्णय लेने में शीघ्रता की। नई पत्नी ने उसे बचाने की भरसक कोशिश की। उसने रस्सी काटकर जब कोसी को नीचे लिटाया तब उसकी साँस चल ही रही थी।

इन सारे मामलों में (सिराहा) द्वारा कोई इलाज नहीं किए जाने के कारण पीड़ित व्यक्ति की स्थिति और भी गम्भीर हो गई। जब भी सिराहा को असहाय पाया गया, लोगों के बीच गहरी निराशा पनपने लगी। क्योंकि इन अलौकिक शक्तियों में उन्हें बेहद विश्वास होता है। उनके मन में हमेशा ये आशा रहती है कि ये शक्तियाँ उनके कष्ट और बीमारी को दूर कर देंगी और जब ऐसा नहीं होता तो वे दुख और हताशा में आत्महत्या का कदम उठाते हैं।

VII

अपराध और अन्धविश्वास

हमने देखा है कि किस तरह खून को फसलों के लिए खाद की तरह इस्तेमाल किया गया है। एक बार मैंने सुना था कि एक स्त्री ने अपनी अँगूठी को हत्या किए गए व्यक्ति के स्मारक पथ पर रखा, जब उसे कब्र में लाया जा रहा था। बाद में उसने इस अँगूठी को उठा लिया इस विश्वास के साथ कि अब यह अँगूठी उसके लिए बहुत भाग्यशाली हो गई है।

मारिया जादूगर किसी बच्चे के जन्म के समय के कुछ चिह्नों को देखकर उसके भाग्य को बता देते हैं। प्लैसेण्टा को जहाँ दबाया जाता है यदि उस मिट्टी पर किसी शेर के पंजों या साँप के निशान पाए जाते हैं तो कहा जाता है कि वह बच्चा या तो साँप या शेर द्वारा मारा जाएगा। यदि प्लैसेण्टा के उपर की जमीन पर रखे बर्तन का पानी उछलकर इधर-उधर गिरने लगे तो कहा जाता है कि बच्चा डूबकर मरेगा। अगर बच्चा गले में लिपटी हुई नाल के साथ जन्म लेता है तो माना जाता है कि या तो उसे फाँसी दी जाएगी, या वह फाँसी लगाकर मरेगा। यूरोप में इन सारे अन्धविश्वासों से बढ़कर अन्धविश्वास पाए गए हैं। जैसे, यदि जन्म लेते हुए बच्चे के गर्म कलेजे को खाया जाए तो खानेवाले को अदृश्य होने की ताकत मिल जाती है, जिससे वह बड़े आराम से चोरी

कर सकता है। एडम पश्चिमी जगत के कई ऐसे अन्धविश्वासों के बारे में बताते हैं जो उतने ही अनोखे हैं जितने एशिया में फैले अन्धविश्वास। वे बताते हैं कि कुँवारे बच्चों की चर्बी से मोमबत्ती बनाने पर माना जाता है कि चोरी करते समय इसका इस्तेमाल यह पता करने के लिए किया जा सकता है कि घर में कोई जगा है या नहीं। नौ सप्ताह की लाश के बाएँ अँगूठे की मदद से रात में मालिक को बिना जगाए चोरी की जा सकती है। पोलैण्ड में भ्रम है कि आत्महत्या कर मरे व्यक्ति की लाश के दाहिने हाथ का इस्तेमाल कर चोरी हुई चीजों का पता लगाया जा सकता है। इटली, खासकर सिसली में आज भी यह अन्धविश्वास व्याप्त है कि किसी निर्दोष बच्चे के खून की सहायता से जमीन में गड़े खजाने का पता लगाया जा सकता है।[1]

---

1. एडम–पृष्ठ 261–मांडला जिले में एक गोंड से मिला था जिसका मानना है कि जब किसी आदमी को फाँसी पर लटकाया जाता है तो उसके शरीर से *जीव तेल* की कुछ बूँदें टपकती हैं। यदि यह तेल प्राप्त कर लिया जाए तथा मरते हुए व्यक्ति को लगा दिया जाएगा तो उसकी जीवन आयु बढ़ जाएगी। एक समय शमराव हिवाले को विश्वास था कि उसके पास इस मूल्यवान तेल की कुछ बूँदें हैं। चिटगाँव में एक समय डाकुओं के लिए यह पारम्परिक रूप से जरूरी था कि किसी लाश के ऊपर बिछाए कफन को किसी के घर की छत पर फेंक दें तो उससे उस घर के लोगों की नींद नहीं टूटेगी। कृपया ई.ओ. शेरबोर्न की किताब *मैंन* देखें–फरवरी 1934।

अध्याय : छह

अपराध का कारण : पति-पत्नी का विश्वासघात

I

शादी होने से पहले शुरुआती दौर में (सगाई के बाद) मारिया अपनी औरतों को बहुत आजादी देते हैं पर शादी हो जाने के बाद इस मामले में वे बड़े कठोर पति, जलन रखनेवाले, अधिकारबोध और भावुक प्रेमी[1] हो जाते हैं। इनमें तलाक बहुत कम होता है। नाजायज सम्बन्धों के परिणाम खतरनाक होते हैं।

मारिया लड़कियों तथा गले में पहनी जाने वाला हँसली

जब भी अवैध सम्बन्ध पाए जाते हैं, कुल-देवता क्रोधित होकर पशुओं को मार डालते हैं। इसलिए घर के पूर्वजों की, इससे उबरने के लिए, पूजा की जाती है। अगर पति या पत्नी की बेवफाई की वजह से कोई जानवर मर जाता है तो उसकी जीभ बाहर निकल आती है और मुँह से झाग निकलता

1. परन्तु भारत में जैसा अन्य जगहों पर होता है लिप्सा या लालसा हत्याएँ यहाँ नहीं होती हैं सही लिप्सा हत्याएँ पूर्व के देशों की अपेक्षा पश्चिमी देशों उच्च संस्कृतिक देशों में अधिक देखने को मिलती हैं। जहाँ अपराध उनका आधार होता है। अपराध अपेक्षाकृत विकृति मानसिक प्रक्रिया के तहत होता है। एस.एम. एडवर्ड क्राईम इन इंडिया (आक्सफोर्ड 1924) पृष्ठ क्रमांक 29।

रहता है। धुरली के मारिया का कहना है कि दोषी व्यक्ति अन्धा हो जाता है और ऐसा ही मथाड़ी में हुआ। हमें पता चला है कि एक बूढ़ी औरत, जो अपने पति के साथ विश्वासघात कर रही थी, सचमुच अन्धी हो गई। जब पति के शिकार पर चले जाने के बाद उसकी पत्नी नाजायज सम्बन्ध बनाती है तो कहा जाता है कि उसके इस काम से धरती अपवित्र हो जाती है और शिकार से सम्बन्धित यात्रा बर्बाद हो जाती है। परिणामस्वरूप हो सकता है कि बाण टेढ़ा होकर उड़े, पति किसी चीज से टकराकर गिर जाए, हो सकता है उसे तीर लग जाए या साँप काट ले। अगर धोखा खाया हुआ पति जादूगर है तो उसकी नजर धुँधली हो सकती है। अगर उचित पूजा-पाठ नहीं किया गया तो वह पानी से भरी सूजनवाली बीमारी का शिकार हो सकता है जिससे उसकी मृत्यु भी हो सकती है।

अगर नाजायज सम्बन्धों के कारण किसी की हत्या हो जाती है तो हत्यारे और मृत व्यक्ति, दोनों के परिवार में सूजनवाली बीमारी हो सकती है। इन खतरों से बचने के लिए दोनों परिवारों के वयस्क और बुजुर्ग एक जगह इकट्ठे होते हैं। वे पानी और दूध को महुआ के पत्तों से बने दोनों में मिलाते हैं और कहते हैं, 'उन्होंने पाप किया; पर इनके पाप का असर हम पर मत डालना।' तब दोनों परिवारों के एक-एक प्रतिनिधि इसे थोड़ा सा पीते हैं। जिस व्यक्ति की हत्या होती है उसका परिवार हत्यारे के परिवार को कोई तोहफा देता है जिसे हलबी में 'भूल-खर्चा' कहते हैं। मृत व्यक्ति की झोंपड़ी के ओसारे में थोड़ा चावल रखा जाता है। इस चावल में कुछ धागा, एक अँगूठी और एक तीर रखा होता है। दोनों परिवार सूअर का मांस और चावल का भोज एक साथ खाते हैं, और एक-दूसरे से मित्रता की कसमें खाते हैं। तीर उनके इस शपथ का गवाह होता है। फिर हत्यारे का परिवार उस 'भूल खर्चा' को अपने घर ले जाकर मृत व्यक्ति को चढ़ा देते हैं।

पति-पत्नी के झगड़ों को बेहद खतरनाक माना जाता है क्योंकि इससे कबीलों की एकता पर बुरा प्रभाव पड़ता है। साथ ही मृत व्यक्ति का श्राप भी गाँव को लग सकता है। इसलिए यदि आप झगड़ा करते हैं तो तुरन्त भू-देवी को बलि चढ़ानी पड़ती है। अगर पति-पत्नी में हमेशा झगड़ा हो रहा है तो पंचायत बुलाई जाती है और दोनों को या, दोनों में से किसी एक को जुर्माना देना पड़ता है।

जब हरमामुण्डा का ओयामी अंदा पहले से तय लम्हाडा युवक की मंगेतर को ले उड़ा और शादी कर ली तो अंदा को न सिर्फ लम्हाडा युवक द्वारा किए गए कामों का मुआवजा देना पड़ा बल्कि प्रायश्चित के रूप में एक भोज का आयोजन भी करना पड़ा। भोज के इस अवसर पर प्रायश्चित के रूप में कुछ रस्में हुईं। इन रस्मों में अपने घर के छप्पर के नीचे दरवाजे के पास वह लम्हाडा के साथ खड़ा होता है। उसके दाहिने हाथ की हथेली को लम्हाडा के दाहिने हाथ के नीचे रखा जाता है। उसके हाथ के नीचे जमीन पर चावल का एक ढेर लगाया जाता है और इसमें एक तीर खड़ा कर दिया जाता है। फिर वदाई घर की छत पर चढ़कर पानी गिराता है जो छप्पर से छनकर हाथ पर

पड़ता है, फिर हाथ से चावल के ढेर पर। इस रस्म के बाद एक सूअर और दो मुर्गे, लम्हाडा को अपने पूर्वजों को चढ़ाने के लिए दिए जाते हैं। वंश-पुरोहित के रूप में वदाई कुल के मृतकों को खुश करने के लिए अनुष्ठान करता है।

इसी गाँव की एक रोचक कहानी, ओयामी हरमा बताते हैं, जिससे यह निष्कर्ष निकलता है कि अपराध के लिए अलौकिक शक्तियों द्वारा भी दोषी को दंड दिया जाता है। ओयामी हरमा बताते हैं : 'बहुत पहले मेरे पूर्वजों में से एक, सात भाई और एक बहन का परिवार था। वे बैलाडीला के पार रहते थे। उका वंश का एक नवयुवक उस लड़की के लिए लम्हाडा बनकर आता है, और कुछ समय बाद उनकी शादी भी हो जाती है। उसके जुड़वाँ बच्चे होते हैं, पर कुछ ही दिन के बाद उसमें से एक की मृत्यु हो जाती है। दशहरा आने पर लड़की के बड़े भाई के बुलाने पर पति जगदलपुर चला जाता है। इस बीच उसकी पत्नी अपने सातों भाइयों की पत्नियों के साथ फसल काटने जाती है। साथ में वह जीवित बचे अपने बच्चे और दो शिकारी कुत्तों को भी ले जाती है। सभी अपने काम में लग जाते हैं और बच्चे को एक झूले में सुला दिया जाता है। जब सभी काम में व्यस्त होते हैं, एक खरगोश झाड़ी से निकलकर बच्चे की ओर बढ़ता है। दोनों शिकारी कुत्ते उसे देख लेते हैं और उसका पीछा करते हैं, गलती से वे बच्चे को खरगोश समझ बैठते हैं और उसे ही मार डालते हैं।

'पति वापस आकर बच्चे को खोजता है। उसकी पत्नी कह देती है कि बच्चा बगल के पड़ोसी के यहाँ गया है। फिर उसे खिलाने के बाद सारी बात बताती है। इधर बड़े भाई को बच्चे की मौत के बारे में बताया जाता है। बड़ा भाई बिलकुल डर जाता है कि बच्चे का बाप उसी से इसका बदला लेगा, क्योंकि उसी के बुलाने पर वह जगदलपुर गया था। इसलिए वह वहाँ से भाग जाता है। सातों भाइयों का पिता उसकी खोज करता है क्योंकि वह उसे ही बच्चे की मौत का कारण मानता है। जदपाल में कस पोना पेन की मजार है जो पक्षी के आकार की है। उस मजार का देवता बड़े भाई को अपने पंखों के नीचे छुपा लेता है। जब पिता मजार पर आता है तो उसे अपने बड़े बेटे का कोई नामोनिशान नहीं मिलता। मगर चूँकि उसने उसे मजार में प्रवेश करते देख लिया था, वह जान गया था कि उसका बेटा जरूर यहीं कहीं छिपा हुआ है, इसलिए वह वहाँ आग लगा देता है। उस आग से भाई का तो कोई नुकसान नहीं हुआ लेकिन पक्षी के पंख जल जाते हैं। जदपाल के कुलदेवता की आत्मा उस पक्षी में बसती थी, उस दिन के बाद उसके शरीर पर जले के निशान रह गए। अब उस पक्षी को लोहे का बनवा दिया गया है।

'इधर बड़ा भाई मैलावदा भाग गया और वहीं रहने लगा। उसने वहाँ के वदाई से सम्पर्क किया और अपनी बहन के बच्चे की मौत के बारे में बताया। वदाई ने इस घटना के पीछे छुपे रहस्य को उजागर किया कि उसकी बहन अपने पति को धोखा देकर किसी और से नाजायज सम्बन्ध बना रही थी। एक दिन जब वह अपना मासिक खत्म होने के बाद नहाकर निकली उसने अपने प्रेमी के साथ भी सम्बन्ध बनाए और अपने पति के साथ भी। इसी कारण जुड़वाँ बच्चे हुए। इससे उसके पूर्वज, जो दिवंगत हो चुके हैं

क्रोधित हो गए, जिससे उसका एक बच्चा मर गया। दूसरा बच्चा भी मृतक के द्वारा ही मार डाला गया। मृतक ने ही बच्चे को मारने के लिए पहले खरगोश का रूप लेकर कुत्तों को उकसाया, फिर कुत्ते में समाकर बच्चे को मार डाला।'

ये सारे किस्से सिर्फ कोरी कल्पनाएँ नहीं हैं बल्कि ये आदिवासियों के जीवन का हिस्सा हैं। वे इनमें बेहद विश्वास करते हैं। ऐसे माहौल में वे अलौकिक ताकतों पर बेहद विश्वास करते हैं, इसीलिए कोर्ट-कचहरी की जो जटिल न्याय प्रक्रिया है उसे वे अपेक्षाकृत कम महत्त्व देते हैं। कहा जाता है कि कई हत्यारे मृतकों द्वारा प्रतिशोध का शिकार बनने से ज्यादा जेल जाना पसन्द करते हैं।

मगर इन आदिवासी समाजों में मृतकों के प्रतिशोध से बचने से भी हजार उपाय बनाए गए हैं। अगर कोई व्यक्ति परस्त्रीगमन करना चाहता है तब वह अपने मृतकों को कई चढ़ावा चढ़ाता है और उनसे विनती करता है कि 'मेरे पाप की सजा स्त्री के पति को देना, मुझे नहीं और मेरे शरीर को पानी से फूलने से बचाना।' फिर वह अपने पूर्वजों को कहता है, 'यहाँ से दूर चले जाओ, पानी में जाओ या हवा में, इस सीमा रेखा से बाहर चले जाओ और जो होगा उसके लिए मुझे परेशान मत करना।'

इसमें कोई शक नहीं कि कई मारिया इन अनुष्ठानों से सन्तुष्ट नहीं होते और अपनी धोखेबाज पत्नी की हत्या करना पूरी तरह से उचित समझते हैं। विशेषकर जब कोई पति अपनी पत्नी को किसी दूसरे की गोद में देख लेता है, वह अपनी भावनाओं पर काबू नहीं रख पाता और गुस्से से अन्धे होकर प्रेमी की जान ले लेता है।[1] कुछ नौजवान पति अपनी पत्नियों पर नजर रखने के लिए रखवाले रखते हैं। ये रखवाले जब उन्हें एक साथ जाते देखते हैं तब उन्हें नहीं रोकते, पर उनका पीछा करते हैं और जब नाजुक घड़ी आती है तब उन्हें धर दबोचते हैं।

पोयामी मासा की दो पत्नियाँ थीं, गोदमी और डोमी। डोमी ने एक दिन देखा कि गोदमी को एक धोबी बहला-फुसला रहा है। उससे पीछा छुड़ाने के लिए गोदमी ने कह दिया कि वह उससे रात को मिलेगी। जब मासा घर आया तो डोमी ने उसे सारी बात बता दी, क्योंकि वह चाहती थी कि उससे मासा खूब झगड़े। वैसा ही हुआ, मासा बहुत क्रोधित हो गया। उसने गोदमी को खूब पीटा और पीटते हुए धोबी के घर ले गया, पर धोबी कहीं नहीं मिला। फिर उसने मुखिया के पास शिकायत की और धोबी के खिलाफ कार्रवाई करने को कहा। सारे दिन वह गुस्से से लाल, दाँत पीसता इधर-उधर

1. ट्रावनकोर के कानीकर थार के आसपास व्यभिचार को बहुत हेय दृष्टि से देखा जाता है तथा विभिन्न स्थानों पर इस अपराध के लिए अलग-अलग प्रकार से सजा दी जाती है। कुलथुपुला में व्यभिचार करने वाले व्यक्ति को इस प्रकार दंड दिया जाता है। एक लकड़ी की मोटी टहनी में ऐसे व्यक्ति के हाथ-पाँव बाँध दिए जाते हैं। जमीन में पैरों के साथ मिर्ची बिछा दी जाती है तथा उसे जला दिया जाता है फिर जंगल में बँधे व्यक्ति को उस मिर्ची की धूनी पर आगे-पीछे हिलाया जाता है इसी बीच मिर्ची की धूनी लेते समय उस आदमी को 25 कोड़े मारे जाते हैं दोषी महिला को भी उसके पति द्वारा 15 कोड़े मारे जाते हैं भले वह पहले से ही विवाहित हो–एल.ए. कृष्णा अय्यर तथा एन. कुंजन पिल्लई–सेंसुअस ऑफ इंडिया में 1931, खंड 1, पार्ट 3 बी., पृष्ठ 224।

बेचैन भटकता रहा और लोगों से अपनी बीवी की बदचलनी की कहानी कहता रहा। जब गोदमी ने उसे खाने को कहा तो उसने इनकार कर दिया। रात-भर वह जागता और सोचता रहा। सुबह होने के ठीक पहले उठा और तीर से अपनी पत्नी का गला काट दिया। उसने सारा काम इस तरह किया ताकि लगे कि उसकी पत्नी ने अपनी करनी पर शर्मसार होकर आत्महत्या कर ली है। पर उसने अपना काम ठीक से नहीं किया था। उसकी करनी को बताने के लिए उसकी पत्नी जीवित बच गई थी।

छिन्दगाँव में बुरका नाम के 45 साल के आदमी को अपनी पत्नी पर शक था। उसे शक था कि उसकी पत्नी अपने पड़ोसी हिरमा के साथ मिलकर उसे धोखा दे रही है। 16 दिसम्बर 1924, मंगलवार की दोपहर की बात है, उसकी पत्नी ने कहा कि वह तालाब से मछली पकड़ने जा रही है। बुरका को शक हुआ और उसने उसका पीछा किया। उसने देखा कि वह सड़क पार कर हिरमा के पास गई, जो वहाँ अनाज साफ कर रहा था। वहाँ उसने हिरमा से कुछ बात की और तालाब की ओर चली गई। कुछ देर बाद बुरका हिरमा को ढूँढ़ने उसके घर गया पर वह वहाँ नहीं था। उसने हिरमा की कुल्हाड़ी उठा ली और ढूँढ़ने निकल पड़ा। तालाब के दूसरी ओर उसने हिरमा और अपनी पत्नी को एक साथ जंगल में घुसते हुए देखा। वह भी चुपचाप जंगल में घुसा। उसने उन दोनों को एक जगह यौन क्रिया में संलग्न पाया। उसने हिरमा के सिर के पीछे कुल्हाड़ी से चार वार किए और उसे मरने के लिए छोड़ दिया। उसकी पत्नी ने वहाँ से भागना चाहा, पर उसने उसे पकड़कर कुल्हाड़ी के पिछले हिस्से से उसकी बाईं कनपटी पर वार किया। वह जमीन पर गिर पड़ी। फिर उसने उसकी कनपटी पर दूसरा वार किया और मार डाला।

फिर बुरका ने गाँव के कोतवाल को सब कुछ बता दिया और कोतवाल के साथ वह माँझी के पास गया। जब वे लोग घटनास्थल पर देखने पहुँचे तो उन्होंने हिरमा को जीवित पाया। बुरका ने फिर से उसे मारने की कोशिश की, पर उसे रोक दिया गया।

पोरियामी पोड़िया एक 20 साल का युवक था। उसकी एक साल पहले शादी हुई थी। उसे या तो शक हुआ था या उसने सचमुच उन दोनों को यौन सम्बन्ध बनाते देख लिया था। वह पत्नी को मुक्के से पीटता और घसीटता हुआ जंगल में ले गया। उसे तब तक पीटता रहा जब तक वह जमीन पर नहीं गिर गई। उसने खुद स्वीकार किया है कि इस पर भी उसका गुस्सा शान्त नहीं हुआ। जब उसने देखा कि उसकी बीवी में अभी भी जीवन शेष है, उसने लता के कोड़े को उसकी गर्दन में कसकर लपेट दिया ताकि उसका गला घुट जाय। तब भी सफलता न मिलने पर उसने उसे पेड़ से लटका दिया। बाद में कहा कि उसने आत्महत्या कर ली है। उसके अपराध की सुनवाई के समय उसके चेहरे पर अपने कुकृत्य के लिए पछतावे की एक लकीर भी नहीं थी। उसका कहना था कि उसने अपनी पत्नी को उसकी बेवफाई की सजा दी है।

मरवी देवा ने अपनी चार साल की बच्ची को मार डाला और अपनी पत्नी को मारने की कोशिश की क्योंकि उसे उस पर शक था। उसने बताया कि उसने एक अनजान व्यक्ति के साथ अपनी पत्नी को दो बार बातें करते पकड़ा है। हत्या की रात को, उसने

बताया कि उसकी पत्नी किसी से पड़ोसी के आँगन में बातें कर रही थी। उसकी आहट पाकर वह व्यक्ति अँधेरे में भाग गया जिससे मरवी उसे देख नहीं सका। उसने पत्नी से बलपूर्वक उसका नाम पूछना चाहा। जब उसने बताने से इनकार किया तो गुस्से में कुल्हाड़ी उठाकर अपनी चार साल की बच्ची पर ही वार कर दिया, वह वहीं ढेर हो गई। उसने अपनी पत्नी पर भी वार करना चाहा पर वह वहाँ से भागने में सफल रही। देवा अपनी बच्ची की लाश को कपड़े से ढक जंगल में छोड़ आया। कोर्ट को शक था कि देवा को अपनी पत्नी के चरित्र पर बेवजह ही शक है, क्योंकि वह उसके प्रेमी का नाम भी नहीं बता सका था। पर मुझे लगता है कि देवा अपनी इज्जत बचाने के लिए नाम नहीं बता रहा था क्योंकि हो सकता है कि वह ऐसा व्यक्ति हो जिससे उसके सम्बन्ध बेहद खराब हों या जिसे वह बिलकुल पसन्द नहीं करता हो। हालाँकि आदिवासियों में, इन मामलों में किसी का नाम बताने में कोई शर्म नहीं होती। वे आराम से उस व्यक्ति का नाम बता देते हैं जिसने उनकी पत्नी को बहकाने की कोशिश की है।

यहाँ एक रोचक बात यह है कि घटना के एक विश्लेषण के अनुसार, देवा ने अपनी पत्नी से तम्बाकू माँगा होगा, मतलब उसके साथ यौन सम्बन्ध बनाने की इच्छा की होगी और पत्नी के साफ इनकार कर देने से वह गुस्से से पागल हो उठा होगा। वह सम्बन्ध बनाकर यह जाँचना चाहता होगा कि उसके किसी और से तो सम्बन्ध नहीं हैं। इनकार करने पर उसका शक एकदम पक्का हो गया और उसने उसे मारने का निश्चय कर लिया।

किलपाल का सिराहा, नन्दा बेहद प्रभावशाली व्यक्ति था। उसकी मृत्यु अप्रैल, 1932 को गाँव की देवी का उत्सव मनाए जाने की रात को हो गई। नन्दा और पोयामी पांडा की शादी एक ही घर की दो बहनों से हुई। वे दोनों अपने बूढ़े ससुर के घर पर ही रहते थे। कुछ समय पहले से ही पांडा को शक हो गया था कि नन्दा का उसकी पत्नी हिरमा के साथ नाजायज सम्बन्ध है। वह बेवकूफों की तरह अपनी पत्नी को अपने भाई, जो बेहद अच्छे व्यक्तित्व का मालिक था, के पास छोड़कर चाय-बागान में काम करने चला जाता था। जब वापस आता तो हमेशा पत्नी से पूछता कि क्या उसने नन्दा के साथ सम्बन्ध बनाए हैं, और उसे गाँव छोड़ने के लिए कहता। उसकी पत्नी ऐसा करने से इनकार कर देती।

गोडेल कुल्हाड़ी

यह कहना बहुत मुश्किल है कि त्योहार की रात सचमुच क्या हुआ था, क्योंकि सभी ने शराब पी रखी थी। इस घटना की कई व्याख्याएँ की गईं। ऐसा हुआ होगा कि पांडा ने शाम को पत्नी को आँगन में खड़े देखकर उसे थप्पड़ मारा होगा। शायद

उसे शक हुआ हो कि वह वहाँ से अपने प्रेमी को देख रही है। नन्दा ने जब यह सब देखा होगा तो पांडा को कहा होगा कि वह अपनी पत्नी को न मारे, नहीं तो उसकी गोद में जो बच्चा है वह गिर जाएगा। थोड़ी देर बाद ही पांडा ने बाँस का कोमल व पतला टुकड़ा काटना चाहा जिसमें वह तम्बाकू पीता। उसने बाँस को गलत जगह से काटा। इस पर नन्दा ने उसे वैसे काटने को मना किया। पांडा ने इस पर ध्यान नहीं दिया और पहले की तरह काटता रहा। तब नन्दा का संयम टूट गया, उसने उस पर गुस्साते हुए कहा कि वह बेहद झगड़ालू है और उसके साथ कोई नहीं रह सकता। उसने उसे सुझाव दिया कि वह दूसरे गाँव जाकर अपने भाई के साथ रहे। इस पर पांडा ने जवाब दिया कि नन्दा इसलिए उसे यहाँ से दूसरी जगह भेजना चाहता है कि उसका उसकी पत्नी से प्रेम चल रहा है।

इस समय झगड़ा शान्तिपूर्ण ही था और नन्दा अपने घर चला गया जो उसी आँगन के दूसरी तरफ था। हिरमा वहीं अपने पिता के घर में पत्तों का दोना बना रही थी। फिर रात हुई और हर कोई शराब पीकर धुत्त था। नन्दा चोरी छिपे हिरमा के कमरे में घुस गया और उससे लिपटने लगा। अचानक वहाँ पांडा आ गया। उसका कहना है कि दोनों उस समय यौन-क्रिया में लीन थे, वह अपना नियंत्रण खो बैठा और कुल्हाड़ी उठाकर अपने दुश्मन का खून कर दिया।

हेलमा गुंदा, हेलमा के कुल-देवता का कुल-पुजारी था। वह एक जाना-माना चिकित्सक भी था। हालाँकि उसे किन्हीं कारणों से समाज से बहिष्कृत कर दिया गया था, जिस पर हम अभी चर्चा करेंगे। बीजापुर तहसील के मारिया के बीच उसकी बहुत पहुँच थी।

उसे असहज और क्रूर व्यक्ति कहा जा सकता है। अपनी हत्या के लगभग एक साल पहले उसने अपने ही दो बेटों की बहुओं से नाजायज सम्बन्ध बना लिए थे। अपनी पत्नी और दोनों बेटों को घर से बाहर कर दिया था और खुलेआम अपनी दोनों बहुओं के साथ रह रहा था। उसने अपनी सम्पत्ति में से कुछ भी अपने बेटों को देने से इनकार कर दिया था और न ही अपनी पत्नी को खर्चा देता था। कबीले के नियम के अनुसार उसकी सम्पत्ति में से बराबर-बराबर भाग दोनों बेटों को मिलना चाहिए क्योंकि वे दोनों कोई काम नहीं कर रहे थे।

दोनों बेटों ने पंचायत में इसकी शिकायत की, पर उसके पिता की इतनी पहुँच थी कि गाँव का कोई व्यक्ति उसके खिलाफ बोलना नहीं चाहता था, और न ही उस पर कोई गम्भीर कार्रवाई की जा सकती थी। पर एक बात जरूर हुई, उसे समाज से बाहर कर दिया गया क्योंकि उसके अपनी ही बहुओं के साथ नाजायज सम्बन्ध थे। इससे भी बड़ा अपराध उसने यह किया था कि उसने घासिया जाति की एक औरत को अपने यहाँ रखा था।

मई, 1928 में उसका एक बेटा, हेमला मुंडरा, पिता के घर गया और सम्पत्ति में से कुछ उठाकर लाने की कोशिश की। उस समय वह नाकाम रहा, पर हत्या वाले दिन

वह दोपहर को फिर गया और परिवार के पशुधन में से दो गायों को ले जाने लगा। उसके पिता ने उसकी चोरी पकड़ ली। वह उसे गाली देने लगा। तंग आकर बेटे ने लाठी से पिता के मुँह पर मारा। इससे उसका जबड़ा टूट गया। गुंदा बेटे की शिकायत करने पुलिस के पास जाने लगा। उसका बेटा सम्पत्ति और पत्नी दोनों पिता द्वारा छीन लिए जाने से बेहद क्षुब्ध था, और अब जब उसने देखा कि पुलिस से शिकायत कर देने पर उसकी स्वतन्त्रता भी छिन जाएगी, उसने उसे मारने का निश्चय कर लिया। रास्ते में ही उसने गुंदा को घेर लिया और लाठी से उसकी खोपड़ी पर इतनी जोर से मारा कि वह वहीं ढेर हो गया।

इस हत्या को सभी मारिया ने उचित ठहराया और सारी घटनाओं की पुलिस को ऐसी रिपोर्ट दी कि लगे कि गुंदा चेचक से मर गया है। यह केस शायद ही पुलिस की नजर में आता यदि एक कैदी अपनी सजा घटाने के लिए इस घटना का भंडाफोड़ न करता। ग्रिगसन, जिन्होंने मामले की जाँच की, उन्होंने अपराधी को एक महीने की कैद की सजा सुनाई।[1]

अवांछित या नाजायज गर्भ के कारण हत्या की घटनाएँ बहुत कम देखने को मिलती हैं क्योंकि मारिया में उच्च घरेलू नैतिकता पाई जाती है। यदि कभी कोई कुँवारी लड़की गर्भवती हो भी जाती है तो उसकी शादी तुरन्त कर दी जाती है ताकि बच्चा जायज हो जाए। लेकिन एक ऐसी घटना हुई जिसमें एक व्यक्ति ने अपनी गर्भवती प्रेमिका की जान ले ली। मेस नाम की युवती को उसका पति छोड़कर चाय बागान में काम करने चला गया था। वह अपने तीन बच्चों के साथ अकेली रहती थी। उसे अपने पति का कोई सहारा नहीं था। वह कुली का काम कर अपना और अपने बच्चों का पेट भरती थी। मगर जल्द ही पोरियामी हिरमा को उससे प्यार हो गया। वह अक्सर उसके घर आने लगा, पर उसने कभी उसे पत्नी का दर्जा नहीं दिया। एक दिन वह गर्भवती हो गई। पंचायत बुलाई गई ताकि समस्या का समाधान हो। बड़े-बुजुर्गों ने मेस के पति को

---

1. ऐसा ही एक अन्य प्रकरण सन् 1940 में बस्तर राज्य के उत्तर से प्रकाश में आया था। एक मुड़िया लड़का कन्डे ने पुपगाँव के समीप अपने पिता की हत्या कर दी थी। पिता ने कन्डे की पहली पत्नी के साथ दुराचार किया था तथा लड़की को शुद्ध करने की संस्कार विधि भी निष्पादित की गई थी। परन्तु जब कन्डे दूसरी पत्नी ले आया तो उसके पिता ने उसे भी अपनी हबस का शिकार बनाने की कोशिश की जिससे हिंसक झड़प हो गई। दरअसल पिता ने पुत्र से शिकायत की कि मेरी बात पर लड़की प्रतिउत्तर नहीं देती है तथा अपने पुत्र को मारा और बदले में लड़के ने पिता की हत्या कर दी। कोई साल भर बाद जब मैंने जेल में उस युवक हत्यारे को देखा तो उसके चेहरे पर चढ़ी गहरी निराशा—जेल में बन्द अनेक स्थायी बन्दियों के हाव-भाव से बिलकुल विपरीत थी। गाँव वालों ने इस हत्या की घटना को दबा लिया था। पाँच माह बाद संयोग से इस घटना का पता चला तथा गाँव वाले पुलिस की मदद पहुँचाने में कतरा रहे थे। निश्चित रूप से मुन्दरा प्रकरण की तरह गाँव वाले इस हत्या को भी उचित मान रहे थे। परन्तु कन्डे इतना सौभाग्यशाली नहीं था कि उसे भी मुंदरा की तरह मात्र एक माह का कारावास मिलता। उसे पाँच वर्ष की सजा सुनाई गई। बाद में यह सजा कम हो कर तीन वर्ष की हो गई तथा 1943 में उसे रिहाई मिली।

सूचित करने का फैसला किया, साथ ही पति के बड़े भाई को भी बुलाया गया। भाई कभी अपराधी रह चुका था और स्वभाव से उग्र था। उससे मेस बहुत डरती थी।

मंगलवार, 21 फरवरी, 1933 को एकदम सुबह ही मेस अपने तीनों बच्चों को घर पर छोड़कर हिरमा को सारी बात बताने गई। उसे डर था कि उसके पति का बड़ा भाई दिन में आएगा और उसे खूब पीटेगा। उसने हिरमा को कहा कि दोनों को गाँव से भाग जाना चाहिए। हिरमा मान गया। वे दोनों गाँव से भागकर जंगल में छुप गए। वे दोनों इमली के पेड़ के नीचे बैठ गए। मौसम बहुत ठंडा था इसलिए उन्होंने आग जला ली और बैठकर बातें करने लगे। मेस बहुत दुखी और घबराई हुई थी। वह रो रही थी। उसने खुद को जान से मार लेने की धमकी भी दी। हिरमा ने उसे अपने साथ आकर रहने के लिए कहा और वादा किया कि वह उसे और उसके बच्चों को अच्छे से रखेगा। मगर वह लड़की तो घबड़ाहट और बेचैनी में अपना मानसिक सन्तुलन ही खो बैठी थी। उसने हिरमा को डाँट दिया कि वह न तो उसके घर जाएगी और न ही कहीं और उसने उस पर इलजाम लगाया कि इसी के कारण वह मुसीबत में पड़ गई है। हिरमा गुस्सा गया और उसने उसके पेट और गुप्तांग पर जोर से लात मारी। मेस का गर्भ तीन महीने का था। गर्भ गिरने से उसकी मौत हो गई। सम्भवतः हिरमा ने लात इसलिए मारी थी ताकि मेस अपने होश में में आ जाए पर उलटा हुआ।

II

बेवफाई के कारण आत्महत्या के मामले बेहद कम पाए गए हैं। कोसलनर की एक लड़की थी, करी। एक दिन वह कड़ती पांडु की पत्नी बनने के लिए जबरदस्ती उसके घर में घुस गई। पांडु को उसे अपनी बीवी मानना पड़ा। पाँच महीने के बाद उनमें झगड़ा होने लगा। करी वहाँ से निकलकर दूसरे गाँव, फारसपाल चली गई, वहाँ भी एक दूसरे आदमी के साथ उसने वही सब दोहराया। पांडु ने उसे घर चलने को कहा पर उसने इनकार कर दिया। पांडु उसे पीटते हुए जबरदस्ती घर लाया। दूसरे दिन वह लड़की घर से गायब हो गई। खोज करने पर उसे महुआ के पेड़ से लटका हुआ पाया गया।

बरसी कोंडा ने अपने परिवार में किसी लड़की के बदलचन होने पर जो प्रतिक्रिया दी, वह बिलकुल अलग हटकर है। उसकी जब्बो नाम की इकलौती लड़की थी। वह असंयमी (स्वच्छन्द सम्भोग की) प्रकृति की थी। सबसे पहले उसकी शादी सामगिरी के एक आदमी से हुई। फिर वह गोंगपाल के एक व्यक्ति के पास चली गई। उसको छोड़कर फिर उसने मोलसनर के एक व्यक्ति से सम्बन्ध बनाया। वहाँ से वह पालनर में एक आदमी के पास गई। 1937 में वह पालनर वाले पति को छोड़कर रेवली के कवासी कोसा के पास चली गई। खीरे, ककड़ी तथा कद्दू आदि की गई फसलों के आने पर जो त्योहार मनाया जाता है, उस अवसर पर वह अपने पिता के घर नकुलनर आई। तीन दिन के बाद उसका पिता उसे पहुँचाने रेवाली गया। रेवाली थोड़ा बदनाम गाँव है। जब कोंडा

(ब) मारवी मासा का स्मृति स्तंभ जिसमें उसे एक सिराहा के रूप में अपने आसन पर बैठे दिखाया गया है।

(अ) एक हत्यारे का स्मारक—जबेली में ओयामी मारवी मासा की स्मृति में रखा गया लकड़ी का हथौड़ा।

(अ) अपनी छोटी पत्नी की हत्या के स्थल पर ओयामी मासा अपने परिवार के साथ

(ब) पोन्डेम में एक शंकास्पद हत्या प्रकरण में विवेचना करते अधिकारी

वहाँ पहुँचा तो कई लोगों ने उससे उसकी बेटी के स्वच्छन्द आचरण की शिकायत की। गुस्से और दुख से भरा वह घर आया। घर पर उसने अपनी पत्नी को सारी बातें बताईं, फिर खूब जमकर शराब पी खाना खाते समय किसी बात पर उसने अपनी पत्नी का केश पकड़कर खूब पीटा। वह भागकर पड़ोसी के घर चली गई। फिर कोंडा ने अपनी ढोलक निकाली और इसे बजाते हुए सारी रात नाचता रहा। जैसे ही पहले मुर्गे ने बाँग दी, उसने घर के अन्दर जाकर फाँसी लगाकर आत्महत्या कर ली।

अध्याय : सात

हत्या का कारण : छुटकारा पाने की इच्छा

I

अवरोधक बनने वाले व्यक्ति की हत्या जैसे मामलों की टेनीसन जेसी ने विस्तृत व्याख्या की है। इस श्रेणी में वह प्रेमी आता है जो तंग करनेवाले साथी की हत्या कर देता है, जैसा जेनी वेस और उसके प्रेमी रोक्स ने किया। उन्होंने ब्लैकमेल करनेवाले प्रेमी की हत्या कर दी। पति या पत्नी जलन में अपने दुश्मन का खून कर देते हैं। इसी तरह कुछ धन पाने के लिए किए जा रहे काम में किसी के अड़ंगा लगा देने पर उसकी हत्या कर दी जाती है। ब्लैकमेलर की हत्या छुटकारा पाने के लिए की जानेवाली हत्या की श्रेणी में आती है। इसी तरह यदि किसी घर में डकैती करते समय डाकू के काम में अड़ंगा लगाने वाले घर के स्वामी की डाकू द्वारा हत्या कर दी जाती है तो यह भी उसी श्रेणी में आता है। वेनराइट द्वारा हैरीयट लेन की हत्या इस तरह की हत्या का सर्वोत्तम उदाहरण है। हैरीयट लेन वेनराइट की रखैल थी। पहले तो वेनराइट ने इस सम्बन्ध का मजा लूटा, पर जब ऊब गया तो अपनी इज्जत बचाने के लिए उस औरत को अपने रास्ते से हटा दिया।[1]

इस तरह के अपराध बस्तर में प्रायः देखने को नहीं मिलते। हाँ, कुछ मामले हैं जो इस श्रेणी में आते हैं। डर से प्रेरित होकर दो हत्याएँ हुईं। दो व्यक्तियों ने हत्या तब की जब उनकी सुरक्षा में कोई बाधक बना। जिस साल सूखा पड़ा, छः मारिया ने मिलकर एक जगह डकैती की। जब उन छः में से दो को पकड़ लिया गया तो अन्य चारों ने डर से उन दोनों की हत्या कर दी कि कहीं वे उनका नाम भी खोल न दें।[2] दूसरे मामले में, दो व्यक्ति गाय की चोरी के बारे में कुकोंडा पुलिस स्टेशन में रिपोर्ट दर्ज करने जा रहे थे। चोरों ने पकड़े जाने के डर से, रास्ते में ही उनकी हत्या कर दी। इसीलिए चोरी के ऐसे मामलों में हमेशा कोशिश की गई है कि गाँव के अन्दर ही कबीले के बुजुर्गों द्वारा उन्हें सुलझा लिया जाए। 1923 की बात है, एक नवयुवक मारिया लोहार ने मरकामी हांडा की हत्या कर दी। हांडा की दो बीवियाँ थीं। छोटीवाली का नाम बंडी

1. टेनीसन जेसी–पृष्ठ 14।
2. प्रकरण संख्या 30।

था। बंडी अपने पड़ोसी के खेत पर मजदूरी करनेवाले एक आकर्षक युवक, मासा से प्यार करने लगी। हांडा अपनी पत्नी को धमकाता था कि वह उस युवक से अपनी दोस्ती तोड़ ले, नहीं तो वह उसकी हत्या कर देगा। एक दिन वे दोनों भाग गए। जबकि इनके प्रेम-सम्बन्धों को खत्म करने के लिए हांडा अपना सारा घर दूसरे गाँव ले गया था, पर कोई फायदा नहीं हुआ। बंडी को अपने प्रेमी की जान की बेहद परवाह थी। जब उसने सुना कि हांडा उसे बुरी तरह खोज रहा है, उसने मासा को उस खतरे के बारे में बताया। मासा ने मन ही मन अपने रास्ते के काँटे, हांडा को मार डालने की योजना बना डाली ताकि वह बंडी के साथ चैन से रह सके। चार दिन तक वे जंगल में मौज करते रहे, फिर वे दोनों रात के अँधेरे में छिपकर हांडा के घर गए। वहाँ वे दोनों अहाते से बाहर के एक पेड़ पर चढ़कर छुप गए। सबके सोने तक वे बैठे रहे। लगभग आधी रात को मासा घर में घुसा। उसने बाँस का दरवाजा खोला और वहीं नीचे सो रहे हांडा की हत्या कर दी। मासा ने सोचा था कि ऐसा कर वह चुपचाप निकल जाएगा, पर तभी हांडा की बड़ी पत्नी की नींद खुल गई। उसने चाँदनी रात में मासा को अच्छी तरह पहचान लिया। अगले ही दिन गाँववालों ने उसे पकड़ लिया, फिर उसे फाँसी हो गई। लेकिन बंडी चूँकि 18 साल की ही थी इसलिए उसे छोड़ दिया गया।

जहाँ तक मुझे लगता है कि यह छुटकारा पाने के लिए की जानेवाली हत्या का बढ़िया उदाहरण है। यहाँ हत्या के पीछे एक ही उद्देश्य या कारण था, बंडी के पति का भय। इसमें और कई यूरोपीय अपराधों में एक ही फर्क है कि सभ्य लोग अपनी सुविधा में बाधक पति या पत्नी को पहले अपने रास्ते से हटाते हैं।

II

जहर देकर हत्या

मारवी बोटी और उसके बड़े भाई की पत्नी और प्रेमिका मेस, दोनों ने मिलकर अपने रास्ते के कांटे मारवी बोदोदी को बेहद सभ्य तरीके से खत्म कर दिया। मेस और बोदोदी दोनों पहले से शादीशुदा थे। मेस का पहला पति पाँच बच्चों के साथ मेस को छोड़कर मर गया। इनमें से सबसे बड़ी बेटी डल्लो की शादी हत्या के तीन साल पहले ही हो गई थी। बोदोदी भी विधुर था। पहली पत्नी से उसके पाँच बच्चे थे जिनमें से सबसे छोटावाला 12 साल का था और अपने पिता के साथ ही रहता था। दोनों अकेले थे। दोनों ने मिलकर शादी कर ली। वे कुछ दिन तक मेस के मावोलीवाटा वाले घर में रहे, फिर अप्रैल 1940 में वे सिरीसगुदा चले गए। वहाँ उन लोगों की आवोभगत बोदोदी के छोटे भाई बोटी ने की। वे लोग कुछ दिन बोटी के यहाँ रहकर बगल में ही एक झोंपड़ी बनाकर उसमें चले गए।

बोदोदी सिराहा का काम करता था, पर इससे उसे कुछ खास आमदनी नहीं होती थी। मेस बड़े सपने देखनेवाली अच्छे व्यक्तित्व की महिला थी। उसे अपने जीवन से

ढेर सारी आशाएँ व अपेक्षाएँ थीं। वह अपने पति से निराश हो चुकी थी क्योंकि वह इतना भी नहीं कमा पाता था कि घर और बच्चों की परवरिश ठीक से हो सके। वह बोटी की ओर आकर्षित होने लगी। दोनों के बीच प्रेम-सम्बन्ध पनपने लगे। कबीलों के रिवाज में इस तरह के रिश्ते को लोग गम्भीरता से नहीं लेते और माफ कर देते हैं।

बोदोदी अपने सिराहा के काम से अक्सर घर से बाहर रहता था। उसे अपने मरीजों को देखने इधर-उधर जाना पड़ता था। उसकी अनुपस्थिति में मेस और बोटी स्वतन्त्रतापूर्वक अपना प्रेम सम्बन्ध चला रहे थे। आशा के विपरीत बोदोदी एक रात अपने घर आया, पर बोटी घर पर नहीं था। मेस का दामाद, डल्लो का पति, गगरू साल के प्रथम फल के लिए मनाए जानेवाले उत्सव के लिए उनके घर पर आया था। बोदोदी ने उससे मेस के बारे में पूछा। उसने बताया कि वह कहीं चावल की शराब पीने गई है। बोदोदी उसे ढूँढ़ने निकल पड़ा, पर निराश होकर लौट आया। फिर उसने गगरू को ढूँढ़ने के लिए भेजा। गगरू ने बोटी और मेस को मकई के खेत से बाहर आते देखा। मेस ने गगरू से विनती की कि वह इस बारे में किसी को कुछ न बताये और सीधे बोटी के घर चली गई। गगरू ने जाकर बोदोदी को सारी बात बता दी। फिर तो दोनों पति-पत्नी में खूब झगड़ा हुआ।

बोदोदी के घर जो मरीज अपना इलाज करवाने आते थे उन्होंने बताया कि बोदोदी और उसकी पत्नी आपस में किस तरह लड़ते थे। एक दिन मेस ने अपने पति को कुछ नहीं कमाने का ताना दिया तो उसने मेस को थप्पड़ लगाया। मेस ने जलती लकड़ी उठाकर उसे मारना चाहा, तब बोदोदी भागकर बोटी के घर में जा छिपा। इस झगड़े के एक सप्ताह बाद, मेस ने फिर से सिराहा के काम के कारण इधर-उधर भटकने पर गाली दी और कुछ मुनाफावाला काम करने को कहा ताकि बच्चों की परवरिश ठीक से हो सके। बोदोदी ने फिर मेस को पीटा जिसके बाद वह अपनी बेटी डल्लो के पास कुरींगा चली गई। इस दौरान उसने अपनी बेटी को बताया कि वह कितनी दुखी है, और बोटी ने उसे जहर देने का निश्चय किया है, ताकि दोनों उससे छुटकारा पा सके। उसने यह भी कहा कि बोटी ने उससे शादी करने और उसके बच्चों की परवरिश करने का वादा किया है। डल्लो ने विनती की कि वह ऐसा कुछ न करे। मेस के घर लौटने के कुछ दिन बाद डल्लो स्थिति का जायजा लेने सिरिसगुदा आई। बोदोदी घर पर नहीं था। वह माँ के ही साथ रात में सोई। रात में उस अधेड़ महिला से कोई मिलने आया, पूछने पर मेस ने स्वीकार किया कि वह बोटी ही था। डल्लो के एक सप्ताह के आवास के दौरान बोटी तीन बार अपने प्रेमी से मिली।

कुछ दिन बाद बोटी मेस को कनेर के बीज लाकर देता है और उन्हें पीसकर सब्जी के साथ अपने पति को खिलाने के लिए कहता है। यह सब उसने बड़ी ही मूर्खतापूर्वक मेस की 6 साल की छोटी लड़की के सामने ही कहा। मेस ने पत्थर पर बीज पीसे और पत्ते के दोने में लपेटकर छप्पर में खोंस दिए। बोटी ने कहा कि इस बीज को सूअर को खिलाने से तो वह मर जाता है पर इंसान पर इसका कितना असर होगा उसे नहीं

पता। चूँकि इस बीज का स्वाद कड़वा था इसलिए बोटी ने सलाह दी कि इसे वह करेले की सब्जी के साथ पकाए।

योजना के मुताबिक शनिवार, 28 सितम्बर 1940 को मेस ने मशरूम और करेले की मिश्रित सब्जी और चावल बनाया। जब बोदोदी खाना खाने आया तो मेस ने उसे, उसके बेटे हुंगा और अपनी छः साल की छोटी बेटी को एक साथ खाना परोसा। सब्जी तीन कटोरी में निकाली और बोटीवाली कटोरी में उसने सबसे नजर बचाकर पीसा हुआ कनेर का बीज डाल दिया। खाते समय बोदोदी को सब्जी बहुत कड़वी लग रही थी, इसलिए उसने अपनी सब्जी में से कुछ अपने बेटे को दे दिया। थोड़ी ही देर बाद उन दोनों को उलटी और दस्त होने लगा। उन्हें लग रहा था कि उनका लीवर कोई टुकड़े-टुकड़े कर रहा हो। एक मरीज उस समय घर पर ही था। उसे बोदोदी ने बुलाकर कहा कि उसे किसी ने जहर दे दिया है और वह मरनेवाला है। वह लड़खड़ाते हुए बोटी के घर गया और यही सब कहा। सारी रात दोनों बाप-बेटे दर्द से जमीन पर लोटते और कराहते रहे। सुबह लगभग 8 बजे बोदोदी की मृत्यु हो गई और हुंगा दोपहर को खत्म हो गया।

कोतवाल को खबर हुई तो वह उल्टी के कुछ अंश को जाँच के लिए लेकर बोटी और दूसरे लोगों के साथ जगदलपुर स्टेशन पहुँचा। उस समय बोटी का व्यवहार अजीब था। उसने पुलिस को बताया कि बोदोदी रात को उल्टी करता और दर्द से छटपटाता हुआ उसके घर आया और कहने लगा कि उसकी पत्नी ने करेला और मशरूम बनाया था। उसे वह कड़वा लगा। उसे खाने के तुरन्त बाद से ही उल्टियाँ होने लगीं। अचानक पुलिस सिरिसगुदा पहुँची। दोषी जल्दी ही उसके आगे टूट गए और उन्होंने अपना अपराध कबूल लिया। सब-इंस्पेक्टर ने खाना बनानेवाले सारे बर्तन, पत्थर, पत्तों का दोना, चम्मच, जिससे जहर तैयार किया गया था, को अपनी हिरासत में ले लिया और बोटी और मेस को भी गिरफ्तार कर लिया।

कनेर के बीज का कण मृतक के पेट में पाया गया। साथ ही पत्थर पर, लकड़ी की चम्मच पर तथा पत्ते के दोने में भी बीज का चूर्ण लगा पाया गया। पहली बार जगदलपुर के तहसीलदार के सामने दोनों ने अपना सारा अपराध कबूल लिया, पर बाद में कोर्ट में बोटी अपने बयान से मुकर गया। उसने इस बात से साफ इनकार कर दिया कि उसने अपनी प्रेमिका को किसी तरह का बीज दिया था। उसने कहा कि पुलिस ने उसे मार-पीटकर जबरदस्ती जहर देने की बात कबूल करवाई है, पर मेस अपने बयान पर कायम रही। उसने बताया कि बोटी उसका प्रेमी है जिसके कारण वह गर्भवती हुई। बोदोदी उससे हमेशा बुरा बर्ताव करता था इसलिए बोटी ने उसे बीज लाकर दिया था। और यह भी बताया कि बोटी ने उससे वादा किया था कि वह उसे पति के मरने के बाद अपनी पत्नी बनाकर रखेगा। कोर्ट में मेस की अपनी बेटी डल्लो और गगरू ने गवाही दी। यहाँ तक कि उसकी छोटी बेटी नन्दी ने भी बताया कि किस तरह उसके सामने ही बोटी ने उसकी माँ को बीज लाकर दिया था। शायद मेस के इन सारे नजदीकी

रिश्तेदारों को कहा गया था कि यदि वे सच्चाई नहीं बताएँगे तो उन्हें भी गिरफ्तार कर लिया जाएगा।

मेस ने यह भी कहा कि हुंगा को मारने का उसका कोई इरादा नहीं था और इस बात का कोई सबूत भी नहीं है, क्योंकि उसकी मृत्यु से मेस के किसी स्वार्थ की पूर्ति नहीं हो सकती थी। उसने खुद कबूल किया कि सिर्फ एक कटोरी में ही उसने जहर मिलाया था, और बोदोदी ने खुद उस जहरीली सब्जी में से अपने बच्चे को दी और अनजाने में उसे मौत दे दी।

यह भी निरर्थक अपराध रहा। मेस और बोटी ने थोड़ी भी सावधानी नहीं बरती। बोटी ने मेस के साथ मिलकर उसकी बेटी की उपस्थिति में ही सारी योजना बनाई। उसने यह भी नहीं सोचा कि वह बच्ची उनके अपराध की गवाही दे सकती है। मेस के पास पत्थर और चम्मच साफ करने और पत्ते का दोना जलाकर नष्ट करने का बहुत समय था, पर उसने लापरवाही बरती। जहर भी तब दिया गया जब घर में बहुत सारे लोग मौजूद थे। बोटी को पुलिस के पास जाने की क्या जरूरत पड़ी थी ? इसके अलावा उसने अपनी प्रेमिका के भी खिलाफ पुलिस को बयान दिया। बाधक पति को रास्ते से हटाने के चक्कर में वे खुद भी मौत के मुँह में चले गए।

अध्याय : आठ

हत्या का कारण : सम्पत्ति सम्बन्धी विवाद

I

यूरोप में और उन सारी जगहों पर, जहाँ आधुनिक सभ्यता का विकास हुआ है, हत्या के अधिकांश मामलों में कारण सम्पत्ति रही है। मारिया में भी सम्पत्ति के झगड़ों के कारण हिंसा की कई घटनाएँ हुई हैं।

अगर मारिया की जायदाद या धन के बारे में बात की जाए तो कह सकते हैं कि उनके पास धन ही कितना है। सम्पत्ति के नाम पर मिट्टी के झोंपड़े या फूस के छप्पर वाला घर, बीमार-दुर्बल पशु, जमीन, जो अन्ततः सरकार की सम्पत्ति है, कहीं पर गड़े हुए कुछ मुट्ठी भर रुपए, कुछ कटार और कुल्हाड़ी, कुछ बर्तन और कुछ अनाज के ढेर। जब कोई व्यक्ति मरता है तो शायद ही उत्तराधिकार का हक पाने के लिए लड़ाई होती है क्योंकि उस व्यक्ति की कब्र में कुछ बहुमूल्य चीजें गाड़ देने के बाद शायद ही कुछ बचता है जिसे बाँटा जा सके। मगर उत्तराधिकार के कुछ नियम इनके समाज में मौजूद हैं। पिता की मृत्यु के बाद उसके द्वारा पीछे छोड़े गए खेत पर उसके बेटे, भाई और भाई के बेटे का संयुक्त अधिकार होता है। उसकी विधवा या बेटी को सामान्यतः सम्पत्ति पर कोई हक नहीं होता है। हालाँकि कुछ ऐसे उदाहरण मौजूद हैं जब विधवा मजबूत व्यक्तित्व की होती है और अपने पति की सम्पत्ति को किसी को भी देने से इनकार कर देती है।

ज्यादातर झगड़े घर के मुखिया के जीवित रहने पर ही घर के सामान के बँटवारे को लेकर होते हैं। परम्परा की बात करें तो घर के मुखिया के जीवित रहते सम्पत्ति के बँटवारे का रिवाज नहीं रहा है। पर अब अक्सर बड़ा बेटा भूमि या पशुओं में से अपना हिस्सा चाहता है ताकि अपना अलग घर बसा सके। यहाँ पर सम्पत्ति के ऐसे बँटवारे को मान्यता प्राप्त है और जो छोटा बेटा घर पर रह जाता है, बची-खुची सम्पत्ति पर उसका मालिकाना हक माना जाता है। सम्पत्ति के लिए की जानेवाली हत्याओं को साधारणतः कुछ पाने की श्रेणी में नहीं रखा जा सकता है। इससे सम्बन्धित हत्याएँ ज्यादातर कुछ पाने की बजाय क्रोध और बदले के लिए होती हैं। कई मामलों में हत्यारे द्वारा किसी से अपनी रक्षा करने के लिए हत्या की गई है जो उसके हिस्से की सम्पत्ति

या भूमि को हड़पना चाहता था। मारवी चूली मारवी बूटी का बड़ा भाई था। कुछ दिन तक वे अलग-अलग गाँव में रहते थे। दुर्घटना के दो साल पहले चूली बड़ा गुदरा में रह रहे अपने बड़े भाई के गाँव आया और उसी के घर के पास रहने लगा। उन्होंने अपने भाई के दो खेत और दो तालाब पर अपना काम शुरू किया। चूली ने खेती की और किराए के रूप में दो रुपए देने लगा। बूटी ने इस रुपए को खर्च कर दिया और जब दूसरी बार पैसा लेने की बारी आई तो उसने चार रुपए ले लिए। इसके अगले साल बूटी ने चूली को अपना खेत देने से साफ इनकार कर दिया। पर चूली ने विरोध करते हुए कहा कि उसने इस साल का किराया तो पहले ही दे दिया है। वास्तव में उसने छः रुपए किराए में दिए और सिर्फ एक साल ही खेत का इस्तेमाल किया। उसने बूटी के मना करने के बावजूद जमीन जोती और बीज बो दिए। बूटी ने अपने दूसरे भाई को वह खेत और तालाब दे दिए, पर फिर भी चूली ने जमीन और तालाब नहीं छोड़े। तंग आकर बूटी ने चेतावनी दी कि वह सारे जानवरों को लाकर चूली के खेत में छोड़ देगा जिससे वे उसकी सारी फसल खा जाएँगे। अब चूली को लगा कि झगड़ा करना व्यर्थ है और उसने उस गाँव को छोड़कर दूसरे गाँव जाने का फैसला कर लिया। उसने दूसरे गाँव में घर बना लिया। जब बारिश शुरू हुई तो वह वापस पहले गाँव अपना सारा सामान लेने आया। जब वह अपने पुराने घर पर पहुँचा तो पाया कि उसके केले का एक पेड़ कटा पड़ा था। उसे पता चला कि बूटी ने यह कहते हुए पेड़ काट डाला है कि इसी तरह एक दिन वह चूली को भी काट देगा। जब वह अपने मकान में महुआ के बीज रख रहा था, एक व्यक्ति ने दौड़ते हुए आकर बताया कि बूटी हाथ में कटार लेकर उसे मारने आ रहा है। चूली ने भी कुल्हाड़ी उठाकर दुश्मन का सामना किया। यह देखकर बूटी भागने लगा पर चूली ने उसका पीछा किया और पकड़कर उसे मार डाला।

यहाँ भले सम्पत्ति के लिए झगड़ा हुआ हो, पर यह बात साफ है कि चूली ने हत्या सिर्फ सम्पत्ति के लिए नहीं की थी। उसने तो झगड़े से बचने के लिए जमीन पर अपना हक छोड़ दिया था और दूसरे गाँव चला गया था, जहाँ उसने नई जमीन लेने की योजना बनाई थी। मुझे लगता है कि सम्भवतः बूटी को मारने का उसका कोई इरादा नहीं था। पर जब वह अपने पुराने घर पहुँचा तो उसने अपना पेड़ कटा पाया। इस पर भी मामला खत्म नहीं हुआ, उसने देखा कि उसका दुश्मन हाथ में चाकू लिए उसे खत्म करने आ रहा है। डर और गुस्सा दोनों उस पर एक साथ हावी हो गए और वह अपने दुश्मन को मारने निकल पड़ा।

ऐसी ही एक और घटना घटी। दुधी भीमा और उसका चाचा मारवी देवा खेत के आमने-सामने रहते थे। दोनों मिलकर खेती करते थे। उस खेत का असली मालिक, आठ साल पहले ही अपने पिता की मृत्यु होने पर खेत छोड़कर गाँव से चला गया था। चार साल बाद देवा का पिता भी चल बसा और देवा भी बीमार हो गया। उसे भ्रम हो गया कि खेत पर बुरी शक्तियों का कब्जा हो गया है। थोड़े दिन में वह भी खेत छोड़ दूसरे

गाँव चला गया। चार साल तक भीमा नाम के आदमी ने असली मालिक सोरी मासा के लिए किराए पर खेत जोता। राजकीय नियमों के अनुसार भीमा ने जमीन पर मालिकाना हक का दावा किया क्योंकि उसने लम्बे समय तक खेत की सारी देखभाल की थी। अब वह असली मालिक बन गया। कुछ दिन सब कुछ ठीक-ठाक रहा, पर 1929 के लगभग मध्य में मारवी देवा को यह आभास हुआ कि खेत पर ऐसी किसी अलौकिक शक्ति का नियंत्रण नहीं है जैसा वह सोचता है, या उसने जमीन के दोष को दूर करने के लिए कुछ बलियाँ दी होंगी, पर वह अब गाँव लौट आया। उसने जमीन पर अपना दावा पेश किया। भीमा ने जमीन देने से इनकार कर दिया। 1930 की गर्मी और बरसात में उसने जमीन जोती, बीज बोए और फसल भी उगाई। जब फसल खेत से काट ली गई तब मारवी देवा ने जबरदस्ती खेती करने की ठानी। एक सुबह वह खेत को हल से जोतने लगा और बीज बोने की तैयारी करने लगा। उस समय तो उसका भतीजा कुछ नहीं बोला, पर उसी रात उसने आग के पास खाना खाकर बैठे हुए अपने चाचा को मार डाला।

इस मामले में कहा जा सकता है कि भीमा का अपराध जमीन के लिए था क्योंकि चाचा को अपने रास्ते से हटाने से खेत पर उसका एकमात्र अधिकार हो गया था। पर यहाँ यह भी दिखता है कि अपराध गुस्से और बदले की भावना से प्रेरित था। सबसे पहले तो हम देखें कि भूमि पर भीमा का कानूनी हक था, और यदि वह राजकीय न्यायालय में अपना दावा करता तो आराम से उसे खेत पर अपना अधिकार वापस मिल जाता। दूसरे उसने अपने चाचा की हत्या खुलेआम की और उसने सुकमा के जमींदार के सामने कबूल भी किया कि जिस जमीन के लिए उसने अपराध किया है उसका सुख भी वह भोग नहीं सकेगा। वह अपने चाचा के असामाजिक व्यवहार से उत्तेजित हो उठा था। अपनी नाराजगी व्यक्त करने का उसने बेहद हिंसक रास्ता अपनाया।

मारवी खोटला के केस में विवाद जमीन के बँटवारे को लेकर पैदा हुआ। माँझी बिज्जा के मरने के बाद उसकी सारी सम्पत्ति, जमीन और पशुओं पर उसके दोनों बेटे बन्दी और खोटला का हक हो गया। हत्या के समय बन्दी की उम्र 60 वर्ष थी और उसे उत्तराधिकार में पिता की जगह गाँव के मुखिया या पेदा के रूप में अधिकार मिल गया था। परिवार में जितना पशुधन था, जिस पर दोनों बेटों का संयुक्त अधिकार होना चाहिए था, वह हकीकत में बन्दी के नियंत्रण में था, इसलिए छोटा बेटा अपना हिस्सा अलग चाहता था। पर बन्दी और उसकी शादी चूँकि एक ही घर की दो बहनों से हुई थी, इसलिए व्यवहारतः बन्दी को उस परिवार का पैतृक मुखिया माना जाता था। इसके अलावा बन्दी खुद बँटवारे की जरूरत नहीं समझता था। पर खोटला लगातार बड़े भाई को सम्पत्ति का बँटवारा करने के लिए तंग किया करता था। एक दिन तो हद हो गई। मानसून शुरू होते ही वह सूर्यास्त के बाद बन्दी के घर के सामने खड़ा हो गया और अपना हिस्सा माँगने लगा। हमेशा की तरह झगड़ा हुआ। फिर खोटला खाना खाने घर गया। भोजन के दौरान उसकी पत्नी, जो बन्दी की पत्नी की बहन भी थी, ने झगड़ा

करने से मना किया। पर भोजन करने के तुरन्त बाद वह फिर से बन्दी के घर जाकर बुरे तरीके से गाली-गलौच करने लगा। वह वहीं आग के पास बैठ गया और उस पर चिल्लाता रहा। बन्दी का गुस्सा भी धीरे-धीरे बढ़ने लगा। कहा जाता है कि उसने खोटला को जान से मारने की धमकी भी दी, फिर भी खोटला शान्त नहीं हुआ। थोड़ी देर बाद उसने कहा, 'मैं इस गाँव का पेदा हूँ, यदि तुम इसी तरह मुझे गाली देते रहोगे तो मैं तुम्हें पीटूँगा।' उसी समय खोटला की पत्नी ने भी उसे शान्त कराना चाहा और चलकर सोने को कहा। पर उसने परवाह नहीं की और गाली देता रहा। बन्दी चुपचाप बाहर आया और उसे मारकर बेहोश कर दिया। अगले दिन दोपहर के बाद वह मर गया। उसकी पत्नी ने परम्परागत तरीके से ढोल बजाकर सबको सूचना दी।

यहाँ यह बताना कठिन है कि बन्दी अपनी पारिवारिक सम्पत्ति पर कब्जा जमाए रखना चाहता था या नहीं। वह गाँव का पेदा था और अनुभवी व्यक्ति था। उसके पशुधन का बँटवारा होने से हो सकता है कि उसकी इज्जत पर आँच आती। पेदा होने के कारण उसे गाली देने की आदत थी, पर गाली सुनने की नहीं थी। उसे और साथ ही सारे गाँववालों को लगता था कि उसके छोटे भाई की माँग नाजायज है। टूटे हुए घमंड, अति क्रोध और सम्मान पर चोट ने उसे भयंकर बदला लेने पर मजबूर कर दिया।

कई बार झगड़े ऐसे कारणों पर उठ खड़े होते हैं जो बाहरी व्यक्तियों को बहुत मामूली लगे यद्यपि हमें कभी भी किसी भी आदिवासी की बातों का मूल्यांकन हमारे अपने दृष्टिकोण व स्तर से करने की भूल नहीं करना चाहिए। उदाहरण के लिए दो हत्याये सिर्फ मुर्गा के लिए की गई। एक तो उस मुर्गे के पीछे की गई जिसकी जरूरत एक बहनोई के सम्मान में दिए जाने वाले भोज के लिए थी और दूसरी बार मुर्गों की लड़ाई में काम में आने वाले मुर्गे के लिए।[1] एक अन्य प्रकरण में दो भाईयों के बीच झगड़ा एक ढोल को कब्जे में लेने के लिए हुआ था जो मात्र दो रुपए दस आने में बेचा गया था जिसमें से ढोल के असली मालिक को सिर्फ एक ही रुपया मिल पाया था।[2] एक अन्य प्रकरण में एक युवक ने अपने पिता की हत्या तम्बाकू की खेती पर उठे विवाद के कारण कर दी थी। लड़के के ऊपर 4/–रुपए का कर्ज था उसने अपने पिता से तम्बाकू की फसल देने को कहा ताकि वह उसे बेचकर खुद के लिए कपड़े खरीदना चाहता था। अचानक यह बहस में दोनों का पारा चढ़ गया। और जल्दी बाप कहने लगा कि उसका बेटा अपना कर्ज पटाने के लिए चाहे तो अपने बच्चों को बेच दें पर वो अपनी तम्बाकू की खेती को बाँटेगा नहीं। उसके इसे कड़े उत्तेजक कड़े वाक्य की कीमत उसे अपनी जान गंवा कर करनी पड़ी।[3]

1. कृपया प्रकरण संख्या 52 तथा 15 देखें।
2. प्रकरण संख्या 40।
3. प्रकरण संख्या 86।

II

आर्थिक कारणों से शायद ही किसी ने आत्महत्या की हो। दक्षिण अफ्रीका की बंटू जाति में भी ऐसा ही पाया गया है। लाश्चर के अनुसार–'भूख, लम्बा सूखा, पशुधन की बीमारी आत्महत्या के आम कारण रहे हैं, और ये सारी आत्महत्याएँ अधिकतम 30 वर्ष तक ही हुई हैं।'[1] सिर्फ बाइसन-हॉर्न मारिया, वेकू लख्मा आदि आदिवासियों ने कर्ज न चुका पाने की वजह से आत्महत्या कर ली। फिर वह कर्ज भी बहुत ज्यादा नहीं था। उसने कभी धान के मापक के रूप में 17 खंडी धान उधार लिया था। इस उधार के बदले वह ठाकुर के यहाँ कबरी के रूप में काम करने लगा। उसने एक साल काम किया और कमजोर व क्लान्त हो गया। ठाकुर ने उसके सुस्त पड़ जाने की वजह से उसे पीटा। अगले दिन लख्मा ने अपने मालिक के खेत में ही फाँसी लगा ली–सम्भवतः ऐसा उसने अपमान और बदला लेने, दोनों कारणों से किया।

अलमी माता की कहानी से हमें पता लगेगा कि बाइसन-हॉर्न मारिया अपनी परम्पराओं और पारम्परिक वेशभूषा से कितना लगाव रखते हैं। उस युवक को, जो लगभग 20 वर्ष का था, नृत्य का बेहद शौक था। कई वंश से चले आ रहे अपने बाइसन-हॉर्न मुकुट को वह बड़े जतन से रखता था। वह अपने बगल के गाँव की खुबसूरत लड़की से प्यार करता था और जब भी नृत्य समारोह होता था उसमें वे दोनों मिला करते थे। एक दिन उसने पाया कि उसके खूबसूरत सींग और पंख मुकुट से गायब हैं। वह बिना आभूषण और साज-बाज के नृत्य उत्सव में नहीं जाता था, इसलिए वह नहीं गया और न ही अपनी प्रेमिका से मिल सका। उसके दुख की अति तो तब हो गई जब उसके पिता ने उसे भला-बुरा कहा कि वह मेहनत से काम नहीं करता है। उसके लिए जीवन बिना संगीत, नृत्य और प्रेम के व्यर्थ था, इसलिए उसने अपना जीवन समाप्त कर लिया।

पोयामी कोसा नामक एक दूसरे मारिया ने सिर्फ कपड़े के लिए विवाद होने पर अपनी जान ले ली। वह दूसरे बच्चों के साथ घास काटने गया। वहाँ सभी ने अपने कपड़े उतारकर एक जगह एक साथ रख दिए। काम कर लौटने के बाद जब सब अपनी पोशाक पहनने लगे तो किसी दूसरे लड़के ने कोसा का कपड़ा ले लिया और कहा कि यह उसी का है। कोसा के लाख समझाने के बावजूद वह लड़का उसका कपड़ा लेकर चला गया। यह मामला बेहद मामूली लग सकता है पर मारिया जैसे गरीब लोगों के लिए कपड़े का खो जाना गम्भीर बात होती है और कपड़े के लिए झगड़ा जब हुआ तो कोसा का जबरदस्त अपमान भी हुआ। हानि और अपमान की दोनों भावनाएँ उस पर ऐसी सवार हुईं कि उसने खुद को फाँसी लगा ली।

---

1. लैब्शचर–पृष्ठ 290।

अध्याय : नौ

पारिवारिक जीवन के सम्बन्धों में अपराध

I

न सिर्फ आदिवासियों के लिए बल्कि भारत के हर निवासी के लिए पारिवारिक रिश्ते का मतलब पश्चिम के स्वतन्त्र और व्यक्तिवादी चरित्र के लोगों से ज्यादा महत्त्वपूर्ण होता है। लोग एक साथ रहते हैं, एक ही चीज को बाँटकर इस्तेमाल करते हैं। वे एक-दूसरे पर नियंत्रण रखते हैं और एक-दूसरे के बीच दखलअंदाजी करते हैं। अत्यधिक निकटता कभी-कभी दुर्भाग्य का कारण बनती है। इस तरह के खतरनाक रिश्तों के कारण होनेवाली घटनाओं को निम्न तालिका में दिखाया गया है।

तालिका संख्या-XVIII

100 मामलों में 107 पीड़ितों का ब्योरा		
पति द्वारा पत्नी की हत्या	–	18
पत्नी द्वारा पति की हत्या	–	3
दामाद द्वारा ससुर की हत्या	–	5
दामाद द्वारा सास की हत्या	–	3
माता-पिता द्वारा छोटे बच्चों की हत्या	–	6
भाई द्वारा भाई की हत्या	–	9
बेटे द्वारा पिता की हत्या	–	3
बेटे द्वारा माँ की हत्या	–	1
देवर द्वारा भाभी की हत्या	–	3
पिता द्वारा पुत्र की हत्या	–	1
अन्य हत्याएँ जिनमें गुट शामिल हैं	–	10

मारिया युवक और उसकी पत्नी के लिए विवाह का मतलब सिर्फ बच्चों को जन्म देना नहीं बल्कि जीवन-भर के लिए सच्चा साथ है। ये पति-पत्नी किसी भी अन्य भारतीय जोड़े की तुलना में अपना जीवन ज्यादा अच्छे तरीके से गुजारते हैं। वे खेतों में एक साथ

काम करते हैं। वे जंगल से लकड़ी लाने एक साथ जाते हैं। साथ खाते हैं, एक साथ बैठकर हड़िया (चावल की शराब) पीते हैं। यहाँ तक कि चिता जलाने में भी महिलाएँ पुरुषों के साथ जाती हैं और स्मृति खम्भों को खड़ा करने में मदद करती हैं। एक साथ वे बड़ी खुशी से रहते हैं और जो व्यक्ति उनके जीवन में विघ्न डालते हैं उन पर लानत है।

मर्द और औरत अपना जीवन सामान्यतः एक छोटी सी झोंपड़ी से शुरू करते हैं। परम्परा के अनुसार वे संयुक्त परिवार व्यवस्था में रहते हैं जहाँ वे परिवार के मुखिया, पिता या बड़े भाई के साथ रहते हैं। कभी-कभी तो परिवार इतना बड़ा होता है कि वह एक कुटुम्ब का रूप ले लेता है। ये गाँव का एक बड़ा हिस्सा घेर लेते हैं। कुटुम्ब के भीतर शादी करने की परम्परा उनके परिवार को एक बनाए रखती है।

एकता और खुशी में बँधे इन परिवारों की शान्ति कुछ बाहरी कारणों से बिगड़ने लगती है। एक–जैसा हमने पहले देखा, दो लोगों की खुशी पर तीसरे व्यक्ति की नजर, दूसरा–घर में पति के छोटे भाई की उपस्थिति, जहाँ भाई और उसकी भाभी के बीच स्वतन्त्र रिश्तों का जन्म होने लगता है। इसके बाद तीसरी, वह परम्परा जिसके अन्तर्गत विवाहित लड़की अपने माता-पिता के घर जाकर रहती है। इसके अलावा चौथा–पुरुष की अतृप्त कामनाएँ जो बहु-विवाह का रूप ले लेती हैं।

अगर इनकी वैवाहिक स्थिति की तुलना हिन्दू परिवारों से की जाए तो यह बड़ा रोचक होगा। हिन्दू विवाहों में पति और पत्नी के बीच उम्र के भारी अन्तर का असर रिश्ते पर दबाव डालता है जिससे मारिया जोड़े स्वतन्त्र होते हैं। यहाँ संयुक्त परिवार व्यवस्था परिवार के हर सदस्य की सहिष्णुता और बलिदान जैसे गुणों पर टिकी होती है। एक साथ एक परिवार में रहने से जिस धैर्य या सहिष्णुता का जन्म होता है वह व्यक्तिवाद के बढ़ने से खत्म हो रही है। पति-पत्नी और सास-ससुर तथा बहू के बीच उम्र का भारी अन्तर, शोषण और क्रूरता को बढ़ावा देता है। बाल-विवाह की प्रथा ने भी शोषण को मजबूती दी है। भारत के न्यायालयों में कम उम्र की बहुओं पर होनेवाले अत्याचार या शोषण के कई मामले अक्सर आते रहते हैं।

1929 में हैदराबाद की बात है कि एक हिन्दू बुनकर ने छोटी उम्र की लड़की के साथ शादी की। वह उसे बड़े से पत्थर से पशुओं की तरह रस्सी से बाँधकर रखता था ताकि वह भागने की बार-बार कोशिश न करे। अन्ततः वह मर गई। एक अन्य मामले में एक बाल वधू, जिसे जबरदस्ती उसके पति के घर ले जाया गया था, ससुराल से किसी तरह भाग निकली और कुएँ में कूदकर मर गई।[1]

II

पति और पत्नी

एक बड़ी ही दुखद घटना है वीको चमरू की। उसने अपने ही हाथों अपनी पत्नी और

1. हैकरवाल–पृष्ठ 35।

दो बच्चों की हत्या कर दी। बाद में उसे भी फाँसी हो गई। इस तरह एक सुखी परिवार का दर्दनाक अन्त हो गया। चमरू और उसकी पत्नी हिरमी के दो छोटे बच्चे थे। उनके एक दस साल की लड़की लखमी और छः साल का लड़का हांडो था। कुछ समय से उनके बीच सम्बन्ध ठीक नहीं चल रहा था। एक दिन चमरू ने अपनी पत्नी को धान कूटने को कहा ताकि दशहरे पर वह महाराजा को अपने हिस्से का चढ़ावा दे सके, लेकिन उसने इनकार कर दिया। फिर वह अपने बच्चों के लिए अलनर बाजार से कुछ मिठाइयाँ और सूखी मछली लाया। इसे जब वह अपनी बेटी को देने लगा तो उसकी पत्नी ने उसे उसके हाथ से छीनकर फेंक दिया। स्पष्ट था कि वह पति से एकदम चिढ़ी हुई थी। उसने उस रात खाना भी नहीं बनाया। उसका पति जब अपनी छोटी बेटी को लेकर नदी पर नहाने के लिए जाने लगा तो उसकी पत्नी ने बेटी को साथ जाने नहीं दिया। जब वह घर वापस लौटा तो पता चला कि हिरमी दोनों बच्चों के साथ घर छोड़कर चली गई है। वह अपने दोस्त के घर जाकर दो दिन रही। वहाँ उसने दोस्त को बताया कि उसे अपने पति से डर लगता है। फिर वह एक और दोस्त के यहाँ गई और दो दिन रही। अन्त में वह चमरू के चाचा के यहाँ गई। चाचा ने उसे समझाया कि वह घर जाए और पति से झगड़ा न करे। वह घर आई, पर घर से 100 गज दूर बैठकर चमरू पर चिल्लाती रही कि वह उसे छोड़ रही है। उस समय चमरू को पशुओं को लेने जाना था। जब वह वापस आया तो वह जा चुकी थी। कुछ दिनों के बाद चमरू ने अपने घर को एक लड़के के जिम्मे किया और अलनर बाजार गया। वहाँ उसने एक मित्र के साथ खूब दारू पी और शाम तक घर लौटने का नाम नहीं लिया। जब वे दोनों घर लौट रहे थे तो रास्ते में हिरमी और दोनों बच्चे मिले। चमरू ने डाँटते हुए पूछा कि वह अब तक कहाँ थी, फिर धमकी भी दी कि उसे जान से मार डालेगा। जब चौराहा आया तो चमरू का मित्र दूसरे रास्ते गया और चमरू अपने बीवी-बच्चों सहित घर के रास्ते आया। जब वे लोग घर पहुँचे तो वहाँ वह लड़का मौजूद था जिसके जिम्मे वह घर छोड़कर गया था। उसकी मौजूदगी में ही चमरू ने कुल्हाड़ी के पिछले सिरे से, अपनी पत्नी की पीठ पर दो वार किए।

उस रात चमरू का एक पड़ोसी हमेशा की तरह रात में अपनी फसल देखने के लिए चमरू के घर की तरफ से अपने खेत जा रहा था। जब वह चमरू के घर से गुजरा तो उसे कुछ ऊँची आवाजें सुनाई दीं। जब वह पता लगाने चमरू के घर में घुसा तो पाया कि वह दरवाजे के पास दम तोड़ती हुई पत्नी को अपनी गोद में लिए बैठा है और जोर से रो रहा है। पड़ोसी को देखकर चमरू ने घोषणा की कि उसने अपनी पत्नी को मार डाला है। वह पड़ोसी सारे गाँववालों को बुलाकर वहाँ लाया। गाँववालों के सामने चमरू ने फिर से कहा कि उसने अपने बच्चों तथा पत्नी को फाँसी पर लटका दिया क्योंकि वे बार-बार घर से भाग जाते थे।

सारे लोग जब घर के भीतर गए तो पाया कि हिरमी की लाश दरवाजे के पास पड़ी है और दोनों बच्चों की लाश छत से लटक रही है। अगले दिन गाँववालों ने पुलिस

स्टेशन जाकर झूठी रपट लिखवाई कि हिरमी ने खुद को फाँसी लगा ली और माँ को ऐसा करते देख बच्चों ने भी खुद को फाँसी लगा ली। इस समय चमरू अलनर बाजार गया था।

यह तो साफ पता चलता है कि चमरू ने तो गाँववालों के साथ एक समझौता किया। उसने सोचा कि अगर वह अपना अपराध बेहिचक कबूल लेता है और अपनी इस करतूत के प्रायश्चित के लिए उचित मुआवजा देता है तो गाँववाले इस बात को यहीं दबा देंगे, और जैसा कि पहले बताया गया, गाँववाले भी राजी हो गए। मगर उन लोगों को यह पता नहीं था कि पुलिस उनकी झूठी कहानी का कोई न कोई कमजोर सिरा तलाश ही लेगी। जब पुलिस हत्या की छानबीन करने आई तो उसे बताई गई कहानी के विपरीत कुछ संदिग्ध चीजें मिलीं। जैसे, लड़के के गले में पड़े रस्सी के फंदे में जो गाँठ लगी हुई थी वह आम तौर पर फाँसी के उद्देश्य से बाँधी जानेवाली गाँठ बिलकुल नहीं थी। ऐसी गाँठ के चलते बच्चे का, रस्सी का फन्दा कसने पर गला घुट जाने से मरना असम्भव था। लड़की के गले में रस्सी की जगह कपड़े का फन्दा पड़ा था जिससे शायद ही गला घुट सकता था। उसके पैर भी चावल के ढेर के ठीक ऊपर लटक रहे थे। फाँसी पर लटकने पर वह आराम से अपनी जान बचाने के लिए उस ढेर का सहारा ले सकती थी। इसके अलावा तीनों शवों की मेडिकल जाँच (पोस्टमार्टम) से भी साबित हो गया कि उनकी फाँसी लगाकर आत्महत्या करने की कहानी झूठी है। मेडिकल जाँच के अनुसार मौत लटकने से नहीं हुई बल्कि सदमे के कारण सीने में रक्तसंकुलता की वजह से हुई। क्योंकि फाँसी लगने से न तो तीनों की जीभ बाहर निकली हुई थी, न गले पर रस्सी के निशान थे, न आँखें खुली हुई थीं और न ही मुट्ठी बँधी हुई थी। इसलिए यह बात बिलकुल साबित हो गई कि तीनों की मृत्यु की वजह आत्महत्या नहीं है।

पुलिस ने इन सारी बातों को गाँववालों के सामने रखा। जब उन्होंने देखा कि पुलिस को सारी बातें मालूम पड़ गई हैं तो उन्होंने अपना व्यवहार बदल दिया। उन्होंने बताया कि कैसे हत्या की रात चमरू ने अपना अपराध कबूला था। पर चमरू ने कहा कि जैसा कि गाँववाले कह रहे हैं, वह बाजार से लौटते समय हिरमी और बच्चों से नहीं मिला, बल्कि जब वह बाजार से होकर घर पहुँचा और अन्दर घुसा तो वह छत से लटकी पत्नी की नंगी लाश से टकराया, ऐसी ही अवस्था में उसके दोनों बच्चे भी मिले। उसने पत्नी के शव को नीचे उतारा और उसी कपड़े में लपेट दिया जिससे उसने फाँसी लगाई थी। वह वहीं बैठकर रोने लगा और सोचने लगा कि उसे भी आत्महत्या कर लेनी चाहिए।

चमरू अलनार बाजार से लौटते समय रास्ते में अपनी पत्नी और बच्चों से मिला था और उनके साथ घर गया था। इसके ढेर सारे सबूत मिले। सबसे पहले तो घर की निगरानी कर रहे लड़के ने ही उन्हें एक साथ देखा था। इसके बाद शाम से रात होने तक किसी ने कुछ नहीं देखा और न ही सुना। बात तो तब पता चली जब एक पड़ोसी

ने उनके घर से आती जोर-जोर से रोने की आवाज सुनी। साफ है कि वह घर पर ही था। कोई भी बाहर से आकर उसकी पत्नी और बच्चों को नहीं मार डालेगा। कुंठित यौन इच्छाएँ, टूटा हुआ घमंड, बच्चों का माँ से ज्यादा लगाव के कारण जलन, भूख और थकान (हिरमी के नहीं रहने से घर का काम और खाना पकाने का काम बिलकुल नहीं हो रहा था।) ने उस अभागे व्यक्ति के सब्र का बाँध तोड़ दिया, उसके सर पर प्रतिशोध सवार हो गया, उसने अन्त में खुद भी फाँसी लगाकर आत्महत्या कर ली।

मारवी पकलू और उसकी पत्नी डल्लो की शादी तीन साल पहले हुई थी। उनके दो बच्चे हुए और मर गए। कुछ दिन तक तो उनके बीच सब सामान्य रहा पर बच्चों की मृत्यु के बाद झगड़े और असंतोष बढ़ने लगे। डल्लो आदिवासी औरतों से बिलकुल अलग थी। वह एक ठंडी औरत थी। वह अपने पति को सम्पूर्ण सेक्स सुख देने से इनकार करती थी। साथ ही उसमें पति को लेकर जलन और अधिकार की भी भावना थी। शादी के दो साल बाद वह फटे-चिटे कपड़ों में एक दिन दिलमिल्ली में एक चाचा के यहाँ गई। उसने कहा कि उसके पति ने उसे पीटकर उसी हाल में घर से निकाल दिया है। कुछ लोग कहते हैं कि वह एक साल तक चाचा के यहाँ रही। जबकि पकलू के अनुसार वह एक सप्ताह बाद ही उसे घर ले आया था। मुझे लगता है दूसरी बात ज्यादा सच है। पर यह भी सम्भव है कि डल्लो उसके साथ पत्नी बनकर रहने से एक साल तक इनकार करती रही हो।

पकलू का घर मसकोंटा में है। मसकोंटा एक छोटा खेड़ा (Hamlet) है जो मुटनपाल के निकट पत्थरों और लकड़ियों के बीच खड़े तीन घरों का संगम है। इसमें से एक घर वेज नाम की बूढ़ी विधवा का है जिसकी विधवा बेटी जिम्मी भी उसी के साथ रहती है। जिम्मी एक आकर्षक लड़की थी और डल्लो और वह अच्छी सहेली थीं। वे एक साथ पत्ते, फल और मशरूम तोड़ने जाती थीं। जैसे-जैसे डल्लो पति के साथ अपने सेक्स सम्बन्धों के प्रति उदासीन होती जा रही थी, वह रोज जिम्मी के घर जाकर सो जाती थी और वही हुआ जिसकी आशंका थी। पत्नी द्वारा उपेक्षित पकलू उसकी सहेली के प्यार में पड़ गया। 1939 के जुलाई की एक दोपहर पकलू और जिम्मी ने हेमलेट से आधा मील दूर एक पर्वत की गुफा में मिलने की योजना बनाई। उस दोपहर पकलू का एक पड़ोसी बरामदे में बैठा था। उसने देखा कि पकलू उस गुफा की ओर जा रहा है, फिर उसने देखा कि थोड़ी देर बार जिम्मी भी उधर ही जा रही है। मगर दुर्भाग्य कि थोड़ी देर बाद डल्लो भी अपने हाथ में एक बास्केट लिए उधर ही जा रही थी।

अभियोजन पक्ष के अनुसार गुफा के अन्दर पकलू और जिम्मी दोनों एक साथ थे और शारीरिक सम्बन्ध बना रहे थे, जब डल्लो ने उन्हें पकड़ा। उसने अपने पति से पूछा कि वह वहाँ क्या कर रहा है और जिम्मी को बाँस से मारा। पकलू इस रुकावट से एकदम से चिढ़ गया और उसने हिरमी को नीचा दिखाने के लिए उसका कपड़ा खोल दिया। उसने कुल्हाड़ी के तेज सिरे से उसके सिर पर दो वार किए। वह गिर गई। फिर पकलू ने उसकी छाती पर झुककर उसका गला ऐसा ऐंठा कि वह मर गई। फिर उसने

(अ) आजीवन कारावास के बाद लौटने पर, बोरगा की डोरीरास में प्रतीक्षा करते उसकी पत्नी व पुत्र

(ब) कवासी बोरगा जेल में

(अ) मारवी बोटी जिसने भाभी के प्यार के लिए, भाभी को, अपने पति की हत्या करने में सहायता दी

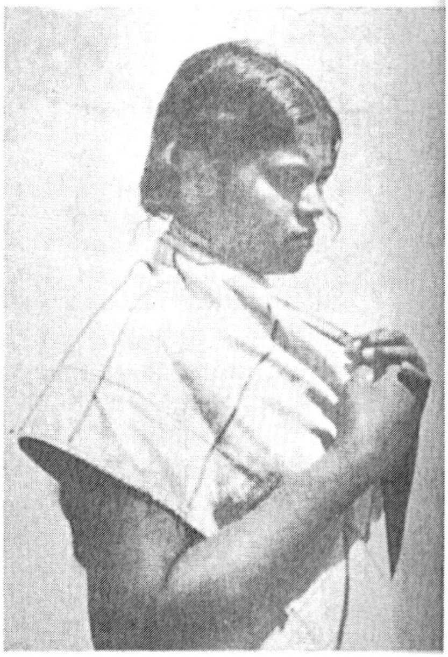

(ब) मासे जिसे अपने पति को जहर देने के लिए देवर का सहयोग मिला।

(स) ताती डोगा–जिसने अपने बड़े भाई की पत्नी की हत्या की।

उसका शरीर खींचकर जंगल में डाल दिया। उसके आभूषण कंघी और बास्केट को जिम्मी ने छिपा दिया। फिर वे कुछ बाँस लेकर घर चले आए। जब लोगों को शव मिला तो उसने कह दिया कि उसे बाघ ने मार दिया है।

पर बाद में पकलू ने अपनी बात बदलते हुए कहा कि उसने अपनी पत्नी को किसी दूसरे व्यक्ति के साथ शारीरिक सम्बन्ध बनाते हुए पकड़ा था, पर वह व्यक्ति भाग गया और अपनी पत्नी की बेवफाई देखकर उसने उसे मार डाला। फिर बाद में उसने यह भी स्वीकारा कि वह गुफा गया था। पर जिम्मी के साथ किसी यौन सम्बन्ध से इनकार करता रहा। फिर कहा कि वह एक पत्थर पर बैठा था कि उसकी पत्नी ने उस पर पत्थर फेंका। उसने थप्पड़ मार दिया और उसकी पत्नी अचानक पत्थर से नीचे गहरी जगह में गिर पड़ी और मर गई।

अभियोग पक्ष की कहानी कहीं से झूठी नहीं लगती। जब पुलिस ने गुफा के अन्दर की तलाशी ली तो पाया कि जमीन पर धूल भरी जगह में किसी महिला के पीठ, नितम्ब तथा पैरों के इस तरह निशान पड़े थे कि साफ लगता था कि वह स्त्री किसी के साथ सम्भोगरत थी। बाद में जिम्मी ने उसे स्वीकार किया।

जब मैं पकलू को देखने जेल गया तो पाया कि वह एक जवान, सुन्दर और अच्छी कद-काठी का मालिक है। जेल में उसका व्यवहार भी अच्छा था। उसे लम्बरदार बना दिया गया था और वह लम्बी पीली टोपी पहने हुए था।

पति-पत्नी के बीच झगड़े के कारण आत्महत्या के नौ मामले आए। कोमी को बेहद तुनकमिजाज और गुस्सैल स्वभाव का व्यक्ति कहा जाता था। उसकी पत्नी 20 वर्ष की नौजवान युवती थी। एक दिन जब वह खेत पर से पसीने में लथपथ, थका-माँदा और भूखा आया तो देखा कि खाना अब तक नहीं बना है। उसने अपनी बीवी को गाली दी। उसकी पत्नी ने रस्सी उठाई और घर से निकल गई। वह भी खेत पर चला गया। जब वह शाम को घर लौटा तो पत्नी को फाँसी पर लटकता मरा हुआ पाया।

मेत का अपने पति से आग जलाने पर झगड़ा हो गया। वह नशे में था, उसने उसे पीट दिया। पत्नी ने प्रतिक्रिया में उस पर आक्रमण कर दिया। इसी बीच उसके पति का बड़ा भाई वहाँ आ गया और उसने भी अपने छोटे भाई के साथ मिलकर मेत को पीटा। रात में मेत ने घर छोड़ दिया और इन्द्रावती नदी को पार करने की कोशिश करने लगी ताकि अपनी माँ के घर जा सके। पर उसे वहाँ कोई नौका नहीं मिली। अन्ततः उसने अपने कपड़ों की रस्सी बना फाँसी लगा ली। यह गौर करने लायक है कि हालाँकि एक हाथ की दूरी पर नदी थी पर उस युवती ने फाँसी लगाकर मरना पसन्द किया।

मेटापाल में फरवरी 1937 में एक दुखद घटना घटी। खुरमी हुरा जब एक दिन बाजार से लौटा तो पाया कि उसके एक बछड़े को तेंदुए ने मार डाला है। गलत हो या सही, पर उसे लगा कि यह उसकी पत्नी और बच्ची की गलती है कि उसने बछड़ों को शाम में ठीक से नहीं बाँधा। हुरा की पत्नी अपनी तुनकमिजाजी के लिए बदनाम

थी। वह हमेशा अपने पति से लड़ती रहती थी, विशेषकर तब जब वह घरेलू मामलों में दखलअंदाजी करता था और कहा जाता है कि उसकी बेटी भी माँ का ही पक्ष लिया करती थी। बछड़े को लेकर जब पति-पत्नी में झगड़ा हुआ तो उसके बाद पत्नी ने घर को आग लगा दी और दूर खेत पर चली गई। वहाँ उसने पहले अपनी बेटी को फाँसी पर लटकाया फिर खुद फाँसी लगा ली।

उसी क्षेत्र का एक और मामला है। गल्ली नाम की औरत, जो बेशक एक बुरी पत्नी थी, वह अपने पति से कहा करती थी कि यदि उसने कोई काम करने को कहा तो वह उसके बच्चे को जमीन पर फेंक देगी। जिस दिन मौत हुई उसे सबके लिए खाना और पत्ते के दोने बनाने के लिए कहा गया। उनका परिवार बेहद बड़ा था। शायद यही उसकी परेशानी का कारण बना और उसने आत्महत्या कर ली। अपने पीछे वह बेशक एक दुखद और समस्याग्रस्त घरेलू जीवन छोड़ गई।

तीन मामलों में पति ने दुख और निराशा में आत्महत्या कर ली। बरसी चिवा ने अपनी बीमार और परेशान पत्नी को एकदम सुबह में आग जलाने को कहा। वह धीरे-धीरे काम कर रही थी जिससे क्रोधित होकर चिवा ने उसे पीटा और धक्का दे दिया। वह बेहोश होकर गिर पड़ी। यह देखकर उसे खुद पर इस कदर शर्म और गुस्सा आया कि उसने खुद को मार डाला। इसी तरह सोटी देवा, अपनी दो गायों के खो जाने से दुखी था। इसी दुख और निराशा में उसने अपनी पत्नी को पीट दिया, फिर बाद में महसूस होने पर आत्महत्या कर ली। मरवी दोडसा ने अपनी पत्नी को इसलिए मारा कि उसने बच्चे को चुप नहीं कराया। बच्चे की आँख में बेहद कष्ट था। रात में दोडसा को ग्लानि महसूस हुई कि उसकी पत्नी बीमार थी, उसे पीटने का उसे कोई हक नहीं था। और बच्चे की आँख में भी तकलीफ थी, इसलिए उसका रोना और चुप न होना स्वाभाविक था। यही सब सोचकर उसे पछतावा हुआ और उसने महुआ के पेड़ से अपने कपड़ों से ही फाँसी लगा ली।

III
बहुविवाही घर

जिस तरह के दबाव व तनाव की कल्पना हम बहुविवाही प्रथा वाले परिवारों में करते हैं, वैसी स्थिति आदिवासी परिवारों में नहीं दिखती। हालाँकि मारिया में बहुविवाह बहुत प्रचलित नहीं है क्योंकि औरतों की ही इतनी संख्या नहीं है कि यह सम्भव हो सके। जो लोग एक से अधिक पत्नियाँ एक साथ रखते हैं वे वैसे लोग होते हैं, जो जीवन को कुशलता से जीना जानते हैं। उदाहरण के लिए गोगी एक दबंग इंसान था, उसकी तीन पत्नियाँ थीं।[1] ओयामी मासा, जिसने अपनी छोटी बीवी की हत्या कर दी एक शक्तिशाली, मजबूत और आकर्षक व्यक्तित्व का स्वामी था। वह स्वभाव से ही बहुगामी था। ऐसे

1. देखें प्रकरण संख्या 71।

रिश्तों में जरूरी होता है कि पति इतना शक्तिशाली और योग्य हो कि एक साथ कई पत्नियों को सन्तुष्ट कर सके। ऐसी स्थिति में घरेलू व्यवस्था सफल हो जाती है।

जहाँ इस तरह की व्यवस्था असफल हुई है, वे मामले दुखद रहे हैं। ईर्ष्या और झगड़ों के कारण कभी हत्या हुई है और कभी आत्महत्या। खुटपाल में मैं ओयामी मासा और उसकी खूबसूरत बड़ी पत्नी से भी मिला। अपनी छोटी पत्नी की हत्या के अपराध में उसे जेल हुई थी। उस समय वह सजा काटकर तुरन्त निकल ही रहा था। उसकी छोटी पत्नी टोटकी एक विधवा स्त्री थी। उसके पहले पति से जो बेटा था वह असम के चाय बागान में काम करने जाता था। 1940 ई. की शुरुआत में जब टोटकी तीन महीने से मासा के साथ रह रही थी, उसका बेटा चाय बागान से लौटा। वह अपनी माँ के लिए तीन कपड़े लाया था। मासा ने स्वाभाविक रूप से उन कपड़ों को अपने पास रख लिया, पर यह टोटकी को बिलकुल अच्छा नहीं लगा। लगा कि मासा की सबसे बड़ी पत्नी के कहने पर उसे तंग करने के लिए मासा ने कपड़े रख लिए हैं। पूछने पर मासा ने जवाब दिया कि चूँकि वह घर का मुखिया है और वही उसे, उसके बेटे को खिलाता है तो इससे कोई फर्क नहीं पड़ता कि कपड़े उसने रखे या बड़ी बीवी ने। इस तरह झगड़ा शुरू हुआ और बढ़ता ही गया। एक दिन शाम को खाने के समय जब टोटकी ने फिर से उसी बात की शिकायत करनी शुरू की तो उसने छड़ी उठाई और टोटकी को पीट दिया। यह ठीक से पता नहीं चला कि वह टोटकी को मारना चाहता था या उसके बुरी तरीके से पीटने से उसकी जान चली गई। तीन सप्ताह तक पुलिस में कोई रिपोर्ट दर्ज नहीं होने से सारे सबूत खत्म हो गए। अब कोर्ट के लिए मुश्किल था सच्चाई पता करना। इसलिए मासा के बयान को सच मानकर कि वह पत्नी को सिर्फ दंड देना चाहता था, आईपीसी की धारा 323 के अन्तर्गत उसे एक साल की ही सजा हुई।

दुगेली में मैं बुगोरी और उसकी बड़ी बीवी जिम्मी से मिला। बुगोरी बेहद आकर्षक युवक था। उसे दो औरतों का एक साथ प्यार मिला और दोनों ही उसके प्रति समर्पित थीं। दुर्भाग्य से जिम्मी बेहद ईर्ष्यालु स्त्री थी। वह छोटी बीवी को पसन्द नहीं करती थी। एक दिन जब बुगोरी की दोनों पत्नियाँ एक साथ जंगल में काम कर रही थीं तब जिम्मी ने मौके का फायदा उठाकर छोटी को मारना चाहा। पर वह बच गई। मारने की कोशिश करने के जुर्म में जिम्मी को तीन साल की कैद हुई। उसकी अनुपस्थिति में छोटी पत्नी बुगोरी के ही साथ रही। जिम्मी के रिहा होने के कुछ दिन पहले ही गाँववालों ने पंचायत बुलाकर निर्णय लिया कि बुगोरी की छोटी बीवी को मायके पहुँचा दिया जाए क्योंकि जिम्मी उसे दुबारा मारने का प्रयास कर सकती है। जब जिम्मी वापस आई तो जेल में रहने का जो उसने पाप किया था उसके प्रायश्चित में बुगोरी ने गाँववालों को भोज खिलाया। फिर वे दोनों अच्छे से रहने लगे। बीच-बीच में बुगोरी छोटी पत्नी से भी मिल आता था। पर किसी दुर्घटना की आशंका से उसे कभी घर वापस नहीं लाया। जिम्मी बुगोरी के साथ शान्तिपूर्वक बड़े आराम से रही और वह बुगोरी के बच्चों की माँ भी बनी।

मरकामी हांडा की दो बीवियाँ थीं। पर शायद वह अपनी छोटी बीवी का प्यार पूरी

तरह पाने में असफल रहा था। वह 24 साल की सुन्दर युवती थी। वह किसी और से प्यार करने लगी थी। पर उसके प्रेमी ने बदला लिए जाने के डर से उसके पति को मार डाला। मरवी केसा की तीन बीवियाँ थीं। उसने अपनी छोटी बीवी के साथ दुर्व्यवहार किया। एक दिन जब उसने उसे पीटा तो वह अपने पिता के घर चली गई। वहाँ जाने पर किसी बात पर झगड़ा हुआ और केसा ने अपने ससुर को मार डाला। पोयामी मासा की दो बीवियाँ थीं। एक धोबी बड़ीवाली बीवी को बहकाना चाहता था। छोटी बीवी ने उस प्रेम-सम्बन्ध को जान लिया। उसने सोचा कि यही ठीक वक्त है अपने दुश्मन को खत्म करने का या छुटकारा पाने का। उसने सारी बात पति को बता दी। वह इतना गुस्सा हुआ कि अपने तीर से ही बड़ी पत्नी को मौत के घाट उतार दिया। उसे आजीवन कारावास की सजा हो गई।

तत्मी हरमा की तीन बीवियाँ थीं। इस दुर्घटना के घटने के समय सिर्फ दो ही जीवित बची थीं। छोटी बीवी से उसे चार बच्चे हुए, पर हरमा उसे हमेशा मारता रहता था। कहता था, वह खाती ज्यादा है और काम ठीक से नहीं करती। उनके झगड़े इतने भयंकर होने लगे कि गाँववालों ने पंचायत बुलाकर दोनों को शान्ति से नहीं रहने के अपराध में जुर्माना देने को कहा। एक दिन सुबह जब बड़ी बीवी हरमा को खेत पर बनी कुटिया से बुलाने गई तो पाया कि वह मरा हुआ था। उसकी छोटी पत्नी ने बुरा व्यवहार नहीं सह पाने की वजह से उसकी हत्या कर दी थी।

बहुविवाह की जटिलताओं और छोटी-मोटी परेशानियों की झलक सोरी डोम की कहानी में दिखती है। सोरी ने अपने पति की बड़ी बीवी चूली की हत्या कर दी। जब उनका पति जीवित था तब भी वे दोनों लड़ती रहती थीं। पति के मरने के तीन साल पहले एक बार चूली के सिर पर उसने टूटे हुए हल से वार किया था। चूली को पूरा एक महीना लगा था ठीक होने में। डोमी उसे हमेशा धमकाती थी कि एक दिन वह उसे मार डालेगी। पति के मर जाने के बाद परिस्थितियाँ और बुरी हो गईं। चूली वृद्ध और कमजोर थी और ज्यादा काम नहीं कर पाती थी जिससे डोमी एकदम चिड़चिड़ा जाती थी। लेकिन दोनों औरतें अपने पति के घर में ही पति के बड़े भाई के साथ रह रही थीं। घटना के ठीक पहले, चूली ने शिकायत की कि डोमी चावल बर्बाद करती है, जिसका जवाब परिवार के दूसरों लोगों ने दिया कि चूँकि उसने उतना चावल खा लिया है इसलिए वह बर्बाद नहीं हुआ है। शाम को हमेशा की ही तरह खेत पर काम करने के बाद वे दोनों फिर लड़ीं, उसके बाद घर लौटीं। डोमी के हाथ में कुल्हाड़ी थी और उसके दोनों बच्चे भी साथ थे। चूली के हाथ में बाँस की टोकरी थी। डोमी ने बूढ़ी औरत को जल्दी-जल्दी चलने को कहा, पर उसने कहा कि उसके पैरों में तकलीफ है और वह धीरे-धीरे बाद में आएगी। चिढ़कर डोमी ने चूली की गर्दन को पकड़कर सिर पर कुल्हाड़ी दे मारी। वह वृद्ध महिला जमीन पर गिर पड़ी, फिर से डोमी ने उस पर और वार किया। सम्भवतः वह वहीं खत्म हो गई। पर मेडिकल जाँच से पता चला कि उसके शरीर में कहीं की हड्डी नहीं टूटी थी, न सिर की न ही रीढ़ की, जहाँ पर वार किया गया था।

डोमी ने तेज धारवाला सिरा इस्तेमाल नहीं किया था, और सम्भव है कि उसका इरादा उसे मारने का न रहा हो बल्कि सिर्फ उसे सबक सिखाना चाहती हो।

यह आश्चर्यजनक तथ्य है कि बहुविवाही घरों में आत्महत्या की घटनाएँ ज्यादा नहीं घटी हैं। खुटपाल के मुखिया, बन्दी की दो बीवियाँ थीं। उन्होंने झगड़ा किया और बड़ी ने फाँसी लगा ली। सामगिरी के रहनेवाले मासा की भी दो बीवियाँ थीं। उसकी छोटी बीवी को शिकायत रहती थी कि वह उसे अच्छे कपड़े पहनने को नहीं देता और न ही उसके साथ ज्यादा रात बिताता है। ईर्ष्या और दुख में उसने खुद को फाँसी लगा ली। बस्तनर की 18 साल की पोयामी गुपी 16 साल में ही विधवा हो गई थी। उसने दो साल के बाद गुद्दी से शादी की। गुद्दी की पहले से एक और बीवी थी। शादी के सात महीने बाद की बात है, एक दिन गुपी बाँस के नए पत्तों को तोड़ने गई और देर शाम तक लौटी। उसे बड़ी बीवी ने डाँटा और उससे जलन होने के कारण कई पिछली बातों को लेकर भी बुरा-भला कहा। गुपी घर छोड़कर अपने मामा के यहाँ रहने चली गई। जब गुद्दी उसे वापस लेने गया तो उसने लौटने की बजाय फाँसी लगाकर आत्महत्या कर ली।

कवासी दुलगा अस्वाभाविक प्रवृत्ति का आदमी था। उसका व्यक्तित्व भी कमजोर किस्म का था। उसकी दो बीवियाँ हमेशा लड़ती रहती थीं। उन्होंने उसके जीवन और घर दोनों को नरक बना डाला था। वह उन्हें सँभाल नहीं पाता था। एक दिन वह छोटी बीवी के साथ बाजार गया। लौटते समय दोनों में झगड़ा हुआ और दुलगा ने उसे थप्पड़ मार दिया। फिर उसने उसे आगे घर जाने के लिए कहा ताकि वह तनावमुक्त हो सके। वह जब कुछ दूर आगे गई तो उसे उम्मीद थी कि दुलगा भी पीछे से आएगा, पर वह नहीं दिखा। वह वापस उसे खोजने गई तो पाया कि वह पेड़ से फाँसी लगाकर झूल रहा था।

IV

आदिवासी समाज में भाभी और देवर के बीच का रिश्ता बेहद संयमित होता है। नियमानुसार बड़े भाई और छोटे भाई की पत्नी के बीच बेहद वर्जित रिश्ता होता है। पर पहले के समाज में इस तरह का कोई नियम नहीं होता था जिससे ऐसा सम्भव हो सके। छोटे भाई का अपने बड़े भाई की पत्नी से बेहद खुला और खास रिश्ता होता है। वह उसके साथ छेड़खानी कर सकता था, भद्दे मजाक कर सकता था, उसका प्रेमी हो सकता था और भाई की मृत्यु के बाद पहला दावा वही रखता था। यदि वह किसी दूसरे से शादी कर लेती थी तो उसे भरपाई माँगने का हक था।[1]

स्वाभाविक है जहाँ भाई एक साथ रहते हैं और एक ही घर तथा खेत बाँटते हैं वहाँ ईर्ष्या और यौन इच्छाएँ बलवती होती हैं। इस तरह के नियम और कायदे कई

1. विस्तृत जानकारी के लिए शामराव हिवाले की पुस्तक 'दि देवर-भौजी रिलेशनशिप', 'मैंन इन इंडिया' खंड 23, (1943), पृष्ठ 157-67 देखें।

समस्याओं को जन्म देते हैं। छोटे भाई के लिए बड़े भाई की पत्नी आनन्द का माध्यम होती है, वह सर्वसुलभ होती है और उसके साथ सम्बन्ध बनने से किसी प्रकार का अपराधबोध भी नहीं होता है। इसके अलावा बड़े के लिए छोटी लड़की ज्यादा आकर्षक होती है क्योंकि वह अप्राप्य होती है। 'भाई' शब्द का मतलब यहाँ सारे पुरुष रिश्तेदार यानी कजिन से है।

हेमला बक्का नामक युवक ने अपनी पत्नी जिम्मी की हत्या कर दी क्योंकि उसने उसके बड़े कजिन हेमला धुरवा से सम्बन्ध बनाकर उसे धोखा दिया था। जब आम के पकने का मौसम था उस समय जिम्मी धुरवा के साथ आम तोड़ने और खाने बगीचे गई थी। शक से घिरे पति ने उनका पीछा किया और छिपकर उन्हें देखने लगा। धुरवा पेड़ पर चढ़ गया और पेड़ को हिलाने लगा। बक्का की पत्नी ने सब आम इकट्ठे किए और फिर दोनों ने एक साथ बैठकर आम खाए। फिर धुरवा उसे झाड़ियों के पीछे ले गया और सम्भोग करने ही वाला था कि बक्का ने पीछे से आकर उसे पकड़ लिया। कुछ दिन बाद एक दिन अचानक बक्का दोपहर में खेत से घर पानी पीने आया। घर पर उसने देखा कि धुरवा उसके घर से निकल रहा था। उसने उसे धमकाया कि वह गाँव के बुजुर्गों से इसकी शिकायत कर देगा। जब उसने अपनी बीवी को डाँटा तो बीवी ने कहा कि वह जिस व्यक्ति से प्यार करती है उसी के साथ रहेगी, कोई उसे नहीं रोक सकता है। फिर तो घर में रोज झगड़े होने लगे। इसी झगड़े में एक बार बक्का के पिता की पिटाई हो गई। इससे बक्का इतना क्रोधित व उत्तेजित हुआ कि उसने अपनी पत्नी के सिर पर जोरदार वार किया, जिससे वह मर गई। इसमें कोई शक नहीं कि वह अपनी पत्नी की बेवफाई के कारण उत्तेजित हो गया था मगर उसे इससे ज्यादा इस बात से परेशानी थी कि उसने ऐसे व्यक्ति से प्रेम किया जिससे सम्बन्ध बनाना उनके कानून में वर्जित है। कहा जाता है कि ऐसा वर्जित सम्बन्ध बनाने से अलौकिक (दैवी) शक्तियों का अभिशाप लगता है, पशु मर जाते हैं और सम्बन्धित व्यक्ति का शरीर फूल जाता है। बक्का को इन सारी बातों का भी डर था।

एक और किस्सा है तेलम के मरवी बोटी का। बोटी और उसका छोटा भाई कोसा एक साथ अपने पिता के पास रहते थे। दोनों का विवाह हो चुका था। बोटी की पत्नी मर गई और वह अपने छोटे भाई की पत्नी से प्रेम करने लगा। हालाँकि गाँववालों का कहना था कि खुद लड़की ने प्रस्ताव रखा था और धमकी दी थी कि अगर उसने उससे शादी नहीं की तो वह आत्महत्या कर लेगी। कोसा को अपनी पत्नी पर शक था इसलिए वह उसे हमेशा पीटता था। शायद इसी कारण बोटी एक सप्ताह बाद उस लड़की के साथ जयपुर जमींदारी भाग गया। तीन सप्ताह बाद बोटी ने निश्चय किया कि वह पिता के घर जाएगा और अपनी पहली बीवी के बच्चों को ले आएगा। लड़की ने उसके साथ जाने की जिद की। वे तेलम जानेवाली सड़क पर जा रहे थे कि रास्ते में दुर्भाग्य से कोसा से भेंट हो गई। सम्भवतः बाजार से लौट रहे कुछ लोगों ने उसे बताया था कि बोटी लौट रहा है। इसीलिए वह प्रतिशोध लेने के लिए गगरा से लैस होकर उसकी तरफ चल

पड़ा। जब उसने बड़े भाई को देखा तो कहा, 'मेरा भाग्य अच्छा है कि उसने तुम्हें मेरे पास भेज दिया। तुम तो मेरी पत्नी को लेकर भाग गए थे।' यह कहकर उसने बोटी के चेहरे पर वार किया। तब बोटी ने उसके हाथ पकड़ लिए, हाथापाई होने लगी और इसी बीच कोसा मारा गया।

जब बोटी जेल से लौटा तो उसे कुलदेवता तथा घर की मृत आत्मा को विशेष चढ़ावा चढ़ाना पड़ा और वे सारे अनुष्ठान करने पड़े जो शुद्धिकरण नियम के अनुसार होते हैं, क्योंकि उसने अपने छोटे भाई की पत्नी को रख लिया था। उसे डर था कि अगर वह ऐसा नहीं करेगा तो उसका शरीर फूल जाएगा और वह मर जाएगा।

V

यह शायद बेहद आश्चर्यजनक है कि जिस अनुपात में एक युवक को अपने बड़े भाई की बीवी के साथ के रिश्ते में स्वतन्त्रता मिली है उस अनुपात में इसकी वजह से हत्याएँ नहीं हुईं। बोटी और मेस ने मिलकर मेस के पति को जहर दे दिया क्योंकि वे विवाहित होकर रहना चाहते थे। तत्मी हिरमी का कत्ल इसलिए हुआ कि उसने अपने मृत पति के भाई के दावे को ठुकरा दिया था।

गागरा चाकू

उज्जी पोडा का छोटा कजिन कोपा उसकी पत्नी राघो से प्यार करता था, पर पोडा इस मामले में अद्‌भुत तरीके से सहनशील था। क्योंकि सम्भवतः उसे लगता था कि कोपा और उसकी पत्नी किसी आदिवासी या सामाजिक परम्पराओं को नहीं तोड़ रहे हैं बल्कि सिर्फ उसकी निजी वैवाहिक इच्छाओं का दमन कर रहे हैं। कोपा इन्द्रावती नदी के किनारे कोरगाँव में खेतिहर दास या पोडा के काबरी के रूप में काम करता था। हत्या के पाँच साल पहले पोडा ने जान लिया था कि उस युवक का उसकी पत्नी से प्रेम जारी है। शुद्धिकरण और तुष्टिकरण के सारे विधि-विधान हुए और अन्त में कोपा राघो को (थोड़े दिन के लिए) छोड़कर चला आता है। पर उनके बीच का प्रेम खत्म नहीं हुआ और उनके प्रगाढ़ सम्बन्ध फिर से शुरू हो गए। जुलाई 1933 में पोडा ने फिर कोपा को घर और काम दोनों से हटा दिया। फिर कोपा उसी गाँव में दूसरे कजिन के साथ रहने चला गया।

रविवार, 30 जुलाई की रात को कोपा पोडा के घर में चुपचाप घुसा ताकि राघो के साथ रात बिता सके। चूँकि दोनों पति-पत्नी एक साथ सोए थे, अचानक राघो का हाथ पोडा की पीठ से जा टकराया और वह जाग गया। कोपा जान बचाने के लिए भागा,

पर पहचान लिया गया।

दूसरे दिन एक खबर आई कि दूसरे गाँव में रह रहे उनके परिवार का कोई व्यक्ति, छोटा करका मर गया और पोडा, राघो, कोपा और अन्य सगे-सम्बन्धियों के साथ दाह-संस्कार में भाग लेने पहुँचा। बुधवार को दोनों में खूब झगड़ा हुआ और उसने कोपा के आचरण के बारे में सारे गाँववालों को बताया और सबके सामने पीट भी दिया।

उस दोपहर पोडा के तीन सेवक उसके खेत पर कोसरा फसल की निकाई कर रहे थे। खेतों में एक छोटी झोंपड़ी हुआ करती है जिसमें किसान आराम करते हैं और रक्षक फसलों की रक्षा करते हैं। उस दिन बारिश हो रही थी और 4-30 बजे दोपहर के आसपास कोपा वहाँ बाँस की छतरी लिए पहुँचा और झोंपड़ी में (आग के नजदीक) बैठ गया। थोड़ी देर बाद ही पोडा वहाँ आया। वह कोपा को वहाँ बैठे देखकर क्रोध से आगबबूला हो गया। उसने अपने घूँसे से कई बार उसकी पीठ पर मारा, उसकी छाती पर बैठ गया और दोनों हाथों से गला दबाने लगा। तीनों सेवक वहीं थे, पर उनकी हस्तक्षेप करने की हिम्मत नहीं हुई।

कोपा मर चुका था। पोडा ने उसके शव को खींचकर किसी और के खेत की झोंपड़ी में ले जाकर रखा। फिर शव के गले में रस्सी बाँधकर छत से लटका दी ताकि देखने से लगे कि कोपा ने आत्महत्या की हो। उसने गवाहों को पैसे दिए और सबको कहा कि वे यही गवाही दें कि कोपा ने आत्महत्या की है। चूँकि उसका गाँव में काफी दबदबा था, इसलिए ऐसा ही हुआ।

इस केस में जिस क्रूरता से हत्या को अंजाम दिया गया उससे ज्यादा गौर करने लायक यह बात थी कि पोडा ने अपने आपको बहुत सहनशील बनाए रखा। पहली बार कोपा को माफ करने के बाद उसने अपने खर्च पर उसकी शादी के लिए लड़की देखी। शायद वह सोच रहा था कि इससे कोपा का मन कहीं और लग जाएगा। यहाँ तक कि दूसरी बार भी कोपा को उसने मारने की बजाय घर से निकाल दिया। कोई और मारिया होता तो वह कोपा को उसी समय मार डालता जब उसे रात को अपने घर से निकलते हुए देखा था। पर उसने संयम से काम लिया और कानून अपने हाथ में लेते हुए गाँव के बुजुर्गों के सामने इस बात को रखा। यह तो कोपा की ही नासमझी निकली कि वह झोंपड़ी में जाकर इस तरह बैठ गया मानो कुछ हुआ ही न हो और पोडा ने जब उसे अचानक देखा तो उसका आत्मनियंत्रण टूट गया। कोर्ट ने इन सारी बातों पर गौर करते हुए उसे सिर्फ पाँच साल के कारावास की सजा दी।

VI

माँ का घर

घरेलू झगड़ों का एक और कारण है वह रिवाज जिसके अन्तर्गत एक लड़की शादी के बाद अपनी माँ के घर जाती है। मायके जाना किसी भी आदिवासी लड़की के लिए बेहद

महत्त्वपूर्ण है। शादी के गीतों में कई गीत ऐसे होते हैं जिनमें बचपन की खुशियाँ और ससुराल में सास-ससुर के शासन की मुसीबतों का वर्णन रहता है। शादी के बाद माँ का घर एक खूबसूरत याद बनकर रह जाता है। वहाँ की परेशानियाँ और झगड़े भुला दिए जाते हैं। लड़कियों को ससुराल में रोज-रोज होनेवाले झगड़ों और कष्टों की वजह से अपने माता-पिता का प्यार ज्यादा सुहाता है। सामान्यतः कई अवसरों पर लड़की के मायके जाने पर आम सहमति होती है। इन अवसरों में बच्चे के जन्म के समय, शादी या अन्त्येष्टि में, कुछ मुख्य पर्व में और खेत के कुछ जरूरी कामों में मदद करना, आदि अवसर आते हैं। इधर पति, खासकर युवा पति इस प्रचलन को पसन्द नहीं करता क्योंकि पत्नी के चले जाने से खेत पर काम करनेवाले हाथों में से दो हाथ कम हो जाते हैं। लड़कियाँ भी इतनी बेवकूफ होती हैं कि माँ के घर से वापस ससुराल आने पर खुशी जाहिर नहीं करतीं। वे अपने पति की इच्छा और सुख का ध्यान न रखकर बार-बार मायके जाने की आदत बना लेती हैं।

इन परिस्थितियों के कारण कई आत्महत्याएँ हुई हैं, पर हत्या की एक ही वारदात हुई। यह हाबका मासा की दुखद कहानी है। जब मैंने उसे जेल में देखा तो एकदम कमजोर शरीर दुख से बेजान दीखता था। उसकी शादी तीन साल पहले पकली से हुई थी। वह अपने अन्धे माता-पिता के साथ कुटरू जमींदारी में हलूर में रहता था। जून में उसकी पत्नी गंगलोर अपनी माँ के घर पेन करसिता उत्सव में जाना चाहती थी। मासा ने भी उसके साथ जाने की जिद की। उत्सव मनाने के दो दिन बाद मासा ने अपने ससुर को कहा कि वह घर वापस जाना चाहता है क्योंकि बरसात का मौसम शुरू हो रहा है और खेत पर अभी बहुत काम है। ससुर ने इजाजत दे दी और परम्परा के अनुसार दामाद की विदाई में कपड़े और तिलहन की एक टोकरी दी गई पर पकलू ने जाने से इनकार कर दिया। उसके माता पिता बोझा ढोने का काम शुरू करने जा रहे थे और वह भी उनका साथ देना चाहती थी। मासा को डर था कि कहीं वह अपनी पत्नी को खो न दे, इसलिए साथ जाने का निश्चय किया। सारे लोग गिदाम गए, जो सड़क के किनारे एक छोटी विकसित जगह थी। वहाँ काम खत्म होने पर मासा ने फिर घर पकलू को चलने को कहा। गिदाम से वे तिरथुम पीडब्ल्यूडी के पुल निर्माण के चल रहे काम में मजदूरी करने गए। जब पुल तैयार हो गया तो उन्हें सिलक झोरी में खेतिहर-मजदूर का काम मिला। वहाँ सास-ससुर ने अपनी एक झोंपड़ी बना ली। मासा और पकलू अलग झोंपड़ी में वहीं रहने लगे। जिस दिन से वे वहाँ आए थे मासा और उसकी पत्नी के बीच ज्यादा झगड़े होने लगे थे। मासा को अपनी खेती की चिन्ता सता रही थी। अपने परिवार का वही एक कमाऊ सदस्य था। पकलू वापस नहीं जाने के लिए सैकड़ों बहाने बनाती थी। एक दिन बहुत तेज बारिश हो रही थी। पकलू ने न जाने का बहाना बनाया कि उसे नदी पार करने में डर लगता है। उसने लगातार बारिश के तीन दिन बाद वादा किया कि बारिश रुकने पर वह घर चलेगी।

1939 की 10 जुलाई की रात की बात है, हवाएँ बहुत तेज चल रही थीं और बारिश

भी बहुत हो रही थी। एक साथ खाना खाने के बाद पकली और मासा के बीच घर वापस जाने के लिए फिर से लड़ाई होने लगी। पकली ने फिर घर जाने से इनकार कर दिया। फिर मासा ने उससे तम्बाकू माँगा, मतलब वह उसके साथ सहवास करना चाहता था, पर उसने इनकार कर दिया। उसने उसे गाली भी दी और कहा कि वह उसके बिना घर वापस चला जाए। जब मासा ने कहा कि यह असम्भव है तो उसने फिर से गाली दी। उसे इतना गुस्सा आया कि उसने पकली के सिर पर भारी लकड़ी के टुकड़े से जोर से वार किया, वह तुरन्त मर गई।

तम्बाकू रखने का लकड़ी से बना डिब्बा

इस तरह के झगड़ों का अन्त ज्यादातर आत्महत्या से होता है। मरकामी पीडे की पत्नी किसी दूसरे व्यक्ति से प्यार करती थी। वह उससे मिलने अक्सर मायके चली जाती थी। पीडे बार-बार उसके मायके जाता और मार-पीट कर वापस लाता था। अन्ततः उसकी पत्नी ने तंग आकर खुदकुशी कर ली। मुन्दरी, ककलुर के मुखिया की बीवी थी। वह मायके जाने के लिए हमेशा अपने पति से लड़ती थी। एक दिन जब उसका मन मायके जाने का था तब उसके पति ने उसे नहीं जाने दिया। उसे इतना बुरा लगा कि आम के पेड़ से लटककर उसने आत्महत्या कर ली।

दो अन्य मामलों में पति ने आत्महत्या कर ली। मारवी गौतमी, जो 22 साल का युवक था, उसकी शादी जिससे हुई, उससे उसे बहुत लगाव था। कहा जाता है कि वह अपनी पत्नी से इतना प्यार करता था कि उसे सँभाल नहीं पाता था। घर में बूढ़ी महिला उसकी पत्नी को तंग करने का कोई अवसर नहीं छोड़ती थी जिससे वह लड़की बार-बार मायके चली जाती थी। गौतमी हमेशा जाकर उसे वापस ले आता था। एक बार वह गुस्से में आकर अज्ञात जगह चली गई। निराश होकर घर लौटने पर गौतमी ने घर के पीछे जाकर खुदकुशी कर ली। कवासी हुर्रा की पत्नी लख्मी अपने पति की बिलकुल परवाह नहीं करती थी और बार-बार मायके चली जाती थी। वह उसे पाँच-छः बार वापस ला चुका था। मगर वह उसके साथ कुछ दिन रहकर फिर मायके भाग जाती थी। हुर्रा को शायद अपनी पत्नी से बेहद लगाव था। वह उसके बिना रह नहीं पाता था। अन्ततः अपने दुख से ऊबकर उसने आत्महत्या कर ली।

कुछ परिस्थितियों में जब पात्र बदल जाते हैं, जैसे माँ अपनी बेटी के घर जाना चाहती है, तब स्थिति और दयनीय हो जाती है।

नवम्बर, 1939 में किलपाल की माँ को उसकी बहू और बेटी दोनों ने मिलकर डाँटा कि वह कोसरा की फसल को काटने और तैयार करने में उनकी मदद नहीं कर रही है। वह 10 साल पहले विधवा हो चुकी थी और बेटे-बहू के बुरे व्यवहार से तंग आ चुकी थी। वह चाहती थी कि कुछ दिन बेटी के घर जाकर शान्ति और आराम से रहे। पर उसको बेटे और भाई, जिनके साथ वह रहती थी, ने जाने नहीं दिया। जब उसे लगा कि इतनी छोटी खुशी भी उसे नहीं मिल रही तो उसने आत्महत्या कर ली।

VII
ससुराल

सास-ससुर और दामाद के बीच का सम्बन्ध हमेशा जटिल रहा है। पर हिन्दू समाज की ही तरह मारिया में भी बुजुर्ग सास-ससुर अपने दामाद को बहुत इज्जत और प्यार देते हैं। यदि उसको नजरअंदाज किया जाता है तो दामाद को बेहद बुरा लगता है। मारवी कासा की तीन बीवियाँ थीं। छोटी बीवी पिटाई होने के कारण अपने मायके भाग गई। ऐसा अक्सर आदिवासी समाज में होता है, पर जब माँ-बाप अपनी बेटी का पक्ष लेते हैं तो पति बेहद गुस्से में आ जाता है। ऐसे ही एक अवसर पर कासा अपनी पत्नी के पीछे उसके मायके गया और देखा कि वह अपने पड़ोसियों के साथ मजे से हंडिया (चावल की शराब) पी रही है। वह अपने ससुर के पास गया और पूछा कि वह उसकी पत्नी को वापस क्यों नहीं भेज रहे ? जवाब में बूढ़े व्यक्ति ने कहा कि वह आज सुबह ही तो आई है। इस जवाब को सुनकर उसे इतना गुस्सा आया कि उसने ससुर के सिर पर कुल्हाड़ी से वार कर मार डाला।

एक दूसरे मामले में गुस्से का शिकार सास बनी। मारवी हिंगा की पत्नी हिरमी को बुखार लगा हुआ था। वह उसे इलाज के लिए पास के गाँव के सिराहा के पास ले गया। वह हिरमी के साथ रात को वहाँ रुका और अगली सुबह अकेले घर लौट आया। वहाँ उसे सास मिली। उसकी सास को लगा कि वह उसकी बेटी का ठीक से इलाज नहीं करा रहा और उसे वहाँ छोड़कर गाँव मस्ती करने आया है। उसने अपने दामाद को गाली दी और कहा कि उसने उसकी बेटी से शादी तो की पर उसका बिलकुल ख्याल नहीं रखता। हालाँकि हिंगा अच्छा पति था, उसे यह बात बहुत बुरी और अपमानजनक लगी। वह भी इतनी जोर से ये बातें कही गईं कि सारे गाँव ने 25 कदम से भी सुनी होंगी। उसने उत्तेजित होकर अपनी कुल्हाड़ी से सास पर घातक वार कर मार डाला।

1937 में बरसी चिवा ने मारिया लोहार, ताती पांडु की बेटी बन्दी से शादी की। उसने शादी करने के लिए लड़की के पिता को एक टोकरी चावल और बछड़ेवाली गाय दी। एक साल बाद की घटना है, दुर्घटनावश चिवा के घर में आग लग गई। चिवा के साथ उस समय रह रहे बड़े भाई ने पुलिस में शिकायत की कि खुद बन्दी ने घर में आग लगा दी थी। उसे हिरासत में लिया गया पर फिर निर्दोष मानकर छोड़ दिया गया। उसके

खिलाफ शिकायत निपट जाने पर चिवा उसे मायके छोड़ देता है। वहाँ कुछ समय बाद उसकी शादी कोंडासूली में हो जाती है। एक दिन चिवा अपने पूर्व ससुर के यहाँ जाकर उन सारी चीजों को वापस करने के लिए कहता है जो उसने अपनी शादी के समय दी थी। उसका ससुर पांडु इनकार कर देता है और कहता है कि यदि उसने बन्दी के नए पति से कुछ लिया तो उसे मुझे देना होगा। लड़ाई बढ़ती गई, चिवा क्रोधित होकर वापस घर आया। फिर उसने रात में पांडु के घर जाकर उसके पेट में तीर घोंपकर उसकी हत्या कर दी।

इस केस में विवाद के बारे में कबीलों की राय बँटी हुई है। सामान्यतः नियम है कि अगर कोई औरत किसी दूसरे आदमी के साथ रहने के लिए पति को छोड़ देती है तो उस व्यक्ति को पहले पति को वधू-कीमत देनी होती है। पर इस मामले में समस्या जटिल थी, क्योंकि खुद चिवा ने लड़की को छोड़ दिया था। उसकी पहली और दूसरी शादी के बीच दो साल उसने अपने पिता के घर बिताए। यह जटिल समस्या और भी जटिल तब हो जाती है जब लोहार होने के कारण पांडु को कबीले की पंचायत से न्याय की उम्मीद नहीं थी।

बेहद अजीब और दुखद हत्या के एक मामले में 16 साल के युवक मारवी हुंगा ने अपने से तीन साल छोटे लड़के हिरमा का कत्ल कर दिया। ये दोनों रिश्ते में चाचा-भतीजा लगते थे। हुंगा की माँ की शादी हिरमा के पिता से हुई थी। ऐसे रिश्ते में मजाक चलता है। जैसे पोता अपनी दादी से मजाक कर सकता है, उसी तरह चाचा अपने भतीजे को गाली दे सकता है। यहाँ तक कि वह उसकी माँ के साथ सोने की भी धमकी दे सकता है। इस तरह की बातों और मजाक को न तो चाचा और न भतीजा ही गम्भीरता से लेते हैं।

पर जब हुंगा अपने भतीजे से खेत पर मिला तो उसने पूछा कि वह कहाँ जा रहा है ? उस पर भतीजे ने चाचा की माँ और बीवी को गाली देते हुए कहा कि वह उन दोनों को अपनी पत्नी बनाएगा। इस पर हुंगा को बहुत तेज गुस्सा आया और उसने धनुष निकाल उस पर तीर चला दिया। इतनी बड़ी दुर्घटना के पीछे बात बहुत छोटी थी। वे दोनों नशे में भी नहीं थे और उनमें किसी प्रकार की दुश्मनी भी नहीं थी। शायद हुंगा भतीजे की गाली पर अचानक प्रतिक्रिया कर बैठा और कुछ ही देर में दो जीवन बर्बाद हो गए।

VIII

लम्हाडा

भारत के कई कबीलाई क्षेत्रों में फैले मारिया में एक रिवाज है कि जो गरीब लड़का शादी करने के लिए वधू की कीमत नहीं दे पाता वह उनके यहाँ तीन, पाँच या सात साल तक सेवक का काम करता है। बस्तर में ऐसे लड़कों को लम्हाडा कहते हैं या लमानी,

लमसेना या घरजमाई। लम्हाडा और उसके भविष्य के सास-ससुर के बीच का रिश्ता हमेशा अच्छा नहीं होता और ऐसी लड़की के साथ रहना, जिसके साथ शादी अब तक नहीं हुई होती है, बेहद मुश्किल काम है। कभी-कभी खासकर जब लम्हाडा लड़की को गर्भवती कर देता है तब उसकी सेवा की निश्चित अवधि पूरी होने से पहले दोनों की शादी कर दी जाती है।

लम्हाडा की ऐसी सामाजिक स्थितियों के कारण अब तक हत्या के केवल दो मामले आए हैं। कालमुमि मासा अपनी विधवा सास हुंगी के यहाँ लम्हाडा की तरह रह रहा था। वह इस लड़की कोहली से पहले ही शादी कर चुका था। पर, वह समझौते को पूरा कर रहा था। चूँकि वह गरीब घर से था, इसलिए दोनों औरतें, उसकी पत्नी और सास, उसका ख्याल नहीं रखती थीं। वे उसे खाना भी ठीक से समय पर पकाकर नहीं देती थीं। दुर्घटना के कुछ दिन पहले वे दोनों श्राद्ध कर्म में बाहर गईं। हुंगी ने कोहली को शाम को देर से भेजा कि वह अपने पति का खाना बना दे। मासा खेत से भूखे पेट आया और खाना नहीं बना देखकर बेहद क्रोधित हो गया। यह देखकर उसकी पत्नी पिटे जाने के डर से वहाँ से भाग गई और किसी पेड़ पर चढ़कर सारी रात काटी।

अगले दिन मासा और उसकी पत्नी के बीच के विवाद को निपटाने के लिए गाँव में पंचायत बैठी। मासा नहीं चाहता था कि उसकी निजी समस्याएँ सार्वजनिक रूप से सुलझाई जाएँ। इसलिए वह पंचायत में नहीं जाना चाहता था और उसे यह भी डर था कि पंचायत सही फैसला नहीं करेगी, क्योंकि उसकी सास का गाँव में अच्छा दबदबा था। पर उसे जबरदस्ती पंचायत में लाया गया। पंचायत ने फैसला किया कि लम्हाडा के साथ बुरा बर्ताव हो रहा है। उसने दोनों औरतों को भविष्य के लिए चेतावनी दी कि वे उसके साथ अच्छा बर्ताव करेंगी। मगर मासा की भी आलोचना हुई। उसे गेता (पुजारी) ने एक थप्पड़ भी मारा और कहा कि वह अपनी छः माह की गर्भवती पत्नी को न पीटे। इस पर मासा को गुस्सा आ गया और उसने हुंगी के घर से अपना सामान हटा लिया। उसने वहाँ खाना भी नहीं खाया, पर रात में वहाँ सोने के लिए चला गया। वह तुरन्त दूसरे गाँव नहीं गया क्योंकि वह अपनी पत्नी को भी साथ ले जाना चाहता था। वह धान की फसल में अपना हिस्सा चाहता था। उसने पशुओं को भी ले जाने की योजना बना डाली थी।

हुंगी भी मासा की सेवा खोना नहीं चाहती थी। विधवा होने के कारण अपने खेत पर खेती करने के लिए वह पूरी तरह से उस पर आश्रित थी। उसने अपनी बेटी को समझाया कि वह अपने पति के साथ जाने से इनकार कर दे और उसे किसी तरह फुसलाए ताकि वह अपने हिस्से का चावल नहीं ले जा सके। दुर्घटना के दिन मासा ने सुबह ले जाने के लिए तीन टोकरियाँ भरीं। हुंगी ने उसे कहा कि वह उसे किसी भी तरह चावल नहीं ले जाने देगी और वह अपने दो बच्चों के साथ उसी जगह पर सोई और रात भर पहरा देती रही। एकदम सुबह जब मासा अपना सामान लेने पहुँचा तो उसकी सास ने उसे रोकना चाहा। मासा ने गुस्से से आगबबूला होकर उसे जोरदार

धक्का दिया जिससे वह मर गई। कोहली ने जब बीच-बचाव करने की कोशिश की तो उसने उसे भी ऐसा घायल कर दिया कि पन्द्रह दिन बाद ही वह भी मर गई।

मारवी रिसामी बस्तर का मारिया लोहार था। 1934 के अन्त में वह एक लड़के मरकामी वांगो को अपनी बेटी पैकी के लिए लम्हाडा बनाकर घर लाया। वह लड़का उनके यहाँ लगभग डेढ़ साल तक काम करता रहा। रिसामी चाहता था कि शादी 1936 में हो।

सब कुछ पहले तो बिलकुल ठीक रहा। रिसामी ने अपने बड़े भाई के बेटे मारवी कुमा को, जो वांगो की उम्र का था, अपने घर रखा हुआ था। कुमा के माता-पिता दोनों का बचपन में ही देहांत हो गया था। रिसामी ने उसे गोद ले लिया था। यह लड़का रिश्ते के हिसाब से पैकी का भाई लगा। कुमा का गोत्र एवं पैकी का गोत्र एक ही था। इन दोनों के बीच किसी प्रकार का सम्बन्ध पाप हो सकता था। पर इन सबके बावजूद कुमा और पैकी एक-दूसरे के प्रति बेहद आकर्षित थे। जल्द ही पैकी को यह एहसास हो गया कि वह अपने मंगेतर वांगो को समय नहीं दे पा रही है। एक दिन गर्मी खत्म होने के बाद वांगो और पैकी दोनों, कुमा और एक और लड़के कोसा के साथ पर्वत पार लोहे के टुकड़े चुनने गए। जब वे वहाँ पहुँचे तो कोसा अपने किसी काम से गाँव चला गया और वांगो उसके साथ पीने का पानी लेने चला गया। सम्भवतः वह जान-बूझकर कुछ देर के लिए पैकी और कुमा को अकेला छोड़कर छिपकर देखना चाहता था कि वे क्या कर रहे हैं। उसका शक सही निकला। उसका दावा है कि जब वह चुपचाप वापस आया तो उसने उन दोनों को सम्भोग करते हुए पकड़ लिया। उसने कुमा को गाली देते हुए उस पर पत्थर फेंका, पर उसे लगा नहीं। फिर उसे मारने के लिए हाथ में छुरा लेकर उसके पीछे भागा। कुमा वहाँ से भागने में सफल रहा। जब कोसा उन लोगों के पास आया तो उसने वांगो और पैकी को एक-दूसरे पर पत्थर फेंकते हुए देखा। वांगो ने घोषणा की कि वह मारवी कुल के सारे लोगों को मारकर या तो फाँसी पर लटक जाएगा या चाय बागान भाग जाएगा।

एक महीने के बाद की बात है, उनका पूरा परिवार अपने कई रिश्तेदारों और पड़ोसियों के साथ घास लेने हांडा खोदरा गया ताकि बरसात से पहले छज्जा फिर से बनाया जा सके। यह 2 जून, 1936 का दिन था। जब वे लोग देर से घर लौटे तो रिसामी हंडिया पी रहा था। सब लोगों ने थोड़ी-थोड़ी ली। किसी को नशा तो नहीं हुआ पर सबकी दिन भर की थकान दूर हो गई। उस रात भोजन करते वक्त वांगों ने कुमा पर आरोप लगाया कि वह पैकी को बहला-फुसला रहा है और उसकी ओर से उसका मन हटा रहा है। वांगो अपनी मंगेतर की उदासीनता और ठंडे रुख से बेहद खिन्न लग रहा है। उसने उसे तीर से मार डालने की धमकी दी। कुमा ने यह सारी बात अपने चाचा रिसामी को बताई। यह सब सुनकर वह बूढ़ा आदमी उत्तेजित हो गया। उसने कहा कि यह बेहद शर्मनाक बात है कि वह अपनी प्रेमिका पर इतना घिनौना आरोप लगा रहा है। उसने उस लड़के को दो बार मारा, फिर वांगों ने भी अपने होनेवाले श्वसुर का हाथ

पकड़ लिया। पर लोगों ने उन्हें अलग किया। वांगो घर से निकल गया। रिसामी उसे लेने उसके पीछे गया क्योंकि वह ऐसे उपयोगी और कामकाजी लम्हाडा को खोना नहीं चाहता था। पर वांगो तो गुस्से में था। उसने उसे अपने पीछे आते देखा तो उस पर पत्थर फेंका जो उसके सिर के पीछे जोर से लगा और खून बहने लगा। रिसामी ने गाँव के मुखिया के पास जाकर सारी बात बता दी। उन लोगों ने अगले दिन सुबह कोतवाल के पास जाने की योजना बनाई।

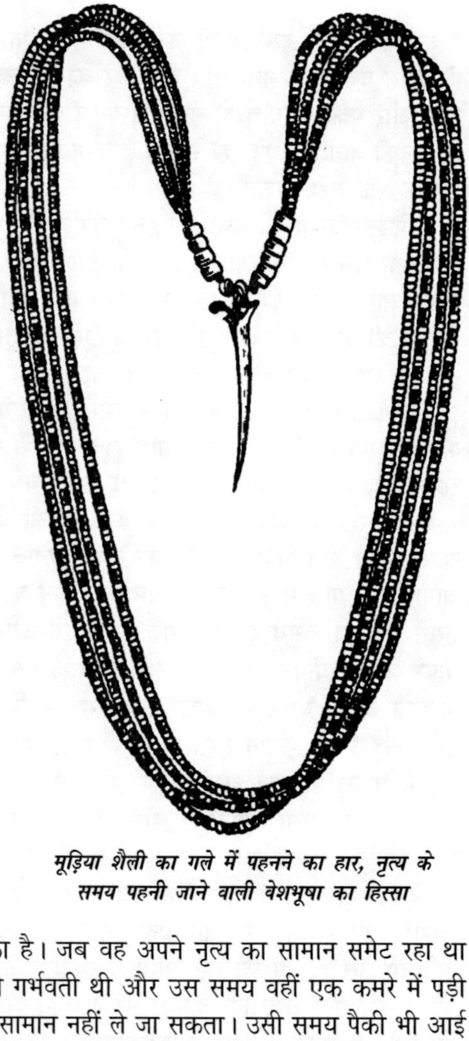

मूड़िया शैली का गले में पहनने का हार, नृत्य के समय पहनी जाने वाली वेशभूषा का हिस्सा

जब रिसामी मुखिया के घर पर था, वांगो अपने नृत्य का साजो-सामान लेने घर लौटा। बाइसन-हॉर्न मुकुट से जुड़ीं सजावट की चीजें साधारण नहीं थीं बल्कि इसमें छोटे-बड़े घुँघरू, कमर की पट्टी और गले का हार भी था। उसकी गतिविधियों से लग रहा था कि वह घर छोड़ने का निश्चय ले चुका है। जब वह अपने नृत्य का सामान समेट रहा था तो पैकी की माँ, जो आठ माह की गर्भवती थी और उस समय वहीं एक कमरे में पड़ी थी, जोर से चिल्लाई कि वह सारा सामान नहीं ले जा सकता। उसी समय पैकी भी आई और उसे यह कहते हुए रोका कि यह सारा सामान उसका है और उसके माता-पिता ने उसे उपहार में ये चीजें दी हैं। वांगो तो पहले से ही गुस्से में था, रोके जाने पर तीव्र आवेश में उसने उसकी छाती में बाएँ तरफ तीर चला दिया।

कोर्ट में वांगो ने सफाई दी कि झगड़े की रात उसने फिर से कुमा और पैकी को सम्बन्ध बनाते हुए देखा था, जिसे देखकर उसे इतना गुस्सा आया कि वह उसके घर से अपना सारा सामान लेने चला गया। मगर पैकी और उसकी माँ ने जब उसे रोकना चाहा तो उसने पैकी को मार डाला। कहानी के इस भाग पर शक किया जा सकता

है क्योंकि घर के दूसरे लोगों ने बताया कि कुमा रिसामी के साथ मुखिया के पास शिकायत दर्ज करने गया था। चूँकि घर का हर सदस्य अपनी इज्जत बचाने के लिए कुमा और पैकी के बीच के गलत सम्बन्धों को छिपाना चाहता था इसलिए सम्भव है कि उनकी बात झूठी हो। हो सकता है वांगो छिपकर उन्हें जाँचना चाहता था और फिर उसका शक सही निकला हो।

पिछली घटना की तरह इस हत्या का कारण भी औरत द्वारा लम्हाडा को घर से जाने और उसके सामान को ले जाने से रोकना था। यहाँ यह कहना कठिन है कि वांगो अपना सामान नहीं ले जा पाने के कारण ज्यादा उत्तेजित था या अपनी प्रेमिका को दूसरे आदमी की बाहों में देखकर उत्तेजित था। मुझे लगता है कि हत्या का तात्कालिक कारण नृत्य के सामान को लेकर उनके बीच उठा तनाव था।

इसी तरह की दुर्भाग्यपूर्ण घटना डोमी के साथ भी घटी थी। डोमी 17 साल की कुँवारी धुरवा युवती थी। उसके साथ पाँच साल से लम्हाडा के रूप में एक युवक जोगा रह रहा था। उनकी शादी बस अगली फसल के समय होनी तय हुई थी।

एक रात वह अपने घर में बिलकुल अकेली थी। जोगा कमरे के बाहर आँगन में सोया करता था। डोमी ने अपने कमरे का दरवाजा बन्द किया और सो गई। देर रात जोगा उसके पास गया और उसे सम्बन्ध बनाने को कहा। डोमी ने इनकार कर दिया। उसने कहा कि इससे ईश्वर नाराज हो जाएगा और उसके जानवर मर जाएँगे। जोगा वापस चला गया। जोगा के फिर से आकर जबरदस्ती करने के डर से डोमी अपनी कुल्हाड़ी अपनी बगल में रखकर सोई। रात में फिर से जोगा उसके पास आया और उसे पकड़ लिया। उसने तुरंत कुल्हाड़ी उठाई और उसे दे मारी, जिससे जोगा गम्भीर रूप से घायल हो गया और कुछ ही पलों में मर गया।

कोर्ट ने फैसला सुनाया कि डोमी ने अपनी रक्षा करने के लिए ऐसा कदम उठाया था, क्योंकि वह उस रात घर पर अकेली थी। यह पता नहीं चल रहा है कि डोमी ने अपने होनेवाले पति की इच्छा को क्यों नहीं स्वीकार किया, क्योंकि जिन लड़कियों के लम्हाडा होते हैं उनमें यह आम प्रवृति है। हो सकता है कि वह अपनी माहवारी में हो, इसीलिए उसे डर था कि ऐसे समय में सहवास से उनके कुलदेवता नाराज हो जाएँगे और उनके शाप से उसके जानवर मर जाएँगे। दूसरी तरफ, सिर्फ यह बात रही होगी कि वह उस लड़के को पसन्द नहीं करती होगी और शादी के बाद ही कोई सम्बन्ध बनाना चाहती होगी।

इसी तरह एक मुरिया लम्हाडा, खुजा के साथ अनहोनी घटी। 1942 में उसे जगदलपुर में आजीवन कारावास की सजा हो गई। जब मैं उससे जेल में मिलने गया तो पाया कि वह एकदम प्रसन्नचित्त और कुछ सीधा-सादा किस्म का लड़का है। जब मैंने उसके अपराध के बारे में पूछा तो उसने हँसते हुए सारी बात बताई। खुजा अपने ससुर के यहाँ रह रहा था। चूँकि लड़की बहुत छोटी थी, इसीलिए दोनों की शादी पहले ही हो चुकी थी। एक दिन एक घसिया भिखारिन उसके घर आई और उससे कहा, 'मेरे

(अ) पोरिआमी हिरमा। (प्रकरण सं. 75)

(ब) मारवी पकलू जिसने अपनी झगड़ालू पत्नी की हत्या की।

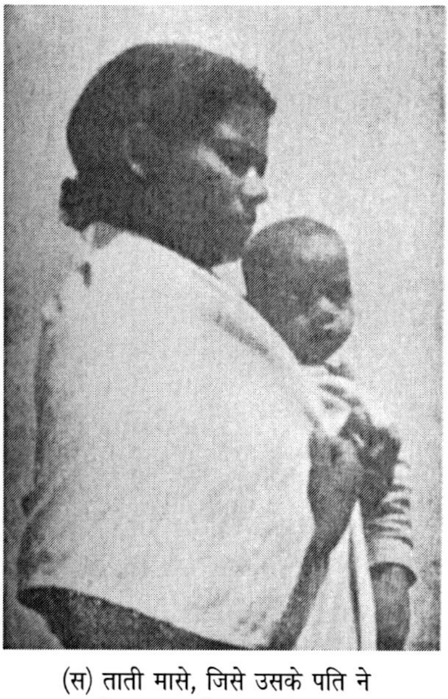

(स) ताती मासे, जिसे उसके पति ने छोड़ डाला और भगा दिया।

(द) हबका मासे, जिसकी पत्नी ने आज्ञा मानने से मना कर दिया।

(अ) कन्डे मुरिया, जिसके पिता ने उसकी दोनों पत्नियों की इज्जत ली।

(ब) मारवी कुमा—जिसने अपने पुत्र की हत्या की।

(स) पूनम पिडगा—जिसने अपने पिता की हत्या की।

(द) पदमी गुड्डी—जिसने अपनी माँ की हत्या की।

साथ आओ।' खुजा ने पूछा कि वह क्या चाहती है तो भिखारिन ने कहा, 'तुम्हारी पत्नी का सिर।' पन्द्रह दिनों बाद वह फिर से आई और खुजा के ससुर से शिकायत की कि खुजा ने उसके साथ गलत व्यवहार किया है। उससे खुजा इतना क्रोधित हो गया कि उसने उस भिखारिन का पीछा किया और जब पीछा करते हुए गाँव की सीमा से बाहर आया तो उसे जमीन पर गिराकर इतना पीटा कि वह वहीं मर गई। खुजा का गुस्सा शायद इसलिए था कि लम्हाडा के रूप में वह एक समर्पित युवक था और उसकी शादी भी हो चुकी थी।

लम्हाडा और लड़की के पिता के बीच के तनाव के कारण आत्महत्या के दो मामले सामने आए। अपने घर का काम खत्म करने की बजाय घसिया जो लम्हाडा था, गाँव के लड़के-लड़कियों के साथ नृत्य करने चला गया। अकाली मोदी ने अपनी पत्नी के लिए तीन साल तक लम्हाडा के रूप में सेवा की। मृत्यु के चार महीने पहले ही उसका विवाह हुआ था। जैसा कि अक्सर होता है। वह अपने ससुर की सेवा में लगा हुआ था क्योंकि वधू-कीमत वसूल नहीं हो पाई थी। उसकी आत्महत्या वाली रात को दो गायों ने रस्सी तोड़ दी थी और सारी फसलों को बर्बाद कर दिया। इस तरह की घटनाएँ होने पर लम्हाडा को ही दोष दिया जाता रहा है। ऐसे मौके पर लड़की का पिता भी व्यंग्य करने से नहीं चूकता। वह लम्हाडा को जताता है कि वह अपनी बेटी को कैसे मूर्ख के पल्ले बाँध रहा है, फिर वह उसकी माँ के बारे में भी उल्टा-सीधा कहता है। चूँकि मोदी बेहद भावुक और तुनकमिजाज था इसलिए उसे अपने ऊपर किए गए व्यंग्य का भारी दुख हुआ। उसने सारे परिवार के खेत पर जाने का इंतजार किया और सबके चले जाने के बाद गाँव के बाहर पेड़ से लटककर आत्महत्या कर ली।

अध्याय : दस

अपराध का कारण : शराब

I

हंडिया यानी चावल की शराब बाइसन-हॉर्न मारिया का विशेष और पसन्दीदा नशा है। वे महुआ के फूल से बने सुरेम, महुआ के रस, खजूर की ताड़ी, सागूताड़ का रस और ताड़ के पेड़ की ताड़ी को भी नशे के रूप में लेते हैं। किन्तु चावल की शराब उनके लिए हर त्योहार और उत्सव पर न सिर्फ अनिवार्य होती है बल्कि सबसे ज्यादा पसन्द की जाती है। मारिया इसे नशा और भोजन दोनों मानते हैं, और ऐसा है भी। यह मारिया के जन्म से लेकर मृत्यु तक साथ होती है। जब मारिया का जन्म के बाद नामकरण उत्सव होता है तब इसे पीया जाता है। जब सगाई होती है तब, फिर जब शादी होती है तब इसे खूब पिया जाता है, और अन्त में मृत्यु के बाद स्मृति पत्थर पर भी इसे उड़ेला जाता है। हर विशेष उत्सव पर और हर कृषि वर्ष के अन्त में इस पोषक और कड़े नशे को बनाया और पिया जाता है।

महुआ का रस, जो उत्तरी गोंड का पारम्परिक नशा है, बाइसन-हॉर्न मारिया के नरबलि देने के समय चढ़ाया जाता है। थोड़ी मात्रा में हर उत्सव और घरेलू मौकों पर इसका इस्तेमाल होता है। सागूताड़ और ताड़ से निकली ताड़ी का इस्तेमाल मस्ती और मनोरंजन के उद्देश्य से किया जाता है। इसके ताजा रस को हंडिया के साथ ही शादी या अन्त्येष्टि के मौकों पर उपहार स्वरूप दिया जाता है। एक गरीब व्यक्ति, जो अपने बच्चों की सगाई या शादी में हंडिया या सुरा नहीं पिला सकता, वह इसके बदले ताड़ी ही पिलाता है। जब मुका एक सुन्दर युवती कुमी का शादी के लिए हाथ माँगने गया तो वह अपने साथ एक तुम्बा-भर ताड़ी-रस ले गया। सुरेम, जो महुआ के फूल को उबालकर बनाया जाता है, का इस्तेमाल बेहद परिष्कृत शराब की तरह किया जाता है। इन सारे मादक द्रव्यों को ईश्वर का उपहार माना जाता है। माना जाता है कि शराब स्वर्ग से भेजी गई है, इसको कौन ठुकरा सकता है ? मुरिया और बैगा प्रथा में महुआ का ज्यादा इस्तेमाल होता है। इसके बारे में एक लोक कथा है। बहुत पहले एक प्राचीन नायक अपने मेहमानों का मनोरंजन करने का कोई साधन ढूँढ़ रहा था। वह संयोगवश एक महुआ पेड़ के पास गया तो देखा कि पेड़ के पास एक गड्ढा है और उसके पानी

में ढेर सारे फूल गिरे हुए हैं। उस छोटे से तालाब के चारों ओर खूबसूरत पक्षी बैठे हैं जो अपना सिर मस्ती में हिला-हिलाकर और अपने पंख उत्तेजना में हवा में फड़फड़ाकर गाना गा रहे थे। उस नायक ने उस तालाब के पानी को चखा। फिर वह भी चिड़ियों के साथ नाचने, गाने और अपने हाथ मस्ती में हवा में हिलाने लगा। इस तरह उसने महुआ की शराब की पहचान की। ऐसी मान्यता है कि मारिया को उस सर्वशक्तिमान ने प्रसन्न रहने के लिए ही हंडिया बनाने का तरीका बताया है।

सागूताड़ और ताड़ की ताड़ी की उत्पत्ति का विस्तृत रूप से वर्णन किया गया है।

'बहुत पहले आयरो कवाची मारिया की दो सुन्दर बेटियाँ इलो और पालो थीं। उसने महुआ की लकड़ी से बैठने के लिए एक कुर्सी बनाई और इस पर चिल्लड़ की चमड़ी से खोल चढ़ा दिया। उसने घोषणा की कि जो युवक इसे सबसे पहले उठाकर वहाँ रखेगा जहाँ वह नहाता है और बताएगा कि यह किस लकड़ी से बनी है और किसकी चमड़ी से ढँकी है, उससे वह अपनी बेटी की शादी कर देगा। आस-पास के सारे लड़कों ने इसे उठाने की कोशिश की, पर नाकाम रहे। न ही वे यह बता पाए कि यह किसकी चर्बी से ढँकी है। अन्ततः इरमा राज से एक लँगड़ा युवक आया। उसका नाम पागल मोडा था। उसके एक पैर पर खुला हुआ घाव था। वह भी नहीं बता पा रहा था कि वह कुर्सी किसकी चर्बी से ढँकी है, तभी एक तितली आई और उसने कहा कि "यदि तुम मुझे अपने घाव पर बैठने दो और उसे चखने दो तब मैं बता दूँगी कि यह कौन सी लकड़ी है।' उस युवक ने उस कीट को घाव पर बैठने और अपना भोजन लेने दिया। फिर उस कीट ने बताया कि वह लकड़ी महुआ की है और वह कुर्सी चिल्लड़ के चमड़े से ढँकी हुई है। फिर उस युवक ने कुर्सी उठा ली और जहाँ आइरो कवाची नहाना चाहता था, वहाँ रख दी।

'मोडा तो लँगड़ा, बदसूरत और जख्मों से भरा हुआ था, जब दोनों लड़कियों ने उसे देखा तो वे डरकर भाग खड़ी हुईं। वह युवक भी उनके पीछे लँगड़ाता हुआ गया। रास्ते में उसकी नृत्य करनेवाली छड़ी गिर गई। वह उनका पीछा करता रहा और अन्त में जिस रस्सी से वे बाल बाँधती थी उसे पकड़ लिया। उसने उनके कंधे पर के कपड़े फाड़ डाले और उनके कुछ केशों को भी तोड़ डाला। फिर उसने उन्हें इनडालटम नदी के तट पर गिराकर उनका भोग किया। इस घटना के बाद नदी बँटकर दो धारों में बहने लगी।

'उस युवक की घंटीवाली छड़ी ताड़ के पेड़ में बदल गई। उन युवतियों के केश से खुली रस्सी साबूताड़ में, टूटे बाल खजूर के पेड़ में बदल गए। चूँकि उस दिन लड़कियों के कपड़े उनके कंधों और सीने से गिर पड़े थे, इसलिए अब आदिवासी लड़कियाँ अपने वक्ष नहीं ढँकती।'

यह कहानी गरमीरी गाँव में सुनी थी। यही कहानी अलग-अलग, कई जगहों पर थोड़ा-थोड़ा बदलकर सुनाई जाती है। दुअलकरका में इरा धुरवा ने कुर्सी बनाई थी और

उसे कपड़े के खोल से ढँका था। मस्कल में कुर्सी बनानेवाला गजा भीमूल था और कहानी के अन्त में इलो और पालो ने दाँतेवारा स्थित नदी में छलाँग लगा दी और डूबकर मर गई थीं।

उत्तरी मुरिया में प्रचलित कहानियों की तरह ही कुछ लोककथाएँ हैं, जो मारिया में प्रचलित हैं। 'पेन कैना गोदावरी नदी में स्नान करने के लिए आता है; वे लोग जामुन खाने के लिए नृत्य कर रहे थे; या वे सिर्फ नृत्य करने के लिए ही आए थे। वे गा रहे थे, 'जो भी हमारा नाम बता देगा, हम उसके साथ जाएँगे।' गाँव के एक लड़के ने उन्हें देखा, पर वह उनका नाम नहीं बता पाया। वे उस पर गुस्सा हो गए और उसको पकड़ने उसके पीछे भागे। जब लड़कियाँ भागीं तो उनकी घुँघरुओंवाली घड़ी गिर पड़ी और ताड़ का पेड़ बन गईं। लड़कों ने उन पर जो छड़ी फेंकी, वह साबूताड़ बन गई। लड़कियों के कमर की पट्टी जो टूटकर गिरी तो वह खजूर का पेड़ बन गई। इन पट्टियों पर की जो गाँठें थीं, वे फल बन गईं। ईश्वर ने लड़कों का अण्डकोष काटकर घुँघरूवाली छड़ी पर चिपका दी जो ताड़ के पेड़ का फल बन गई। इसलिए मारिया कहते है, औरतें जितनी तेजी से नृत्य करती हैं उतनी ही तेजी से ताड़ को पीटती भी हैं। यह कहानी बारा हरमामुंडा की है। पलनार में कहानी बिलकुल इसके विपरीत है। इसमें लड़के जब लड़कियों को छेड़ते हैं तो लड़कियाँ अपनी छड़ी से उन्हें पीटती हैं। तब लड़के भागते हैं। यहाँ एक और बात प्रचलित है कि ताड़ का पेड़ कहता है, 'हम यहाँ नहीं रहेंगे' और पहाड़ से नीचे चला जाता है। मगर साबूताड़ का पेड़ दाँतेवार पठार पर ही रह जाता है।

इससे बिलकुल अलग एक कहानी है जो बैलाडीला के पड़ोस में प्रचलित है। बहुत साल पहले मारिया का एक गुट बैलाडीला पर्वत पर शिकार कर रहा था। उन्हें प्यास लगी तो पानी ढूँढ़ने लगे। एक चूहे ने साबूताड़ के पेड़ के डंठल को कुतर दिया था और एक जंगली मुर्गे ने इसके निचले तने में एक खोह बना दी थी। पेड़ का रस टपककर उस खोह में जमा हो गया था। जब शिकारियों ने इसे देखा तो उन्हें यह ताजा-ताजा रस लगा। वे इसे पी गए। तब से वे टोंटी लगाने लगे ताकि रस इकट्ठा कर इस्तेमाल कर सकें।

जिन नशीले द्रव्यों का इस्तेमाल मारिया करते हैं उनकी शक्ति का तुलनात्मक अध्ययन बेडफोर्ड के 'टेकनीकल एक्साइज मैनुअल' में दिया हुआ है। इन सारे द्रव्यों की क्षमता टोंटी लगाए जाने पर निर्भर करती है। मद्रास प्रेसीडेंसी की सभी जगहों पर इन ताड़ के पेड़ों का अध्ययन किया गया, जो निम्न प्रकार है–

		मात्रा का प्रतिशत
नारियल	85.7° यू.पी.	8.1
पनई ताड़	90.8° यू.पी.	5.2
खजूर	91.4° यू.पी.	4.9
साबूताड़	89.6° यू.पी.	5.9

1909 में बंगाल में जब ताड़ी को बेचने के लिए लाया गया तो इसमें 93° यू.पी. से 94° यू.पी. तक की मादक शक्ति पाई गई। कहा जाता है कि जब यह बिलकुल ताजी होती है तब इसे पोषक और शुद्ध माना जाता है। जिस तरह माल्ट की शराब होती है।

भारत में चावल या मंडुआ (बाजरा) से बनी शराब की ताकत 75° यू.पी. से 93° यू.पी. (4% से 14.3% की मात्रा) होती है। औसत रूप से यह 85° यू.पी. होती है तो (8.6% की मात्रा) महुआ से बनी 'रासि' शराब को 50° यू.पी. से 70° यू.पी. की शक्ति का और 'फूली' शराब को 15° यू.पी. से 35° यू.पी. के बीच बनाने की इजाजत दी गई है। हालाँकि बस्तर के दक्षिण की दुकानों में जो शराब मिलती है वह उत्तर की दुकानों की शराब से ज्यादा नशीली होती है। 'रासि' और 'फूली' का औसत नशा क्रमशः 60° यू.पी. (22.8% की मात्रा) और 25° यू.पी. (42.8% की मात्रा) होनी चाहिए।

मैंने कई जगह सुना है कि मारिया हंडिया को बहुत नशीला नहीं मानते। इसकी तुलना में वे महुआ को ज्यादा नशीला मानते हैं। उनका मानना है कि हंडिया तो पेट भरने के लिए होता है।[1] ऐसा माना जाता है कि एक आदमी यदि पहले हंडिया पी ले, फिर थोड़ी महुआ की शराब और अन्त में साबूताड़ी या ताड़ी पी ले, तो उसे भयंकर नशा हो जाएगा। यह भी कहा जाता है कि जब नर ताड़ और मादा ताड़ की ताड़ी को मिलाकर पीया जाए तो वह भी बेहद नशीली हो जाती है। हंडिया चाहे चावल से बने या महुआ से, इसके नशे पर कोई फर्क नहीं पड़ता। वास्तव में यह कई अनाजों का मिश्रण होता है।

वहाँ के बिक्रीकर के सब-इंस्पेक्टर से मिलने पर पता चला कि वह मारिया की ही तरह महुआ की शराब को हंडिया या किसी ताड़ के रस से ज्यादा नशीला मानता है। वे मानते हैं कि महुआ की शराब का नशा तेजी से चढ़ता है जबकि हंडिया को ज्यादा मात्रा में लेना होता है और उसका नशा धीरे-धीरे चढ़ता है। उसे पीने से आदमी तब तक हिंसक नहीं होता जब तक इसके साथ कोई दूसरा नशा न ले। हंडिया का नशा 70° यू.पी. की एक शराब की बोतल के बराबर होता है। इसका नशा देर तक रहता है और यह कम हानिकारक होती है। चूँकि इसे भोजन के रूप में भी देखा जाता है इसलिए इसे पीनेवाला महुआ को पीने वाले की तरह कमजोर नहीं होता। सब-इंस्पेक्टर का एकमत था कि मारिया ज्यादा नहीं पीते और न ही इसके नशे के कारण सबसे ज्यादा आत्महत्याएँ होती हैं।

हंडिया तैयार करना लगभग एक उत्सव की तरह होता है। इसे घर की बहू या गाँव का पुजारी बनाता है और बनाने के समय उसे खाली पेट रहना होता है। यह चावल या कोसरा तथा मंडिया का होता है। पहले मंडिया को कूटा जाता है, फिर उसे पानी में भिगोकर टोकरी में पत्तों से ढककर रख दिया जाता है। दो या तीन दिन में अनाज अँकुरने लगता है। फिर इसे धोकर, सुखाकर पीस लिया जाता है। इसी बीच कोसरा या चावल

1. डाल्टन इस बात से आश्चर्य चकित था कि लड़के और लड़कियाँ रात भर नाचने के बाद कैसे सुबह काम पर जाते हैं–वो भी पूरी तरह चैतन्य और तरोताजा होकर मानो रात भर उन्होंने गहरी नींद ली है। ऐसा अक्सर कहा जाता है कि चावल से बनाई जानेवाली बियर (लांडा) से ही उन्हें मेहनत का काम करने की ताकत मिलती है–डिस्क्रिटिव एथनोलोजी पृष्ठ 249।

या कोसरा और चावल को एक साथ मिलाकर साफ कर मिल में पिसवा लिया जाता है। इस आटे को गर्म पानी के साथ मिलाकर लोई बना ली जाती है। एक बेहद बड़े मिट्टी के घड़े में पानी उबाला जाता है। इसमें एक बाँस की फोंफी डाल दी जाती है जिसे जीव कहते हैं। उसी पानी में आटे की लोई को डाल दिया जाता है। उबलने पर पानी के घड़े को आग पर से उतार दिया जाता है, और मंडिया के आटे को एक अलग बर्तन में रखा जाता है। भाप दिए हुए चावल और कोसरा के लेई को गर्म पानी में घड़े पर रखा जाता है और इसके उपर मंडिया का आटा डाला जाता है। बर्तन को ठंडे पानी से उपर तक भरकर उसका मुँह पत्तों से ढककर खमीर उठाने के लिए एक तरफ रख दिया जाता है। तीन या चार दिन के बाद जब इसमें से बुलबुले निकलने लगते हैं और ग्रिगसन के शब्दों में, 'जब इसमें से एकदम गन्दे मुर्गीघर से निकलनेवाली बदबू जैसी महक आने लगे तो समझना चाहिए कि यह तैयार हो गया है।'

साबूताड़ और ताड़ के रस का इस्तेमाल करने के पीछे कई सारे नियम और अन्धविश्वास जुड़े हैं। कहते हैं कि जिस पेड़ में पहली बार टोंटी लगाई जाती है उसके रस को औरतों को नहीं पीना चाहिए। दूसरे, यदि यह रस मीठा हो तो भी नहीं पीना चाहिए, आदि-आदि। पेड़ पर से रस की चोरी न हो जाए इसलिए सावधानीपूर्वक देखभाल की जाती है। अक्सर इसके तने के चारों ओर बाँस से बनी बड़ी चटाई बाँध दी जाती है। कभी-कभी चोरों से बचाने के लिए काँटे के गट्ठर आस-पास रख दिए जाते हैं। इसका मालिक पेड़ की रखवाली करने के लिए अकसर पेड़ के नीचे ही झोंपड़ी बनाकर रहता है। पेड़ पर चढ़ने के लिए एक बाँस को पेड़ के सबसे उपरी हिस्से से खूँटी की तरह लटका दिया जाता है, तथा बाँस पर थोड़ी दूर-दूर पर उगी मजबूत टहनियों को काटा नहीं जाता। यह चढ़ने के समय सीढ़ी का काम करती है। जब इसका इस्तेमाल नहीं होता तो इसे उतारकर और छिपाकर गुप्त जगह रख दिया जाता है। एक बार मैंने गोगोंडा में मारिया को बेहद कुशलतापूर्वक एक बहुत लम्बे साबूताड़ पर चढ़ते देखा। नीचे जमीन पर पेड़ के एकदम नजदीक आठ फीट लम्बा बाँस गाड़ दिया जाता है, चढ़नेवाला इसके ऊपर पैर के सहारे चढ़ता है। फिर वह बड़े से बाँस

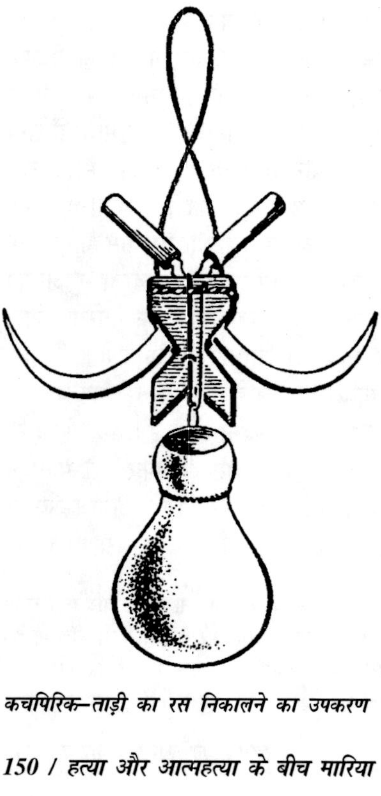

कचपिरिक–ताड़ी का रस निकालने का उपकरण

को सबसे उपर लगे खूँटे में फँसाता है। इस बाँस के अन्त में एक फन्दा लगा होता है। यह काम बेहद आश्चर्यजनक है। जब यह हो जाता है तब वह लटक रहे बाँस को नीचे गड़े बाँस के खम्भे से फन्दे के सहारे बाँध देता है, फिर इस पर वह खड़ा होता है। अब इसे सीढ़ी की तरह इस्तेमाल करते हुए वह पेड़ के ऊपरी सिरे पर पहुँच जाता है।

ताड़ी के पेड़ पर चढ़ने के लिए मोहूकूम से बनी रस्सी

कोंटा तहसील में ताड़ के पेड़ पर चढ़ने का तरीका वही है जो कादीर में है। इन दोनों का तरीका बोरनिओ के दयाक से भी मिलता है। चढ़नेवाला पहले अपने कमर से विशेष पात्र, जिसे कच पिरीक कहते हैं, और दो कटार तथा एक लबनी (मिट्टी का छोटा पात्र) टाँगता है और सीधा पेड़ पर ऊपर चढ़ जाता है। अन्य गाँवों में मोहुकुम का इस्तेमाल होता है। यह रस्सी से बेहद खूबसूरत तरीके से बना फन्दा होता है जिसे पेड़ के तने और कमर दोनों से एक साथ जोड़कर बाँध दिया जाता है जो उपर-नीचे फिसल भी सकता है। फिर पैरों में भी रस्सी का एक फन्दा डाला जाता है जो पेड़ से चढ़ने वाले को बाँधे रखता है। फिर वह उछलने वाले कैटरपिलर की तरह पेड़ पर चढ़ता है। एक मारिया ने मुझे बताया कि शाम के समय ताड़ी पीने के लिए लोग बन्दरों जैसा झुंड बनाकर जाते हैं। वे अपने साथ पत्तों में बाँधकर सूखी मछली, भुना हुआ केकड़ा, लाल चींटी या महुआ की लेई ले जाते हैं।

यह बताना बहुत कठिन है कि मारिया कितनी शराब पी जाते हैं। बिक्री कर विभाग के आँकड़ों के अनुसार दाँतेवाड़ा तहसील और सुकमा जमींदारी में, जहाँ मारिया की अच्छी जनसंख्या है, प्रति 100 व्यक्ति क्रमशः 46.48 तथा 50.51 गैलन शराब खपत होती है। मुरिया तहसील के उत्तर में कोंडागाँव में यह 32.43 गैलन तथा नारायणपुर में 58.90 गैलन है। यहाँ एक बात ध्यान देने की है कि नारायणपुर में पर्वतों में रहने वाले मारिया की अधिकांश जनसंख्या हंडिया नहीं पीती है। इसी प्रवृत्ति में पता चलता है कि यहाँ महुआ की शराब की खपत ज्यादा क्यों है। बन्दोबस्ती के रिकार्ड के अनुसार बाइसन-हॉर्न मारिया के इलाके में ताड़ के 75,000 वृक्ष हैं। साबूताड़ की संख्या नहीं पता, पर अपेक्षाकृत कम ही है।

अवैध शराबखाना कई विवादों की जड़ रहा है। इसके लिए हत्याएँ भी हुई हैं। 1938-42 के बीच दाँतेवाड़ा तहसील में इस वजह से 143 वारदातें हुई हैं। इसी तरह बीजापुर में 91, जगदलपुर में 65 किन्तु कोंडागाँव और नारायणपुर में हत्या के क्रमशः 11 और 18 मामले हुए हैं। इससे यह बात साफ पता चलती है कि बाइसन-हॉर्न मारिया अपने उत्तरी इलाके के भाई-बंधुओं से अवैध शराब निर्माण में ज्यादा आगे रहे हैं पर यह भी सम्भव है कि ये आँकड़े बिक्रीकर कर्मचारियों की तत्परता की वजह से रहे हों या गुप्तचरों की क्रियाशीलता की वजह से।

हम पाते हैं कि आदिवासी जाति के लोगों में नशे की लत सामान्यतः नहीं होती। वे अधिकांशतः उत्सव, त्योहार, शादी, अंत्येष्टि आदि के मौकों पर परम्परा के रूप में शराब का सेवन करते हैं। निश्चित अनुपात में कुछ लोग मद्य का बिलकुल सेवन नहीं करते हैं और कई लोग तो महुआ की शराब को कभी हाथ नहीं लगाते। ये लोग उत्सवों और महत्त्वपूर्ण मौकों के सिवाय कभी शराब नहीं पीते।

II

बाइसन-हॉर्न मारिया के बीच हत्या के जितने मामले हैं उनमें ढेर सारे मामलों के पीछे शराब का नशा कारण रहा है। साधारणतः कहा भी जाता है कि इसके लिए नशा खासकर लांडा चावल की शराब जिम्मेदार है। अधिकांश मामलों में कोर्ट में आरोपित व्यक्ति नशे का बहाना बनाता है। यह भी पाया गया है कि अपराधी व्यक्ति का वकील उसे सलाह देता है कि वह अपनी सफाई में नशे को ही कारण बताए। पर कई मामलों में पुलिस में या निचली अदालत में हत्या के पीछे नशे को कारण नहीं बनाया गया बल्कि जब मामला सेशन कोर्ट में चला जाता है तो इसे कारण बताया जाने लगता है। कोर्ट भी इसे महत्त्व नहीं देता। 100 मामलों में वह 19 को ही नशे से प्रेरित बताता है। इन 19 मामलों में 13 मामलों के पीछे चावल की शराब, 4 के पीछे महुआ की शराब और 2 के पीछे ताड़ का रस कारण होता है। चावल की शराब अक्सर लोग उत्सवों के दौरान लेते हैं किन्तु शादी, श्राद्ध जैसे उत्सवों में, जहाँ भारी मात्रा में पीने का रिवाज है, कभी हत्या की कोई घटना नहीं पाई गई है।

तालिका संख्या-XIX

उत्सवों के दौरान नशे के कारण की जानेवाली हत्या		
उत्सवों पर	–	12
शादी में	–	कोई नहीं
श्राद्ध में	–	कोई नहीं
शराबखाने से लौटते समय	–	4

तालिका-XX

हत्या के 100 मामलों में शराब के प्रभाव को दर्शाती तालिका		
लांडा शराब (चावल की शराब) के कारण	–	13
महुआ शराब के कारण	–	4
साबूताड़ की शराब के कारण	–	1
ताड़ी के कारण	–	1
अन्य कारण से	–	81

इंगलैंड में जेल विभाग के पूर्व कमिश्नर, डॉ. नॉरवुड ईस्ट ने अपने एक महत्त्वपूर्ण लेख में शराब पर अपराध के एक कारण के रूप में चर्चा की है। इस किताब में उन्होंने युद्ध के बाद के सालों में पुरुष और युवकों की हत्या के 100 मामलों की छानबीन की है। इनमें से सिर्फ 19 मामलों में उन्होंने पाया कि शराब हिंसा का प्रभावपूर्ण कारक रही। डॉ. ईस्ट ने निष्कर्ष के रूप में यह तथ्य स्थापित किया है कि शराब हत्या के विशेष कारणों में से एक नहीं है। इसे संयोग ही कहा जा सकता है। इस परीक्षण से तथ अन्य अनुसंधानों से यह निष्कर्ष निकाला था कि वर्तमान समय में ऐसा विचार करने का कोई कारण नहीं है कि शराब इग्लैंड में अपराधों के कारण में एक सामाजिक कारण रहा है।

वे कहते है कि प्रत्येक व्यवहारिक अपराध शास्त्री–अपराधों तथा शराबखोरी के बीच कुछ ना कुछ सहयोग को महत्ता अवश्य देगा। अतः इस सम्बन्ध पर अधिक जोर दिया जाना बड़ा स्वाभाविक है।[1]

शराब को अपराध के कारण के रूप में मानकर, मामलों की ऐसी ही खोजबीन हाल ही में महिलाओं की हौलोवे जेल के गवर्नर डॉ. जेसी एम. मैथसन ने की है। इस जेल में 1935 से 1939 तक हत्या की आरोपी जितनी भी महिला अपराधी आईं उनके मामलों की जाँच करने पर उन्होंने यही पाया कि ऐसे 55 मामलों में से सिर्फ 3 मामलों में ही शराब हत्या का सीधा कारण रही। इस तीन मामले में से भी एक में आरोपी को निर्दोष मानकर छोड़ दिया गया। इन महिलाओं में से सबसे कम उम्र की महिला 39 साल की थी। तीनों मामले में पारिवारिक पृष्ठभूमि नशे की थी पर परिवार के व्यक्तियों की शराब पीने की लत का कोई इतिहास नहीं था।[2]

किंगबर्ग ने बेहद प्रभावशाली बात कही है :

> 'नशीले द्रव्य को समाज का कैंसर या सारी सामाजिक बुराइयों की जड़ माना गया है। इसीलिए शराब को अपराध का मुख्य कारण भी कहा जाता है। शराब और अपराध को लेकर फैला ऐसा दृष्टिकोण एकदम सही नहीं है। सामाजिक बुराइयों

1. डब्ल्यू. नोरवुड ईस्ट–"दि प्राब्लम ऑफ अल्कोहल इन रिलेशन टू क्राइम" दि ब्रिटिश जरनल ऑफ इनब्राइटी–खंड 37 (1939) पृष्ठ 55।

1. जे.सी.एम. माथेसन–अल्कोहल एंड फीमेल होमीसाईड्स ''दि ब्रिटिश जरनल ऑफ इनब्राइटी–खंड 37 (1939) पृष्ठ 87।

के पीछे के कारण इतने पेचीदे और जटिल हैं कि उनकी इतनी सरल व्याख्या करना ठीक नहीं है।'

'हम इस बात से इनकार नहीं कर सकते कि नशीला द्रव्य व्यक्ति के अभिव्यक्ति के तरीकों में भारी परिवर्तन ला देता है। इस तरह यह अपराधशास्त्र तथा निदानशास्त्र में महत्त्वपूर्ण भूमिका निभाता है। शराब के सबसे महत्त्वपूर्ण मनोवैज्ञानिक प्रभाव हैं : भावनाओं में उतार-चढ़ाव, चिड़चिड़ापन, निराशा, क्रोध, यौन क्रियाओं में आवेग, उतावलापन, अनियंत्रित क्रिया, शारीरिक क्रियाशीलता में तेजी, आवेगपूर्ण और बिना सोचे-समझे प्रतिक्रिया, नैतिक विचारों में ह्रास आदि। ये सारे प्रभाव इशारा करते हैं कि नशा कई तरह के अपराधों में सहायक होता है। जैसे हिंसक क्रिया–अपमान, हत्या, बलात्कार, अन्य यौन अपराध, पुलिस की निन्दा तथा प्रतिरोध में शराब कमोबेश महत्त्वपूर्ण कारक बनती है।'[1]

नशे से जुड़े कई मुख्य अपराध, जो मारिया के बीच घटते हैं, उनका संक्षिप्त रूप से हम वर्णन कर सकते हैं। एक पति-पत्नी गैरकानूनी ढंग से महुआ की शराब खेत में छिपकर बनाते थे। एक बार ताजे रस को पीने से वे बहुत नशे में आ गए। डगमगाते हुए वे दोनों घर की तरफ जा रहे थे। रास्ते में उस औरत के हाथ से घड़ा गिरा और फूट गया। गुस्से में उसके पति ने उसे खूब पीटा और नशे में आवेशपूर्ण तरीके से पीटते-पीटते उसे मार डाला।[2] एक बार कुछ लोगों का समूह जुआ खेल रहा था। उनमें से एक महारा था। उन सारे लोगों ने ढेर सारी खजूर की ताड़ी पी ली थी और साथ में थोड़ी महुआ की शराब भी। किसी बात पर लड़ाई हुई और महारा ने उनमें से एक मारिया को पीट दिया। उस मारिया ने नशे में उस महारा को मार डाला और पुलिस में आत्मसमर्पण कर दिया।[3]

हत्या के 13 मामलों में से 12 मामले किसी उत्सव में हंडिया पीने के बाद नशे के कारण हुए। जैसे, एक उत्सव में एक व्यक्ति ने अपने बड़े भाई की पत्नी को गाली दी कि उसने ठीक से जानवरों को नहीं बाँधा और गाय के गोबर को साफ नहीं किया। बदले में उस औरत ने भी गाली दी। उसने नशे में क्रोध में उसे तीर चलाकर मार डाला।[4] इसी प्रकार एक अन्य उत्सव में, वहाँ मस्ती कर रहे एक व्यक्ति को भूख लगी, वह पिये हुए था। उसने अपनी माँ से खाना माँगा। उसकी माँ ने कहा कि वह अपनी पत्नी से खाना माँग ले। जब वह अपनी पत्नी के पास गया तो उसकी पत्नी ने कहा कि वह बहुत व्यस्त है। इस पर उसने नशे में क्रोधित होकर कुल्हाड़ी उठाई और अपनी माँ को मार डाला। मोखपाल का सोरी पांडु नशे और क्रोध के लिए बदनाम था। एक दिन वह एक बियर पार्टी में अपनी सारंगी बेला बजाने के लिए ले गया। वहाँ नशे में

---

1. किनवर्ग पृष्ठ 211।
2. प्रकरण संख्या 35।
3. प्रकरण संख्या 36।
4. प्रकरण संख्या 43।

झगड़ा हो गया और पांडु ने कुल्हाड़ी से अपने चाचा को मारने की कोशिश की। मगर दूसरे लोगों ने बीचबचाव किया। इसके बाद जब वह पार्टी से घर गया तो उसने तीर से चाचा की हत्या कर दी।

कोरकी फाबड़ा

लगभग इन सारे मामलों में हत्या का तात्कालिक कारण नशा रहा है। कहीं भी दो गुटों में दुश्मनी नहीं पाई गई है। हम उन मामलों को दुर्घटना ही कह सकते हैं। मारिया अपना तनाव कम करने के लिए कभी-कभार ही नशा करते हैं। पोयामी पांडा को कई महीनों से शक था कि उसकी पत्नी का गाँव के सिराहा, नन्दा से अवैध सम्बन्ध है पर उसने कोई गम्भीर कदम नहीं उठाए थे। मगर जब एक दिन किसी उत्सव में रात को उसने नन्दा और अपनी पत्नी को एक साथ आपत्तिजनक अवस्था में देख लिया तो उसने नन्दा की हत्या कर डाली। इस समय वह नशे में धुत्त था।

इसी तरह ताड़ी के नशे में एक बेहद नृशंस हत्या का मामला देखने में आया। पिता और पुत्र प्रेमपूर्वक साथ रह रहे थे। एक दिन पिता ताड़ के पेड़ से एक मटका ताड़ी लाया। दोनों पिता-पुत्र ने साथ मिलकर उसे पिया। खाना खाने के बाद पुत्र ने पिता से कुछ रकम माँगी। पर जब पिता ने देने से इनकार कर दिया तो उसने गुस्से में अपने पिता को उसी समय, जब वह खा ही रहा था, मार डाला।

अपने नशे के लिए पछतावा होने के कारण दुलकरका में एक आत्महत्या का बेहद विचित्र मामला पेश आया। सोरी हुरा बड़ा भारी और उजड्ड पियक्कड़ था। एक दिन जब वह पीने में मगन था, उसका एक दोस्त कंडकी, जो कुआकोंडा का एक प्रभावशाली व्यक्ति था, उससे मिलने आया। उसने हुरा को नशे के बुरे प्रभाव के बारे में लम्बा-चौड़ा भाषण दिया। हुरा उसकी बातें सुन बहुत प्रभावित हुआ और कहा कि इतनी अच्छी सलाह के लिए वह उसके सम्मान में भोज देगा। पर जैसे ही कंडकी वहाँ से गया, वह सारी बातें भूल फिर से पीने लगा। आधी रात तक वह बेहद नशे में आ गया। अब उसे अपने पीने पर पछतावा और ग्लानि होने लगी। वह कमरे के भीतर गया और फाँसी लगाकर आत्महत्या कर ली।

अध्याय : ग्यारह

अपराध का कारण : थकान

अपराध का एक और महत्त्वपूर्ण और व्यक्तिगत कारण व्यक्ति की थकान रही है, जिस पर भारत में किसी ने ध्यान नहीं दिया है। किनबर्ग ने इस विषय पर जो लिखा है, वह बेहद प्रासंगिक है। थकान कई कारणों से होती है–विपरीत वातावरण, अत्यधिक काम या कार्य करने की क्षमता या इच्छा पर माहौल का दबाव। कभी-कभी इसका असर इतना गम्भीर होता है कि इससे कई गम्भीर शारीरिक, मानसिक परिवर्तन जन्म लेते हैं। कभी-कभी तो थकान के कारण गम्भीर रोग हो जाता है।

> अत्यधिक थकान अक्सर मनोविकृति को जन्म देती है। इसमें अक्सर गड़बड़ चेतना, उत्तेजित विचार, दृष्टिभ्रम जैसी समस्याएँ उत्पन्न हो जाती हैं जो व्यक्ति की आपराधिक प्रवृति को उकसाती हैं। अत्यधिक थकान भले मानसिक गड़बड़ी को जन्म न दे, पर वह व्यक्तित्व को इतना ज्यादा असंतुलित कर देती है कि ऐसे माहौल में आपराधिक क्रियाएँ घट सकती हैं।
>
> थकान का जो मनोवैज्ञानिक पहलू है उसे अपराध के कारकों में से महत्त्वपूर्ण कारक माना गया है। इन मनोवैज्ञानिक पहलुओं में उदासी, चिड़चिड़ापन, चिन्ता, घबड़ाहट, उतावलापन, असहनीय माहौल से भागने की असफल कोशिश आदि भावनाएँ प्रधान हैं।
>
> हाल के वर्षों में मैं कई ऐसी घटनाओं से गुजरा हूँ जो मेरा ध्यान थकान के आपराधिक पहलू पर ले जाती हैं। इनमें अधिकांश घटनाएँ कृषि वर्ग–लघु किसानों की बेटी या पत्नी से सम्बन्धित हैं। स्वीडन में नियम के अनुसार छोटे किसान उच्च प्रशिक्षित श्रमिक का इस्तेमाल कर पाने में सक्षम नहीं होते। इसलिए पति, पत्नी, बच्चों समेत पूरे परिवार को आजीविका और काम के लिए एड़ी-चोटी का जोर लगाना पड़ता है। ऐसे में सबसे ज्यादा बुरी स्थिति विवाहित स्त्री की होती है, क्योंकि उसे खेत पर काम करने के साथ-साथ पशुओं की देखभाल और सारे घरेलू काम भी करने पड़ते हैं और यदि वह गर्भवती होती है तो उसकी स्थिति बदतर हो जाती है।[1]

मुझे लगता है कि इन स्थितियों की पृष्ठभूमि के साथ यदि बस्तर में अपराध का

1 किनवर्ग–पृष्ठ 215।

विश्लेषण करें तो सब कुछ साफ हो जाता है। उदाहरण के लिए, एक व्यक्ति ने अपनी बेहद प्यारी पत्नी का सिर्फ इसलिए खून कर दिया कि उसका खाना समय पर तैयार नहीं था। अक्टूबर की बात है, मारवी मुन्दरा और उसकी पत्नी दिन भर खेत पर काम करने के बाद शाम को बेहद थके हुए घर आते हैं। उसकी पत्नी तुरन्त खाना बनाने में लग जाती है। थोड़ी ही देर बाद मुन्दरा पूछता है कि क्या खाना तैयार है ? वह चिढ़कर कहती है कि खाना चूल्हे पर चढ़ा है, जैसे ही बन जाएगा तुरन्त उसे मिल जाएगा। दिन भर के थके मुन्दरा को खाना खाकर फिर रातभर खेत के पहरे पर भी जाना था, इसलिए वह पत्नी की बात सुनकर अपना आपा खो बैठा और जलती हुई एक लकड़ी उठाकर पत्नी को तीन बार जोर से मारा जिससे उसकी वहीं मृत्यु हो गई।

35 साल का बरसी कामा गाँव के जानवरों को चराकर अपनी आजीविका कमाता था। उसकी पत्नी, जो आठ माह के गर्भ से थी, खाना पकाने के लिए लकड़ियाँ लाने जंगल गई थी। जब कामा दोपहर को थका हुआ घर आया तो उसने पाया कि खाना तैयार नहीं है और उसकी पत्नी सोई पड़ी है। पूछने पर पत्नी ने बताया कि वह अभी-अभी जंगल से लौटी है और बहुत थकी हुई है। कामा ने उसे गाली दी। पत्नी ने कहा कि वह जल्दी से खाना नहीं बना सकती। यदि उसे जल्दी से खाना चाहिए तो वह दूसरी औरत ढूँढ़ ले। कामा यह सुनकर गुस्से से फूट पड़ा। उसने कुल्हाड़ी उठाई और चटाई पर सोई हुई पत्नी पर उससे वार किया। वह रात में मर गई। बाद में कामा ने बहाना किया कि उसने उस समय शराब पी रखी थी, पर उसकी बात को कोर्ट ने सही नहीं माना। वास्तव में वह बेहद थकान के कारण होश खो बैठा था।

बीस साल का वीको डोम अपने खेत पर कोसरा इकट्ठा करने में बेहद व्यस्त था। दुर्घटना की रात, 1922 के नवम्बर के अन्तिम सप्ताह की बात है, घर में चावल नहीं था। पूरे परिवार ने दिन में दलिया खाया और शाम में बची-खुची दलिया पी। वे सब जैसे-तैसे खाकर सोने चले गए। पर डोम शाम को बासी दलिया भी नहीं खा पाया था। अगले दिन बहुत सुबह वह फिर से खेत पर काम करने चला गया। घर पर जितने लोग बचे, सबने दलिया खाया। फिर डोम की पत्नी और काकी टोरका भी खेत पर काम करने गईं। तब तक फुहारें पड़नी शुरू हो गई थीं। डोम ने अपनी काकी से पूछा कि क्या वह उसके लिए खाना लाई है ? उसने कहा कि बारिश के कारण वह खाना नहीं ला पाई, वह घर जाकर खाना ले आए। इस पर डोम गुस्साया। वह बूढ़ी औरत भी गुस्साकर कहने लगी, 'तुम खेत पर क्या कर रहे हो ? क्या मल-मूत्र खा रहे हो ?' फिर वह पालथी मारकर कोसरा की फसल काटने लगी। डोम चुपचाप उठा और कुल्हाड़ी ले आया। कुल्हाड़ी से उसने पीछे से सिर पर वार किया। वह बिना आवाज किए तुरन्त मर गई। डोम वहाँ से जंगल चला गया, पर शाम में घर लौट आया। घर आकर थोड़ी दलिया खाया और घर के पिछवाड़े सोने चला गया। वह खेत पर कड़ी मेहनत कर रहा था और एक दिन पहले से उसने खाया नहीं था। इन परिस्थितियों में अत्यधिक भूख व थकान में उसने बिलकुल वैसे ही अपराध कर डाला जिस तरह ज्यादा पी लेने पर नशे में कोई अपराध कर डालता है।

समय पर पत्नी या किसी अन्य रिश्तेदार द्वारा भोजन नहीं दिए जाने के कारण भी कई हत्याएँ हुई हैं। इससे आदिवासियों की संस्कृति के बालसुलभ पहलू की झलक मिलती है। लाबशर ने दक्षिण अफ्रीका में बड़े पैमाने पर होनेवाले स्टॉक की चोरियों का अध्ययन किया और पाया कि इन सबके पीछे मांस के लिए मारा-मारी थी। तेम्बू आदिवासी मांस को बहुत महत्त्व देते हैं और जब भी उन्हें मौका मिलता है वे भुक्खड़ों की तरह इस पर टूट पड़ते हैं। किन्तु समय के साथ पशुओं, भेड़ों और बकरियों की संख्या में बेहद कमी आई है, जिससे मांस भी कम मात्रा में उपलब्ध होने लगा है। कभी जब पशुओं की संख्या बहुत ज्यादा थी और मांस भी बहुत मात्रा में उपलब्ध था, वहाँ के लोग बेहद स्वस्थ और मजबूत हुआ करते थे। अब उन्हें माह में बस एक या दो बार ही खाने मिलता है तथा इतना पर्याप्त नहीं मिलता है तथा उन्हें लगता है कि अब कुछ दिन तक खाना नहीं मिलेगा।[1]

सजा हुआ बड़ा चाकू

उसी प्रकार मारिया लोगों में मवेशियों की चोरी भी आम बात है। मुझे संदेह है कि खाने की आवाश्यकताओं की पूर्ति नहीं हो पाना जो कि प्रायः बिना परेशानी के पूरी हो जाती है उनका सन्तुलन बिगाड़ देता है और हिंसा करने के लिए अभिप्रेरित करता है। टम्बू आदिवासियों की तरह मारिया लोगों में भी लोलुपता उनकी खाने पीने की गतिविधि में दिखलाई पड़ती है—चबाने के लिए तम्बाकू तथा शराब पीने में उनका आनन्दित होना।

भोजन की जरूरत का प्रत्यक्ष सम्बन्ध यौन क्रियाओं के आवेग से रहा है। इस तरह के छः मामले रहे हैं जिनमें हत्या इसलिए हुई है कि पत्नी ने पति के सम्भोग की इच्छा की अवहेलना की है। हालाँकि हबका मासा ने अपनी पत्नी पकली को लम्बे समय से चले आ रहे विवाद के कारण मारा, परन्तु दुर्घटना के ठीक पहले मासा द्वारा शारीरिक सम्बन्ध बनाने की इच्छा करने पर पकली ने साफ इनकार कर दिया था और यही हत्या का तात्कालिक कारण बना। बरसी छप्पी बहुगामी व्यक्ति था। वह सार्वजनिक जगह में अपनी दोनों पत्नियों से सम्बन्ध बनाना चाहता था। मारवी देवा को अपनी पत्नी पर शक था। उसने अपने शक की जाँच करने के लिए पत्नी को सम्बन्ध बनाने के लिए बुलाया। पत्नी द्वारा इनकार कर दिए जाने पर उसने अपना शक सही पाया और गुस्से में पहले अपनी बच्ची को मार डाला और फिर पत्नी को भी मारने का प्रयास किया। शरीर से अशक्त और लकवाग्रस्त कोसा ने अपनी पत्नी को सम्बन्ध बनाने के लिए बुलाया। पर जब उसकी पत्नी ने इनकार कर दिया तो कोसा ने पत्नी को मार डाला। अपने बड़े भाई की विधवा द्वारा यौन सम्बन्ध बनाने से इनकार

1. लैब्शचर–पृष्ठ 303।

कर दिए जाने से डोगा ने इतना अपमानित महसूस किया कि उसे मार डाला।

इस तरह के सम्बन्धों से इनकार के कारण कई बार पुरुषों ने आत्महत्या कर ली है। वदाई और मथाडी मारवी जोगा अपनी पत्नी से हमेशा झगड़ता रहता था और उसे दूसरी शादी कर लेने की धमकी देता था। एक दिन अपने भाई के बेटे के मरने पर अन्त्येष्टि के मौके पर उसने ढेर सारी सुरेम पी ली। जब वह घर आया तो उसने पत्नी के साथ सहवास करना चाहा। मगर उसकी पत्नी ने यह कहते हुए इनकार कर दिया कि, 'तुम तो हमेशा मुझे दूसरी शादी कर लेने की धमकी देते थे। क्यों नहीं एक ढूँढ़कर ले आते हो ?' यह कहकर वह दूसरे कमरे में सोने चली गई। जोगा अपनी पत्नी के इनकार कर दिए जाने से बेहद अपमानित और बेचैन हो गया। इसी बेचैनी में उसने फाँसी लगाकर आत्महत्या कर ली।

अध्याय : बारह

प्रतिशोधमूलक अपराध

I

कई मामलों में पुरानी दुश्मनी और बदले की भावना से अपराध किए जाते हैं। मारिया को अपनी घृणा जाहिर करने के अनेक प्रतीकात्मक तरीके होते हैं। इनमें से एक है–दुश्मन के छप्पर से तीन मुट्ठी फूस हटा देना। ऐसा ही एक मामले में हुआ, जहाँ हत्यारे की एक बाँध काटने के सिलसिले में झगड़े के बाद दुश्मनी हो गई थी। घृणा प्रकट करने का एक और तरीका है–अपने पेट के नीचे के बाल नोंच लेना और मुँह में एक अँगुली डालकर जोर-जोर से सीटी बजाना। मुचकी दसरू ने एक हत्या करने के पूर्व ऐसा ही किया था। मृतक ने हत्यारे को, हत्या के पहले, गाँव का सिराहा होने के बावजूद उचित सम्मान नहीं दिया था। मारवी ओयामी मासा ने भी अपने भाँजे की हत्या के लिए अपने दल का नेतृत्व किया था। करतामी आयतू ने अपने शिकार के खून में अपना हाथ डुबोकर अपने सिर पर निशान बनाया था। अपने दुश्मन को अपनी शानदार जीत का अहसास कराने के लिए उसके घर की दहलीज पर कुल्हाड़ी से जमीन पर चीरा लगाया था।[1]

कुछ मामलों में दो मारिया के बीच वर्षों दुश्मनी चलती है जो बाद में खुली लड़ाई का रूप ले लेती है। उदाहरण के लिए, वेट्टि हिरमा की रावा हिरमा के साथ वर्षों से तनातनी चल रही थी। प्रथम फल आने के उत्सव में दोनों ने थोड़ी शराब पी ली और एक-दूसरे पर तीर चला डाले, पर दोनों का निशाना चूक गया। इसके तीन साल बाद आखिरकार एक लौकी की चोरी से वेट्टि हिरमा को प्रतिशोध की भावना ने इतना उत्तेजित कर दिया कि उसने अपने दुश्मन को पीट-पीटकर मार डाला।

सुरनार के युवा सिराहा मुका की हत्या के पीछे परिवार की मर्यादा हनन होने की प्रतिशोध भावना के साथ-साथ एक लड़की को उसके जिद्दी प्रेमी से मुक्ति दिलाने के लिए साहसिक कारनामा दिखाने का मकसद भी मौजूद था। पोयामी इरमा की बेटी कुमे

1. 1939 में तेलंगा मामले में हत्यारे ने तीर से अपने दुश्मन की हत्या कर दी और उसके बाद चाकू से उसके पेट को काटकर कलेजा निकाल लिया और उसका एक हिस्सा खा गया। पता नहीं, ऐसा बदला लेने की भावना से किया गया या किसी जादू-टोना के मकसद से ?

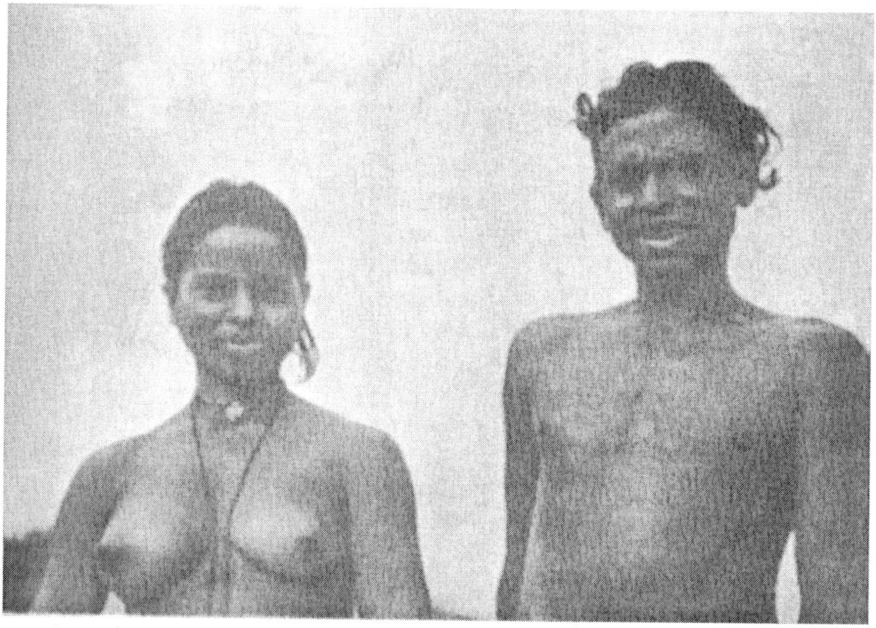

(अ) बगौरी तथा जिम्मे जिन्होंने बागौरी की उप पत्नी की हत्या करने का प्रयास किया, जेल से छूटने के बाद जिम्मे।

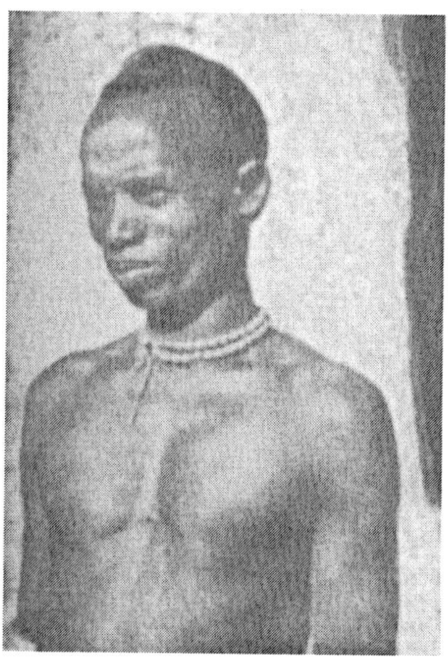

(ब) अतामी गुट्टे

(स) भाग्यवान डोगा

(अ) सोरी भीमा, उसे डर था कि उसका शिकार जादू टोटका करने वाला है।

(ब) वेदता सुकरा जिसे विश्वास था कि उसका चाचा टोना टोटका करने वाला है।

(स) करतामी वीरा, उसे भी डर था कि उसका शिकार टोना टोटका करने वाला है।

(द) हबका मासा जो अपनी पत्नी से ईर्ष्या करता था।

के साथ मुका का प्रेम चल रहा था। 1935 के मार्च महीने में एक दिन मुका ताड़ी का घड़ा लिए कुमे से शादी के बारे में पूछने घाटम पहुँचा। जब वह उसके घर पहुँचा तो इरमा ने उससे आने का कारण पूछा। मुका ने कहा, 'मैंने अपने खेतों पर काम करना शुरू कर दिया है और मुझे एक गाय की जरूरत है। मैंने सुना है कि आपके बथान (Shed) में एक अच्छी गाय है जिसे मैं आपसे खरीदने आया हूँ।'

इरमा ने कहा कि हमारे पास गाय नहीं है। वह समझ नहीं पाया कि मुका किसके बारे में बात कर रहा है। मारिया तो मंगनी (सगाई) की बातचीत में किसी फूल की निशानी की बात करते हुए कहते हैं कि अपने बाल में लगाने के लिए एक फूल चुनने आया हूँ। इरमा ने कहा कि मुझे खेद है कि आप बेकार में अपने को तकलीफ पहुँचा रहे हैं, आप थके हुए और भूखे भी होंगे, कुछ चावल-दाल ले लें और खुद इसे पकाकर खा लें। एक सिराहा होने के नाते मुका दूसरे लोगों के हाथों का खाना नहीं खा सकता था। इसलिए उसे अपना भोजन खुद पकाना पड़ता था। उसने अनाज ले लिया और इरमा को अपने साथ लाई ताड़ी दी। इरमा ने इसे स्वीकार किया और पीने के लिए इसे घर के अन्दर ले गया। लेकिन तभी उसकी पत्नी ने उससे कहा कि मुका गाय के लिए नहीं बल्कि हमारी बेटी की शादी के बारे में पूछने आया था। उसने जब यह सुना तो गुस्से से आग-बबूला हो गया और मुका को स्थानीय भाषा में माँ से जोड़कर भद्दी गाली दी और कहा मैं तुम पर थूकता हूँ। मुझे तेरे उपहार नहीं चाहिए और न अपनी बेटी तुझे दूँगा। उसने ताड़ी फेंक दी और युवक को अपने घर से निकाल दिया।

जब मुका अपने घर लौट रहा था तो उसने कुमे को जंगल में महुआ के फूल चुनते देखा। वह इतनी सुन्दर थी कि वह अपने को वश में नहीं रख पाया। वह उसके पास गया और उसके साथ भाग चलने को कहा। उसने उसके हाथ से महुआ के फूलोंवाली टोकरी ले ली। लेकिन लड़की चीख पड़ी। बगल में काम कर रहे कुछ आदमी वहाँ दौड़कर आ गए और मुका को यह कहते हुए गाली दी कि क्या उसकी उस लड़की से सगाई हो चुकी है कि वह उसे जबर्दस्ती ले जाएगा।

दो दिनों के बाद मुका फिर गाँव में आया और देखा कि कुमे जंगल से पत्तों का गट्ठर लेकर लौट रही है। उसने उसका हाथ पकड़ लिया और उसे खींचने की कोशिश की। एक पड़ोसी ने इस घटना को देख लिया और कुमे को मुका से छुड़ा लिया। मुका ने गाँव की सराय में खुद को छिपा लिया। जल्द ही सामने से कुमे का भाई उसोदी घर आया। उसे घटना की जानकारी मिली। वह मुका के पास गया और अपनी कुल्हाड़ी से उसकी हत्या कर दी।

1939 में मिचेनार में एक मुकदमे में अपने चाचा की हत्या का अभियुक्त पोयामी कनेर रिहा हो गया। ऐसा कहा जाता है कि अपने घर में जब वह सो रहा था तो घर में कोई घुसा और उसका गला दबाने की कोशिश की। दर्द से तड़पते हुए किसी तरह उसने अपनी पत्नी को पकड़ लिया जो उसके पास ही सो रही थी और उसे जगाया। वह उठी। उसने हमलावर की गरदन पकड़ ली और उसे घसीटकर बाहर ले

गई। भावी (would be) हत्यारा चिल्ला पड़ा कि वह अपने शिकार का खून अपने ललाट पर लगाएगा। उसकी आवाज से उन लोगों ने जाना कि वह कौन था। वह उसका नजदीक के रिश्ते का चाचा था जिसने परिवार की सम्पत्ति के बँटवारे को लेकर हुए झगड़े में बदला लेने की कसम खाई थी। उसने फिर हमला करने की कोशिश की, लेकिन कनेर ने अपने तीर-धनुष पर पकड़ मजबूत बना ली और उस पर तीर चला दिया। कोर्ट ने पाया कि अपनी सुरक्षा के लिए कनेर का कार्य न्यायोचित था और उसे रिहा कर दिया। यहाँ मजेदार बात यह थी कि हमलावर ने खुली घोषणा की थी कि वह अपने शिकार के खून से अपना मस्तक रँगेगा जो बदला लेने का नाटकीय प्रतीक है।

II

प्रतिशोध मूलक/बदला लेने के लिए कुछ हत्याएँ, कुछ लोगों के द्वारा जान-बूझकर की गई साजिश का नतीजा थीं, जहाँ किसी कारणवश भावना को गहरी ठेस पहुँची थी। हम ऐसे दो मामलों पर गौर करेंगे। पहली घटना जबेली में 1930 में विज्जा पंडम पर्व के मौके पर घटित हुई, जब रिवाज के अनुसार शिकार के पश्चात मारिया आगे के मौसम में बोए जानेवाले बीजों के शुद्धिकरण की रस्म अदायगी करते हैं।

मारवी ओयामी मासा एक सम्पन्न और प्रभावशाली आदमी था जो अपने गाँव का सिराहा भी था। उसका विशाल परिवार था जिसमें उसका बड़ा भाई हांडा, भतीजा गुट्टा, दामाद दोगा और उसके बेटे मुंदरा और तंगरा शामिल थे। ओयामी मासा इस परिवार समूह का मुखिया था जिस पर वे आर्थिक रूप से निर्भर थे और जिसके साथ सम्मिलित रूप से खेती-बाड़ी का काम होता था। उसी गाँव में दूसरी जगह ओयामी मासा का पहला चचेरा भाई मारवी मासा रहता था जो गोत्र-वंश से गुट्टा, मुन्दरा और तंगरा का चाचा था और वह अपने नजदीकी रिश्तेदारों के साथ अलग रहता था। इन दोनों परिवारों में शायद एक-दूसरे से अच्छे सम्बन्ध नहीं थे।

पर्व की रात स्वाभाविक रूप से जब बड़ी मात्रा में सब जगह शराब उड़ाई जा रही थी, गुट्टा और हांडा गाँव में आए, क्योंकि मवेशी धूल के बादलों के बीच, जोर-जोर की आवाज के साथ भगाए जा रहे थे। उन्होंने मारवी मासा को अपने घर में देखा और उससे हंड़िया–शराब की माँग की। मासा ने बताया कि उसने पर्व के लिए न तो शराब बनाई थी और न उस दिन पी ही थी। इस पर दोनों युवक बिगड़ गए और स्थानीय भाषा में माँ से जोड़कर उन्होंने उस बूढ़े को भद्दी-भद्दी गाली दी और चोर कहा। मासा ने माँ वाली गाली का बुरा नहीं माना क्योंकि उसकी माँ को गुजरे हुए वर्षों बीत गए थे, पर चोर कहे जाने का उसने कड़ा विरोध किया और नजदीक आकर तमतमाकर जवाब दिया कि ओयामी मासा ही असली चोर है क्योंकि उसी ने तो सुकमा जमींदारी के एक गाँव से सात पशुओं को चुराया था। लड़के इस पर बहुत गुस्से में आ गए। शायद इलजाम

सही था और इसलिए खतरनाक भी था। वे ओयामी मासा को यह सब कह देने की धमकी देते हुए लौट गए कि वे अपना बदला ले लेंगे। नशे में चूर लड़के ओयामी मासा के घर गए। वहाँ सम्बन्धी इकट्ठे हुए और मासा को अच्छी सजा देने की योजना बनी। उन्होंने यह भी निश्चय किया कि मिला-जुलाकर उससे छुटकारा पा ही लेना है। लाठियों से लैस होकर उस रात कोई दस बजे छह आदमी मासा के घर आए। ओयामी मासा ने अपने भाई को पीटना शुरू किया। लाठी कमजोर निकली, तुरन्त टूट गई। पर हाय रे किस्मत ! उसकी नजर सहसा धान कूटनेवाली एक भारी-भरकम मूसल पर पड़ी। उसने उसे उठा लिया और उसी से मासा पर जोर से प्रहार करने लगा जिससे कि मासा की खोपड़ी दो जगह टूट गई और वही उसकी मौत के लिए काफी थी। मासा का बेटे और भाई ने उसे बचाने की कोशिश की, पर दूसरे लोगों ने उन्हें पटक दिया और मासा को तब तक मारते रहे जब तक उसके मर जाने का उन्हें यकीन नहीं हो गया। मृत शरीर को जाँचने पर बहुत जगह चोट पाई गई, पसलियाँ नौ जगह टूट गई थीं, बायाँ कान फट गया था, तिल्ली फट गई थी और शरीर पर प्रायः सभी जगह चोट के नीले निशान थे। जब उनका प्रतिशोध पूरा हुआ और चलने लगे तो ओयामी मासा ने सीटी की आवाज निकाली जिसकी पुष्टि एक गवाह ने कोर्ट में की और बताया कि जब उसके भाई पर हमला करने का नेतृत्व ओयामी मासा कर रहा था तो उसी ने सीटी बजाई थी।

चावल कूटने का मूसल

इस मामले में शायद सबसे उल्लेखनीय बात यह रही है कि ओयामी मासा ने सारा अभियोग अपने ऊपर लेते हुए, अपने साथी षड्यंत्रकारियों को बचाने की कोशिश की। उसने कहा कि पर्व से सम्बन्धित रात्रि-पूजा के लिए जब वह जा रहा था, मासा उस पर चिल्ला उठा और इल्जाम लगाया कि मैंने महरा को उकसाया कि वह पुलिस के पास थाने में रिपोर्ट दर्ज करा दे कि उसने उसका घर जला दिया है। मासा ने उसे तमाचा जड़ दिया जिस पर वह अपना आपा खो बैठा और मूसल उठाकर चचेरे भाई के सिर पर दे मारा। उसने बताया कि मुन्दरा और दोगा के अलावा वहाँ और कोई नहीं था जिन्होंने झगड़े में दखल देने की कोशिश की। ओयामी मासा की कथा को सत्यापित करने के लिए कोई साक्ष्य नहीं था, इसलिए उन दो व्यक्तियों के साथ-साथ ओयामी मासा को आजीवन कारावास की सजा मिली और ये तीनों जेल में ही मर गए। लेकिन मारवी ओयामी मासा के प्रति लोगों के सम्मान में कोई कमी नहीं देखी गई। सजा-धजाकर उसकी अर्थी निकाली गई। एक बड़े पवित्र पत्थर पर उसका स्मारक बनाया गया। उसके

वस्त्र और आभूषण के ऊपर मिट्टी की समाधि बनाई गई और उसकी याद में नक्काशीयुक्त स्तम्भ खड़ा किया गया, जिसकी देखा-देखी मासेनर के गाँववालों ने प्रसिद्ध कोपा धुरवा की समाधि पर भी वैसा ही स्तम्भ खड़ा किया।

इसी तरह कुछ लोगों के द्वारा प्रतिशोधमूलक हत्या किए जाने का उदाहरण 1931 की फूलुपर की त्रासदी है, जो प्रतिवादी (मुद्दालह) के आचरण को लेकर उल्लेखनीय है।

फूलपुर के जमींदार, धनी मारिया और उसके एक रैयत पांडु के बीच लम्बे समय से मन-मुटाव चल रहा था। मई 1931 के शुरू में एक चरवाहे का बकरा गुम हो गया और इसकी जानकारी चरवाहे ने जमींदार को दी। जमींदार ने कोतवाल और दूसरे लोगों को बुलवा भेजा और जाँच शुरू की। वे पांडु के घर गए। उससे गुम हुए बकरे के बारे में पूछताछ की। पांडु के बगीचे में बकरे खुलेआम चरा करते थे और पांडु मवेशी-चारे के रूप में भी कुख्यात था। पूर्व में इसके लिए जमींदार द्वारा उसे पीटा भी जा चुका था। एक खबर यह थी कि कुछ पहले पांडु ने एक बकरा काटा था और उसका मांस खाया था। लेकिन पांडु ने बताया कि वह तो उसका अपना बकरा था जो मर गया था और उसने सबके सामने उस बकरे की उजली खाल दिखाई और लकड़ी में धागे से टँगे मांस के कुछ टुकड़े भी। चरवाहे ने जो खाल देखी तो उसने माना कि वह उसके बकरे की खाल नहीं थी। लेकिन दल के दूसरे लोगों ने उसी बकरे को चोरी का बकरा माना। इस पर जमींदार ने पांडु से कहा कि तुम ही चोर हो। तुम्हारे कारण गाँव अपमानित हो गया है। उसने आगे उस पर लगान न चुकाने का आरोप भी मढ़ा और चेतावनी दी कि उसे उसके घर से निकाल बाहर कर दिया जाएगा। पांडु ने प्रत्युत्तर में कहा कि बेशक उसे घर से निकलना पड़े, पर इसके पूर्व वह प्रतिशोध अवश्य ले लेगा।

इसके कुछ ही दिनों के बाद नन्दा नाम का एक आदमी, एक बर्तन में ताड़ी लेकर एक दोस्त के साथ एक रुपया उधार माँगने पांडु के घर आया। उस शाम को जब वे बैठकर पी-खा रहे थे और बातें कर रहे थे, पांडा ने नन्दा के सामने प्रस्ताव रखा कि यदि वह जमींदार की हत्या कर देगा तो वह उसे दो रुपए देगा। नन्दा ने इसे पर्याप्त नहीं बताया। अन्ततः वह 5 रु. पर तैयार हो गया कि वह हत्या का काम पूरा कर देगा। तदनुसार उस रात उन्नीस वर्षीय युवा खेत-मजदूर भीमा के साथ पांडा और नन्दा अपने शिकार की खोज में गए। भीमा को निगरानी के लिए कुछ दूर खेत पर छोड़ दिया गया जबकि पांडु और उसके सहायक ने घर में घुसने की कोशिश की। लेकिन कुत्ते भौंकने लगे और उन्हें उस रात योजना की असफलता के साथ घर लौटना पड़ा।

अगले दिन हाट का दिन था। पांडा ने नन्दा और भीमा को इकट्ठा किया तथा निश्चय किया कि जमींदार की हत्या हाट जाने के समय कर दी जाए। भीमा को जमींदार के हाथ की कुल्हाड़ी झटकने का काम सौंपा गया। नन्दा का असली काम हत्या करना था जिसके लिए वह हथियार-लाठी से लैस होकर आया था। अन्त में काम के संचालन का निर्देश देने को पांडा आया।

उन्होंने खेत की झोंपड़ी में जमींदार को बैठे देखा। भीमा और नन्दा उसके साथ हो

लिए, यह कहते हुए कि वे चोरी के बकरेवाली घटना के दोस्ताना हल के लिए यहाँ आए हैं, पांडा भी एक बोतल शराब के साथ रास्ते में है। यह कोई आठ बजे सुबह की बात है। भीमा ने तब कहा कि उसे आम के कुछ छिलके काटने हैं और इस बहाने के साथ जमींदार की कुल्हाड़ी अपने पास ले ली। ठीक उसी समय अगल-बगल के लोग पास आ गए जिससे हत्यारों को यह आभास हुआ कि वहाँ आम लोगों की आवाजाही बनी रहती है। नन्दा ने जमींदार से कहा कि कुछ दूरी पर महुआ पेड़ के पास पांडा शराब ला रहा है। अतः तीनों आदमी उठ खड़े हुए, पेड़ की ओर चल पड़े और वहाँ जाकर बैठ गए। उसी समय सावधानीपूर्वक पांडा दूसरे रास्ते से पहुँचता दिखाई दिया। पहले वह कुमी पेड़ के नीचे रुका और तब महुआ पेड़ की ओर गया। पांडु सीधे पहुँच गया, नन्दा ने जमींदार पर प्रहार कर दिया जो उसके बायीं ओर लाठी के साथ बैठा था और अभागा जमींदार प्रहार से आहत हो लुढ़क गया। नन्दा ने फिर उस पर प्रहार किया और तब भीमा ने जमींदार के बाएँ कान के पीछे कुल्हाड़ी के भोथरे सिरे से चोट कर दी। चोट मारने के बाद भीमा डर से काँपने लगा और एक छोटे जामुन के पेड़ को पकड़कर अपने को सहारा दिया। कहा जाता है कि उसका कंपन इतना तीव्र हो गया कि पेड़ आगे-पीछे डोलने लगा। इसी क्षण पांडु ने यह कहते हुए जोर दिया कि 'मारो उसे, उसे मारो। काँपने का समय नहीं है।' उसने भीमा के हाथ से कुल्हाड़ी ले ली और इसके तेज सिरे से जमींदार पर दो बार प्रहार किए। उसी समय उन्होंने दो आदमियों को आते देखा। उन्होंने जल्दबाजी में अपने हथियार नीचे गिरा दिए। हाथों को सीधा नीचे गिराकर जमींदार के शरीर के चारों ओर सीधा तनकर खड़े हो गए ताकि राहगीर यह न देख सके कि वहाँ क्या हो रहा है। ये आदमी एक मरी गाय का मांस लेने अगला गाँव के एक पोखरे की ओर जा रहे थे जहाँ गाय पड़ी थी। ऐसा आभास नहीं हुआ कि उन्होंने कुछ देखा और वे अपने रास्ते से गुजर गए। एक दूसरा दर्शक पास आया और देखा कि पांडु सतर्कतापूर्वक चारों ओर निहार रहा है और तब उसने कुल्हाड़ी की धार को मिट्टी में रगड़ा और जमींदार के शरीर के बगल में फेंक दिया। यह प्रत्यक्षदर्शी इतना डर गया कि वह मृत गाय का मांस लेने नहीं गया जिसके लिए वह जा रहा था। वह वापस अपने घर जाकर लेट गया।

जो इस मामले में शामिल थे उनका बिना किसी पूर्व सोच के योजना बनाना और दूसरी ओर असामान्य रूप से बहककर योजना में शामिल हो जाना। युवा भीमा इस कहानी का विशेष पहलू है, जो पांडु का बँधुआ नौकर था, उसमें ऐसा कार्य करने की हिम्मत नहीं थी, तभी तो एक चोट मारने के बाद डर से बुरी तरह काँपने लगा और फिर चोट नहीं दे पाया। इसी तरह एक प्रत्यक्षदर्शी इतना भयभीत हो गया कि उसके आगे बढ़ने की हिम्मत जवाब दे गई और उसे घर लौटकर लेट जाना पड़ा। बिना पांडु की तीव्र इच्छा के इस प्रकार के दुर्दान्त अपराधी होने की कौन कल्पना कर सकता था। दूसरे लोगों ने तो निश्चय ही इस प्रकार की योजना को कभी अंजाम नहीं दिया। इसी कारण पांडु को जहाँ फाँसी की सजा मिली, दूसरे हत्यारों को आजीवन कारावास की सजा भुगतनी पड़ी।

III

आदिम गालियों का विषय बड़ा गूढ़ है जिसे बाहरी लोग समझ नहीं पाते कि बात-बात में, यहाँ तक कि सामान्य बातचीत में भी अनवरत गालियों का प्रयोग क्यों किया जाता है, जिससे भावना भड़क उठती है और क्रोध से लोग उत्तेजित हो जाते हैं। सबसे असरदार और बेशर्म गालियों का प्रयोग प्यार करने के क्रम में किया जाता है और कोई मारिया, उदाहरण के लिए 'मैलोटिया' शब्द का व्यवहार करता है, जिसका अर्थ होता है 'अपनी माँ के साथ सम्भोग करो' जैसा कि ब्रिटिश सैनिक बात-बात में 'ब्लडी' जैसी गाली का प्रयोग करते हैं, जिसका सामान्य अर्थ नीच, कमीना होता है।

गालियों की आक्रामकता अवसरों, आवाज के लहजों और सम्बद्ध व्यक्ति से रिश्तों पर निर्भर करती है। मारिया के जीवन में शब्दों का जादू एक मुख्य और खतरनाक तत्त्व है। कोई डायन किसी आदमी को 'मर जाने की गाली' देकर नामर्द बना सकती है। किसी आदमी के लिए सम्भव है कि अनाक्रामक अभिव्यक्ति का प्रयोग खास लहजे में करे तो भी परिस्थितिवश इतना खतरनाक और अपमानजनक हो जाता है कि हत्या का कारण बन जाता है। उदाहरण के लिए कोई सास अपने दामाद को अकेले में अपनी मर्जी के मुताबिक कितनी ही गालियाँ दे सकती है पर वे ही गालियाँ विशेष नाम से गाँव की आबादी के सामने चिल्ला-चिल्ला कर दी जाएँ तो समझें कि सास ने अपने दामाद का असहनीय अपमान किया है।

सामान्य बातचीत में दो प्रकार की गालियों का प्रयोग नहीं होता। जब तक आपको कोई परेशानी नहीं हो, आप दूसरे किसी को चोर नहीं कहते। निश्चय ही किसी को आप डायन या ओझा भी नहीं कहते। हमारे अधिकतर मामलों में ये अभियोग लगते हैं कि अमुक व्यक्ति चोर है, या उस डायन ने हत्या कर दी है।

सामान्य दैनिक जीवन में मल-मूत्र सम्बन्धी गालियों के प्रयोग नहीं होते। पर कुछ मामलों में ऐसी गालियाँ हत्या का कारण बनी हैं। दो भाइयों में बड़े भाई ने छोटे भाई से कह दिया कि वह मल (पाखाना) खा रहा था, यही बात हत्या का कारण बन गई। एक दामाद ने ससुर की हत्या इसलिए कर दी कि ससुर ने दामाद से कह दिया कि तुम मल खाते हो और अपनी पत्नी का पेशाब पीते हो। मल खाने की गाली के लिए एक भांजे ने अपनी चाची की हत्या कर दी।

दो मौकों पर अपने पुत्रों को अपमानित किए जाने के कारण पिताओं की हत्याएँ हो गईं। एक पिता ने कहा था—'घर से निकल जाओ' और इसके लिए उसकी हत्या हुई। दूसरे पिता की हत्या इसलिए हुई कि उसके बेटे ने उससे कुछ रुपए उधार माँगे थे। पिता ने बेटे से कहा कि वह अपने बच्चे को बेचकर रुपए प्राप्त कर ले, वह तो देने से रहा। ऐसी आलोचनाएँ पुत्रों के लिए असहनीय हो गईं।

मरकामी तुर्का ने गाली देने के कारण ही अपनी भाभी की हत्या कर दी। मरकामी तुर्का ने भाभी से कहा था कि वह अगर अपना काम ठीक से नहीं करेगी तो उसे वह

खेती के लिए अपना पशु नहीं देगा। इस पर भाभी ने उसे जवाब दिया कि यदि एक मवेशी हासिल नहीं कर पाई तो वह अपने जननेन्द्रिय के बाल उखाड़ लेगी। इस पर देवर-भाभी के रिश्ते में नाराजगी तो नहीं होनी चाहिए थी पर हुई। सम्भवतः भाभी के कहने का अंदाज रहा हो व्यंग्यात्मक और एक अन्य मामले (हमारी सूची में नहीं) में 1940 में लगभग उन्नीस वर्षीय पोयामी लखमा ने अपने पिता लिंगा की हत्या कर दी। दोनों नशे में धुत्त होकर एक-दूसरे से झगड़ पड़े। पिता ने बेटे को गाली दी और घर से निकल जाने को कहा। पहले की ही तरह ऐसा प्रतीत होता है कि लड़के ने इसे असहनीय अपमान समझा। उसने उत्तर दिया—'अब जो आप मुझे घर से निकालना चाहते हैं सो पहले ही क्यों नहीं मुझे मारकर फेंक दिया जब मैं बच्चा था।' उसने लड़के को चोर, मैलोटिया (अपनी माँ से सम्भोग करनेवाला) और ढेड (महरा जैसी नीची जाति का) कहा। अन्त में उसने कहा, 'तुम मेरे बेटे नहीं हो, मैं नहीं कह सकता कि तुम किसके बेटे हो।' अन्त में लड़का इन अपमानों से पगला-सा गया और पिता की कुल्हाड़ी से मारकर हत्या कर दी।

प्रतिदिन के जीवन में अति सामान्य गाली स्पष्ट रूप से प्राकृतिक लिंगभेद से सम्बन्धित होती है। यूरोप में काम-विकृति से सम्बन्धित 'मैलोटिया' और 'बपलोटिया' जैसे कोई शब्द नहीं हैं जो इशारा करते हैं कि कोई गुप्तांग को चाटे, जननेन्द्रिय के बाल खा लें, परोक्ष रूप से पत्नी या बहन के कुलटा, चरित्रहीन होने की ओर संकेत करते हैं। ये गालियाँ इतनी सामान्य होती हैं कि साधारणतया इनसे उत्तेजित हो नर-हत्या नहीं हो सकती। लेकिन हमारे कुछ मामलों में न्यायालय में इन्हें बतौर उकसाने का कारण बताया गया। कुछ मारिया इतने चतुर होते हैं कि छेड़खानी की जबर्दस्त दलील पेश करते हैं कि जैसे सचमुच इन्हीं कारणों से वे उत्तेजित हुए हों।

शिक्षित लोग कभी-कभी हैरान रह जाते हैं कि असभ्य-गँवार लोग घटिया शब्द इस्तेमाल कर क्यों किसी को नाराज कर देते हैं। किन्तु सच्चाई यह है कि इन विषयों में शील के मामले में कठोर शिष्टाचार सन्निहित रहता है, जबकि स्थिति ठीक रही तो बहुत-सी गन्दी बातें भी बर्दाश्त हो जाती हैं। पर नियमों के अतिक्रमण से जब क्रोध विस्फोटक रूप धारण कर लेता है तो अन्त दुखद ही होता है। यह भी सम्भव है कि गाली अन्तःकरण में सोई प्रतिशोध की भावना को सहसा उत्तेजित कर देती है। स्टेनजी हॉल कहते हैं :

> प्रतिशोध की भावना गहरे में जड़ें जमाये रहती है जिसका पूर्णरूप से उन्मूलन नहीं होता। असामान्य मामलों में यह क्षणिक होता है और शायद अचेतन रहता है। मैंने खुद बीसियों युवा हत्यारों से बातें की हैं जिन्हें फाँसी की सजा हुई। मेरा विश्वास है कि मेरे ही जैसी प्रकृति ने इन्हें उतना ही भला बनाया जितना कि मुझे, पर वे सहसा उत्तेजित हो क्रोधवश प्राणघातक प्रहार कर बैठे, उम्मीद से भी ज्यादा कठोर जिनकी उन्हें कल्पना तक नहीं थी। शायद कोई हथियार उनके हाथ में रहा हो और हत्या हो गई। यह भी सम्भव है कि मृतक सबसे अच्छा दोस्त रहा हो

और आत्मप्रशंसा के क्रम में हत्यारे के किसी कलंक को दर्शाया हो जिससे बेचारे की मौत हो गई हो। जब इन परिस्थितियों का मूल्यांकन करते हैं तो पाते हैं कि सम्पूर्ण प्रशासन का आपराधिक कानून हाल तक प्रतिशोधमूलक रहा है। हमें कतई आश्चर्य नहीं होता कि मानव-हृदय में भावनाओं का आवेग अत्यन्त प्रबल होता है और जब हम पढ़ते हैं दिल दहला देने वाले अमेरिकी दृश्य, तब हम महसूस करते हैं कि सब मनुष्य मिलकर सुरक्षा या दंडमुक्ति के द्वारा ही प्रतिशोधात्मक दंड से बच सकते हैं जिसके लिए उन्हें कठोर-से-कठोर सजा दी जाती है।[1]

IV

आदतन (व्यावसायिक) अपराध

हमारी सूची में दो स्थायी अपराध के उदाहरण हैं, जहाँ लोगों ने दोहरी हत्याएँ कीं। एक हत्या की सजा काट रहा अपराधी जब जेल से मुक्त होता है तो माना जाता है कि उसे सजा से अपराध नहीं करने का सबक मिला होगा, हत्यारे की मानसिकता बदल गई होगी, पर इस कल्पना को झुठलाकर प्रतिशोध की ज्वाला में दहकते हुए उसने फिर हत्या कर डाली। अपराधी के महत्त्व को देखते हुए इसे जरा विस्तार से जानना आवश्यक हो जाता है।

मुरामी धुरवा को अपने गाँव की कंदकी की हत्या के अभियोग में कालापानी की सजा हुई और वह 1929 में जेल से रिहा हुआ। अपनी रिहाई के बाद वह अपने बड़े भाई हुर्रा के साथ पलनार में रहने गया। कोई दस महीने तक तो सब कुछ ठीक-ठाक रहा लेकिन बाद में 1929 के दिसम्बर माह के मध्य में अपनी पत्नी के साथ उसका जबरदस्त झगड़ा हुआ कि वह घर को साफ-सुथरा नहीं रखती। उसने उसे दरवाजे से बाहर धकेल दिया और घोषणा की कि वह उसके भाई और भतीजे विल्ला की हत्या करने जा रहा है क्योंकि उन्होंने मुकदमे के दरम्यान उसके पक्ष में गवाही नहीं दी जिससे कि उसे सजा मिल गई थी। यद्यपि रात ज्यादा बीत गई थी, वह अपने घर से विल्ला की खोज में निकल पड़ा। विल्ला नजदीक की झोंपड़ी में रह रहा था। उसने धुरवा की धमकी सुनी और भागने की कोशिश की। वह मुश्किल से अपने घर से कुछ ही कदम आगे बढ़ा कि धुरवा ने उसे पकड़ लिया और भारी लाठी से चोट देकर जमीन पर पटक दिया। विल्ला की पत्नी मदद के लिए चिल्लाई और उसका बाप उसे बचाने के लिए दौड़ा, पर इससे पहले धुरवा दो और भारी प्रहार कर चुका था। हुर्रा ने किसी तरह अपने भाई के हाथ से लाठी छीन ली और तब धुरवा खेत की झोंपड़ी में चला गया और सो गया। लेकिन बाद में वह फरार हो गया। विल्ला को उसकी पत्नी उठाकर घर ले गई और अगले दिन उसे साथ लेकर थाने के लिए रवाना हुई। दुर्भाग्यवश थाने ले जाते समय रास्ते में ही विल्ला ने दम तोड़ दिया।

---

1. हॉल–पृष्ठ 356।

धुरवा का अपना बयान इस कथा के विपरीत था। उसने स्पष्ट किया कि जब वह जेल में था, उसका अपने भाई से अच्छा सम्बन्ध नहीं रहा। हुर्रा ने उसके कई पशुओं को बेच डाला था और जब उसने उससे रुपए माँगे तो उसने उसे घर से निकल जाने को कहा। उसने कोशिश की, पर परिवार की सम्पत्ति के बँटवारे में उसे सफलता नहीं मिली। घटना की रात चिराग न जलाने और पत्नी के सम्भोग के लिए तैयार नहीं होने की स्थिति में पत्नी के साथ उसका झगड़ा हुआ था। इसके तुरन्त बाद उसका भाई और भतीजा विल्ला उससे मार-पीट करने पहुँच गए थे। उनके बीच भीषण झगड़ा हुआ, उसके बाद निश्चय ही उसने उसके भतीजे की हत्या कर दी। उसके बाद विल्ला और उसका भाई, जिन्हें कुछ चोट लगा गई थी, की चिकित्सा के लिए जंगल से जड़ी-बूटी लाने चला गया था। इस कहानी पर ज्यादा विश्वास किया जा सकता था बशर्ते दवा लाने के बजाय वह उड़ीसा और फिर चाय-बागान की ओर फरार न हो गया होता।

सत्र न्यायाधीश ने दोनों कहानियों की सत्यता पर सन्देह किया। उन्होंने माना कि यह अविश्वसनीय है कि कोई आदमी मुकदमे में मदद नहीं करने के कारण अपने गुस्से को दबाकर दस महीनों तक अपने भाई और भतीजे के साथ घनिष्ठ रूप से रहे। और फिर अपनी रिहाई के बाद निश्चय ही विल्ला के साथ उसके सम्बन्ध अच्छे थे, तभी तो उसने उसे एक गाय और बैल भी दिए थे। सम्भव है विल्ला के विरुद्ध अचानक गुस्सा भड़कने के पीछे कोई गहरा कारण हो और मेरा झुकाव इस सन्देह की ओर है कि सम्भोग के लिए आनाकानी के कारण अभियुक्त का अपनी पत्नी से झगड़ा हुआ था। सम्भवतः उस औरत और भतीजे में कोई गुप्त प्रेम-सम्बन्ध था। धुरवा को शायद अपनी पत्नी के विश्वासघात से आघात पहुँचा था, जिस अवैध सम्बन्ध का असर पूरे परिवार पर पड़ता। किसी प्रकार के अनैतिक सम्बन्ध के बारे में गवाहों की चुप्पी भी इस सम्भावना का पक्ष प्रबल करती है तथापि यह हत्या प्रतिशोधमूलक ही मानी जाएगी। इस टिप्पणी पर दया दर्शाते हुए न्यायाधीश ने फाँसी की सजा मुल्तवी कर धुरवा को आजीवन कारावास की सजा दी।

V

एक दूसरी दोहरी हत्या गरमिरी में घटित हुई। कदती हुंगा सागूताड़ बागान, सिंचाई के लिए तालाब और उसमें पाली गई मछलियों का मालिक था, जिसकी निगरानी वह खुद करता था। नवम्बर 1934 के प्रारम्भ में एक शाम को कुछ लोग, जिनमें एक सजा काट चुका हत्यारा भी था, एक खेत पर महुआ की शराब तैयार कर रहे थे। किसी ने सलाह दी कि हुंगा के द्वारा अपने तालाब में लगाए गए जाल में कुछ-न-कुछ जरूर होगा। दो आदमी वहाँ गए और मुट्ठी भर मछलियाँ लेकर लौटे। वे सारी रात शराब बनाने में लगे रहे और मुर्गे के बाँग देने के समय तक उन्होंने दो बोतल शराब तैयार कर ली थी। नाश्ते के लिए मछलियाँ भूनीं और पीने-खाने लगे। अचानक आकाश में भोर का पहला

उजाला होते-होते हुंगा घटनास्थल पर पहुँच गया। अपने जाल से दूसरों के द्वारा मछली चुरा लेना अत्यन्त नाराजगी पैदा करनेवाला होता है, इससे भी ज्यादा वास्तव में तब जब कोई उसी के पेड़ की ताड़ी उसी की मछलियों के साथ गटक रहा हो। प्रचण्ड क्रोध के आवेग में हुंगा ने उस गिरोह पर हमला कर दिया। तीन आदमी तो भाग गए पर चौथा, मरकामी दोर्गा पीकर निढाल जमीन पर पड़ा था। हुंगा उसकी छाती पर बैठ गया और उसने शायद उसकी गला घोंटकर हत्या कर दी। दुर्भाग्य से पोस्टमार्टम में काफी देरी हुई जिससे कि हत्या का सही कारण पता नहीं लगा। किन्तु उन लोगों ने, जिन्होंने मृत्यु के बाद उसकी लाश देखी, पाया कि गला सूजा हुआ था, जीभ बाहर निकली हुई थी जो गला घोंटकर मारे जाने का सन्देह प्रकट करती थी।

भागकर गए तीनों आदमियों ने किसी को कुछ नहीं बताया कि क्या हुआ और हुंगा भी इसके बारे में चुप ही रहा। तथापि अगली शाम को दोर्गा का शरीर अपने कंधे पर लादकर तालाब की ओर जाता हुआ देखा गया, जहाँ उसने लाश पानी के अन्दर फेंक दी। बाद में उस रात उसने गाँव के बड़े-बूढ़ों को बुलाया और स्वीकार किया कि उसने दोर्गा को मार डाला था और लाश कहाँ मिलेगी, यह भी बताया। शायद उसने सोच लिया था कि ग्राम-पंचायत के माध्यम से वह मामले को रफा-दफा करवा लेगा और क्षतिपूर्ति के रूप में समुचित रकम अदा कर देगा। पर पुलिस को सूचना दे दी गई और हुंगा को गिरफ्तार कर लिया गया। उसने स्वीकार किया कि जिन्होंने उसकी मछलियाँ चुराई थीं उन पर उसने हमला किया था, पर उसने लाश ढोकर तालाब तक ले जाने और गाँववालों के सामने हत्या करने की बात स्वीकार करने से इनकार कर दिया। उसे आजीवन कारावास की सजा मिली। लेकिन 'अपील कोर्ट' ने साक्ष्य को प्रामाणिक नहीं माना कि हुंगा का सचमुच अपने शिकार को मारने का इरादा था। चूँकि, दोर्गा नशे में धुत्त था, इसीलिए दुर्घटना स्वरूप मरने की सम्भावना ज्यादा थी, बजाय मारे जाने की। हुंगा की सजा घटाकर पाँच साल कर दी गई। यह फैसला 9 मई, 1935 को सुनाया गया। 12 अप्रैल 1939 को हुंगा रिहा हुआ और अपने घर गरमिरी गया जहाँ उसने अपनी पत्नी गांगी को उसका इंतजार करते पाया। पाप-मुक्ति का समारोह आयोजित हुआ। गाँववालों को भोज दिया गया। पानी में सोने को डुबाकर उस पानी के छींटे हुंडा पर डाले गए और अब वह अपने घर में प्रवेश पाने और कबीला सम्बन्धी सुविधाओं को प्राप्त करने के लिए स्वतन्त्र हो गया।

तीन महीने तक सब कुछ ठीक-ठाक रहा। घर में हुंगा की बूढ़ी माँ, उसकी पत्नी और क्रमशः ग्यारह तथा बारह वर्ष की उसकी दो छोटी बेटियाँ, मल्ला और कोसी रहती थीं। लेकिन कुछ ही समय बाद घर की खुशी पर विपत्ति के बादल छाने लगे। जेल जाने से पहले हुंगा ने कुछ रुपए अपनी पत्नी के पास रख छोड़े थे। उसने दावा किया कि सौ रुपए थे पर मुझे इसमें सन्देह की बू आती है। सभी घटनाओं में वह निश्चित रकम, सम्भव है खर्च हो गई हो। हुंगा रुपए लौटाने की माँग करने लगा, कम-से-कम बीस रुपए तो जरूर ही। इसके लिए लम्बे समय तक वह पत्नी को परेशान करता रहा। पत्नी

मुँह फुलाकर और उसे ठीक से खाना न देकर अपना प्रतिशोध जताती रही। ऐसा मालूम होता है कि हुंगा बहुत तड़के उठने का अभ्यस्त था। आम तौर पर वह सुबह जल्दी खाना खा लिया करता था और 18 जुलाई को हमेशा की तरह गांगी ने उसे जलपान में चावल (भात) और दाल दिया। लेकिन पिछली रात मुर्गा कटा था और उसका मांस पकाया गया था। अतः हुंगा ने माँग की कि चावल के साथ उसे मांस क्यों नहीं दिया गया, सम्भवतः उसे शक हुआ कि उससे छिपाकर उसकी पत्नी ने मांस कहीं और रख छोड़ा है। गांगी ने जवाब में बताया कि उसने उसके लिए अलग से थोड़ा मांस निकालकर रख दिया था जिसे बिल्ली चट कर गई थी। हुंगा बहुत गुस्से में आ गया और उसके ऊपर चावल फेंक दिया तथा कसकर दो तमाचे जड़ दिए। वह बड़बड़ाती हुई कमरे से बाहर निकल गई, यह कहकर कि वह अपने भाइयों से पंचायत बिठाने के लिए कहेगी ताकि उसे वापस जेल जाना पड़े।

पूर्व सजायाफ्ता के लिए यह एक भयानक चेतावनी थी। हुंगा ने अपना चाकू निकाल लिया और अपने घर के सामने गया, जहाँ वह कुछ देर खड़ा रहा यह भाँपने के लिए कि आसपास कोई है तो नहीं। लेकिन उसका घर एक निर्जन जगह पर था और नजदीक में सब कोई अपने खेतों में व्यस्त थे। इसीलिए हुंगा ने अपनी पत्नी के बाल खींचकर उसे अपनी गिरफ्त में लिया और नीचे पटक दिया और उसका गला काटने की तैयारी करने लगा। उसकी पत्नी ने उसके हाथ से चाकू झपटने की पूरी कोशिश की पर असफल रही। दोनों नन्ही लड़कियाँ, मल्ला और कोसी जो रसोई घर में बैठी थीं, चीखती हुई आईं और अपनी माँ को बचाने की कोशिश की। उन्होंने मदद के लिए पुकारा पर वहाँ कोई था नहीं जो उनकी पुकार सुनता। उन्होंने पिता के हाथ को माँ से अलग खींचने की कोशिश की जिसमें वे थोड़ी जख्मी हो गईं। तब हुंगा ने अपना घुटना गांगी की कमर पर डाल दिया और एक हाथ से उसके बाल पकड़कर उस पर बैठ गया और दूसरे हाथ से चाकू पकड़ उसके गले को ठीक मारिया पर्व में पुजारी द्वारा बलि के सूअर को धीरे-धीरे हलाल करने की तर्ज पर रेतने लगा। जब उसने लगभग पूरा दाहिना गला रेत दिया और उसे यकीन हो गया कि गांगी मर चुकी तो उसने रस्सी उठाई और घर के पिछवारे चला गया।

इसके कुछ ही देर बाद हुंगा की माँ जो पानी भरने गई हुई थी, घर लौटी। उसने गांगी को मरी पड़ी देखा जिसकी बगल में कोसी रो रही थी। बच्ची ने उसे बताया कि उसका पिता रस्सी के साथ घर के पिछवारे गया है। बुढ़िया जल्दी से वहाँ गई और उसने पाया कि उसका बेटा घर की कड़ी से लटका हुआ है, उसके पैर जमीन से एक-डेढ़ हाथ ऊपर हैं। उसकी पत्नी के खून से भींगा चाकू नीचे पड़ा था। उसने चाकू उठाया और रस्सी काट डाली। हुंगा बेहोश होकर जमीन पर गिर पड़ा, पर अभी उसकी साँस चल रही थी। वह अच्छा तो हो गया पर फाँसी की सजा पाने के लिए, उसे फाँसी दे दी गई।

इस अप्राकृतिक त्रासदी के साझीदार हुंगा और गांगी के वस्त्रों को जमीन में एक ही जगह गाड़ दिया गया और उसके ऊपर मिट्टी का मकबरा उठा दिया गया।

अध्याय : तेरह

औरतों के अपराध

I

यह प्रख्यात है कि सभी जगह औरतें मरदों से कम अपराधी होती हैं। 'अनुपात में भिन्नता होती है, फिर भी, विभिन्न देशों में बहुत अधिक, फ्रांस में सामान्यतः 4 पर 1, अमेरिका में लगभग 12 पर 1, इटली और स्पेन में औरतों के अपराध का अनुपात नगण्य है। इसके विपरीत दूसरी ओर इंग्लैंड में अपराधी महिलाओं का बड़े-बड़े अपराधों में अनुपात हद से ज्यादा है।'[1] बस्तर में 23 पुरुषों पर 1 औरत का आपराधिक अनुपात है।

हैवलाक एलिस ध्यान दिलाते हैं कि अपनी कतिपय शारीरिक और मनोवैज्ञानिक विशिष्टताओं के चलते औरत सुरक्षित रहती है–उसकी शारीरिक दुर्बलता, काम-चयन, घरेलू एकान्तवास, वेश्यावृत्ति और मातृत्व। फिर भी मारिया औरतों के मध्य इनमें से एकमात्र सुरक्षा का आधार मातृत्व है। मारिया औरतें पर्याप्त शारीरिक बल के कारण सुरक्षित रहती हैं और उनमें मर्दों की तरह कुल्हाड़ी से घातक चोट देने की क्षमता होती है। क्योंकि प्रत्येक मारिया औरत विवाहिता होती है, काम-भावना खतरे की जगह से निकलने में बाधा नहीं बनती और आदिम प्रभाववश कोई प्रलोभन उसे बहका नहीं सकता।

जहाँ तक औरतों की पारिवारिक बंदिश की बात है, मारिया की स्थिति पहले समय के रूस के बाल्टिक राज्यों के समरूप है, जो औरतें मर्दों के पेशे में हाथ बँटाती हैं और नारी-अपराध तुलनात्मक रूप से प्रबल होते हैं। इंग्लैंड में भी नारी-अपराध सर्वाधिक हैं जहाँ औरतों के कार्यक्षेत्र में निरन्तर विस्तार होते रहते हैं, 'आधी सदी से नारी-अपराध का ग्राफ बढ़ता ही जा रहा है।' मारिया औरत न केवल दैनिक जिन्दगी के कामों में अपने पति का हाथ बँटाने में स्वतन्त्र होती है बल्कि निर्बाध रूप से उन विभिन्न अवसरों पर हत्या के लिए उत्तेजना का कारण बन जाती है जहाँ शराबियों की जमात बड़ी मात्रा में हंडिया गटक जाती है। मारिया के बीच वेश्यावृत्ति का प्रचलन नहीं है। लेकिन दूसरी ओर जैसा कि यूरोप में यदि है भी तो वे अपने सामाजिक स्तरों से नीचे नहीं गिरतीं।

1. हैवलॉक एलिस–पृष्ठ 261।

मारिया के लिए (यूरोपियन महिलाओं के लिए भी) मातृत्व सबसे बड़ी सुरक्षा है। मारिया औरतों के बीच नर-हत्या की नगण्यता इस आदिम विश्वास के कारण भी है कि औरतों के द्वारा किसी की हत्या करना प्राकृतिक नियमों के विरुद्ध और खतरनाक है। यह सबसे महत्त्वपूर्ण कारण है कि औरतें पुजारिन क्यों नहीं हैं, क्योंकि पुजारियों को तो पशुओं की बलि देनी होती है। मारिया औरतों को बकरों, यहाँ तक कि मुर्गों को मारने के भी योग्य नहीं समझा जाता। उनका शिकार में सम्मिलित होना भी वर्जित है। इस प्रकार के कामों में केवल मछली मारना उनके लिए वर्जित नहीं है, लेकिन मछलियाँ तो निरीह जन्तु होती हैं। तथापि ध्यान देने योग्य बात यह है कि मारिया औरतों में आत्महत्या की दर मारिया पुरुषों की आत्महत्या की दर से कहीं अधिक है।

II

एक सौ नर-हत्याओं में औरतों के द्वारा केवल पाँच हत्याएँ की गईं। उनमें भी एक में पुरुष ने मदद की थी। इनमें विशुद्ध रूप से दो हत्याएँ औरतों के द्वारा छोटी बात पर नाराजगी और रोष के कारण की गईं। पहले मामले में वे दो औरतें थीं जिनका विवाह एक ही मर्द से हुआ था, जो अब विधवा थीं और एक साथ रह रही थीं। सयानी औरत बात-बात पर खीझ पैदा करनेवाली मानसिकता की थी, जो हमेशा छोटी को परेशान किया करती थी। छोटी जब अधिक बर्दाश्त नहीं कर पाई तो उसने कुल्हाड़ी से उस पर तीन बार प्रहार किए जिससे कि उस बूढ़ी औरत की मौत हो गई। दूसरे मामले में एक आदमी अपनी पत्नी के साथ खाने के लिए जंगल में लाल चींटियाँ भून रहा था, अचानक दोनों ने एक बच्चे के जोर से चिल्लाने की आवाज सुनी। वे उस जगह गए और देखा कि लगभग 10 साल की एक छोटी लड़की जमीन पर पड़ी है और उसकी गर्दन टूट गई है। उसकी हत्या उसकी सौतेली माँ ने इस कारण कर दी थी कि वह उसकी बात नहीं मानती थी। वह औरत पेड़ पर चढ़कर पत्ते तोड़-तोड़कर नीचे गिरा रही थी। उसने बच्ची को पुकारा और टोकरी को नजदीक लाने को कहा जिससे कि पत्ते सीधे टोकरी में गिर सकें। जब लड़की ने उसके कहने के अनुसार नहीं किया तो उसकी सौतेली माँ पेड़ से नीचे उतरी, लड़की को मारा, ठोकर मारी और उसकी गर्दन तब तक मरोड़ी जब तक कि वह मर नहीं गई। भोजन के अभाव में दोनों औरत और बच्ची कमजोर और भूखी थीं। उनके घर में चावल नहीं था, कई दिनों से महुआ खा-खाकर जी रही थीं। जैसा कि अक्सर होता है, इस त्रासदी के पीछे कठोर परिश्रम से आई थकान और भूख की अहम भूमिका थी।

तीन मामलों में पत्नियों ने अपने-अपने पति की हत्या कर दी। अगर यह प्रतिशत ज्यादा मालूम पड़े तो याद रहे कि अठारह मामलों में पुरुषों ने अपनी पत्नियों की हत्या की। ताती हिरमा की तीन पत्नियाँ थीं। एक पत्नी मर चुकी थी और बाकी दो दुखद घटना के समय साथ रह रही थीं। ठीक से काम नहीं करने और अधिक खाना खाने

के बहाने सबसे छोटी पत्नी मासी अपने पति से बार-बार पिटी थी। बार-बार के उनके झगड़े ने गाँववालों का ध्यान खींचा, पंचायत बुलाई गई और पंचों ने प्रत्येक पर चार-चार आने (पच्चीस पैसे) जुर्माना लगाया। 1940 के जनवरी महीने में एक दिन जब दोनों पत्नियाँ साथ-साथ धनकटनी (चावल के पौणों के काटने का) काम कर रही थीं, उनका पति खेत पर आया और मासी को पीट दिया। उसी दिन देर रात को जब सब सो रहे थे, लड़की उठी और उसने कुल्हाड़ी से अपने पति की हत्या कर दी। चोटें गम्भीर थीं। खोपड़ी में कई दरारें थी। चेहरा विकृत था और मस्तिष्क से खून का काफी रिसाव हो चुका था। न्यायालय ने गौर किया कि लड़की को काफी उत्तेजित किया गया था। उसके शरीर पर चोट के बहुतेरे निशान थे और यह दर्शाया गया कि कभी-कभी उसकी इतनी कड़ी पिटाई की जाती कि उसकी पूरी देह सूज जाती और गर्म पानी से अपने जख्मों को सेंका करती थी। उसकी गोद में पाँच माह का एक शिशु था जिस पर दया कर न्यायालय ने उसे फाँसी की सजा न देकर, आजीवन कारावास की सजा दी।

अपनी पत्नी और छोटे भाई के द्वारा की गई मारवी बोदोदी की हत्या का विवरण विस्तार से अध्याय सात में दिया गया है जो विशिष्ट रूप से सुनियोजित ढंग से आयोजित की गई तथा फूहड़ ढंग से इसे रफा-दफा करने की कोशिश भी हुई।

III

25 अक्टूबर 1938 को बोदेनार में अपनी पत्नी पांडी के द्वारा ताती मुन्दरा की हत्या अत्याचार और दुश्मनी की लम्बी कथा का परिणाम थी। पांडी को उसके पहले पति ने त्याग दिया था जो उसे छोड़कर चाय-बागानों की ओर चला गया था। उसने अपनी मौसी के यहाँ शरण ली। उसकी मौसी ने उसे मुन्दरा से शादी करने के लिए मनवा लिया जबकि अब वह शादी करना नहीं चाहती थी। शुरू के दिनों में मुन्दरा और पांडी खुशी से नहीं तो कम-से-कम शान्तिपूर्वक साथ रहे। जब अपने पहले पति से जन्मी बेटी मर गई, तब वह अपने इस पति से नफरत करने लगी जिसे उसने कभी सच्चे दिल से प्यार नहीं किया था। उसने कई बार उससे पीछा छुड़ाने की नाकाम कोशिश की, पर हर बार उसका पति उसे मनाकर वापस ले आता था। उसके बाद उसकी बेरहमी से पिटाई की जाती थी जिसमें उसके परिजन भी मदद पहुँचाते थे। उसके परिजन जंगल से एक खास किस्म का फल लाकर उसका रस उसके जख्म पर मल देते थे जिससे जलन के साथ तीव्र खुजली होती थी और फिर काले फफोले पड़ जाते थे। मुन्दरा की मौत के महीनों बाद भी उस अभागिन औरत के शरीर पर उन जख्मों के निशान साफ-साफ देखे जा सकते थे।

मुन्दरा की जिन्दगी का पिछला सप्ताह पूरी तरह अपनी पत्नी का पीछा करने में व्यस्त रहा। ऐसा मालूम पड़ता है कि या तो उसे सचमुच पत्नी से चाहत थी या कम-से-कम पत्नी को सताने में उसे खूब मजा आता था। 20 अक्टूबर को वह अपने

पिता के साथ लाखोपल गया जहाँ उसने सुना था कि पांडी छिपी हुई है। उन्होंने एक ग्रामीण को लड़की को बुलाने के लिए आगे भेज दिया। वह काँपती हुई घर से निकली और एक पेड़ के नीचे छिप गई। मुन्दरा और उसके सहायक बलपूर्वक उसे अपने घर टिकनपाल ले आए। उसी रात वह फिर भाग गई। तीसरे दिन मुन्दरा एक बार फिर उसकी खोज में निकल पड़ा। उन्होंने सुना कि वह फिर लाखोपल चली गई थी और इस बार जब वह मिली तो उसने घर लौटने का निश्चय नहीं किया बल्कि उसे विश्वास हो गया था कि उस पर कोई काला साया मँडरा रहा है जिसके कारण वह बराबर उससे दूर रहता है, इसलिए उसकी झाड़-फूँक कराने किल्लीपाल के सिराहा के पास ले गया। कभी-कभी वैसी गाय की झाड़-फूँक की जाती है जो अपने झुण्ड में नहीं रहना चाहती या रात में अपने बथान पर नहीं लौटती। सिराहा को बुलवाया गया और अनुमान लगाया गया कि किसी भूत-प्रेत, देवी-देवता के प्रकोप से परेशानी पैदा हो रही है। तब उसका तन्त्र-मन्त्र से उचित उपचार किया जाता है। कभी-कभी ये उपचार कष्टदायक होते हैं जिसके अन्तर्गत जलती हुई मिर्च नाक के नीचे डालना, पुराने जूते से उसे मारना, यहाँ तक कि मरीज को पेशाब 'पिलाया जाना'।[1] इसमें कोई आश्चर्य नहीं कि बेचारी पांडी इस सलाह से थोड़ी सतर्क हो गई।

उसी दिन शाम को ककलुर और बोदेनार की सीमा पर एक अनजान मर्द और औरत के मिलने की बात एक गवाह को याद आई। उस मर्द के हाथ में कुल्हाड़ी थी और उसने बताया था कि वह टिकनपाल से किल्लीपाल की यात्रा पर है, और उसने उसे रात को खाने के लिए कुछ खीरा देने को कहा। गवाह ने गौर किया था कि औरत बहुत गुस्से में थी। वह कुछ दूर पर बैठी थी और अपने साथी से बात करने में परहेज रख रही थी। बाद में उसी शाम बोदेनार के ग्रामवासियों ने एक आदमी को कुल्हाड़ी और खीरा लिए हुए गाँव में प्रवेश करते देखा, जिसके पीछे-पीछे एक औरत थी। उन्होंने गाँव की सराय में सोने की इजाजत दे दी। अगली सुबह उन लोगों ने पाया कि वह आदमी मरा पड़ा था और उसके मस्तिष्क में दाहिनी और गहरा जख्म था। औरत गायब हो चुकी थी।

बाद में पांडी ने बताया कि मुन्दरा द्वारा लगातार उत्पीड़न और शरीर पर जगह-जगह चोट पहुँचाने के कारण वह आजिज आ गई थी। उसने बताया कि दुर्घटना

1. झाड़फूँक के यह तरीके कितने सख्त होते हैं उसको मांडला में 1925 में ऐसे ही हुए एक प्रकरण के सन्दर्भ में देखा जा सकता है। एक राजपूत अचानक अपने व्यवहार में असामान्य हो गया। एक दुखभरी घटना को देखने के बाद उसमें यह परिवर्तन आया था तथा उसकी परेशानी को भूत-प्रेत लगने के रूप में बतलाया गया। पहले उसे एक बगीचे में पेड़ से बाँध दिया गया। उसके बाद उस लड़के की बहन को पागलपन का दौरा चढ़ गया जिसके कारण उसने एक जलता हुआ अंगारा निगल लिया था। ऐसा बताया कि उस लड़की पर काली का प्रकोप है। काली को खुश करने तथा भाई के दिमागी सन्तुलन पूर्ववत बनाने के लिए बहन की छोटी बेटी की बलि चढ़ाई गई। इस विधि का भी कोई फल नहीं निकलने पर उस लड़के को नंगा करके ऐसे निर्जन स्थान में छोड़ दिया गया जिसे सिर फिरे लोग एक सिद्ध पवित्र स्थान मानते हैं। वहाँ वह लड़का ठंड में अकड़ कर मर गया।

की रात, सराय में मुन्दरा ने जबर्दस्ती उससे सम्भोग करने की कोशिश की, पर उसने रोक दिया। तब उसने खुलासा किया कि अगर वह राजी नहीं होगी तो वह उसे कुल्हाड़ी से टुकड़े-टुकड़े काट देगा। तब वे अलग-अलग लेट गए। दोनों ने जगे रहने की कोशिश की, औरत इसलिए कि मर्द से बची रहे ताकि वह उसके पास फिर न आ जाए और मर्द इसलिए कि कहीं आँख लगने पर वह फिर न भाग जाए। लेकिन मुर्गे के बाँग देने के समय भोर में, लम्बी यात्रा से थककर चूर उसकी आँख लग गई और पांडी कुल्हाड़ी से उसकी हत्या कर भाग गई। उसे आजीवन कारावास की सजा सुनाई गई। लेकिन सत्र न्यायाधीश ने दया के लिए जबर्दस्त सिफारिश की। फलतः अपील में उसकी सजा घटाकर एक साल का कारावास कर दी गई।

इस हत्या में एक साथ कई कारकों का प्रभाव रहा। क्रूरतापूर्वक प्रतिशोध लेने की इच्छा वर्षों से थी। पांडी के लिए यह जरूरी था कि घर में अकेली नहीं छोड़नेवाले आदमी को अपने से अलग कर दे, जो उसे न खुशी से जीने ही देता था और न बाहर ही जाने देता था। सिराहा के द्वारा उपचार का डर भी था। बार-बार भागने के लिए विवश होने से वह ऊब चुकी थी, बुरी तरह थक गई थी, तिस पर बार-बार पकड़े जाने पर दुर्दशा झेलना, थोड़ा सा खाना, लम्बा सफर और अन्त में लम्बी रात का रतजगा।

IV

पति को नापसन्द करना आत्महत्या के लिए भी समान रूप से जिम्मेवार होता है, जहाँ औरत कमजोर होती है और उसके विरुद्ध सामाजिक वर्जनाएँ चरम पर होती हैं। बुदरी अपने पति को प्यार नहीं करती थी और जब कभी उसे उसके घर ले जाया जाता था, वह वहाँ से भाग-भाग जाती थी। जब ऐसा बार-बार हुआ तो उसने खुद को फाँसी लगा ली। कुंजामी बुर्जी एक विधवा थी। कुंडा को उसे भोगने की इच्छा हुई तो उसने रिवाज के अनुसार सात आदमियों को उसे पकड़ लाने को भेजा। प्रतिरोध के बावजूद उसे बलपूर्वक अपने घर में लाया गया। लेकिन वह अपने तीन छोटे बच्चों के साथ भागने में सफल रही और जब वे सब सोए हुए थे, उसने घर में खुद को फाँसी लगा ली। पोयामी पांडी नाम की एक युवती की शादी उसके ममेरे भाई से कर दी गई। भोज के बाद सुहागरात मनाने के लिए पति-पत्नी को एक कमरे में बन्द कर दिया गया। लेकिन पांडी ने विरोध किया। लड़कर कमरे से निकल गई और भागकर घर चली गई। जहाँ उसे उसके अनुचित आचरण को लेकर फटकार लगाई गई। उसी रात उसने अपने को फाँसी पर लटका लिया।

(अ) पोरियामी हिरमा

(ब) पोरियामी गंगा

(स) पोरियामी हूंगा

पिन्ना भेजी त्रासदी
प्रकरण सं. - 76

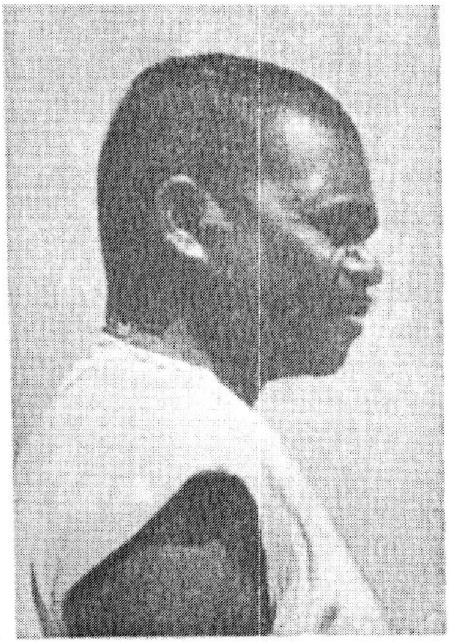

(अ) मरियामी डोगा

(ब) कुहरामी टोंडा—बौना अपने छोटे चालाक भाई के लिए स्वयं से बदला लिया

(स) बेट्टी हिरमा

(द) बेट्टी रूपे—जिसने शराब के नशे में हुई लड़ाई में एक व्यक्ति की हत्या की

अध्याय : चौदह

आपराधिक पागलपन

आपराधिक उन्माद बस्तर[1] में कोई गम्भीर समस्या नहीं है। 1919 से 1941 तक 22 वर्षों के अन्तराल में, 8 पगले अपराधियों को नागपुर के मानसिक चिकित्सालय में भेजा गया। 8 में दो अच्छे होकर निकले और 6 रह गए। 1935 से 1941 के बीच हाल में जगदलपुर जेल में 17 व्यक्तियों की विक्षिप्तता की जाँच हुई। इनमें से पाँच को, जो सभी हत्यारे थे, नागपुर भेज दिया गया। पाँच झूठे पागलपन का ढोंग करते पाए गए और उन्हें उग्र अपराध का दोषी ठहराया गया। पाया गया कि एक ने विक्षिप्तता में हत्या की थी, अच्छा होने पर उसे 1837 में रिहा किया गया। पागलपन के अधिनियम के अन्तर्गत दूसरों को विस्तृत जाँच के लिए भेजा गया कि उनका पागलपन हानिरहित है या नहीं।

6 विक्षिप्त अपराधी, जिन्हें नागपुर भेजा गया था, इनमें केवल दो ही बाइसन-हॉर्न मारिया थे। लेकिन दो अन्य मामले में दो, बाइसन-हॉर्न मारिया को निन्दनीय अपराध के लिए सजा दी गई और धारा 304 के अन्तर्गत विक्षिप्तों को आपराधिक मामले में सुविधा का लाभ नहीं मिला।

मारवी भीमा मानसिक रूप से विषादग्रस्त था। उसने पागलपन की सनक में अपनी पत्नी की हत्या कर दी। इस दर्दनाक घटना के दो दिन पूर्व उसमें विचित्र लक्षण दिखाई पड़े। घर के अन्दर जाना, बाहर आना, फिर अन्दर जाना। यह अन्दर-बाहर का सिलसिला काफी देर तक चला। फिर अपने घर का चक्कर लगाना शुरू किया। उसके सगे-सम्बन्धियों ने गाँव के बड़े-बूढ़ों को आवाज लगाई कि वे इस मामले को देखें कि तब तक वह अपने घर में घुस गया और छोटी पत्नी कोंडी के पेट में तीर घुसेड़ दिया। तीर घोंपने के बाद उसने तीर निकालने की कोशिश की पर इसमें कठिनाई हुई तो उसने दाहिनी ओर उसके शरीर में तीर को और अन्दर की ओर धक्का मारा और पीठ की ओर से तीर खींच लिया। इसी बीच गाँव के बड़े-बूढ़े जब वहाँ पहुँचे तो उन्होंने देखा कि तीर-धनुष लेकर भीमा आसपास में चहलकदमी कर रहा है। उस बदकिस्मत औरत

1. ऐसा कहा जाता है कि आदिवासियों में मानसिक अनियंत्रण के मामले बहुत बिरले ही होते हैं। इस पर प्रश्न उठाए गए हैं। परन्तु उसके बाद भी कुछ प्रभाव संग्रहित किए गए हैं। कृपया ई. विन्सटन की किताब—एलिज्ड लैक ऑफ मेन्टल डिजीसेस अमोंग प्रीमिटिव ग्रुप्स—अमेरिकन एन्थ्रोपोलोजिस्ट, खंड 36 (न्यू सीरिज, 1934) पृष्ठ 234।

को उन लोगों ने पुलिस थाने पहुँचाया जहाँ मृत्युपूर्व बयान देते समय उसकी मौत हो गई। भीमा के पास जाने की किसी की हिम्मत नहीं हुई। पर अगली सुबह वह पड़ोसी के घर में घुसा तो लोगों ने फुर्ती से दरवाजा बन्द कर बाहर से कुंडी लगा दी। जब मुखिया वहाँ आया उसने पाया कि भीमा अनाज रखने के लिए बाँस से बनी बखारी के अन्दर छिपा हुआ है। गाँववालों ने उसे वहाँ तब तक कैद रखा जब तक पुलिस आकर उसे ले नहीं गई।

कोर्ट में भीमा ने तीर घोंपने की बात तो स्वीकार की पर उसने बताया कि उसे ठीक-ठीक याद नहीं आता कि ऐसा उसने क्यों किया। सभी ने इस बात की गवाही दी कि वह अपनी पत्नी कोंडी को बहुत चाहता था, उसे अच्छी तरह से रखता था, यद्यपि पूरे साल उसका व्यवहार विचित्र रहा। हत्या के बाद उसने ऐसा कुछ भी नहीं दर्शाया कि उसने क्या किया था और मुकदमे के दरम्यान वह रोया करता था। इसलिए नहीं कि उसने पत्नी की हत्या कर दी थी पर इसलिए कि उसे डर था कि उसकी गैर मौजूदगी में मुर्गे-मुर्गी की तरह उसके पशु बँट न जाएँ। मुकदमे के दरम्यान उसने कोर्ट से दो-तीन बार भागने की कोशिश की, इसलिए कि उसके भीतर भय समा गया था कि उसे गड्ढ़े के भीतर फेंक दिया जाएगा और उसने न्यायाधीश से प्रार्थना की कि बेशक उसे फाँसी दे दे या जेल, पर उसे गड्ढे में न फेंका जाए। डॉक्टरी रिपोर्ट के अनुसार भीमा अवसाद रोग से ग्रस्त था। उसे हत्या के अभियोग से रिहा कर दिया गया। पर आई.पी.सी. की धारा 471 के अन्तर्गत उसे हवालात में रखा गया।

सुल्लीवैन कहते हैं कि मिरगी की मियादी विक्षिप्तता के दौर में विशिष्ट आवेगों में विभिन्नता पाई जाती है। अपने को अवसादग्रस्त समझने वाले, दौरे के बाद किसी खास परिकल्पना में अपने को खो देते हैं। इसमें किसी प्रकार का व्यवधान आने पर उनमें हत्या करने की भावना चरम पर पहुँच जाती है। इसका कारण यह होता है कि शायद इससे उसके मिरगी के चक्कर बन्द हो जाएँ।[1]

हेमला चेवा मिरगी का रोगी था और उसका बायाँ हाथ बिना अंगुलियों के ठूँठ जैसा था। 18 जनवरी 1922 को जब वह हिरना के पास जंगल से गुजर रहा था तो उसने लगभग 16 साल के एक हलबा लड़के को जलावन की लकड़ी काटते देखा। उसने लड़के को पहले कभी नहीं देखा था और उसके साथ किसी प्रकार के सम्बन्ध का भी कोई संकेत नहीं था। कोर्ट में उसने बताया कि जंगल में तीन लोगों के द्वारा खदेड़े जाने पर जब वह भाग रहा था कि वह लड़का मिला। उसने उससे कुल्हाड़ी छीनकर उसकी ही कुल्हाड़ी से उसकी हत्या कर दी। बाद में उसी शाम उसने उस कुल्हाड़ी से हमला कर एक औरत को जख्मी कर दिया और उसकी मदद के लिए जब उसका भतीजा आया तो उस पर भी प्रहार कर दिया। गाँववालों के द्वारा चेवा को बाँध दिया गया, पर रात में वह भाग गया और उसी गाँव में अपने चाचा के घर चला गया। अगली सुबह उसे फिर पकड़ा गया और पुलिस के पास ले जाया गया। कोर्ट में अपने मुकदमे में उसने

1. सुल्लीवैन–पृष्ठ 133।

पूरी तरह उदासीनता दर्शाई और धीमी जुबान में बात की। उसे हत्या के अभियोग से बरी कर दिया गया, पर विक्षिप्तता के कारण जेल की हवालात में ही रखा गया।

एक दूसरा मिरगी का रोगी, बूढ़ा खोटलू जो अपनी दीन-हीन चेतना का प्रदर्शन किया करता था, साथ ही वह भुलक्कड़ किस्म का व्यक्ति था, उसने कावर गाँव में 12 दिसम्बर, 1920 को शाम में अपनी पत्नी मासी की हत्या कर दी। इस त्रासदी के एक साल पूर्व प्रत्येक रविवार को उसे मिरगी के दौरे पड़ते थे। दौरे के समय वह बेतरह काँपने लगता था। मुँह से झाग निकलने लगता था, शरीर में जोरों की ऐंठन आ जाती थी और जमीन पर गिरकर वह दो-तीन घंटे बेहोशी की हालत में रहता था। वैसे समय में उसे भ्रान्ति होती थी कि वहाँ कोई विद्रोह होगा और वह सबको भाग जाने के लिए कहेगा। कभी-कभी वह खुद लाठी से लैस होकर जंगल की ओर भाग जाया करता था। दो मौके ऐसे आए कि उसे बाँध दिया गया, पहले उसे तोरवा ले जाया गया और फिर वैद्य से इलाज करवाने पोंडम।

खोटलू की पत्नी उसकी ही हमउम्र थी और उसने उसके दस बच्चों को जन्म दिया था। ऊपरी तौर पर उनके सम्बन्ध बहुत अच्छे थे। लेकिन दुर्घटना के दिन, जो रविवार का दिन था, वे दोनों अपने सबसे छोटे बेटे के साथ कोसरा-फसल काटने अपने खेत पर गए। खोटलू दौरा पड़ने के कारण गिर गया। घंटों बेहोशी में पड़े रहने के बाद वह उठा और चिल्ला पड़ा 'दौड़ो, भागो, भुमकल (विद्रोही) आ रहा है।' उसने अपनी पत्नी से फौरन घर जाने को कहा। लेकिन उसने जवाब दिया कि उसका काम पूरा नहीं हुआ है और पहले वह पत्ते चुनेगी, तब घर आएगी। खोटलू ने उस पर आरोप लगाया कि उसका किसी से कोई चक्कर चल रहा है जिससे मिलने के लिए वह जंगल जाना चाहती है। इस पर वह उसके साथ चलने को राजी हो गई। वह उसे धक्का दे-देकर आगे चलवाता रहा और जब थोड़ा फासला हो गया तो पीछे से उसने उस पर तीर का वार कर दिया।

वह औरत किसी तरह गाँव पहुँची और तीन दिन बाद मर गई। खोटलू बाहर अपने खेत पर रुक गया, शाम में आया और अपने घर में बैठ गया। अगले दिन जब उससे पूछा गया कि उसकी पत्नी कहाँ है, तो उसने कहा कि वह पानी भरने (लाने) गई है। फिर तुरन्त उसने किसी चीज की ओर इशारा करके कहा वह उसकी पत्नी है, आ रही है। जब उसे मरणासन्न औरत के पास ले जाया गया तो उसने पूरी तरह नकार दिया कि वह उसकी पत्नी है। तब बाद में जोर देकर कहा कि उसे घटना के बारे में कुछ भी याद नहीं है।

पोरिआमी कोसा का मामला एक ऐसा मामला है जो पागलपन के इर्द-गिर्द घूमता हुआ मालूम पड़ता है। यद्यपि कोर्ट ने उसे पर्याप्त रूप से जवाबदेह माना और उसे सात साल की कारावास की सजा सुनाई। वह ऐसा आदमी था जिससे उसके साथी मारिया पूर्ण रूप से मन्द बुद्धिवाला समझते थे। वह अपने खेत जोतने या बाजार से खरीदारी करने में सर्वथा असमर्थ था। ऐसा मालूम होता है कि उसकी पत्नी उसकी देखभाल एक

सयाने बच्चे के रूप में करती थी। वह किसी प्रकार के लकवा रोग से भी ग्रस्त था। हत्या के दिन, सूर्यास्त से कुछ पहले जबकि सूरज क्षितिज से कोई चार बाँस ऊपर था, कोसा ने अपनी पत्नी को अपने साथ लेट जाने को कहा। लेकिन उसने इनकार कर दिया, उसे गाली दी, उसकी बीमारी पर ताना मारते हुए कहा कि वह कभी अच्छा नहीं होगा। तब उसने जबर्दस्ती उससे सम्भोग करने का प्रयास किया पर उसने प्रयास सफल होने नहीं दिया। उठापटक में उसकी काठ की कंघियाँ और कपड़ा जमीन पर गिर पड़े और आगबबूला होकर कोसा ने अपने नुकीले छोटे चाकू से उसके चेहरे और गर्दन को बुरी तरह जख्मी कर दिया। वह कोई चालीस कदम दौड़कर जमीन पर गिर पड़ी और तत्काल उसकी मृत्यु हो गई।

कवासी चमरू पर पागलपन का विचित्र दौरा आता था जो कई दिनों तक रहता था। पहले दिन वह जंगल में इधर-उधर घूमता रहा। अगले दिन वह पेड़ पर चढ़ गया और सारा दिन वहाँ बैठा रहा। तीसरे दिन उसने अपने दो बैलों को मार डाला और उसका खून अपने शरीर पर मला। कुछ दिन तक वह ठीक रहा पर अपनी त्रासदी से कुछ ही दिन पूर्व वह फिर से विचित्र हरकतें करने लगा। उसका अपनी पत्नी के साथ अच्छा सम्बन्ध था। लेकिन अब उसे शक हो गया कि उसकी पत्नी उसके साथ बेवफाई कर रही है। एक दिन अचानक उसने उसे पीटना शुरू कर दिया। उसके बालों को पकड़कर, हल की लकड़ी के एक भारी टुकड़े से उसके सिर पर तीन बार प्रहार कर दिया। वह गिर गई और चमरू उसे तब तक पीटता रहा जब तक वह मर नहीं गई। तब वह उसे घसीटकर घर में लाया और छत पर मुट्ठी भर घास ले आया। उसे सुलगाकर घर में आग लगा दी। वहाँ सब कुछ, सारे कपड़े, अनाज, मृत शरीर बर्बाद हो गए। चमरू ने बाँस का एक लट्ठ अपने हाथ में लिया और जंगल में आम के एक पेड़ के नीचे बैठ गया। वहाँ वह तब तक रहा जबतक कि उसे गिरफ्तार न कर लिया गया।

सम्भव है, इस मामले में कुछ मुख्य सबूत गवाहों के द्वारा दबा दिए गए हों, इस कारण से कि मृतक का अनैतिक सम्बन्ध उसके भाई से था। जुर्माना भरने का भय सबके जेहन में छाया हुआ था इसलिए उन्होंने सोचा कि वे इस मामले में चुप्पी साधे रहें, यही अच्छा है। दूसरी ओर यह भी समान रूप से सम्भव है कि अपनी पत्नी के प्रति अविश्वास चमरू के मानसिक दिवालिएपन का भ्रम मात्र हो।

संसार से पृथक दूसरे मारिया के अपने ही रंग-ढंग होते हैं। ऐसा तब होता है जब वे प्रबल मानसिक विक्षिप्तता के शिकार होते हैं। पूर्व में उनके द्वारा की गई आत्महत्याओं में विभिन्न लक्षण पाए गए हैं। अपनी मृत्यु के कुछ दिन पूर्व बरहा गंगा ने खाना खाना छोड़ दिया था और जब लोग उसे खाना खाने के लिए कहते तो वह अपनी लाठी से उन पर हमला कर देता था। बोंगी मारिया पर पागलपन का मियादी दौरा आता था। उसने तीन बार आत्महत्या की कोशिश की थी। वह जंगल में बेमतलब घूमता, कभी बात करने से मुकरता तो कभी काम करने से। उत्तर का मारिया, सरादू ऐसा ही था। वह नंगा घूमा करता था। नारी मारिया, पकली, लगभग दस वर्षीया छोटी लड़की के

साथ-साथ मारवी मुंडी एक ऐसी औरत थी जिस पर बचपन से ही पागलपन के दौरे पड़ते थे। वह अपने पैदा हुए दर्जनों बच्चों की परवाह किए बिना खाना खाने से मना कर देती, निरुद्देश्य इधर-उधर भटती रहती।

और अन्त में, एक विचित्र मामला मरकामी हिरमी का था, जो चार बच्चों की माँ थी और पाँचवाँ उसके गर्भ में था। गर्भकाल के पूर्व उसे मिरगी के दौरे पड़े थे और उसका इलाज स्थानीय सिराहा के द्वारा हुआ और विश्वास किया गया कि वह ठीक हो गई है। 22 अक्टूबर, 1935 को गोंडिरास में अपने घर पर उसे फिर मिरगी का दौरा पड़ा और इस बार उसके व्यवहार में विचित्रता दीख पड़ी। उसके गर्भ का आठवाँ महीना चल रहा था। दो दिनों के बाद जब उसका पति बाहर फसल की निगरानी कर रहा था और उसकी सबसे बड़ी बेटी पानी के लिए गई हुई थी, वह अपने तीन बच्चों की मौजूदगी में घर की कड़ी में फन्दा लगाकर झूल गई।

ऐसी मौत दुनिया में सबसे खतरनाक मानी जाती है। ऐसी मृत्यु जो गर्भकाल में बच्चा जनने के समय हो तो पूरे भारत में ऐसी मान्यता है कि वह चुड़ैल या डायन बन जाती है। बस्तर में अक्सर उसे ओंदर मुतइ अर्थात बूढ़ी मधुमक्खी कहा जाता है, जो लोगों पर उत्तेजित होकर मधुमक्खियों के झुण्ड के रूप में हमला कर देती है। हिरमी के पति और गाँव के सयाने लोग, क्या करें—इस असमंजस में पड़े रहे। किसी ने लाश को छूने की हिम्मत नहीं की और यह दो दिनों तक घर में लटकती रही। इसी बीच गर्भाशय से अजन्मे बच्चे का भ्रूण अपने आप निकल गया। इस समय तक रक्षा के विभिन्न विधि-विधान किए गए और शरीर को काटकर गिराया गया।

अध्याय : पन्द्रह

अपराध के बाद हत्यारे का आचरण

I

हत्या करने के बाद मारिया निष्क्रिय हो जाता है। कुछ घंटों के लिए वह भागकर जंगल में जा सकता है। दूसरे गाँव में वह अपने किसी दोस्त से मिलने जा सकता है। किन्तु अधिकतर मामलों में वह या तो चुपचाप घर पर रहता है या थोड़े ही समय में घर लौट आता है। उसके लिए यह असामान्य बात है कि वह फरार होने का प्रयास करे। हालाँकि 117 फँसे हुए अपराधियों में 4 ने ऐसा किया। 87 मामलों में अभियुक्तों ने पुलिस द्वारा गिरफ्तारी के बाद अपराध कबूल लिया और 9 मामलों में स्वेच्छा से उन्होंने समर्पण कर दिया।

तालिका-XXI

117 परिस्थितियों में अपराध के बाद अपराधियों के आचरण		
पलायन (भागने) का प्रयास किया	–	6
दूसरे राज्य में फरार हो गए	–	4
अपराध को छिपाने की कोशिश की		
ऐसा दिखाते हुए कि आत्महत्या हुई	–	6
ऐसा दिखाते हुए कि दुर्घटना हुई	–	1
ऐसा दिखाते हुए कि बाघ ने मार दिया	–	2
लाश को दफनाकर	–	3
आगजनी के द्वारा	–	2
दूसरों को फँसाने की कोशिश की	–	4
खुद आत्महत्या की कोशिश की	–	1
गाँववालों को मामला दबा देने के लिए या तो धमकी दी या मना लिया	–	12
आत्मसमर्पण कर दिया	–	9
गिरफ्तारी के बाद अपराध कबूल लिया	–	81
अपराध को नकार दिया	–	36

कुछ मामले जिनमें मारिया हत्यारे ने अपने अपराध के अंजाम में टालमटोल करने की कोशिश की, बड़े मजेदार हैं। यह बिलकुल ही नहीं कहा जा सकता कि मारिया अपराध को छिपाने में निपुण होते हैं। कभी-कभार हत्या को आत्महत्या का रूप देने का बेढंगा प्रयास होता है। 1933 के गला घोंटकर हत्या करने के मुकदमे में तीन मामलों में, प्रत्येक में ऐसा हुआ। पहले मामले में हत्यारे ने एक किशोर लड़के का गला दबाकर हत्या करने के बाद उसकी गर्दन के चारों ओर कसकर कपड़ा बाँध दिया और रस्सी के सहारे एक पेड़ पर लटका दिया। अगले में जहाँ मेडिकल गवाही दी गई थी, अपराधी ने लाश को इमली के पेड़ की डाल से बाँध दिया था पर इतनी लापरवाही से कि वह झूलती हुई नहीं बल्कि जमीन पर बैठी हुई दीखती थी। तीसरे मामले में उज्जी पोदा ने अपने शिकार की गर्दन रस्सी से बाँध दी और इसे तोड़ दिया। तब उसने टूटे हुए सिरे से इसे बाँधकर खेत की झोंपड़ी के छप्पर से झूलते हुए लटका दिया, इस विचार से कि लोग समझेंगे इसने खुद आत्महत्या की है। लेकिन टूटी हुई रस्सी चटक गई और लाश जमीन पर गिर पड़ी। पोदा ने तब सबकी मुट्ठी गर्म की कि वे पुलिस में आत्महत्या का मामला दर्ज करा दें।

जब पोयामी मासा ने अपनी पत्नी को तीर घोंप दिया तो उसके मन में विचार आया कि इसे आत्महत्या का रूप दे दूँ पर दुर्भाग्य से वह ठीक ढंग से काम नहीं कर सका और बेचोरी औरत गाँववालों को सच्चाई बताने के लिए लम्बे समय तक जीवित रही।

दूसरे दो मामलों में हत्यारों ने अपने शिकार की लाश की इस प्रकार व्यवस्था की कि मानो बाघ ने उन पर आक्रमण कर दिया हो।

तीन मामलों में हत्यारों ने लाश छिपाने की कोशिश की। एक में छिपाने का कार्य इतने बेढंगे रूप में किया गया कि वारदात की जगह पर खून के निशान के साथ-साथ हिंसक झड़प के अनेक सबूत मौजूद थे। अन्य मामलों में डूबने के कारण–मृतक की प्राकृतिक मौत का स्वरूप दिया गया और एक अन्य मामले में यह सूचना दर्ज कराई गई कि मृतक मिरगी का रोगी था जिसने दौरा आने पर लकड़ी के एक कुन्दे पर गिरकर अपनी जान दे दी।

अपने अपराध को निर्दोष लोगों के सिर मढ़ने की मारिया की कोशिश कम विश्वसनीय होती है। जैसा कि वे प्रकट करते हैं, इसके पीछे उनके विचार ऐसे होते हैं कि व्यक्ति यदि निर्दोष है तो कचहरी में उसका बचाव हो जाएगा, पुलिस जाँच बन्द कर देगी और निर्दोष तथा दोषी दोनों तब भाग खड़े होंगे। 1940 में अरनपुर के नजदीक एक गाँव में एक आदमी किसी व्यक्ति पर तीर चला देने के जुर्म में गिरफ्तार हुआ और इस्तगासा (वादी) के गवाहों ने गवाही दी कि वास्तव में उन्होंने उसे वैसा करते देखा था। उसने अपराध करने से इनकार किया और शीघ्र ही एक आदमी पुलिस के पास गया और कबूल किया कि वही असली अपराधी है। लेकिन दूसरे आदमी के विरुद्ध कोई साक्ष्य नहीं था और दोनों आदमी रिहा हो गए। अगले साल अरनपुर में बरसी चेवा अपने ससुर की हत्या के जुर्म में गिरफ्तार हुआ। उसके सम्बन्धियों ने इस मुकदमे में

चेवा के भाई को फँसाने की कोशिश की। उन्होंने घोषणा की कि भाई एक सिराहा के पास गया था और उससे कहा था कि वह बलि की रस्म पूरी कर दे जिससे जो उसने अपराध किया है, उससे मुक्ति मिल जाय। यह आसानी से सिद्ध कर दिया गया तथापि इस बात से उनका कोई लेना-देना नहीं था और सम्भवतः अरनपुर के लोगों को यह उम्मीद थी कि इस चालबाजी से दोनों भाइयों को रिहा कराने में वे सफल हो जाएँगे। एक मामले में अभियुक्त केवल अठारह साल का एक युवक था जिसने अपने भाई को फँसाने की कोशिश की। हालाँकि अन्त में उसने न्यायालय के समक्ष अपना जुर्म कबूल कर लिया। एक अन्य मामले में गाँववालों ने एक युवक को जुर्म कबूल कर लेने को विवश किया और वास्तव में खुद युवक का पिता ही इस उद्देश्य से उसको लेकर थाना गया। दारोगा ने उसकी अपराध-स्वीकृति को नकार दिया।

गुमियापाल हत्याकांड में, जहाँ असली हत्यारा गाँव का एक गैता था, लोग सम्मिलित रूप से अपने पुरोहित (पुजारी) को बचाना चाहते थे और उन्होंने एक निर्दोष युवक पर दोष मढ़ दिया। उन्होंने कोतवार को विवश कर दिया कि उसको फँसा दे और एक झूठी रिपोर्ट बना दे। चौदह वर्षों के बाद मैं जब जेल में उस हत्यारे से मिला तो वह अब भी अपनी निर्दोषिता पर जोर दे रहा था और असली हत्यारा उस आदमी को बता रहा था जिसे फँसाने की वर्षों पूर्व उसने कोशिश की थी। पर अपनी जवाबदेही दूसरों पर थोपने का प्रयास असामान्य है। यह उल्लेखनीय है कि कितनी तेजी से एक बार पुलिस घटनास्थल पर पहुँच गई जिसमें मारिया ने अपना अपराध कबूल कर लिया। पुलिस की तत्परता से 100 में 81 मामलों में अपराध-स्वीकृति हुई।

हमें यह नहीं मान लेना चाहिए कि ये अपराध-स्वीकृतियाँ आदिवासियों की सच्चाई या सरलता के अनिवार्य प्रमाण हैं। वे हो सकते हैं, पर सर सेसिल वाल्स के फैसले से विवरण से हमें बात अच्छी तरह समझ में आ सकती है–

> भारतीय पुलिस घटना के बाद अपने जासूसी के काम में प्रवीण है और औसत अशिक्षित ग्रामवासियों की मनःस्थितियों को भेदने में वे बिना किसी धर्मसंकट के और विलक्षण चतुराई से सच उगलवा लेते हैं। सम्भावना की तलाश निष्पक्षता से करने के क्रम में ज्योंही कोई गिरफ्तार होता है तो उसे वे कहते हैं, कि बचने का एकमात्र उपाय है कि वह सब कुछ सच-सच बता दे। अधिकतर आदमी डरपोक होते हैं। वे आसानी से अपराध में शामिल अपने सहयोगियों के नाम भी बता देते हैं, इस आशा में कि शायद मुक्ति मिल जाय। जब बयान दर्ज हो जाता है तो अगला कदम आसान हो जाता है। अभियुक्त से कहा जाता है– 'जिस प्रकार का यह मामला है, यह मेरे लिए आसान नहीं है। कोई भी न्यायाधीश सीधे-सीधे इस अपराध-स्वीकृति पर विश्वास नहीं करेगा। बिना पूरे सबूत के न्यायालय तुम्हें क्षमा-प्रदान कैसे करेगा ?' सरल हृदय ग्रामीण को इस तर्क को समझने में कोई कठिनाई नहीं होती और वे अपराध, हत्या, लूट की सामग्री के बारे में सब कुछ बता देते हैं। प्रयुक्त हथियार भी प्रस्तुत कर देते हैं।

और जब ऐसा हो जाता है तब कोई कैसे मान लेगा कि अपराधी निर्दोष है ?[1]

इसका मतलब यह नहीं है कि पुलिस भ्रष्ट है या अत्यधिक दमनकारी। उनका अपराधी की चालबाजी के बावजूद उससे अपराध कबूल करवा लेना प्रशंसनीय है। इसकी तारीफ अनके प्रसिद्ध जासूसी कहानियों में की गई है। विशेषकर इस कला में एम. पॉयरॉट निपुण थे और उसी प्रकार गल्प के दूसरे महान जासूस। यह सम्भव है कि जब तक ऐसे तरीके अपनाए नहीं गए होते, मारिया अपराधी बिना सजा पाए ही रह जाते, उदाहरण के लिए 117 अभियुक्तों में 81 ने गिरफ्तारी के बाद अपना जुर्म कबूल किया। केवल 9 अपनी ही इच्छा से गिरफ्तारी देने आए। एक से अधिक मामले में अभियुक्त पुलिस को अपने द्वारा किए गए अपराध के घटनास्थल पर ले गए, सभी सुराग और प्रमाण उन्हें उपलब्ध कराए और बाद में सम्भवतः बचाव पक्ष के वकील की सलाह पर अपराध-स्वीकृति से मुकर गए।

II

जहाँ गाँववाले अनजान होते हैं कि अपराध का जन्मदाता वास्तव में कौन है, इनमें एक ही विस्तृत परिचर्चा करना प्रासंगिक होगा।

लगभग पचास वर्षीय गोजे, जो हट्टा-कट्टा, अशिष्ट और झगड़ालू किस्म का आदमी था, वह कस्तूरपाल का मुखिया था। उसकी तीन पत्नियाँ थीं। 4 मार्च, 1922 को उसकी दोनों बड़ी पत्नियाँ हड़िया (चावल से बनी शराब) पीने एक दूसरे गाँव गईं। उसकी छोटी पत्नी रसोई में सो रही थी और वह खुद अपने घर में चारपाई पर अकेला था, मात्र अपनी छोटी बेटी के साथ जो जमीन पर उसके बगल में थी। लगभग आधी रात के समय कोई चुपचाप घर में घुसा और उसे छुरा घोंप दिया, गर्दन की दाहिनी ओर गहरा जख्म कर दिया जिससे तुरन्त उसकी मौत हो गई।

सबसे छोटी पत्नी जाग गई, अपने पति के चिल्लाने से नहीं बल्कि उसके कमरे के पास से किसी आदमी के दौड़ने के शोर से। अँधेरी रात थी, वह देख नहीं पाई कि कौन था। वह इसके बारे में कुछ नहीं सोचकर, करवट बदलकर फिर सो गई। कुछ देर बाद उसकी दोनों बड़ी पत्नियाँ लौटीं और घर में घुसीं तो उन्होंने देखा कि चारपाई खून से सनी है और फर्श पर खून जमा है जिसे बड़े चाव से एक कुत्ता चाट रहा है। वे मदद के लिए चिल्ला पड़ीं, और कुछ पड़ोसी पुआल की मशाल जलाकर वहाँ जमा हुए।

तब तीनों पत्नियाँ एक साथ नीचे बैठ गईं और आपस में परामर्श करने लगीं कि हत्यारा कौन हो सकता था।

उनका सन्देह सर्वप्रथम पड़ोसी गुदी पर गया। कुछ समय पूर्व गोजे के बेटे ने गुदी के एक बकरे को मार डाला था और दोनों में झगड़ा हुआ था। वे फिर से दोस्त हो गए थे। पर उस घटना के एक सप्ताह के भीतर गुदी के दो बच्चे मर गए थे। गुदी

1. सर सी. वाल्श–इंडियन विलेज क्राईम्स–पृष्ठ 30।

ने ऐलान (घोषणा की) किया कि गोजे ने जादू-टोने से उसके बच्चे की जान ले ली है और बाजार में जाकर एक दिन कह आया कि वह अपने दुश्मन को मार डालेगा। अतः दो दिनों के बाद पुलिस के समक्ष रिपोर्ट दर्ज करवाई गई और गुदी को फँसाने के अभिप्राय से दोनों बड़ी पत्नियों ने घोषणा की कि घटना के समय वे घर में थीं और मृत्युपूर्व गोजे ने ऐलान किया कि गुदी ने ही उसे घायल किया था। उन औरतों में एक ने कहा कि वास्तव में अपने हाथ में भाला लेकर गुदी को भागते हुए उसने देखा था।

गुदी को गिरफ्तार कर लिया गया किन्तु जाँच-पड़ताल से पता चला कि वारदात की रात वह अपने घर से बिलकुल निकला ही नहीं और उसके विरुद्ध कोई साक्ष्य भी नहीं था। उसे छोड़ दिया गया पर पुलिस की तफ्तीश जारी रही। पाँच महीनों तक हत्यारे की पहचान का कोई सुराग नहीं मिला और ऊपरी तौर पर गाँववाले भी नहीं जान सके कि आखिर हत्यारा था कौन ?

गुदी ही गोजा का एकमात्र शत्रु नहीं था। ऐसा प्रतीत होता है कि मृतक ने अपने उग्र स्वभाव और शासकीय अंदाज से इतने दुश्मन पैदा कर लिए थे कि उनमें से हत्यारे का चुनाव असम्भव था। हत्या से कुछ दिन पहले, दूसरे गाँव से एक आदमी उसके पास आया था यह सूचना देने कि उसकी एक गाय और एक बैल की चोरी हो गई थी। उसने गोजे से कहा था कि गाँव के मुखिया के रूप में अपने प्रभाव से चोरों का पता लगाए। गोजे ने एक आदमी को मादो को बुला लाने के लिए भेजा जो ओयामी कोला के यहाँ कबारी खेत-मजदूर के रूप में काम करता था। जब मादो आया तो गोजे ने उसके हाथों को बाँध दिया और छड़ी से पिटाई की। लेकिन मादो ने कहा कि वह चोरी के मामले में निर्दोष है और उसके विरुद्ध कोई प्रमाण नहीं मिला तो उसे छोड़ दिया गया। फिर भी गोजे अपने इस विश्वास पर कायम रहा कि मादो और कोला ने पशु की चोरी कर उसे मारकर खाया था। अगले दिन गोजे फिर कोला के घर गया और मादो की पिटाई कर दी। कोला घर के अन्दर छिप गया। उसके बाद मादो गायब हो गया। दो दिनों के बाद गोजे फिर उसके घर आया और इस बार वह अपने साथ तीन-चार साथियों को भी कोला को पिटवाने के उद्देश्य से लाया था। लेकिन समय पर उसकी पत्नी ने उसे सावधान कर दिया और वह बगीचे में छिप जाने में सफल रहा। गोजे ने एक बार फिर कोले और उसके नौकर को पशु चुराने का अभियुक्त ठहराया और घोषणा की कि यदि उसे कोला मिल जाएगा तो उसकी मरने तक पिटाई करता रहेगा। अगले दो दिनों तक कोला अपने घर के भीतर ही रहा, इस खतरे के डर से कि बाहर निकलने पर उस पर हमला कर दिया जाएगा। अन्त में उसने निश्चय किया कि इस प्रकार जीवन असहनीय है और वह चुपचाप रात में अपने घर से निकला और अपनी कुल्हाड़ी से गोजे की हत्या कर दी।

कोला गिने-चुने मारिया अपराधियों में एक है जिसने समझदारी से काम लिया। इस कारनामे के तुरन्त बाद उसने अपनी कुल्हाड़ी धोई और देखा कि उस पर कहीं कोई खून के धब्बे तो नहीं। उसने कुल्हाड़ी अपने घर के पास चूहे के बिल में गाड़ दी। उसने

अपनी पत्नी को गोपनीयता बनाए रखने की कसम खिलवाई कि उन दोनों में से कोई कुछ बोलेगा नहीं, न वे कहीं जाएँगे और न कुछ करेंगे। उन्होंने चुप्पी साध ली। उसकी ओर किसी को भी सन्देह नहीं हुआ और न उनसे कुछ पूछा ही गया, लेकिन तथ्य तक पहुँचने में पुलिस जाँच के सिलसिले में वह पुलिस के सामने मदद के लिए भी नहीं आया।

कोला ने अपनी एक दिशा तय कर ली थी कि जो किसी नगर की स्थिति में पूर्ण सफल हो सकती थी। उसने निश्चय कर लिया था कि वह चुप्पी साधे रहेगा। इस मामले में उसे कुछ नहीं करना है और इसमें कोई रुचि नहीं दिखानी है। पर इस प्रकार का व्यवहार एक आदिवासी गाँव का तरीका नहीं है। ऐसी जगह जहाँ कभी छोटी-मोटी घटना हो जाय, जहाँ जीवन नीरस हो, जहाँ की नीरसता किसी आगन्तुक के आने से क्षण भर के लिए टूटती हो, वहाँ कोई आदमी पुलिस की जाँच के बारे में भी कुछ जानने का प्रयास न करे तो यह दर्शाता है कि उसके मन में कुछ-न-कुछ है। जाँच में कोला की गैर-मौजूदगी से कुछ पड़ोसियों को शक होने लगा और वे उस सम्बन्ध में बातें करने लगे। उनमें से एक कोला के पास गया और हत्या के बारे में चर्चा हुई। कोला ने चकित करनेवालों को मूर्खतापूर्ण अंदाज में बताया कि वह जानता है कि हत्यारा कौन है। यह बाहर के गाँव का कोई हत्यारा था और जब उससे पूछा किया कि उसने यह कैसे जाना तो उसने साफ किया कि हत्यारे दो थे, एक तो पुराना संदिग्ध गुदी और दूसरा एक अजनबी था। उसने कहा कि वह इसके बारे में जान सका क्योंकि उस समय वह हाजिर था, घर के बाहर खड़ा था और जो कुछ हुआ था, उसने देखा था।

अफवाह जारी रही और समय पर पुलिस के कानों तक बात पहुँच गई। एक सिपाही कस्तूरपाल आया और उसने कोला तथा उसकी घरवाली से प्रश्न पूछे। उसने अपने पुराने कथन को ही दुहराया और उसे जगदलपुर लाया गया। संचिका साफ-साफ बताती है। उससे बार-बार प्रश्न पूछे जाते रहे, जब तक कि अन्त में अपने ऊपर सभी दोष उसने स्वीकार नहीं कर लिए। उसे वापस गाँव लाया गया और उसने पुलिस को वह जगह दिखाई जहाँ कुल्हाड़ी गड़ी पड़ी थी। अपने मुकदमे में वह अपराध-स्वीकृति पर राजी रहा, लेकिन उसने दावा किया कि वह डर गया था कि गोजे उसकी हत्या करनेवाला है और अपने बचाव के लिए उसने ऐसा किया। उसे आजीवन कारावास की सजा हुई।

यह समझना बड़ा मुश्किल है कि अपराध के पाँच महीने के बाद किस प्रकार उसने अपना धैर्य खो दिया और खुद को मुकदमे में फँसा लिया, केवल इसलिए कि किसी ने उस पर सन्देह प्रकट कर दिया था। लेकिन इससे आदिवासी अपराधी की यह विशेषता प्रकट होती है कि प्रथम दबाव को झेलने के डर से वे टूट जाते हैं।

अध्याय : सोलह

समाज का आचरण

I

मनगढ़ंत कथा की स्वीकृति

जनजातीय रीति-रिवाजों और जनजातीय क्रिया-कलापों के नियंत्रण में काल्पनिक कथाओं का विशेष स्थान रहा है। जनजातीय भारत की पौराणिक कथा में हत्या की स्वीकृति कहाँ तक हो सकती है ? आदिम जातियों के लिए अलौकिक संसार में ऐसे कई व्यक्तित्व होते हैं जो यदि धरती पर होते तो उन्हें फाँसी पर झुला देते। इन कहानियों में आदरणीय और प्रतिष्ठित मृतक, जीवित के साथ दुर्भावनापूर्ण व्यवहार करते हैं। जैसा कि धरती पर उन्होंने कभी नहीं किया था। कबीलों के देवता और ग्रामीण देवता क्रोधी, चिड़चिड़े, अधिकतर मामलों में बदला लेनेवाले, लालची और कठोर होते हैं। सर्वोच्च शक्ति विश्वसनीय प्रकाश के रूप में प्रकट होती है। उसे मानव-जाति से ईर्ष्या होती है। अपने राज्य के लिए पर्याप्त मूर्तरूप आत्माएँ नहीं होने से निराशा होती है, इसलिए वह छल-बल से आदमियों को मारा करता है। बिरहोर[1] और असुर[2] दन्तकथाओं के अनुसार वह पहले आदमी औरत को अकारण भट्ठी में जला देता है, क्योंकि उसे लोहार के कारखाने की गन्ध नापसन्द होती है। खड़िया बताते हैं कि किस प्रकार उसने बाढ़ और आग के द्वारा आदमियों को नष्ट किया, क्योंकि उन्होंने फलदार पेड़ काट डाले थे।[3] बोनाई की कोल-कथा बताती है कि सर्वोच्च चान्दो, मानव-समुदाय के माता-पिता को आनन्दपूर्वक सम्भोगरत देखकर इतना चिढ़ गया कि ईर्ष्यावश उसने उनकी हत्या कर दी। कुरूक-कथा में वर्णन आता है कि अपने बच्चों को अत्यधिक शोर मचाते देख उस महापुरुष ने कैसे अपने बच्चों को ही नष्ट कर डाला। उनके मृत शरीर से ही संसार की रचना हुई।

जुआंग दन्तकथाओं में देवताओं द्वारा कायरतापूर्वक और छल से की गई हत्या से इतिहास प्रारम्भ होता है, जिन्होंने शिकार के खून और हड्डियों से संसार की सृष्टि की। सृष्टि के सम्बन्ध में भुइँया-कथा भी कुछ उसी प्रकार की है। धरम देव द्वारा भेजे गए

1. एस.सी. राय–दि बिरहोर्स–राँची 1925, पृष्ठ 402।
2. वेरियर एलविन–दि अगरिया–बम्बई 1942, पृष्ठ 101।
3. एस.सी. राय–दि खरियाज–राँची 1937, पृष्ठ 415।

बाघ के द्वारा प्रथम मानव-जोड़े के बेटे की हत्या कर दी जाती है। उसका सिर सूरज हो जाता है, उसकी छाती चाँद और उसका खून पृथ्वी को लाल रंग प्रदान करता है।

संसार में मृत्यु आती है ईश्वर के विश्वासघात के कारण। बैगा वर्णन करता है कि भगवान कैसे मनुष्य से ऊब गए पर ये नहीं जान सके कि कैसे उन्हें मार डाला जाय। इसलिए उसने नंगा बैगा को खुजली दे दी। उस बूढ़े आदमी ने खुजाना शुरू कर दिया। लेकिन उसकी पीठ की एक छोटी जगह में खुजलाने में वह विफल हो गया और एक दिन उसने छड़ी से वहाँ खरोंचना शुरू किया। भगवान ने इसे नाग में बदल दिया जिसने उसे काट लिया और वह मर गया।[1] जुआंग कहता है कि पहले आदमी मरता नहीं था क्योंकि वह सोता नहीं था। इसलिए भगवान को एक औरत को दही बेचने के लिए भेजना पड़ा, जिसमें नींद की दवा मिली थी। जब उन्होंने दही खाया, वे सो गए और मर गए। भुइँया कहानी में वर्णन आता है, कि जुगबुधा और उसकी पत्नी लम्बे समय से जीवित रह रहे थे, कोई भी नहीं मरा और संसार में जनसंख्या अत्यधिक बढ़ गई। तब सर्वोच्च सत्ता ने गोजर (कनखजूरा) भेजा उन्हें काटने के लिए और इस प्रकार संसार ने मृत्यु को जाना।

उत्तरी बस्तर के मुरिया भी एक बेटे की हत्या से मृत्यु का सम्बन्ध निरूपित करते हैं–

> मध्य विश्व में कोई आदमी नहीं मरा और महापुरुब विस्मित था कि अपने राज्य के लिए वह आत्मा को कैसे प्राप्त करेगा। उसका एक बेटा था। उसने उसे मार दिया और उसे लेकर दफनाने की तैयारी करने लगा। लेकिन उसकी पत्नी ने जब इस बारे में सुना, वह रोती हुई उस जगह आई और उससे अपने बेटे की लाश अपनी गोद में लेकर बैठ गई। महापुरुब ने कहा, 'हम बच्चे को अवश्य दफनाएँगे, बेवकूफ मत बनो।' लेकिन उसने कहा, 'नहीं, मैं कभी भी उसे तुम्हें नहीं दूँगी।'
>
> महापुरुब ने तब उसके पीछे जामुन के एक पेड़ को रोप दिया। एक दिन कुछ सरस फल उसके सामने जमीन पर गिरे। उसने उन्हें चुना और ज्यों ही खाया रस से उसका मुँह लाल हो गया। महापुरुब फिर आया और कहा, 'लड़के को मुझे दे दो। तुम डायन हो, तुम उसका मांस खा रही हो।' वह एक आईना लाया और जब उसने अपना लाल मुँह देखा, उसने सोचा कि सचमुच मैं अपने बेटे को खा रही थी। वह फूट-फूटकर रो पड़ी और लाश महापुरुब को दे दी। उसने इसे दफनाया और उसी दिन से संसार में मृत्यु है।

इसी से मिलता-जुलता त्याग का विवरण सूर्य और चन्द्रमा की उत्पत्ति के बारे में भी मिलता है। बाइसन-हॉर्न मारिया से थोड़ा ही अलग विवरण मुरिया की कहानी में मिलता है कि किस प्रकार सूर्य और चन्द्रमा के लिए लकड़ी का विशाल वृक्ष बनाया गया। समस्या थी कि इसमें जीवन कैसे डाला जाए। महापुरुब का एक बेटा था और

1. वेरियर एलविन–दि बैगा (लंदन, 1939) पृष्ठ 329।

लिंगो ने घोषणा की कि केवल उसे मारकर और उसी का खून देने के बाद ही सूरज और चाँद को खून पिलाकर वे जिन्दा रखेंगे तथा औरत और मर्द बन जाएँगे। एक दिन जब महापुरुब अपने खेतों में काम कर रहा था, उसकी पत्नी बच्चे को झूले में डालकर पानी के लिए गई। लिंगो ने बच्चा चुरा लिया और उसे नीचे धरती पर ले आया। उसने उसकी बलि चढ़ा दी और सूर्य एवं चन्द्रमा को रक्त अर्पित कर दिया और वे जीवित हो गए।

मानव बलि की प्रथा कैसे विलुप्त हो गई, इसका वर्णन बैगा और मुरिया दोनों की कहानियों में है।

> नंगा बैगा और नंगा बैगिन के पास संसार को शान्त रखने के लिए कुछ भी नहीं था। अतः वे अपने तीन बेटे-बेटियों को काँवर में रखकर अपने साथ ले जा रहे थे। तब उनकी मुलाकात जंगली मुर्गी से हुई। उसने पूछा–'तुम लोग कहाँ जा रहे हो ?' और जब उसने सुना तो कहा, 'तुम अपने बच्चों को मत मारना। तुम मेरे दो जोड़े ले लो। एक जोड़ा भेंट कर देना और दूसरे जोड़े को बच्चे पैदा करने के लिए रख लेना।' तब नंगा बैगा ने काँवर से एक बेटा और एक बेटी को उठाया और उन्हें मुर्गी के पास छोड़ दिया और बदले में मुर्गी के बच्चे को काँवर में डाल दिया।
>
> कुछ ही देर के बाद उनकी भेंट एक सूअरी से हुई। उसने भी उनसे निवेदन किया कि वे अपने बच्चों का बलिदान न करें और दो और बच्चों के बदले दो जोड़े दुधमुँहे बच्चे दिए। तब उन्हें एक आवाज लगाती हिरणी मिली और उसके साथ भी पहले की तरह विनिमय हुआ।[1]

मुरिया कथा भी इस प्रकार प्रचलित है–

> मुरिया सोच रहा था, 'मैं धरती की पूजा किस प्रकार करूँ, मुझे उसे देने के लिए कुछ भी नहीं है ?' उसकी एक बेटी थी। उसने उसके पूरे शरीर को कालिख से ढँक दिया और उसे काला कर दिया और फिर उसे काली गाय की तरह हाथ-पैर के सहारे चलने को विवश कर दिया। तब वह धरती माता की पूजा करने जंगल गया। रास्ते में उसकी गाय को हाँकते हुए लिंगो से मुलाकात हुई। लिंगो ने पूछा कि तुम कहाँ जा रहे हो ? मुरिया ने जवाब दिया कि मैं धरती माता की पूजा करने जा रहा हूँ। लिंगो ने पूछा–'तुम कौन-सी बलि चढ़ाने जा रहे हो ?' उत्तर मिला–'मेरे पास कुछ है नहीं, लेकिन मेरी अपनी बेटी है जिसकी बलि देने जा रहा हूँ।' लिंगो ने कहा, 'अपनी बेटी मुझे दे दो, मैं तुम्हें अपनी गाय दूँगा।' उस दिन से मुरिया ने धरती माता को कोई नर-बलि नहीं दी है लेकिन लिंगो की शिक्षा के अनुसार अपने पशुओं की बलि चढ़ाई है।

सृष्टि के सम्बन्ध में बाइसन-हॉर्न मारिया का विवरण बताता है बड़े-बड़े जंगली सूअर (वराह) के बालों से कीचड़ गिरा, जिससे पृथ्वी पैदा हुई। इरिसिरमा और मरकाराजा नामक दो ईश्वरीय शक्तियाँ थीं। उनकी दो बेटियाँ थीं–इरो और पालो।

1. दि बैगा पृष्ठ 315, हैकरबाल पृष्ट 66।

दोनों ही लड़कियाँ कोयामिमुल से शादी करना चाहती थीं, लेकिन माता-पिता राजी नहीं थे और उन्होंने लड़के को मारने की कोशिश की। वे जैसे ही जंगल से लौटे, पहले उन्होंने एक बड़े साँप को उसे काटने के लिए भेजा। लेकिन लड़कियों ने समय पर उसे सावधान कर दिया और उससे कहा कि वह उनके पिता का नाम लेकर मदद के लिए चिल्लाए, सर्प उसे नुकसान पहुँचाने में असमर्थ हो जाएगा। माता-पिता ने तब उसे मारने के लिए उससे मुर्गे की बलि दिलवाने की चाल चली। योजना थी कि ज्यों ही वह बलि के लिए झुकेगा, उसका सिर उड़ा दिया जाएगा। लेकिन लड़कियों ने फिर उसे सतर्क कर दिया और लड़के ने मरकाराजा से कहा कि पहले वह दिखाए कि बलि कैसे दी जाती है। ज्यों ही वह सयाना आदमी झुका, लड़के ने तलवार उठाई और उसका सिर अलग कर दिया। 'उन दिनों धरती पर कम देवता थे, इसलिए कम ही मृत्यु होती थी। मृत्यु दर पृथ्वी पर बढ़ गई है, क्योंकि ईश्वरीय शक्तियों में भी वृद्धि हुई है।'

हमने देखा कि किस प्रकार जादू नरबलि और नरभक्षण से जुड़ा हुआ है। मारिया सूरज और चाँद की उत्पत्ति के सम्बन्ध में लगभग इसी प्रकार की कहानियों से परिचित हैं, जो किसी प्राणी के बलिदान के द्वारा सम्भव होता है। कुछ मारिया लोहार बताते हैं कि कैसे वे प्रारम्भ में अयस्क से लोहा निकालने में असमर्थ हुए। उन्होंने एक मारिया को मारकर उसकी लाश भट्ठी में डाल दी, तब उनका शिल्प फल-फूल उठा।

मारिया लोक-कथाएँ सामान्यतया हत्या, विश्वासघात और धूर्त्तता से भरी हैं। लेकिन ध्यान देने योग्य बात यह है कि इनका सम्बन्ध मुख्यतया बाहरी लोगों और दूसरी जाति के सदस्यों से है। मारिया खुद अपने को सच्चरित्र और आदरणीय रूप में प्रस्तुत करते हैं।

मैं नहीं मानता किसी ने इन कहानियों और दन्तकथाओं के माध्यम से हत्या को भड़काया होगा। मुझे सन्देह है कि कभी किसी ने सचेतन मन से अपने इस कृत्य को न्यायपूर्ण ठहराया होगा। पर ये कहानियाँ कबीलों के जीवन को अनैतिक पृष्ठभूमि देती हैं। देवताओं के चरित्र से जुड़कर यह मनुष्य को और अच्छे आचरण विकसित करने में मदद नहीं करतीं। बुद्धा ने अपनी पत्नी की हत्या कर दी क्योंकि नाश्ते में उसे मुर्गा नहीं मिला। लेकिन कबीलों के विश्वास के अनुसार सैकड़ों छोटे-मोटे देवता और पुरखों ने आदमियों को मारा है, यातनाएँ दी हैं क्योंकि उनसे उनके प्रिय मुर्गी के अर्पण में कुछ अनियमताएँ हो गईं।

II

समाज की मनोवृत्ति : पुलिस से सहयोग

पुराने समय में सम्पूर्ण जनजातीय भारत में सम्भवतया यह गाँवों के लिए सार्वभौमिक प्रथा थी कि वे नर-हत्या का मामला घटनास्थल पर ही निपटाएँ और जुर्माना लगाकर उचित मुआवजे की माँग करें।

कुर्नूल मैन्युअल में इस बात का जिक्र है कि पुराने समय में चेंचु मुखिया, हत्या के मामले में दोष सिद्ध होने पर उसी हथियार से, जिससे उसने हत्या की थी, उसकी भी हत्या कर दी जाती थी। 1846 में कैप्टन न्यूबोल्ड लिखित में बताते हैं कि जब वे पचराला जंगल के नजदीक से गुजर रहे थे तो उन्होंने ध्यानपूर्वक देखा कि एक खोपड़ी इमली की शाखा पर पड़ी थी जो सूर्य की रोशनी से सफेद हो गई थी, जिसके बारे में उन्हें सूचना मिली थी कि गाँव के मुखिया के द्वारा एक हत्यारे पहाड़ी-लुटेरे की हत्या कर दी गई थी। नवाबों के समय में कुछ चेंचू हत्यारे पकड़े गए और सजा पाई पर यह प्रथा कमोवेश उनके बीच 1860 तक चालू रही, जब तक कि नई पुलिस-व्यवस्था लागू नहीं हुई। कहा जाता है कि तब से सभी मामलों की सूचना निकटतम पुलिस पदाधिकारी को दी जाने लगी।[1]

हत्या के प्रति जनजातीय समाज की मनोवृत्ति के सन्दर्भ में असाम में हुई एक हत्या का रोचक विवरण हड्सन द्वारा दिया गया है–

> कबीलों में एक ही गोत्र में हत्या इतनी असाधारण घटना है कि ऐसे मामले में अपराधी के प्रति लोगों की क्या प्रतिक्रिया रही, इसका मुझे अनुमान नहीं है। दूसरे कबीले या गाँव के सदस्य की हत्या, पुश्तैनी दुश्मनी का कारण बन जाती है जिसका अन्त कबीला या गाँव के सदस्य की हत्या करके ही होता है और इस तरह से पुश्तैनी दुश्मनी की परम्परा फिर से शुरू हो जाती है। दुर्घटनावश हुई हत्या में तांगकुल पर जुर्माना लगाया जाता है, जो छह गायों की कीमत के बराबर होता है। जेसामी के माओ समुदाय में अपराधी को अपने घर से कुछ समय के लिए निर्वासित होना पड़ता है, लेकिन यह आवश्यक नहीं कि वह गाँव के बाहर जाकर रुके जबकि लिआई में गाँव से बाहर निर्वासन होता है। माओ में अपराध के दंड स्वरूप गाँव के बाहर सात सालों का निर्वासन तथा पाँच गायों का जुर्माना होता है। मैकेल में एक वर्ष का निर्वासन तथा पाँच गायों का जुर्माना होता है, जबकि झगड़े के फलस्वरूप आवेग में आकर की गई हत्या के लिए सात वर्षों का निर्वासन और दस गायों का जुर्माना होता है। मयंगखोंग लोग दुर्घटनास्वरूप हुई हत्या में मात्र एक गाय जुर्माने में लेते हैं। चिरू और मोरिंग दोनों इस प्रकार की वारदातों में भारी जुर्माना लगाते हैं, जिसमें एक हिस्सा क्षतिपूर्ति के रूप में मृतक के आश्रितों को दिया जाता है और दूसरा हिस्सा गाँववालों के द्वारा खर्च किया जाता है जो मामले को सुलझाने में अपना योगदान देते हैं।
>
> कुछ मामलों में देवदंड कानून के अनुसार हथियार या दूसरे घातक औजारों को सम्बन्धियों के सुपुर्द कर दिया जाता है।[2]

---

1. थर्स्टन, खंड 2 पृष्ठ 28।

2. टी.सी. हडसन–दि नागा ट्राईब्स ऑफ मणिपुर (लंदन, 1911) पृष्ठ 106। पापुआ में समाज के व्यवहार तथा वैधानिक हत्या के सम्बन्ध में जानकारी के लिए अमेरिकन एन्थ्रोपोलोजिस्ट के खंड 47 (न्यू सीरिज) के पृष्ठ 533 में एफ.ई. विलियम्स का लेख ग्रुप सेंटीमेंट्स एंड प्रीमिटिव जस्टिस देखें।

(अ) कालमूमि मासा (प्रकरण सं. - 17)

(ब) मरकामी बानगो (प्रकरण सं. - 44)

(स) मरकामी नन्दा जिसे एक जमींदार को मारने के लिए काम पर रखा गया था।
(प्रकरण सं. - 74)

(द) मुरामी धुरवा जिसे आत्महत्या के जुर्म में दो बार कारावास मिला।
(प्रकरण सं. - 69)

(अ) वेको डोमे जो बहुत अधिक भूखा था (प्रकरण सं. - 98)

(ब) कुहरामी हिरमा—जो भूखी और निढाल थी जिसने एक दस वर्षीय बच्चे की हत्या की थी। (प्रकरण सं. - 32)

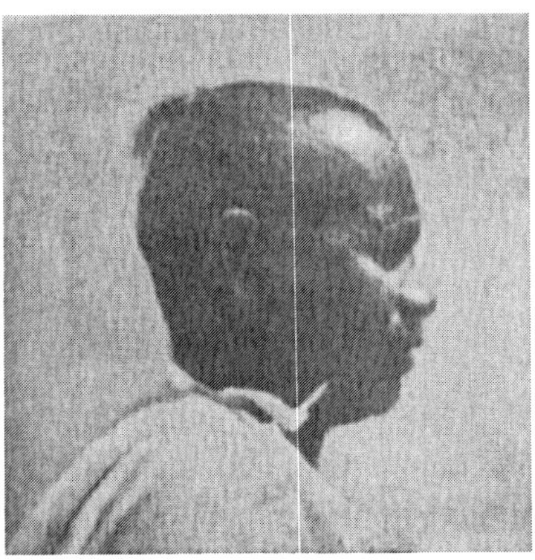

(स) मारवी मुँडरा जिसने एक लम्बी थकान के बाद अपनी पत्नी की हत्या की।

पूर्व में परस्त्रीगमन के लिए सामान्यतया पुरुष अपराधी को मृत्युदंड दिया जाता था ताकि खानदानी दुश्मनी जारी रखने का मौका न मिले। तांगकुल में चोरी के लिए मृत्युदंड दिया जाता था यदि अपराधी मौका-ए-वारदात पर पकड़ा जाए। अब इसके लिए जुर्माना ही पर्याप्त है। आगजनी जानबूझकर की गई हुई हो या दुर्घटनावश हुई हो, इसे गम्भीरतापूर्वक लिया जाता है और भारी जुर्माना लगाया जाता है।

बस्तर में भी पहले यह प्रथा थी कि कानून अपने हाथ में रहे और जहाँ आवश्यक हो, स्थानीय अधिकारियों को क्षतिपूर्ति की राशि अदा की जाए। पुराने मारिया अब भी याद करते हैं कि उनके दादाओं के समय हत्या की क्षतिर्पूति की रकम दान्तेवारा के जिआ (बड़ा पुजारी) या नेनगी और हिकमी (राज्य प्रतिनिधि) को मैलावाडा में दी जाती थी। हरमामुंदा ने वर्णन किया है कि किस प्रकार 'पुराने दिनों में जब कोई डायन पकड़ी जाती थी तो उसके हाथ काट दिए जाते थे और उसे नेनगी और हिकमी के यहाँ ले जाते थे, जिन्हें आठ बछियाँ अदा करनी होती थीं। अगर कोई आदमी काला जादू का अभ्यास करता हुआ पकड़ा जाता था तो बड़ी हड्डी से उसके दाँतों पर वार किया जाता था।[1] हड्डी को उसके मुँह के भीतर घुसेड़ दिया जाता था जब तक कि उसकी मौत न हो जाए।' इसके पीछे धारणा यह थी कि उसने कुकृत्य 'खाने' या पीने के उद्देश्य से किया, इसलिए उसे भी हड्डी खाने को दी गई। ऐसा जब हुआ तो नेनगी और हिकमी ने आठ बछड़े प्राप्त किए। 'कभी-कभी डायन के सभी दाँत झाड़ दिए जाते थे, उसका मुँह गर्म तेल से झुलसा दिया जाता था और उन्हें उनके गाँव से निष्कासित कर दिया जाता था। कोई उन्हें शरण नहीं देता। डायन को दंड देने का एक और तरीका था कि उसे बोरे में ठूँसकर बाँध दिया जाता और फिर उसे नदी में फेंक दिया जाता।' एक दूसरे गाँव में मुझे बताया गया कि किस प्रकार एक डायन को पुआल से ढककर जिन्दा जला दिया गया।

धुरली में एक बूढ़े आदमी ने बताया कि किस प्रकार उसके भाई की मौत एक डायन के जादू-टोने से हो गई। जब वदाई ने इसकी पुष्टि कर दी तो मृतक के पिता ने डायन को मार दिया और हरजाने के रूप में जिआ को चार बछियाँ दीं।

फुलपार में मुखिया ने बताया कि पहले के जमाने में डायन के दाँत तोड़ दिए जाते थे, उसका सिर मूड़ दिया जाता था, टूटी चूड़ी से उसके ललाट को काट दिया जाता था और उसे गाँव से भगा दिया जाता था। इसी तरह मुझे बताया गया कि कोंटा तहसील में कई जगह लोग डायन के नाखून काट डालते थे, उसका सिर मुड़वाकर भगा देते थे। वे उसकी सम्पत्ति जब्त कर लेते थे और अक्सर उसे मार भी डालते थे। मारिया से इस विषय पर मेरी चर्चा हुई है, उनका मानना है कि डायन को मृत्युदंड मिलना ही चाहिए।

---

1. समीक्षा में श्री एम.वी. ऐमेन्यू लिखते हैं कि नीलगिरी के कोटा लोगों का मानना है कि कुरूम्बा के जादू टोना करनेवाले अपनी निर्धारित सीमाओं से बाहर जानेवाले व्यक्ति के दाँत तोड़ दिए जाने चाहिए ताकि वो सही तरीके से टोना टोटके सम्बन्धी मंत्रों का उच्चारण ना कर सके।–अमेरिकन एन्थ्रोपोलोजिस्ट, खंड 47 पृष्ठ 164।

जनता जादू-टोने के प्रमाणित मसले में कानून अपने हाथ में ले लेती है, जिसे वह पूर्णतया न्यायसंगत मानती है।[1]

सम्भवतया अधिकतर मामलों में पुलिस द्वारा खोजबीन नहीं की गई। ये मामले मारिया पंचायत द्वारा निबटा लिए गए। दूसरे मामलों में, जब पंचायत द्वारा सब कुछ निबटा दिया गया तब पुलिस को पता चला कि अपराध घटित हुआ है। 100 में 12 ऐसे मामले थे और यह ध्यान देने योग्य है। उदाहरण के लिए जब मुन्दरा ने अपनी पत्नी की हत्या कर दी तो गाँववालों ने उसे भात का भोज और एक बछड़ा देने की सजा सुनाई और तब उन्होंने लाश को दफनाने की क्रिया में सहयोग दिया। जब कोलिहा ने दसरू की पत्नी बोंदकी की हत्या कर दी तो परगना माँझी ने पंचायत बैठाई और मृतका के पति को पाँच रुपए, एक बैल, एक सूअर और कुछ चावल दिए। पंचायत को दस रुपए मिले जिनमें से परगना माँझी और ग्रामीण पेडा ने पाँच-पाँच रुपए लिए, कंदकी (मुखिया के सहायक) को चार रुपए मिले और कोतवार को एक रुपया। तब ग्रामीणों ने निर्णय लिया कि मामले को दबा दिया जाय और यह बात पुलिस के कानों तक तभी पहुँची जब किसी गुप्तचर ने सूचना पुलिस तक पहुँचाई। करतामी हिरमा ने अपनी नवजात बच्ची की हत्या तब कर दी, जब उसका अपनी पत्नी से झगड़ा हो रहा था। पंचायत ने मामला दबाने के एवज में पच्चीस रुपए की माँग की। अभियुक्त ने 5 रुपए इस मद में जमा कराए और शेष रकम एक महीने के अन्दर चुकाने का वादा किया। फिर भी पंचायत ने वह छड़ी जब्त कर ली जिससे हत्या की गई थी। तब कोतवार ने सूचना दी कि बच्ची मृत पैदा हुई थी।

जब पोरिआमी हांडा मारा गया तो गाँववालों ने उसकी विधवा को विवश किया कि वह हत्यारे से मुआवजा ले ले और मामले को दबा दे। लेकिन जो कुछ भी हुआ था, उसको उसने अपने देवर को विस्तार से बता दिया जिसने पुलिस में सूचना दर्ज करा दी। एक दूसरे मामले में डकैती की वारदात में शामिल लोगों ने दो लोगों की हत्या कर दी, जो उन्हें भागने से रोक रहे थे, मुखिया एक हत्यारे का चचेरा भाई था। उसने गाँव के लोगों को एक जगह बुलवाया और उन्हें इस बात के लिए राजी करा लिया कि इस घटना के बारे में कहीं कुछ नहीं बोलेंगे। किन्तु उनमें से एक मृतक के पिता के प्रयत्न से यह

1. किसी कैप्टन सैनिक द्वारा 1818 में सरगुजा रियासत की स्थिति की रिपोर्ट पर ऐसी ही एक रोचक सामान्तर टीप तत्कालीन रियासत के प्रभारी स्वर्गीय राय बहादुर हीरालाल ने दी हैं। एक जमींदार जिसका नाम प्रबल सहाय था उसने आदेश दिया कि एक टोनिक को मृत्यु दंड दिया जाए। मुकदमे के दौरान जब कोर्ट ने दोषी से पूछा क्या आप जानते है कि जिसने हत्या करवायी है उसने एक बहुत बड़ा अपराध किया है। उसने जवाब दिया में जानता हूँ कि हत्या करना एक बहुत बड़ा अपराध है परन्तु मेरी रियासत सरगुजा में किसी टोनी को मार ड़ालना कोई जुर्म नहीं है। टोना टोटका करने वाली महिलाओं की ली जानेवाली परीक्षा के सम्बन्ध में अजीबो-गरीब परीक्षण किए जाने की बात कही गई है जिसके अन्तर्गत खौलते पानी में हाथ पैर डालना तथा एक अन्य परीक्षा जिसमें शंकास्पद व्यक्ति को पीपल के पत्ते पर मुँह से दूध उगलना पड़ता है।–हीरालाल, 'विचेस एंड देयर आर्डियल्स', 'मैन इन इंडिया', खंड 6 (1926) पृष्ठ 295।

बात सामने आ सकी। फिर भी मुखिया ने पुलिस को घूस देने की कोशिश की। इस मामले में छिपाने का एकमात्र कारण मुखिया तथा अभियुक्त के बीच दोस्ती थी। ठीक इसी प्रकार के कारण ने ग्रामवासियों को एक दूसरी हत्या के मामले में प्रभावित किया। जब मिरिआमी हिरमा पंचायत में चोरी का दोषी ठहरा देने से क्रोधित हो उठा तो उसने अपनी पत्नी के हाथ से अपनी नन्ही बच्ची को झपट लिया और उसके पैर पकड़कर जमीन पर पटक दिया, जिससे तुरन्त उसकी मौत हो गई। सम्भवतया पंचायत के सदस्य डर गए कि वे लोग भी फँस जाएँगे और अगले दिन हत्यारा और कोतवार पुलिस थाना गए और सूचना दर्ज करा दी कि बच्ची को विषधर साँप ने काट लिया था।

जब हत्यारा गाँव का प्रभावशाली व्यक्ति होता है, जैसे धार्मिक प्रमुख या असैनिक अधिकारियों में कोई एक, वह लोगों को अपराध छिपा देने के लिए विवश कर देता है। माँझी बांडा तुर्री गाँव का पेदा था, उसने कहा कि वह उसका अपना भाई था। उसने उसे मार दिया और इसमें किसी दूसरे का कोई हाथ नहीं है। उसने नदी पार करानेवाले लोगों को लाश इन्द्रावती के पार ले जाने से मना कर दिया और उसे खुद ही दफना दिया। मृतक ने पारिवारिक सम्पत्ति के बँटवारे की माँग की थी जिस कारण झगड़ा हुआ और हत्या हुई। लेकिन स्थानीय लोगों का मत था कि जब से दोनों भाइयों की शादी दो बहनों से हुई, व्यावहारिक रूप से परिवार एक था जिसका मुखिया बड़ा भाई था। अलग हिस्सा माँगना मृतक की गलती थी। उज्जी पोदा एक खुशहाल आदमी था। उसने गाँववालों को पुलिस तक झूठी सूचना पहुँचाने के लिए उकसाया। यहाँ भी सम्भवतः यह विश्वास था कि पोडा ने उस आदमी की हत्या कर ठीक ही किया था जिसने उसकी पत्नी की इज्जत लूटने की कोशिश की थी। जब गुंदा की हत्या अपने पुत्र के द्वारा ही की गई तो गाँववालों ने आंशिक रूप से बात दबा दी क्योंकि मृतक हेमला कबीले का कबीला-पुजारी था और उसका बेटा स्वाभाविक रूप से इस पद का हकदार था और अपराध न्यायोचित था। यहाँ तक कि न्यायालय ने भी इस हत्या को क्षमा के योग्य समझा और केवल एक माह के कारावास की सजा सुनाई।

एक दूसरे मामले में हत्यारे ने गाँव को इतना आतंकित करके रखा था कि किसी ने अपराध की सूचना देने की हिम्मत नहीं की। पहले तो ग्रामीणों ने लाश के दाह-संस्कार में भाग लेने से मना कर दिया। लेकिन हत्यारे ने धमकी दी कि वह मुखिया को भी मार डालेगा और इस लाश के साथ उसे भी जला डालेगा। इसके एक सप्ताह के बाद पेदा किसी तरह गाँव से खिसकने में सफल हुआ और पुलिस को सूचना दी। जब खुटपाल के ओयामी मासा ने अपनी छोटी पत्नी की पीट-पीटकर हत्या कर दी तो सबसे पहले उसने गाँववालों को बताया कि औरत बुखार से मर गई थी। लेकिन जब उन्होंने शरीर की जाँच की तो पिटाई के निशान मिले। मासा, जो गाँव का वदाई था, रोबदार और प्रभावशाली व्यक्ति था। उसने यह खबर फैलाने से मना किया और लोगों को निर्देश दिया कि तुरन्त लाश दफना दी जाए। तीन सप्ताह बाद तक कोई सूचना पुलिस तक पहुँच नहीं सकी और निश्चय ही इस समय तक यह प्रमाणित करना

असम्भव था कि मासा ने इरादतन अपनी पत्नी की हत्या की या उसकी हत्या में बल प्रयोग किया। अतः उसे भी केवल एक साल के कारावास की सजा हुई, और सम्भवतः उसकी हाजिर जवाबी ने उसे फाँसी के फन्दे से बचा लिया।

पुलिस को चकमा देने की चतुराई भरी कोशिश की एक घटना 1923 में झोरियाबधान में घटित हुई। ढाई वर्ष के एक नन्हे बच्चे की रहस्यमयी गुमशुदगी की जाँच के सिलसिले में पुलिस जब गाँव में पहुँची तो ग्रामीण सिपाही को अनाज-कूटनेवाले फर्श के पास ले आए, जहाँ से बच्चा गायब हुआ था। वहाँ उसे एक छः साल के लड़के को दिखाया गया। उन्होंने उसे बताया कि यही गुमशुदा लड़का है जो खेतों में भटकता पाया गया। यहाँ तक कि बच्चे की अपनी माँ ने भी इसे ही अपने गुमशुदा बेटे के रूप में पहचाना। परिवार के सभी सदस्य और गाँववालों ने भी उसका समर्थन किया। पुलिस चली गई। निस्सन्देह एक बच्चा तो गायब हुआ ही था और सम्भवतः वह नरबलि के रूप में भेंट चढ़ गया था।

तालिका-XXII

100 मामलों में पुलिस को सहायता प्रदान करने के प्रकारों की सूची

पुलिस को जानकारी नहीं दिए जाने की सूचना	–	12
ग्रामीणों द्वारा हत्या की सूचना दी गई	–	79
ग्रामीणों द्वारा अभियुक्त गिरफ्तार किए गए	–	25
अभियुक्तों ने स्वतः पुलिस के समक्ष आत्मसमर्पण किया	–	9

केवल एक मामले में अभियोजन पक्ष के एक गवाह को उसके परिवारवालों ने इतना तंग किया कि उसने आत्महत्या कर ली। मिला-जुलाकर मारिया पुलिस के साथ सहयोग करने को तत्पर रहते हैं। 100 में 88 मामलों में इन्होंने किसी-न-किसी प्रकार से पुलिस का सहयोग किया। कभी-कभी उन्होंने वारदात की सूचना थाने में भी दी है। कभी-कभी उन्होंने खुद हत्यारे को गिरफ्तार कर अपनी गिरफ्त में रखा, जब तक कि पुलिस पहुँच गई। उन्होंने हत्या सम्बन्धी जाँच में, जब पुलिस संदिग्ध हत्यारे की खोज में गाँव पहुँचती है, सहयोग दिया। एक मामले में गाँववालों ने सजायाफ्ता को प्रेरित करने में सक्रिय और जोखिमभरी भूमिका अदा की, जो जेल से फरार हो गया था।

1934 में मरकामी मुन्दरा से सम्बन्धित एक सनसनीखेज घटना इस तरह घटी थी– मुन्दरा को हिंसा के एक मामले में 1933 में दो साल की जेल की सजा हुई। 3 मई, 1934 को वह एक दूसरे कैदी के साथ जेल से फरार हो गया और उसे गिरफ्तार करने का फरमान जारी किया गया। एक सब-इंस्पेक्टर तत्काल मुन्दरा के गाँव गुदरा गया और बताया कि जो कोई उसे पकड़ेगा, उसे 50 रु. इनाम दिए जाएँगे। कुछ सिपाही एक गाँव से दूसरे गाँव उसकी खोज में निकल पड़े। बड़ी हिम्मत के साथ अपनी कैदीवाली पोशाक में मुन्दरा, गुदरा स्थित अपने घर पहुँचा और जब तक उसकी माँ बाजार से

घर नहीं पहुँच गई, वहीं ठहरा रहा। वहाँ से वह नयनार के पास कलार के घर गया। पुलिस ने सुना कि वह यहीं कहीं आसपास है और अनजाने ही कि मुन्दरा वहाँ छिपा हुआ था, उस घर में पुलिस सिगरेट जलाने के लिए आग लेने पहुँची। मुन्दरा ने उन्हें देखकर यह माना कि उसे खोज लिया गया है, वह हाथ में चाकू लेकर तेजी से निकला और एक सिपाही को चाकू घोंपने की कोशिश की। लेकिन उन्होंने उसे पकड़ लिया और ग्रामीणों की मदद से उसे बाँध दिया। वे उसे कुआ कोंडा थाना लाए, जहाँ वे सुबह पहुँचे। वहाँ से वे दान्तेवारा गए जहाँ वे देर रात को पहुँचे और कोतवार के घर में उसे रखा। उन्होंने मुन्दरा के पैर चारपाई की टाँग से बाँध दिए, जिस चारपाई पर एक सिपाही भी सो रहा था, मुन्दरा के हथकड़ी से जकड़े हाथ खम्भे से बाँध दिए गए थे। लेकिन जब सब सो रहे थे, मुन्दरा ने फिर भागने का इंतजाम कर लिया। इस बार वह अपने मामा के यहाँ गया और अपनी हथकड़ियाँ तुड़वाईं। तब उसने लँगोटी पहनी और अपने घर हाथ में तीर-धनुष लेकर पहुँचा और अपनी पत्नी कासी को ले गया।

इस बीच पुलिस वापस गुदरा आई और गाँववालों की मदद से आसपास के जंगलों में उसे ढूँढ़ती रही। आठ दिनों तक खोज चलती रही जिसमें मारिया ने मुख्य भूमिका निभाई। अन्त में उन्हें सूचना मिली कि मुंदरा को किसी के खेत में देखा गया था। उन्होंने फिर से जंगल में खोजबीन शुरू की और अन्त में मुंदरा अपनी पत्नी के साथ पाया गया। मुंदरा ने उन्हें तीर दिखाकर धमकाया और भाग निकला। लेकिन गाँववालों ने उसकी पत्नी को पकड़ लिया और घर ले आए। अगला सप्ताह मुंदरा ने जंगल में अपने को छिपा-छिपाकर बिताया और एक दिन जब कासी अपने खेत पर काम करने गई, वह उसको फिर ले गया। मारिया जिसका नेतृत्व उनका प्रधान, मरकामी भीमा कर रहा था, ने फिर खोज शुरू की।

अन्त में उन्होंने उसे अपनी पत्नी के साथ कोपली पहाड़ी पर पाया। मुंदरा ने उन्हें देखते ही एक पर निशाना साधकर तीर छोड़ दिया जो उस आदमी के सामने जमीन पर गिरा। एक बार फिर खोजी दल अभागिन कासी को अपने काबू में करने में सफल हुआ और उसे पीटा गया। उसकी निगरानी के लिए पहुँचे मारिया के बड़े दल ने उसे घर के भीतर बाँध दिया।

रात में औरत जोर-जोर से रोई। उसकी रुलाई से खिंचकर मुंदरा आया और घर के सामने खड़ा हो गया और कहा कि जो लोग उसके पीछे लगे हैं और उसकी पत्नी को तकलीफ दे रहे हैं उनको मार डालेगा। उसने अपने साथी मारिया को दोषी ठहराया जो उसकी गिरफ्तारी के लिए पुलिस से भी ज्यादा बढ़-चढ़ कर हिस्सा ले रहे थे। तब उसने अपनी कुल्हाड़ी से घर की एक कड़ी पर जोर से प्रहार किया, जो बदला लेने का प्रतीक था और चला गया। दान्तेवारा से मुंदरा को भागे हुए कोई दो महीने हो चुके थे। कुछ दिनों के बाद मुंदरा फिर अपनी पत्नी की खोज में निकला पर उसे ढूँढ़ने में असफल रहा। प्रधान मरकामी भीमा जिसे मुंदरा ने जान से मारने की धमकी दी थी, अनेक सावधानियाँ बरत रहा था लेकिन मुन्दरा किसी तरह रात में उसके घर में घुसने

में सफल हो गया और नजदीक से तीर चलाकर उसे मार डाला। एक सप्ताह के बाद मुंदरा मद्रास प्रेसिडेंसी के अन्दर गया। एक औरत के द्वारा उसके छिपने के स्थान का भेद खोला गया। वह उसके मूल गाँव के कुछ मारिया से मिली, जो अब भी उसकी खोज कर रहे थे। पुलिस 2 फरवरी 1935 को उसे गिरफ्तार कर सकी।

इस मामले में सबसे ज्यादा ध्यान देनेवाली बात यह रही कि पुलिस की मदद में मारिया का काफी योगदान रहा। निस्सन्देह वे 5 रु. के इनाम से भी प्रभावित रहे, जो उन्हें देने की घोषणा की गई थी, तथापि उनकी मदद उल्लेखनीय रही और मुंदरा ने इसका बहुत बुरा माना।

III

ग्रामीण पुलिस से हत्या के मामले क्यों छिपाते हैं ? हमें जल्दबाजी में उनकी इस खूबी को उनके जंगलीपन, नागरिक शिष्टाचार का अभाव से जोड़कर निष्कर्ष नहीं निकालना चाहिए। इसके अनेक दूसरे कारण भी हैं। प्रथम और प्रमुख बात यह है कि वे अब भी मानते हैं कि उनके सभी विवाद आपस में ही सुलझ जाएँ। उनका विश्वास है कि कबीले की कचहरी में ही वास्तविक तथ्य का खुलासा हो सकता है। हम लोगों ने देखा है कि बदला लेने की इच्छा के बावजूद वे ताकतवर पुजारी या ओझा के विरुद्ध गवाही देने से परहेज रखते हैं। जहाँ उन्हें हत्या न्यायसंगत लगती है, वहाँ वे समान रूप से पुलिस की मदद करने में अनिच्छुक रहते हैं।

वे अपराधी की नाराजगी से तो डरते ही हैं, पुलिस के बार-बार के बुलावे और दूरदराज के कोर्ट-कचहरी के चक्कर से भी बचना चाहते हैं, जहाँ उनके पैसे खर्च होते हैं, समय बर्बाद होता है, खासकर कटाई-बुवाई के समय में। फिर अपराध का असली कारण अक्सर वह होता है जिसे मारिया कोर्ट में प्रकट करना नापसन्द करते हैं और बाहरी लोग जान जाएँ, ऐसा वे नहीं चाहते। दूसरा प्रबल कारण है, अलौकिक प्रकोप जिससे बचने में जो खर्चा लगता है, उससे ये बचना चाहते हैं। और पोस्टमार्टम जाँच के बाद लाश को वहीं आसपास दफनाना पड़ता है, जो उनके कबीलाई क्षेत्र से दूर होता है।

दमन की यादें धीरे-धीरे मिट जाती हैं। ग्रिगसन के पास राज्य और जनता के बीच संघर्ष का एक उल्लेखनीय अनुच्छेद है। वे इशारा करते हैं कि पुराने दिनों में बस्तर में (जैसा कि वर्तमान में भारत के विभिन्न क्षेत्रों में) उनके अधिकारों को सीमा में रखने और कबीले के बुजुर्गों की प्रतिष्ठा कम करने के लिए राज्य षड्यंत्र रचता था। वे पुलिस-जाँच द्वारा गाँववालों को हुई अत्यधिक असुविधा का वर्णन करते हैं–

> अप्रशिक्षित पुलिस जिसमें सामान्यतया सहज ज्ञान की कमी रहती है, अचानक किसी गाँव में पहुँच जाती है और मामूली मामले की तफसील में दिशाविहीन जाँच करने में कई दिन बर्बाद कर देती है। वह उम्मीद करती है कि उसके ठहरे रहने तक गाँववाले उसे चावल, बकरा और मुर्गे का मांस खिलाते रहेंगे।

> साथ ही जाँच के अन्त में जाने के समय उसे पुराने बिसहा रिवाज की तरह पर्याप्त अनाज भी साथ में देंगे और गाँववालों को उसे ढोकर थाने तक पहुँचाने के लिए विवश किया जाता है जिसमें दो या तीन दिन लग जाते। पुराने बिसहा नियम के अनुसार सामान ढोने के एवज में उन्हें शायद ही कभी नाम मात्र की भी राशि मिली हो। कई बार दूर जिला मुख्यालय में दीर्घकालिक मुकदमा शुरू होता है जिसमें 10-10 गवाहों को पेश किया जाता है जबकि वैसे मामले के लिए 3 या 4 गवाह ही काफी होते हैं। मुकदमे की सुनवाई के अन्त में पुलिस इन्हें वापस पुलिस थाने ले जाती है और अपने साथ काफी लम्बे समय तक रखती है 'अथपहरिया बेगार' मजदूर की तरह उन्हें सिपाहियों के घरेलू काम के साथ-साथ थाने के कार्यालय-कक्ष और आवासीय परिसर की नियमित सफाई भी करनी पड़ती है।

आज भी जब बस्तर पुलिस परम्परानुसार प्रशिक्षित है और अनेक प्रकार से प्रशंसनीय है, अपने अधीनस्थ कर्मचारियों के आचरण पर कड़ी नजर रखना असम्भव है। और गाँव में उनकी मौजूदगी भी गाँववालों को परेशान करती है। ग्रिगसन के अनुसार–

> इसमें आश्चर्य नहीं कि आदिवासियों के साथ पुलिस का जो व्यवहार होता है उसके कारण उनकी पंचायत सरकार को कम से कम सहयोग करती है। उनका उद्देश्य पुलिस से अपराध को छिपाना हो गया है और सामान्यतया सरकारी माँग के अनुसार उतना ही सहयोग करते हैं जिससे उनकी कठिनाइयाँ दूर हों और छोटे पदाधिकारियों का गाँव में आना कम हो सके। हत्या और दूसरे अनेक परीक्षणों के रेकार्ड दर्शाते हुए कि गाँव के बुजुर्गों की सभा अपराध को छिपाने का निर्णय लेती है खासकर फसल की बुआई-कटाई के समय क्योंकि ग्रामीण समुदाय का सम्पूर्ण जीवन, पुलिस की जाँच, अपराध-स्वीकृति और सत्र-न्यायालय में मुकदमे के कारण चक्कर लगाने से अस्त-व्यस्त हो जाता है। वैसे अपराध ही पंचायत द्वारा या मृतक की विधवा द्वारा प्रकाश में आ सके हैं जहाँ हत्यारे ने पंचायत के हुक्मनामे के अनुसार पर्याप्त मुआवजा नहीं दिया। इलाके के रोबदाबवाले व्यक्ति, जिनके पुलिस से सम्बन्ध बेहतर होते हैं, उनसे भी अपराध की जानकारी मिलती है। इसके विपरीत कई मौकों पर पंचायतें पुलिस से घृणा का अनुभव करती हैं, जहाँ चोरी की जाँच में पुलिस नाकाम हो जाती है या इससे सम्बन्धित अपराधी कोर्ट से रिहा हो जाते हैं वहाँ यह पंचायतें कानून अपने हाथ में ले लेती है तथा चोरी करनेवाले को मार डालती है।[1]

इस विषय में ग्रिगसन का उद्धरण प्रस्तुत करने में मुझे संकोच नहीं है क्योंकि उनके प्रयास के ही फलस्वरूप बस्तर में नई परम्परा की शुरुआत हो सकी। मारिया ने धीरे-धीरे अधूरा ही सही, प्रशासन को सहयोग देना प्रारम्भ किया। इतने पर भी मुझे

1. ग्रिगसन–पृष्ठ 284।

सन्देह है कि क्या वे जनजातीय और धार्मिक रूढ़ियों को तोड़कर खुलकर अपने विचार जनता दरबार में रख पाए हैं।

बाहरी दुनिया का भय उन्हें कितना सताता है इसके अनेक उदाहरण हैं, जहाँ पुलिसिया जाँच और कानूनी कार्यवाही से बचने के लिए मारिया ने आत्महत्या कर ली।

आदिवासी मुकदमेबाजी और अधिकारी वर्ग से सामना करने में उत्तेजित हो जाते हैं। कोठियागुरा का हुंगा मवेशी-चोरी के मामले में फँस गया था और उसे यकीन हो गया कि सिपाही जाँच क्रम में उसके साथ बुरा सलूक करेगा। उसने पुलिस अधीक्षक के नाम से एक अर्जी तैयार की और उसे परसा-पत्ते से सावधानीपूर्वक लपेटकर,[1] इसे पहुँचाने जगदलपुर के लिए रवाना हुआ। रास्ते में उसे भय, कष्ट और इज्जत जाने की भावना ने बुरी तरह परास्त कर दिया और वह सड़क के किनारे परसा पेड़ की डाल से गले में फन्दा लगाकर झूल गया।[2]

चोलनार के मारवी मुन्दरा के कुछ पशुओं की चोरी हो गई जिसकी सूचना उसने पुलिस में दे दी। मुकदमा धीरे-धीरे आगे बढ़ा और मुन्दरा को कोर्ट की ओर से मुद्दई के रूप में बुलावा भेजा गया। अभियुक्त ने सफाई पक्ष के दो गवाहों को बुलवाया। अपनी ईमानदारी तथा मुकदमे के सच्चे होने के आधार पर उसे उम्मीद थी कि मुकदमे का निबटारा उसके पक्ष में शीघ्र हो जाएगा। शाम के समय दान्तेवारा में यात्री शिविर के पास एक बड़े पेड़ के नीचे अपने साथियों के समक्ष अपनी धारणा पर चर्चा की और रात में जब सब सो गए, उसने आत्महत्या कर ली।

मुकदमा संख्या 1 में, एरपुंड का लखमू, जो बूढ़ा डरपोक मारिया था, उसे पुलिस ने अपने सौतेले बेटे के विरुद्ध अभियोजन पक्ष के गवाह के रूप में बुलाया। इस पर लड़के की माँ बेहद क्रोधित हुई कि यह अपने ही बेटे के विरुद्ध गवाही देगा। वह और परिवार के अन्य सदस्यों ने उसे इतनी गालियाँ दी कि मुकदमा शुरू होने से पहले ही उसने अपने आपको फाँसी लगा ली। 1941 के आसपास एक अन्य मामले में आत्महत्या का प्रयास पुलिस-जाँच के सिलसिले में किया गया। एक उम्रदराज मारिया, जो पोयामी मासा के नाम से जाना जाता था, पहाड़ों के बीच खूबसूरत गाँव ककलूर में रहता था। उसका अपने भतीजे कोसा से झगड़ा हुआ। मासा ने अपनी कुल्हाड़ी से इस बूढ़े पर प्रहार कर दिया और उसे जेल की सजा मिली। जब वह जेल में था, प्रतिशोध की भावना से उसने प्रशासन को सूचना दी कि कुछ साल पहले उसके चाचा ने एक बनजारे की हत्या कर दी थी और लाश को गाँव के मन्दिर में रख दिया था। इसके बाद गाँववालों

1. *बूटी फ्रोन्डोसा* रोक्सब, 'जंगल की आग'।

2. सरदू प्रकरण बेरमाकोट गाँव के एक युवक का सन् 1933 का किस्सा है। यह उस समय की बात है जब मुफ्त अनाज तथा बेगारी की प्रथा समाप्त कर दी गयी थी। एक आबकारी दरोगा गाँव में अवैध शराब बनाने के मामले की जाँच करने आया। ऐसा लगता है कि उसे मिलनेवाला मुफ्त अनाज जो वह अपेक्षा कर रहा था पर्याप्त नहीं मिला अतः उसने जमींदार को झूठे मामले में फँसाने की धमकी दी। उक्त जमींदार एक प्रतिष्ठित मुरिया परिवार का था। अपनी बदनामी और बेइज्जती झेलने के बजाय उसने आत्महत्या कर ली।

को उसने भोज दिया जिन्होंने पूरे मामले को छिपा दिया। पुलिस ने मामले की जाँच की और पाया कि वास्तव में सात साल पूर्व एक अनजान बनजारा गाँव में मर गया था और लोगों ने चुपचाप लाश को ठिकाने लगा दिया था जिससे कि पुलिस-जाँच की परेशानी से बचा जा सके। कोई जान नहीं पाया कि वह आदमी कौन था और न उसकी लाश ही कभी मिली। पोयामी मासा पुलिस के आगमन से इतना चौकन्ना हो गया कि अपने घर के पीछे एक पेड़ की डाल से उसने फन्दा लगा लिया, लेकिन मरने से पहले उसके बेटे ने उसे फन्दा काटकर नीचे उतारा। मुकदमे में उसे रिहाई मिली। सत्र न्यायाधीश को उसके विरुद्ध कोई वास्तविक साक्ष्य नहीं मिला।

आदिवासियों से जुड़े मामले में अत्यधिक सावधानी की जरूरत होती है क्योंकि वे आसानी से सरकारी कार्यवाही का गलत मतलब निकाल लेते हैं। इसे दस वर्ष पूर्व चेंचू के बीच घटित एक दुखद घटना के रूप में देखा गया। 'महुआ का मौसम था। चेंचू लोग महुआ से शराब बनाने की प्रक्रिया में लगे थे जबकि दो पुलिसवाले गाँव में आए और पेड्डामांची के साथ तीन अन्य लोगों को अवैध शराब बनाने के जुर्म में गिरफ्तार कर लिया। आदिवासियों के साथ बर्ताव में अकुशल ये सिपाही उन्हें यह भरोसा दिलाने में नाकामयाब रहे कि उन चारों अपराधियों के साथ कुछ बुरा सलूक नहीं होगा। उलटे उन्हें धमकी दी कि और पुलिसवाले आकर सभी ग्रामवासियों को गिरफ्तार कर लेंगे। इस धमकी का व्यापक असर हुआ। भगदड़ मच गई। चेंचू इतने आतंकित थे कि उन्होंने अपने छोटे बच्चों को उठाया तक नहीं। सोचा इन्हें जो होना होगा सो होगा और वे सब जंगल के अन्दर घुस गए। सारा दिन वे गाँव लौटने की हिम्मत नहीं जुटा सके और जब वे छिपे-छिपे शाम में गाँव लौटे उन्होंने पाया कि चिलमिलाती धूप की गर्मी से कुछ नन्हे शिशु मौत के मुँह में समा चुके थे। यिदगह (टोकल) कहता है कि कुल मिलाकर उस मौके पर आठ बच्चे मर गए। यद्यपि यह अतिशयोक्ति हो सकती है पर गिरफ्तार आदमी के भाई का बच्चा भी उस समय मरा था। चार में केवल दो आदमी दोषी पाए गए जिन्हें एक माह के कारावास की सजा हुई और विचित्र बात तो यह हुई कि जेल से लौटने के आठ दिनों के भीतर दोनों बुखार से मर गए।'[1]

IV

रिहा हुए अपराधी के प्रति व्यवहार

जब हत्यारा जेल से बाहर आता है तो आदिवासी जीवन का पवित्रीकरण-कर्मकांड निबटाने के बाद ही उसे घर में घुसने की इजाजत मिलती है। ये प्रक्रियाएँ दो प्रकार की होती हैं। पहला होता है निष्कपट अनुष्ठान, उस व्यक्ति के पाप को धोने के लिए जो पाप उसे जेल जाने से और पुलिस के हाथों पड़ने से लगा। यह एक

1. सी. वोन फ्यूरर हैमेनडोर्फ–दि चेन्चेयूज (हैदराबाद, 1943), पृष्ठ 287।

हिन्दू विचार[1] है, जिसका सम्बन्ध उस तथ्य से है कि जेल में कैदी को किसी भी जाति के लोगों से भोजन लेना ही पड़ता है। उसे अन्य जाति के सिपाहियों के हाथों पिटना भी पड़ता है और हथकड़ी भी लगवानी पड़ती है जो हिन्दुओं के मुताबिक अपमानजनक है। कैद स्वयं में संस्कारविहीन शब्द है, यह धारणा जगदलपुर के इर्द-गिर्द बसे हिन्दुओं से आदिवासियों में आई है।

शुद्धिकरण के अनुष्ठान में रोचक तथ्य यह है कि अपराध छोटा हो या बड़ा, प्रक्रिया एक ही होती है। चाहे अपराधी ने गाय चुराई हो, या महुआ शराब बनाई हो या जघन्य हत्या की हो, जब वह रिहा हो जाता है तो जेल की छूत उस पर लागू रहती है जिससे उसे आजाद होना ही पड़ता है।

अनुष्ठान जगह-जगह अलग-अलग स्वरूप में होते हैं। जबेली में इस प्रकार के अनुभव देखने को मिलते ही रहते हैं। मारिया ने मुझे बताया कि जब कोई जेल से लौटता है तो सीधे उसे अपने घर में घुसने की इजाजत नहीं मिलती। वह बाहर रहता है। परिवार के लोग उसे कुछ दूरी से भोजन देते हैं। उसे तब वदाई के यहाँ जाना होता है, उसे पाँच रुपए देता है। वदाई उसे वह जल देता है जिसमें कबीले के देवता को नहलाया जाता है। पुजारी यह जल उस पर छींटता है और थोड़ा पीने के लिए देता है। उस जल से ही पुजारी अपराधी के घर पर छींटे मारता है। तब रिहा कैदी गाँववालों को गोमांस या सूअर का गोश्त भोज में देता है। इसके बाद ही उसे अपने घर में घुसने की इजाजत मिलती है और उस दिन से इसके बारे में सब कुछ भुला दिया जाता है।

कभी-कभी दान्तेवारा से पानी लाना अनिवार्य कर दिया जाता है। उदाहरण के लिए हेमला बक्का को 'जिया' जल लाना पड़ा था जिसमें देवी दन्तेश्वरी को नहलाया गया था। दोगा जब जेल से बाहर आया तो गैता ने सोने के एक टुकड़े को आग में गर्म किया और इसे उसके ललाट, मुँह, कलाई, घुटने और पैर के अँगूठे से छुआया। उसने सोने को पानी में डुबाया और उस पानी के छींटे उसके शरीर पर मारे। पोगू भेजी में पुजारी ने गर्म सोने के टुकड़े से हत्यारे की जीभ, गर्दन के पीछे हिस्से को और बाईं बाँह के ऊपरी हिस्से को जलाया। उसने सोने के ऊपर आम, डूमर, करंजी और महुआ पेड़ की टहनियों को जलाया और उसकी गर्म राख उसके सिर के ऊपर छिड़क दी। तब लोगों ने उसे घी, दूध और हल्दी-पानी से धोया। जब उसने भोज दे दिया तो वह जेल की अशुद्धता से मुक्त था।

जब धानीकरका के नन्दी मुया की गाय चोरी करने के कारण सोटे से पिटाई हुई तो उसे माटी देव को एक सूअर और सफेद मुर्गे की बलि देनी पड़ी और कुआकोंडा स्थित लक्ष्मीदेवी की समाधि से जल लाना पड़ा। जब तेलमी धुरवा ने नशे में धुत्त होकर एक आदमी की हत्या कर दी और इसके लिए जेल से सजा काटकर लौटा तो उसने

1. यह कहा जाता है कि केन्द्रीय राज्यों में हिन्दू सत्र न्यायाधीश मृत्युदंड की आज्ञा लिखने के बाद जिस कलम से यह आज्ञा लिखी गई, उसे तोड़ डालते हैं और जो कपड़े पहने रहते हैं उन्हें नष्ट कर देते हैं। स्नान और शुद्धिकरण के पश्चात ही वे भोजन करते हैं।

कबीले के देवता, उरू मारू को एक सूअर, एक गाय और एक मुर्गी भेंट की और उसे शुद्धिकरण के सामान्य अनुष्ठान से गुजरना पड़ा।

इन अनुष्ठानों के अतिरिक्त यह भी तथ्य है कि जो हत्या का अभियुक्त सजा काटकर लौटता है, उसका सामाजिक एवं पारिवारिक प्रभाव कम हो जाता है। यह भी सच है कि कारावास यदि लम्बा हो चुका हो तो कभी-कभी यह स्वाभाविक तलाक का कारण बन जाता है। औरतें महसूस करती हैं कि वे दूसरी शादी के लिए फिर से आजाद हैं। लेकिन सामान्यतया पत्नियाँ अपने पतियों की रिहाई का इन्तजार करती हैं। मैंने कवासी बोरगा की पत्नी देवी को देखा जो दोरीरास में अपने पति का इंतजार कर रही थी। बोरगा को दस साल पहले अपने चाचा की हत्या के जुर्म में आजीवन कारावास की सजा मिली थी। गाँववालों ने उसकी पत्नी की देखभाल बहुत अच्छे ढंग से की थी और मैंने उसका घर समृद्ध पाया। उसके दोनों बेटों की सफलतापूर्वक शादी हो गई थी और वे अपनी पत्नियों की मदद से अपने घर के व्यापार को आगे बढ़ा रहे थे।

फिर भी लोग कभी-कभी रिहा हुए हत्यारे से शादी करने में डरते हैं। जबेली के दोगा को हत्या के मामले में कालापानी की सजा हुई और तीन साल के बाद वह रिहा हुआ। कहा जाता है कि उसने अपनी पत्नी की हत्या कर दी थी और उसे फाँसी की सजा मिली, फिर अपील पर वह छूट गया। क्रूर दिखनेवाली कुल्हाड़ी के साथ वह मुझसे मिलने आया। वह फिर से शादी की कोशिश में था, पर उसे सफलता नहीं मिल रही थी। उसने बताया कि वे सब मुझसे से डरते हैं, और जब डरते ही हैं तो मैं उनकी हत्या भी कर सकता हूँ। लेकिन उसने सोचा, सम्भव है उसे कोई विधवा मिल जाय। दूसरा जवान जिसे नई पत्नी मिलने में दिक्कत हुई, वह हेमला बक्का था। पर-पुरुष से सम्बन्ध रखने के चलते उसने अपनी पत्नी की हत्या कर दी थी जिसमें उसे तीन सालों की जेल की सजा हुई थी। अरनपुर की सभी लड़कियाँ मोहक गुट्टे से डरती थीं जो जेल में था और मुर्गे की लड़ाई देखने के बाद उसने नशे में झगड़े के बीच एक आदमी की हत्या कर दी थी। वे सोचती थीं यदि वे उसे नाखुश कर देंगी तो वह उनकी जान भी ले सकता है।

खुटपाल में ओयामी मासा को, जिसे अपनी छोटी पत्नी की हत्या के जुर्म में कारावास की सजा भुगतनी पड़ी, इस कारण थोड़े भी अपमान का अनुभव नहीं हुआ। वह वदाई है और जब मैं वहाँ था, वह उस गाँव की ओर से टिकनपाल बलि चढ़ाने गया।

मूलेर में मैं इदो देवा की विधवा से मिला जो झगड़ालू किस्म की औरत थी और उसे गाँव के सबसे लोकप्रिय व्यक्ति की हत्या के जुर्म में हाल ही में फाँसी हुई थी। इसके बावजूद विधवा से लोगों का बर्ताव अच्छा था। उससे कोई पिछली बातों का जिक्र नहीं करता और गाँव के भोज आदि में उसे शामिल करने में किसी को कोई आपत्ति नहीं थी। लेकिन वह हमेशा घर के अन्दर रहती थी और सामान्यतया लोगों से बातचीत करने को मना कर देती। मुखिया ने मुझे बताया कि शायद उसके दोनों लड़कों की शादी में कुछ बाधा हो। लोग तो कहेंगे ही कि आखिरकार ये हैं तो हत्यारे ही के पुत्र।

हत्यारे और मृतक के परिवारों के बीच सम्बन्ध हमेशा संवेदनशील होते हैं। फ्रेजर ने संसार के अनेक रेखाचित्रों, आरेखों से कुछ उदाहरण इकट्ठे किए हैं। उराँव मृतक आदमी के भूत के क्रुद्ध बलिदान का इंतजाम करते हैं और कभी-कभी उनके हत्यारों के पुरखे भी उन्हें मान लेते हैं। राय विवरण प्रस्तुत करते हैं कि दो उराँव, जो आपस में चचेरे भाई के रिश्ते में थे, उनका जमीन के एक टुकड़े को लेकर झगड़ा हुआ। उनमें से एक ने एकाएक क्रोध में उन्मत्त होकर अपने साथी की अन्तड़ियों में कुल्हाड़ी घुसेड़ दी। चोट खाकर तुरन्त वह आक्रमणकारी के घर दौड़ पड़ा और अपने जख्मी पेट को अपने हाथों से दबाते हुए झोंपड़ी के एक कोने में बैठ गया और चिल्ला उठा, 'यहाँ मैं अपने आपको स्थापित करता हूँ।' तब वह फिर खेत पर झगड़ा करने के लिए दौड़ पड़ा और वहीं गिरकर मर गया। इस दिन हत्यारे के वंशज, मृतात्मा को शान्त करने का अनुष्ठान करते हैं। फसल कटाई के बाद धान की पहली पूजा खेत से लाकर उसकी आत्मा को घर के उसी कोने में चढ़ाते हैं, जहाँ वह मरने से पहले बैठा था। मृतक के वंशज को भी उसी प्रकार का चढ़ावा चढ़ाने की स्वीकृति होती है।[1]

मैंने इस प्रकार का रिवाज बस्तर में नहीं पाया, यद्यपि इसका मतलब यह नहीं कि ऐसी प्रथा का अस्तित्व नहीं है। लेकिन मैंने सब जगह एक प्रकार की चिन्ता देखी है कि मृतक और हत्यारे के परिवार में किसी प्रकार की शत्रुता न रहे। अक्सर मृतक की विधवा या उसके परिवार को मुआवजा दिया जाता है और हत्यारे का परिवार दाह-संस्कार के खर्च में भी अपना योगदान देता है। दोनों परिवार साथ-साथ मिलकर भोज खाते हैं। गामावादा में हत्या का एक कैदी बरसी माटा का परिवार उसके शिकार के परिवार को सभी प्रकार की मदद करता था। इसके अलावा दाह-संस्कार के सिलसिले में उन्होंने एक घड़ा चावल की शराब और सूअर भी दिए।

V

मृतक के प्रति आचरण

उग्र अपराध के प्रति समाज की प्रतिक्रिया दाह-संस्कार के लिए की जानेवाली व्यवस्था के समय देखी जा सकती है जो हत्यारे और उसके शिकार दोनों के लिए होती है।[2]

1. एस.सी. राय–ओराओन रिलीजन एंड कस्टम्स (राँची 1928), पृष्ठ 69।

2. भारत में प्रत्येक जगह ऐसे व्यक्ति जिसकी हत्या की गई या फिर जिसने आत्महत्या की उसके भूत को खतरनाक मानते हैं। लुशायी का मानना हे कि मृतक का भूत हत्यारे को परेशान करेगा तथा उसे पागल कर देगा।–जे. शेक्सपियर, दि लूशायी कुकी क्लान्स (लंदन, 1912) पृष्ठ 76। लूशायी तथा लखेर लोग मृतक व्यक्ति के भूत को शान्त व प्रसन्न करने के लिए कुछ संस्कार करते हैं तथा यह सुनिश्चित करते हैं कि दूसरे लोक में वह हत्यारे का सेवक बन जाएगा। यदि ऐसा नहीं किया गया तो भूत हत्यारे को अन्धा, लंगड़ा या लकवा ग्रसित कर देता है। एन.इ. पैरी–दि लखेर (लंदन, 1932) पृष्ठ 213। फ्रेजर गिब्स दुनिया के कई हिस्सों से अनेक उदाहरण देता है। सर जे.डी. फ्रेजर–दि फियर ऑफ दि डेड इन प्रीमिटिव रिलीजन (लंदन, 1936) खंड 3 पृष्ठ 103।

अधिकतर मामलों में संस्कार-व्यवस्था दुरूह हो जाती है क्योंकि मृतक की लाश उपलब्ध नहीं होती। सामान्यतया इसे पोस्टमार्टम के लिए मुख्यालय ले जाया जाता है, और जब किसी आदमी को फाँसी की सजा दी जाती है तो उसकी लाश जेल अधिकारी द्वारा दी जाती है। इसका मतलब यह नहीं कि दाह-संस्कार की प्रक्रिया टाल दी जाती है। मस्जिट्रेट-कोर्ट या जेल से मृतक के कपड़े और अन्य सामान लाए जाते हैं और ये 'लाश' के प्रतीक रूप में प्रयुक्त होते हैं।

जब दरभा में मरकामी देवा ने अपनी पत्नी की हत्या कर दी, लोग उसके कपड़े हार, 'पहुँची' (आर्मलेट) गाँव ले आए। इन स्मृति-चिह्नों को घर के अन्दर नहीं ले जाया गया। इन्हें घर के बाहर आँगन में रखा गया। सम्बन्धी इकट्ठे हुए। मृतका के देवर (पति पुलिस-हिरासत में था) ने हल्दी, तेल आदि रखे और ससुराल का एक सम्बन्धी उन्हें टोकरी में रखकर गाँव के बाहर तैयार की गई चिता तक ले गया। पुरुष और औरत उसके पीछे-पीछे चलते हुए टोकरी में चावल, मकई, दाल फेंकते रहे।

चिता एक पेड़ के नीचे थी जिसके ऊपर एक मोटी लत्ती उग रही थी। उन्होंने टोकरी लेकर चिता की सात बार परिक्रमा की। रिश्तेदारों ने प्रथा के अनुसार कपड़े के छोटे टुकड़े इस पर रखे और उन्हें फिर हटा दिया। उन्होंने कपड़े का एक छोटा टुकड़ा पेड़ से लटका दिया। तब उन्होंने चिता जला दी और चले गए। जब जबेली के दोगा ने अपनी पत्नी की हत्या कर दी और अपील पर रिहा हुआ तो उस समय मृतका के लिए कोई अनुष्ठान नहीं किया गया। लेकिन जब दोगा घर लौटा तो उसने खुद छोटी चिता बनाई और अपने हाथों में मृतका के वस्त्र और आभूषण लेकर उचित अनुष्ठान किया।

जब चिता जलने के बाद दो आदमी राख का निरीक्षण करने गए, उन्होंने 'फाँसी का निशान' (रस्सी का निशान) राख में पाया। क्योंकि ओयामी अन्दा को फाँसी की सजा हुई थी।

ऐसे दाह-संस्कार के अनुष्ठान, जिसे फाँसी लगी हो या उसने फाँसी लगा ली हो या किसी ने आत्महत्या कर ली हो, में ढोलक नहीं बजाई जाती। अन्यथा अन्य सभी अनुष्ठान समान रूप से ही आयोजित होते हैं।

जब कादती हुंगा को अपनी पत्नी गांगी की हत्या के अभियोग में फाँसी की सजा हुई तो हत्यारा और मृतका दोनों के कपड़े साथ-साथ रख दिए गए और उसे मिट्टी से ढँक दिया गया और उसकी बगल में लकड़ी पर दूसरा कपड़ा टाँग दिया गया।

कभी-कभी मृतक के कपड़े घर पर नहीं लाए जाते और गाँव के बाहर ही रख दिए जाते हैं। क्योंकि माना जाता है कि वे अपने साथ क्रुद्ध प्रेत को ला सकते हैं। किल्लेपाल और दूसरे गाँवों में यह प्रथा थी कि गाँव के बाहर चौराहे पर कपड़ों को जला दिया जाता था।

कोंटा तहसील में लाश का प्रतिरूप एक छोटी गुड़िया बनाने का चलन है। इदो देवा नाम के एक चिड़चिड़े झगड़ालू आदमी ने मुलेर में एक हत्या कर दी और उसे फाँसी हुई। उसकी मौत के बाद गाँववाले जेल से उसके कपड़े नहीं लाए बल्कि फाँसी की पुष्टि

के बाद उन्होंने गोंगम पेड़ से एक हाथ के बराबर लकड़ी का एक टुकड़ा काटा, देवा के पुराने कपड़ों को लेकर लकड़ी को पोशाक पहनाई। जहाँ कान हो सकते थे वहाँ एक जोड़ी बाली रख दी और गर्दन (कल्पित) में एक हार पहना दिया, मानो यह वास्तव में लाश हो। उसे अर्थी पर रख दिया गया और एक साधारण शमशान भूमि में अर्थी चिता पर चढ़ा दी गई और जला दी गई। चिता के ऊपर कँटीले साजा की टहनी गाड़ दी गई और उसके ऊपर गाय की पूँछ रख दी गई। जब मैं शमशान-भूमि पर गया, मैंने देखा कि राख अब भी ताजा थी, कुछ ही गज की दूरी पर पुराना राख का ढेर था जो उस आदमी का था जिसकी हत्या हुई थी। उसके नजदीक बर्तन और टोकरी थे, नाराज-प्रेत को चावल का चढ़ावा देने के लिए।

कभी-कभी लाश का दाह-संस्कार मेनहिर के पास किया जाता है। अरनपुर में मैंने राख का बड़ा ढेर और अधजले लकड़ी के शहतीर देखे जो बरसी कबीले के मृतकों की स्मृति में खड़े पत्थर के सामने थे। बरसी चेवा जिसे हाल ही में फाँसी हुई थी, उसकी चिता को दो बार जलाने की कोशिश हुई पर काफी लकड़ियाँ बिन जली रह गईं। दूसरे गाँवों में हमें बताया गया कि ऐसे अनुष्ठान गढ़ के बिलकुल बगल में आयोजित नहीं होने चाहिए।

हत्यारे या मृतक के लिए डन्यकल या उरस्कल बनाने में किसी को कोई अपत्ति नहीं होती थी। पलनार में मुलामी बेल्ला के लिए प्रतीक-पत्थर खड़ा किया गया था। दुगेली में हत्याकांड के एक मृतक के लिए भी प्रतीक पत्थर खड़ा किया गया था। दूसरे गाँवों में बनजामी इरमा, जिसकी हत्या उसके अपने ही बेटे ने कर दी थी या गन्दरगुदा में राव हिरमा की चिताओं के पास प्रतीक-पत्थर नहीं लगाए गए। कहा जाता है कि मृतक गरीब व्यक्ति थे और उनके सम्बन्धी प्रतीक-पत्थरों के खर्च नहीं उठा सकते थे। लेकिन दुगेली में कुंजामी पांडु ने हमें बताया कि प्रतीक पत्थर उसी मृतक के लिए खड़ा किया जा सकता है जब हत्यारे के विरुद्ध मुकदमे का निबटारा हो चुका हो। जब उसके अपने भाई की हत्या पहले हुई तो उसने तो उसके लिए पत्थर नहीं खड़ा किया। इससे उसे लगातार उसके भाई के अशान्त प्रेत ने परेशान किया। वह सपने में आकर उसे दुत्कारता था कि उसने मृत शरीर से आत्मा को मिलने नहीं दिया और इसके लिए वह स्मृति स्तम्भ खड़ा करने में असफल रहा है। पर जब पांडु ने स्मृति स्तम्भ स्थापित कर दिया तो फिर कभी उसे बुरे सपने नहीं आए।

हत्यारे के लिए प्रस्तर-स्तम्भ खड़ा करने का अनुष्ठान बिलकुल उसी प्रकार आयोजित होता है जैसा दूसरों के लिए। पलनार में मुलामी बेल्ला के लिए जब ग्रामीण पत्थर ढो रहे थे, वे रुके और इसे जमीन पर रख दिया। घर की औरतों ने उस पर अँगूठियाँ फेंकीं। बाद में औरतों ने उत्सुकतावश इन अँगूठियों को एकत्र किया, क्योंकि माना गया है कि इन्हें पहनना अच्छे भाग्य का प्रतीक है।

पलनार और जबेली के बीच जंगली रास्ते में सपाट यादगार पत्थरों की कतार है जिसे डन्यकल कहा जाता है। इसके एक छोर पर तराशा हुआ लकड़ी का स्तम्भ और

मिट्टी की बड़ी समाधि है। स्तम्भ समाधि और एक पत्थर मारवी ओयामी मासा की प्रतिष्ठा में स्थापित किया गया है जो अपने चाचा की हत्या के जुर्म में जेल में सजा काटता हुआ मर गया था। मासा जबेली का एक प्रभावशाली आदमी था। वह धनी था, गाँव का वदाई था और सिराहा वैद्य भी था। उसकी मौत उस व्यक्ति से ज्यादा महत्त्वपूर्ण थी जिसकी उसने हत्या कर दी थी। अगला पत्थर मारवी बूटा के लिए था। उसे भी हत्या के लिए कारावास की सजा हुई थी और वह भी जेल में मर गया था।

तराशा हुआ स्मृति-स्तम्भ खड़ा करना सम्भवतः मृतकों के प्रति सर्वश्रेष्ठ आदर प्रदर्शित करना है। यह वेस्टमिनिस्टर ऐबे में दफनाए जाने के समरूप है। मासा का स्तम्भ बहुत सुन्दर होता है। यह ऐसा दिखाता है मानो कोई सिराहा झूले पर बैठा हो और अस्त-व्यस्त बालोंवाला जहाज उसके सिर से चलाया जा रहा हो। दूसरी नक्काशी उसे हाथी पर चढ़ते हुए दर्शाती है और एक दूसरी जीवन्त नक्काशी उसे घोड़े पर चढ़ते हुए दिखाती है जिसमें उसकी पत्नियाँ भी भाग ले रही हैं। उसके चारों ओर उसकी जिन्दगी के प्रतीक हैं, हरिण और बाघ उसके शिकार-प्रेम के द्योतक हैं, कुल्हाड़ियाँ, तलवारें और चाकू उसकी साहसिकता और बहादुरी के प्रतीक हैं। दो आदमी एक बर्तन में हंडिया ढो रहे हैं, जो उसके पीने के ओज की स्मृति है। गाँव के वैद्य और पुजारियों के लिए हत्यारे और मृतक के प्रेत को शान्त रखना एक बड़ी मुसीबत है। यह खतरा रहता है कि भूत-प्रेत परिवार के अन्य प्रेतों के बीच परेशानी पैदा कर सकते हैं और पुरखों को नाराज कर जीवित लोगों पर आफत ढा सकते हैं। वे परिवार के अन्य सदस्य की हत्या के लिए प्रेरित कर सकते हैं या परेशानी पैदा करने के लिए लौट सकते हैं। फूलपुर में पांडु की फाँसी के बाद सामान्य अनुष्ठान आयोजित किए गए। गाँव के पुरोहित ने चिता के पास एक मुर्गी की बलि यह कहते हुए दी कि 'अब हम तुम्हारा घर यहाँ बनाते हैं; अपने पुरखों के साथ यहाँ शान्तिपूर्वक रहो।' अगर वे ऐसा करने में असफल रहते तो उन्हें आशंका रहती कि इस घर में कोई और भी हत्या करेगा। तब वे साजा खम्भा खड़ा करते हैं और मृतक के प्रेत को शान्त करने के लिए गाय की बलि चढ़ाते हैं। प्रत्येक रिश्तेदार बारी-बारी से गाय की पूँछ को ऊपर उठाता है, उसे प्रणाम करता है और उसे खम्भे पर लटका देता है। वदाई कमरे के एक कोने में आता है, जहाँ गुजर जाने वाले के लिए एक पात्र रखा होता है, वहाँ वह शराब छिड़क कर प्रेत को सम्बोधित करते हुए कहता है, 'अब अपने बेटों के साथ रहो। अपनी बेटियों के पास मत जाना। अपने घर के लोगों की देखभाल करना। देखना कि तुम्हारे बच्चे उन्नति करते रहें।'

वस्त्र और आभूषण के जलाए जाने के बाद जब कोई आदमी मृतक के घर में बैठता है तो माना जाता है कि उस पर उस व्यक्ति का प्रेत आता है। वह आगे-आगे चिता तक जाता है और वहाँ 'भूतकुकरी' और एक प्रेतमुर्गी गाड़ देता है। यह सुनिश्चित करने के लिए कि प्रेत फिर घर में नहीं आएगा और सम्बन्धियों को परेशान नहीं करेगा।

हत्यारा या उसके शिकार का भूत 'मिरचुक' कहलाता है। कभी-कभी ऐसा माना जाता है कि यह मिरचुक किसी आदमी को अपने वश में करके उससे कोई हत्या करवा सकता है। गुदरा में जब कवाची लिंगा हत्या के अभियोग में जेल से सजा काटकर लौटा तो उसके शिकार के 'मिरचुक' को काले मुर्गे की बलि चढ़ाने का आयोजन किया गया। बलि देने से पहले मुर्गे को जो चावल खाने को दिया जाता है, उसने खाने से इनकार कर दिया और लोगों ने सोचा कि लिंगा अपने पहले शिकार के प्रेत से ग्रसित होकर फिर किसी की हत्या कर डालेगा। इस खतरे से बचने के लिए उन्होंने एक सूअर और गाय की बलि दी और इसके बाद ही उन्होंने उसे फिर से अपने समाज में शामिल किया।

मिरचुक की उत्पत्ति जैसे भी हुई है, माना जाता है कि उसे डायन अपने नौकर के रूप में रखती है। वह इस पर नियंत्रण रखती है और बुरे कामों में उससे मदद लेती है।

मिरचुक बड़े झगड़ालु होते हैं। ऐसी सावधानी बरती जाती है कि फाँसी से मृत व्यक्ति का प्रेत मृतक व्यक्ति के कमरे में अन्य पुरखों से नहीं मिले क्योंकि निश्चित रूप से इससे परेशानी खड़ी हो जाती है। अतः मिरचुक को सामान्यतया गाँव के बाहर किसी बड़े पत्थर के नीचे, चींटियों की बाँबी में या महुआ पेड़ में स्थापित किया जाता है। धुरली में हमें बताया गया, कि जब तेलामी हुंगा की हत्या हुई तो उसके प्रेत को अलग रखा गया क्योंकि वह जादू-टोने का छात्र था और ऐसे व्यक्ति राव भूत में बदल जाते हैं। ऐसे भूतों के लिए न कोई प्रतीक स्तम्भ खड़ा किया जाता है और न उसे दूसरे भूतों से मिलने दिया जाता है।

ऐसा माना जाता है कि हत्यारे और फाँसी पाए अपराधी के प्रेतों को अन्य मृतात्माओं से न तो मिलने देना चाहिए और न पवित्र पात्र में सामान्य रूप से कुछ रखना ही चाहिए।[1] जब एक लड़का अंदो की हत्या उसके चाचा हिरमा ने कर दी तो यह सावधानी बरती गई। अंदो का प्रेत अब भी गाँव में इधर-उधर घूमता रहता है। उसके हाथ में कुल्हाड़ी रहती है और वह बदला लेने के फिराक में रहता है। इरमा के प्रेत के बारे में कहा जाता है कि जिस रस्से से उसे फाँसी लगी थी उसे उसने अपने अधिकार में कर लिया। लोगों को डर था कि उस रस्से से कबीले के किसी प्राणी को वह फन्दा लगा देगा या उनके गायों की चोरी कर लेगा।

जब हत्यारा जेल में होता है, वहाँ अपने शिकार का भूत देखना उसके लिए बड़ा खतरनाक होता है, क्योंकि वहाँ सुरक्षा का उचित इंतजाम न करना लगभग असम्भव होता है। चिचरी के पांडू ने वर्णन किया कि जब वह जेल में था उसके तीन सहकैदियों के साथ ऐसा ही हुआ और वे सब मर गए। तेलम के बोटी के पास भी प्रेत उसी प्रकार आता था। वह बीमार पड़ा और साल भर तक बीमार रहा।

1. मटीर ने बतलाया है कि ऐसे हत्यारे जिन्हें फाँसी दी गई है के भूतों को विशेष रूप से खतरनाक माना जाता है और ऐसा कहा व माना जाता है कि जिस स्थान पर फाँसी दी गई है वहाँ भूत घूमते रहते हैं। इसे रोकने के लिए जल्लाद, जिस व्यक्ति को फाँसी दी गई है उसकी एडी या पिंड़ली तलवार से काट देता है मानो उस व्यक्ति को फेंका गया है। एस. मटीर दि लैंड ऑफ चैरिटी (लंदन 1871) पृष्ठ 203।

कुछ जगहों पर मैंने पाया कि जहाँ हत्या की वारदात हुई थी वहाँ से घर मूल जगह से हटाकर दूसरी जगह बसा लिया गया। उदाहरण के लिए, अरनपुर में जहाँ चेवा ने अपने ससुर की हत्या की थी, झोंपड़ी को वहाँ से हटाकर दूसरी जगह बनाया गया। कवासी बोटी की हत्या के अगले साल दोरिरास में पूरा गाँव ही पुरानी जगह से हटकर नई जगह बस गया। राव हरमा की हत्या के बाद मुलेर गाँव भी दूसरी जगह बस गया।

VI

आत्महत्या करनेवाले की भी अंत्येष्टि संस्कार उसी प्रकार होती है जिसमें मृतक के कपड़े और गहने उतार लिए जाते हैं। जब मासा की छोटी पत्नी ने सामगिरी में आत्महत्या कर ली तो शव-परीक्षण के बाद लाश दान्तेवारा में दफना दी गई। उसके वस्त्र और आभूषण चौक पर लाए गए और सामान्य विधि के अनुसार उन्हें गाड़ दिया गया। उसके हँसिया, सूप और डगरा को घटनास्थल पर रख दिया गया लेकिन उसकी हँसिया को उसके पति का रिश्तेदार अपने घर ले गया। अगली सुबह वे दाह-संस्कार के अवशेष का निरीक्षण करने गए तो उन्होंने फाँसी के विशेष चिह्न देखे। उस दैवी शक्ति के जिसके कारण क्रोधावेग में आत्महत्या हुई थी, मुर्गे की बलि दी गई। इस त्रासदी का मुख्य कारण यह था कि वास्तव में उसका पति उसकी शिकायतों पर पर्याप्त ध्यान नहीं देता था। मुर्गे की गरदन मरोड़कर तोड़ दी गई, गरदन हटा दी गई और चोंच चीरकर उसे दूर फेंक दिया गया।

बोरगम गाँव में मरकामी पिदे की पत्नी ने आत्महत्या कर ली क्योंकि उसका दूसरे आदमी से प्रेम था। वह अपने पति की परवाह नहीं करती थी। लाश शव-परीक्षा के लिए दान्तेवारा लाई गई और वहीं दफना दी गई। कपड़े वापस गाँव में लाए गए। उसे उसकी चटाई, सूप, डगरा और हंसिया के साथ जला दिया गया। अगले दिन मृतका के पुजारी ने चिता के चारों ओर चावल और कंद रखे। उसने सात जगह चावल का छोटा-छोटा ढेर बनाया। एक मुर्गा लाया और कहा, 'तुम बहुत गुस्से में थी और अपनी जान दे दी, अब शान्त हो जाओ और शान्ति से आराम करो, हममें से किसी को तकलीफ मत देना क्योंकि अब यही तुम्हारा घर है।' जब मुर्गे ने चावल पर चोंच मारी, उसने उसकी गर्दन मरोड़ दी और चिता में फेंक दी जो अब भी जल रही थी। एक सूअर और एक गाय की बलि दी गई और उसी दिन प्रतीक-स्तम्भ भी खड़ा किया गया। घर लौटकर उन्होंने बगीचे की सतह पर खुरदुरे घर का नक्शा बनाया जिसमें अनेक कमरे थे। उन्होंने फिर चावल देते हुए मुर्गे को सम्बोधित किया, 'हम लोगों ने तुम्हारे लिए घर बना लिया; अब से बाहर बिलकुल नहीं ठहरना, बस यहीं रहो।''

अन्य हत्यारों की आत्मा की तरह, आत्महत्या का प्रेत भी मिरचुक बन जाता है और चींटियों की बाँबी में रहता है। उचित चढ़ावा नहीं चढ़ाने से अगर मिरचुक क्रोधित हो उठता है तो परिवार के किसी सदस्य को वश में लेकर उसे आत्महत्या करने को

मजबूर कर देता है। आत्महत्या का प्रेत गाँव में भी आ सकता है और अनेक प्रकार से परेशान कर सकता है। जैसा कि हमने अन्यत्र देखा है, मिरचुक को डायन अपना घनिष्ठ या नौकर बनाकर उससे अपना मकसद पूरा करवाती है। यह बेहद महत्त्वपूर्ण है कि आत्महत्या करनेवाले की आत्मा मृतक से मिलने न पाए। दुगेली में कहा जाता है कि उन्हें एक साल प्रतीक्षा करनी चाहिए और तब तक प्रतीक स्तम्भ खड़ा नहीं करना चाहिए। खुटपाल में उल्लेखनीय दो आत्महत्याएँ इन नियमों की अपेक्षा के खतरे को दर्शाती हैं। इस गाँव के मुखिया, बन्दी की दो पत्नियाँ थीं। एक दिन उनमें झगड़ा हुआ और गुस्से में बड़ी पत्नी ने अपने को फन्दा लगा लिया। यद्यपि मृत्यु स्वाभाविक थी, उसकी अंत्येष्टि विधिवत अनुष्ठान के अनुसार हुई। कबीले के अन्य सदस्यों द्वारा उपयोग की जानेवाली जगह पर उसके लिए स्मृति-स्तम्भ खड़ा किया गया। ऐसा विचार किया जाता रहा है कि जब यह किया जाता है तब आत्महत्या का प्रेत कबीले के अन्य प्रेतों से झगड़ता है और उन्हें नाराज कर देता है। इस मामले में क्रुद्ध मृतका ने बन्दी के छोटे बेटे की पत्नी को, जो उसी घर में रह रही थी, इतना परेशान किया कि उसने भी अपनी सास से झगड़ा करने के बाद आत्महत्या कर ली। इस दूसरी आत्महत्या को गाँववालों ने तुरन्त स्मृति स्तम्भ खड़ा करने का कारण माना जिससे कि बड़ी औरत की आत्मा को पूर्वजों की मृत आत्माओं से मिलने का मौका मिला। जब दूसरी बहू के लिए अनुष्ठान हुए तो सावधानीवश सार्वजनिक श्मशान-स्थल से दूर एक जगह पर उसके कपड़े सावधानीपूर्वक जलाए गए। यद्यपि उसके लिए वहाँ प्रतीक-स्तम्भ भी खड़ा किया गया, पर गाय की बलि नहीं दी गई और न उसकी पूँछ लटकाई गई।

दुआलकरका में बताया गया कि हिंसा से हुई हत्या और आत्महत्या के मामले में किसी के लिए भी प्रतीक-स्तम्भ खड़ा नहीं करना चाहिए। यहाँ उन्होंने कहा कि कैसे एक परिवार के सदस्य आत्महत्या करनेवाले मृतक की अंत्येष्टि अनुष्ठान समाप्त होने के बाद जब भोज खा रहे थे तो उन्होंने एकाएक महसूस किया कि कोई उनके गले दबा रहा है और इस कष्टकारी अनुभूति से छुटकारा पाने के लिए उन्हें गाँव की सीमा तक जाना पड़ा और उचित भेंट चढ़ानी पड़ी। अगर मृतक बाघ के द्वारा मारा गया है या उसकी हत्या हुई है तो उसके सम्बन्धी ऐसा महसूस करते हैं कि कोई बड़ा जानवर उन पर चोट पहुँचा रहा है या कोई अदृश्य हाथ किसी भारी डंडे से उन्हें पीट रहा है।

अध्याय : सत्रह

आदिवासी कैदी

I

मारिया जेल में किस प्रकार रहते हैं ? यह प्रश्न ऐसा है जिसका उत्तर केवल जेलर ही दे सकते हैं, लेकिन मुझे उन जवाबदेह व्यक्तियों से जानकारी मिली जिन्होंने पहाड़ियों और जंगलों के बीच उन्मुक्त जीवन जीने के अभ्यस्त रहे कैदियों के भयानक और कष्टकर जेल जीवन पर शोध प्रस्तुत किया है। ग्रिगसन कहते हैं कि अगर किसी मारिया को लम्बी जेल की सजा मिलती है तो वह फाँसी पर लटकाए जाने की प्रार्थना करेगा बजाय इसके कि वह जेल की चहारदीवारियों के बीच कैद रहे। जंगली बाइसन-हॉर्न मारिया ही लम्बी कैद के बाद बच पाते हैं।[1] विकराल-भयानक दीवारें, पत्थर की खाट, खामोश रहने के नियम, भोजन पहुँचानेवाले का बर्ताव और पदाधिकारी के समक्ष जी-हजूरीवाला आचरण, किसी प्रकार के मनोरंजन का अभाव, सभी धार्मिक सुख-साधन की कमी, मानवीय साहचर्य की मनाही और भयानक नीरसता उन्हें तोड़ देती है। मारिया पर मानसिक यंत्रणा का कोई प्रभाव नहीं पड़ता है, लेकिन दूसरी ओर दार्शनिक या बौद्धिक साहस का उनमें अभाव होता है जिनका कि वे संकट के समय उपयोग कर सकें। उनके जीवन के अस्तित्व के लिए एकमात्र आवश्यक वस्तु है औरत, और उसके साथ प्रतिदिन सम्भोग, नियमित रूप से तम्बाकू, गाँव का सादा भोजन और यदा-कदा शराब। अनेक कैदियों ने मुझे बताया है कि अपनी आजादी पर पहरे से ज्यादा उन्हें इन चीजों की कमी खलती है।

कैदी अपने पीछे होनेवाले अनुभव के बारे में कैसा महसूस करते हैं ? मैं उनके कथनों को प्रस्तुत करके इस प्रकाश डालना चाहूँगा। मरकामी डोगा ने बताया कि उसने जेल में बहुत उदासी का अनुभव किया और उसका ध्यान हमेशा अपने घर में केन्द्रित रहता था। दूसरे आदमी ने बताया कि उसे हर समय इस बात की चिन्ता रहती थी कि उसके बच्चों की देखभाल किस प्रकार होती होगी। एक दूसरा आदमी इस बात के लिए व्याकुल रहता था कि उसकी गैर मौजूदगी में कहीं ऐसा न हो कि उसके मवेशियों का बँटवारा पड़ोसियों के बीच पालतू मुर्गी की तरह हो रहा हो। बहुतेरे कैदी जिनसे मैंने

1. ग्रिगसन–पृष्ठ 96।

जेल में बात की, उनके चेहरे अत्यधिक उदासी से भरे थे और उनके विषाद को स्पष्ट रूप से प्रतिबिम्बित करते थे। मैं खासकर हबका मासा का कष्टकर चेहरा याद करता हूँ जिसने अपनी पत्नी की हत्या कर दी थी। और मारवी कुमा जिसने बताया कि उसे अपनी पत्नी और बच्चों की गैर मौजूदगी कितना खल रही है और हरदम उत्सुकता रहती है कि उन्हें खाने के लिए पर्याप्त भोजन मिलता होगा या नहीं। वेट्टि रूपे ने मुझसे कहा कि वह लगातार अपने परिवार के बारे में ही सोचता रहता है। दसरू खुद ओझा (जादूगर) था। वह चिन्तित रहता था कि जेल में कोई सिराहा नहीं था जिससे अनेक अनुचित हो चुकी घटनाओं के बारे में परामर्श किया जा सके। तीन आदमी जिन्हें, पिन्ना भेजी से सजा हुई थी और जिनसे उनके रिहा होने पर मैं मिला, उन्होंने बताया कि 'हम हमेशा अपने मवेशी और अपने घर के बारे में सोचा करते थे। हमें किसी दुर्घटना ने जेल के अन्दर धकेल दिया। अपने बच्चों की याद में हम मुश्किल से खाना खा पाते थे।'

इन आदिवासी कैदियों के साथ महत्त्वपूर्ण बात यह है कि जब वे जेल में होते हैं, वे सेक्स को समस्या नहीं मानते। यह विवरण सम्भवतः हमारे अनेक पाठकों को अविश्वसनीय लगेगा। मैं केवल कह सकता हूँ कि पूर्ण रूप से मैं इस विषय की तह तक गया हूँ। न तो जेल का कोई अधिकारी और न कैदी चाहते हैं कि कोई इस बिन्दु पर गहराई से छानबीन करे। जेल के पदाधिकारी जो अन्यत्र पदस्थापित अन्य पदाधिकारियों की अपेक्षा अपने कैदियों को कम-से-कम अच्छी तरह जानते हैं, जिनमें से कुछ के बड़े लम्बे अनुभव हैं, ने मुझे बताया है कि समलैंगिकता के मामले अज्ञात रहे हैं और आदिवासी कैदियों के द्वारा हस्तमैथुन भी नहीं किए जाते। जब मैंने इसी विषय पर रिहा हुए अपराधियों से बातचीत की तो सबने वही बात बताई और उनकी बातों पर विश्वास करने का मुझे मन हुआ। क्योंकि इस विषय पर बातें करने में उन्हें कोई झिझक नहीं हुई और यौन सम्बन्धी अश्लील बातों के प्रति उनके विचार खुले थे। मैं सोचता हूँ कि मारिया हमेशा प्राकृतिक अवस्था में रहते हैं, जहाँ तक मैंने खोज की है, सेक्स सम्बन्धी पथभ्रष्टता से वे अनभिज्ञ होते हैं। वे सोच भी नहीं सकते कि किसी कृत्रिम तरीके से यौनतुष्टि मिल सकती है या ये कृत्रिम तरीके सचमुच अपनाए भी जाते हैं।[1]

सामान्य रूप से जिस बात का यकीन कर लिया जाता है वह यह है कि उनके भोजन में कोई दवा मिला दी जाती है। यह मैं नहीं मानता, लेकिन जो माना जाता है वह यही है। एक के बाद दूसरे ने बताया कि जब वे जेल में रहे, कभी भी यौन आवेग का अनुभव नहीं किया और कुछ लोगों ने अपनी रिहाई के बाद कुछ समय तक नपुंसकता का अनुभव किया। गामावादा के बरसे माटा ने खुलासा किया कि जब वह जेल में रहा, उसे सेक्स के प्रति बिलकुल कोई रुचि नहीं हुई। तेलम के बोटी ने खुलासा किया कि डॉक्टर ने भोजन में दवा मिलाकर हम सबको नपुंसक बना दिया। दूसरी ओर

1. जे.एफ. फिशमैन–सेक्स इन प्रीजन (लंदन 1935)।

चिचरी के पंडरू ने बताया कि उसने जेल में कभी-कभी यौन उत्तेजना या स्वप्नदोष का अनुभव किया। निस्सन्देह जेल जीवन की सबसे बड़ी त्रासदी है औरतों की सोहबत से वंचित रहना। यद्यपि बहुत से मारिया यह भी कहेंगे कि वहाँ तो पूरे पारिवारिक वातावरण से वंचित रहने की त्रासदी है–घर, बच्चे, मवेशी और पत्नी का साथ में न होना। जब मैंने एक युवा से पूछा कि जेल जीवन कैसा था तो उसने उत्तर दिया–'पत्नी नहीं, बाजार नहीं, बच्चे नहीं, परिवार नहीं।' पर जिस चीज ने उसे जेल में सबसे अधिक सताया वह थी–चुप्पी, मौन।

जेल में भोजन अच्छा मिलता है। कैदी जैसा अपने घर पर भोजन करते हैं, उससे ज्यादा अच्छा। एक समय जेल में मृत्यु-दर बढ़ गई। फलतः 1935 से कैदियों के स्वास्थ्य-सुधार की दिशा में विशेष प्रयास किया गया है। परिणाम काफी संतोषप्रद रहा है। 1938 में मृत्यु की केवल एक घटना हुई, 1939 में दो और 1940 में चार। जेल में 308 कैदियों के लिए ठहरने की जगह होती है और उनका दैनिक औसत 210 और 230 के बीच होता है। श्वसन सम्बन्धी बीमारियों की रोकथाम के लिए विशेष उपाय किए गए हैं। खासकर इंफ्लूएंजा के लिए। आदिवासी कैदियों की जीवन-शक्ति कम करने का एक प्रमुख कारण था, फिनोडर्मा। इस पर मांस तथा कॉड लिवर तेल के उपयोग से इसका निषेध हो गया है। पुराने कैदी सामान्यतया भोजन देखकर बड़बड़ाते हैं और शिकायत करते हैं कि वे लगातार अस्वस्थ रह रहे हैं। लेकिन सभी रिपोर्टों से पता चलता है कि वे मन से भोजन करते हैं और चुस्त-दुरुस्त रहते हैं। मैं सोचता हूँ कि सही बात यह है कि यह भोजन उनके लिए परिचित और अरुचिकर होता है और उनमें से अधिकतर घबराहट, मानसिक अवसाद से पीड़ित होते हैं जो उन्हें दुख की अनुभूति देते हैं, जबकि वास्तव में उनका शारीरिक स्वास्थ्य बहुत अच्छा होता है। कुछ कैदियों ने बताया कि कैसे वे कंद और दलिया जो घर पर मामूली तौर पर बनाए जाते हैं, उसे खाने के लिए लालायित रहते हैं।

कैदियों को अलग-अलग किस्म के काम दिए जाते हैं। कुछ मारिया रसोईघर में काम करते हैं, जो हिन्दू कैदियों को प्रिय है। उनके सामाजिक महत्त्व को स्वीकार करते हुए उनके हाथ का बना भोजन वे बेझिझक खाते हैं। घासिया और पंका को रसोई के काम में नहीं लगाया जाता है। मारिया या मुरिया जेल में भंगी का काम नहीं करते। यद्यपि जब किसी को फाँसी लगती है तो मारिया कैदी लाश के साथ होनेवाले काम में भाग लेते हैं। अल्पकालीन कैदियों को अच्छी तरह हथकड़ियों में लैस होकर जेल की दीवारों के पार उच्च अधिकारियों और महलों के बागानों में काम करने भेज दिया जाता है। दूसरे कैदी टोकरी और चिक बनाने का काम सीखते हैं। पूरे भारत में, जगदलपुर में मुख्य जेलउद्योग बुनाई है। कुछ मारिया इस कला में निपुण हो गए हैं। मुझे बताया गया कि कुंजामी माले और मारवी तिब्रू इस काम में सर्वश्रेष्ठ थे और पलनार का मुरामी धुरवा इतना अच्छा था कि उसे प्रशिक्षण के लिए रायपुर भेजा गया। 1940 में जेलउद्योग की आय में दस हजार रुपए की वृद्धि हुई।

दुर्भाग्यवश कोई भी आदिवासी कैदी रिहाई के बाद जेल में मिले प्रशिक्षण का लाभ नहीं उठाता। बुनाई गंडा और महरा जैसे निम्न जातिवालों का एकाधिकार समझी जाती है और कोई भी आदिवासी इस पेशे को अपनाकर अपना सामाजिक स्तर कभी भी नीचा नहीं करना चाहेगा। अगर वे ऐसा करेंगे तो समाज उनसे बोलचाल बन्द कर सकता है। उन्हें अपनी बेटियों की शादियों में परेशानी होगी और अपने कबीले तथा ग्रामीण पर्व-त्योहारों में शामिल होने की मनाही हो जाएगी। मैंने लगातार इसके बारे में पूछताछ की है, खासकर यह कि इसके पीछे क्या कारण है। कोई यह जानना नहीं चाहता कि इस छुआछूत की जड़ कहाँ है। यह शायद उन दिनों शुरू हुआ होगा जब आदिवासी वस्त्र का बिलकुल उपयोग नहीं करते रहे होंगे। वे इसे विदेशी समझते होंगे। नापसन्दगी और बुनाई का काम करनेवाली खास जाति के लोगों के प्रति इनकी उपेक्षा की भावना ने धीरे-धीरे जड़ जमाई होगी। वास्तव में यह भी असम्भव नहीं कि महरा और गंडा इस विचार से उत्साहित हुए होंगे कि इस कार्य से व्यापार में एकाधिकार प्राप्त किया जा सकता है। अगर सभी पुराने रिहा हुए मारिया कैदी करघे स्थापित कर लें और अपने लिए वस्त्र खुद तैयार करें तो जुलाहों की आर्थिक रूप से कमर टूट जाएगी। मैं एक मारिया से मिला जिसने जेल से छूटने पर बुनाई का काम जारी रखने का प्रयास किया, पर इस बात पर इतना हो-हल्ला मचा कि उसे यह कार्य छोड़ देना पड़ा।

यह अफसोस का विषय है कि कुछ कला-कौशल न केवल बस्तर में बल्कि सम्पूर्ण भारत में आदिवासी कैदियों को नहीं सिखाया जा सका, जिसका उपयोग के रिहाई के बाद अपनी आजीविका के लिए करते। पाँच, दस या पन्द्रह वर्षों में एक आदमी एक निपुण बढ़ई या लकड़ी पर खुदाई करनेवाला, प्रथम श्रेणी का रसोइया, एक प्रशंसनीय माली बन सकता था। मारिया तो थोड़ी-बहुत बागवानी सीख ही लेते हैं पर वे इससे भी अधिक अच्छा कर सकते थे और बढ़ईगिरी बड़े पैमाने पर उपयोगी होती। आदिवासी लोहारों के लिए चाहे वे बस्तर में मारिया लोहार हों या मध्यभारत में, अगरिये और असुर, लोहारगिरी के कार्य में उन्हें थोड़ा-सा भी प्रशिक्षण, थोड़ी नई तकनीक उनके कबीले के काम में उन्हें नेतृत्व प्रदान कर सकती थी। टोकरी, रस्सी आदि बनाना उनके लिए बहुत उपयोगी है। पर दूर-दराज के आदिवासी गाँवों में उन्हें इसका लाभ नहीं मिलता क्योंकि वहाँ कोई भी उचित मूल्य पर खरीददार नहीं। बड़ी दयनीय स्थिति है, कुछ लोग ही इस व्यापार को बढ़ा सकते हैं। जुआंग के बीच यह स्पष्ट रूप से देखा जा सकता है कि जीवन-यापन के लिए उन्होंने टोकरी बनाने का पेशा अपनाया जिसके कारण उनका सामाजिक स्तर गिर गया। सम्पूर्ण भारत में वे सबसे दरिद्र लोग हैं।

II

अपराधियों के बीच स्वप्न का अध्ययन डे सैक्टिस द्वारा किया गया जिसका विवरण हैवलॉक एलिस ने दिया है। उन्होंने विशेष रूप से भावनात्मक विषय पर आधारित उनके

स्वप्न की जाँच की।

पुराने किस्म के लोगों के सपने झगड़ों, ऊँचाई से गिरना, धार्मिक अत्याचार, डरावना दृश्य, रहस्यमय चरित्र, सेक्स, क्षेत्र से लगाव से सम्बन्धित होते हैं जबकि बाद की श्रेणी के लोगों के स्वप्न दिन की गौण घटनाओं की और बीते दिनों के महत्त्वहीन दृश्यों से सम्बद्ध होते हैं। अपराध से सम्बन्धित स्वप्न के बारे में जब विशेष जाँच का प्रबन्ध किया गया, 22 लोगों ने जिनमें 16 पुरुष थे और 6 स्त्रियाँ, ऐसे स्वप्न को स्वीकारा जबकि स्त्रियों के बहुमत (6 में 4) ने अनुभव किया कि उनके अपराध से सम्बन्धित स्वप्न में भावावेश नाममात्र भी नहीं था। भावात्मक स्वप्न दुर्लभ थे। केवल एक-तिहाई आपराधियों को वैसे सपने आते थे और उनमें से जो बिना भावुकता के अपने अपराध के स्वप्न देखते थे वे वास्तव में हत्यारे थे। डे सैक्टिस इस निष्कर्ष पर पहुँचे कि अपराधी या खून करनेवाले अपराधी घटना की बाद की रातों में या जेल में निश्चिन्तता के साथ गहरी नींद सोते हैं। कुछ खास परिस्थितियों में ही, जैसे–बीमारी, घबराहट, पूर्व पेशे से आत्मकेन्द्रित या मौसम से परेशान होकर प्राकृतिक बाधा से वे परेशान होते हैं। सैक्टिस ने पाया कि अपराधियों की नींद पुराने मिरगी की शिकायत वाले व्यक्ति और जड़मति लोगों की नींद की तरह होती है। डे सैक्टिस ध्यान दिलाते हैं कि असंवेदनशील जिन्दगी और बेहोशी जैसी हालत में दिवास्वप्न देखनेवालों की जिन्दगी में खास सम्बन्ध है। निस्सन्देह भावुक अपराधी अपनी विशिष्टता का प्रदर्शन सोते-जगते करते रहते हैं लेकिन उनकी संख्या नाममात्र की होती है। मिला-जुलाकर अपराधियों का जीवन संवेदनशून्य होता है, भावनाएँ जड़ होती हैं और उसी प्रकार समझ की भी कमी होती है।[1]

मारिया कैदियों के स्वप्न के आदिम सिद्धान्त के अनुसार नींद में जीव या आत्मा शरीर का त्याग कर किसी साहसिक यात्रा पर निकल पड़ती है। संसार में इधर-उधर की भटकन का दृश्य ही तो स्वप्न में आता है। जेल में मौका मिलने पर आत्मा कैद और कुंठित देह से निकलकर अपने परिवारवालों से मिलने या विविधता की तलाश में भटकने को निकल पड़ती है। बरसे माटा ने कहा–'मैंने नींद में सचमुच अनुभव किया कि मेरी आत्मा शरीर छोड़ रही है। यह घर की ओर दौड़ती है और देखती है कि मेरे सभी लोग वहाँ हैं।' दूसरे आदमी ने विवरण दिया कि नींद में उसकी पत्नी आई और उसके साथ सोई और कैसे वह अपने परिवार को देखने बाहर निकला और अपने मृत पिता को देखा जिसकी उसने हत्या कर दी थी। लेकिन उसने फिर बताया कि पिता ने मुझसे फिर सम्पर्क नहीं किया। बोटी ने बताया कि कैसे वह स्वप्न में नृत्य, बाजार, अपने सम्बन्धी, पत्नी और बच्चों को देखा करता था। मारवी कुमा ने बताया कि उसकी आत्मा बार-बार अपनी पत्नी से मिलने घर जाया करती थी। मुचकी दसरू रात में अपनी पत्नी और बच्चों को देखा करता है। वह उठ बैठता है और रोना चाहता है। जैसा कि

1. हैवलॉक एलिस–पृष्ठ 152।

उसने बताया कि दूसरे मौकों पर उसे लगता है कि 'सपना नींद का स्वाद है' और इसकी मदद से कैद के बावजूद बाहरी दुनिया में जो कुछ हो रहा है उसे देखता है। मुंडा लड़कियों को, लड़ते हुए मुर्गों को और घोड़ों को देखता है जो अशुभ है और सर्पों को देखता है जो शुभ है। उसकी आत्मा लगातार हंडिया और तम्बाकू खोजती है। वेट्टि रूपी ने बताया कि उसने सपने में अपने परिवार को देखा और कभी-कभी डायन या जादू-टोना करनेवाले को भी। 'अब भी हमारे शत्रु जेल के बाहर से हमें तकलीफ दे सकते हैं।' उसने बताया कि उसने स्वप्न को चेतावनी देनेवाला पाया। साधारणतः यदि कोई मारिया अशुभ स्वप्न देखता है तो वह उचित चढ़ावा चढ़ाकर अपने को खतरे से आजाद कर सकता है। पर जेल में इस उद्देश्य की पूर्ति के लिए न तो कोई सूफी मकबरा होता है और न कोई पंडित-पुजारी।

स्वप्न में बड़े कोमल अनुभव होते हैं पति और पत्नी के बीच के। एक लड़के ने विवरण दिया कि कैसे उसकी युवा पत्नी ने उसे उसका प्रिय भोजन दिया और उसके साथ सोई। इस सम्बन्ध में ज्यादा आगे बढ़ने की बजाय ब्राउनिंग की पुस्तक 'अँगूठी और किताब' की मशहूर घटना को याद कर रहा हूँ जिसमें एक लड़के का अनुभव है कि उसने नशे की हालत में गुस्से से भरकर अपनी पत्नी की हत्या कर दी। 'जब मैंने उसे मृत देखा, मैं रोया और बहुत उदास हो गया। मैंने दिल से नहीं बल्कि गलती से उसकी हत्या कर दी थी।' वह बताता रहा कि कैसे वह अब सपने में उसके साथ सोने आती है। वह जो उसका शिकार बन गई, उसका हाथ पकड़ लेती है और कहती है– 'आओ चलो। हम लोग यहाँ कारागार में क्यों ठहरे हुए हैं ?'

मगर सामान्यतः यह सपना बेहद भयानक होता है जब आपने जिसकी हत्या की है उसके भूत को आप देखते हैं, या दिवंगत व्यक्ति आपसे स्वप्न में मिलने आता है। चिचरी का पांडु अपने सपने के बारे में बताता है। जब वह जेल में था तब उसने सपने में देखा कि दो व्यक्ति उसका कंधा बहुत जोर से दबा रहे थे, तभी एक तीसरे व्यक्ति ने आकर उन्हें परे धकेल दिया। ये दो व्यक्ति वही थे जिनकी उसने हत्या की थी और जिसने उसे बचाया वह उनका पूर्वज था। उसने बताया कि जेल में उसके तीन अन्य साथियों ने उस व्यक्ति के भूत को अपने सपने में देखा जिसकी उन लोगों ने हत्या कर दी थी, वे तीनों अचानक मर गए। तेलम के बोटी ने भी उसके भूत को सपने में देखा जिसकी उसने हत्या की थी, अभी वह एक साल से बीमार है। इन सबसे पता चलता है कि इस तरह के सपने किस तरह उनकी मानसिक स्थिति पर बुरा प्रभाव डालते हैं।

इस जगह हम एक अजीबोगरीब सपने का जिक्र करेंगे। पांडु ने अपने भाई की झगड़े में हत्या कर दी। इस घटना के ठीक पहले उसने रात को एक सपना देखा था जिसमें उसने गाँव की तुरही, ढोल तथा अंगा कुलदेवता को देखा। कुलदेवता प्रतीक था हत्या हुए व्यक्ति के शव का और ढोल तथा तुरही का मतलब था कि लोग रो रहे हैं, और विलाप कर रहे हैं।

एक जेलर, जिसे इस काम के 30 वर्षों का अनुभव था, उसने बताया कि प्रायः

जो मारिया हत्यारे होते हैं वे अपनी नियति का सामना वीरतापूर्वक करते हैं। बहुत कम मामलों में उन्हें घसीटकर या बलपूर्वक दंड के लिए ले जाना पड़ता है। जब वे अपनी मृत्यु की ओर जाते हैं, उन्हें 'राम राम राम' बोलने के लिए कहा जाता है। फाँसी जेल के अन्य कैदियों पर गहरा प्रभाव डालती है। जबेली के डोगा को फाँसी की सजा हुई थी और उसे मारवी चेवा के बगलवाले सेल में रखा गया था। डोगा ने मुझे बताया कि जब चेवा को फाँसी दी गई तो वह कितना डर गया था। फाँसी लगने के पहलेवाली रात को रात भर डोगा चेवा का रोना सुनता रहा, फिर उसने वे सारी आवाजें सुनीं जिससे लग रहा था कि उसे घसीटकर फाँसी देने के लिए ले जाया जा रहा है। पिन्ना भेजी के मारिया ने अपना दर्दनाक अनुभव बताया कि वह किस तरह डर गया था जब भोपालपत्तनम् के जमींदार के भतीजे और उसके दो साथियों को फाँसी दी गई। जमींदार का भतीजा रोते-रोते राम-राम कहता हुआ जा रहा था, लेकिन जब वह फाँसी के तख्ते पर पहुँचा तो उसका संयम टूट गया और उसने कार्रवाई की निगरानी कर रहे मजिस्ट्रेट को गन्दी-गन्दी गालियाँ देनी शुरू कर दीं।

अध्याय : अठारह

निष्कर्ष

I

पाठकों ने अब तक मारिया अपराध के जितने भी मामले देखे हैं उनसे उनकी सच्चाई और निष्कपटता का पूरा-पूरा अंदाजा हो गया होगा। इसकी तुलना में यदि हम यूरोप के अपराधों का विश्लेषण करें तो पाएँगे कि वहाँ अपराधी अपेक्षाकृत निर्दय, अन्यायी, क्रूर और दुष्ट प्रवृत्ति के होते हैं। इस सन्दर्भ में मारिया अपराध परिस्थितिजन्य दिखलाई पड़ते हैं। कुछ मामलों में अपराधी खुद को हत्यारा नहीं मानता बल्कि उसे लगता है कि उसने अमुक व्यक्ति को उसके पाप की सजा दी है। इसलिए वह अपने कार्य को पूरी तरह न्यायोचित मानता है। न्यायालय में भी वह अपने अपराध के कारणों को पूरी तरह रख नहीं पाता क्योंकि उनकी भाषा, रहन-सहन का तरीका सब बिलकुल भिन्न होता है। मगर यदि स्पष्ट रूप में कहा जाए तो जगदलपुर जेल में जितने मारिया कैदी हैं वे किसी जासूसी उपन्यास के हीरो की तरह मालूम पड़ते हैं।

चूँकि इस किताब में मारिया के हिंसक अपराधों का जिक्र है पर इससे यह मतलब नहीं निकाला जाना चाहिए कि मारिया हिंसक होते हैं। अभी मारिया की जनसंख्या कम से कम 175,000 होगी। वे हालैण्ड के भू-क्षेत्र से आधे आकार के क्षेत्र में फैले हुए हैं। यहाँ होनेवाली हत्याओं के आँकड़े प्रतिवर्ष सिर्फ 12 की संख्या में है। अधिकांश मारिया शान्तिप्रेमी और कड़ा परिश्रम करनेवाले होते हैं। यदि अनुदारतापूर्वक भी उनका मूल्यांकन किया जाए तो भी उनका अपराध तभी गैरमतलब होगा जब उनकी तुलना उनके निकट पड़ोसी से की जाए जो इस पृथ्वी पर खुद को सबसे ज्यादा शान्त और सभ्य इंसान मानते हैं। मारिया के गुण-अवगुण उनकी कमजोरी नहीं ताकत हैं। इसी जाति के लोग एक दिन सृजनशील, प्रतिभासम्पन्न, सकारात्मक, विस्फोटक और प्रगतिशील विचारों से सम्पन्न विशिष्ट व्यक्तित्व होंगे।

कई बार बहस छिड़ी है कि क्या बस्तर के इन मारिया आदिवासियों को हिंसा से दूर रखा जा सकता है। मुझे तो शक है। मान लीजिए कि हिंसा का जो सबसे महत्त्वपूर्ण कारण है—जादू टोने और डायन से डर, क्या इसे दूर कर देने से हत्या के मामले घट जाएँगे। मुझे नहीं लगता कि इस डर को दूर किया जा सकता है। कहा जाता है कि

डायन या जादू-टोने से सम्बन्धित अन्धविश्वास को शिक्षा से दूर किया जा सकता है। प्रश्न है कि इस उद्देश्य की प्राप्ति के लिए दी जानेवाली शिक्षा का क्या स्वरूप हो। अगर पूरे दक्षिण बस्तर में भी स्कूल खोल दिए जाएँ तो यहाँ की शिक्षा प्राथमिक स्तर की ही होगी और पढ़ाने वाले उपलब्ध शिक्षक भी अर्द्धशिक्षित ही होंगे। पिछले दस सालों में मैंने गाँव के शिक्षकों और विद्यालयों का वृहद स्तर पर अध्ययन किया, पर मुझे ऐसा एक भी शिक्षक नहीं मिला जो जादू-टोने या डायन पर किसी भी दूसरे आदिवासी की तरह विश्वास नहीं करता हो। जो लोग भारत के मुख्य शहरों की संस्कृति से परिचित हैं वे मुझसे इस बात पर सहमत होंगे कि विश्वविद्यालयों से स्नातक, यहाँ तक कि सरकारी सेवाओं में जिम्मेदार ओहदों पर काम करनेवाले लोग भी इस तरह के अन्धविश्वासों पर यकीन करते हैं, इसलिए सिर्फ शिक्षा से डायन के डर को खत्म नहीं किया जा सकता है बल्कि शिक्षा कई दूसरी तरह के अपराधों को बढ़ा भी सकती है। इन आदिवासियों को यदि शिक्षा की ताकत मिल गई तो वे भी ब्लैकमेल, धोखाधड़ी और ठगी जैसे अपराधों में लिप्त हो जाएँगे।

हत्या का दूसरा मुख्य कारण शराब है। मान लीजिए कि इस पर पाबन्दी लगा दी गई, तो क्या इससे हिंसक अपराधों की संख्या कम हो जाएगी ? मुझे तो यह असम्भव लगता है। सबसे पहले तो, जिद्दी और गुस्सैल स्वभाव का होने के कारण प्रशासन द्वारा शराब पर नियंत्रण के लिए बनाए गए कानून और व्यवस्था से मारिया कम से कम सहयोग करेंगे। अवैध शराब निर्माण हर जगह किया जाने लगेगा। घर के बेहद गुप्त स्थान पर चावल की शराब बनाई जाने लगेगी जिसका पता लगा पाना आसान नहीं होगा। इस तरह सरकार के कानून का उल्लंघन कर सजा पाने वाले अल्पावधि कैदियों की संख्या जगदलपुर जेल में अनगिनत हो जाएगी। ये कैदी अन्य जगहों से उस जगह आए कैदियों के सम्पर्क में आकर अपराध के कई नए तरीके सीख लेंगे जो मारिया के जीवन और संस्कृति को दीर्घकाल में हानि पहुँचाएँगे।

हत्या का तीसरा सबसे बड़ा कारण है बदले की प्रबल भावना और ईर्ष्या। मुझे नहीं लगता कि किसी भी तरीके से मनुष्य के हृदय से इस तरह की भावना मिटाई जा सकती है। मारिया में जो ईर्ष्या की भावना पाई गई है वह मारिया के घरों के लिए सुरक्षा का काम करती है। मारिया औरतें सिर्फ इसलिए ईमानदार और सती नहीं कहलाई जाती कि वे प्रगति की ओर बढ़ रही हैं बल्कि इसलिए कि उन्हें बेवफाई का भयंकर डर होता है। अगर हम मंडल या बिलासपुर के सभ्य कबीलाई लोगों की बात करें, जहाँ ईर्ष्या या हत्या के मामले बेहद कम हैं, हम पाएँगे कि वहाँ के वैवाहिक बंधन में आपसी लगाव बेहद कम होता है और औरतों में संयम की कमी होती है।

इन आदिवासियों के जीवन में जब भी बाहरी हस्तक्षेप हुआ है, परिणाम भयंकर रहे हैं। मैंने पहले ही वान फ्यूरर हेमेनडोर्फ के जरिए, चेंचु लोगों के साथ क्या हुआ था, की चर्चा की है। विश्व के अन्य जगहों पर भी समानान्तर स्थितियाँ हैं।

मारिया को मनुष्य के जीवन का महत्त्व समझाने और किसी का जीवन ले लेना

कितना गलत है, यह बताने के लिए प्रशासनिक अफसरों को उनके क्षेत्र के दौरे करने पड़ेंगे। दीवानी अदालत को इतना सुलभ और सरल बनाना होगा ताकि आदिवासियों की इन तक सहज पहुँच हो जिससे उन्हें कानून को अपने हाथ में नहीं लेना पड़े। उनके यहाँ होनेवाले वार्षिक दशहरा उत्सव के मौके पर खास प्रबन्ध किया जाए ताकि महाराजा के प्रति सम्मान व्यक्त करने के लिए जगदलपुर आने वाले हजारों मारिया के मुखिया को हिंसा के दुष्परिणाम से अवगत कराया जा सके। इन सबसे स्थिति में थोड़े सुधार की गुंजाइश है।

तुलनात्मक रूप से देखा जाए तो जितने मारिया को फाँसी की सजा हुई है उनमें से कुछ की सजा ही क्रियान्वित हुई है। हमारी सूची के 117 अपराधियों में से 21 को मृत्युदंड की सजा मिली और उनमें से सिर्फ 18 को ही फाँसी पर लटकाया गया, जबकि कानून की धारा 302 के तहत हत्या के 75 दोषी थे। अगर मृत्यु की सजा लगातार दी जाए तो क्या मारिया हत्या करने से बाज आएँगे ? यह प्रश्न उनसे पूछे जाने पर उनका जवाब नकारात्मक था। उनका कहना है कि मारिया द्वारा हत्या किए जाने के पीछे सिर्फ दो ही कारण हैं। पहला कारण तो आकस्मिक है, या तो वे उस समय नशे में बेहोश होते हैं या वे किसी को गुस्से में इतनी बुरी तरह पीट देते हैं कि उसकी वहीं मृत्यु हो जाती है, जबकि पीटने के पीछे उन्हें जान से मार देना उनका मकसद नहीं होता। इसका कारण होता है कि कभी-कभी वह व्यक्ति इतना हताश और दुखी होता है कि वह अपने दुश्मन की हत्या कर खुद को भी खत्म कर लेना चाहता है। यहाँ हत्या एक तरह से आत्महत्या साबित होती है। इसलिए लोग शायद सही सोचते हैं, कि इस तरह के मामलों में मृत्युदंड का भय उन पर कोई दबाव नहीं बना पाएगा। मैं इस बारे में अपनी कोई राय नहीं दे सकता, पर मुझे इतना अवश्य लगता है कि यदि मृत्युदंड देना ही है तो यह सुसंगत हो ताकि जब भी हत्या पूर्वनियोजित हो तब इसका इस्तेमाल किया जा सके। कुछ मारिया का कहा है कि कुछ गाँवों में मुखिया और कोतवार के लिए कठोर सजा का प्रावधान किया जाना चाहिए ताकि अपने गाँव में होनेवाली हिंसा या अपराध की घटना की सूचना थाने में देने में वे कोई कोताही नहीं बरतें। ऐसा इसलिए कि कई बार गाँव में अपराधी यह सोचकर हत्या करता है कि वह पंचायत को इसकी मुआवजा राशि दे देगा और गाँववालों को थाने में सूचना देने से रोक लेगा। इस तरह वह अपने अपराध का दंड पाने से बच जाता है। इस तरह के प्रचलन से अपराधियों को प्रोत्साहन मिलता है।

किन्तु मुझे लगता है बस्तर की परम्पराएँ भली और दयापूर्ण हैं। सर सेसिल वाल्श हिंसक अपराधियों के बारे में कहते हैं–

> मुझे कभी-कभी आश्चर्य लगता है कि क्या इस तरह के लोगों को सजा मिलनी चाहिए। अगर तीन साहसी और मेहनती किसान गाँव में हो रही लड़ाई में अपनी जान गँवा देते हैं तो जिनकी वजह से मौत हुई वे ही हत्या के दोषी होंगे पर यह बेहद अन्यायपूर्ण होगा कि तीन और लोगों को फाँसी दे दी जाए। अन्य

छह को आजीवन कारावास दे दिया और कुछ घरों को बर्बाद कर दिया जाए। बेशक जो दंडाधिकारी हैं उनका अपने क्षेत्र की पुलिस पर अच्छा नियंत्रण होता है, इसलिए वह अपने जिले के भीतर शान्ति बहाली के लिए जिम्मेदार होता है। इसलिए जो दंडाधिकारी अपने क्षेत्र की व्यवस्था और कानून बिगाड़नेवाले को दण्डित नहीं करता उसे हस्तान्तरित या बर्खास्त कर दिया जाना चाहिए। 'हानिकारक चोट' जैसे किसी का दाँत तोड़ देना आदि छोटे-मोटे अपराधों के लिए बेहद कड़े और कष्टप्रद दंड निर्धारित हैं। अपराध का नैतिक महत्त्व और सजा में कोई सीधा सम्बन्ध नहीं है। इसलिए दिए गए कठोर दंड का कोई महत्त्व नहीं रह जाता। व्यक्तिगत रूप से मैंने ऐसे केसों की सुनवाई करते समय हमेशा उदारता बरती है और दूसरों को भी ऐसा ही करने की सलाह दी है। इन अपराधों का आँकड़ा देखने पर यही लगता है कि अशिक्षित लोगों द्वारा आपसी लड़ाई में अपना नियंत्रण खो देने से ज्यादा अपराध हुए हैं। इसलिए इससे इनकी मनोवृत्ति या आचरण के बारे में ठोस बिन्दु पर पहुँचना मुश्किल है। उनके इस आत्मनियंत्रण की कमी को उनकी आपराधिक प्रकृति मान लिया गया है, जो गलत है।[1]

II

सिर्फ बस्तर में ही नहीं बल्कि पूरे भारत में आदिवासी कैदियों से सम्बन्धित जो नियम और व्यवस्था है उसे सुधारने की जरूरत है। यदि भारत की दंड व्यवस्था को ढंग से लागू किया जाए तो बेशक इससे आदिवासी अपराध पर दूरगामी प्रभाव पड़ेंगे। किन्तु मेरा सुझाव है कि आदिवासियों की जितनी भी समस्याएँ हैं उनको अलग से देखने की जरूरत है।

जेलों में आदिवासी कैदियों की स्थिति बेहद गम्भीर होती है क्योंकि उनका सार्वजनिक जीवन मुक्त होता है, आवश्यकताएँ बेहद सीमित होती हैं। उनके जीवन के लिए बेहद जरूरी कुछ तत्त्वों के बिना जेल में उनकी जीने की इच्छा मर जाती है। आजीवन कारावास भुगतने के बाद जब वे बाहर आते हैं, उनका विश्वास टूटा हुआ होता है और स्वभाव में स्थायी परिवर्तन आ जाते हैं।

आदिवासी कैदियों के लिए कोई धार्मिक छूट नहीं है, यहाँ तक कि फाँसी लगने वाले दिन भी उन्हें इस तरह की कोई सुविधा नहीं दी जाती। उनके लिए भावनात्मक अभिव्यक्ति का भी कोई साधन उपलब्ध नहीं है जैसा कि यूरोपीय कैदियों को रविवार को प्रार्थनाघर जाकर प्रार्थना करने की सुविधा उपलब्ध है। आदिवासी कैदी जेल में भी अलौकिक शक्तियों या पूर्वजों की अलौकिक ताकतों से डरे रहते हैं। हत्या कर दिए गए लोगों की आत्माएँ भी उन्हें डराती रहती हैं। उनके पास ऐसा कोई साधन नहीं होता

1. वाल्श–इंडियन विलेज क्राइम्स, पृष्ठ 12।

कि रिवाज के अनुसार वे उनके क्रोध को शान्त करने के लिए कोई पूजा-अनुष्ठान कर सकें। अगर कैदी को बुरे सपने आते हों, या सपने में ईश्वर या आत्मा या पूर्वज आकर उससे कुछ माँगते हैं तो उनके पास ऐसा कोई तरीका नहीं होता कि वे इस माँग को पूरा कर सकें। बहुत अच्छा होगा यदि जगदलपुर में कैदियों को फाँसी दिए जाने के पहले उन्हें दन्तेश्वरी देवी या बस्तर अधिष्ठाता देवता के मन्दिर ले जाया जाए और उन्हें मौका दिया जाए कि वे उचित बदला दे सकें।

आदिवासियों के जीवन में मनोरंजन का महत्त्वपूर्ण स्थान है। जेल में इस पर पूरा प्रतिबंध लग जाता है। यूरोप और अमेरिका के जेल अधिकारियों ने जेल में मनोरंजन का महत्त्व स्वीकारा है। क्या ऐसा कोई रास्ता नहीं कि इन आदिवासी कैदियों को ऐसी जगह मुहैया कराई जाए जहाँ वे मुक्त रूप से नाच और गा सकें, जो इन्हें बेहद प्रिय है ?

मेरा मानना है कि आदिवासी कैदियों के लिए अलग और विशेष जेल होनी चाहिए जहाँ भारत के विभिन्न क्षेत्रों के आदिवासी कैदी जिनकी सजा सात साल से उपर है वहाँ रह सकें। यह पर्वतों के बीच स्थित हो और जेल की बजाय एक कैम्प की तरह हो। आदिवासी कैदियों को उपयोगी लघु उद्योग-धंधों का प्रशिक्षण दिया जाए ताकि वे सजा काटने के बाद जेल से निकलकर उस कला को अपनी आजीविका का माध्यम बना सकें। उन्हें पर्याप्त मात्रा में वैसा भोजन दिया जाए जैसा भोजन खाने की उनकी आदत है। अगर सारे कैदी आदिवासी होंगे तो किसी खास उत्सव पर या किसी मनौती को पूरा करने के लिए अपने पुजारी की व्यवस्था हो सकेगी। नाचने और गाने से सम्बन्धित हर व्यवस्था हो और इसके लिए प्रतिदिन समय भी निश्चित हो। मुझे इस बात में कोई बुद्धिमानी नहीं दिखती कि इनसे ऐसी किसी चीज को इस्तेमाल करने की आजादी छीन ली जाए जिनके वे आदी हों, जैसे—तम्बाकू। ऐसे लोगों का जिनका पूरा जीवन बर्बाद हो गया हो और कोई खुशी नहीं रह गई हो, उनके लिए इस तरह की आदत की चीजों को उपलब्ध कराने से बुरा नहीं अच्छा ही प्रभाव पड़ेगा। किसी आदिवासी जेल में यदि ये कूनन हो कि उन्हें जेल के अधिकारी के आगे दयनीय स्थिति में सिर झुकाकर और हाथ जोड़कर खड़ा रहना होगा तो ऐसे नियम को हटाना होगा। ऐसा कोई नियम जो उन्हें दास बना दे या अधिकारियों की जी-हुजूरी करने को बाध्य करे, उसमें परिवर्तन लाना चाहिए ताकि उसका आत्मसम्मान टूटे नहीं, क्योंकि उनमें प्राकृतिक निश्छलता कूट-कूटकर भरी होती है।

क्या हमने इस बात पर ध्यान दिया है कि सामान्य आदिवासी बड़े-बड़े अपराधों या अर्द्ध-आपराधिक क्रियाओं से पूरी तरह दूर होते हैं। अप्राकृतिक बुराइयाँ इनसे कोसों दूर होती हैं। बलात्कार की घटना अपवाद है। इन्होंने कभी भ्रूण हत्या या गर्भपात जैसे अपराधों के बारे में शायद ही सुना होगा। ये ब्लैकमेलिंग और धोखाधड़ी से पूरी तरह अनभिज्ञ होते हैं। ये किसी इंसान पर अत्याचार नहीं करते और न ही बेईमानी और क्रूरता की राह पर चलते हैं।

ये आदिवासी, खासकर मारिया गरीब और कमजोर का शोषण नहीं करते। ये जात-पात के ऊँच-नीच या भेद-भाव से अनजान होते हैं। ये अपनी औरतों को वेश्यावृत्ति करने पर मजबूर नहीं करते और न ही उन्हें बेकार के रीति-रिवाजों और नियमों में बाँधते हैं। वे सेना बनाकर आपस में नहीं लड़ते और न ही अणु बम बनाकर दूसरे का जीवन तबाह करते हैं। उनमें से अधिकांश का अपराध सिर्फ उनकी अज्ञानता का परिणाम होता है। उनमें से कुछ ही क्रूर और जंगली होते हैं। अधिकांश मारिया दयालु और सहृदय होते हैं, अपने परिवार के प्रिय होते हैं, अपने कबीले के प्रति अटल रूप से वफादार होते हैं, सम्मानजनक होते हैं और आत्मनिर्भर होते हैं।

परिशिष्ट 1

100 मारिया हत्याओं की तालिका

क्र.	हत्यारे का नाम	शिकार का नाम तथा हत्यारे से संबध	अपराध की तिथि	भा.द.स. की घारा तथा प्राप्त सजा	अपराध का संक्षिप्त विवरण	हत्यारे तथा समाज का व्यवहार
1	हितुलहुकुम का बंडा	दो शिकार एक सिकलगीर तथा एक महारा दोनों छोटे व्यापारी थे	फरवरी 1921	धारा 302, प्राण दंड, 13.10.21 को फांसी	दो व्यापारियों के पास लगभग 100 रुपये थे तथा मवेशी खरीदने के लिए वे गांव-गांव जा रहे थे। बंडा तथा पण्डार ने उन्हें मछली पकड़ने के लिए इन्द्रावती नदी तक चलने के लिए राजी किया। तथा वहां ले जाकर इन दोनों ने दोनों व्यापारियों की हत्या कर दी तथा 100 रुपये लूट लिये। दोनों शिकारों को नदी के पास रेत में ही गाड़ दिया, कई दिनों तक इस अपराध का पता नहीं चला था	बंडा के बूढ़े पिता ने बंडा के विरुद्ध गवाही दी। बंडा की मां ने अपने पति की बेइज्जती की, बुरा-भला कहा एवं बंडा के पिता ने फांसी लगा ली। पण्डार का छोटा भाई इस प्रकरण में मुख्य था। दोनों हत्यारों ने अपना जुर्म कबूल कर लिया था पर न्यायालय में आंशिक रूप से मुकर गए।
2	गमावाडा का छप्पे	उसकी वरिष्ठ पत्नी सुखी	4.5.32	धारा 304 । 7 वर्ष की कैद जेल में मृत्यु	छप्पे एक बीमार व्यक्ति था संभवतः उस पर किसी दुष्ट आत्मा की छाया थी। वह इलाज के लिए सिराहा के पास गया था। एक खुली	हत्या करना कबूल किया परन्तु उसका कहना था कि उसने यह हत्या

					झोपड़ी में डेरा डाला। उसे भ्रम था कि उसकी पत्नी सुखी उसे सड़ा हुआ खाना खिला रही है। छप्पे ने झोपड़ी में अपनी दोनों पत्नियों से संभोग करने को कहा। दोनों ने मना कर दिया। तीन दिन बाद पुनः उसने अपनी बड़ी पत्नी सुखी से पुनः काम-क्रीड़ा का निवेदन किया जब उसने मना कर दिया तो गुस्से में छप्पे ने उसे पीट-पीट कर मार डाला।	इसलिए की क्योंकि सुखी उसकी उपेक्षा करना चाहती थी तथा उसने छप्पे को जहर दिया था।
3	अरानपुर का बरसे छेवा	उसे छोड़कर चली गयी पत्नी का पिता ताती पाण्डु था जो मारिया जाति का लुहार था	25.10.40	धारा 302। मृत्यु दण्ड, फांसी दी गयी	छेवा ने पाण्डु की बेटी बंदी से विवाह किया था एक साल के बाद छेवा के घर में आग लग गयी। बंदी पर शक किया गया तथा उसे उसके मायके भेज दिया। दो साल बाद बंदी ने दोबारा शादी कर ली। इस पर छेवा ने अपने ससुर से हर्जाना मांगा, दोनों में खूब झगड़ा हुआ परन्तु सोते में छेवा न अपने ससुर की हत्या कर दी।	छेवा ने अपने आप को निर्दोष साबित करने की कोशिश की थी कि उसे उसके रिश्तेदार ने इस प्रकरण में फंसाया है। 1939 में इसी तरीके के आधार पर पड़ोस के एक गांव में दो लोगों की जान बच गयी थी।
4	बरसे धुरवा गामावाडा का	बरसे बडोडी उसका छोटा भाई	18.5.35	धारा 302 आजीवन कारावास	दो भाई साथ-साथ रह रहे थे। धुरवा ने एक बैलगाड़ी बेची। पर बडोडी को कोई हिस्सा नहीं दिया। इससे बडोडी नाराज हो गया। वो अक्सर अपने हिस्से की मांग करता रहता था।	धुरवा ने जूर्म कबूल कर लिया पर पहले इस बात का दावा किया कि उसने स्वयं के बचाव के लिए

					घटनावाले दिन बडोडी ने अंदर बुलाया एवं फिर तीर से मार डाला।	ऐसा किया, फिर कहा कि उसने चोर समझ कर हत्या कर दी।
5	बरसे कामा 35 वर्ष मिचेनार का	उसकी पत्नी हंगी 30 वर्ष	12.9.25	धारा 302, मृत्यु दण्ड पर अपील के बाद सजा आजीवन कारावास में बदल दी गयी। 20.12.26 को जेल मे ही मृत्यु हो गयी।	हुंगी को आठ माह का गर्भ था। वह जंगल से बांस के टुकड़े बीन कर लायी थी तथा घर मे सुस्ता रही थी। कामा मवेशी चराकर थककर घर लौटा तथा खाने की मांग की। हुंगी ने बुरी तरह जवाब दिया तो कामा ने गुस्से में कुल्हाड़ी से उसे मार डाला, वो चटाई पर लेटी थी।	कामा जंगल में भाग गया एवं एक पेड़ पर बैठकर छिप गया। मंझी ने उसे पेड़ से नीचे उतर आने का अनुरोध किया। गांव वालों ने उसे पकड़ कर पेड़ से बांध दिया एवं पुलिस को बुला लाये। कामा ने जुर्म कबूल कर लिया।
6	दूधी भीमा पोरडेम का	मारवी देवा, उसका चाचा	27.9.30	302 की धारा, आजीवन कारावास, अपील कर यह सजा 10 वर्ष के लिए हो गयी।	चाचा, भतीजा एक खेत के आर पार रहते थे, दोनों मिलकर एक ही खेत जोतते थे। खेत का मूल मालिक अपने पिता की मृत्यु के बाद खेत छोड़कर अन्यत्र चला गया था। 1926 में देवा बीमार पड़ गया तथा उसके पिता की भी मृत्यु हो गयी। अतः वह भी खेत छोड़कर चला गया। भीमा ने 4 वर्षों तक लगातार खेत को अकेले जोता जिससे वह खेत का वैधानिक मालिक हो गया। देवा कुछ साल बाद लौटकर खेत पर	भीमा ने जुर्म कबूल कर लिया यद्यपि गवाहों ने यह सिद्ध कर दिया कि हत्या तीर से की गयी है। भीमा लगातार इसी बात पर जोर देता रहा कि उसने हत्या मूसल से की है जिससे खून नहीं बह सकता है।

					अपना हक मांगा परन्तु भीमा ने खेत देने में मना कर दिया। उसके बाद देवा ने जबर्दस्ती खेत जोतना शुरू कर दिया। इस पर भीमा ने उसकी हत्या कर दी।	
7	गुमाहुंगा तोयनार का	बरगी जिसके बारे में धारणा थी कि वह टोना टोटका करने वाला था	10.3.27	302 आजीवन कारावास	हुंगा ने गांव छोड़ दिया था क्योंकि उसे शक था कि बरगी उस पर टोना टोटका कर रहा है। एक दिन बरगी तोयनार गांव आया तो बरगी को डर लगा कि वो उसका पीछा करते हुए यहां पहुचा है। हुंगा ने कुल्हाड़ी से बरगी की हत्या कर दी।	हुंगा ने जुर्म कबूल कर लिया।
8	नेरली का हबका डोगा	मुका उसका मित्र तथा कर्जदार	28.4.33	302, आजीवन कारावास 27.7.34 को जेल मे ही मृत्यु हो गयी।	मुक्का ने कमेली गांव मे अपने तीन दोस्तों को महुआ शराब की पार्टी दी। एक बोतल चारों दोस्तों में बँटी। दूकान से घर लौटते हुए मुका ने शराब की बोतल के एवज में 15 आने की मांग की। यद्यपि डोगा का कर्ज मात्र 4 आना था दोनों के बीच झगड़ा हुआ जिससे मुका मारा गया। जज ने यह नहीं माना की डोगा शराब के नशे में था।	तत्काल पुलिस को सूचित कर दिया गया। डोगा ने अपराध कबूल कर लिया।
9	हलूर गांव का हबका मासा	उसकी पत्नी पकली	10.7.39	302, आजीवन कारावास	मासा अपने बूढे माता-पिता को साथ रखता तथा उनका खर्च उठता था। उसकी पत्नी जिसने उससे तीन वर्ष पहले विवाह किया था वो एक बार पेन करसिता त्यौहार मनाने अपने मायके	पकली को मारने के बाद अपने मां-बाप की देख-रेख करने तथा खेती का काम संभालने के लिए

					चली गयी। मासामी उसके पीछे-पीछे ससुराल गया परन्तु पकली ने लौटने से मना कर दिया। पकली के मां-बाप कुली का काम करने गांव-गांव भटकते थे। पकली भी उनके साथ जाती थी। मासा भी पीछे-पीछे घूमता था। इस तरह 6 हफ्ते बाद एक दिन तेज बारिश एवं तूफानी रात को मियां-बीबी का आखिरी झगड़ा हुआ। पकली ने बहुत गंदे शब्दों में अपने पति को जवाब दिया तथा अपमानित किया। मासा ने उसकी हत्या कर दी।	गांव लौट आया। बारिश की शुरुआत से लम्बे समय तक अनुपस्थित रहने के कारण उसे बहुत नुकसान हो गया था। गिरफ्तारी के बाद उसने जुर्म कबूल कर लिया।
10	अरबे गांव का हेमला बक्का	उसकी पत्नी जिम्मे	21.8.37	302, आजीवन कारावास। अपील पर सजा 5 वर्ष की कर दी गयी।	बक्का को शक था कि उसकी पत्नी का उसके बड़े चचेरे भाई से संबंध है। जो आदिवासियों में एक गंभीर अपराध है एवं वास्तव में उसने दावा किया कि उसने अपनी पत्नी को वास्तविक दोष में लिप्त पकड़ा था। इस बात पर पारिवारिक बहस हुई। बक्का गुस्से से पागल हो गया तथा बांस के डंडे से पीट कर अपनी पत्नी को मार डाला।	यद्यपि बक्का ने अपराध कबूल कर लिया था परन्तु दावा किया कि उसे गंभीर रूप से उकसाया गया था।
11	हेमला चेवा रोन्जे गांव का	16 वर्षीय एक हलबा आदिवासी लड़का पूर्णतः	18.1.23	यद्यपि सजा से बच गया था पर पागल की	चेवा मिर्गी का मरीज था। चेवा इस लड़के से जंगल में मिला था एवं कुल्हाड़ी से उसकी हत्या कर दी। उसी शाम उसने एक महिला को	उसने अपराध कबूल कर लिया था। परन्तु उसका कहना था कि वह पागल

		अनजान		हैसियत से बंद रखा गया था।	भी घायल किया।	हो गया था तथा उसे कुछ याद नहीं है। गांव वालों ने उसे पकड़ कर बांध दिया था।
12	हेमला मुन्दरा तलनार गांव का	उसका पिता हेमला गुंडा	13.5.28	धारा 304, एक माह की सजा	गुंडा ने अपने दोनों बेटों की बीबियों को रख लिया था तथा अपनी पत्नी तथा दोनों बेटों को घर से निकाल दिया। उसने अपनी सम्पति में से अपने बेटे को हिस्सा देने से मना कर दिया। मुन्दरा ने झगड़े में अपने पिता को पीट दिया। इस लड़ाई की रिपोर्ट करने गुंडा पुलिस स्टेशन जा रहा था। रास्ते में उसकी हत्या कर दी गयी।	गांव वालों का मानना था कि गुंडा जिस लायक था उसके साथ वैसा ही हुआ। मामला ऊपर ही ऊपर निपटा दिया गया तथा रिपोर्ट की गयी कि चेचक की बीमारी के कारण हेमला गुंडा मरा है गिरफ्तारी के बाद मुन्दरा ने अपराध कबूल कर लिया।
13	झोरिया हुंगा कोसलनार का	हेमला मुक्का एक बूढ़ा आदमी था जिसकी पत्नी झोरिया हुंगा की मरीज थी।	25.7.34	304 7 वर्ष की सजा	मुक्का की पत्नी कोढी थी। मुक्का उसे इलाज के लिए हुंगा के पास ले गया जो एक सिराहा जादूगर था। एक दिन सिराहा ने मुक्का को बुलवाया तब वो आराम कर रहा था। तथा हुंगा ने जाने से मना कर दिया मुक्का ने गाली-गलौज की। अपने पवित्र कार्य की बुराई सुनकर उसने स्वयं को अपमानित अनुभव	गांववासियों ने इस घटना की रिपोर्ट पुलिस को दी। गिरफ्तारी के बाद हुंगा ने अपना जुर्म कबुल कर लिया।

					किया तथा गुस्से में उसने हेमला मुक्का की हत्या कर दी।	
14	कडती हुंगा गरमिरी का	खेत में काम करने वाला मजदूर मरकामी दोरगा	5.11.34	302 आजीवन कारावास अपील पर सजा 5 वर्ष कम की गयी धारा 304 12.4.39 को कारावास से मुक्त हो गया।	खेत के बाहर एक शाम महुआ शराब की पार्टी थी। पार्टी में चार दोस्त थे। उन चारों देस्तों ने हुंगा के जाल से मछली चुरा ली। हुंगा ने उन्हें मछली खाते देखा। इस पर उसने चारों दोस्तों को पीटा। चारों भाग गये। हुंगा ने दोरगा को पकड़ लिया तथा उसका गला घोंट कर मार डाला। इसके पहले दोरगा ने पहले हुंगा के सागो ताड़ के पेड़ से रस चुराया था।	हुंगा ने शव को एक तालाब में फेंक दिया था परन्तु गांववासियों के समक्ष अपने इस कृत्य को स्वीकार कर लिया था। बाद में वो अपनी कही बात से मुकर गया।
15	कड़ती हुंगा गरमिरी का	पत्नी गंगी	18.7.39	302 फांसी की सजा दी गयी।	पिछली रात एक मुर्गा काटा गया था। गंगी ने जब दोपहर का भोजन परोसा तो उसने कहा कि बिल्ली ने रात का मुर्गा खा लिया। हुंगा ने परोसा खाना अपनी पत्नी के ऊपर फेंक दिया तथा उसे पीटा। उसने धमकी दी कि वो यह बात पंचायत को बतायेगी तथा उसे फिर जेल भिजवा देगी। उसने एक चाकू उठाया तो उसकी दोनों छोटी लड़कियों ने अपने बाप को रोकने की कोशिश की थी परन्तु हुंगा ने गंगी का गला रेत दिया।	अपनी पत्नी को मृत देखकर हुंगा ने घर के पीछे फांसी लगा ली। उसकी मां ने रस्सी काटकर बेटे को बचाया, उसे सामान्य किया उसके बाद वह गिरफ्तार कर लिया गया। उसने दावा किया कि वह घटना के समय नशे में था परन्तु यह बात गलत साबित हुई।

16	मोलासनार गांव का कडती पाण्डु	पाण्डु की साली का 11 वर्ष का बेटा ऐतु	6.1.33	धारा 302 आजीवन कारावास	पाण्डु जो अपने भतीजे को बहुत चाहता था। मुर्गों की लड़ाई के लिए ऐतु का मुर्गा चाहता था। ऐनू ने मुर्गा देने से मना कर दिया। परन्तु ऐतू तथा पाण्डु एक साथ बाजार गये। रास्ते में पाण्डु ने ऐतु का मुर्गा छीनना चाहा एवं छीना झपटी में उसने ऐतु का गला घोंट दिया।	पाण्डु ने ऐतु की हत्या को आत्महत्या दिखलाने की कोशिश की। तथा अपने द्वारा किये गये कृत्य को कबूल करने से मना कर दिया।
17	काल भूमि मासा दुगेली गांव का	उसकी पत्नी कोहाले तथा सास हुंगी	21.5.32	धारा 302 आजीवन कारावास	मासा एक लम्हाडा था तथा उसकी सास उससे अच्छा व्यवहार नहीं करती थी। उसने अपनी पत्नी के साथ अलग रहने की योजना बनाई। दोनों औरतें–पत्नी तथा सास ने उसे रोकने की कोशिश की। अत: जब मासा ने अपनी ससुराल से अपना समान हटाने की कोशिश की तो उसकी सास ने अवरोध खड़ा करना चाहा, तीनों के बीच जबर्दस्त लड़ाई हुई तथा मासा ने दोनों औरतों को मार डाला।	
18	बड़ा बदाम गांव का करतामी ऐतु	ठसका अपना भाई करतामी चूले	20.12.34	धारा 302 फांसी दी गयी	इन दोनों भाइयों के बीच सागो ताड़ के वृक्ष को लेकर बहुत दिनों से झगड़ा चल रहा था। बदला लेने के इरादे से जान-बूझकर बहुत नृशंस तरीके से हत्या की गयी।	उसने स्वयं को बेकसूर बताया यद्यपि उसने यह बात स्वीकार की कि एक बार बहुत उत्तेजित किये जाने पर उसने चूले पर आक्रमण किया था।

19	न्यानार गांव का करतामी बीरा; सोरी भीमा	स्वयं बीरा का अपना भाई कोसा	25.12.35	धारा 302 आजीवन कारावास; धारा 325 तथा 109 5 वर्ष की सजा	बीरा एवं कोसा आपस में जमीन तथा मवेशियों के बंटवारे के लिए लड़ते रहते थे। भीमा को डर था कि कोसा एक टोना टोटका करने वाला है। जिसने उसके बच्चों को टोना करके मार डाला है। कोसा को खाज की बीमारी थी तथा एक खुली झोपड़ी में रह रहा था। कोसा जब अपनी झोपड़ी में बैठा था तो इन दोनों ने पीट-पीट कर कोसा को मार डाला।	उन लोगों ने कोसा का शव एक ताड़ के पेड़ के नीचे फेंक दिया एवं बतलाने की कोशिश की कि पेड़ से गिरने के कारण कोसा की मृत्यु हुई। बाद में भीमा ने अपना जुर्म कबूल कर लिया।
20	किलेपाल गांव का करतामी हिरमा	उसकी स्वयं की 5 माह की अबोध बेटी	10.2.37	धारा 304; 2 वर्ष की सजा	एक शाम हिरमा बांस लेकर घर लौटा एवं अपनी पत्नी से खाना परोसने को कहा। उसकी पत्नी चूले ने कहा कि वह खाना नहीं दे सकती है क्योंकि घर में चावल नहीं है। उसकी गोद में छोटी बच्ची थी। दिरपा गुस्से से पागल हो गया। उसने बुरी तरह चूले को पीट डाला गलती से बच्ची को भी चोट लग गई जिससे बच्ची मर गयी।	पंचायत ने 25 रुपये हर्जाने की मांग की तथा मामला रफा दफा कर दिया। कोटेबार ने रिपोर्ट की कि एक यह बच्ची अभी-अभी मरी पैदा हुई है। हिरमा ने कहा कि वो नशे में था परन्तु कोर्ट ने माना कि हिरमा की यह चाल है।
21	डोरीरास गांव का कवासी	उसका चाचा बोटी	6.7.32	धारा 302 आजीवन कारावास	बोरगा लोकनिर्माण विभाग में मेट था। काम चल रहा था तथा काम के लिए कुछ लोगों की आवश्यकता थी। बोटी जो बोरगा के लिए खास	घटना के बाद बोरगा भाग गया यद्यपि उसने जुर्म कबूल कर लिया पर दावा

	बोरगा				आदमी की तरह काम करती वो वो बोरगा को लेने के लिये आया। बस इसी बात पर बोरगा बुरी तरह नाराज हो गया। अपने चाचा को इस बुरी तरह से मारा कि वो मर गया।	किया कि वो नशे में था उसकी यह बात कोर्ट ने नहीं मानी।
22	कवासी चमरू, नागुल गांव का	उसकी पत्नी बढरी	17.2.21	धारा 302 आजीवन कारावास जेल मे मृत्यु 3.9.26	चमरू एक समय पागल था। बहुत. जल्दी आपे से बाहर हो जाता था तथा इस घटना के पहले उत्तेजित हो गया था। उसको शक था कि उसकी पत्नी बढरी के उसके अपने ही भाई से नाजायज संबंध थे। एक दिन उसने अपनी पत्नी को चावल फटकारने को कहा तो उसने ऐसा करने से मना कर दिया इस बात पर नाराज होकर पीट-पीट कर बढरी को मार डाला। उसके बाद उसने बढरी की लाश समेत अपने घर में आग लगा दी।	कोर्ट को लगा कि गवाह कोई न कोई बात छिपा रहे हैं। अपराधी ने स्वयं को निर्दोष बताया एवं उसने कहा कि स्वयं उसकी पत्नी ने खुद अपना घर जलाया है।
23	कवासी हंडा पोण्डूम गांव का	उसके पिता का पुराना नौकर मारवी गुट्टा	25.7.31	धारा 302, आजीवन कारावास	हंडा ने अपने पिता से लड़ाई की क्योंकि पिता के मवेशियों ने उसके खेत को नुकसान पहुंचाया था तथा उसे पीटा भी। गुहा ने बीच बचाव किया हंडा ने उसे गालियां दीं उसके बाद हंडा चुपचाप बाहर चला गया और अपनी कुल्हाड़ी लेकर वापस आया तथा मारवी गट्टा को खत्म कर दिया	हंडा ने जुर्म कबूल कर लिया वो शराब में धुत्त था यद्यपि इसका कोई गवाह नहीं था हो सकता है कि वारदात के घंटों पहले उसने थोड़ी-बहुत शराब पी रखी हो।

24	कलासी हुर्रा दुम्मान गांव का	एक पड़ोसी पोटिआभी हंडा	23.7.34	धारा 304, 10 वर्ष की सजा	कुछ लोगों का समूह किसी दूसरे का खेत जोत रहे थे। बदले में उपहार स्वरूप उन मजदूरों को पार्टी दी गयी। हुर्रा ने सबको खाना परोसा एवं हंडा ने शिकायत की कि उसे पर्याप्त खाना नहीं मिला। उसने हुर्रा पर हमला किया जिसमें हंडा को मार डाला यद्यपि उसका ऐसा करने का इरादा नहीं था।	हुर्रा ने हंडा के शव को एक नाले में फेंक दिया तथा सबको धमकी दी कि किसी ने गवाही दी तो ठीक नहीं होगा। बाद में उसने जुर्म कबूल कर लिया। गांव वालों ने मामला रफा-दफा करने की कोशिश की तथा हंडा की विधवा पर जोर डाला कि वो हर्जाना कबूल ले।
25	डिलमिली गांव का कावासी काना	उसकी पत्नी कवासी चप्पे	20.2.38	धारा 302, आजीवन कारावास	काना एक दिन अपने मवेशियों को चरा कर दोपहर घर वापस आया तथा पेज की मांग की उसकी पत्नी ने तुरंत मांड नहीं दिया। इस पर काना ने कुल्हाड़ी से उसके सिर पर वार किया एवं मार डाला। काना दिमाग से कमजोर था। एक सिराहा ने उसका इलाज किया	काना ने स्वयं अपने आप को गांव वालों को सौंप दिया एवं उन लोगों ने उसे पकड़ कर पुलिस के पास ले गये। उसने कहा मेरे एवं पत्नी के बीच सब कुछ अच्छा चल रहा था। पता नहीं अचानक मुझे क्या हो गया था, मैं बहुत अधिक भूखा था।

26	कावासी हूंगा पेडारस गांव का	उसका चाचा कावासी देवा	26.1.28	धारा 304, पांच साल की सजा	भीमूल पेनडम की शाम जब सब लोग लांडा पी रहे थे, देवा सोने चला गया परन्तु उसके भतीजे ने उसकी नींद में खलल कर दिया। वे लोग आपस में झगड़ने तथा मारपीट करने लगे हूंगा ने अपने चाचा की गर्दन मरोड़ कर उसको मार डाला। संभवतः दहेज के मामले में दोनों के बीच पुरानी दुश्मनी थी।	----
27	कापानार गांव का कावासी कोलिहा	अपनी साली के धोखे में बोंडकी नामक एक अन्य युवती	24.5.37	धारा 304, 3 साल की सजा.	बोंडकी तथा उसका पति गाय उधार पर लेने के लिये कोलिहा के घर आये। वे लोग अपने साथ लांडा से भरी एक मटकी लाये थे। पर फिर हुंगी के द्वारा समय पर खाना नहीं देने पर झगड़ा हो गया। कोलिहा ने अपनी पत्नी हुंगी पर तीर चलाया परन्तु तीर हुंगी के बजाय बोंडकी के शरीर में धंस गया। बोंडकी गर्भवती थी एवं पंद्रह दिन बाद उसकी मृत्यु हो गयी।	गांव वालों ने मामला रुफा-दफा कर दिया था तथा बोन्डकी के पति को हर्जाना दे दिया गया था। परन्तु कोलिहा ने जूर्म कबूल कर लिया।
28	बादाम गांव का कवासी मासा	उसका ससुर मारवी कोसा	19.11.36	धारा 304, 7 वर्ष की सजा	घर में बलि चढ़ाने के लिए एक बढई आया था। इस अवसर पर मासा ने कोसा तथा कुछ अन्य लोगों कों लांडा पीने के लिए बुलाया। मासा सुबह से ही नशे में था तथा खाना खाने के बाद शाम तक नशे में सोता रहा। शाम को वो उठा एवं अपनी पत्नी को इसलिए पीटा कि	मासा ने अपना जुर्म कबूल कर लिया ।

					उसने बढ़ई का ढंग से सत्कार नहीं किया। उसके पिता ने आपत्ति दर्ज की तथा अपने बेटी की उपस्थिति में अपने दामाद को पीटा। इससे मासा गुस्से से खौल गया उसने कोसा को मार डाला।	
29	कोर गांव का खोटलू	उसकी पत्नी मासे	12.12.20	यद्यपि उसे सजा नहीं हुई परन्तु पगला होने के कारण उसे बंद रखा गया।	खोटलू 5 वर्ष का था, मिर्गी का मरीज था। वो कहता फिरता था कि क्रांति होने वाली है। अपनी पत्नी मासे को बहुत चाहता था। वह उसके 10 बच्चों की मां थी। खेत में काम करते समय उसे पागलपन का दौरा आया तथा इस पागलपन में पत्नी को मार डाला।	गांव वालों ने उसे पकड़ लिया परन्तु खोटलू ने इस घटना की कोई जानकारी होने के बाद भी मना कर दिया।
30	अ. किसके नन्दा ब. दरदो, बेदी, नन्दा का भतीजा स. किसके कुमा द. नन्दा का बेटा किस के हिरमा	दो आदमी गोगोंडा गांव के दो साथी चोर	अगस्त 1921	सभी को धारा 302, के अन्तर्गत फांसी की सजा सुनाई गयी तथा 28.6.22 को बाप बेटे दोनों की मृत्यु हो गयी।	वे सब के सब अनाज की चोरी में शामिल थे। दो लोग पकड़े गये थे। इस चोरी की घटना में न फंसें। इस डर से पकड़े गये 2 चोर साथियों की हत्या कर दी गयी।	चोरों ने अपने दोनों साथियों की लाश जमीन में गाड़ दी। गांव वाले इकट्ठा हुये एवं उन्होंने तय किया कि वो हत्या की बात उजागर नहीं करेंगे। चारों अपराधियों ने अपने आप को निर्दोष बतलाया।

31	मरहम गांव का कुहरामी गुड्डी	बोटसे महारा जाति की एक गर्भवती औरत	20.4.38	302 मृत्यु दण्ड, 5.9.38 को फांसी हुई	गुड्डी बोटसे को एक तालाब पर ले गया एवं अपने देवी-देवताओं पर बोटसे की बलि चढ़ा दी। उसने बोटसे का पेट फोड़ा तथा देवी-देवताओं पर बोटसे का मुण्डा चढ़ा दिया। बोटसे के पैर से निकला खून उसने पासपड़ोस के खेतों पर छींट दिया तथा उन खेतों पर हल चलाया।	यह सावित करने का प्रयास किया गया कि हत्या न होकर शेर द्वारा शिकार एक औरत का शरीर है। गुड्डी ने स्वयं को निर्दोष बताया।
32	गोडवी गांव कुहरामी हिरमे	10 वर्षीय उसकी सौतेली बेटी जिम्मे	6.6.35	धारा 302, आजीवन कारावास	हिरमे अपनी 10 वर्षीय सौतेली बेटी को अपने साथ पत्तियां बीनने के लिए जंगल ले गया जिसने अपने पिता की आज्ञा का पालन नहीं किया। हिरमे ने इस बात पर अपनी बेटी को मारा तथा उसका गला घोंट दिया।	गांव वालों ने रिपोर्ट की कि जिम्मे एक महुआ के पेड़ से गिर गयी थी। जिस घर में जिम्मे का शव रखा गया था उसमें आग लग गयी थी। हिरमे ने कबूल किया कि उसने अपनी बेटी को मारा था पर इस बात के लिए तैयार नहीं था कि उसने अपनी बेटी की गर्दन मरोड़ी है।
33	किलेपाल गांव का कुहरामी टोडा	उसका छोटा भाई कुहरामी गजरू	28.9.39	302, आजीवन कारावास	गजरू एक झगड़ालू प्रवृति का आदमी था तथा लोगों के साथ मार-पीट करने के लिए पंचायत ने कई बार उस पर जुर्माना लगाया था। टोडा एक बौना था तथा गजरू के लगातार	टोडा ने पहले तो जुर्म कबूल किया बाद में कहा कि गांववालों के दबाव में उसको ऐसा कहना पड़ा।

					परेशान करने से टोडा की स्थिति बहुत खराब हो गयी। टोडा अपने भाई की हरकतें बर्दाश्त नहीं कर सका तो सोते में अपने भाई गजरू की हत्या कर दी।	
34	गुमिया पाल गांव का कुन्डजामी गेन्वा	उसका पिता कन्जामी मक्का	10.5.34	धारा 304, 10 साल की कैद अपील पर सजा घटकर 4 साल रह गयी।	गेचा के घर में चावल बहुत कम था। परिवार के सदस्यों ने तय किया कि सब दिन में सिर्फ एक बार खायेंगे। गेचा भूखा घर आया। घर में कुछ तैयार न था। उसने अपनी बहन को डांटा कि वो अपनी सहेलियों के साथ खेलने में सारा समय बिताती है तथा घर पर खाना नहीं बनाती है। मक्का ने इस बात पर गेचा को बहुत डांटा तथा उसे पीटा भी तथा घर में जो कुछ खाना उपलब्ध था उसे देने से मना कर दिया।	गेचा ने जुर्म कबूल कर लिया परन्तु वो अपने बाप को जान से मारना नहीं चाहता था। उसने हर बात नकारी ।
35	कुंजामी मल्ला गांव चिलमालावा	उसकी पत्नी जिम्मे	7.11.34	धारा 302, आजीवन कारावास	मल्ला एवं जिम्मे ने खेत में महुआ शराब उतारी। दोनों ने मिलकर खूब शराब पी। जब वे घर लौट रहे थे जिम्मे गिर गयी एवं महुआ शराब की मटकी टूट गयी। मल्ले ने जिम्मे को पीट-पीट कर मार डाला ।	मल्ला ने गांव वालों को डराया-धमकाया तथा उन पर जोर डाला कि वे जिम्मे का दाह-संस्कार कर दें तथा गांव वालों से यह भी कहा कि वे सबको बतायें कि जिम्मे माता की

						बीमारी से मरी है। उसने सारे आरोपों को नकारा।
36	अलनार गांव लखमी गगरू	जुएं की फड़ थडगु पंका या महारा	17.8.31	धारा 302, आजीवन कारावास	जुएं पर झगड़ा हुआ। प्रत्येक ने सल्ली तथा शायद महुआ शराब पी रखी थी। थडगु ने गगरू को पीटा। आदिवासियों में एक ऐसा अपराध जिसके तहत जात निकाला हो सकता था। गगन ने मारे गुस्से के थडगु की हत्या कर दी।	गगरू ने आत्म समर्पण कर दिया।
37	तुर्री गांव का मांझी भोकी बंडे	उसका छोटा भाई मांझी	24.7.27	धारा 302, आजीवन कारावास। अपील पर सजा 5 साल की रह गयी।	खोटला काफी दिनों से घर की सम्पत्ति का बंटबारा चाहता था। परन्तु दोनों भाइयों ने दो सगी बहनों से विवाह किया था। बड़ा इस बंटबारे के लिये तैयार नहीं था। हत्या के दिन खोटला ने बड़े को बेइज्जत किया। बड़े 60 साल का बूढ़ा आदमी था। शाम को उसकी हत्या कर दी गयी।	बड़े गांव का मुखिया था। उसने जोर दिया कि इस विषय में कोई रिपोर्ट ना लिखवायी जायें।
38	पोटली गांव का मरकामी गंगा	मखी मासा	4.8.30	धारा 304, एक वर्ष की सजा	गंगा एवं मासा के बीच एक जमीन को लेकर झगड़ा था। वे दोनों एक शराब की दुकान पर मिले। गंगा ने भी शराब पी मासा के लिए कुछ नहीं छोड़ा। मासा ने गंगा को गालियां दी तो मारे गुस्से में गंगा ने मासा की हत्या कर दी ।	गंगा ने अपना जुर्म कबूल कर लिया।
39	गुम्मा गांव का	उसका भाई मरकामी गंगा	17.4.28	धारा 304, 6 वर्ष की सजा	हिंगा एक नया सिराहा था एवं उसे इस बात का घमंड था। गंगा ने एक दिन उसके तथा उसके	---

	मरकामी हिंगा				व्यवसाय की निन्दा की। उसके धंधे के के कारण खेती पर आर्थिक बोझ था। हिंगा ने अपनी झोपड़ी से त्रिशुल तथा चेन उठायी एवं गंगा को मार डाला	
40	सूरनार गांव का मरकामी कोला	उसका छोटा सौतेला भाई मरकामी हरमा	10.5.37	धारा 302 आजीवन कारावास	दोनों भाई शांति से मिल-जुलकर रहते थे। हरमा ने कोला का बैल दो रुपये 10 आने में बेच दिया एवं अपने भाई को सिर्फ 1 आना दिया। इस बात पर दोनों में झगड़ा हुआ। हरमा ने कोला को चांटा मारा एवं झगड़े में हरमा की मृत्यु हो गयी।	कोरला ने सबको बताया कि हरमा चाय के बगान में नौकरी करने चला गया है तथा इस घटना की किसी भी द्वारा शिकायत करने पर उसे जान से मारने की धमकी दी। गिरफ्तारी के बाद जुर्म कबूल कर लिया।
41	अडवाल गांव का मरकामी मासा	मासा की रखैल बन गयी बंडी का पति मरकामी हरमा	30.9.23	302 धारा मृत्यु दंड, 4.4.34 को फांसी दे दी गयी	दंड की दो बीबियां थी। छोटी पत्नी बंडी जो 18 वर्ष की थी 24 वर्षीय मासा के प्रेम में पड़ गयी। बंडी मासा के साथ भाग गयी। हंडा ने दोनों को मार डालने की धमकी दी परन्तु सोते में वह खुद मारा गया।	गांव वालों ने मासा को पकड़ लिया एवं उसने अपना जुर्म कबूल कर लिया।
42	मुंडरा गांव का मरकामी मुंडरा	मरकामी भीमा जो गांव का मुखिया था	20.8.34	302 धारा, मृत्यु दंड फांसी दी गयी।	एक हमले के जुर्म में मुंडरा को जेल हो गयी थी। वह जेल से भाग निकला उसकी तलाश की जा रही थी तथा उसको ढूंढ़ने वाले माडिया	सम्भवत: 50/- के इनाम की घोषणा के कारण माडिया लोगों में मुंडरा को

					नेता भीमा की हत्या कर दी।	पकड़ने के लिए उत्साह था। भीमा की मृत्यु के आरोप को मुंडरा ने स्वीकार कर लिया।
43	पोटाली दारबा गांव का मरकामी तुरका	उसी की भाभी कोसी	16.10.35	302, आजीवन कारावास जेल में ही मृत्यु हो गयी	दोनों भाई एक साथ राजी-खुशी रहते थे वे दोनों मवेशियों का बराबरी से उपयोग करते थे यद्यपि उनके खेत अलग-अलग थे। कोरता पाण्डूम त्यौहार पर सबने मिलकर खूब लांडा पी। तुरका ने कोसी को डाटा कि उसने ठीक से गोबर साफ नहीं किया तथा मवेशियों को दाना-पानी नहीं दिया। उसने अपने देवर को जवाब दे दिया। तुरका ने एक तीर से कोसी की जान ले ली।	गांव वालों ने तुरका को गिरफ्तार कर लिया एवं उसने जुर्म कबूल कर लिया।
44	हण्डे खोडरा कामरकामी बांगो	जिससे उसको शादी पक्की हुई थी माखी पाइके	मई 1936	धारा 302, आजीवन कारावास	बांगो एक लम्हाडा था तथा पाईके के घर में नौकरी कर रहा था। उसे शक था कि पाईके की किसी वर्जित संबंधी से प्रगाढता थी अपने भावी ससुर से भयंकर झगड़े के बाद उसने अपने होने वाली पत्नी को तीर से मार डाला।	बांगो ने अपना जुर्म कबूल कर लिया एवं उसने कहा कि उसने पाईके को तीर मारा जब उसने उसे अपने कजिन भाई के साथ सम्भोग करते हुए देख लिया था।
45	पकनार गांव का	एक पड़ोसी माखी कमलूमासा	21.1.30	धारा 302, मृत्यु दंड, 25.7.30	एक मेड़ की कटाई को लेकर ऐता एवं कमलू में झगड़ा हुआ। ऐता ने कमलू की झोपड़ी से	ऐता ने इस जुर्म को नकार दिया तथा कहा कि

	माखी ऐता			को फांसी दी गयी।	छत पर से घास खींच ली तथा बेइज्जती करने के प्रतीक के रूप में तथा खेत से घर लौटते समय ऐता ने कमलू को मौत के घाट उतार दिया।	दुर्घटनावश कमलू तीर के ऊपर गिर पड़ा जिससे उसकी मृत्यु हो गयी।
46	कापानार का मखी भीमा	उसकी पत्नी कोंडी	4.10.39	इस प्रकरण में छूट गया परन्तु भा.द.सं. की धारा 471 के तहत बंद रखा गया।	भीमा बहुत दुखी रहता था तथा उसने तीर से अपनी पत्नी को मार डाला।	गांव वालों ने पुलिस को बुला कर भीमा को सौंप दिया। भीमा ने जुर्म कबूल कर लिया पर उसने कहा कि उसे ठीक से कुछ याद नहीं है।
47	तेलाम गांव का मखी बोटी	उसका छोटा भाई माखी कोसा	14.4.26	धारा 302, आजीवन कारावास	बोटी अपने छोटे भाई की पत्नी से प्रेम करता था, एक वर्जित संबंध। वह उसे जयपुर ले गया। पर लौट आया। खेत में जंगल कोसा से टकराया दोनों की लड़ाई हुई तथा कोसा मारा गया।	जयपुर भाग गया था परन्तु वह गिरफ्तार हो गया तथा उसने जुर्म कबूल कर लिया।
48	1. मारवी बोटी 2. मासे सिरिसगुडा गांव से	सौतेला भाई मासे का पति मारवी बडोही तथा बेटा हूंगा	30.9.40	1. धारा 302 आजीवन कारावास, 2. 302 मृत्यु दंड अपील पर आजीवन कारावास	बडोही सिराहा था तथा उसकी पत्नी उससे छुटकारा चाहती थी क्योंकि वह बहुत गरीब था। वह बोटी के साथ रहना चाहती थी। मासे ने माखी बडोही को खाने के लिए धतूर के बीज मिला कर दे दिये।	दोनों ने अपना जुर्म कबूल कर लिया।

49	बड़ा गुडरा का मारवी चूले	उसके बड़ा सौतेला भाई मारवी बोटी	9.7.34	धारा 302, आजीवन कारावास 17.3.41 को जेल में मृत्यु हो गयी	बोटी एक उग्र व्यक्ति था। उसने चूले को जमीन दी तथा दुगुना किराया लिया। फिर उससे जमीन वापस छीन ली। फिर उसने अपने मवेशियों से बोटी के खेत चरवाने की धमकी दी। उसके बाद उसने इतनी भयानक लड़ाई की कि अंत में मारा गया।	चूले ने कबूल कर लिया कि उसने बोटी की हत्या की है। पर यह कहा कि उसने स्वयं के बचाव में ऐसा किया।
50	गधिया गांव का मारवी देवा	उसकी 4 वर्ष की बेटी थी। उसने अपनी पत्नी को जान से मारने की कोशिश की।	8.1.26	धारा 302, आजीवन कारावास 30.1.27 को जेल में मर गया।	देवा को अपनी पत्नी के चरित्र पर शक था। कहा कि उसने उसे किसी और के साथ देखा है। खाने के बाद उसने अपनी पत्नी से तम्बाकू मांगी (संभोग का संकेत), उसने मना कर दिया। गुस्से में उसने बच्ची को मार डाला तथा पत्नी को भी जान से मारने की कोशिश की।	चूले ने कबूल किया कि उसने बोटी की हत्या की पर उसने कहा कि उससे स्वयं की रक्षा में यह कृत्य हुआ।
51	गरियापाल का मारवी टिंगा	कवासी मुडे सास	17.11.34	धारा 304, 7 साल की कैद	हिंगा की पत्नी को बुखार था। वो उसे इलाज के लिए एक वडाई के पास ले गया। वह अपनी पत्नी को वडाई के पास छोड़कर घर वापस आ गया। उसकी सास ने उसे देखा तथा उसको बहुत भला-बुरा कहा। उसको कोसा कि वो मेरी बेटी की उपेक्षा कर रहा है, ठीक से देखभाल नहीं कर रहा है। इस अपमान से वह इतना बौखला गया कि उसने अपनी सास की हत्या कर दी।	गांव वालों ने हिंगा को पकड़ लिया एवं उसने अपना जुर्म कबूल कर लिया।

52	बेनकलूर मारवी हिरमा	उसके चचेरे भाई का लड़का हण्डू	17.4.32	धारा 302 मृत्यु दंड 30.9.32 को फांसी पर लटकाया गया।	हिरमा ने हण्डू के बाप को एक मुर्गा लाकर देने का वायदा किया था ताकि वो अपने पाहुन का स्वागत कर सके, फिर उसने मुर्गा देने से मना कर दिया। हण्डू ने जबर्दस्ती मुर्गा छीन लिया। दूसरे दिन हिरमा बहला-फुसला कर हण्डू को गांव के बाहर ले गया एवं उसकी हत्या कर दी।	हिरमा सिफलिस का मरीज था। उसने जुर्म कबूल कर लिया।
53	मरोकी गांव का मारवी हुंगा	उसका स्वयं का भतीजा हेमला हिरमा	18.9.35	धारा 302 आजीवन कारावास	हुंगा 16 साल का था तथा हिरमा सिर्फ 13 साल का था। दोनों का आपस में झगड़ा हो गया एवं हिरमा ने हुंगा को बहुत गालियां दी। हुंगा ने उस पर तीर चला दिया एवं उसे मार डाला।	हुंगा ने जुर्म कबूल कर लिया।
54	मारगी जोगा फूलेपार का	उर.की पत्नी पिसे	14.10.33	धारा 302 आजीवन कारावास	जोगा पैरों में सूजन की बीमारी से ग्रसित था तथा अपने इलाज के लिए जबेली गया था। पिसे अपने जंगली पक्षियों को देखने घर जाना चाहती थी। जोगा ने कहा कि यदि उसने ऐसा किया तो वो उसे मार डालेगा। एक दिन सुबह सुबह उसने उसे पानी मांगा तो वो उसे पानी नहीं दे पायी। अत: उसने उसे एक तीर से मार डाला।	जोगा हत्या के बाद भाग गया परन्तु गांव वालों द्वारा पकड़ लिया गया तो वह जमीन पर लेट गया एवं अपनी दोनों आंखें बंद कर ली और कहा कि उसे कुछ भी याद नहीं है कि क्या हुआ।
55	किले पाल	उसका ससुर सोरी	21.9.23	धारा 302 मृत्यु	केसा की तीन पत्नियां थीं। सबसे छोटी पत्नी	केसा तथा गांव वालों ने

	का मखी केसा	हिरमा		दंड, 28.3.24 को फांसी दे दी गयी।	हिमा की बेटी थी। एक दिन केसा ने उसे पीट दिया एवं वो नाराज होकर अपने बाप के घर चली गयी। वो उसके पीछे-पीछे उसके घर गया एवं वहां उसने देखा कि उसके सुसर के घर में सब बैठकर ठंडा पी रहे हैं। उसने हिरमा से पूछा कि उसने क्यों अपनी बेटी को मेरे घर वापस नहीं भेजा। ससुर-दमाद में लड़ाई हुई तथा हिरमा मारा गया।	एक दूसरे युवक पर हत्या का जुर्म थोपना चाहा एवं उस पर इतना दबाब डाला कि वह अपना जुर्म कबूल कर लें।
56	कोडेनार गांव का मरवी खोटला	उसका एक पड़ोसी मरवी हुर्रा	30.1.39	धारा 304, 7 साल की सजा	बहुत से झगड़े थे। हुर्रा के लड़के ने खोटला का लोहे का एक लैम्प चुरा लिया था। हुर्रा ने खोटला की एक गर्भवती गाय को तीर मार दिया था क्योंकि व हुर्रा के खेतों में चली गयी थी। गढी पान्डुम के त्यौहार पर सबने लांडा पी। सारे दिन हुर्रा बुरी तरह नाराज रहा तथा खोटला को बहुत गालियां दी। अंत में खोटला ने हुर्रा की हत्या कर दी, सम्भवत: खोटला शराब के नशे में था।	खोटला ने जुर्म कबूल कर लिया।

57	बागमुडी गांव का मरवी कोंडा	दूर का एक रिश्तेदार कुजामी भीमा	3.11.30	धारा 302, आजीवन कारावास 11.2.23 को जेल में ही मृत्यु	दो लोग बाजार गये, घर वापस लौटे एवं कोण्डा शाम तक सोता रहा जब वो उठा तो अपनी पत्नी को पीटा तथा भीमा की पत्नी को भी चांटा मार दिया। भीमा ने इस पर विरोध किया एवं कोंडा ने एक मूसल उठाया एवं भीमा को मार डाला।	कोंडा ने जुर्म कबूल कर लिया।
58	बस्तनार का मारवी का कुमां	उसका बेटा मारवी कोंडा	3.9.40	धारा 304, 5 वर्ष की कैद	कोन्डा एक दिन शाम को भूखा घर लौटने पर अपनी मां से खाना मांगा। खाना तैयार नहीं था एवं कोन्डा के व्यवहार पर उसके पिता ने आपत्ति जतायी तथा कोन्डा को बहुत डांटा कि खाना तैयार नहीं है। कोंडा ने अपने पिता को मारने के लिए डण्डा उठाया पर बाप ने पहले ही अपने बेटे पर वार कर दिया जिससे वो मर गया।	घर के लोगों ने यह रिपोर्ट करके मामले को रफादफा करने की कोशिश की कि मिर्गी के दौरे में वो एक खूटी पर गिर गया था। पर गांव वालों ने पुलिस को रिपोर्ट कर दी एवं उसके बाद कुरमा ने अपना जुर्म कबूल कर लिया।
59	पाखनार गांव का मारवी मंगरू	उसका पड़ोसी केसा	22.2.26	धारा 302, आजीवन कारावास	18 वर्ष का मंगरू गांव के पुजारी का बेटा था। फसल कटने के बाद का त्योहार था। भोज का आयोजन था तथा पुजारी ने केसा की प्रतीक्षा किये बिना पूजा शुरू कर दी। इस बात पर झगड़ा हो गया। मंगरू को लगा कि उसके पिता का अपमान हुआ है। वो घात लगा कर बैठ	पहले तो मंगरू ने इस हत्या का इलजाम अपने भाई पर लगाना चाहा पर बाद में जुर्म कबूल कर लिया।

					गया तथा जब केसा घर लौट रहा था तो उसने रास्ते में उसकी हत्या कर दी।	
60	बड़ा गुडरा का मरवी मोडु	उसका भतीजा मरवी अंडा जो सिर्फ 12 वर्ष का था।	9.9.38	धारा 304, 7 साल की कैद। अपील पर सजा 4 वर्ष की हो गयी।	मेडु और अंडा गोव के खेत पर काम कर रहे थे। मोडुने अपने भतीजे को डांटा कि वो ठीक से काम नही करता है और अंडा ने अपने चाचा को गालियां दीं तथा उसके ऊपर मिट्टी फेंकी। मोडु ने उसे घूंसे मारे और वह लड़का मर गया।	मेडू ने कोशिश की कि वह हत्या, आत्महत्या की तरह दिखे। उसने अपने भतीजे की लाश एक भिलमा के पेड़ से टांग दी पर वह वास्तविक नहीं लगा। अंत में उसने उसकी लाश उतार कर पेड़ पर बांध दिया।
61	मुंगा गांव का मरवी मुंडरा	उसकी पत्नी कोसी	30.10.32	धारा 302, आजीवन कारावास	मुंडरा एवं उसकी बीबी शाम देर तक साथ-साथ खेत पर काम करके घर लौटे। मुंडरा खाना खाने के लिये अधीर था। पति पत्नी में झगड़ा हो गया उसने चूल्हे से एक लूघड़ उठाया एवं अपनी पत्नी को मार डाला।	मूंडरा ने गांववालों को एक भोज दिया तथा गांव वाले मामला रफा-दफा करने को राजी हो गए मगर गिरफ्तारी के बाद मूंडरा ने जुर्म कबूल कर लिया।
62	जबेली गांव के (अ) मरवी आयोमीमासा	मरवी मासा आयोमी मासा का चचेरा भाई तथा गुट्टा मुंडरा तांगरा	27.4.30	धारा 302 के तहत आजीवन कारावास, अपील पर (द)	मासा ने आयोमी मासा पर मवेशी चुराने का आरोप लगाया। पज्जा पान्डूम के त्योहार पर सबने लांडा पी एवं इकट्ठे होकर मासा के घर गये तथा मासा को मार-मारकर बेदम कर दिया	सबने जुर्म कबूल कर लिया।

	(ब) मरवी गुट्टा (स) मरवी हंडा (द) मरवी मुंडरा (इ) हुडामी डोगा (फ) मरवी तांगरा	का सजातीय चाचा		3 वर्ष, (इ) 3 वर्ष, (फ) 4 वर्ष प्रथम चार अभियुक्त जेल मे ही मर गये।	तथा सबके सब सीटी बजा रहे थे।	
63	मखी पकलू मुतानपाल गांव का	उसकी पत्नी डल्लो	16.7.39	धारा 302 सात साल की कैद	पकलू का जिम्मे के साथ प्रेम था। एक दिन पकलू जिम्मे को एक गुफा में ले गया। डल्लो पीछे-पीछे गयी। उसने दोनों को रंगे हाथ पकड़ लिया। डल्लो ने अपने पति को बुरा-भला कहा तथा जिम्मे को पीट दिया। पकलू ने डल्लो को पीटा, जमीन पर पटका एवं उसका गला दबा दिया।	पकलू ने डल्लो का शव छिपा दिया था। जिम्मो को धमकी दी कि यदि उसने किसी को बताया तो उसको भी जान से मार देगा। उसने सबको यह बताने कि कोशिश की कि डल्लो को बाघ मार गया। बाद में उसने हत्या कबूल कर लिया।
64	गामपुर का	उसका बड़ा चचेरा	10.10.39	धारा 302,	हुर्रा ने डोगा को 2 गाय उधार दी एवं शिकायत	डोगा ने स्वयं को कोटवार

	मिरियामी डोगा	भाई मिरियामी हुर्रा		आजीवन कारावास	की कि उसने पिछले 2वर्षों में गाय के एवज में कुछ नहीं दिया है। एक दिन हुर्रा डोगा के घर गया एवं गायों के बदले में पैसे की मांग की डोगा ने कहा कि फसल कटने के पहले वो कहां से पैसे ला सकता है। फिर अचानक गुस्से के दौरे में उसने एक लकड़ी उठाकर हुर्रा को मारना शुरू कर दिया एवं इतनी जोर से मारा कि हुर्रा मर गया	के समक्ष प्रस्तुत कर दिया।
65	किन्डूल गांव का मिरियामी हरमा	उसकी डेढ़ वर्ष की बच्ची	30.10.25	धारा 302, मृत्यु दंड, अपील पर आजीवन कारावास	दो माडिया चावल की चोरी में पकड़े गये। गांव की पंचायत के सामने उनका फैसला हुआ। पंचायत ने हरमा को दोषी पाया। हरमा ने अपना दोष निराधार बताया। उसके बाद भी गांव वालों ने उसे दोषी करार दिया। इस पर हरमा के चाचा ने उसे पीटा। गुस्से में हरमा ने अपनी बीबी की गोद से अपनी डेढ़ साल की बच्ची को खींचकर जमीन पर पटक कर मार डाला।	हरमा कोटवार के साथ पुलिस में यह रिपोर्ट लिखवायी गयी कि कुत्ता के काटने से उसकी बेटी मर गयी। पर बाद में उसने अपना जुर्म कबूल कर लिया।
66	गुमियापाल का मुचाकी दसरू	उसका दोस्त पोयामी हरमा	20.1.38	धारा 302, आजीवन कारावास	छसरू ने एक आदमी से एक बैलगाड़ी उधार ली तथा बैलगाड़ी के मालिक को लांडा पार्टी के लिए आमंत्रित किया। उसका दोस्त हरमा भी पार्टी में आया। जब वो दोनों पी रहे थे तब दसरू एवं हरमा आपस में लड़ने लगे। क्योंकि	दसरू ने गांववालों से कहा कि वह गांव का पुजारी है। अत: इस घटना की रिपोर्ट पुलिस में ना की जाये। उसने एक बेकसूर व्यक्ति

					दसरू ने कहा कि हरमा ने पुजारी का शुल्क का भुगतान नहीं किया है। हरमा पार्टी छोड़कर चला गया। दसरू उसके पीछे-पीछे चला गया। और सीटी बजायी एवं हरमा की हत्या कर दी।	को इस हत्या प्रकरण मे फंसाने की कोशिश की। उसने अपने को निर्दोष बताने की पैरवी की।
67	गोंगोन्डा गांव का मुचाकी मुंडा	उसका एक दोस्त पोयामी हरमा	16.10.35	धारा 302, आजीवन कारावास	18 वर्ष का मुंडा हरमा के खेत में 3 साल से मजदूरी कर रहा था तथा उसके विवाह का खर्च हरमा ने उठाया था। कोरमा पाण्डुम त्यौहार के कुछ दिन पहले हरमा ने काम करना बंद कर दिया। तथा अपने बाप के पास रहने चला गया। त्यौहार के दिन हरमा गया एवं मुंडा को पीट दिया। बदला लेने के लिए उसी रात मुंडा ने तीर से हरमा को मार डाला।	मुंडा ने जुर्म कबूल कर लिया। पर अपने पक्ष में सफाई दी कि उसने हरमा को मारा क्योंकि वो मेरी बीवी को भगा कर ले जाना चाहता था।
68	कोसलनार का मुंडरू	एक दोस्त रघु	16.4.32	धारा 304, पांच साल की कैद और जेल में ही मर गया।	मुंडरा पर रघु की नमक की उधारी थी। दोनों ने राजीखुशी से महुआ पी। पर उसके बाद दोनों लड़ने लगे। रघु ने मुंडरा पर हमला कर दिया। मुंडरा ने रघु के हाथ से कुल्हाड़ी छीनकर रघु को मार दिया।	मुंडरा ने जुर्म स्वीकार कर लिया पर सफाई दी कि वो शराब के नशे में था।
69	पलनार का मुरामी धुरवा	उसका भतीजा मुरामी वैल्ला	17.12.29	धारा 302, आजीवन कारावास	हत्या के एक मामले में धुरवा को पहले भी जेल हुई थी। वो 1919 में जेल से रिहा हुआ। 10 माह बाद उसका अपनी बीवी से झगड़ा हुआ तथा गुस्से में उसने कहा कि वो अपनी	धुरवा हत्या के बाद उड़ीसा चला गया एवं वहां से आसाम के चाय बागानों में। गांव वालों ने सामान्य

					भतीजी को मार डालेगा। क्योंकि पिछले मुकदमे में उसने मेरा साथ नहीं दिया। मेरे पक्ष से गवाही नहीं दी। जैसा कि उसने वाकई किया था तथा घुरवा ने अपनी कही बात पूरी कर डाली। न्यायालय ने धुरवा के इरादे पर शक जाहिर कया।	रूप से घटना की रिपोर्ट पुलिस को कर दी। धुरवा ने अपना जुर्म कबूल नहीं किया।
70	सिलाक जोशी का नेन्ही हिरमा	उसका पड़ोसी गंडा	24.2.24	धारा 302, आजीवन कारावास	हिरमा अपनी चोरी गयी गाय ढूंढ़ रहा था। तभी उसे गंडा मिला जिससे उसकी पट नहीं रही थी। गंडा ने घुरवा के ऊपर गाय चुराने का आरोप लगाया। अचानक झगड़ा शुरू हो गया। तथा उस लड़ाई में गंडा मारा गया ।	गांव वालों ने हिरमा को पकड़ कर बांध दिया। जब उसे बैलगाड़ी में रखकर पुलिस स्टेशन ले जाया जा रहा था वो रस्सी तोड़कर भाग निकला। उसने कहा कि गांव वालों ने उस पर दबाव डाला है कि मैं यह जुर्म स्वीकार करूँ।
71	कस्तुरपाल का ओयामी कोला	उसका मामा गोगे	4.3.22	धारा 302, आजीवन कारावास, जेल में ही 25.7.34 को मृत्यु	गोगे ने कोला पर आरोप लगाया कि उसने गोगे के मवेशी चुराये हैं। गोगे ने अपने नौकर को पीटा तथा उसे रस्सियों से बांध दिया। सजा के डर से कोला भाग गया। हताश होकर रात को कोला गोगे के घर गया एवं सोते में उसकी	हत्या का शक पहले दूसरे आदमी पर हुआ। कोला 5 साल तक गिरफ्तारी से बचता रहा क्योंकि पूछताछ के समय पुलिस से बचने

					हत्या कर दी।	के चक्कर में उस पर शक होने लगा और अंततः उसने अपना जुर्म स्वीकार कर लिया।
72	नकटोला का पदामी गुड्डी	उसकी मां पण्डे	30.11.36	धारा 302, आजीवन कारावास	कोसरा त्यौहार मनाने की खुशी में चावल की शराब की पार्टी थी। गुड्डू ने अपनी मां से खाना मांगा। उसने कहा कि वो व्यस्त है। खाने के लिए वह अपनी पत्नी से कहे। उसने भी कहा कि वो भी काम में लगी है। गुड्डी गुस्से से बौखला गया। उसने एक हंसिया उठाया। अपनी पत्नी को पीटा तथा अपनी मां को मार डाला।	उसने जुर्म कबूल कर लिया पर सफाई दी कि वो नशे में था एवं उसे लगा कि हंसिए की जगह उसके हाथ में लाठी थी।
73	गुडसे का पण्डरू	गांव का सिराहा कोसा	14.4.22	धारा 302, आजीवन कारावास	सागो पाम के पेड़ से रस निकलना बंद हो गया था। कोसा ने बताया कि यह पाण्डू के जादू से ऐसा हुआ है। एक भयंकर झगड़ा हुआ। पाण्डू ने कोसा तथा उसके देवता को गाली दी उसके गुप्तांग के बाल नोंच लिये। कोसा ने गुडसे को चांटा मारा। पांच माह बाद पण्डरू ने अपने शत्रु को मार गिराया।	कुछ समय के लिये पण्डरू जंगल में छिप गया पर अगले दिन लौट आया एवं गिरफ्तार हो गया उसने अपना जुर्म स्वीकार कर लिया।
74	फूलनार गांव के	मारिया नन्दा गांव का ठेकेदार	8.5.31	(अ) धारा 302, मृत्यु दंड	नन्दा एवं पण्डू में आपस में पटती नहीं थी। नन्दा अक्सर पण्डू पर चोरी का आरोप लगाया	तीनों ने अपना जुर्म कबूल कर लिया।

	(अ) पण्डू, (ब) नन्दा (स) भीमा			फांसी दी गयी, (ब) 302, आजीवन कारावास, (स) 302; आजीवन कारावास	करता था तथा एक बार पीटा भी था। पण्डू ने लोगों को रिश्वत दी कि वो लोग उसकी मदद करें एवं नन्दा को जान से मारने की कोशिश की परन्तु वो घर में नहीं मिला। अगले दिन उसे बहला-फुसला कर जंगल में ले गये एवं उसे मार डाला।	
75	गरमिरी का पोरियामी हिरमा	उसकी प्रेमिका मासे	21.2.33	धारा 302, आजीवन कारावास	मासे को उसके पति ने छोड़ दिया था। वह हिरमा से प्रेम करने लगी थी तथा उससे गर्भवती हो गयी। पंच इकट्ठे हुए तथा उसे डराया-धमकाया। मासे मदद के लिए हिरमा के पास गयी। उसने प्रस्ताव दिया कि वो उसके साथ पत्नी बनकर रहे मासे ने मना कर दिया। हिरमा ने मासे का गला घोंट दिया।	हिरमा ने मासे को मारने के बाद लटका दिया ताकि ऐसा लगे कि उसने आत्महत्या कर ली है। बाद में जुर्म स्वीकार कर लिया।
76	पिन्ना भेजी गांव के, (अ)पोरियामी हिरमा, (ब) गंगा, (स) देवा, (द) हूंगा आदि	मारवी जोगा	5.3.38	धारा 302 हिरमा को 7, बाकी तीन को 5 वर्ष, अपील करने पर 4 वर्ष शेष तीन को 2-2 वर्ष की सजा	इस हत्या का कारण कोर्ट में स्पष्ट नहीं हो सका। चार आदमियों ने घूसों से जोगा की पिटाई की एवं 9 दिन बाद जोगा मर गया।	उन चारों ने अपने जुर्म को नकारा एवं कहा कि जोगा की मौत किसी और कारण से हुई है।

77	मोरतपाल का पोरियामी कोसा	उसकी पत्नी गगरी	4.2.32	धारा 304, 7 वर्ष जेल में मृत्यु	कोसा लकवे का मरीज था तथा लगभग अर्धविक्षिप्त। एक दिन उसने अपनी पत्नी से सहवास की इच्छा व्यक्त की। पर पत्नी ने पति को गालियां दी एवं संभोग के लिये मना कर दिया। पति ने उसे मार डाला।	जुर्म कबूल कर लिया पर अपनी याददाश्त चली जाने की बात कही।
78	पिन्ना भेजी का पोरियामी पोडिया	उसकी पत्नी बंडी	5.2.27	धारा 302, आजीवन कारावास; 15.5.32 को जेल में मृत्यु	पोण्डिया एक नौजवान था। साल भर पहले ही उसका विवाह हुआ था। उसने पाया कि उसकी पत्नी दुश्चरित्र है। उसने मरते दम तक उसकी पिटाई की एवं फिर एक लता वल्लरी से लपेट कर पेड़ से टांग दिया।	उसने जुर्म कबूल कर लिया कि उसकी पत्नी की बेवफाई के लिए उसको यह सजा देना ठीक था।
79	गताम का पोरियामी उसोडी	मारवी मुका	25.3.35	धारा 304, आजीवन कारावास, अपील पर 10 वर्ष की कैद	मुका उसोडी की बहन से शादी करना चाहता था। परन्तु परिवार उसके विरोध में था। उसने दो बार उसको भगा कर ले जाना चाहा। गुस्से एवं हताशा में उसने मुका को मार डाला।	जुर्म कबूल कर लिया।
80	छिंदगांव का पोयामी बुरका	उसकी पत्नी कोसी	16.12.24	धारा 304, 7 वर्ष की सजा अपील पर 4 वर्ष	बुरका ने अपनी पत्नी को अन्य व्यक्ति के साथ सम्भोग करते देख लिया। उसने तत्काल अपनी पत्नी को मार डाला तथा उसके प्रेमी को भी लगभग अधमरा कर दिया।	जुर्म कबूल कर लिया।
81	कोडिनार का पोयामी	पोयामी पिताई	8.4.36	धारा 302, आजीवन	विजा पाण्डूम के त्योहार पर चलकी का पिता बलि चढ़ा रहा था। किसी ने उसका मुर्गा बड़ी	चलकी ने जुर्म कबूला और दलील दी कि वह

	चलकी			कारावास	देर से लाया। झगड़ा हुआ, सभी पिये हुए थे। इसी झगड़े में चलकी तीर-कमान उठा लाया तथा पिताई को मार डाला।	पिये हुए था।
82	गुडरा का पोयामी कोला	समरू, एक रावत	27.10.22	धारा 302, आजीवन कारावास	समरू डिलमिली में शराब के ठेके पर शराब पी रहा था। कोला ने कुछ शराब मांगी। समरू ने कहा कि उसके पास पैसे नहीं हैं। इस पर झगड़ा हुआ। कोला ने सीटी बजायी तथा समरू को गालियां दी। बाद में कुल्हाड़ी से रावत की हत्या कर दी।	कोला ने जुर्म कबूल कर लिया एवं कहा कि वो नशे में था और रावत ने उसे उकसाया। लेकिन सच में कोला गुस्से में था। क्योंकि उसे पीने को नहीं दिया।
83	कुम्हारा सादरा का पोयामी मासा	उसकी पत्नी गडमे	3.6.30	धारा 302, आजीवन कारावास	एक धोबी ने मासा की बड़ी पत्नी के साथ संभोग करना चाहा। उससे बचने के लिए उसने कहा कि रात को मिलेंगे। छोटी पत्नी ने अपने पति को यह बात बता दी। सारे दिन वो गुस्से से खौलता रहा। सुबह-सुबह मासा ने अपनी बड़ी पत्नी को तीर से मार डाला।	मासा ने शव को पेड़ से लटका दिया एवं ताकि लोग समझे कि यह आत्महत्या का मामला है। स्वयं को निर्दोष बतलाया।
84	किलेपाल का पोयामी पण्डा	एक पड़ोसी नन्दा	19.4.32	धारा 304, 3 वर्ष की कैद	पण्डा को शक था कि उसकी पत्नी का महीनों से नन्दा से संबंध है। माती देवी त्योहार पर सब लांडा पी रहे थे। उसने नन्दा को अपनी पत्नी के साथ रंगे हाथ पकड़ लिया।	जुर्म कबूल कर लिया। उसे अपने किये पर पछतावा नहीं था।
85	पुसनार का	उसका ससुर	15.8.32	धारा 304, 7	मासा को हुंगा को आठ आना किराया देना था।	मासा ने जुर्म कबूल कर

	पूनेममासा	गैताहंगा		वर्ष की कैद	वह लगातार मांग रहा था। घटना के दिन मासा ने पैसा वसूलने की कोशिश की। पर उसे पैसा नहीं मिला। मासा ने उसे गालियां दी तथा उस पर जलती हुई लकड़ी फेंकी। झगड़े में मासा ने अपने से बड़े बुजुर्ग पूनममासा को खत्म कर दिया।	लिया।
86	बुरजी का पूनेम पिडगा	उसका पिता पूनेम डोगा	22.3.36	धारा 302, आजीवन कारावास	बाप बेटे मिल-जुलकर राजी-खुशी रह रहे थे। एक दिन उन लोगों ने ताड़ी निकाली एवं साथ बैठकर पी। रात को खाने पर पिडगा ने अपने पिता से कुछ ऋण मांगा परन्तु बाप ने मना कर दिया। लड़का अचानक अपना आपा खो बैठा, अपने बाप को मार डाला, बाप खाना खा रहा था।	पिडगा ने जुर्म कबूल कर लिया।
87	(अ) मोखपाल का सोरी घुरवा, (ब) गुडरा का करतामी मासा	मरवी पोरियामी तथा बंडा कलार	1.8.37	(अ) धारा 302 मृत्यु दंड, फांसी दी गयी (ब) 302, आजीवन कारावास	जो लोग मारे गये वे अपने हत्यारों की रिपोर्ट करने पुलिस स्टेशन जा रहे थे कि उन्होंने मवेशी चुराये। धुरवा तथा मासा ने उन लोगों को पीछा किया तथा उनको मौत के घाट उतार दिया।	उन्होंने लाश को पत्थर के नीचे दबा दिया परन्तु, बाद में जुर्म कबूल कर लिया।
88	मोखपाल	अपनी विधवा सौत	9.11.32	धारा 304, एवं	चूले एवं डोमे सोरी देवा की पत्नी थी। सोरी	डोमे ने जुर्म कबूल कर

	का सोरी डोमे	चूले को		5 वर्ष की सजा	देवा की मृत्यु के बाद वे दोनों विधवायें साथ-साथ रह रही थीं। चूले बड़ी थी उसे खाज की बीमारी थी तथा वह झगड़ालू प्रकृति की थी। वो डोमे से वर्षों से ईर्ष्या कर रही थी अन्ततः डोमे ने उसकी हत्या कर दी।	लिया तथा कहा कि गांव वाले उसे इस प्रकरण में फंसा रहे हैं।
89	मोखपाल का सोरी पाण्डु	उसका चाचा कमलू हूंगा	3.10.29	धारा 302, आजीवन कारावास	एक लांडा पार्टी मे पाण्डु अपनी सारंगी बजा रहा था। शराब के नशे में झगड़ा हुआ। पाण्डु ने अपने चाचा को जान से मारने की कोशिश की, उसे रोका गया। इसलिये वो अपना तीर-कमान ले आया। शराब के नशे में आपे से बाहर हो जाने के लिये वो मशहूर था।	जुर्म कबूल कर लिया।
90	तोडका का ताती डोगा	उसकी भाभी ताती हिरमे	27.5.37	धारा 302, आजीवन कारावास	डोगा हिरमे के पति का छोटा सौतेला भाई था। हिरमे के पति की मृत्यु के बाद डोगा उम्मीद कर रहा था कि उसकी सम्पत्ति तथा पत्नी यानी ताती मिल जाएगी जिस पर उसका अधिकार था। घटना के दिन डोगा ने हिरमे से तम्बाकू मांगी। उसने मना कर दिया। डोगा ने हिरमे को पानी में डुबो कर मार डाला।	उसने शव को तालाब में फेंक दिया। बाद में जुर्म कबूल कर लिया।
91	कोडेनर का ताती मासे	उसका पति ताती हरमा	16.1.40	धारा 302, आजीवन कारावास	मासे सबसे छोटी पत्नी को काम नहीं करने तथा खाना खूब खाने के लिये पीटा करता था। मार बहुत भयानक होती थी। सात वर्ष तक उसने	उसने कबूल कर लिया।

					बर्दाश्त किया। और बाद में सीमा पार होने पर उसने बदला ले लिया।	
92	बोडेनार की ताती पण्डे	उसका पति ताती मुंडरा	25.10.35	धारा 302, आजीवन कारावास एवं अपील पर सजा 1 वर्ष	पण्डे के पहले पति ने उसे छोड़ दिया था। उसके बाद उसने ताती मुंडरा से शादी कर ली तथा 2 वर्षों तक चैन से रहा। उसके बाद ताती ने अन्य गांव में भागना शुरू कर दिया। उसका पति उसे पकड़कर वापस ले आता था। उसे भिलवा के रस से मालिश कर देता था। इससे भयानक खुजली होती है। अब वह इसका इलाज डॉक्टर से कराने वाला था। ताती पण्डे ने सोते में अपने पति की हत्या कर दी।	आंशिक रूप से उसने जुर्म स्वीकार कर लिया।
93	मुंधेर का उड़का टोका	तेलामी सीका	1.11.22	धारा 302, आजीवन कारावास, अपील पर सजा 2 वर्ष	सीका तथा उसके कुछ साथी अनाज की चोरी करते थे। 17 साल का टोका खेतों की रखवाली करता था। उसने तीर चलाया जब चोर भाग रहे थे।	उसने कबूल कर लिया। पर उसका कहना था कि उसने सुअर समझकर तीर चला दिया था।
94	कौरगांव का उज्जीपोडा	उसका चचेरा भाई कोपा	3.8.33	धारा 302, 5 वर्ष की कैद	कोपा तथा उसके भाभी के बीच प्यार का पुराना किस्सा था। शुरू में पोडा ने बहुत बर्दाश्त किया। पर जब स्थिति काबू से बाहर हो गयी, तो उसने भाई की हत्या कर दी।	उसने हत्या को आत्महत्या की तरह दिखाने की कोशिश की। सबको पैसे दिये तथा सब को कहा कि कोई रिपोर्ट नहीं

						लिखवाये। स्वयं को निर्दोष बतलाया।
95	कोरगांव का बदेता हिरमा	विल्ला	11.6.25	धारा 302 आजीवन कारावास, विशेष पूछताछ पर छोड़ दिया	बिल्ला बलि चढ़ाने के लिए मुर्गा चाहता था क्योंकि उसका बेटा बीमार था। उसने हिरमा से पूछा, उसके पास मुर्गा नहीं था। फिर वह एक दूसरे घर गया तथा लांडा पी। हिरमा का भाई वहां पहुंचा। बिल्ला ने उसे गालियां दी कि उसके भाई ने मुर्गा नहीं दिया। उसने जबाब दिया। बिल्ला ने उसे पटक दिया। फिर हिरमा आया। बिल्ला ने उसकी पीठ पर कुल्हाड़ी से वार किया और वह मर गया।	हिरमा ने जुर्म कबूल कर लिया तथा कहा कि वह शराब के नशे में था।
96	सरगुडा का वेदता सुकरा	चाचा वेदता कोला	4.1.41	धारा 302, मृत्यु दंड। अपील पर आजीवन कारावास	तीन साल पहले सुकरा की बेटी मर गयी थी एवं बाद में कोला ने टोटका किया। फिर सुकरा का बेटा भी मर गया।एक सिराहा ने भी वही कारण बताया।	सुकरा ने स्वयं को गांव वालों को सौंप दिया। गांव वालों ने उसे पुलिस को दे दिया।
97	नेनगानार का वेको चमरू	पत्नी हिरमे हण्डू 6 वर्ष का पुत्र तथा बेटी लखमी	28.10.36	धारा 302 मृत्यु दण्ड, 3.6.37 को फांसी दी गयी।	पति-पत्नी में मन-मुटाव का लम्बा इतिहास था। अतः चमरू ने अपनी पत्नी का गला घोंट दिया तथा इस डर से बच्चों को भी खत्म कर दिया कि कहीं वे घटना के बारे में बता न दें।	वेको ने जुर्म कबूल कर लिया।
98	वेका डोमे	उसकी चाची	25.11.22	धारा 302	घर में सभी लोग भूखे थे। डोमे के पास औरों	डोमे ने जुर्म कबूल कर

	जामगांव का	टोरका		आजीवन कारावास जेल में मृत्यु 11.4.25	की अपेक्षा सबसे कम खाना था। टोरका, डोमे के लिए खेत पर खाना नहीं ले जा सकी एवं उसने टोरका की पीठ पर पीछे से कुल्हाड़ी से वार कर दिया।	लिया
99	बारासती का वेट्टी हिरमा	एवा हिरमा	8.12.39	धारा 304, आजीवन कारावास	उन दोनों के बीच जमीन के टुकड़े के लिए बहुत दिनों से वैमनस्य था। एक बार उन लोगों ने एक-दूसरे पर तीर भी छोड़े थे। उसके बाद एक दिन एक कुम्हड़े की चोरी पर दोनों के बीच अचानक झगड़ा हुआ।	हिरमा खुद पुलिस स्टेशन तक गया एवं आत्मसमर्पण कर दिया।
100	परचेली गांव का वेट्टा रूपे	कवासी हिरमा	23.9.36	धारा 302, आजीवन कारावास	एक बार कोरता पाण्डु त्योहार पर घर के सदस्यों के बीच लांडा पार्टी चल रही थी। इसी पार्टी के बीच अचानक रूपे और उसके भाई के बीच ऋण को लेकर झगड़ा हो गया। वे आपस में घूंसे चलाने लगे। हिरमा ने बीच बचाव करना चाहा एवं वो मारा गया।	गांव वालों ने रूपे को पकड़ लिया। रूपे ने गुनाह तो कबूल कर लिया पर उसका कहना था कि यह हत्या दुर्घटनावश हो गयी।

परिशिष्ट 2

50 मारिया आत्महत्याओं की तालिका

क्र.	नाम-लिंग-आयु तथा स्थान	तारीख	संक्षिप्त इतिहास
1	अकाली मोदी - 18, कोसलनार	14.8.38	वह एक लम्हाडा था तथा उसके साथ बहुत बुरा व्यवहार किया जाता था। इस घटना के पहले ससुर ने ढोरों को ठीक से नहीं चराने के लिए बहुत भला-बुरा कहा था।
2	अलामी माटा पहुरनार	16.11.31	उसके नाच की वेशभूषा चोरी हो गयी थी, उसके पिता ने उसे फटकारा था। वह अपनी प्रेयसी से मिलने में असफल रहा था।
3	अटामी कोसा, 50, पोटाली	31.1.35	वह पेट में छालों की बीमारी से पीड़ित था।
4	बैहा गंगा-50, कुकानार	22.6.32	उसका परिवार उसे पागल समझता था तथा उसके इलाज के लिए उसे सिराहा के पास ले जाया गया था।
5	बरसे चेवा-40, गमावाडा	23.7.34	उसने अपनी पत्नी को मारा-पीटा था और उसे लग रहा था कि उसने अपनी पत्नी को मार डाला है।
6	बरसे कोन्डा-35, हितावार	8.10.38	उसकी लड़की बिगड़ गयी थी जिससे उसके पिता की बदनामी हो रही थी। वो रात-भर नाचता रहा एवं सुबह-सुबह फांसी के फंदे पर लटक गया।
7	बुदरी (महिला)-24 बोडेनार	8.1.33	वह अपने पति के साथ रहना बर्दाश्त नहीं कर पा रही थी।
8	गाले (महिला)-19 गोरीपाल	18.3.32	वो अपने पति की अपेक्षा स्वतंत्र स्वभाव की थी तथा जब उसके पति ने खाना बनाने के लिए उस पर जोर डाला तो उसने फांसी लगा ली।
9	कोठियागुडा का हुंगा	17.8.37	चोरी की सम्पत्ति स्वीकार करने के लिए उसकी निंदा की गयी। उसके सब मवेशी चोरी चले गये थे तथा पुलिस द्वारा बहुत परेशान किया गया था।

10	कारती कारे (महिला), 18, कोसलनार	8.8.39	उसकी अभी नयी-नयी शादी हुई थी परन्तु पति से हुए झगड़े के बाद वो एक-दूसरे आदमी के साथ भाग गयी थी। उसके पति ने उसे वापस घर आने के लिए जोर दिया।
11	कारती-सुकरी-महिला-15, पोण्डुम	19.10.36	वह भयानक दर्द तथा माहवारी की अवधि बढ़ जाने से परेशान थी।
12	कलमूनि बोटी-40, पोण्डुम	22.5.33	उसका बेटा मर गया था।
13	कावासी देवे-महिला-15, किलेपाल की	4.11.39	वह एक विधवा थी तथा अपने बेटे एवं भाई के साथ रहती थी। वे दोनों उसकी भर्त्सना करते थे कि वो जी-जान से मेहनत नहीं करती है।
14	कवासी दुलगा-30, दिलमिली का	22.1.37	उसकी दो पत्नियां थीं एवं वो हमेशा लड़ती-झगड़ती रहती थीं।
15	कवासी हुर्रा-21, सिरिसगुडा	4.6.40	उसकी पत्नी, जिसे वह बहुत प्यार करता था, उसकी परवाह नहीं करती थी। हमेशा उससे दूर-दूर भागती थी एवं यहां तक कि ढंग से खाना भी नहीं पकाती थी।
16	कवासी मारका-50 माओलीभाटा	29.7.38	वह सात सालों तक अंधा रहा। अत: अत्यंत दु:खी एवं हताश था।
17	कोमे (महिला)-20 कोढेर का	13.8.32	वह संवेदनशील तथा क्रोधी स्वभाव की थी। हर समय उसका पति उलाहना देता था।
18	कुनजामी बेदी महिला गदीरस की	3.3.39	उसे सीने तथा पेट में भयानक दर्द रहता था।
19	कुनाजमी बुरजी-महिला-28, पेरपा की	21.3.34	अपने पति की मृत्यु के बाद कम उम्र का एक अन्य आदमी जो उसका नजदीकी रिश्तेदार था उसने उसको अपने घर रख लिया। पर वो घर से भाग गई एवं फांसी लगा ली।
20	कुहरामी पीडे-महिला-40 मेटापाल की	6.2.37	मां तथा बेटी संख्या 21 देखें को बहुत जल्दी गुस्सा आ जाता था तथा घर के कामों में हुर्रा जो पाडे का पति था, ने पाया

21	कुहरामी पांडे-महिला, 16, मेटापाल की बेटी	6.2.37	कि उसके एक मवेशी को तेंदुए ने मार डाला है। वो अपनी पत्नी तथा बेटी पर बहुत चिल्लाया-दोनों ने फांसी लगा ली।
22	लखमी-महिला -15 बदरेनगा की	9.11.40	वो अपने पति को पसंद नहीं करती थी। उसने कई बार भागने की कोशिश की पर वो हमेशा वापस ले आयी जाती थी।
23	मरकायी हिरमे-महिला, 35, गोंडेरस की	24.10.35	वो मिर्गी की मरीज थी। उसने फांसी लगा ली थी।
24	मरकामी हुंगा-महिला, 55, गोंगपाल की	1.5.37	वह एक संक्रामक रोग से पीड़ित थी एवं बहुत परेशान रहती थी।
25	मरकामी कोसी-महिला, 35, रसावाही	1.7.37	माहवारी के समय होने वाले दर्द ने पागल कर दिया था।
26	मरकामी पाण्डू, 50 परचेली का	16.2.38	फसल नहीं काटने तथा बहुत अधिक शराब पीने पर उसकी पत्नी खूब भला-बुरा कहती थी। हो सकता है कि वह घटना के समय नशे में हो।
27	मारवी ढोडसा-24, गौरीपाल का	17.5.39	बच्चों की ठीक से परवरिश नहीं करने के कारण वह अपनी पत्नी को पीटा करता था एवं उसे इसकी गहरी ग्लानि थी।
28	मारवी गौतमी, 22, काटाकंडा का	24.8.38	वह अपने पति को बहुत प्यार करती थी परन्तु लापरवाह थी एवं उसे छोड़कर मायके चली जाया करती थी।
29	मारवी मुंडी, महिला, 45, ओरियापाल	9.11.32	बचपन से उसे पागलपन के दौरे आते थे।
30	मारवी मुंडरा छोलनार का	29.12.35	वह मवेशी चोरी के एक प्रकरण में गवाही के लिए दाँतेवाड़ा गया था तथा बहुत डर गया था।
31	माटे, महिला-20, कोसाहार	17.8.35	उसे उसके पति तथा जेठ ने पीटा था। उसने घर से भागकर इन्द्रावती नदी के किनारे फांसी लगा ली।
32	मुंदरी-महिला-40, भेजरी पादर की	26.11.32	वह एक झगड़ालू औरत थी तथा बार-बार मायके भाग जाती थी। उसके पति ने उसे इस बात के लिए रोका तो उसने फांसी लगा ली।
33	मुके, महिला-40, भजरी पादर की	1.8.35	वो सर और पैर के भयानक दर्द से पीड़ित थी। उसका पति इलाज के लिए एक

			सिराहा के पास ले गया था। पर उसे कोई फायदा नहीं हुआ ।
34	नडी-20, मन्दार	12.12.35	वह बचपन से पागल था।
35	पदामी दियूदी-42 नालटोका	2.12.3	उसकी मां ठीक से काम नहीं करने का ताना मारा करती थी। उसे भयानक सर दर्द रहता था।
36	पकली-महिला, 10, ताखापाल	19.7.32	सम्भवत: वह पगली थी। सिराहा ने उसका इलाज करने की कोशिश की परन्तु कोई फायदा नहीं हुआ।
37	पोरियामी बीरे-महिला, कोतर की	21.3.36	उसका पति बीमार रहता था। वह उसकी ठीक से देख-भाल नहीं करती थी जिसके लिए उसका बेटा उसकी भर्त्सना करता था।
38	पोयामी गुपे-महिला 18 बस्तानार	29.7.39	वह विधवा थी एवं उसके बाद एक आदमी की दूसरी पत्नी बन गयी। उसकी सास उससे लड़ती-झगड़ती थी। इसलिए घर से भाग गयी।
39	पोयामी हिरमा 22 कोकालपाल का	21.5.40	सम्भवत: वह पागल था। वह ठीक से काम नहीं कर पाता था।
40	पोयामी कोसा, 15, सर्गीपाल का	16.11.39	किसी ने उसके कपड़े चुरा लिये थे जिससे वह बहुत परेशान था।
41	पायोमी लाख्मा, 45, गुमियापाल का	25.11.24	वह बीमार था। उसकी दो पत्नियां तथा बेटी मर गयी थी। वह दुखी था एवं बिलकुल अकेला।
42	पोयामी दिलमिली का, 50 वर्ष मंगरू	20.2.33	उसे बड़े दर्द भरे छाले थे। वो ठीक से दवा नहीं पी सकता था।
43	पोयामी पाण्डे (महिला) 18 कावारगांव की	17.6.36	अपने चचेरे भाई के साथ सोने की बजाय उसने फांसी लगा ली थी।
44	सोरी देवा-25, कोकलाबाडा का	9.6.39	उसकी दो गायें मर गयी थी। वो अपनी पत्नी से लड़ता तथा उसे पीटता था। उसकी बीवी भाग गयी। उसे पश्चात्ताप था तथा वह दुखी व परेशान था।
45	सोरी हिरमा-60, कोरा का	26.2.32	वह एक त्यौहार मे जख्मी होकर अपंग हो गया था
46	थडगु-50 गाधिया का	30.4.40	वह अपने बेटे को बहुत चाहता था। बेटा बहुत बीमार रहता है। बेटे को इलाज के लिए सिराहा के पास ले गया परन्तु कोई

			फायदा नहीं हुआ।
47	तिरो (महिला) 22 कारका की	6.4.39	उसकी पहली दो बेटियां मर गयीं थीं। तीसरी बेटी जल गयी थी। उसका पति उसे पीटा करता था।
48	वेको लख्मा हारम का	24.11.31	वो एक कबाड़ी बंधुआ मजदूर था। वो नहीं जानता था कि कैसे अपना कर्ज पटायें।
49	वेको मुक्का अधकारीरास का	5.11.34	सम्भवतः वह पागल था।
50	वानजामी मासे (महिला) 22 पुजारी पाली	5.2.34	वह कमजोर तथा आलसी थी तथा अपने बच्चे को ठीक से दूध नहीं पिला पाती थी। उसकी सास उसे लगातार ताने दिया करती थी।

परिशिष्ट 3

भारतीय दंड संहिता पर एक संक्षिप्त टिप्पणी

भारतीय जीवन को प्रभावित करनेवाले अपराधों के सम्बन्ध में भारतीय दंडसंहिता की धारा 299 से 311 में विस्तार से वर्णन किया गया है। पश्चिमी पाठकों की सुविधा के लिए मैं इसके एक भाग को आंशिक रूप से उद्धृत करूँगा।

299. अपराधिक मानव वध–जो कोई मृत्यु कारित करने के आशय से, या शारीरिक क्षति करने के आशय से जिससे मृत्यु हो जाना सम्भाव्य है कि वह उस कार्य से मृत्यु कारित कर दे, कोई कार्य करके मृत्यु कारित कर देता है, वह आपराधिक मानव वध का अपराध करता है।

300. हत्या–एतस्मिन पश्चात अपवादित दशाओं को छोड़कर अपराधिक मानव वध हत्या है, यदि वह कार्य, जिसके द्वारा मृत्यु कारित की गई हो, मृत्यु कारित करने के आशय से किया गया हो अथवा

दूसरा–यदि वह ऐसी शारीरिक क्षति कारित करने क आश्य से किया गया हो जिससे अपराधी जानता हो कि उस व्यकिक्त का मृत्यु कारित करना सम्भाव्य है जिसको वह अपहानि कारित की गई है, अथवा–

तीसरा–यदि वह किसी व्यक्ति को शारीरिक क्षति करने के आशय से किया गया हो और वह शारीरिक क्षति, जिसके कारित करने का आशय हो, प्रकृति के मामूली अनुक्रम में मृत्यु कारित करने के लिए पर्याप्त हो अथवा–

चौथा–यदि कार्य करनेवाला व्यक्ति यह जानता हो कि वह कार्य इतना आसान संकट है कि पूरी अधिसम्भाव्यता है कि वह मृत्यु कारित कर ही देगा या ऐसी शारीरिक क्षति कारित कर ही देगा जिससे मृत्यु कारित होना सम्भाव्य है और वह मृत्यु करने या पूर्वोक्त रूप की क्षति कारित करने की जोखिम उठाने के लिए किसी के प्रतिहेतु के बिना ऐसा कार्य करे।

अपवाद 1–अपराधिक मानव वध हत्या नहीं है, यदि अपराधी उस समय जबकि वह गम्भीर और अचानक प्रकोपन से आत्मसंयम की शक्ति से वंचित हो, उस व्यक्ति की, जिसने कि वह प्रकोपन दिया था, मृत्यु कारित करे या किसी अन्य व्यक्ति की मृत्यु भूल या दुर्घटनावश कारित करे।

ऊपर का अपवाद निम्नलिखित परन्तुकों के अध्याधीन है–

पहला–यह कि वह प्रकोपन किसी व्यक्ति का वध करने या अपहानि करने के लिए अपराधी द्वारा प्रतिहेतु के रूप में इप्ति न हो या स्वेच्छा प्रकोपित

न हो।

दूसरा—यह कि वह प्रकोपन किसी ऐसी बात द्वारा न किया गया हो जो विधि के प्रलोक सेवक द्वारा ऐसे लोकसेवक का शक्तियों के विधि प्रयोग में की गई हो।

तीसरा—यह कि वह प्रकोपन किसी ऐसी बात द्वारा ना किया गया हो जो निजी प्रतिरक्षा के अधिकार के विधिपूर्ण प्रयोग में की गई हो।

अपवाद 2—आपराधिक मानव वध हत्या नहीं है, यदि अपराधी, शरीर या सम्पति की निजी प्रतिरक्षा के अधिकार को सद्‌भावना प्रयोग में लाते हुए विधि द्वारा उसे दी गई शक्ति का अतिक्रमण कर दे, और पूर्वचिन्तन बिना और ऐसी प्रतिरक्षा के प्रयोजन से जितनी अपहानि करना आवश्यक हो उससे अधिक अपहानि करने के किसी आशय के बिना उस व्यक्ति की मृत्यु कारित कर दे जिसके विरुद्ध वह प्रतिरक्षा का ऐसा अधिकार प्रयोग में ला रहा हो।

अपवाद 3--यदि अपराधी ऐसा लोकसेवक होते हुए, या ऐसे लोकसेवक को मदद देते हुए, जो लोकन्याय की अग्रसरता में कार्य कर रहा है, उसे विधि द्वारा दी गई शक्ति से आगे बढ़ जाए, और ऐसा कोई कार्य करके जिसे वह विधिपूर्ण और ऐसे लोकसेवक के नाते उसके कर्त्तव्य के सम्यक निर्वहन के लिए आवश्यक होने का सद्‌भावपूर्वक विश्वास करता है, और उस व्यक्ति के प्रति, जिसकी कि मृत्यु कारित की गई है, वैमनस्य के बिना मृत्यु कारित करे।

अपवाद 4—यदि वह मानव वध अचानक झगड़ा जनित आवेश की तीव्रता में हुई अचानक लड़ाई पूर्वचिन्तन बिना और अपराधी द्वारा अनुचित लाभ उठाए बिना या क्रूरता या अप्रायिक रीति से कार्य किए बिना किया गया हो।

अपवाद 5—आपराधिक मानव वध हत्या नहीं है, यदि वह व्यक्ति जिसकी मृत्यु कारित की जाए, अठारह वर्ष से अधिक आयु का होते हुए, अपनी सहमति से मृत्यु होना सहन करे, या मृत्यु का जोखिम उठाए।

302. हत्या के लिए दंड—जो कोई हत्या करेगा, वह मृत्युदंड या आजीवन कारावास से दंडित किया जाएगा और जुर्माने से भी दंडनीय होगा।

304. हत्या की कोटि में न आनेवाले आपराधिक मानव वध के लिए दंड—जो कोई ऐसा आपराधिक मानव वध, जो हत्या की कोटि में नहीं आता है, यदि वह कार्य जिसके द्वारा मृत्यु कारित की गई है, मृत्यु या ऐसी शारीरिक क्षति, जिससे मृत्यु होना सम्भाव्य है, कारित करने के आशय से किया जाए, वह आजीवन कारावास से या दोनों में से किसी भाँति के कारावास से, जिसकी अवधि दस वर्ष तक की हो सकेगी, दंडित किया जाएगा और जुर्माने से भी दंडित होगा।

अथवा यदि वह कार्य इस ज्ञान के साथ कि उससे मृत्यु कारित करना सम्भाव्य है, किन्तु मृत्यु या ऐसी शारीरिक क्षति, जिससे मृत्य करना सम्भाव्य

है, कारित करने के किसी आशय के बिना किया जाए, तो वह दोनों में से किसी भाँति के कारावास से, जिसकी अवधि दस वर्ष तक की हो सकती है, या जुर्माने से, या दोनों से दंडित किया जाएगा।

सर सिसिल वाल्श का कहना है कि परिभाषाएँ ऐसी परिस्थितियों के लिए जटिल हैं जिनके लिए वे लागू की जाती हैं। भारतीय दंडसंहिता को हमेशा से लिखित नियमों का सर्वोत्कृष्ट उदाहरण माना गया है तथा मानव हत्याओं के सम्बन्ध में वैधानिक निर्णय देनेवाले विधि विषयों ने इसे हमेशा बहुत सराहा है।

हत्या तथा आपराधिक मानव वध जो हत्या की श्रेणी में नहीं आता है, उनकी सारगर्भित परिभाषा को उन सभी परिस्थितियों में रखा गया है जिससे एक सामान्य मनुष्य का मस्तिष्क सोच सकता है, या अनुभव कर सकता है विशेषकर जब वह किसी से लड़ाई में रत रहता है तथा अपने शत्रु को पराजित करने तथा अधिकाधिक रूप से आहत करने की सोचता है। परन्तु ऐसी स्थिति में आदमी इस भ्रामक लड़ाई में गम्भीरता से नहीं सोचता है खासकर जब वह गुस्से में लाल रहता है।

आप, अर्धविकसित, अर्धपागलों की मानसिक प्रक्रियाओं के लिए किस प्रकार सम्पूर्ण विकसित मानसिक प्रक्रियाओं व सोच को लागू कर सकते हैं, जब आप स्वयं सुनिश्चित नहीं हैं कि सच्चाई क्या है ? तथा अभ्यास व व्यवहार में यी श्रेष्ठ लिखित नियम व कानून और उसकी सभी धाराएँ दरक जाती हैं तथा उन्हें हत्या या मानव वध का नाम दे दिया जाता है।

---

1. वॉल्श–क्राइम इन इंडिया, पृष्ठ 29।

सहायक सन्दर्भ-ग्रन्थ

एड्म, जे.सी.–क्रिमिनल इन्वेस्टीगेशन (लंदन 1924)।

बाय वेरियस हैंड्स–एनाटामी ऑफ मर्डर (लंदन 1936)।

बीच, एम.डब्ल्यू.एच.–सुसाइड्स अमोंगस्ट दि ए किक्यू ऑफ ईस्ट आफ्रीका मेन, खंड 13, 1915।

बीजीरे ए.–दि सायकोलोजी ऑफ मर्डर (लंदन, 1927)।

बोनजर, डब्ल्यू.ए.–रेस एंड क्राईम–(न्यूयार्क, 1943)।

काडोगन, ई.–दि रूट्स ऑफ इविल, (लंदन, 1937)।

कावन, आर.एस.–सुसाईड (शिकागो, 1928)।

कोक्स, ई.सी.–पुलिस एंड क्राईम इन इंडिया (लंदन, 1911)।

क्रुक, डब्ल्यू.–दि पाप्यूलर रिलीजन एंड फोल्क-लोर ऑफ नॉर्दन इंडिया। (वेस्टमिनिस्टर, 1896)।

डॉल्टन, ई.टी.–डिस्क्रिप्टिव एथनोलोजी ऑफ बंगाल (कलकत्ता, 1872)।

दुरखीम, ई.–ली सुसाईड (पेरिस, 1897)।

ईस्ट, डब्ल्यू.एन.–ओन अटेम्पटेड सुसाईड जरनल ऑफ मेंटल साईन्स, खंड 59 (1913)।

एलिस हवेलॉक–दि क्रिमिनल (लंदन, 1914)

एलविन, वेरियर–दि बैगा (लंदन, 1939)

दि अगरिया (बम्बई, 1942)

दि मुरिया एंड देयर घोटुल (बम्बई, 1947)

मिथ्स ऑफ मिडिल इंडिया (बम्बई, 1949)

फिशमैन जे.एफ.–सेक्स इन प्रिजन (लंदन, 1935)

गौल्ट, आर.एच.–क्रिमिनोलोजी (न्यूयार्क, 1932)

ग्रीन, एल.सी. एंड बकविच, एम.डब्ल्यू.–हवाईयन कस्टमूस एंड बीलिफ रिलेटिंग टू सिकनैस एंड ट्रुथ (अमेरिकन एन्थ्रोपोलिजिस्ट्स), खंड 28 (1926)

ग्रिगसन, डब्ल्यू.व्ही.–दि मारिया गोंड्स ऑफ बस्तर (लंदन, 1938)

हराडा, तासूकू–सुसाईड, एन्सायक्लोपीडिया ऑफ रिवीजन एंड इथिक्स (न्यूयार्क, 1922), खंड 12

हैकरवाल, बी.एस.–इकोनोमिक एंड सोशल आस्पेक्ट्स ऑफ क्राईम्स इन इंडिया (लंदन, 1934)

हाल, जी.एस.–एडोलेसेंस (लंदन एंड न्यूयार्क, 1904)
हार्ट, बनार्ड–दि सायकोलाजी ऑफ इनसेनिटी (केम्ब्रिज, 1922)
होलेंडर, बनार्ड–दि सायकोलोजी ऑफ मिस्कंडेक्ट वाईस एंड क्राईम (लंदन, 1922)
होटोन ई.ए.–दि अमेरिकन क्रिमिनल : एन एन्थ्रोपेलोजिकल स्टडी (हवार्ड, 1939) क्राईम एंड दि मैन (हर्वाड, 1939)
जेसे, एफ. टेनीसन–मर्डर एंड इट्स मोटिव्स (लंदन, 1924)
केलेर, ए.–ए हैंगमैनूस डायरी (लंदन, 1928)
किनवर्ग, ओ.–बेसिक प्रॉब्लमूस ऑफ क्रिमिनोलोजी (कोपेनहैगन एंड लंदन, 1935)
लोम्ब्रोसो, सी.–क्राईम : इट्स कॉजे एंड रिमेडीस (लंदन 1911)
मैकल्ओड, डब्ल्यू.सी.–'दि डिस्ट्रीब्यूसन एंड प्रोसेस ऑफ सती इन नार्थ अमेरिका', अमेरिकन एन्थ्रोपोलोजिस्ट, खंड 33, (एन.एस.)।
मायकल, जे. एंड एडलर एम.जे.–ए ग्रामर ऑफ गोंडी (जगदलपुर, 1943)
पेज, लिओ–क्राईम एंड कम्यूनिटी (लंदन, 1937)
पेंजर, एन.एम.–दि ओकीन ऑफ स्टोरी (लंदन 1924-28)
रैकलैस डब्ल्यू.सी.–क्रिमिनल बिहेवियर (न्यूयार्क, 1940)
रेक, टी.–दि अननोन मर्डरर (अंग्रेजी अनुवाद लंदन, 1936)
रोज, एच.जे.–सुसाईड इन्साक्लोपीडिया ऑफ रिलीजन एंड इथिक्स (न्यूयार्क, 1922), खंड 12
रसल, आर.व्ही., एंड हीरालाल–दि ट्राईब्स एंड कास्ट्स ऑफ सेन्ट्रल प्रोविन्सेस ऑफ इंडिया (लंदन, 1916)
सुलिवान, डब्ल्यू.सी.–क्राईम एंड इन्सेनिटी (लंदन, 1924) अल्कोहिलिज्म एंड सुसाईडल इम्पलसेस जरनल ऑफ मेंटल साईन्स, खंड 44 (1898) कृप्या खंड 46 (1900) भी देखें।
स्टेनमेज, एस.आर.–सुसाईड अमंग प्रिमिटिव प्यूपल्स–अमेरिकन एन्थ्रोपोलोजिस्ट, खंड 7, (1894)
थॉमसन, बासिल–दि क्रिमिनल (लंदन, 1925)
थर्सटन, ई.–कास्ट्स एंड ट्राईब्स ऑफ साउर्थन इंडिया (मद्रास, 1909)
तलचिन, एस.एच.–इंटेलीजेंस एंड क्राईम (शिकागो 1939)
वोन हेंटिंग, एच.–क्राईम : कोजेस एंड कंडीशनूस (न्यूयार्क, 1947)
वाल्स सर, सिसिल–इंडियन विलेज क्राईमूस (लंदन, 1929)
क्राईम इन इंडिया (लंदन, 1929)
वेस्टरमार्क, ई.–दि ओरिजिन एंड डेवलपमेंट ऑफ दि मोरेल आईडियाज (लंदन, 1912)
जेलनी, एल.डी.–फीबेलमाइंडेडनेस एंड क्रिमिनल कंडेक्ट, अमेरिकन जरनल ऑफ सोशियोलोजी, 1938

शब्दावली

भूत–एक दुष्ट आत्मा।

दान्यकाल–एक सपाट पत्थर जो कुछ कुलों/गोत्रों द्वारा मृत व्यक्तियों की मुक्ति के लिए रखे जाते हैं।

गैता–गाँव का पुजारी तथा सबसे बड़ा धार्मिक प्रमुख।

घोटुल–उत्तरी बस्तर के मुरिया लोगों की गाँव में ठहरने की आवास व्यवस्था।

गुनिया–टोना टोटका, जादू करने वाला।

जावा–एक प्रकार का दलिया जो पेज़ भी कहलाता है जो मारिया लोगों का प्रमुख भोजन है।

जीव–आत्मा।

कोसरा–एक छोटा अनाज–कोदो, ज्वार, बाजरा।

लम्हाड़ा–एक युवक जो कई वर्षों तक अपनी पत्नी के घर सेवा-चाकरी करता है।

लांडा–चावल से बनाई गई शराब।

महुआ–एक विशेष फूल जिसकी पंखुड़ियाँ को चावल की शराब उतारने के लिए प्रयुक्त किया जाता है। (बासिया–लेटीफोलिया–रौक्सव)।

मांडिया–एक प्रकार का अनाज जो चावल की शराब बनाने के लिए उपयोग किया जाता है।

माँझी–गाँवों के एक समूह का प्रमुख या मुखिया।

मिरचुक–आत्महत्या करनेवाले या हत्या से मृत्यु को प्राप्त हुए व्यक्ति की आत्मा।

पैटू–एक ऐसी लड़की जो स्वेच्छा से किसी भी पुरुष के पास कामक्रीड़ा के लिए पहुँच जाए।

पंचायत–गाँवों के बुजुर्गों का न्यायालय।

पांडम–फसल कटाई तथा नई फसल से बनाए पहले भोजन के समय मनाया जाने वाला उत्सव।

पेडा–गाँव का मुखिया।

पेन–कुल देवता या गोत्र देव।

राम चिरैया–सामान्य मैना।

सल्फी–सागो ताड़ के लिए प्रयुक्त किया जानेवाला हल्बी भाषा का शब्द।

सिराहा–बीमारी से मुक्ति दिलानेवाला व्यक्ति या गाँव का चिकित्सक।

तहसील–किसी भी राज्य या जिले की एक प्रशासकीय इकाई जो मजिस्ट्रेट के प्रशासनिक नियत्रंण में होती है। इसी तहसील मुख्यालय पर पोस्टमारटम किया जाता है।

उर्सकाल–मृतात्मा की शान्ति के लिए सीधा खड़ा किया जानेवाला स्तम्भ।

वाडाई–एक गोत्र या कुल का पुजारी तथा बीमारियों का निदान करने वाला ओझा।

●●●